SANGUE
INOCENTE

SEGUNDO VOLUME DA SÉRIE A ORDEM DOS SANGUÍNEOS

JAMES ROLLINS
e REBECCA CANTRELL

SANGUE INOCENTE

TRADUÇÃO DE ANA DEIRÓ

Rocco

Título original
INNOCENT BLOOD
THE ORDER OF THE SANGUINES SERIES

Este livro é uma obra de ficção. Os personagens, incidentes e diálogos foram construídos pela imaginação dos autores e não devem ser interpretados como reais. Qualquer semelhança com acontecimentos reais, localidades, organizações ou pessoas, vivas ou não, é mera coincidência.

Copyright © 2014 *by* James Czajkowski e Rebecca Cantrell

Todos os direitos reservados. Nenhuma parte deste livro pode ser usada ou reproduzida sem autorização, por escrito, do editor.

Edição brasileira publicada mediante acordo com os autores, a/c de Baror International, Inc., Armonk, Nova York, EUA.

Direitos para a língua portuguesa reservados
com exclusividade para o Brasil à
EDITORA ROCCO LTDA.
Av. Presidente Wilson, 231 – 8º andar
20030-021 – Rio de Janeiro, RJ
Tel.: (21) 3525-2000 – Fax: (21) 3525-2001
rocco@rocco.com.br
www.rocco.com.br

Printed in Brazil/Impresso no Brasil

preparação de originais
FATIMA FADEL

CIP-Brasil. Catalogação na fonte.
Sindicato Nacional dos Editores de Livros, RJ.

R658s   Rollins, James
        Sangue inocente/James Rollins, Rebecca Cantrell; tradução de Ana Deiró. – 1ª ed. – Rio de Janeiro: Rocco, 2017.

        Tradução de: Innocent blood: the order of the sanguines series
        ISBN 978-85-8122-669-9 (brochura)
        ISBN 978-85-8122-669-9 (e-book)

        1. Romance norte-americano. I. Cantrell, Rebecca. II. Deiró, Ana. III. Título.

16-35951   CDD-813
                                      CDU-821.111(73)-3

James
Para Carolyn McCray, pela inspiração, estímulo e amizade sem limites.

Rebecca
Para meu marido, meu filho e Twinkle, o Gato

> Vejam, Deus recebeu vosso sacrifício das mãos de um sacerdote – isto é, de um ministro do erro...
> – Evangelho de Judas Iscariotes 5:15

PRÓLOGO

Verão, 1099
Jerusalém

À medida que os gritos dos moribundos se elevavam para o sol do deserto, os dedos brancos como osso de Bernard apertaram a cruz que pendia de seu pescoço. O toque de sua prata abençoada queimava-lhe a palma da mão calejada pela espada, marcando a fogo sua carne maldita. Ele ignorou o cheiro da carne calcinada e apertou com mais força. Ele aceitava a dor.

Pois sua dor tinha um propósito – servir a Deus.

Ao seu redor, soldados de infantaria e cavaleiros banhavam Jerusalém numa onda de sangue. Durante os últimos meses, os cruzados tinham aberto seu caminho lutando em meio a terras hostis. Nove de cada dez homens tinham sido mortos antes de sequer chegarem à Cidade Santa: derrubados em combate, pelo deserto inclemente, por doenças pagãs. Aqueles que haviam sobrevivido choravam abertamente ao ver Jerusalém pela primeira vez. Mas todo aquele sangue derramado não tinha sido em vão, pois agora a cidade seria devolvida aos cristãos mais uma vez, uma dura vitória marcada pela morte de milhares de infiéis.

Para os tombados, Bernard sussurrou uma prece rápida.

Ele não dispunha de tempo para mais.

Enquanto se abrigava ao lado da carroça puxada por cavalo, puxou o tecido áspero de seu capuz bem baixo sobre seus olhos, escondendo melhor os cabelos brancos e o rosto pálido nas sombras. Então segurou as rédeas do cavalo e acariciou o pescoço quente do animal, ouvindo o troar de seu coração tanto com as pontas dos dedos como com os ouvidos. O terror acelerava e aquecia o sangue do cavalo fazendo fumegar seus flancos suados.

Apesar disso, com um puxão firme, o animal avançou ao lado dele, puxando a carroça de madeira sobre as pedras de calçamento cobertas de sangue. A caçamba da carroça continha uma única jaula de ferro, grande o bastante para aprisionar um homem. Couro grosso envolvia a jaula completamente, escondendo o que havia dentro dela. Mas ele sabia. E o cavalo também. As orelhas do animal se agitaram ansiosamente. E ele sacudiu a crina negra desgrenhada.

Enfileirados numa falange cerrada à sua frente, os irmãos misteriosos de Bernard – seus companheiros cavaleiros da Ordem dos Sanguíneos – lutavam para abrir um caminho adiante. Todos davam mais valor àquela missão do que à própria existência. Combatiam com uma força e determinação que nenhum ser humano poderia igualar. Um de seus irmãos saltou alto no ar, com uma espada em cada mão, revelando sua natureza inumana tanto pela rapidez do movimento do aço de suas lâminas quanto pelo brilho de suas presas afiadas. Outrora, todos tinham sido monstros profanos, destituídos de suas almas e condenados ao abandono – até lhes ter sido oferecido um caminho de volta para a salvação por Cristo. Cada um fizera um pacto solene de nunca mais satisfazer sua sede com o sangue de homens, e sim somente com o sangue consagrado de Cristo, uma bênção que lhes permitia caminhar metade nas sombras, metade na luz, equilibrados num gume de espada entre a graça e a maldição.

Agora tendo jurado fidelidade à Igreja, cada um servia a Deus tanto como guerreiro quanto como padre.

Exatamente aqueles deveres tinham trazido Bernard e os outros até os portões de Jerusalém.

Em meio aos gritos e à carnificina, a carroça de madeira avançou em ritmo regular. Bernard desejou impelir as rodas mais rápido à medida que o horror o dominava.

Temos que nos apressar...

Ainda assim, outra necessidade o dominava com a mesma urgência. Enquanto ele marchava, o sangue pingava das paredes ao seu redor, corria em rios sobre as pedras sob seus pés. Seu odor férreo salgado enchia a cabeça de Bernard, enevoando até o próprio ar, atiçando uma fome visceral. Ele lambeu os lábios secos, como se tentando saborear o que lhe era proibido.

Bernard não era o único que sofria.

Da jaula escura, a fera uivou, farejando o sangue derramado. Seus gritos cantavam para o mesmo monstro ainda escondido dentro de Bernard – só que o seu monstro não estava preso por barras de ferro, mas por um juramento e por uma bênção. Mesmo assim, em resposta ao grito de fome desabrida, as pontas dos dentes de Bernard cresceram tornando-se mais longas e mais afiadas, sua ânsia ainda mais intensa.

Ao ouvir aqueles gritos seus irmãos avançaram com forças renovadas, como se fugindo de seus eus anteriores.

O mesmo não se podia dizer do cavalo.

Enquanto a fera uivava, o cavalo se imobilizou nos arreios.

Como deveria.

Bernard tinha capturado o demônio agora preso na jaula há cerca de dez meses em um estábulo de madeira abandonado nos arredores de Avignon, na França. Tais criaturas malditas tinham tido muitos nomes no correr dos séculos. Embora outrora tivessem sido homens, agora eram um flagelo que assolava lugares escuros, sobrevivendo graças ao sangue de homens e animais.

Depois que Bernard pusera o demônio preso na jaula, tinha coberto a nova prisão com várias camadas de couro grosso de modo que nem uma partícula de luz pudesse penetrar. Aquele abrigo protegia o monstro da luz do dia que o queimaria até consumi-lo, mas essa proteção tinha um preço. Bernard o mantinha faminto, alimentando-o apenas com sangue suficiente para mantê-lo vivo, mas nunca para saciá-lo.

Aquela fome serviria a Deus naquele dia.

Com o objetivo deles angustiantemente próximo, Bernard tentou fazer o cavalo se mover de novo. Ele o acariciou com a mão tranquilizadora descendo pelo flanco manchado de suor até o focinho, mas o animal não quis se acalmar. Ele se debateu contra um dos lados dos arreios, depois contra o outro, lutando para se libertar.

Ao redor dele, os sanguinistas rodopiavam na dança conhecida da batalha. Os gritos de homens moribundos ecoavam contra as pedras impassíveis. O monstro dentro da jaula bateu nas laterais de couro como se fossem um tambor e uivou querendo se juntar ao massacre, saborear o sangue.

O cavalo relinchou e sacudiu a cabeça, apavorado.

Àquela altura, a fumaça subia em rolos das ruas e vielas ao redor. O cheiro de lã e carne queimadas fazia arder as narinas. Os cruzados tinham começado a incendiar seções da cidade. Bernard temia que pudessem destruir a única parte de Jerusalém que ele precisava alcançar – a parte onde a arma sagrada poderia ser encontrada.

Afinal, admitindo que o cavalo não tinha mais utilidade, Bernard puxou a espada. Com poucos golpes hábeis e econômicos cortou os arreios de couro. Livre, o cavalo não precisou de incentivo. Com um salto, largou para trás o arnês, derrubou um sanguinista e saiu em disparada em meio ao massacre.

Boa sorte, desejou Bernard.

Ele se posicionou na traseira da carroça, sabendo que nenhum de seus irmãos podia ser dispensado da batalha. Aqueles últimos passos ele teria que dar sozinho.

Como Cristo fizera com sua pesada cruz.

Bernard embainhou a espada e pôs o ombro contra a traseira da carroça.

Ele empurraria a distância que ainda faltava. Em uma vida diferente, quando seu coração ainda batia, tinha sido um homem forte e vigoroso. Agora tinha uma força além da de qualquer mortal.

Com o cheiro forte do sangue se tornando um assado úmido no ar, ele respirou fundo dominado por um tremor. O rubor do desejo tingia as margens de sua visão. Ele queria beber do sangue de todo homem e criança na cidade. O desejo o encheu até quase fazê-lo explodir.

Em vez disso, agarrou a cruz ardente, permitindo que a dor sagrada o acalmasse.

Ele deu um passo, obrigando as rodas da carroça a avançarem em uma revolução, depois outra. Cada volta o levava para mais perto de seu objetivo.

Mas um temor angustiante crescia a cada passo que avançava.

Será que chegarei tarde demais?

À medida que o sol mergulhava em direção ao horizonte, Bernard finalmente avistou seu objetivo. Ele tremeu devido ao excesso de esforço, mesmo sua força tremenda quase exausta.

Ao final da rua, além do ponto onde os últimos defensores da cidade lutavam ferozmente, o domo cor de chumbo de uma mesquita se elevava para um céu azul indiferente. Manchas escuras de sangue maculavam sua fachada branca. Mesmo daquela distância, ele ouviu o bater assustado dos corações de homens, mulheres e crianças que se abrigavam dentro das paredes grossas da mesquita.

Enquanto se esforçava empurrando o peso da carroça, ouviu as preces deles pedindo misericórdia ao seu deus estrangeiro. Eles não receberiam nenhuma do monstro dentro da carroça.

Nem dele.

Suas vidas pequeninas contavam pouco se comparadas com o prêmio que ele buscava – uma arma que prometia expurgar todo o mal do mundo.

Distraído por essa esperança, ele falhou e não conseguiu impedir a roda da frente da carroça de cair numa fenda profunda na rua, se encaixando teimosamente entre as pedras. A carroça parou com um tranco.

Como se percebendo sua vantagem, os infiéis romperam a defesa da falange protetora ao redor da carroça. Um homem magro de cabelo preto desgrenhado correu para Bernard com uma lâmina curva que rebrilhava ao sol, pretendendo proteger sua mesquita, sua família, com sua própria vida.

Bernard aceitou esse pagamento, abatendo-o com um golpe rápido como um raio de aço.

Sangue quente salpicou a batina de Bernard. Embora fosse proibido exceto em circunstâncias extremas de necessidade, ele tocou na mancha e levou os dedos aos lábios. Lambeu o carmesim das pontas dos dedos. Só o sangue lhe daria a força para empurrar a carroça para fora dali. Faria a penitência depois, por cem anos se necessário.

De sua língua, o fogo se incendiou através dele, alimentando com força renovada seus membros e aguçando sua visão a uma cabeça de alfinete. Ele apoiou o ombro contra a carroça e, com um impulso maciço, a fez avançar de novo.

Uma prece cruzou seus lábios – implorando forças para resistir e perdão para seu pecado.

As portas da mesquita apareceram bem à sua frente, seus últimos defensores morrendo na soleira. Bernard abandonou a carroça, atravessou os últimos passos que o separavam da mesquita e arrebentou a porta protegida por barras com chutes de uma força que homem nenhum poderia igualar.

Do interior, gritos aterrorizados ecoaram vindos das paredes adornadas. Batimentos cardíacos pulsavam juntos com pavor – em um número grande demais, todos rápidos demais para distinguir um isolado. Eles se fundiram em um único som, como o rugido do mar. Olhos apavorados rebrilharam olhando para ele da escuridão debaixo do domo.

Ele parou sob o umbral da porta para que pudessem vê-lo em silhueta iluminado pelas chamas da cidade deles. Precisavam reconhecer suas vestes de sacerdote e sua cruz, compreender que os cristãos o haviam conquistado.

Mas, mais importante, precisavam saber que não poderiam fugir.

Seus irmãos sanguinistas o alcançaram, postando-se ombro a ombro atrás dele na entrada da mesquita. Ninguém escaparia. O cheiro do terror encheu o vasto aposento, do chão de lajotas até o imenso domo acima.

Em um salto, Bernard retornou para a carroça. Soltou e levantou a jaula e a arrastou pela escadaria acima até a porta, o fundo de ferro rangendo alto, raspando e riscando longas linhas negras nos degraus de pedra. A parede de sanguinistas se abriu para recebê-lo, então se fechou atrás dele.

Ele revirou a jaula até pô-la de pé sobre o piso de mármore polido. A espada arrebentou o ferrolho da tranca com um único golpe. Recuando, abriu a porta enferrujada da jaula. O rangido apagou os sons de batimentos de coração e de respiração.

A criatura saiu da jaula, livre pela primeira vez em muitos meses. Braços longos se estenderam no ar como se em busca das barras conhecidas.

Bernard mal conseguia dizer que aquela coisa um dia havia sido humana – sua pele esbranquiçada como a dos mortos, o cabelo dourado longo e desgrenhado caindo-lhe pelas costas, os membros do corpo finos como os de uma aranha.

Aterrorizada, a multidão recuou ao ver a fera, se apertando contra as paredes ao fundo, esmagando os outros em seu terror e pânico. O aroma delicado de sangue e medo emanava deles.

Bernard levantou a espada e esperou que a criatura o encarasse. A criatura não deveria escapar para as ruas. Seu trabalho era ali. Tinha que trazer o mal e a blasfêmia para aquele recinto sagrado. Tinha que destruir qualquer santidade que ainda pudesse restar. Só então o espaço poderia ser consagrado de novo para o Deus de Bernard.

Como se ouvisse seus pensamentos, o monstro levantou o rosto enrugado na direção de Bernard. Um par de olhos brilhou esbranquiçado como leite. Por muito tempo tinha ficado sem ver o sol, e já tinha sido velho quando fora transformado.

Um bebê chorou em um recinto além.

Uma fera como aquela não conseguiu resistir à tentação.

Com um lampejo de membros esqueléticos, ela girou e investiu em busca da presa.

Bernard baixou a espada, não precisando mais dela para manter o monstro a distância. A promessa de sangue e dor o aprisionaria dentro daquelas paredes por um futuro próximo.

Ele obrigou seus pés a avançarem, seguindo atrás da fera assassina. Enquanto atravessava o recinto abaixo do domo, bloqueou seus ouvidos para não escutar gritos e orações. Desviou o olhar da carne destroçada, dos corpos por cima dos quais passava. Recusou-se a responder à ferrugem do sangue que pairava no ar.

Apesar disso, o monstro em seu íntimo, recentemente atiçado por algumas gotas de carmesim, não podia ser totalmente ignorado. Ele ansiava por se juntar àquele outro, se alimentar, se perder na necessidade simples.

Ser saciado, realmente saciado, pela primeira vez em anos.

Bernard caminhou mais rápido atravessando o recinto, temeroso de perder o controle, de sucumbir àquele desejo – até alcançar a escada do lado oposto.

Lá o silêncio o deteve.

Atrás dele, todos os batimentos de coração haviam cessado. A quietude o aprisionou e ele ficou parado, sem conseguir se mover, a culpa consumindo-o.

Então um urro sobrenatural ecoou no domo, enquanto os sanguinistas afinal mataram a fera, seu propósito cumprido.

Deus, perdoai-me...

Livre daquele silêncio, ele desceu a escada correndo e seguiu pelos corredores tortuosos bem longe no subsolo da mesquita. Seu caminho o levou cada vez para mais fundo nas entranhas da cidade. O fedor intenso do massacre o perseguia, como uma coroa de flores nas sombras.

Então finalmente um novo aroma.

Água.

Caindo de quatro no chão, ele engatinhou para dentro de um túnel apertado e descobriu a luz de uma chama bruxuleando mais adiante. Aquilo o atraiu e o fez avançar como uma mariposa. Ao final do túnel, uma caverna se abria, alta o suficiente para lhe permitir se pôr de pé.

Ele saiu e se levantou. Um archote feito de juncos estava preso a uma parede, lançando uma luz vacilante sobre um laguinho de água negra. Gerações de fuligem escureciam o teto alto.

Ele começou a avançar, quando uma mulher se levantou de trás de um pedregulho. Tranças reluzentes de ébano se estendiam até os ombros de sua túnica branca simples, e sua pele marrom-escura rebrilhava lisa e perfeita. Uma lasca de metal, do comprimento de sua mão, pendia de uma corrente fina de ouro pendurada ao redor de seu pescoço fino. A lasca de metal repousava bem no meio entre os seios arredondados que faziam pressão contra um corpete de linho fino transparente.

Ele há muito tempo já era padre, mas seu corpo reagiu à beleza dela. Com um grande esforço, obrigou seu olhar a encarar o dela. Seus olhos límpidos analisaram os dele.

– Quem sois vós? – perguntou ele. Não ouviu nenhum bater de coração vindo dela, mas também sabia instintivamente que ela não era como a fera enjaulada, nem mesmo um ser como ele. Mesmo daquela distância, ele sentia o calor emanando do corpo dela.

– Sois a Senhora do Poço?

Era um nome que ele havia encontrado escrito em um pedaço de papiro antiquíssimo, junto com um mapa do que havia ali abaixo.

Ela ignorou as perguntas dele.

– Vós não estais pronto para o que buscais – respondeu ela com simplicidade. As palavras dela eram em latim, mas o sotaque era antiquíssimo, mais velho até do que o dele.

– Eu busco apenas conhecimento – replicou ele.

– Conhecimento? – Aquela única palavra soou triste como um cântico fúnebre. – Aqui vós encontrareis somente desapontamento.

Mesmo assim, ela deve ter reconhecido a determinação dele. Deu um passo para o lado e o convidou a se aproximar da água com uma das mãos morena, os dedos longos e graciosos. Um aro fino de ouro lhe envolvia o antebraço.

Ele avançou e passou por ela, seu ombro quase roçando no dela. A fragrância de flores de lótus dançava no ar quente que a rodeava.

– Deixai ficar suas roupas – ordenou ela. – Tereis que entrar na água nu como dela outrora saístes.

Na beira da água, ele tirou desajeitadamente o hábito, lutando contra os pensamentos vergonhosos que enchiam sua mente.

Ela se recusou a desviar o olhar.

– Vós trouxestes muita morte a este recinto sagrado, padre da cruz.

– Ele será purificado – respondeu ele, procurando apaziguá-la. – Consagrado ao único Deus.

– *O único?* – O sofrimento despertou naqueles olhos profundos. – Estais assim tão seguro?

– Estou.

Ela deu de ombros. O pequeno gesto fez cair a túnica fina de seus ombros, que caiu sussurrando no piso áspero de pedra. A luz da tocha revelou um corpo de tamanha perfeição que ele esqueceu seus votos e olhou fixa e abertamente, os olhos se demorando na curva dos seios fartos, na barriga, na linha longa e musculosa das coxas.

Ela se virou e mergulhou na água escura, quase sem causar ondulações.

Sozinho, agora, ele apressadamente desafivelou o cinto, arrancou as botas ensanguentadas e tirou a batina. Uma vez nu, saltou e seguiu atrás dela, mergulhando bem fundo. Água gelada lavou o sangue de sua pele e o batizou em inocência.

Ele deixou escapar o ar de seus pulmões, pois como sanguinista não precisava dele. Afundou rapidamente, nadando atrás dela. Bem longe, lá embaixo, membros nus brilharam num lampejo – então ela nadou para o lado, rápida como um peixe, e desapareceu.

Ele deu impulso e desceu mais fundo, mas ela havia desaparecido. Ele tocou em sua cruz e rezou pedindo orientação. Será que deveria procurar por ela ou continuar sua missão?

A resposta era simples.

Ele se virou e seguiu nadando através de passagens tortuosas, seguindo o mapa em sua cabeça, o mapa que havia decorado daqueles pedaços de papiro, em direção ao segredo escondido nas profundezas abaixo de Jerusalém.

Ele se moveu tão rápido quanto se atrevia, entrando numa escuridão absoluta, através de corredores complexos. Um homem mortal já teria morrido muitas vezes. Uma das mãos roçou na rocha, contando os corredores. Duas vezes ele chegou a becos sem saída e teve que voltar. Lutou contra o pânico, dizendo a si mesmo que tinha lido mal o mapa, jurando a si mesmo que o lugar pelo qual procurava existia.

Seu desespero cresceu até atingir um pico – então um vulto passou nadando por ele na água gelada, parecendo uma correnteza contra sua pele, seguindo de volta na direção por onde ele tinha vindo. Assustado, buscou a espada, lembrando-se tarde demais que a havia deixado numa pilha junto com seu hábito.

Ele estendeu a mão para agarrá-la, mas sabia que já tinha ido embora.

Virando-se na direção de onde ela viera, ele bateu os pés com vigor renovado. Obrigou-se a vencer o temor crescente de que nadaria para sempre na escuridão e nunca encontraria o que procurava.

Finalmente chegou a uma grande caverna, as paredes se abrindo largas para ambos os lados.

Embora cego, ele sabia que tinha encontrado o lugar certo. A água ali parecia mais cálida, ardendo com uma santidade que fazia sua pele coçar. Nadando para o lado, levantou as mãos trêmulas e explorou a parede.

Sob suas palmas, sentiu um desenho entalhado na rocha.

Finalmente...

As pontas de seus dedos se arrastaram sobre a pedra, procurando compreender as imagens entalhadas ali.

Imagens que poderiam salvá-los.

Imagens que poderiam levá-lo à arma secreta.

Sob seus dedos, sentiu a forma de uma cruz, encontrou uma figura crucificada ali – e subindo acima dela, o mesmo homem, o rosto voltado para o alto, os braços estendidos em direção ao céu. Entre os corpos, uma linha ligava essa alma ascendendo ao corpo pregado na cruz abaixo.

Enquanto ele seguia esse caminho, as pontas de seus dedos ardiam queimadas com fogo, advertindo-o de que a linha era feita da mais pura prata. Da cruz, o caminho ardente fluía ao longo da parede curva da caverna para outro trabalho de entalhe próximo. Ali ele encontrou um grupo de homens com espadas, vindos para prender Cristo. A mão do Salvador tocava um dos homens no lado da cabeça.

Bernard sabia o que aquilo retratava.

A cura de Malco.

Era o *último* milagre que Cristo havia realizado antes de sua ressurreição.

Nadando ao longo da parede, Bernard traçou a linha de prata através dos muitos milagres que Jesus havia feito durante sua vida: a multiplicação dos peixes, o redespertar dos mortos, a cura dos leprosos. Ele desenhou cada um em sua mente, como se os tivesse visto. Bernard lutou para conter sua esperança, sua euforia.

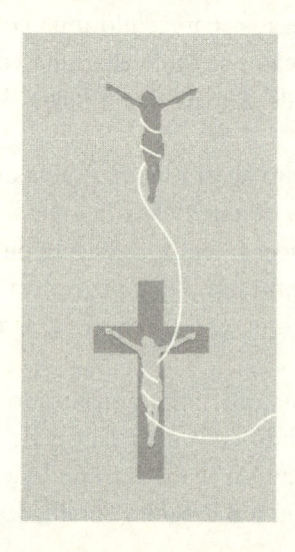

Por fim, chegou à representação do casamento em Caná da Galileia, quando Cristo havia transformado a água em vinho. Aquele era o *primeiro* milagre registrado do Salvador.

Contudo, a linha de prata seguia para fora de novo, saindo de Caná, queimando em meio à escuridão.

Mas para onde? Será que revelaria milagres desconhecidos?

Bernard foi seguindo ao longo dela – apenas para descobrir um largo círculo de rocha esmigalhada sob seus dedos. Freneticamente, varreu a parede com as palmas das mãos em arcos cada vez maiores. Fragmentos de prata engastada na pedra queimaram sua pele como fogo. A dor o trouxe de volta aos sentidos, obrigando-o a encarar o maior de seus temores.

Aquela porção do trabalho de entalhe havia sido destruída.

Ele espalmou ambas as mãos contra a parede, tateando em busca de mais entalhes. De acordo com aqueles antigos fragmentos de papiros, essa história dos milagres de Cristo deveria revelar o local do esconderijo da mais sagrada de todas as armas – uma arma que poderia destruir até a alma maldita mais poderosa com um simples toque.

Ele ficou parado ali na água, sabendo a verdade.

O segredo havia sido destruído.

E ele sabia por quem.

As palavras dela ecoaram em sua cabeça.

Conhecimento? Aqui vós encontrareis somente desapontamento.

Achando-o indigno, ela devia ter vindo direto até ali e desfigurado a gravura sagrada antes que ele pudesse vê-la. Suas lágrimas se misturaram com a água fria – não pelo que estava perdido, mas por uma verdade ainda mais dura.

Eu fracassei.

Cada morte deste dia foi em vão.

PARTE I

Pequei, pois traí sangue inocente.
E eles disseram: Que nos importa?

– Mateus 27:4

1

18 de dezembro, 9:58 horário do Pacífico
Palo Alto, Califórnia

Uma ponta de pânico a mantinha tensa.

Enquanto a dra. Erin Granger entrava no salão de conferências do campus de Stanford, ela lançou um olhar para toda a sua largura a fim de se certificar de que estava sozinha. Ela até se agachou e procurou debaixo dos assentos vazios, se certificando de que ninguém estava escondido ali. Ela manteve uma das mãos na Glock 19 no coldre do tornozelo.

Estava uma linda manhã de inverno, o sol subia em um céu muito azul salpicado de nuvens. Com a luz forte que entrava pelas janelas altas, ela não tinha o que temer das criaturas das trevas que assombravam seus pesadelos.

Mesmo assim, depois de tudo que havia lhe acontecido, ela sabia que qualquer homem era perfeitamente capaz de fazer o mal.

Endireitando-se outra vez, ela chegou ao pódio na frente da sala de aulas e deixou escapar um suspiro baixo de alívio. Sabia que seus temores eram ilógicos, mas aquilo não a impedia de checar para ver se a sala estava segura antes que seus alunos entrassem correndo. Por mais irritantes que alunos de colegial pudessem ser, ela lutaria até a morte para impedir que algum mal acontecesse a qualquer um deles.

Erin não faltaria a um aluno outra vez.

Os dedos de Erin se cerraram sobre a mochila de couro maltratada em sua mão. Ela teve que obrigar os dedos a se abrirem e colocar a bolsa ao lado do atril. Com o olhar ainda vasculhando a sala, abriu a fivela da mochila e retirou suas anotações para a palestra. Geralmente ela memorizava suas apresentações, mas naquela aula estava substituindo uma professora que saíra em licença-maternidade. Era um tópico interessante, e a impedia de ficar remoendo os acontecimentos que tinham alterado completamente sua vida, a começar com a perda de dois de seus alunos de graduação em Israel cerca de dois meses antes.

Heinrich e Amy.

O aluno alemão havia morrido em resultado de ferimentos sofridos depois de um terremoto. A morte de Amy havia ocorrido depois, tinha sido assassinada porque Erin sem saber havia enviado informações proibidas para sua aluna, e o conhecimento daquelas informações havia causado a morte da moça.

Ela esfregou as palmas das mãos, como se tentando limpá-las daquele sangue, apagar aquela responsabilidade. Subitamente o salão pareceu ficar mais frio. Não podia estar fazendo mais de dez graus lá fora e dentro da sala não estava muito mais quente. Mesmo assim, os arrepios que a sacudiram enquanto preparava seus papéis não tinham nada a ver com o mau sistema de aquecimento da sala.

Ao retornar a Stanford, ela deveria ter se sentido feliz por estar de volta a casa, cercada pelas rotinas cotidianas conhecidas de um semestre que se aproximava do fim com os feriados de Natal.

Mas não se sentia.

Porque nada mais era igual.

Enquanto se endireitava e preparava as anotações para a palestra daquela manhã, seus alunos chegaram um a um ou aos pares, alguns descendo para as cadeiras na frente, mas a maioria se mantendo no fundo do salão e se acomodando nas cadeiras nas últimas fileiras.

– Professora Granger?

Erin olhou para a esquerda e descobriu um rapaz com cinco argolas de prata ao longo da sobrancelha se aproximando dela. O aluno tinha uma expressão determinada no rosto enquanto se postava diante dela. Trazia uma câmera com lentes zoom pendurada em um ombro.

– Sim? – Ela não se deu ao trabalho de disfarçar a irritação em sua voz.

Ele colocou uma folha de papel dobrada sobre o tampo do atril de madeira e a empurrou para ela.

Atrás dele os outros alunos na sala observaram, desinteressadamente, mas eram atores pouco convincentes. Ela sabia que a estavam observando, querendo saber o que faria. Ela não precisava abrir aquela folha de papel para saber que continha o número de telefone daquele rapaz.

– Eu sou do *Stanford Daily*. – Ele brincou com uma argola na sobrancelha. – Estava na esperança, será que a senhora poderia me dar uma entrevista rápida para o jornal?

Ela empurrou o papel de volta para ele.

– Não, obrigada.

Ela havia recusado todos os pedidos de entrevistas desde que voltara de Roma. Não quebraria seu silêncio agora, especialmente uma vez que tudo que tinha permissão para dizer era mentira.

Para esconder a verdade dos trágicos acontecimentos que haviam deixado dois de seus alunos mortos, uma história havia sido inventada de que ela havia ficado presa dois dias no deserto israelense, soterrada nos escombros depois do terremoto em Massada. De acordo com esse falso relato, ela havia sido descoberta viva, junto com um sargento chamado Jordan Stone e seu único aluno sobrevivente, Nate Highsmith.

Erin compreendia a necessidade de uma história falsa para explicar o tempo que ela havia passado trabalhando para o Vaticano, um subterfúgio que era sustentado por uma elite dos poucos no governo que também conheciam a verdade. O público não estava pronto para história de monstros em meio à noite, os mistérios subjacentes que sustentavam o mundo em geral.

Mesmo assim, necessárias ou não, ela não tinha nenhuma intenção de acrescentar nada àquelas mentiras.

O aluno com a fileira de argolas na sobrancelha persistiu:

– Eu deixaria que a senhora revisasse a matéria antes de publicá-la. Se não gostar de qualquer detalhe, poderemos alterá-lo até ficar do seu agrado.

– Eu respeito a sua persistência e diligência, mas isso não vai mudar minha resposta. – Ela fez um gesto para o auditório semicheio. – Por favor, vá se sentar.

Ele hesitou e pareceu a ponto de falar de novo.

Ela se empertigou em toda a sua altura e cravou nele seu olhar mais severo. Erin tinha um metro e setenta e dois, e com o cabelo preso num rabo de cavalo casual, não parecia uma figura muito intimidadora.

Porém, o que contava era a atitude.

Fosse lá o que fosse que ele viu nos olhos dela o impeliu a voltar para junto dos alunos reunidos, onde rapidamente se deixou afundar na cadeira, mantendo a cabeça baixa.

Com aquele problema resolvido, ela bateu as anotações numa pilha bem arrumada e pôs a turma em ordem.

– Obrigada a todos por comparecerem a esta última aula de História 104: Despindo o Divino da História Bíblica. Hoje debateremos os mal-entendidos comuns com relação a um feriado religioso que está muito próximo, ou seja, o *Natal*.

Os tilintares de laptops sendo ligados substituíram o som outrora conhecido de farfalhar de papel enquanto os alunos se preparavam para fazer anotações.

– O que celebramos no dia 25 de dezembro? – Ela permitiu que seu olhar deslizasse sobre os alunos... alguns com piercings, outros com tatuagens e muitos que pareciam estar de ressaca. – Dia 25 de dezembro? Alguém sabe? Vamos, essa é fácil.

Uma garota que usava um blusão de moletom com um anjo bordado na frente levantou a mão.

– O nascimento de Cristo?

– Isso mesmo. Mas quando foi que Cristo realmente *nasceu*?

Ninguém ofereceu uma resposta.

Ela sorriu, superando seus temores à medida que assumia o papel de professora.

– É inteligente da parte de vocês todos evitarem essa armadilha. – Isso mereceu algumas risadinhas. – A data do nascimento de Cristo é na verdade objeto de alguma controvérsia. Clemente de Alexandria dizia...

E ela prosseguiu com sua palestra. Um ano antes, teria dito que ninguém vivo hoje sabia a data verdadeira do nascimento de Cristo. Erin não podia mais dizer aquilo, porque como parte de suas aventuras em Israel, na Rússia e em Roma, ela havia conhecido alguém que de fato *sabia*, alguém que tinha estado vivo quando Cristo nasceu. Naquele momento ainda recente, ela havia se dado conta de como grande parte da história aceita estava *errada* – mascarada pela ignorância ou obscurecida por inverdades deliberadas para esconder verdades mais sombrias.

Como arqueóloga, e alguém que buscava a história oculta debaixo de areia e rochas, aquela revelação a havia deixado perturbada, sem rumo. Depois de voltar ao mundo confortável da academia, ela havia descoberto que não podia mais dar uma palestra simples sem fazer uma reflexão cuidadosa. Dizer a verdade a seus alunos, ainda que não toda a verdade, havia se tornado quase impossível. Cada aula e palestra pareciam uma mentira.

Como posso continuar a seguir por esse caminho, mentindo para aqueles a quem deveria estar ensinando a verdade?

Apesar disso, que escolha tinha? Depois de ter visto aquela porta aberta por um breve momento, revelando a natureza do mundo, ela havia sido fechada com a mesma firmeza.

Não fechada. Foi batida na minha cara.

Isolada, sem acesso àquelas verdades escondidas atrás daquela porta, ela ficava de fora, restando-lhe ficar a se perguntar o que era verdadeiro e o que era falso.

Finalmente, a palestra chegou ao fim. Ela limpou o quadro, como se tentando apagar as falsidades e meias verdades que se encontravam ali. Pelo menos, aquilo estava acabado. Erin se parabenizou por ter conseguido fazer a última palestra do ano. Tudo que restava agora era dar notas aos últimos trabalhos – então estaria livre para enfrentar o desafio do feriado de Natal.

Ao longo daquela extensão de dias desocupados, ela imaginou os olhos azuis e os planos retos de um rosto forte, os lábios cheios que sorriam com tanta facilidade, a testa lisa sob uma franja curta de cabelos louros. Seria bom ver o sargento Jordan Stone outra vez. Já fazia várias semanas desde que o vira pela última vez pessoalmente – embora tivessem se falado com frequência pelo telefone. Ela não tinha certeza de para onde aquele relacionamento estava indo a longo prazo, mas queria estar lá para descobrir.

É claro, isso significava escolher o presente de Natal perfeito para expressar aquele sentimento. Erin sorriu ao pensar nisso.

Enquanto começava a apagar a última linha no quadro branco, pronta para dispensar os alunos às suas costas, uma nuvem escondeu o sol, envolvendo a sala de aula em sombra. O apagador se imobilizou no quadro, ela se sentiu momentaneamente tonta, então se sentiu cair na...

Escuridão absoluta.

Paredes de pedra pressionavam seus ombros. Ela se esforçou para se sentar. Sua cabeça bateu contra a pedra e ela caiu para trás com um estrondo. Mãos frenéticas vasculharam um mundo de trevas.

Pedra por todos os lados – acima, atrás, por todos os lados. Não pedra áspera como se ela estivesse enterrada debaixo de uma montanha. Mas lisa. Polida como vidro.

Ao longo do topo da caixa havia um desenho gravado engastado em prata. Ele queimou as pontas de seus dedos.

Ela engoliu, e vinho encheu sua boca. O suficiente para afogá-la.

Vinho?

Uma porta no fundo do salão bateu ao se fechar, trazendo-a de volta à sala de aula. Erin olhou fixamente para o apagador sobre o quadro branco, seus dedos cerrados apertando-o, os nós dos dedos brancos.

Quanto tempo fiquei parada aqui assim? Na frente de todo mundo.

Calculava que não mais que alguns segundos. Tinha tido momentos como aquele antes ao longo das últimas semanas, mas nunca diante de ninguém. Ela havia descartado aqueles momentos como choque pós-traumático e tivera esperanças de que fossem sumir por si mesmos, mas aquele último tinha sido o mais vívido de todos eles.

Erin respirou fundo e se virou para encarar a turma. Eles pareciam despreocupados, de modo que ela não podia ter estado fora de si por muito tempo. Ela precisava botar aquilo sob controle antes que alguma coisa pior acontecesse.

Erin olhou para a porta que havia batido.

Uma figura bem-vinda estava no fundo do salão. Percebendo a atenção dela, Nate Highsmith levantou um grande envelope e acenou para ela. Ele deu um sorriso de desculpas e então veio andando pela sala, calçando botas de caubói, um ligeiro manquejar em seus passos era a única lembrança da tortura que havia sofrido no último outono.

Ela apertou os lábios. Deveria tê-lo protegido melhor. E a Heinrich. E muito especialmente, Amy. Se Erin não tivesse exposto a moça ao perigo, ela poderia estar viva hoje. Os pais de Amy não estariam passando o primeiro Natal sem a filha. Eles nunca tinham querido que Amy fosse arqueóloga. Tinha sido Erin quem finalmente os convencera a deixá-la ir participar da escavação em Israel. Como pesquisadora de campo sênior, Erin lhes havia garantido que sua filha estaria em segurança.

No final, ela demonstrara estar terrível, horrivelmente enganada.

Ela inclinou a bota para sentir o volume tranquilizador da arma contra seu tornozelo. Não seria mais apanhada desprevenida. Outros inocentes não morreriam quando ela estivesse de serviço.

Enquanto a sala se esvaziava, ela se obrigou a olhar fixo para fora, para o céu luminoso, tentando afastar a escuridão que ainda restava de sua visão alguns momentos antes.

Nate finalmente chegou junto dela enquanto os últimos alunos da turma saíam.

– Professora. – Ele parecia preocupado. – Tenho uma mensagem para a senhora.

– Que mensagem?

– São duas, na verdade. A primeira é do governo israelense. Eles finalmente liberaram nossos achados e dados de Cesareia.

– Isso é maravilhoso. – Ela tentou infundir entusiasmo às suas palavras, mas não conseguiu. Ao menos Amy e Heinrich receberiam algum crédito por seu último trabalho, um epitáfio para suas vidas breves. – Qual é a segunda mensagem?

– É do cardeal Bernard.

Surpreendida, ela se virou e encarou bem Nate. Durante semanas ela havia tentado entrar em contato com o cardeal, o chefe da Ordem dos Sanguíneos em Roma. Tinha até considerado a possibilidade de voar até a Itália e se postar diante dos apartamentos dele na Cidade do Vaticano.

– Já estava mais do que na hora de ele retornar minhas chamadas – resmungou.

– Ele quer que a senhora ligue para ele imediatamente – disse Nate. – Pareceu ser uma emergência.

Erin suspirou com exasperação. Bernard a havia ignorado durante dois meses, mas agora precisava de algo dela. Erin tinha um milhar de perguntas para ele – preocupações e pensamentos que haviam se acumulado ao longo das últimas semanas desde que voltara de Roma. Ela lançou um olhar rápido para o quadro branco, examinando a linha metade apagada. Também tinha perguntas a respeito daquelas visões.

Seriam aqueles episódios consequência de estresse pós-traumático? Será que ela estava revivendo os momentos que havia passado aprisionada debaixo de Massada?

Mas, se for assim, por que fico sentindo gosto de vinho?

Ela sacudiu a cabeça para clarear os pensamentos e apontou para a mão dele.

– O que há dentro desse envelope?

– Está endereçado à senhora. – Ele o entregou a ela.

Pesava demais para conter apenas uma carta. Erin examinou o endereço do remetente.

Israel.

Os dedos dela tremeram ligeiramente enquanto rasgava e abria com a caneta.

Nate reparou que a mão dela tremia e pareceu preocupado. Erin sabia que ele estava conversando com um terapeuta sobre seu próprio problema de estresse pós-traumático. Eles eram dois sobreviventes feridos com segredos que não podiam ser falados plenamente em voz alta.

Sacudindo o envelope, ela tirou uma folha de papel datilografado e um objeto mais ou menos do tamanho e do formato de um ovo de codorna. O coração de Erin se contraiu quando reconheceu o objeto.

Até Nate deixou escapar um gemido e deu um passo para trás.

Ela não podia se dar àquele luxo. Erin leu a página anexa rapidamente. Era das forças de segurança de Israel. Eles haviam determinado que o artefato incluso não era mais relevante para a investigação secreta do caso deles, e esperavam que ela o entregasse a seu proprietário de direito.

Ela balançou o pedaço de âmbar na palma da mão, como se fosse o objeto mais precioso do mundo. Sob a luz forte fluorescente, parecia pouco mais que uma pedra marrom lustrosa, mas ao toque parecia bem mais quente. A luz se refletia em sua superfície, e, no centro exato, uma minúscula pena escura pairava imobilizada, preservada ao longo de milhares de anos, um momento de tempo congelado para sempre em âmbar.

– O amuleto da sorte de Amy – balbuciou Nate, engolindo em seco. Ele estivera presente quando Amy havia sido assassinada. Nate manteve os olhos afastados do pequeno ovo de âmbar.

Erin pôs uma das mãos no cotovelo de Nate com solidariedade. De fato, o talismã era mais que o amuleto da sorte de Amy. Um dia durante a escavação, Amy havia explicado a Erin que havia encontrado o âmbar na praia quando era garotinha, e que tinha ficado fascinada com a pena presa dentro dele, se perguntando de onde teria vindo, imaginando a asa da qual poderia ter caído. O âmbar havia capturado a imaginação dela tão totalmente quanto a pena. Tinha sido aquilo que despertara o desejo de Amy de estudar arqueologia.

Erin contemplou o âmbar na palma de sua mão, sabendo que aquele pequeno objeto havia levado Amy não apenas a seu campo de estudos – mas também à sua morte.

Seus dedos se cerraram com força sobre a pedra lisa, pressionando sua determinação, fazendo-a prometer a si mesma.

Nunca mais...

2

18 de dezembro, 11:12 horário da Costa Leste
Arlington, Virgínia

O sargento Jordan Stone se sentia uma fraude enquanto marchava em seu uniforme de gala azul. Naquele dia ele enterraria o último membro de sua antiga equipe – um rapaz chamado cabo Sanderson. Como seus outros companheiros de equipe, o corpo de Sanderson nunca tinha sido encontrado.

Depois de uns dois meses de buscas em meio a toneladas de escombros do que outrora havia sido a montanha de Massada, os militares haviam desistido. O caixão vazio de Sanderson pesava duramente contra o quadril de Jordan enquanto ele marchava acompanhando o passo dos outros militares que carregavam o caixão.

Uma tempestade de neve de dezembro havia coberto o terreno do Cemitério Nacional de Arlington, escondendo a grama marrom e se acumulando nos galhos das árvores sem folhas. A neve formava montes sobre os topos em arco das lápides de mármore das sepulturas, mais lápides do que ele podia contar. Cada túmulo era numerado, a maioria ostentava nomes, e todos aqueles soldados tinham sido enterrados com honra e dignidade.

Um deles era a sua esposa, Karen, morta em combate mais de um ano antes. Não havia restado muito dela para enterrar, só as plaquetas de metal de identificação. O caixão dela estivera tão vazio quanto o de Sanderson. Havia dias em que Jordan não conseguia acreditar que ela estava morta, que ele nunca mais lhe daria flores e nunca mais ganharia um beijo lento e longo de agradecimento. Em vez disso, as únicas flores que ele daria a ela iriam para o seu túmulo. Ele havia posto rosas lá antes de vir para o funeral de Sanderson.

Jordan recordou o rosto sardento de Sanderson. Seu jovem companheiro tinha sido uma pessoa sempre pronta para agradar, que levava a sério seu trabalho e dava o melhor de si. Em troca disso, tivera uma morte solitária no topo de uma montanha em Israel. Jordan apertou a mão na alça fria do caixão, desejando que aquela missão tivesse acabado de forma diferente.

Mais alguns passos diante das árvores nuas e ele e seus companheiros levaram o caixão para a capela frígida. Ele se sentia mais à vontade com aquelas paredes brancas simples que tinha se sentido nas igrejas requintadas da Europa. Sanderson também teria se sentido mais confortável ali.

A mãe e a irmã de Sanderson esperavam por eles lá dentro. Elas usavam vestidos pretos quase idênticos e sapatos finos formais apesar do frio e da neve. Ambas tinham a compleição loura de Sanderson, com o rosto sardento mesmo no inverno. O nariz e os olhos delas estavam vermelhos.

Elas sentiam a falta dele.

Jordan desejou que não tivessem que sentir.

Ao lado delas, o oficial comandante dele, capitão Stanley, bateu continência. O capitão tinha estado ao lado de Jordan em todos os funerais, os lábios comprimidos numa linha fina enquanto os caixões baixavam à sepultura. Tinham sido bons soldados, todos eles.

Stanley era um comandante que gostava de seguir as regras à risca e tinha cuidado do *debriefing* de Jordan de forma impecável. Por sua vez, Jordan tinha dado o melhor de si para se ater à mentira que o Vaticano havia preparado: a montanha havia desmoronado durante um terremoto, e todo mundo tinha morrido. Ele e Erin tinham estado num canto que não havia desmoronado e haviam sido salvos três dias mais tarde por uma equipe de resgate do Vaticano.

Bastante simples.

Mas não era verdade. E, infelizmente, ele era um mau mentiroso, e seu comandante suspeitava que ele não tivesse revelado tudo que havia acontecido em Massada nem depois de seu resgate.

Jordan já tinha sido afastado de serviço ativo e enviado para acompanhamento psiquiátrico. Havia alguém para observá-lo em todos os instantes, esperando para ver se ele se abriria. O que ele mais queria era apenas voltar para o campo e fazer seu trabalho. Como membro da Equipe Expedicionária Forense no Afeganistão, tinha trabalhado e investigado cenas de crimes militares. Era bom naquilo e queria voltar a fazê-lo.

Qualquer coisa para se manter ocupado, para se manter em movimento.

Em vez disso, ele bateu continência ao lado de mais um caixão, o frio do piso de mármore penetrando nos dedos de seus pés. A irmã de Sanderson estremeceu de frio ao lado dele. Jordan desejou poder dar a ela o paletó de sua farda.

Ele ouviu mais os tons sombrios do capelão militar do que suas palavras. O padre tinha apenas vinte minutos para completar a cerimônia. Em Arlington eram realizados muitos funerais todos os dias, e eles mantinham um horário rigoroso.

Ele logo se viu fora da capela e no cemitério. Tinha feito aquela marcha tantas vezes que seus pés encontraram o caminho para aquele túmulo quase sem pensar. O caixão de Sanderson estava na terra marrom salpicada de neve, flocos se enrolando na superfície e formando gavinhas, como cirros, o tipo de nuvens altas tão comuns no deserto onde Sanderson havia morrido. Jordan esperou o resto da cerimônia, ouviu as três salvas de disparos de rifle e o corneteiro tocando "Taps", e observou o capelão entregar a bandeira dobrada à mãe de Sanderson.

Jordan tinha visto aquela mesma cena para cada um de seus companheiros de equipe.

A repetição não a tornara mais fácil.

No final, Jordan apertou a mão da mãe de Sanderson. Pareceu-lhe fria e frágil, e ele temeu que pudesse quebrá-la.

– Eu sinto muitíssimo pela sua perda. O cabo Sanderson era um excelente soldado e um bom homem.

– Ele gostava do senhor. – A mãe do cabo deu-lhe um sorriso triste. – Dizia que o senhor era inteligente e corajoso.

Jordan obrigou seu rosto congelado a retribuir o sorriso.

– É bom saber disso, senhora. Ele próprio também era inteligente e corajoso.

Ela piscou os olhos para afastar as lágrimas e se virou. Ele deu um passo para ir atrás dela, embora não soubesse o que iria dizer, mas, antes que pudesse, o capelão pôs a mão em seu ombro.

– Creio que temos um assunto para tratar, sargento.

Virando-se, Jordan examinou o jovem capelão. O homem usava o uniforme de gala azul exatamente como o de Jordan, só que tinha cruzes costuradas nas lapelas do casaco. Olhando mais de perto naquele momento, Jordan viu que a pele dele era branca demais, mesmo para o inverno, e seu cabelo castanho um tanto comprido demais, a postura não exatamente militar. Enquanto o capelão o encarava de volta, seus olhos verdes não piscaram.

Os cabelos na base da nuca de Jordan se arrepiaram.

O frio da mão do capelão penetrava através de sua luva. Não era como o de uma mão que tivesse estado ao ar livre por tempo demais em um dia frio. Era como uma mão que não estivera quente havia anos.

Jordan tinha conhecido muitos daquela raça. O que estava postado ali diante dele era um predador vindo dos mortos, uma criatura vampiresca chamada *strigoi*. Mas para aquela estar sob a luz do sol, tinha que ser um sanguinista – um *strigoi* que havia feito o voto de parar de beber sangue humano, servir à Igreja Católica e se sustentar apenas com o sangue de Cristo – ou, mais exatamente, *vinho* consagrado pelo sacramento sagrado para se tornar o sangue Dele.

Tal juramento tornava aquela criatura menos perigosa.

– Não tenho muita certeza de que ainda reste algum assunto a tratar – respondeu Jordan.

Ele se afastou do capelão e se preparou, pronto para lutar se fosse necessário. Já tinha visto sanguinistas lutarem. Sem dúvida aquele capelão franzino poderia derrubá-lo, mas aquilo não significava que Jordan fosse aceitar a derrota com facilidade.

O capitão Stanley se postou entre eles e pigarreou.

– Isso foi autorizado pelos mais altos escalões, sargento Stone.

– O que, senhor?

– Ele explicará tudo – respondeu o capitão, indicando o capelão com um gesto. – Vá com ele.

– E se eu recusar? – Jordan prendeu a respiração, na esperança de uma boa resposta.

– É uma ordem, sargento. – Ele lançou um olhar severo para Jordan. – Isso está sendo tratado por patentes bem mais altas do que a minha.

Jordan conteve um gemido.

– Sinto muito, senhor.

O capitão Stanley ergueu um cantinho dos lábios, o equivalente a uma gostosa gargalhada de um homem mais risonho.

– Nisso eu acredito, sargento.

Jordan bateu continência, se perguntando se aquela seria a última vez, e seguiu o capelão de volta para uma limusine preta estacionada junto ao meio-fio. Parecia que os sanguinistas tinham invadido sua vida, novamente, prontos para chutar para longe os escombros de sua carreira com seus pés imortais.

O capelão abriu a porta para ele, e Jordan embarcou. O interior cheirava a couro e conhaque e charutos caros. Não era o que se esperaria do veículo de um padre.

Jordan deslizou no assento. A divisória de vidro tinha sido levantada, tudo que ele via do motorista era a nuca de um pescoço grosso, cabelo louro curto e o boné de um uniforme.

O capelão puxou as pernas da calça para conservar o vinco, antes de entrar. Com uma das mãos fechou a porta com uma batida de respeito, trancando Jordan ali dentro com ele.

– Por favor, aumente o aquecimento para nosso convidado – ordenou ao motorista. Então desabotoou a jaqueta do uniforme de gala azul e se recostou.

– Creio que meu comandante disse que o senhor explicaria tudo. – Jordan cruzou os braços. – Vá em frente.

– Essa é uma ordem e tanto. – O jovem capelão serviu um conhaque. Levou o copo ao nariz e inalou. Com um suspiro, baixou o copo e o ofereceu a Jordan. – É de uma excelente safra.

– Então beba.

O capelão girou o conhaque no copo, os olhos seguindo o líquido marrom.

– Creio que você sabe que não posso, por mais que queira.

– Está se referindo à explicação? – perguntou Jordan.

O capelão levantou uma das mãos e o carro se pôs em movimento.

– Perdoe-me pela cena de capa e espada. Ou talvez *batina e cruz* sejam termos mais apropriados?

Ele deu um sorriso triste e cheirou o conhaque de novo.

Jordan franziu o cenho para os maneirismos do sujeito. Ele com certeza parecia menos sério e formal que os outros sanguinistas que havia conhecido.

O capelão tirou a luva branca e estendeu a mão.

– Meu nome é Christian.

Jordan ignorou o convite.

Percebendo isso, o capelão levantou a mão e correu os dedos pelo cabelo espesso.

– Sim, eu aprecio a ironia. Um sanguinista chamado *Christian*. Parece que minha mãe planejou isso.

O homem deu uma risadinha.

Jordan não sabia muito bem o que pensar daquele sanguinista.

– Creio que quase nos conhecemos na abadia de Ettal – disse o capelão. – Mas Rhun escolheu Nadia e Emmanuel para integrar seu trio na Alemanha.

Jordan recordou as feições sombrias de Nadia e a atitude ainda mais sombria de Emmanuel.

Christian sacudiu a cabeça.

– Nada surpreendente, suponho.

– Por que não?

O outro ergueu uma sobrancelha.

– Creio que não sou penitente de cilício e cinzas o suficiente para o padre Rhun Korza.

Jordan lutou para conter um sorriso.

– Compreendo como isso pode tê-lo incomodado.

Christian colocou o conhaque numa bandeja perto da porta e se inclinou para frente, os olhos verdes sérios.

– Na verdade, o padre Korza é o motivo por que estou aqui.

– Ele enviou você?

De alguma forma Jordan não conseguia imaginar aquilo. Duvidava que Rhun Korza quisesse ter qualquer coisa a tratar com ele. Eles não tinham se separado em bons termos.

– Não exatamente. – Christian apoiou os cotovelos magros nos joelhos.

– O cardeal Bernard está tentando manter o fato em segredo, mas Rhun desapareceu sem dizer uma palavra.

Faz sentido... o sujeito não era mesmo de muita conversa.

– Ele entrou em contato com você desde que deixou Roma em outubro? – perguntou Christian.

– Por que ele entraria em contato comigo?

O outro inclinou a cabeça para o lado.

– Por que não entraria?

– Eu o odeio. – Jordan não viu sentido em mentir. – Ele sabe disso.

– Rhun é um homem difícil de se gostar – admitiu Christian –, mas o que ele fez para fazer com que você o odeie?

– Além de quase matar Erin?

As sobrancelhas de Christian se ergueram com preocupação.

– Eu pensei que ele tivesse salvado a vida dela... e a sua.

Os maxilares de Jordan se cerraram. Ele se lembrou de Erin desmaiada no chão, a pele lívida, o cabelo ensopado de sangue.

– Rhun cravou os dentes nela – explicou Jordan com aspereza. – Sugou-lhe o sangue e a deixou ficar para morrer nos túneis subterrâneos de Roma. Se o irmão Leopold e eu não a tivéssemos encontrado, como a encontramos, ela estaria morta.

– O padre Korza se alimentou do sangue de Erin? – Christian se balançou para trás, a surpresa estampada em seu rosto. Ele escrutou o rosto de Jordan por vários segundos sem falar, visivelmente abalado pela revelação do pecado. – Você tem certeza? Talvez...

– Ambos admitiram o fato, Erin e Rhun. – Jordan cruzou os braços. – Não sou eu quem está mentindo aqui.

Christian levantou as mãos em um gesto de apaziguamento.

– Perdoe-me. Não tive a intenção de duvidar de você. É só que isso é... extraordinário.

– Não para Rhun, não é. – Ele pôs as mãos nos joelhos. – O menino de ouro de vocês já escorregou antes.

– Só uma vez. E Elizabeth Bathory foi há muitos séculos. – Christian pegou o seu copo de conhaque e o examinou. – Então você está dizendo que o irmão Leopold *tinha conhecimento* disso?

– Certamente tinha.

Aparentemente Leopold devia ter escondido o deslize de Rhun. Jordan sentiu desapontamento, mas não surpresa. Os sanguinistas eram unidos.

– Ele se alimentou do sangue dela... – Christian olhou fixamente para o copo como se pudesse encontrar ali a resposta. – Isso significa que Rhun está cheio do sangue dela.

Jordan estremeceu, perturbado por aquele pensamento.

– Isso muda tudo. Temos que ir para junto dela. Agora. – Christian se inclinou para frente e bateu na divisória para chamar a atenção do motorista. – Leve-nos para o aeroporto! Imediatamente.

Obedecendo rápido, o motorista acelerou o carro, o fundo raspando quando chegou à crista de uma colina e seguiu para fora do cemitério.

Christian olhou para Jordan.

– Nós nos separaremos no aeroporto. Você pode ir para casa de lá sozinho, correto?

– Eu poderia – concordou ele. – Mas, se Erin estiver envolvida em alguma coisa de tudo isso, eu irei com você.

Christian respirou fundo e deixou escapar o ar. Ele tirou um telefone celular do bolso e digitou os números.

– Tenho certeza de que o cardeal Bernard lhe fez o sermão inteiro da última vez a respeito de sua vida e sua alma estarem em perigo, se você se envolver em nossos assuntos.

– Fez.

– Então vamos poupar tempo e fazer de conta que eu fiz o sermão de novo. – Christian levou o telefone à orelha. – Agora preciso alugar um avião para ir à Califórnia.

– Então não faz objeção de que eu vá com você?

– Você ama Erin e quer protegê-la. Quem sou eu para impedir isso?

Para um sujeito morto, Christian estava se revelando ser um bom sujeito.

Apesar disso, enquanto a limusine seguia em alta velocidade pela cidade varrida pela neve, a ansiedade de Jordan se tornou mais intensa a cada quilômetro.

Erin estava em perigo.

Outra vez.

E provavelmente tudo por causa das ações de Rhun Korza.

Talvez fosse melhor se aquele canalha continuasse desaparecido.

3

18 de dezembro, 18:06 horário da Europa Central
Cidade do Vaticano

O cardeal Bernard rearrumou os jornais no tampo de sua escrivaninha, como se organizá-los em fileiras bem ordenadas pudesse mudar as palavras que continham. Manchetes terríveis gritavam das páginas:

Assassino serial à solta em Roma
Terrível assassino massacra moças
Polícia abalada pela brutalidade

Luz de vela se refletia no globo cravejado de pedras preciosas ao lado de sua mesa. Ele virou a antiquíssima esfera lentamente, ansiando estar em qualquer lugar menos ali. Olhou de relance para seus livros antigos, seus papiros. Sua espada na parede da época das Cruzadas – peças que havia colecionado ao longo de seus séculos de serviço à Igreja.
Eu tenho servido por muito tempo, mas será que tenho servido bem?
O cheiro da tinta do jornal atraiu sua atenção de volta para as páginas. Os detalhes o perturbaram ainda mais. Cada mulher tivera a garganta cortada, e todo o sangue fora retirado do corpo. Elas tinham sido todas bonitas e jovens, de cabelos negros e olhos azuis. Vinham dos mais diversos ambientes sociais, mas todas tinham morrido nos quarteirões mais antigos de Roma, nas horas mais escuras entre o pôr do sol e o nascer do sol.
Vinte no total, de acordo com os jornais.
Mas Bernard havia conseguido esconder muito mais mortes. O número chegava a uma vítima abatida quase todos os dias desde o final de outubro.
Ele não podia deixar de reparar na data.
O final de outubro.
As mortes tinham começado logo depois da batalha travada nas criptas abaixo da basílica de São Pedro, uma luta pela posse do Evangelho de San-

gue. Os sanguinistas tinham vencido aquela batalha contra os belial, uma força combinada de seres humanos e *strigoi*, conduzida por um líder desconhecido que continuava a assolar sua ordem.

Pouco depois daquela batalha, o padre Rhun Korza havia desaparecido. Onde ele estava? O que ele havia feito?

Bernard se apavorava diante daquele pensamento.

Ele olhou para a pilha de jornais. Será que um *strigoi* desgarrado havia escapado da batalha e agora caçava nas ruas de Roma, tomando como presas aquelas jovens mulheres? Houvera tantas feras nos túneis. Uma poderia ter escapado da rede deles.

Uma parte dele rezava para que isso fosse verdade.

Ele não ousava considerar a alternativa. Aquele medo o mantinha à espera, indeciso, enquanto mais garotas inocentes morriam.

Uma mão bateu à porta.

— Cardeal?

Ele reconheceu a voz e o bater do coração vagaroso que a ela pertencia.

— Entre, padre Ambrose.

O padre humano abriu a porta de madeira com uma das mãos, a outra estava cerrada num punho frouxo.

— Lamento incomodá-lo.

O assistente não parecia pesaroso. Na verdade, a voz dele soava com um prazer mal disfarçado. Embora Ambrose claramente o amasse e servisse o gabinete do cardeal diligentemente, havia um traço de mesquinharia no homem que encontrava um prazer perverso nos infortúnios dos outros.

Bernard conteve um suspiro.

— O que é?

Ambrose entrou no gabinete. Seu corpo roliço se inclinou para frente como um sabujo farejando. Ele olhou ao redor do aposento iluminado por velas, provavelmente se certificando de que Bernard estivesse sozinho. Como Ambrose amava seus segredos. Mas, também, talvez fosse por isso que o homem amava tanto Bernard. Depois de tantos séculos, em suas veias circulavam tantos segredos quanto sangue negro.

Finalmente satisfeito, seu assistente baixou a cabeça em sinal de deferência.

— Nossa gente encontrou *isto* no local do assassinato mais recente.

Ambrose se aproximou da mesa dele e estendeu o braço. Lentamente, virou a mão e desceu os dedos.

Na palma da sua mão havia uma faca. Sua lâmina curva se assemelhava a uma garra de tigre. O gancho afiado tinha um buraco numa das pontas, onde um guerreiro poderia enfiar um dedo, permitindo a quem a empunhasse lançar a lâmina em um milhar de cortes mortais. Era uma arma antiquíssima chamada *karambit,* uma arma cujas raízes podiam ser encontradas há muitos séculos. E pela pátina que escurecia sua superfície, aquela lâmina em particular era muito, muito antiga – mas não era uma peça de museu. Estava visivelmente marcada por muitas batalhas e muito uso.

Bernard a tirou da mão de Ambrose. O calor contra seus dedos confirmou seu pior temor. A lâmina era banhada em prata, a arma de um sanguinista.

Ele recordou os rostos das garotas assassinadas, imaginou as gargantas cortadas de orelha a orelha.

Então fechou os dedos sobre a prata ardente.

De toda a ordem sagrada, apenas um sanguinista usava uma arma como aquela, o homem que havia desaparecido quando os assassinatos haviam começado.

Rhun Korza.

4

18 de dezembro, 16:32 horário da Costa do Pacífico
Condado de Santa Clara, Califórnia

Montada em seu cavalo favorito, Erin trotou através de pradarias tingidas de marrom-dourado pelo inverno seco da Califórnia. Respondendo a um ligeiro movimento de seu peso, o capão negro alargou o passo.

Bom garoto, Blackjack.

Ela mantinha o cavalo num conjunto de estábulos nos arredores de Palo Alto. Ia lá para montá-lo sempre que podia, sabendo que ele precisava do exercício, mas principalmente pela pura alegria de voar pelos campos montada no grande capão. Blackjack não havia sido montado durante alguns dias e estava borbulhando de energia.

Ela lançou um olhar para trás por cima do ombro. Nate vinha cavalgando não muito longe atrás dela, montado numa égua cinzenta chamada Gunsmoke. Tendo sido criado no Texas, ele também era um excelente cavaleiro e estava claramente testando a égua.

Erin apenas deixou Blackjack correr solto dando vazão a seu entusiasmo, tentando se concentrar no vento batendo em seu rosto, no cheio forte de cavalo, na ligação fácil entre ela e sua montaria. Sempre adorara cavalgar desde que era menina. Aquilo a ajudava a raciocinar. Naquele dia estava pensando sobre suas visões, tentando descobrir o que fazer a respeito delas. Erin sabia que não eram apenas TEPT. Elas significavam algo mais.

Na sua frente, o sol tocou o topo das colinas ondulantes.

– Nós deveríamos tratar de voltar logo! – gritou Nate para ela. – O sol vai descer dentro de uma meia hora.

Ela ouviu o traço de ansiedade na voz dele. Em Roma, Nate tinha ficado preso na escuridão durante dias, sido torturado naquelas trevas. A noite provavelmente ainda lhe causava algum terror.

Admitindo isso naquele momento, ela soube que não deveria ter concordado em permitir que ele a acompanhasse. Mas, anteriormente naquela tarde, depois de não ter conseguido falar com o cardeal Bernard ao telefone, ela havia saído de seu escritório determinada a botar para fora parte de sua ansiedade. Nate havia perguntado para onde ela estava indo, e tolamente Erin havia permitido que ele a acompanhasse.

Naqueles últimos meses, Erin tinha tido dificuldade em dizer não para ele. Depois dos trágicos acontecimentos em Israel e em Roma, Nate continuava a lutar contra as dificuldades, bem mais do que ela, embora raramente falasse no assunto. Tentava se mostrar solidária e presente para ele, para ajudá-lo a suportar as lembranças que lhe tinham sido impostas. Era o mínimo que podia fazer.

No passado, o relacionamento deles tinha sido descontraído – desde que fingisse não perceber a atração que ele sentia por ela. Mas, desde que ela havia se apaixonado por Jordan, Nate havia se recolhido a um profissionalismo distante. Mas seria por causa de sentimentos feridos, raiva ou alguma outra coisa?

Tristemente, depois daquela noite, provavelmente não importaria mais.

Silenciosamente ela suspirou. Talvez fosse até bom que Nate a tivesse acompanhado naquela cavalgada. Aquele momento oferecia a Erin a oportunidade perfeita de falar com ele reservadamente.

Ela reduziu a velocidade de Blackjack com um ligeiro puxão nas rédeas. Nate veio cavalgar ao lado dela com Gunsmoke. Sorriu para Erin, o que lhe partiu o coração. Mas era preciso que ele ouvisse. Seria melhor dizer a ele agora, antes dos feriados de Natal, para dar-lhe tempo de se acostumar com a ideia.

Ela respirou fundo.

– Nate, tem uma coisa a respeito da qual quero conversar com você.

Nate levantou seu Stetson de palha e olhou de soslaio para ela. Os cavalos deles seguiram lado a lado na trilha larga.

– O que é?

– Eu conversei com o reitor esta manhã. Sugeri os nomes de professores com quem você poderia estar interessado em trabalhar.

As sobrancelhas dele se contraíram com preocupação.

– Eu fiz alguma coisa errada? Tem sido duro desde que voltamos, mas...

– Seu trabalho sempre foi excelente. Não se trata de você.

– Parece que se trata sim, uma vez que estou envolvido e tudo o mais.

Ela manteve os olhos focados entre as orelhas negras de seu cavalo.

– Depois do que aconteceu em Israel... não tenho mais tanta certeza de que eu seja a melhor escolha para você.

Ele estendeu a mão para as rédeas de Blackjack e fez ambos os cavalos reduzirem a marcha até parar.

– De que está falando?

Erin o encarou. Ele parecia ao mesmo tempo preocupado e furioso.

– Olhe, Nate. A universidade não está satisfeita com o fato de eu ter perdido dois alunos de graduação.

– Mas não foi sua culpa.

Ela o interrompeu.

– O reitor acha que talvez seja melhor eu tirar um ano sabático para clarear minhas ideias.

– Então eu esperarei. – Nate cruzou as mãos no arção da sela. – Nenhum problema.

– Você não compreende. – Ela remexeu nas rédeas, querendo bater com elas e fugir daquela conversa montada no cavalo, mas permitiu que a dura verdade a mantivesse onde estava. – Nate, eu acho que este é o primeiro passo da universidade em direção a me dispensar.

O queixo dele caiu.

Ela falou rapidamente, dizendo tudo de uma vez.

– Você não precisa ter sua dissertação presa a uma professora às vésperas de ser demitida. Você é um cientista brilhante, Nate, e tenho certeza de que pode encontrar um orientador mais adequado... alguém que possa abrir portas para você que eu não posso mais.

– Mas...

– Eu aprecio a sua lealdade – disse ela. – Mas está mal empregada.

O ultraje o dominou.

– Que diabo, de jeito nenhum!

– Nate, não vai me ajudar se você ficar comigo. O que tiver que acontecer com minha carreira vai acontecer.

– Mas eu escolhi a senhora como minha orientadora porque é a melhor em sua área. – A raiva havia desaparecido, deixando-o arriado na sela. – A *melhor* de todas. E isso não mudou.

– Quem sabe? É possível que isso passe com o tempo.

Sinceramente, Erin não esperava que fosse mudar, ela não tinha certeza nem de que queria que mudasse. Anteriormente em sua carreira, a academia tinha lhe oferecido um porto de racionalidade depois de sua criação religiosa ultrarrígida, mas aquilo já não era mais verdade. Ela se lembrou de suas dificuldades com suas turmas naquele último semestre. Não podia continuar ensinando mentiras.

E não podia ser menos verdadeira com Nate naquele momento.

– E, se passar – disse ela –, você terá perdido valiosas oportunidades nesse tempo. E eu não permitirei que isso aconteça.

Nate parecia pronto para discutir, protestar. Talvez percebendo o estresse dele, sua égua sacudiu a cabeça e moveu as patas dianteiras.

– Não torne tudo mais difícil para mim do que já é – concluiu ela.

Nate esfregou o lábio superior, sem conseguir olhar para ela. Finalmente, sacudiu a cabeça, virou Gunsmoke e saiu galopando sem dizer uma palavra, seguindo de volta para o estábulo.

Blackjack relinchou para eles, mas ela segurou firme o cavalo, sabendo que Nate precisava de algum tempo sozinho. Deixou que ganhassem uma boa dianteira antes de deixar Blackjack seguir de volta pela trilha.

Os últimos raios de sol do dia finalmente desapareceram atrás da colina, mas ainda havia luz suficiente para impedir Blackjack de pisar em algum buraco. Inquieta, ela se remexeu na sela. Sentiu o amuleto de Amy no bolso da frente de sua calça. Tinha se esquecido de que o havia posto ali, ainda sem saber o que fazer com ele. Tinha pensado em devolvê-lo aos pais de Amy, mas será que isso seria fazer-lhes algum favor? O pedaço de âmbar sempre seria uma lembrança de que a filha deles havia escolhido uma profissão que acabara por matá-la, derramando seu sangue em areias estrangeiras.

Erin não podia fazer isso com eles – mas também não queria ficar com o talismã, uma lembrança pesada de seu papel na morte de Amy.

Ainda sem saber o que fazer com o talismã, ela voltou seus pensamentos para Nate. Em Roma ela havia salvado a vida de Nate, e agora faria o que pudesse para salvar sua carreira, por mais que isso o deixasse furioso. Ela tinha esperanças de que Nate fosse estar mais resignado com relação ao seu pedido quando chegasse ao estábulo. De qualquer maneira, ela lhe enviaria um e-mail mais tarde naquela noite com sua lista de nomes. Eles eram arqueólogos de reputação sólida, e a recomendação dela teria peso para eles.

Nate ficaria bem.

E quanto mais longe ficasse dela, melhor ele ficaria.

Resignada e decidida, ela deu umas palmadinhas no pescoço de Blackjack.

– Vamos providenciar um bom bocado de aveia e uma boa escovada para você. Que tal lhe parece?

As orelhas de Blackjack se viraram para trás. Ele subitamente ficou tenso debaixo dela.

Sem pensar, ela apertou os joelhos.

Blackjack bufou e pateou para o lado, revirando os olhos.

Alguma coisa o havia assustado.

Erin examinou a pradaria aberta com um olhar rápido de ponta a ponta. À sua direita estendia-se um grupo sombrio de carvalhos, os galhos pendendo com nuvens prateadas de madressilvas. Qualquer coisa poderia estar escondida ali.

Da fileira de árvores ela ouviu um *craque!*, como o estalar de um galho se partindo no cair de noite silencioso.

Erin tirou a pistola do coldre no tornozelo e destravou a segurança, vasculhando os carvalhos em busca de um alvo. Mas estava escuro demais para ver qualquer coisa. Com o coração martelando nos ouvidos, ela lançou um olhar para os estábulos ao longe.

Nate provavelmente já estava por lá.

Blackjack de repente empinou, quase arrancando-a da sela. Ela se inclinou sobre o pescoço do seu cavalo enquanto ele saía em disparada rumo ao estábulo. Erin não tentou freá-lo nem detê-lo.

O medo aguçou sua visão, enquanto ela lutava para procurar em todas as direções. Erin sentiu o gosto de sangue na língua depois de morder o lábio.

Então o cheiro de vinho encheu suas narinas.

Não, não, não...

Ela lutou para se impedir de perder os sentidos, percebendo que mais um ataque se aproximava. O pânico fez suas mãos se cerrarem sobre as rédeas de Blackjack. Se ela perdesse o controle agora, cairia direto no chão.

Então veio um terror pior.

Um rugido baixo ressoou na noite, rolando pelas colinas e vindo em sua direção. O grito gutural não saía de uma garganta natural, mas de alguma coisa horrenda...

... e próxima.

5

19 de dezembro, 2:02 horário da Europa Central
Criptas abaixo da Cidade do Vaticano

Rhun se ergueu com um tranco. Sua cabeça bateu contra a pedra lisa. A pancada abriu uma ferida em sua têmpora e o atirou de volta para dentro do banho escaldante de vinho com um esguicho. Ele havia despertado assim muitas vezes, aprisionado dentro de um sarcófago de pedra, metade do corpo submerso em vinho – vinho que havia sido abençoado e consagrado como sangue de Cristo.

Sua pele maldita ardia naquela santidade, flutuando em um mar de dor. Parte dele queria lutar contra ela, mas outra parte sabia que merecia aquilo. Ele havia pecado séculos antes, e agora havia encontrado sua verdadeira penitência.

Mas quanto tempo havia se passado?

Horas, dias, anos?

A dor se recusava a ceder. Ele havia pecado muito, de modo que deveria ser muito punido. Depois poderia descansar. Seu corpo estava *sôfrego* por descanso – por um fim para a dor, um fim para o pecado.

Mesmo assim, à medida que se sentiu perdendo o controle, ele lutou contra aquilo, percebendo que não deveria se entregar. Tinha um dever.

Mas para com o quê?

Ele obrigou seus olhos a se manterem abertos, a encarar a negritude que até sua visão sobrenatural não conseguia penetrar. A agonia continuava a castigar seu corpo enfraquecido, mas ele lutou contra ela com a fé.

Estendeu uma das mãos para a pesada cruz de prata que sempre usava no peito – e só encontrou ali tecido molhado. Então se lembrou. Alguém havia roubado seu crucifixo, seu rosário, todas as provas de sua fé. Mas Rhun não precisava delas para chegar aos céus. Ele sussurrou mais uma prece no silêncio e refletiu sobre seu destino.

Onde eu estou? Quando...
Ele tinha nas costas o peso de anos, muitos mais do que seres humanos podiam conceber.

Vidas inteiras de pecado e serviço.

As lembranças o perseguiram enquanto se mantinha dentro daquele mar ardente. Ele entrava e saía delas.

... uma carroça de cavalo atolada na lama. Rhun enfiou um tronco sob as rodas de madeira enquanto sua irmã ria dele, as tranças longas esvoaçando de um lado para outro.

... uma sepultura com um nome de mulher gravado. Aquela mesma irmã risonha. Mas dessa vez ele vestia a batina de padre.

... estar colhendo lavanda em um campo e falando sobre intrigas da corte. Mãos pálidas, brancas, colocando os talos púrpura numa cesta tecida à mão.

... trens, automóveis, aviões. Estar viajando cada vez mais rápido pela superfície da terra, enquanto via cada vez menos.

... uma mulher de cabelos dourados e olhos cor de âmbar, olhos que viam o que os olhos dele não podiam ver.

Ele se libertou do peso daquelas lembranças.

Só o momento *presente* importava.

Só *este* lugar.

Tinha que se agarrar à dor, ao seu corpo.

Ele tateou ao redor, suas mãos mergulharam no líquido frio que queimava como se fervesse. Ele era um Cavaleiro de Cristo desde aquela noite enluarada em que havia visitado a sepultura de sua irmã. E embora o sangue de Cristo o tivesse sustentado ao longo de séculos desde então, o mesmo vinho consagrado sempre o queimaria ferozmente, sua santidade em guerra com o mal que existia bem no fundo de seu ser.

Ele respirou fundo, sentindo o cheiro da pedra e de seu próprio sangue. Esticou os braços e passou as palmas ao longo das superfícies ao seu redor. Acariciou o mármore – liso como vidro. Ao longo do teto de sua prisão, as pontas de seus dedos encontraram um traçado de prata engastada. A prata lhe queimou os dedos.

Apesar disso, ele pressionou as palmas contra aquele desenho e fez força contra a tampa de pedra do sarcófago. Sentiu vagamente que já tinha feito aquilo muitas vezes antes – e, como em suas tentativas anteriores, fracassou mais uma vez. O peso se recusava a se mover.

Enfraquecido até por aquele pequeno esforço, ele se deixou cair de volta no vinho.

Juntou as mãos em concha e levantou o líquido escaldante e amargo até os lábios. O sangue de Cristo lhe daria forças, mas também o obrigaria a reviver seus piores pecados. Preparando-se para a penitência que deveria se seguir, ele bebeu. Sua garganta ardeu em fogo, ele cruzou as mãos numa oração.

Com qual de seus pecados o vinho o torturaria dessa vez?

Enquanto mergulhava na lembrança, ele se deu conta de que sua penitência estava revelando um pecado que tinha centenas de anos.

Os criados do castelo de Vachtice reunidos do lado de fora da porta de aço de um aposento numa torre sem janelas. Dentro dele, a antiga patroa deles havia sido aprisionada, acusada pela morte de centenas de mocinhas. Como membro da nobreza húngara, a condessa não podia ser executada, apenas isolada do mundo por seus crimes, onde sua sede de sangue poderia ser aprisionada atrás de tijolos e aço.

Rhun tinha vindo até ali para um único propósito: livrar o mundo daquela criatura, para penitenciar-se por seu papel na transformação dela de uma mulher doce de espírito, uma mulher versada nas artes da cura, numa fera que havia assolado toda a região de campos ao redor, tirando a vida de mocinhas.

Ele ficou parado diante da condessa, trancado dentro do aposento com ela. Tinha comprado o silêncio da criadagem com ouro e promessas de liberdade. Eles queriam vê-la longe do castelo tanto quanto ele.

Eles, também, sabiam o que ela era e se encolhiam de medo do lado de fora.

Rhun também tinha chegado trazendo um presente para a condessa, algo que ela havia exigido para conceder sua cooperação. Para apaziguá-la, ele havia encontrado uma mocinha, doente com febre, já quase à beira da morte, em um orfanato das redondezas, e a trouxera para aquele monstro.

Postado diante do catre da prisão, Rhun ouviu enquanto o bater do coração da mocinha tropeçava e se tornava mais lento. Ele não fez nada para salvá-la. Não podia. Tinha que esperar. Odiou a si mesmo, mas se manteve imóvel.

Afinal, o coração fraco vacilou e bateu pela última vez.

Você será a última que ela matará, prometeu ele.

À beira da morte, ela própria, passando fome por tanto tempo naquela prisão, a condessa levantou a cabeça do pescoço da mocinha. Pérolas de sangue pingavam de seu queixo branco. Seus olhos prateados tinham uma expressão sonhadora e saciada, uma expressão que ele já tinha visto uma vez antes. Não pensaria naquilo. Rhun rezou para que ela estivesse distraída o suficiente para que ele pudesse pôr fim àquilo, e que tivesse forças suficientes para fazê-lo.

Ele não podia falhar de novo.

Rhun se inclinou para o catre, separou os membros magros dela dos da garota morta. Gentilmente levantou o corpo frio da condessa tomando-o em seus braços e a carregou para longe do leito sujo.

Ela encostou a face contra a dele, chegou os lábios junto de sua orelha.

– É bom estar em seus braços de novo – sussurrou, e ele acreditou nela. Os olhos prateados brilharam ao olhar para ele. – Você vai violar seus votos mais uma vez?

Ela o agraciou com um sorriso lento e preguiçoso, hipnoticamente bonito. Ele o retribuiu, momentaneamente capturado pelo charme dela.

Rhun se lembrou de seu amor por ela, de como em um momento de vaidade havia acreditado ser capaz de violar seus votos como sanguinista, e poder se deitar com ela como qualquer homem comum. Mas em sua luxúria naquele momento, preso a ela, dentro dela, ele havia perdido o controle e permitido que o demônio dentro de si se libertasse de suas amarras. Dentes rasgaram a pele macia da garganta dela e beberam sôfregos até que a fonte estivesse quase vazia, a mulher debaixo dele às portas da morte. Para salvá-la, ele a havia transformado em um monstro, a alimentara com seu próprio sangue para conservá-la consigo, rezando para que ela aceitasse os mesmos votos que ele e entrasse para a ordem dos sanguinistas com ele.

Ela não aceitou.

Um farfalhar do outro lado da porta grossa trouxe seus pensamentos de volta para aquele aposento, para a mocinha morta na cama, para as muitas outras que tinham tido o mesmo destino que ela.

Rhun bateu na porta com o bico da bota, e os criados a destrancaram. Ele a empurrou com o ombro e a abriu enquanto os criados desciam correndo a escadaria escura da torre.

Deixado para trás na esteira deles, posicionado do lado de fora da porta, um sarcófago de mármore descansava no piso coberto de junco. Anteriormente, ele havia enchido o caixão com vinho consagrado e o deixara aberto.

Ao ver o que esperava por ela, ela levantou a cabeça, atordoada pela sede de sangue.

– Rhun?

– Isso vai salvar você – disse ele. *– E a sua alma.*

– Eu não quero que minha alma seja salva – retrucou ela, os dedos agarrando-o. Antes que ela pudesse lutar contra ele, Rhun a levantou sobre o sarcófago aberto e a mergulhou no vinho. Ela gritou quando o vinho consagrado tocou em sua pele pela primeira vez. Ele cerrou os maxilares sabendo como aquilo devia doer, querendo mesmo naquele momento poupá-la da agonia e senti-la por ela.

Ela se debateu sob as mãos dele, mas em seu estado enfraquecido, não tinha condições de enfrentar a força de Rhun. O vinho se derramou pelas bordas. Ele a empurrou contra o fundo de pedra, ignorando o ardor feroz da queimadura do vinho. Ficou satisfeito por não poder ver o rosto dela, mergulhado sob aquela maré vermelha.

Ele a manteve lá – até que afinal, ela ficou quieta.

Agora ela dormiria até o momento em que ele pudesse encontrar uma maneira de reverter o que havia feito, trazer de volta à vida seu coração morto.

Com lágrimas nos olhos, ele encaixou a tampa pesada de pedra no lugar e a prendeu com tiras de prata. Depois de feito isso, descansou as palmas frias contra o mármore e rezou pela alma dela.

E pela sua própria alma.

Lentamente Rhun voltou a si. Ele se lembrava plenamente de como tinha vindo parar ali, aprisionado no mesmo sarcófago que havia usado para prender a condessa séculos antes. Ele se recordava de ter voltado àquele sarcófago, ao lugar onde havia sepultado o caixão dentro de um buraco fechado com tijolos nas profundezas das catacumbas abaixo da Cidade do Vaticano, escondendo seu segredo de todos os olhos.

Ele tinha vindo até ali depois de ouvir as palavras de uma profecia.

Parecia que a condessa ainda tinha um papel a desempenhar neste mundo.

Em seguida à batalha pelo Evangelho de Sangue, ele havia se aventurado a ir sozinho até onde havia enterrado seu maior pecado. Havia arrebentado os tijolos com um martelo, rompido os selos do sarcófago e a tinha decantado de seu banho em vinho antigo. Ele rememorou os olhos prateados dela se abrindo pela primeira vez em séculos, contemplando os dele. Por aquele breve momento, ele havia permitido que suas defesas caíssem revivendo aqueles verões de outrora, voltando a um tempo em que ousava acreditar que poderia se tornar mais do que ele era, que alguém como ele podia amar sem destruição.

Naquele lapso, deixara de ver o pedaço de tijolo quebrado agarrado pela mão dela. Ele havia se movido lentamente demais enquanto ela o golpeava com a pedra dura com um ódio que datava de séculos – ou talvez ele apenas soubesse que merecia aquilo.

Então havia acordado ali, e agora finalmente sabia da verdade.

Ela me condenou a essa mesma prisão.

Embora uma parte dele soubesse que merecia aquele destino, ele sabia que tinha de escapar.

Se, por nenhum outro motivo, pelo fato de que havia soltado aquele monstro outra vez para o mundo que desconhecia sua existência.

Contudo, ele a imaginou novamente como outrora a conhecera, tão cheia de vida, sempre no sol. Ele sempre a havia chamado de *Elisabeta*, mas a história agora a batizara com outro nome, um epitáfio mais sinistro.

Elizabeth Bathory – *a Condessa Sanguinária*.

2:22 horário da Europa Central
Roma, Itália

Como era próprio para sua posição de nobre, o apartamento que Elisabeta havia escolhido era luxuoso. Cortinas grossas de veludo vermelho cobriam janelas altas arqueadas. O piso de carvalho sob seus pés gelados brilhava em um tom dourado suave e emanava calor. Ela se acomodou numa cadeira de couro, a pele delicadamente curtida, com o aroma confortador do animal há muito morto subjacente ao de substâncias químicas.

Na mesa de mogno diante dela, um círio branco chiava, perto de se apagar. Ela encostou uma vela nova na chama que morria. Depois que o pavio se acendeu, pressionou o grande círio na cera macia do velho. Ela se inclinou bem perto da pequena chama, preferindo a luz de vela ao clarão duro que iluminava a Roma moderna.

Tinha se apropriado daquele apartamento depois de matar seus donos anteriores. Depois disso, havia vasculhado gavetas cheias de objetos desconhecidos, tentando compreender aquele estranho século, tentando montar as peças de uma civilização perdida ao estudar seus artefatos.

Mas suas pistas para aquela era não seriam todas encontradas em gavetas.

Do outro lado da mesa, a luz de vela banhava pilhas desiguais, cada uma recolhida dos bolsos e corpos de suas vítimas. Ela voltou sua atenção para uma pilha coroada por uma cruz de prata. Estendeu a mão para ela, mas não encostou os dedos no calor feroz e intenso do metal e da bênção que trazia consigo.

Ela permitiu que uma única ponta de dedo acariciasse a prata. A cruz a queimou, mas não se importou – pois outra pessoa sofria mais por causa de sua falta.

Ela sorriu, a dor levando-a a recordar.

Braços fortes tinham-na levantado do caixão de vinho, tirando-a de seu sono, despertando-a. Como qualquer animal ameaçado ela tinha se mantido frouxa, sabendo que a surpresa seria sua maior vantagem.

Enquanto seus olhos se abriam, ela reconheceu seu benfeitor tanto pelo colarinho branco de padre quanto pelos olhos escuros e o rosto duro.

Padre Rhun Korza.

Era o mesmo homem que a havia enganado e a prendera naquele caixão.

Mas há quanto tempo?

Enquanto ele a carregava, ela deixara o braço cair até o chão. As costas de sua mão foram parar contra uma pedra solta.

Ela tinha sorrido para ele. Ele retribuíra o sorriso, o amor brilhando em seus olhos.

Com uma rapidez sobrenatural, ela lhe golpeara a têmpora com a pedra. A outra mão tinha deslizado para cima pela manga dele, onde ele sempre mantinha sua faca de prata. Ela a pegara antes que ele a deixasse cair. Mais um golpe, e ele tombou.

Ela rapidamente tinha rolado para cima dele, os dentes buscando a carne fria de sua garganta. Depois que ela havia perfurado a pele dele, o destino dele ficara em suas mãos. Tinha sido preciso força para parar de beber antes de matá-lo, paciência para esvaziar metade do vinho do caixão antes de prendê-lo lá dentro. Mas ela tivera que tê-las. Totalmente imerso em vinho, ele apenas dormiria até ser resgatado, como ela fizera.

Em vez disso, ela havia deixado apenas um pouco de vinho, sabendo que ele logo acordaria em sua tumba solitária e lentamente minguaria de fome, como acontecera com ela enquanto estivera aprisionada na torre do castelo.

Levantando o dedo da cruz que havia roubado dele, ela se permitiu um momento de fria satisfação. Enquanto movia o braço, seus dedos roçaram sobre um sapato maltratado no topo de outra pilha.

Aquele pedacinho de couro marcava sua primeira presa nesta nova era. Ela saboreou aquele momento.

Enquanto fugia das catacumbas escuras – cega para onde estava, para em que tempo estava – pedras ásperas cortaram as solas finas de couro de seus sapatos e feriram seus pés. Ela não dera nenhuma atenção àquilo. Tinha aquela chance única de fugir.

Não sabia para onde estava correndo, mas reconheceu o toque de terreno consagrado sob seus pés. Aquilo havia enfraquecido seus músculos e tornado mais lentos seus passos. Mesmo assim se sentira mais poderosa do que nunca. O tempo que havia passado no vinho a tornara mais forte, quanto ela podia apenas tentar adivinhar.

Então o som do bater de um coração havia interrompido sua fuga desabalada através dos túneis escuros.

Humano.

O coração batia firme e calmo. Ainda não havia percebido a presença dela. Tonta de fome, ela havia apoiado as costas contra a parede do túnel. Lambeu os lábios, sentindo o gosto amargo do sangue do sanguinista. Ela ansiava por saborear algo mais doce, mais quente.

O lampejar de uma vela distante iluminou a escuridão. Ela ouviu o som de sapatos se aproximando.

Então um nome foi chamado.

– Rhun?

Ela se encostou toda contra a pedra fria. Então alguém estava procurando pelo padre.

Ela avançou se esgueirando e avistou um vulto sombreado dobrando uma curva ao longe e vindo em sua direção. Numa das mãos levantada, ele trazia uma vela em um castiçal, revelando as vestes marrons de um monge.

Sem vê-la ele continuou a avançar, sem se dar conta do perigo.

Uma vez perto o suficiente, ela saltou em cima dele e derrubou seu corpo quente no chão. Antes que o homem sequer conseguisse exalar, os dentes dela encontraram sua garganta deliciosa. O sangue se elevou através do corpo dela em onda após onda, tornando-a cada vez mais forte. Ela se entregou ao êxtase, como tinha feito todas as vezes desde a primeira. Ela queria rir em meio àquela felicidade.

Rhun queria que ela trocasse esse poder por vinho escaldante, por uma vida de servidão à sua Igreja.

Nunca.

Saciada, ela largou a presa humana, seus dedos curiosos se demorando no tecido do hábito. Não parecia ser linho. Detectou algo de escorregadio na trama, como seda, mas não como seda.

Uma sombra de inquietude a sobressaltou.

A vela tinha se apagado quando o homem caíra, mas a ponta do pavio ainda incandescia vermelha. Ela a soprou, tornando a cor mais intensa até chegar a um tom cor de laranja-claro e se acender.

Sob a luz fraca, revistou o corpo que esfriava, mais uma vez repugnada pelo tecido escorregadio. Descobriu uma cruz de prata peitoral, mas a abandonou depois de ser queimada ao tocá-la.

Ela estendeu as mãos para as pernas dele e tirou um sapato do pé sem vida, percebendo algo de estranho ali, também. Ela o levou até junto da luz. A parte de cima era de couro, gasto e sem nada de mais, mas a sola era feita de uma substância esponjosa grossa. Nunca tinha visto nada semelhante. Apertou o material entre o polegar e o indicador. Cedeu, depois recuperou a forma, como uma árvore jovem.

Ela ficou sentada de cócoras, pensando. Uma substância tão peculiar não havia existido quando Rhun a enganara e a pusera no caixão de vinho, mas agora devia ser bastante comum para até um pobre monge usar.

Ela de repente teve vontade de gritar, percebendo a largura do abismo que a separava de seu passado. Sabia que não tinha dormido por dias, semanas, nem meses.

E sim anos, décadas, talvez séculos.

Ela aceitou aquela verdade brutal, tendo conhecimento de outra.

Precisaria ter ainda mais cuidado naquele estranho novo mundo.

E ela tivera. Largando o sapato, pegou uma bola branca com uma estrela vermelha do tampo da mesa. Sua superfície parecia pele humana, mas mais lisa. Aquilo a repugnava, mas ela se obrigou a segurá-la, atirá-la no ar e apanhá-la de novo.

Ao deixar as catacumbas, estivera tão apavorada.

Mas logo outros tinham ficado com medo dela.

Ela tinha se esgueirado pelos túneis, esperando encontrar mais monges. Mas não havia encontrado nenhum enquanto seguia o sussurrar distante de batidas de corações muito mais acima.

Finalmente tinha chegado a uma porta grossa de madeira e a havia arrombado com facilidade – e saído para o ar livre. O ar havia acariciado seu corpo, seca-

do o vinho em seu vestido e trazido consigo os cheiros conhecidos de seres humanos, de perfumes, de pedra, de rio. Mas também odores que ela nunca havia cheirado antes – fedores acres que imaginava que só existissem nas oficinas de alquimistas. O fedor a impelira contra a porta, quase de volta sob sua soleira e para o abrigo dos túneis escuros.

A estranheza de tudo aquilo a aterrorizava.

Mas uma condessa nunca se acovarda, nunca demonstra medo.

Ela tinha empertigado as costas e seguido adiante como deve fazer uma senhora da nobreza, com as mãos cruzadas diante do corpo, os olhos e orelhas alertas para o perigo.

À medida que se afastava da porta, imediatamente reconheceu as colunas de ambos os lados, o domo maciço se elevando à esquerda, até o obelisco na praça adiante. A coluna egípcia tinha sido erigida na piazza no mesmo ano em que sua filha Anna havia nascido.

Ela relaxou ao ver tudo aquilo, sabendo onde estava.

Praça de São Pedro.

Um divertimento irônico havia aquecido seu corpo.

Rhun a tinha escondido debaixo da Cidade Santa.

Ela se manteve na orla da piazza. Lá adiante na praça, havia um presépio em tamanho natural muito fortemente iluminado, cru e definido, banhado na luz de uma chama não natural. A luz feria-lhe os olhos, de modo que ela se desviou, ficando perto da colunata que emoldurava a praça.

Um casal passou andando devagar por ela.

Pouco à vontade, ela se escondeu atrás de uma coluna. A mulher usava calção, como um homem. O cabelo curto roçava-lhe o topo dos ombros, e o parceiro dela segurava sua mão enquanto conversavam.

Ela nunca tinha visto uma mulher tão alta.

Escondida pela coluna, examinou as outras figuras que andavam pela praça. Todas vestidas em cores vivas, embrulhadas em casacos grossos que pareciam muito bem-feitos. Mais adiante numa rua próxima, estranhos vagões deslizavam, conduzidos por fachos de luz inatural, sem serem puxados por animais.

Tremendo, ela se encostou na coluna. Aquele novo mundo ameaçava dominá-la, imobilizá-la onde estava. Ela baixou a cabeça e se obrigou a respirar. Precisava se desligar de tudo e encontrar uma tarefa simples... e desempenhar aquela tarefa.

O fedor do vinho subiu ao seu nariz. Ela tocou na roupa empapada. Aquilo não servia. Olhou de novo para a praça, para as mulheres com roupas tão estranhas. Para escapar dali, precisava se tornar um lobo em pele de cordeiro, pois se descobrissem o que ela era, sua morte se seguiria.

Não importava quantos anos tivessem se passado, aquela certeza não havia mudado.

Suas unhas se cravaram fundo nas palmas das mãos. Ela não queria deixar o que lhe era conhecido. Pressentia que o que quer que houvesse além da praça seria ainda mais estranho do que o que havia dentro dela.

Mas tinha que ir.

Uma condessa nunca faltava ao dever.

E seu dever era sobreviver.

Percebendo que dispunha de algumas horas antes da alvorada, ela se agachou nas sombras da colunata. Ficou sentada sem respirar, sem se mover, tão imóvel quanto uma estátua, ouvindo o caótico bater de corações humanos. As palavras de muitas línguas, os risos frequentes.

Aquelas pessoas eram tão diferentes dos homens e mulheres de seu tempo.

Mais altas, mais barulhentas, mais fortes, e bem alimentadas.

As mulheres a fascinavam mais. Usavam roupas de homem: calças e camisas. Elas andavam sem temor. Falavam asperamente com os homens sem serem repreendidas e agiam como se fossem suas iguais – não da maneira calculada que ela tinha sido obrigada a usar em sua época, mas com naturalidade, como se aquilo fosse normal e aceito.

Aquela era parecia ser promissora.

Uma jovem mãe se aproximou descuidadamente com uma criança pequena. A mulher estava envolta num casacão de lã cor de vinho borgonha e usava botas de montaria, embora pelo cheiro nunca tivessem estado perto de um cavalo.

Pequena para uma mulher dessa época, ela era quase do mesmo tamanho que Elisabeta.

A criança deixou cair uma bola branca com uma estrela vermelha, e a bola rolou para as sombras, parando a um palmo dos sapatos esfarrapados de Elisabeta. A bola tinha o mesmo cheiro da sola do sapato do padre. A criança se recusou a ir buscar o brinquedo, como se pressentindo a fera escondida nas sombras.

A mãe a instigou a ir num italiano de som estranho, acenando em direção à floresta de colunas. Mesmo assim, a garotinha sacudiu a cabeça.

Elisabeta passou a língua sobre os dentes afiados, mentalmente instigando a mulher a vir buscar o brinquedo. Ela poderia matar a mulher, roubar suas belas roupas e ir embora antes que a criança sem mãe pudesse gritar por socorro.

Das sombras, ela saboreou o bater do coração aterrorizado da criança, ouvindo enquanto o tom da mãe se tornava mais impaciente.
Ela esperou pelo momento certo naquele tempo estranho.
Então atacou.

Elisabeta largou a bola sobre a mesa suspirando, perdendo o interesse em seus troféus.

Pondo-se de pé, atravessou a casa até os vastos armários de roupas no quarto, cheios de sedas, veludos, peles, todos roubados de suas vítimas ao longo daquelas várias semanas. A cada noite, ela se arrumava toda diante dos espelhos perfeitos de prata e selecionava um novo conjunto para usar. Algumas das peças de vestuário eram quase familiares, outras tão disparatadas quanto as roupas de um menestrel.

Para aquela noite escolheu calça azul-clara, uma camisa de seda que combinava com seus olhos prateados, e um par de botas de couro. Ela passou um pente pelos cabelos negros bastos. Tinha cortado até a altura dos ombros, imitando o estilo de uma mulher que tinha matado debaixo de uma ponte.

Como ela parecia tão diferente agora. O que diriam Anna, Katalin e Paul, se a vissem? Seus próprios filhos não a reconheceriam.

Contudo, recordou a si mesma, *eu sou a condessa Elisabeta de Ecsed.*

Seus olhos se estreitaram.

Não.

– Elizabeth... – ela sussurrou para sua imagem refletida, recordando a si mesma que esta era uma nova época, um novo tempo e, para sobreviver a ele, tinha que seguir seus hábitos. De modo que assumiria esse nome mais moderno, o usaria como usava o novo cabelo e roupas. Era quem ela se tornaria. Ela havia desempenhado muitos papéis desde que ficara noiva de Ferenc aos onze anos de idade – uma garota impulsiva, uma esposa solitária, uma estudiosa de línguas, uma hábil curandeira, uma mãe devotada –, mais papéis do que era capaz de contar. Este não passava de mais um.

Ela se virou ligeiramente para julgar seu novo eu no espelho. Com o cabelo curto e vestindo calça, parecia um homem. Mas não era homem, e não invejava mais a força e o poder dos homens.

Ela possuía os dela.

Foi até as janelas da varanda e afastou as cortinas macias. Então contemplou o clarão glorioso de luzes feitas pelo homem da nova Roma. A estranheza ainda a aterrorizava, mas ela a havia dominado o suficiente para comer, para descansar e para aprender.

Tirava forças de um aspecto da cidade, o único ritmo que havia sobrevivido sem ser mudado ao longo de séculos. Ela fechou os olhos e ouviu o bater de milhares de corações, tiquetaqueando como um milhar de relógios, dando-lhe conhecimento de que, no final, a marcha do tempo importava muito pouco.

Ela sabia em que tempo estava e que horas eram, que hora *sempre* era para um predador como ela.

Ela empurrou e abriu as portas da varanda para a noite.

Era a hora de sair para caçar.

6

18 de dezembro, 17:34 horário da Costa do Pacífico
Condado de Santa Clara, Califórnia

À medida que o crepúsculo descia sobre as colinas e pradarias, Erin cavalgou em velocidade o trecho final da trilha até o estábulo. Sem precisar de nenhum incentivo, Blackjack galopou a toda a velocidade e entrou no pátio.

Ela manteve uma das mãos nas rédeas e outra na pistola. Enquanto o capão derrapava e estremecia até parar no pátio empoeirado, ela girou na sela. Apontou a arma em direção às colinas negras.

Durante a corrida até ali, não tinha conseguido avistar a criatura que havia assustado seu cavalo, mas a tinha *ouvido*. Sons de galhos se quebrando, de mato sendo pisoteado os haviam seguido na saída das colinas. Ela não conseguia se livrar da sensação de que aquele caçador fugidio estava brincando com eles, esperando que a noite caísse para atacar.

Erin não estava disposta a dar-lhe essa chance.

Levou Blackjack a passo de trote até depois do Land Rover, apenas para descobrir um carro novo – uma limusine Lincoln preta – do outro lado, estacionado a alguma distância. Passou mais perto da limusine no caminho para o estábulo, avistando um símbolo conhecido na porta: duas chaves cruzadas e uma tríplice coroa.

O selo papal.

O medo em seu íntimo aumentou ainda mais.

O que alguém do Vaticano está fazendo aqui?

Ela olhou ao redor e não viu ninguém, e instou Blackjack a seguir adiante em direção ao estábulo. Quando chegou às portas de correr do celeiro, refreou o cavalo. Tossindo por causa da poeira, desceu da sela e manteve nas mãos as rédeas de Blackjack e a pistola. Buscando respostas e ao mesmo tempo um abrigo, ela correu até a porta e estendeu a mão para a maçaneta.

Antes que seus dedos pudessem tocá-la, a porta deslizou e se abriu sozinha. Uma mão irrompeu para fora e agarrou seu punho num círculo de aço, e a puxou para dentro. Sobressaltada, ela largou as rédeas de Blackjack, lutando apenas para não cair.

Seu atacante a puxou para a escuridão e a porta se fechou batendo às costas de Erin, deixando o cavalo do lado de fora. Recuperando o equilíbrio, ela se virou para o lado e chutou com força, a bota acertando algo macio.

– Auu! Vamos com calma, Erin.

Imediatamente ela reconheceu a voz, embora não fizesse sentido.

– Jordan?

As mãos a soltaram.

Uma lanterna se acendeu, e um foco branco iluminou o rosto de Jordan. Além do ombro do sargento ela avistou Nate, a salvo, mas parecendo pálido. Os olhos arregalados.

Jordan esfregou o estômago e deu-lhe aquele seu sorriso enviesado, imediatamente tirando uma grande quantidade da tensão dos ossos dela. Ele estava ali de calça de uniforme com uma camisa branca, desabotoada no colarinho e com as mangas arregaçadas, exibindo os braços morenos musculosos.

Ela saltou para ele e o abraçou com força. Ele lhe pareceu quente, bom e natural, ela adorou a maneira como foi fácil cair nos braços dele de novo.

Erin falou no peito dele.

– Não consigo acreditar que é você.

– Em carne e osso... embora depois daquele seu pontapé, talvez meio contundido.

Ela recuou a cabeça para olhar para ele. Um dia de barba por fazer escurecia seu queixo quadrado, os olhos azuis sorriam para ela, e o cabelo dele havia crescido e estava mais comprido. Ela enfiou os dedos naqueles cabelos louros cor de trigo e o puxou para um beijo.

Erin não queria mais nada senão prolongar aquilo, se demorar em seus braços. Talvez mostrar a ele o sótão de feno vazio no andar de cima, mas deu um passo para trás, impelida por uma preocupação mais importante.

– Blackjack – disse Erin. – Meu cavalo. Temos que trazê-lo para dentro. Tem alguma coisa lá fora nas colinas.

Ela se virou para a porta – no instante que o relinchar estridente de um cavalo irrompia, rasgando a noite e rapidamente se calando. Antes que qualquer um pudesse se mover, um objeto grande bateu contra a parede adjacente. Eles fugiram mais para o fundo do estábulo, para onde os outros cavalos estavam acomodados em baias. Ela olhou na direção da porta.

Não, por favor, não...

Imaginou seu grande capão, com seus olhos confiantes e focinho macio, a maneira como ele pateava quando estava contente, as bufadas suaves com que a recebia sempre que ela entrava no estábulo.

Jordan empunhou sua Heckler & Koch MP7, uma pistola metralhadora automática, ameaçadora.

Ela levantou a pequena Glock 19, admitindo o problema.

– Eu preciso de uma arma maior.

Jordan passou a lanterna para Nate e enfiou a mão no cinto. Puxou a Colt 1911 e passou para ela, a mesma arma que ele tantas vezes tinha emprestado a ela no passado. Ela cerrou os dedos ao redor da coronha e se sentiu mais segura.

Erin se virou para dar a Glock para Nate, para oferecer-lhe alguma proteção – quando um desconhecido, apareceu, saindo das sombras mais densas atrás dele, assustando-a. O homem vestia um uniforme de gala azul-marinho formal, com duas cruzes de ouro bordadas nas lapelas.

Um capelão?

– Detesto interromper a alegre reunião de vocês – disse o desconhecido. – Mas está na hora de pensarmos em ir embora daqui. Eu procurei outras saídas, mas a porta principal continua sendo o caminho mais sensato.

– Este é Christian – apresentou Jordan. – Amigo de Rhun, se entende o que quero dizer.

Em outras palavras, *sanguinistas*.

A voz de Nate tremeu.

– O carro da professora está estacionado a cerca de quarenta metros. Será que conseguiríamos chegar lá?

Como resposta, um uivo sobrenatural estridente rasgou a noite.

Das baias ao redor, os cavalos bateram as patas e os ombros contra os portões, relinchando com terror crescente. Até eles sabiam que fugir era a única esperança.

– O que está esperando por nós lá fora? – perguntou Jordan, com a arma apontada para a porta.

– Pelo cheiro e ruído, creio que é um puma – disse Christian. – Embora seja um animal maculado.

Maculado?

Erin ficou ainda mais gelada.

– Está falando de um *blasphemare*.

O capelão baixou a cabeça em sinal de concordância.

Blasphemares eram animais que tinham sido corrompidos pelo sangue de um *strigoi*, envenenados e se tornado encarnações monstruosas de suas formas naturais, com peles tão duras que sanguinistas faziam escudos com elas.

Nate inspirou rapidamente. Ela tocou nele com uma das mãos e o sentiu tremer. Não o censurava. Um lobo *blasphemare* certa vez o machucara muito.

Ela tinha que tirar Nate dali.

Um som de rasgão e despedaçamento irrompeu do lado esquerdo deles. Nate virou a lanterna na direção do ruído. Quatro garras curvas rasgaram a parede de cerejeira grossa. Em pânico, Nate disparou a Glock.

As garras desapareceram, seguidas por outro urro, parecendo mais furioso.

– Acho que você o deixou pau da vida – disse Jordan.

– Desculpe – respondeu Nate.

– Não se preocupe. Se você não tivesse atirado, eu teria.

O grande felino se chocou contra a mesma parede, sacudindo os caibros, como se tentando entrar à força.

– Hora de ir – disse Christian e apontou para a porta na frente. – Eu vou sair primeiro, tentar atraí-lo para outro lado, e vocês contam até dez e então saem. Sigam direto para o Land Rover de Erin e tratem de ir andando.

– E você? – perguntou Jordan.

– Se eu tiver sorte, vocês me apanham. Se não, deixem-me ficar.

Antes que qualquer um pudesse discutir, Christian cobriu a distância até a porta num piscar de olhos. Ele agarrou a maçaneta, empurrou e abriu a porta. Na frente dele estendia-se uma extensão de grama e terra. Mais adiante estava o Land Rover e a limusine Lincoln reluzente. Ambos pareciam estar muito mais longe do que quando ela havia chegado montada em Blackjack alguns momentos antes.

Jordan manteve a arma levantada, visivelmente começando uma contagem regressiva em sua mente.

Erin se virou, pensando em Blackjack. Ela correu ao longo da fila de seis baias e começou a soltar as trancas, abrindo os portões. Ela não iria deixar os cavalos presos ali para morrer como Blackjack. Eles mereciam uma chance de fugir.

Já assustados, os cavalos saíram em disparada das baias e passaram entre Jordan e Nate. Gunsmoke saiu por último. Nate passou os dedos nos flancos suados da égua enquanto ela passava correndo, como se querendo acompanhá-la. Alcançando a porta, os cavalos fugiram para a noite.

– Já contei dez – disse Jordan e balançou o braço direito em direção à porta aberta.

Os três avançaram correndo, seguindo a trilha de poeira levantada pelos cavalos e saíram para o pátio. Jordan se manteve à esquerda apontando a arma na direção em que Christian havia desaparecido.

Enquanto Erin corria com Nate em direção ao Land Rover, um movimento atraiu sua atenção de volta para o estábulo. Surgindo ao redor do canto mais afastado, Christian entrou rolando de volta no pátio, aterrissando agachado.

Do mesmo canto, uma fera monstruosa surgiu seguindo-o.

Erin ficou boquiaberta ao vê-la.

Nate tropeçou e caiu sobre um joelho.

O puma entrou silenciosamente no pátio, o rabo chicoteando de um lado para outro. Tinha quase dois metros e oitenta de comprimento, e tinha bem mais que quarenta e cinco quilos de músculos, garras e dentes. Orelhas altas, peludas absorviam todos os sons. Olhos vermelho-dourados brilhavam na escuridão. Mas a característica mais impressionante era a pelagem cinzenta fantasmagórica, como um tecido de névoa feito de carne.

– Vá – gritou Jordan, vendo-a reduzir a velocidade para ajudar Nate. – Eu cuido dele.

Mas quem cuidará de você?

Ela ficou com eles, mantendo o Colt erguido.

Do outro lado do pátio, o animal rosnou para Christian, revelando as presas longas – então saltou para o ataque. Mas era finta. Ele saltou além do sanguinista e seguiu direto para eles.

Àquela altura, Jordan já tinha posto Nate de pé, mas os dois homens nunca conseguiriam sair do caminho da fera a tempo. Mantendo-se em posição diante deles, ela disparou um tiro. A bala acertou o animal na testa, mas ele apenas sacudiu a cabeça e continuou a avançar.

Ela continuou a disparar enquanto o felino vinha direto para ela.

Erin não podia correr, não enquanto Nate não estivesse seguro.

Ela apertou o gatilho uma vez após outra – até que finalmente o pente do Colt travou. As balas tinham acabado.

O felino se encolheu nas patas traseiras e saltou cobrindo a distância que faltava.

Cidade do Vaticano

Os músculos de Rhun se enrijeceram de terror.

Ela está em perigo...

Ele recordou mechas de cabelo louro e olhos cor de âmbar. O perfume de lavanda encheu suas narinas. A dor o impedia de dizer seu nome, deixando-lhe apenas necessidade e desejo.

Tenho que chegar a ela...

Enquanto o pânico dedilhava seu corpo, ele se virou sobre o estômago no vinho ardente, lutando contra a agonia, tentando raciocinar, manter apenas um pensamento em sua cabeça.

Ele não podia deixar que ela morresse.

Ele se levantou apoiado nas mãos e nos joelhos e encostou as costas contra a tampa de pedra do sarcófago. Reunindo toda a sua fé, e o seu medo, ele fez força contra a lápide de mármore.

Pedra roçou contra pedra à medida que a tampa se movia. Apenas um dedo, mas ela se moveu.

Ele rangeu os dentes e empurrou de novo, fazendo força, rasgando a batina. A prata engastada na lápide de mármore acima marcou a fogo suas costas nuas. Ele sentiu o cheiro de sua pele queimando, sentiu o sangue fluindo. Apesar disso, fez força com cada fibra de músculo, osso e vontade.

Sua existência se tornou uma nota agonizante de desejo.

De salvá-la.

Condado de Santa Clara, Califórnia

Jordan deu um tranco em Erin, derrubando-a.

Enquanto ela caía de costas, o felino *blasphemare* voou acima de ambos. Uma pata traseira bateu no chão perto da cabeça de Jordan, levantando poeira. O puma se virou, soltando um urro de desejo frustrado.

Ainda no chão, Jordan rolou sobre um ombro e apontou a metralhadora Heckler & Koch e disparou rajadas automáticas. Ele riscou uma trilha ao longo do flanco do animal enquanto ele se virava, arrancando tufos de pelo, tirando sangue, mas não muito.

Jordan esvaziou seu pente inteiro de quarenta balas em menos de três segundos.

E só conseguiu enfurecer o felino.

O puma os encarou, agachado bem baixo, as garras enterradas no solo de argila dura. Ele rosnou, chiando como um motor a vapor.

Jordan reposicionou sua arma vazia, pronto para virar homem das cavernas e usá-la como um porrete.

Então num lampejo de azul, uma forma pequena aterrissou em cima da cabeça da criatura. Uma faca de prata cortou-lhe a orelha. Sangue escuro jorrou. O puma uivou, torcendo a cabeça, tentando alcançar Christian.

Mas o sanguinista foi ligeiro, deslizando das costas do animal, desviando-se do rabo.

– Entrem no Rover! – gritou Christian, desviando-se enquanto uma pata traseira se estendia para ele e cortava o ar com garras de gilete.

Jordan puxou Erin pondo-a de pé e correu em direção ao Land Rover.

Mais adiante, Nate já havia alcançado o SUV e aberto tanto a porta do motorista quanto a porta traseira – e então subiu para o banco traseiro.

Bom garoto.

Jordan correu ao lado de Erin. Depois que chegaram ao Rover, ele mergulhou no assento do motorista ao mesmo tempo que ela se atirava no de trás para se juntar a Nate. Ambas as portas bateram em uníssono.

Erin estendeu a mão por cima do encosto do banco e pôs as chaves frias na palma aberta dele à espera.

Ele deu um sorriso feroz. Eles formavam uma boa dupla – agora, tinha que garantir que a dupla continuasse viva. Ele ligou a ignição, deu partida no motor e acelerou em marcha a ré, derrapando ligeiramente para o lado.

Enquanto ele virava, seus faróis encontraram o puma. Seu pelo cinza fantasmagórico brilhou sob a luz. O felino se virou na direção do carro como uma tempestade de nuvens revoltas, franzindo os olhos vermelho-dourados sob o clarão.

Christian estava poucos passos atrás dele.

O puma rosnou e saltou em direção ao Land Rover, atraído pelo som e pelo movimento.

Típico de um gato...

Jordan acelerou em marcha a ré, tentando manter a luz nos olhos do animal.

Momentaneamente livre, Christian correu para a sua limusine preta.

O grande gato se aproximou deles, correndo a toda a velocidade. Jordan temeu que a fera pudesse facilmente alcançá-los naquelas estradinhas de interior. Provando isso, o animal saltou e bateu com a metade da frente do corpo no capô. Garras rasgaram o metal. Uma pata pesada bateu no para-brisa. Rachaduras se espalharam pelo vidro.

Mais um golpe como aquele e ele estaria no banco da frente.

Então uma buzina de carro soou alta e incessantemente.

Uivando ao ouvir o barulho repentino, o puma saltou para fora do capô como um gatinho assustado. Ele aterrissou, se virando para enfrentar o novo desafio, as orelhas abaixadas de fúria.

Além da massa do animal, Jordan avistou Christian. O sanguinista estava agachado dentro da traseira de seu carro. Ele se inclinou sobre o encosto do assento do banco da frente, com o braço estendido para a direção, e tocou a buzina do carro, apertando-a uma vez atrás da outra.

O que você está fazendo?

O puma saltou em direção ao ruído.

Jordan freou subitamente e tirou o carro de marcha a ré endireitando-o. Ele acelerou indo atrás do puma, seguindo seu rabo. Sabia que não conseguiria alcançar o carro antes do animal, mas pretendia estar lá para ajudar Christian.

O puma se chocou contra o flanco da limusine, empurrando-a para o lado bons trinta centímetros, causando uma mossa funda. Christian estava caído no banco traseiro. O som da buzina morreu imediatamente, deixando apenas o rosnado sibilante do monstruoso felino.

O puma avistou sua presa dentro do carro e forçou a cabeça e os ombros através da janela, atacando o padre.

Jordan enterrou o pé no acelerador, pretendendo se chocar contra o animal se fosse necessário.

Saia daí, companheiro!

O gato se retorceu e tomou impulso com os quartos traseiros, enfiando todo o seu comprimento através da janela de trás e para dentro do carro. O espaço era apertado, mas o animal estava determinado.

Então, do outro lado, Christian saiu pela janela oposta.

– Ali! – gritou Erin, avistando-o também.

Jordan virou e passou derrapando com o Rover além da traseira da limusine.

Christian saiu tropeçando da limusine, apontando o controle remoto da chave para o carro. Ele apertou um botão – e todas as janelas se fecharam, e o carro emitiu dois bipes.

Jordan conteve uma gargalhada ao ver a imensa audácia de Christian.

Ele tinha trancado o puma dentro do carro.

O grande gato rugiu e furiosamente se atirou de um lado para o outro no interior, sacudindo a limusine.

Jordan parou o carro ao lado de Christian.

– Precisa de uma carona?

Christian abriu a porta da frente do lado do passageiro e entrou.

– Dirija. E depressa. Eu não sei quanto tempo minha armadilha conseguirá segurá-lo.

Jordan compreendia. Ele acelerou o motor, saiu correndo com o Land Rover do pátio do estábulo, e ricocheteou ao longo da estrada de terra batida em direção à autoestrada. Precisava botar tanta distância quanto fosse possível entre eles e o grande gato furioso.

Christian puxou um telefone celular do bolso e berrou ordens em latim.

– O que ele está dizendo? – perguntou Jordan a Erin.

– Está pedindo reforços – disse ela. – Que alguém venha despachar aquele puma.

Christian encerrou sua chamada, e então lançou um olhar rápido de volta para os estábulos.

– Espero que o animal não tenha espaço suficiente dentro daquele carro para conseguir dar um golpe com bastante força para quebrar o vidro blindado.

Erin pigarreou.

– Mas por que ele sequer estava aqui? Por que estava atrás de mim?

Jordan olhou para Christian.

– Apresento minhas desculpas – disse Christian parecendo encabulado. – Mas creio que alguém deve ter ouvido falar que Jordan e eu estávamos procurando você para pedir sua ajuda. A notícia pode ter chegado aos ouvidos errados. Como você sabe, a ordem tem suspeitas de que existam traidores belial entre nós. Receio que eu não tenha sido suficientemente cuidadoso.

Os belial...

Ela recordou aquele exército de *strigoi* e humanos, unidos sob o comando de um líder misterioso. Mesmo as fileiras cerradas da ordem dos sanguinistas não eram imunes ao alcance e à infiltração daquele grupo.

– Pode não ter sido você – disse Erin, estendendo a mão e apertando o ombro dele. – O cardeal Bernard também me ligou hoje mais cedo. Talvez ele tenha deixado escapar alguma coisa. Mas, de qualquer maneira, vamos arquivar isso até que Nate esteja em algum lugar seguro.

– Eu não tenho opinião nesta situação? – Nate parecia aborrecido.

– Não tem – respondeu Christian. – Minhas ordens são claras e específicas. Devo levar Erin e Jordan de volta a Roma. E ponto.

Jordan ficou querendo saber se aquilo era verdade ou se ele apenas estava querendo tirar a pressão de cima de Erin.

– Por que Roma? – perguntou Erin.

Christian se virou para encará-la.

– Parece, em todo este tumulto, que nos esquecemos de lhe contar. O padre Rhun Korza desapareceu. Ele sumiu pouco depois daquela batalha sangrenta em Roma.

Olhando pelo espelho retrovisor, Jordan percebeu a preocupação nos olhos de Erin, a maneira como sua mão subiu para a garganta. Ela ainda tinha cicatrizes ali onde Rhun a tinha mordido, se alimentado dela. Mas, por sua expressão preocupada, ela claramente gostava do padre sanguinista.

– O que isso tem a ver comigo? – perguntou ela.

Christian sorriu para Erin.

– É que a senhora, dra. Granger, é a única que pode encontrá-lo.

Jordan pouco se importava com o desaparecimento de Rhun Korza. Para ele, o homem podia continuar desaparecido. Em vez disso, restava apenas um mistério que ele queria ver resolvido.

Quem tinha mandado aquele maldito gato?

7

19 de dezembro, 4:34 horário da Europa Central
Roma, Itália

Com um par de pinças antigas de relojoeiro na mão, o líder dos belial se debruçava sobre o espaço de trabalho de sua mesa. Ele pinçou uma lupa de ampliação trazendo-a ao olho. Com extraordinário cuidado, ele delicadamente pressionou uma minúscula mola de bronze dentro do mecanismo do tamanho de um dedal.

A mola se retesou e então se prendeu.

Ele sorriu com satisfação e fechou as duas metades do mecanismo, formando o que parecia ser uma escultura de metal de um inseto, com seis patas articuladas e uma cabeça sem olhos. Esta última era armada com uma probóscide fina e pontuda, como uma agulha, e coroada pela extensão delicada de um par de finíssimas antenas de metal.

Abençoado com mãos firmes, ele se virou para outro canto de seu espaço de trabalho e pegou com a pinça a asa dianteira desarticulada de uma mariposa sobre um leito de seda branca. Levantou a pétala iridescente em direção ao foco de sua luz de trabalho halógena. As escamas verde-prateadas da mariposa brilharam, mal escondendo a renda delicada de sua estrutura interna, exibindo o belo padrão de uma *Actias luna,* a mariposa-luna. Com uma envergadura total de asas de dez centímetros, era uma das maiores mariposas do mundo.

Com movimentos pacientes e hábeis, ele encaixou a asa frágil em minúsculos clipes enfileirados no tórax de bronze e prata de sua criação mecânica. Repetiu o mesmo processo com a outra asa dianteira e com mais duas asas traseiras. O mecanismo dentro do tórax continha centenas de engrenagens, rodas e molas, esperando para fazer bater com vida aquelas belas asas orgânicas. Depois que acabou, os seus olhos se demoraram em cada peça. Ele amava a precisão de suas criações, a maneira como cada peça se encaixava em outra, fundida em um projeto mais amplo. Ao longo de anos ele tinha feito relógios, precisando ver o tempo medido em um aparelho como não era medido em seu próprio corpo. Depois disso tinha voltado seu interesse e habilidade para a criação daqueles minúsculos autômatos – metade máquinas e metade criaturas vivas – unidos pela eternidade por sua vontade.

Normalmente encontrava paz naquele trabalho tão delicado, mergulhando com facilidade em intensa concentração. Mas, naquela noite, aquela calma perfeita lhe escapava. Mesmo o suave gotejar da fonte próxima não o acalmava. Seu plano de séculos – tão complexo e delicado quanto qualquer daqueles seus mecanismos – estava em risco.

Enquanto fazia uma minúscula correção, a ponta da pinça tremeu, e ele rasgou a delicada asa dianteira, espalhando as escamas verdes iridescentes sobre a seda branca. Deixou escapar uma praga que não era ouvida desde os dias de Roma antiga e atirou a pinça no tampo de vidro da mesa.

Então respirou fundo, buscando aquela paz.

Ela lhe fugia.

Como se respondendo a uma deixa, o telefone sobre a mesa tocou.

Ele esfregou as têmporas com os dedos longos, procurando levar a paz de fora para dentro de sua cabeça.

– *Sì*, Renate?

– O padre Leopold chegou ao vestíbulo do térreo, senhor. – O tom entediado de sua bela recepcionista ressoou no fone. Ele a havia resgatado de uma vida de escravidão sexual nas ruas da Turquia, e ela lhe retribuía com trabalho leal, mas indiferente. Nos anos desde que a conhecera, ela nunca tinha demonstrado surpresa. Aquele era um traço que ele respeitava.

– Mande-o subir.

Pondo-se de pé, ele se alongou e andou até a fileira de janelas atrás de sua mesa. Sua companhia – a Corporação Argentum – era dona do mais alto arranha-céu de Roma, e seu escritório ocupava o último andar. A cobertura tinha vista da Cidade Eterna através de paredes de vidro blindado. No chão, o piso era de mármore polido vermelho-arroxeado, porfiria imperial, tão raro que só era encontrado em um lugar no mundo, uma montanha egípcia que os romanos tinham chamado de *Mons Porphyrites*. Tinha sido descoberta durante o tempo de vida de Cristo e se tornado o mármore de reis, imperadores e deuses.

Cinquenta anos antes, ele havia projetado e mandado construir aquela torre com um arquiteto mundialmente famoso. Aquele homem agora estava morto, é claro. Mas ele continuava ali, imutável.

Ele examinou seu reflexo. Em sua vida natural, cicatrizes de uma doença infantil tinham marcado seu rosto, mas as imperfeições haviam desaparecido quando a maldição de anos infinitos o encontrou. Agora ele não conseguia se lembrar de onde aquelas cicatrizes tinham estado. Via apenas pele lisa, imaculada, um par de pequenas rugas que nunca se aprofundavam ao redor de seus olhos cinza-prata, um rosto quadrado forte, uma massa de bastos cabelos grisalhos.

Pensamentos amargos dominaram-no. Aquele rosto tinha sido chamado por vários nomes ao longo dos séculos, usado muitas identidades. Mas depois de dois milênios ele havia voltado ao nome que sua mãe lhe dera.

Judas Iscariotes.

Embora o nome tivesse se tornado sinônimo de traição, ele havia completado o círculo inteiro da negação para aceitar a verdade – especialmente depois de descobrir o caminho para sua própria redenção. Séculos antes, havia finalmente descoberto *por que* Cristo o amaldiçoara com a imortalidade.

De modo que ele pudesse fazer o que tinha de fazer nos dias por vir.

Aceitando aquela responsabilidade, Judas apoiou a testa contra o vidro frio. Houve uma época em que ele tinha tido um gerente que tinha tamanho terror de cair que não conseguia chegar a mais de dois metros da janela.

Judas não tinha aquele medo de cair. Ele havia caído para o que deveria ter sido sua morte muitas vezes.

Contemplou através do vidro a cidade abaixo, suas ruas cintilantes conhecidas por sua decadência desde antes da época de Cristo. Roma sempre estivera iluminada à noite, embora a luz branca intensa da eletricidade há muito tivesse substituído a luz quente amarelada do fogo de tochas e velas.

Se seu plano funcionasse, todas aquelas luzes finalmente se apagariam.

Brilho e fogo eram características que o povo moderno pensava que lhe pertenciam, mas o homem também havia iluminado o mundo com sua vontade muito tempo antes. Por vezes em busca de progresso, outras por trivialidade.

Parado ali, ele se recordou dos bailes cintilantes aos quais havia comparecido, séculos deles, todos os celebrantes certos de que tinham alcançado o auge do glamour. Com sua boa aparência e riqueza, nunca haviam lhe faltado convites, nem companhia feminina, mas aquelas companheiras com frequência tinham pedido mais do que ele tinha para dar.

Ele tinha visto muitas amantes envelhecerem e morrerem, apagando qualquer esperança de amor duradouro.

No final, nunca tinha valido o preço pago.

Exceto por uma vez.

Ele tinha comparecido a um baile medieval em Veneza onde uma mulher havia conquistado seu coração eterno e mostrado a ele que o amor valia qualquer preço. Ele olhou fixamente para as luzes coloridas da cidade até elas se borrarem e se fundirem levando-o de volta à lembrança.

Judas se deteve na franja do salão de baile veneziano, permitindo que as cores girassem à sua frente. Vermelhos carmesins, os dourados mais profundos, azuis que pareciam o mar ao anoitecer, negros que comiam a luz, e a radiância perolada de ombros nus. Em lugar algum as mulheres se vestiam tão linda e alegremente, e exibiam tanta pele nua quanto em Veneza.

O salão de baile tinha mais ou menos o mesmo aspecto que tivera cem anos antes. As únicas mudanças eram as novas pinturas a óleo penduradas em suas paredes imponentes. As pinturas retratavam membros severos ou alegres daquela família veneziana, cada um vestido nas roupas mais elegantes de sua época. À direita dele estava uma pintura de Giuseppe, morto há trinta anos, o rosto congelado aos quarenta anos por óleos e talento de um pintor há muito morto. Os olhos castanhos de Giuseppe, sempre prontos para diversão, contrariavam o cenho severo e a pose de postura estólida. Judas o havia conhecido bem, ou tão bem quanto era possível conhecer alguém em dez anos.

Aquele era o máximo de tempo que Judas se permitia permanecer em qualquer cidade. Depois disso, as pessoas podiam começar a perguntar por que ele não envelhecia. Um homem que não ficava enrugado e morria seria chamado de bruxo ou coisa pior. De modo que ele viajava do norte para o sul, do leste para o oeste, em círculos que se ampliavam à medida que as margens da civilização se alargavam. Em algumas cidades ele fazia o papel de recluso, em outras de artista, em outras ainda de homem mundano. Trocava de papéis como se fossem capas. E se cansava de cada um deles.

Suas elegantes botas pretas de couro atravessaram o piso de madeira com a facilidade do hábito. Ele conhecia cada tábua que rangia, cada fenda quase imperceptível. Um criado mascarado apareceu com uma bandeja cheia de copos de vinho. Judas pegou um, lembrando-se da força da adega de seu antigo anfitrião. Bebericou o vinho, permitiu que os sabores acariciassem sua língua – felizmente a adega de Giuseppe não tinha entrado em declínio com sua morte. Judas esvaziou o copo e pegou outro.

Em sua outra mão, escondida atrás de suas costas, seu dedo se apertava ao redor de um objeto estreito preto.

Ele tinha vindo ali para um propósito maior do que aquele baile.
Tinha vindo para prantear.
Passou entre dançarinos mascarados a caminho da janela. O nariz longo de sua máscara se curvava para baixo como o bico de um corvo. O cheiro de couro bem curtido de que era feita enchia suas narinas. Uma mulher passou dançando, seu perfume pesado pairando no ar muito depois de ela e seu parceiro terem se afastado pelo salão.
Judas conhecia aquelas danças e incontáveis outras. Mais tarde, depois de mais vinho, ele se juntaria a eles. Escolheria uma jovem cortesã, talvez uma nova moura se pudesse encontrar uma. Daria o melhor de si para se perder nos passos conhecidos.
Cinquenta anos antes, em sua última passagem por Veneza, havia conhecido a mulher mais encantadora que tinha visto em sua longa vida. Ela, também, tinha sido moura – de pele escura, com luminosos e profundos olhos castanhos e tranças negras que desciam por seus ombros nus até a cintura fina. Ela usava um vestido verde-esmeralda com apliques dourados, franzido na cintura como era a moda, mas entre seus seios, pendurado numa fina corrente de ouro ao redor de seu pescoço, descansava uma lasca reluzente de prata, como se fosse um pedaço quebrado de espelho, um adorno incomum. O perfume de flores de lótus, uma fragrância que ele não sentia desde sua última temporada no Oriente, pairava ao redor dela.
Ele e a mulher misteriosa haviam dançado durante horas, nenhum dos dois precisando de outro parceiro. Quando ela falava, tinha um sotaque curioso que ele não conseguia situar. Logo se esqueceu daquilo e ouviu apenas as palavras dela. Ela tinha mais conhecimento do que qualquer pessoa que ele jamais tivesse conhecido – história, filosofia e os mistérios do coração humano. Serenidade e sabedoria residiam em seu corpo esguio, e ele queria tomar emprestada um pouco de sua paz. Por ela, talvez, ele pudesse encontrar uma maneira de voltar a sentir as preocupações simples de homens mortais.
Depois de dançar, junto àquela mesma janela, ela havia levantado a máscara para que ele pudesse ver o resto de seu rosto, e ele também tinha levantado a sua. Ele a tinha contemplado em um momento silencioso mais íntimo do que jamais havia dividido com outra pessoa. Então, ela havia entregado sua máscara a ele, pedido licença e desaparecido na multidão.
Só naquele momento ele se deu conta de que não sabia seu nome.
Ela nunca havia voltado. Por mais de um ano ele vasculhara Veneza procurando por ela, pagara somas ridículas de dinheiro por informações incorretas. Era

a neta de um doge. Era uma escrava do Oriente. Era uma garota judia que havia fugido do gueto por uma noite. Ela não era nada disso.

De coração partido, ele havia deixado a cidade das máscaras e se esforçado para esquecê-la nos braços de uma centena de mulheres diferentes – algumas de pele escura como mouras, outras brancas como neve. Ele tinha ouvido delas um milhar de histórias, ajudado algumas e abandonado outras. Nenhuma havia tocado seu coração, e ele deixara todas elas antes de ter que enfrentar o envelhecimento e a morte delas.

Mas agora havia voltado a Veneza para bani-la de seus pensamentos, cinquenta anos depois de ter dançado com ela por aquele salão. A essa altura, ele sabia, ela provavelmente estava morta, ou era uma velha encarquilhada e cega que há muito já havia esquecido aquela noite mágica. Tudo que lhe restava daquilo eram suas lembranças e a velha máscara dela.

Naquele momento ele virou a máscara nas mãos. Preta e lustrosa, era uma fita grossa achatada de couro que lhe cobria os olhos, com minúsculas pedrinhas de vidro brilhantes junto à fenda do canto para cada olho. Um modelo ousado, sua simplicidade contrastando com as máscaras luxuosas usadas pelas outras mulheres.

Mas ela não havia precisado de outros adornos.

Ele havia voltado àqueles salões reluzentes para atirar a máscara negra no canal naquela noite e banir o fantasma daquela mulher para a biblioteca de seu passado. Apertando a velha tira de couro, olhou de relance pela janela aberta. Abaixo, um gondoleiro impelia sua embarcação afilada pela água escura, as ondulações se iluminando de prata pelo luar.

Do outro lado das margens do canal, vultos andavam apressados pelas calçadas de cerâmica ou atravessavam pontes. Gente cuidando de tarefas misteriosas. Gente cuidando de tarefas cotidianas. Ele não sabia e não se importava. Como tudo o mais, aquilo o fatigava. Por um momento, havia acreditado que poderia encontrar uma ligação, até que ela tivesse ido embora.

Relutante de se separar dela, acariciou a máscara com o indicador. Tinha ficado no fundo de seu baú durante anos, embrulhada na mais fina seda. De início ele pudera sentir o perfume de flores de lótus, mas mesmo aquilo havia se apagado. Naquele momento ele trouxe a máscara até o nariz e inalou – uma última vez – esperando inalar odores de couro velho e cedro de seu baú.

Mas o perfume de flores de lótus ressurgiu.

Ele virou a cabeça, olhando temeroso, o movimento tão lento que não assustaria nem o mais medroso passarinho. Seu coração latejou em seus ouvidos, tão alto que ele esperou que o som atraísse todos os olhares.

Ela estava ali diante dele, sem máscara e sem nenhuma mudança. Seu sorriso sereno o mesmo que meio século antes. A máscara caiu de seus dedos para o chão. A respiração ficou presa em sua garganta. Dançarinos passaram rodopiando, mas ele permaneceu imóvel.

Não era possível.

Poderia aquela ser a filha da mesma mulher?

Ele descartou essa possibilidade.

Não assim tão exatamente igual.

Um pensamento mais sombrio lhe ocorreu. Ele sabia da existência de animais malditos que dividiam com ele sua marcha através do tempo, imortais como ele próprio, mas dotados de sede de sangue, insaciáveis, e de loucura.

Mais uma vez baniu essa perspectiva de sua mente.

Nunca poderia se esquecer do calor do corpo dela através do vestido de veludo enquanto dançava com ela.

Então o que ela era? Seria amaldiçoada como ele? Seria imortal?

Mil perguntas dançaram em sua cabeça, substituídas finalmente pela única que realmente importava, a pergunta que ele deixara de fazer cinquenta anos antes.

– Qual é o seu nome? – sussurrou ele, temeroso de despedaçar o momento em lascas como a que ela usava ao redor do pescoço esguio.

– Nesta noite, é Anna. – A voz dela ressoava com o mesmo sotaque estranho.

– Mas esse não é o seu nome verdadeiro. Não quer dizê-lo para mim?

– Se quiser.

Os olhos castanhos luzidios olharam bem dentro dos dele, sem flertar, mas em vez disso avaliando-o. Ele lentamente balançou a cabeça concordando, rezando para que ela o achasse digno.

– Arella – disse ela em voz baixa.

Ele repetiu o nome dela, imitando a voz dela, sílaba por sílaba.

– Arella.

Ela sorriu. Provavelmente não ouvia seu nome ser dito em voz alta pelo tempo de muitas vidas mortais. Os olhos dela buscaram os dele, exigindo que ele pagasse o preço prometido por conhecer o verdadeiro nome dela.

Pela primeira vez em mil anos, ele também disse o seu nome em voz alta.

– Judas.

– O filho amaldiçoado de Simon Iscariotes – concluiu ela, não parecendo nada surpresa, dando apenas um ligeiro sorriso.

Ela estendeu a mão para ele.
– Gostaria de dançar?
Com os segredos revelados, o relacionamento deles começou.
Mas aqueles segredos escondiam outros segredos, mais profundos e sombrios.
Segredos sem fim, para combinar com cada vida eterna.

As grandes portas se abriram atrás dele, refletidas na janela, tirando-o da Veneza antiga e trazendo-o para a Roma dos dias atuais. Judas tamborilou os dedos no vidro frio blindado, se perguntando o que os sopradores de vidro venezianos medievais achariam daquilo.

No reflexo, observou Renate parar emoldurada pela porta. Ela usava um terninho cor de amora com uma camiseta de seda marrom. Apesar de ela ter passado de jovem a uma mulher de meia-idade a seu serviço, ele a achava atraente. De repente ele se deu conta de que era porque Renate o fazia lembrar de Arella. A recepcionista tinha a mesma pele cor de canela e olhos negros, a mesma calma.

Como pude não ver isso antes?

O monge louro entrou no aposento atrás dela, exibindo um rosto muito mais jovem que seus anos de vida. Nervoso, o sanguinista apertava a beira de seus pequenos óculos. O rosto redondo assumiu uma expressão de preocupação que pareceu fora de lugar em alguém tão jovem, traindo a sugestão de décadas escondidas atrás daquela pele lisa.

Renate saiu sem dizer nada e fechou a porta.

Judas acenou para que ele avançasse.

– Venha, irmão Leopold.

O monge lambeu os lábios, alisou a saia de seu hábito simples marrom com capuz e obedeceu. Passou pela fonte e se deteve na frente da escrivaninha maciça. Sabia que não deveria se sentar sem ser convidado.

– Como o senhor ordenou, tomei o primeiro trem da Alemanha, *Damnatus*.

Leopold baixou a cabeça ao usar o título antiquíssimo que marcava o passado de Judas. A palavra latina se traduziria mais ou menos por *o condenado*, *o maldito* e *o danado*. Embora outros pudessem considerar tal título um insulto, Judas se orgulhava dele.

Cristo o tinha dado a ele.

Judas empurrou uma cadeira atrás de sua escrivaninha, voltando ao seu espaço de trabalho, e se sentou. Ele manteve o monge esperando enquanto concentrava a atenção de volta em seu projeto anterior. Com destreza e habilidade rápida vinda da experiência, desprendeu a asa dianteira que tinha rasgado anteriormente e a deixou cair no chão. Abriu sua gaveta de espécimes e retirou outra mariposa-luna. Desprendeu a asa dianteira e a usou para substituir a que havia danificado, devolvendo à sua criação a perfeição imaculada.

Agora precisava consertar outra coisa que estava quebrada.

– Eu tenho uma nova missão para você, irmão Leopold.

O monge ficou sentado em silêncio diante dele, com uma imobilidade que só sanguinistas conseguiam alcançar.

– Sim?

– Pelo que compreendo, sua ordem está certa de que o padre Korza é o *Cavaleiro de Cristo* e que o soldado americano, Jordan Stone, é o *Guerreiro do Homem*. Mas permanece uma dúvida quanto à identidade da *terceira* figura mencionada na profecia do Evangelho de Sangue. A *Mulher de Saber*. Devo compreender que essa *não* é a professora Erin Granger, como originalmente o senhor tinha presumido durante a busca pelo Evangelho perdido de Cristo?

Leopold baixou a cabeça em sinal de desculpa.

– Eu ouvi falar dessas dúvidas, e creio que podem ser verdade.

– Se forem, então precisamos encontrar a *verdadeira* Mulher de Saber.

– Isso será feito.

Judas puxou uma navalha de prata de outra gaveta e cortou de leve a ponta do dedo. Ele o ergueu sobre a mariposa que havia construído de metal com asas de teia de aranha. Uma única gota reluzente de sangue caiu nas costas da criatura, penetrando pelos buracos ao longo do tórax e desapareceu.

O monge recuou.

– Você teme o meu sangue.

Todos os *strigoi* temiam.

Séculos antes, Judas tinha descoberto que uma única gota de seu sangue era mortal para qualquer daquelas criaturas malditas, mesmo as poucas que haviam se convertido para servir a Igreja como sanguinistas.

– O sangue tem um enorme poder, não é, irmão Leopold?

– Tem. – Os olhos do monge dardejaram de um lado para outro. Devia incomodá-lo estar perto de algo que podia pôr fim à sua vida imortal.

Judas invejava seu medo. Amaldiçoado por Cristo com a imortalidade, ele teria sacrificado muito para ter a escolha de morrer.

– Então *por que* não me contou que o trio agora está unido pelo sangue?

Judas deslizou dedos cuidadosos sob sua criação. Ela tremeu adquirindo vida na palma de sua mão, movida pelo seu sangue. O zumbido de minúsculas engrenagens vibrou, mal audível sob o ruído da fonte. As asas se levantaram e se uniram nas costas, então se estenderam para fora.

O monge tremeu.

– Uma criatura da noite tão bonita, a mariposa simples – observou Judas.

O autômato bateu as asas e levantou voo da palma de sua mão. Lentamente voou em um círculo sobre sua escrivaninha, as asas capturando cada partícula de luz e refletindo-a a cada batida.

Leopold acompanhou com o olhar o caminho da mariposa, visivelmente querendo fugir, mas sabendo que não devia.

Judas levantou a mão, e a mariposa veio de novo pousar nas pontas dos seus dedos estendidos. As patinhas de metal roçando leves como a seda de uma aranha contra sua pele.

– Tão delicada e, no entanto, tão poderosa.

Os olhos do monge se fixaram nas asas coloridas, sua voz tremia.

– Eu sinto muito. Não pensei que fosse importante que Rhun tivesse se alimentado do sangue da arqueóloga. Eu... eu pensei que não fosse ela a verdadeira Mulher de Saber.

– Contudo o sangue dela flui nas veias de Rhun Korza e... graças à sua impensada transfusão de sangue... o sangue do sargento Stone agora flui nas dela. Você não acha esse acontecimento estranho? Talvez até significante?

Obedecendo à vontade dele, a mariposa voou de novo dos dedos de Judas e circulou pelo escritório. Ela dançou nas correntes de ar exatamente como Judas outrora havia dançado pelos salões de baile do mundo.

O monge engoliu seu terror.

– Talvez – disse Judas. – Talvez essa arqueóloga *seja* afinal a Mulher de Saber.

– Eu sinto muito...

A mariposa desceu do ar e pousou no ombro esquerdo do monge, as minúsculas patinhas se agarrando no tecido grosso de seu hábito.

– Eu tentei matá-la esta noite. – Judas brincou com os minúsculos mecanismos sobre o tampo da mesa. – Com um puma *blasphemare*. Você imagina que uma mulher comum poderia escapar de uma fera assim?

– Não sei como.

– Eu também não.

Diante da menor provocação, a mariposa picaria o monge com sua probóscide, liberando uma única gotícula de sangue e matando-o imediatamente.

– Porém ela sobreviveu – disse Judas. – E ela agora está junto com o Guerreiro, mas ainda não com o Cavaleiro. Você sabe por que eles não se reuniram com o padre Rhun Korza?

– Não. – O monge baixou os olhos para o rosário. Se ele morresse naquele momento, em pecado e não em batalha santa, sua alma ficaria condenada e amaldiçoada para toda a eternidade. Ele devia estar pensando nisso.

Judas lhe deu mais um instante para refletir, então explicou.

– Porque Rhun Korza está desaparecido.

– Desaparecido? – Pela primeira vez, o monge pareceu surpreso.

– Alguns dias depois de Korza ter-se alimentado do sangue dela, desapareceu de vista da Igreja e de todos os outros. – As asas da mariposa estremeceram nas correntes de ar. – Agora corpos são atirados nas ruas de Roma, enquanto um monstro se atreve a caçar nas orlas da própria Cidade Santa. E não é um *strigoi* sob o meu controle ou sob o controle deles. Eles temem que seja o seu precioso Rhun Korza, tendo voltado a um estado feral.

O irmão Leopold encontrou o olhar dele.

– O que o senhor quer que eu faça? Que o mate?

– Como se você pudesse. Não, meu caro irmão, essa tarefa será de outro. Sua tarefa é observar e passar as informações. E nunca esconder nenhum detalhe. – Ele levantou a mão, e a mariposa levantou voo do ombro do monge e voltou para a palma da mão estendida de seu criador. – Se você me falhar, estará falhando diante de Cristo.

O irmão Leopold o encarou parecendo ao mesmo tempo aliviado e exultante.

– Eu não falharei de novo.

8

18 de dezembro, 19:45 horário do Pacífico
San Francisco, Califórnia

Pelo menos o restaurante está vazio.
 Erin deixou escapar um suspiro de alívio enquanto se sentava com Christian e Jordan num pequeno reservado maltratado no bairro de Haight-Ashbury. Eles tinham deixado Nate em seu apartamento no campus de Stanford, então tinham partido rapidamente para o anonimato da cidade de San Francisco, seguindo um caminho cheio de desvios para chegar ao pequeno restaurante.
 Ela pegou o cardápio – não que estivesse com fome, só precisava ter alguma coisa para fazer com as mãos. O peso de sua Glock estava de novo no coldre do tornozelo. Ela trazia a Colt de Jordan no bolso fundo de seu casacão de inverno. O peso combinado das duas ajudava a acalmá-la.
 Ela examinou o restaurante decrépito, com suas pinturas em preto e branco de caveiras e flores. Os únicos sinais de Natal eram poinsétias de plástico enfeitando cada mesa.
 Jordan tomou a mão direita dela em sua mão esquerda. Mesmo na luz forte e dura, ele parecia bem. Uma mancha de poeira lhe riscava uma das faces. Ela estendeu a mão com o guardanapo e a limpou, seus dedos se demorando ali.
 Os olhos dele escureceram, e ele deu a ela um olhar sugestivo.
 Do outro lado da mesa, Christian pigarreou.
 Jordan se endireitou, mas continuou a segurar a mão dela.
 – Lugar simpático este que você escolheu – disse ele, lançando um olhar ao redor dos arco-íris de *tie-dyed* que enfeitavam a parede do fundo. – Então você foi um fã dos Dead numa vida passada ou é apenas um apreciador dos anos 1960?
 Escondendo um sorriso atrás do cardápio, Erin viu que a comida era vegetariana.

Jordan vai adorar isso.

— Este lugar agora é muito mais simpático do que era nos anos 1960 — respondeu Christian, revelando um fragmento de seu passado, uma vida anterior na cidade. — Naquela época, você mal conseguia respirar aqui por causa da fumaça de maconha e o cheiro de patchuli. Mas uma coisa que não mudou é o desprezo deste lugar pelas autoridades. Aposto a minha vida que não existem câmeras de vigilância nem aparelhos de monitoração eletrônica aqui dentro. Quanto menos olhos curiosos, melhor.

Erin apreciou o nível de paranoia do sanguinista, especialmente depois do ataque.

— Está mesmo preocupado com a existência de um espião em sua ordem? — perguntou Jordan.

— Alguém sabia que Erin estaria sozinha naquele rancho. Por ora, é melhor que nos mantenhamos fora do radar. Pelo menos até chegarmos a Roma.

— Isso me parece bom — disse Erin. — O que quis dizer quando falou que eu era a única que poderia encontrar Rhun?

Durante o percurso até o restaurante, Christian tinha se recusado a falar. Mesmo agora ele lançou um olhar ao redor do salão, então se inclinou para a frente.

— Eu soube pelo sargento Stone que Rhun se alimentou de seu sangue durante a batalha nas catacumbas de São Pedro. É verdade?

Ela soltou a mão de Jordan, examinando o guardanapo em seu colo de modo que ele não pudesse ver sua expressão quando pensou na intimidade que tinha vivido com Rhun. Em um clarão, viu aqueles dentes afiados penetrando em sua pele, se equilibrando entre a dor e o êxtase enquanto os lábios dele queimavam sua pele, e a língua abria mais as feridas para que ele pudesse sugar mais.

— É verdade — balbuciou ela. — Mas ele teve que fazê-lo. Não havia outra maneira de capturar o lobogrifo e Bathory Darabont. Sem nossas ações, o Evangelho de Sangue teria sido perdido.

Jordan passou o braço ao redor dos ombros dela, mas ela o afastou. Um lampejo de surpresa surgiu nos olhos dele. Erin não o queria magoar, mas não queria ninguém tocando nela naquele momento.

— Eu não estou aqui para julgar Rhun — disse Christian. — A situação era extraordinária. Você não precisa explicá-la para mim. Estou mais interessado no que aconteceu com você *depois* disso.

— Como assim?

– Você teve visões? Sentimentos que não pode explicar?

Ela fechou os olhos. O alívio a dominou numa onda. Então poderia haver uma explicação para suas ausências.

Afinal eu não estou ficando louca.

Christian deve ter percebido a reação dela.

– Você teve visões. Graças a Deus.

– Alguém quer me explicar tudo isso? – pediu Jordan.

Em retrospecto, ela deveria ter contado a ele sobre as ausências. Mas não queria pensar nelas, quanto mais falar a respeito disso com outra pessoa.

Christian explicou a ambos.

– Quando um *strigoi* se alimenta de alguém e a vítima vive... o que é uma ocorrência rara... o sangue cria uma ligação entre eles. Ela dura até que o *strigoi* se alimente novamente e apague a ligação com uma infusão de sangue novo.

Jordan pareceu enojado.

Um jovem atendente se aproximou naquele momento. O cabelo louro trançado em *dreadlocks*, com um bloco na mão e um lápis atrás da orelha. Ele foi dispensado depois que pediram uma rodada de café preto.

Erin esperou até que o rapaz estivesse fora de alcance, então prosseguiu.

– Mas o que tenho vivido não faz sentido. É escuro. Uma treva totalmente negra. Eu tenho uma sensação intensa de claustrofobia, de estar aprisionada. É como se eu estivesse dentro de um sarcófago ou de um caixão.

– Como em Massada? – perguntou Jordan.

Ela segurou a mão dele de novo, apreciando o calor dela, e em parte se desculpando por sua rejeição um momento antes.

– Foi isso o que eu pensei. Pensei que fosse um ataque de pânico. Descartei os episódios como flashbacks àquele momento em que estávamos presos naquela velha cripta. Mas certos detalhes dessas visões me pareceram estranhos. A caixa era fria, mas parecia que eu estava imersa em ácido. Ele encharcava minhas roupas e me queimava a pele. E, ainda mais estranho, tudo cheirava a vinho.

– Vinho? – perguntou Christian, se empertigando.

Ela assentiu.

– Se você estava recebendo Rhun durante essas visões, um banho de vinho consagrado queimaria assim. – Christian a fitou com os olhos verdes penetrantes. – Você tem alguma ideia de onde essa caixa possa estar? Conseguiu ouvir alguma coisa?

Ela lentamente sacudiu a cabeça, tentando pensar em mais detalhes, mas falhando.

– Sinto muito.

Tudo de que ela se lembrava era daquela dor, percebendo agora que o que havia sentido era apenas uma minúscula fração do que Rhun devia estar sentindo. Há quanto tempo ele estava preso ali? Christian tinha dito que Rhun havia desaparecido pouco depois da batalha. Aquilo tinha sido há dois meses. Ela não podia abandoná-lo naquela situação.

Mais um insight a fez gelar.

– Christian, a cada uma dessas visões, eu me sinto mais fraca, mais letárgica. Na última, eu mal conseguia levantar os braços.

A expressão de Christian confirmou seu maior temor.

Aquilo provavelmente significava que Rhun estava morrendo.

Christian estendeu a mão e tocou no braço dela, tentando acalmá-la.

– O melhor plano é chegarmos a Roma. O cardeal Bernard tem mais conhecimento desse tipo de ligação do que eu. Era mais comum nos primeiros tempos da Igreja.

Eles deveriam partir no avião fretado dentro de duas horas.

– E se encontrarmos Rhun – perguntou Erin –, o que faremos depois?

Ela temia que fosse ficar sem resposta mais uma vez, sumariamente descartada.

– Então todos nós iremos procurar o Primeiro Anjo – disse Christian.

O Primeiro Anjo.

Ela conhecia muito bem a profecia relativa àquela figura mítica. Rememorou as palavras inscritas na primeira página do Evangelho de Sangue, palavras escritas por Cristo, uma predição de uma guerra por vir – e uma maneira de evitá-la.

Uma grande Guerra dos Céus se aproxima. Para que as forças do bem prevaleçam, uma Arma deve ser forjada com este Evangelho escrito com meu próprio sangue. O trio da profecia deve levar o livro ao Primeiro Anjo para que ele dê a sua bênção. Só assim eles poderão garantir a salvação para o mundo.

– O tempo de esperar já se passou – prosseguiu Christian. – Especialmente depois que alguém agiu contra você. Eles claramente sabem o quanto você é valiosa.

– Valiosa? – Ela não conseguiu deixar de impor um tom amargo, de troça, à palavra.

– A profecia diz que o trio deverá levar o livro ao Primeiro Anjo. O Cavaleiro de Cristo, o Guerreiro do Homem e a Mulher de Saber. Você e Jordan são os dois últimos. Rhun é o primeiro.

– Mas eu pensei que estivesse claro que eu *não* era a Mulher de Saber. – Ela manteve a voz firme e obrigou-se a dizer a frase seguinte. – Tenho bastante certeza de que a matei.

Jordan apertou a mão dela. Ela tinha baleado Bathory Darabont nos túneis subterrâneos de Roma. Não apenas tinha tirado a vida da mulher, mas há séculos que se acreditava que a família Bathory era a linhagem de onde sairia a Mulher de Saber. A bala de Erin pusera fim àquela linhagem, matando a última descendente viva.

– Darabont de fato está morta e com ela aquela linhagem maldita. – Christian suspirou, recostando-se com um dar de ombros. – De modo que parece que você é o que temos de melhor, dra. Erin Granger. De que adianta ficar duvidando?

O café finalmente chegou permitindo que eles refletissem.

Depois que o garçom se foi, Jordan tomou um gole, fez uma careta ao ver que estava quente de escaldar e balançou a cabeça concordando com Christian.

– Eu concordo com ele. Vamos encontrar esse tal de anjo.

Como se fosse fácil assim.

Ninguém tinha a mais remota ideia de quem fosse o Primeiro Anjo.

19 de dezembro, 6:32
Oceano Ártico

Os dentes de Tommy Bolar doíam por causa do frio. Ele não sabia que aquilo era possível. Postado junto à amurada do navio na escuridão do início da manhã no Ártico, um vento rígido queimava suas faces expostas. Gelo branco se estendia até o horizonte adiante. Atrás do navio, uma esteira despedaçada de gelo azul e água negra marcava a passagem do quebra-gelo através da paisagem congelada.

Ele olhava fixamente para frente, desesperado. Não tinha nenhuma ideia de onde estava.

Nem, para falar a verdade, do *que* ele era.

Tudo o que sabia era que não era mais o mesmo garoto de catorze anos que tinha visto seus pais morrerem no alto das ruínas de Massada, vítimas de um gás venenoso que os tinha matado e o tinha curado. Ele olhou para o pedacinho de pele nua que aparecia entre as luvas de pele de veado e as mangas de sua parca térmica de alta tecnologia. Outrora a mancha marrom de um melanoma havia se destacado em seu punho pálido, revelando seu estado terminal – agora havia desaparecido, junto com o resto do câncer. Mesmo seu cabelo, perdido na quimioterapia, havia começado a crescer de novo.

Ele havia sido curado.

Ou amaldiçoado. Dependendo do ponto de vista.

Desejou ter morrido com seus pais. Em vez disso, tinha sido sequestrado de um hospital militar israelense, roubado de seus médicos desconhecidos, que tinham estado tentando compreender sua cura misteriosa. Seus mais recentes captores afirmavam que ele tinha feito mais que *sobreviver* à tragédia de Massada, insistiam que ele tinha sido mais que *curado* do câncer.

Eles diziam que ele nunca poderia morrer.

E, pior que tudo, ele havia começado a acreditar neles.

Uma lágrima rolou por sua face, deixando uma trilha quente na pele congelada.

Ele a limpou com as costas da luva, ficando furioso, frustrado, querendo gritar para a extensão infinita de gelo – não pedindo *ajuda*, mas *consolo*, para ver de novo sua mãe e seu pai.

Dois meses antes, alguém o tinha drogado, e ele havia acordado ali, naquele gigantesco quebra-gelo no meio do oceano congelado. O navio tinha acabado de ser pintado, principalmente de preto, os camarotes empilhados no topo como peças de Lego vermelhas. Até aquele momento, ele havia contado cerca de cem tripulantes a bordo, memorizando rostos e aprendendo a rotina do navio.

Por ora, fugir era impossível – mas conhecimento era poder.

Aquele era um dos motivos por que ele passava tanto tempo na biblioteca do navio, devorando os poucos livros em inglês, tentando aprender o máximo que podia.

Quaisquer perguntas caíam em ouvidos moucos. Os tripulantes falavam russo e nenhum deles falava com ele. Só duas únicas pessoas a bordo do quebra-gelo falavam com ele – e elas o aterrorizavam, embora procurasse esconder isso.

Como se chamado por seus pensamentos, Alyosha veio se juntar a ele no convés. Ele trazia dois espadins e passou um para Tommy. O garoto russo parecia ter a mesma idade que Tommy, mas aquele rosto era uma mentira. Alyosha era muito mais velho, décadas mais velho. Provando sua inumanidade, Alyosha vestia um par de calças cinzentas de flanela e uma camisa branca muito bem passada, com o colarinho aberto, expondo a garganta pálida ao vento frígido que varria aquele canto vazio do convés gelado. Uma pessoa normal morreria congelada de frio com aquela roupa.

Tommy aceitou o espadim, sabendo que se tocasse na mão descoberta de Alyosha a encontraria fria como o gelo que cobria a amurada do navio.

Alyosha era uma criatura imortal chamada *strigoi*.

Pouco depois do sequestro de Tommy, Alyosha tinha apertado a mão de Tommy contra seu peito frio, revelando a falta de um coração batendo. Ele havia mostrado a Tommy suas presas, como seus dentes caninos podiam entrar e sair das gengivas quando quisesse. Mas a maior diferença entre eles era que Alyosha se alimentava de sangue humano.

Tommy não era como ele.

Ainda comia comida comum, seu coração ainda batia, e ele ainda tinha os mesmos dentes.

Então o que eu sou?

Parecia que até seu captor – o senhor de Alyosha – não sabia. Ou pelo menos, nunca tinha revelado seu conhecimento.

Alyosha bateu na cabeça de Tommy com o punho do espadim para chamar sua atenção.

– Você precisa prestar atenção no que digo. Temos que treinar.

Tommy o seguiu até a área de prática de esgrima improvisada no convés e ocupou sua posição.

– Não! – ralhou seu adversário. – Separe mais as pernas! E *levante* o espadim para se proteger.

Alyosha, aparentemente entediado no navio gigante, estava ensinando a ele os hábitos de um nobre russo. Além de aulas de esgrima, o garoto havia lhe ensinado os termos de equitação, equipamentos para cavalo e formações de cavalaria.

Tommy não compreendia a obsessão do outro. Tinham lhe contado o nome verdadeiro de Alyosha: Alexei Nikolaevich Romanov. Na biblioteca, ele havia encontrado um livro sobre história da Rússia, e descoberto mais informações sobre aquele "garoto". Cem anos antes ele tinha sido o filho do czar Nicolau II, um príncipe real do Império Russo. Em criança, Alyosha sofria de hemofilia, e, de acordo com o livro, a única pessoa que podia aliviar suas dolorosas crises de hemorragias internas era o mesmo homem que finalmente acabara por se tornar o seu senhor, transformando o príncipe em um monstro.

Ele imaginou o senhor de Alyosha, com sua espessa barba negra e rosto misterioso escondido em algum outro lugar no navio, como uma aranha negra numa teia. Ele era conhecido no princípio dos anos 1900 como o Monge Louco da Rússia, mas seu nome verdadeiro era Grigori Yefimovich Rasputin. Os textos de história detalhavam como o monge fizera amizade com os Romanov, se tornando um conselheiro de valor inestimável para o czar. Mas outras seções insinuavam os estranhos hábitos sexuais de Rasputin e suas intrigas políticas, que finalmente tinham levado a uma tentativa de assassinato por um grupo de nobres.

O monge tinha sido envenenado, levado um tiro na cabeça, sido surrado com um porrete e atirado em um rio congelado – só para voltar ileso e ainda vivo. Os livros diziam que ele finalmente tinha se afogado no rio, mas Tommy sabia a verdade.

Não era fácil matar um monstro.

Como o garoto príncipe, Rasputin era um *strigoi*.

Rápido como uma cobra dando um bote, Alyosha atacou, fazendo uma finta para a direita, então se movendo para a esquerda, quase rápido demais para ver. A ponta de seu espadim acertou no centro do peito de Tommy, a ponta perfurando a parca e a pele de Tommy. Aquelas não eram espadas de treinamento com pontas cegas. Tommy sabia que Alyosha poderia ter espetado seu coração se quisesse.

Não que aquilo fosse ter matado Tommy.

Aquilo o teria ferido, provavelmente o teria deixado de cama e fraco por um ou dois dias, mas ele teria se recuperado, amaldiçoado como tinha sido no cume de Massada com uma vida imortal.

Alyosha sorriu e recuou, agitando o espadim com um floreio triunfante. Ele tinha quase a altura de Tommy, com braços e pernas musculosos. Mas era muito mais forte e rápido.

A maldição de Tommy não lhe dava vantagens como força e rapidez.

Mesmo assim, ele deu o melhor de si para aparar os ataques seguintes. Dançaram para frente e para trás na quadra de esgrima. Tommy rapidamente ficou exausto, prejudicado pelo frio.

Enquanto paravam para respirar um pouco, um som de um estalo alto chamou a atenção de Tommy para além da amurada de estibordo. O deque se inclinou sob seus pés. A proa do navio se levantou ligeiramente, então caiu com estrondo sobre grossas placas de gelo. Os motores gigantescos impeliram o navio a avançar, continuando sua passagem lenta pelo mar do Ártico.

Ele observou as grandiosas placas de gelo serem cortadas e passarem raspando contra o casco e se perguntou o que aconteceria se ele saltasse.

Será que eu morreria?

O medo o impedia de tentar. Embora pudesse não conseguir morrer, podia sofrer. Ele esperaria por uma oportunidade melhor.

Alyosha avançou num ataque rápido e bateu-lhe nas faces com a espada. A picada lhe recordou que a vida era dor.

– Basta! – reclamou Alyosha. – Fique alerta, meu amigo.

Amigo...

Tommy queria zombar de tal denominação, mas se manteve em silêncio. Sabia que de certa forma aquele jovem príncipe se sentia solitário, e apreciava a companhia, ainda que forçada, de outro garoto.

Apesar disso, Tommy não se deixou enganar.

Alyosha não era nenhum menino.

De modo que retomou uma postura defensiva em seu canto da quadra. Aquela era sua única opção no momento. Ele esperaria e aproveitaria o tempo, aprenderia o que pudesse e se manteria em forma.

Até que pudesse fugir.

10

19 de dezembro, 7:13 horário da Europa Central
Roma, Itália

A caçadora havia se tornado caça.

Elizabeth percebeu a matilha seguindo-a pelas ruas e ruelas escuras e estreitas, tornando-se cada vez maior em sua esteira. Por enquanto, eles se mantinham para trás, talvez querendo se fortalecer em número. Aqueles não eram vira-latas humanos, não eram bandidos nem ladrões em busca do alvo fraco de uma mulher naquelas ruas antes do dia clarear. Eram *strigoi,* como ela.

Será que ela havia invadido a área de caça deles? Quebrado alguma regra de etiqueta enquanto se alimentava?

Ela lançou um olhar para o leste, percebendo que o sol de inverno estava perto de nascer. O medo a dominou. Ela queria voltar para seu apartamento, escapar do dia ardente, mas não ousava conduzir aquele bando até sua casa.

De modo que, enquanto o dia ameaçava raiar, ela continuou por uma rua estreita, com o ombro perto da parede de estuque fria, as pedras de calçamento antigas sob as solas de suas botas.

As horas antes da alvorada tinham se tornado as suas favoritas naquela cidade moderna. Bem cedinho assim, os automóveis barulhentos quase silenciavam, seus gases fétidos não mais sujavam o ar. Ela tomara o cuidado de estudar os homens e mulheres da noite, reconhecendo como, de muitas maneiras, pouco havia mudado desde seu século, facilmente identificando as prostitutas, os jogadores e os ladrões.

Ela compreendia a noite – e havia acreditado que era sua única dona.

Até aquela manhã.

Nos cantos de seus olhos, vultos de espectros sombrios se moviam. Eram mais de uma dúzia, sabia, mas quantos mais ela não sabia dizer. Sem o bater de corações nem respiração, não podia ter certeza até que estivessem junto dela.

O que não tardaria muito.

As feras cercaram-na, fechando mais a rede.

Parecia que acreditavam que ela não os tivesse visto. Permitiu que conservassem essa crença. Aquele engano bem poderia salvá-la, como com frequência havia salvado no passado. Ela os atraiu para mais adiante, em direção ao campo de batalha que havia escolhido.

Sua destinação ficava distante. Temendo que pudessem atacar antes que a alcançasse, ela apressou os passos, mas só um pouco, pois não queria que soubessem que havia percebido a presença deles.

Ela precisava de uma área aberta. Aprisionada naquelas ruelas estreitas, seria muito fácil para o bando cair em cima dela, dominá-la.

Afinal, suas botas a levaram em direção ao Panteão na Piazza della Rotonda. A praça era o espaço de terreno aberto mais próximo. A luz cinza do sol perolado alongava as sombras no domo arredondado do Panteão. O olho aberto do *oculum* no topo esperava pelo novo dia, cego na escuridão.

Não como ela. Não como eles.

O Panteão outrora tinha sido o lar de muitos deuses, mas agora era uma igreja católica dedicada a apenas *um*. Ela evitou aquele santuário. O terreno consagrado no interior a enfraqueceria – da mesma forma que àqueles que a caçavam –, mas, depois de ter renascido para aquela nova força, ela se recusava a abandoná-la.

Em vez disso, continuou a avançar para a praça aberta na sua frente.

De um lado, uma fileira de barraquinhas vazias esperava pela luz do dia para transformá-las em um movimentado mercado de produtos de Natal. As luzes douradas festivas tinham sido desligadas, e as grandes barracas de lona branca salpicadas de geada protegiam mesas vazias. Do outro lado, restaurantes estavam às escuras e fechados.

Atrás dela, as sombras se moveram nas orlas da praça.

Sabendo que seu tempo tinha acabado, ela se apressou em direção à fonte no centro da praça. Descansou as mãos na pedra cinzenta da bacia. Bem próximo, um peixe esculpido em pedra jorrava água para o tanque abaixo. No centro erguia-se um obelisco fino. Seu granito vermelho tinha sido obtido sob o impiedoso sol egípcio para ser arrastado até ali por conquistadores. Hieróglifos tinham sido entalhados em seus quatro lados e atingiam sua ponta cônica: luas, pássaros, um homem sentado. A língua era de palavras antiquíssimas, tão incompreensível para ela quanto o mundo moderno. Mas as imagens, entalhadas por pedreiros há muito mortos, poderiam salvá-la naquela noite.

O olhar dela se elevou para o topo, onde a igreja havia montado uma cruz para tomar o poder daqueles velhos deuses.

De trás dela vieram o rangido de couro, o roçar de tecido contra tecido, o cair delicado de cabelo de uma cabeça virada.

Afinal, o bando a cercou.

Antes que qualquer um deles pudesse alcançá-la, ela saltou pela borda do tanque e seguiu para o obelisco, agarrando-se a ele como um gato. Seus dedos fortes encontraram apoio naqueles antigos entalhes: uma palma, uma lua, uma pena, um falcão. Ela subiu se agarrando, mas, à medida que o pedestal se tornou mais fino, a subida se tornou mais difícil. O medo a impeliu até o topo.

Empoleirada ali, ela se preparou para a dor ardente e agarrou a cruz com uma das mãos. Ela lançou uma rápida olhada para baixo.

Sombras fervilharam subindo o obelisco como formigas, poluindo cada centímetro de granito. As roupas deles estavam em farrapos, seus membros eram esqueléticos, e os cabelos imundos e desgrenhados. Um animal caiu de costas na fonte com um esguicho de água, mas outros correram para ocupar o espaço que ele havia deixado.

Virando as costas para eles, ela olhou para a casa mais próxima do outro lado da praça e reuniu sua força ao redor de si como uma capa.

Então saltou.

7:18

Nas profundezas abaixo da basílica de São Pedro, Rhun engatinhou por um túnel escuro, a cabeça tão baixa que por vezes seu nariz roçava no piso de pedra.

Mesmo assim, ele sussurrou uma prece de agradecimento. Erin estava a salvo.

A urgência que o havia impelido a sair de sua prisão angustiante desaparecera. Pura força de vontade agora o movia a levantar cada mão ensanguentada, a arrastar cada joelho esfolado. Metro a metro, ele atravessou a grande passagem, buscando luz.

Tirando um momento para descansar, apoiou o ombro contra a parede de pedra. Ele tocou na garganta, se lembrando da ferida, agora curada. Elisabeta tinha tirado tanto de seu sangue. Ela deliberadamente o deixara impotente, mas vivo.

Para sofrer.

Agonia havia se tornado a nova arte dela. Ele imaginou os rostos das muitas mocinhas que tinham morrido nas experiências dela. Essa encarnação sombria de sua luminosa Elisabeta tinha aprendido a esculpir a dor como outros esculpiam mármore. Todas aquelas mortes horríveis pesavam na consciência dele. Quantas mortes mais teria ele que somar àquele total enquanto ela andasse livre pelas ruas de Roma?

Enquanto estivera enterrado, ele havia percebido o sussurro do encantamento dela, o êxtase que sentia quando se alimentava. Ela o havia sugado quase todo, levado o sangue dele dentro de si, criando um elo entre eles.

Ele sabia que ela havia criado aquela ligação de propósito.

Queria arrastá-lo consigo durante suas caçadas, obrigando-o a testemunhar suas depravações e assassinatos. Felizmente, à medida que ela se alimentava lavando com novo sangue o velho, aquela ligação enfraquecia, permitindo que apenas as emoções mais fortes ainda o alcançassem.

Como se avivado por esses pensamentos, Rhun sentiu os cantos de sua visão se estreitarem, dominado por medo e pânico – não dele mesmo, mas de outro. Fraca como estava a ligação entre eles, ele poderia ter resistido à vontade dela, mas uma luta assim corria o risco de minar ainda mais suas reservas já quase esgotadas.

De modo que ele se deixou levar.

Tanto para conservar sua força quanto para também outro propósito.

Onde você está, Elisabeta?

Ele pretendia usar aquela ligação esgarçada para encontrá-la, para pôr fim àquela depravação desenfreada assim que mais uma vez encontrasse a luz. Por ora, ele de boa vontade deixou-se cair na escuridão que eles compartilhavam.

Uma maré de feras negras se elevava em direção a ele. Caninos brancos rebrilhavam na escuridão, famintos, prontos para se alimentar. Ele saltou para longe, voando no ar.

O céu clareava a leste, prometendo um novo dia.

Deveria estar trancado escondido antes que acontecesse, protegido do sol ardente.

Ele aterrissou num telhado. Telhas de terracota se quebraram sob suas botas, suas mãos. Pedaços escorregaram pela borda para se espatifar na pedra cinza da praça abaixo.

Correu pelo telhado, sem titubear, um dos caçadores tentou dar o mesmo salto, falhou e caiu no chão com uma pancada atordoante.

Outros tentaram.
Muitos caíram, mas alguns conseguiram atravessar.
Ele havia chegado à outra extremidade do telhado – e saltou para o telhado seguinte. Ar fresco da noite acariciou suas faces. Ele esqueceu seus perseguidores, podia apreciar a beleza ali, correndo pelos telhados de Roma.
Mas não podia esquecê-los, e assim continuou a correr.
Sempre para o oeste.
Sua meta se elevava alto no céu que ficava rosado.
Rhun voltou ao seu corpo, caído no túnel. Ele se levantou apoiado nas mãos e nos joelhos, sabendo que aquilo não bastava. Lançando mão das últimas reservas de força quase esgotadas, ele se pôs de pé. Com uma palma de mão na parede, andou se arrastando para frente.

Ele precisava avisar os outros.

Elisabeta estava conduzindo um bando de *strigoi* para a Cidade do Vaticano.

7:32

Ela não poupou nada enquanto fugia pelos telhados, rumando para oeste, fugindo do sol nascente a leste e perseguida por uma horda furiosa. A surpresa de ela ter subido no obelisco havia lhe valido ganhar alguns segundos preciosos.

Se eles a alcançassem, estaria morta.

Ela saltou de telhado em telhado, quebrando telhas, entortando calhas. Nunca tinha corrido assim em sua vida natural ou sobrenatural. Parecia que aqueles séculos presa no sarcófago tinham-na tornado mais forte e mais rápida.

A euforia a dominou, mantendo seu medo sob controle.

Ela abriu os braços para os lados como se fossem asas, adorando a carícia do vento de sua passagem. Se vivesse, deveria fazer isso todas as noites. Ela percebeu que era mais velha do que os que a perseguiam, mais rápida – com certeza não o suficiente para superá-los para sempre, mas talvez por tempo suficiente para chegar ao seu destino.

Ela saltou para o telhado seguinte, aterrissou pesadamente. Um bando de pombos se assustou e levantou voo em revoada ao seu redor. Penas a cercaram como uma nuvem e a cegaram. Momentaneamente distraída, sua bota se prendeu numa fenda entre uma fileira de telhas. Ela teve que parar para soltá-la, rasgando o couro.

Um olhar para trás revelou que tinha perdido a dianteira.

O bando estava a ponto de alcançá-la, agora já em seus calcanhares.

Ela saiu correndo, a dor subindo-lhe pelo tornozelo. A perna não suportava seu peso. Ela amaldiçoou sua fraqueza, saltando mais que correndo agora, dando impulso com a perna boa, aterrissando na ruim, punindo-a por falhar.

Ao leste, o céu estava do mesmo tom de cinza das asas dos pombos.

Se os *strigoi* não a atacassem, o sol atacaria.

Ela se arremessou para frente. Não se deitaria nem permitiria que aqueles que a perseguiam a dominassem. Aqueles animais não mereciam pôr fim à sua vida.

Ela se concentrou em sua meta adiante.

Algumas ruas a separavam das paredes da Cidade do Vaticano.

Os sanguinistas nunca permitiriam que um bando como aquele entrasse em sua cidade santa. Eles os abateriam como ervas daninhas. Ela correu em direção à mesma morte com uma esperança em seu coração silencioso.

Ela tinha o segredo de onde Rhun estava escondido.

Mas será que isso seria suficiente para afastar as espadas deles de seu pescoço?

Ela não sabia.

11

19 de dezembro, 7:34 horário da Europa Central
Cidade do Vaticano

– *Ajude-nos!* – gritou uma voz à sua porta.

Ouvindo o temor e a urgência, o cardeal Bernard se levantou da cadeira de sua escrivaninha e atravessou seu gabinete num piscar de olhos, sem se dar ao trabalho de esconder sua natureza do padre Ambrose. Embora seu assistente soubesse da natureza secreta do cardeal, ele ainda cambaleou para trás, parecendo chocado.

Bernard o ignorou e abriu de repelão a porta, chegando perto de arrancá-la dos gonzos.

Do outro lado, encontrou a forma jovem do monge alemão, irmão Leopold, recém-chegado da abadia de Ettal. Ao lado dele estava um noviço pequenino chamado Mario. Eles carregavam o corpo frouxo de um padre entre eles, a cabeça da vítima pendendo para baixo.

– Eu o encontrei saindo trôpego dos túneis mais profundos – disse Mario.

O cheiro avinagrado de vinho velho emanava do corpo, enchendo o aposento, enquanto Leopold e Mario entravam carregando seu fardo. Pulsos brancos como cera se estendiam para fora do hábito ensopado, a pele esticada sobre os ossos.

O padre tinha passado fome por muito tempo, sofrido muito.

Bernard levantou o queixo do homem. Tinha um rosto tão conhecido quanto o seu – ossos altos tipicamente eslavos nas faces, a testa alta e lisa.

– Rhun?

Superando seu choque, ondas de emoções lutaram em seu íntimo ao ver seu amigo tão abatido: *fúria* contra quem quer que tivesse infligido aquilo a ele; *temor* de que pudesse ser tarde demais para salvá-lo; e uma grande medida de *alívio*. Tanto pelo retorno de Rhun como pela prova clara de que ele não poderia ter matado e sugado o sangue de todas aquelas mocinhas em Roma naquele estado.

Nem tudo estava perdido.

Olhos escuros torturados se abriram e se reviraram.

– Rhun? – Bernard suplicou. – Quem fez isso com você?

Rhun obrigou as palavras a saírem de seus lábios rachados.

– Ela vem por aí. Ela se aproxima da cidade santa.

– Quem vem?

– Ela os traz até nós – sussurrou ele. – Muitos *strigoi*. Vindo para cá.

Uma vez dado seu recado, Rhun desmaiou.

Leopold passou um braço sob os joelhos de Rhun e o pegou no colo como se fosse uma criança. O corpo dele pendeu frouxo ali, exausto. Bernard não conseguiria arrancar mais nada dele naquele estado. Precisaria de mais que vinho para recuperar Rhun daquela devastação.

– Levem-no para o sofá – ordenou Bernard. – Deixem-no comigo.

O jovem estudioso obedeceu, colocando Rhun no pequeno sofá do gabinete.

Bernard se virou para Mario, que olhava para ele boquiaberto com os olhos azuis arregalados. Novo na igreja, ele nunca tinha visto nada semelhante.

– Vá com o irmão Leopold e o padre Ambrose. Toquem o alarme e sigam para a entrada da cidade.

Tão logo os outros estavam fora do aposento, ele abriu o pequeno refrigerador debaixo de sua escrivaninha. Era bem estocado com bebidas para seus convidados humanos, mas não era disso que ele precisava agora. Estendeu a mão para trás daquelas garrafas e pegou um frasco simples de vidro fechado com uma tampa de cortiça. Todos os dias ele o reenchia. Ter tal tentação perto de si era proibido, mas Bernard acreditava nos costumes de antigamente, quando a necessidade tornava menor o pecado.

Ele levou a garrafa até os lábios de Rhun e tirou a rolha. O aroma inebriante subiu, fazendo até Rhun se mover.

Bom.

Bernard inclinou a cabeça de Rhun para trás, abriu-lhe a boca e derramou o sangue por sua garganta abaixo.

Rhun estremeceu com o êxtase, perdido no fluxo carmesim através de suas veias. Ele queria se rebelar, reconhecendo o pecado em sua língua. Mas as memórias se embaralharam; seus lábios numa garganta aveludada, o ceder da pele sob seus dentes afiados. Sangue e sonhos levaram embora sua dor. Ele gemeu com o prazer daquilo, cavalgando ondas de êxtase que pulsaram através de cada fibra de seu ser.

Por tanto tempo tendo negado seu prazer, seu corpo não queria largá-lo.

Mas o êxtase afinal cedeu, deixando atrás de si um vazio, um poço de desejo sóbrio. Rhun lutou para encontrar fôlego para falar, mas antes que pudesse, a escuridão o dominou. Enquanto ela o consumia, ele rezou para que seu corpo cheio de pecado pudesse suportar a penitência que viria.

Rhun passou pelo jardim de ervas do monastério, seguindo para as orações da metade da manhã. Ele se demorou ali e permitiu que o sol do verão aquecesse seu rosto. Passou a mão pelos talos púrpura de lavanda que margeavam o caminho de cascalho, o perfume delicado crescendo em sua esteira. E levou os dedos empoeirados ao rosto para saborear a fragrância.

Sorriu, recordando-se de casa. No chalé de sua família, sua irmã com frequência ralhava com ele por ter mexido no jardim da cozinha e ria quando ele tentava se desculpar. Como sua irmã adorava deixá-lo encabulado, mas ela sempre o fazia sorrir. Talvez ele fosse vê-la naquele domingo, a barriga redonda crescendo diante dela, cheia com seu primeiro filho.

Uma abelha amarela gorda esvoaçou ao redor e pousou numa flor arroxeada, outra abelha pousou no mesmo talo. O talo se dobrou sob o peso delas e balançou na brisa, mas as abelhas não deram nenhuma atenção. Trabalhavam tão diligentemente, seguras de seu lugar no plano de Deus.

A primeira abelha levantou voo da flor e esvoaçou em meio às lavandas.

Ele sabia para onde ela iria.

Seguindo seu caminho tortuoso, Rhun chegou a uma parede coberta de liquens nos fundos do jardim. A abelha desapareceu através de um buraco redondo em uma das colmeias cônicas amarelo-douradas – chamadas skeps *– que se enfileiravam no topo da parede de pedra.*

Rhun havia construído aquele skep *ele próprio no verão anterior. Havia adorado a tarefa simples de trançar a palha em cordas, torcer essas cordas em espirais e formá-las naquelas colmeias cônicas. Ele encontrava paz em tarefas simples assim e era bom nelas.*

O irmão Thomas havia observado o mesmo:

– Seus dedos habilidosos são feitos para esse tipo de trabalho.

Ele fechou os olhos e inalou o cheiro rico de mel. O zumbir sonoro das abelhas o envolveu. Ele tinha outros trabalhos que poderia estar fazendo, mas se deteve ali por um momento, satisfeito.

Quando voltou a si, Rhun sorriu. Ele havia esquecido aquele momento. Era uma fatia simples de outra vida, com séculos de idade, de antes de ele ter sido transformado em *strigoi* e perdido sua alma.

Sentiu de novo o cheiro rico do mel, com um leve subtom de lavanda. Ele se lembrou do calor do sol em sua pele, quando a luz do sol ainda não estava misturada com o sofrimento. Mas principalmente pensou na risada de sua irmã.

Ele ansiava por aquela vida simples – apenas para reconhecer que nunca seria possível.

E com essa dura percepção, veio outra.

Seus olhos se abriram de estalo, saboreando o sangue em sua língua, e confrontaram Bernard.

– O que você fez... é um pecado.

O cardeal deu uma palmadinha na mão dele.

– É *meu* pecado, não seu. Eu aceitarei de boa vontade esse fardo para ter você ao meu lado na batalha que se aproxima.

Rhun ficou imóvel, lutando com as palavras de Bernard, querendo acreditar nelas, mas sabendo que o ato era errado. Ele se sentou, encontrando forças renovadas nos músculos e ossos. A maioria de suas feridas também tinha fechado. Ele respirou fundo para acalmar sua mente tumultuada.

Bernard estendeu a mão, revelando a curva familiar de prata envelhecida.

Era a *karambit* de Rhun.

– Se você estiver bem recuperado – disse Bernard –, poderá se juntar a nós na batalha que vem por aí. Para se vingar daqueles que o trataram tão brutalmente. Você mencionou uma mulher.

Rhun aceitou a arma, evitando o olhar penetrante do cardeal, envergonhado demais, mesmo agora para dizer o nome dela. Ele tocou no gume afiado da faca.

Elisabeta a tinha roubado dele.

Como Bernard a tinha reencontrado?

O clangor estridente de um sino interrompeu o momento.

As perguntas teriam que esperar.

Bernard atravessou o aposento em um lampejo de batina escarlate e tirou sua velha espada da parede. Rhun se levantou, surpreso por como seu corpo parecia leve depois de ter bebido sangue, como se ele pudesse voar. Ele firmou o punho em sua arma.

Rhun assentiu para Bernard, admitindo que estava em condições de lutar, e eles saíram correndo. Passaram voando pelos corredores de madeira reluzentes dos aposentos papais, através de suas portas de bronze, e saíram para a praça.

Para evitar os olhos do punhado de pessoas que circulavam pela praça aberta, Rhun seguiu Bernard pelo refúgio sombrio da colunata de Bernini que limitava as orlas da praça. As maciças colunas toscanas, em fileiras de quatro de profundidade, deveriam esconder a passagem sobrenaturalmente rápida deles; Bernard se juntou a um contingente de outros sanguinistas que esperavam nas sombras pelo cardeal. Em grupo, correram pela extensão da colunata em direção à entrada da Cidade Santa.

Depois que alcançaram a cerca que ficava na altura da cintura que separava a cidade-estado do Vaticano de Roma, os olhos de Rhun vasculharam os telhados mais próximos. Ele se lembrou da visão que havia compartilhado com Elisabeta, dela pulando de telhado em telhado.

A buzina furiosa de um carro atraiu seu olhar para baixo, para a rua de pedras redondas que vinha dar ali.

A quarenta e cinco metros de distância, a forma pequenina de uma mulher vinha correndo pelo centro da Via della Conciliazione, manquejando numa perna. Embora o cabelo estivesse mais curto, ele não teve dificuldade de reconhecer Elisabeta. Um carro branco desviou para não a atropelar.

Ela não deu atenção ao carro, determinada a alcançar a praça de São Pedro.

Vindo atrás dela, uma dúzia de *strigoi* corria e saltava.

Ele ansiou por irromper da colunata e correr para ela, mas Bernard pôs uma das mãos firme sobre o braço dele.

— Fique — ordenou o cardeal, como se lendo seus pensamentos. — Há humanos naquela rua e naquelas casas. Eles verão a batalha e saberão. Temos milênios de segredo para proteger. Deixe que a luta venha até nós.

Enquanto Rhun observava, reconheceu a dor nos lábios apertados de Elisabeta, seus olhares temerosos para trás. Ele se lembrava do mesmo pânico quando olhava para os olhos dela.

Ela não está *liderando* esse bando — está *fugindo* deles.

A despeito de tudo o que ela havia feito com ele, com as pessoas inocentes da cidade, um impulso reflexivo de protegê-la surgiu em seu íntimo. Os dedos de Bernard se apertaram sobre seu ombro, talvez sentindo-o se inclinar para frente, pronto para correr em defesa dela.

Elisabeta finalmente chegou ao fim da rua. Os outros *strigoi* estavam quase em cima dela. Sem reduzir a marcha, ela saltou sobre a cerca baixa que marcava o limite da Cidade do Vaticano e aterrissou semiagachada, encarando o bando que rugia.

Ela rosnou, arreganhando as presas, e os provocou.

– Atravessem e venham me pegar, se ousarem.

O bando parou de repente diante da cerca. Alguns deram um passo cauteloso para mais perto, depois se afastaram, percebendo a santidade debilitante do terreno consagrado do outro lado. Eles a queriam, mas será que ousariam entrar na Cidade do Vaticano para apanhá-la?

O terreno consagrado não era a única coisa que temiam ali.

A tropa de sanguinistas esperava à esquerda e à direita de Rhun e Bernard, imóveis como estátuas entre as colunas. Se os *strigoi* entrassem na cidade, as feras seriam puxadas para aquela floresta sombria de pedra e massacradas.

Elisabeta recuou da mureta – mas pôs peso demais na perna machucada e o tornozelo finalmente cedeu totalmente, derrubando-a na calçada.

O sinal de fraqueza foi demais para os *strigoi* resistirem. Como leões atacando uma gazela ferida, o bando avançou.

Rhun se soltou da mão de Bernard e saiu para o terreno aberto. Ele voou em direção a Elisabeta, tanto uma criatura de instinto quanto os *strigoi*. Ele a alcançou ao mesmo tempo que o líder do bando, uma figura imensa, com músculos saltados e tatuagens azuis e negras, pulava sobre a mureta e aterrissava ao lado da condessa, arreganhando os dentes.

Mais *strigoi* seguiram o exemplo dele, voando por cima da cerca.

Rhun a agarrou pelo braço e recuou em direção à colunata, arrastando-a, esperando atrair o bando para a floresta de pedra.

O líder berrou uma ordem e uma besta mais zelosa avançou correndo.

Levantando-a com um braço, Rhun atirou Elisabeta como uma boneca de trapos para dentro da colunata e atacou com a *karambit*. A lâmina de prata cortou o ar – e então através da carne. O jovem feral caiu para trás, apertando a garganta enquanto sangue e ar borbulhavam de seu pescoço cortado.

Outros *strigoi* avançaram enquanto Rhun recuava – só para serem recebidos na orla da colunata por Bernard e pelos outros sanguinistas.

Rhun se viu confrontando o líder grandalhão. Sobre seu peito nu, uma pintura de Hieronimus Bosch tinha sido tatuada, uma paisagem infernal de morte e castigo. Ela adquiriu vida quando seus músculos se ondularam, levantando sua espada pesada.

A lâmina de Rhun parecia desprezivelmente pequena se comparada com aquele monstro de aço.

Como se soubesse disso, desdém iluminou os olhos do outro com um brilho perverso. Ele saltou para Rhun, brandindo a espada num movimento para baixo em direção à cabeça dele. Pronto para cortá-lo em dois.

Mas a santidade tornou o *strigoi* mais lento em seu ataque, permitindo a Rhun tempo para se desviar e avançar para dentro da guarda do outro. Ele virou o gancho da *karambit* para cima e cortou a barriga do outro. Puxando para cima, rasgou aquela tela grotesca pela metade e chutou o corpo para longe.

O corpo estripado caiu na orla das colunas, um braço estendido para fora na luz – *na luz do sol*. O braço irrompeu em chamas. Outro sanguinista ajudou Rhun a puxar o corpo de volta para as sombras antes que o fogo atraísse atenção indesejada.

Alguns rostos se viraram em direção às sombras, mas a maioria permaneceu ignorante da batalha rápida e mortal dentro da colunata. Enquanto Rhun olhava para a luz do sol iluminando a praça, o temor o dominou.

Elisabeta...

Ele se virou para encontrar Bernard debruçado sobre o corpo encolhido dela, o rosto dela virado para o chão. Ela com certeza sentia o clarão do novo dia, percebia seu fogo. Por ora, sua única segurança estava no abrigo das sombras da colunata. Sair fora dali seria a sua morte.

Bernard a agarrou pelo ombro, parecendo pronto para jogá-la para fora, para a praça, para encarar o julgamento do novo dia. Sanguinistas se aglomeravam ao redor dele, cheirando a vinho e incenso. Nenhum deteria o cardeal se ele decidisse matá-la. Ela tinha trazido *strigoi* para a cidade mais sagrada da Europa.

Bernard enterrou uma das mãos em seu cabelo curto, puxou sua cabeça para trás, encostou a lâmina de sua espada contra o pescoço branco macio.

– Não! – gritou Rhun, correndo para eles, empurrando os outros.

Mas não foi o grito dele que deteve a lâmina do cardeal.

7:52

O choque imobilizou Bernard – mesclado com total incredulidade.

Ele olhou fixamente para o rosto da mulher como se ela fosse um fantasma.

Não podia ser ela.

Devia ser uma ilusão de luz e sombra, sua mente se entregando à fantasia, uma *strigoi* com uma semelhança extraordinária. Contudo, ele reconheceu os olhos prateados, o cabelo negro como piche e mesmo a expressão indignada e altiva enquanto sua lâmina se encostava contra seu pescoço macio, como se ela o desafiasse a tirar sua vida.

Condessa Elizabeth Bathory de Ecsed.

Mas ela havia morrido séculos antes. Bernard a tinha visto prisioneira em seu castelo. Ele até a havia visitado uma vez, tido pena dela, a culta mulher da nobreza trazida à ruína pelos desejos vis de Rhun.

Mas Bernard tinha sua parte de culpa naquele crime. Séculos antes, ele havia posto a mulher naquele caminho cruel quando pusera a condessa e Rhun juntos, quando tentara impor sua vontade à profecia divina. Depois, Bernard havia suplicado para ser encarregado de pôr fim à vida dela, para poupar Rhun de tal ato, sabendo o quanto ele a havia amado, quanto havia caído por causa dela. Mas o papa havia decidido que seria parte da penitência de Rhun ter que pôr fim à vida inatural dela, matar o monstro que ele havia criado.

Bernard havia se preocupado quando Rhun voltara da Hungria. Rhun tinha afirmado que a tarefa estava cumprida, que a condessa não fazia mais parte deste mundo. Bernard havia acreditado que isso significava que ela estava morta, não guardada numa gaveta como uma boneca. Na época, como penitência adicional, Rhun tinha jejuado por anos, se mortificado por décadas, fechando-se para o mundo dos mortais.

Mas claramente Rhun não a havia matado.

O que você fez, meu filho? Que pecado você cometeu mais uma vez em nome do amor?

Enquanto o horror se apagava, outra compreensão surgiu, esta cheia de promessa.

Pelo fato de Rhun tê-la poupado, a linhagem Bathory não estava morta – como Bernard havia se desesperado ao pensar ao longo dos últimos meses. Ele refletiu sobre o que isso significava.

Poderia ser um sinal de Deus?

Teria a vontade de Deus agido através de Rhun para preservar a condessa para esta nova tarefa?

Pela primeira vez desde que o Evangelho de Sangue havia entregado sua mensagem e posto dúvida sobre o papel da dra. Erin Granger como a Mulher de Saber, a esperança cresceu no íntimo de Bernard.

A condessa Bathory talvez pudesse salvá-los a todos.

Bernard encarou seu belo rosto maravilhado, ainda descrendo do milagre, daquela súbita virada da sorte. Agarrou o cabelo dela com mais força, se recusando a perder sua única esperança.

Não podia permitir que ela escapasse.

Rhun apareceu ao lado dele, arrastando um pouco os passos, visivelmente sucumbindo de novo ao seu estado enfraquecido. Mesmo aquela breve batalha rapidamente havia apagado qualquer fogo que o sangue tivesse acendido dentro dele.

Mesmo assim...

– Segurem-no – ordenou Bernard aos outros, temendo o que Rhun pudesse fazer. Naquele momento ele não sabia o que ia pelo coração de seu amigo. Será que ele a mataria, a salvaria ou tentaria fugir com ela envergonhado?

Eu não sei.

Tudo o que ele sabia com certeza era que tinha de proteger aquela mulher perversa com toda a força que pudesse reunir.

Ele precisava dela.

O mundo precisava dela.

A condessa deve ter lido essa certeza nos olhos dele. Seus lábios perfeitos se curvaram num sorriso, ao mesmo tempo esperto e mesquinho.

Deus nos ajude, se eu estiver errado.

PARTE II

†

*Porque derramaram o sangue dos santos e dos profetas,
também tu lhes deste sangue a beber; porquanto disso são dignos.*

– Apocalipse 16:6

12

19 de dezembro, 10:11 horário da Europa Central
Roma, Itália

Erin dividiu o banco traseiro do Fiat vermelho com Jordan. Christian se sentou na frente com o motorista. O sanguinista estava com a cabeça para fora da janela aberta, falando com um guarda suíço vestido num uniforme azul-marinho com uma boina. O rapaz tinha no ombro um rifle de assalto, guardando o Portão de Santa Ana, uma das entradas laterais da Cidade do Vaticano.

Normalmente os guardas ali nem sequer andavam abertamente armados.
Então por que a segurança reforçada?
O guarda assentiu, deu um passo para trás e acenou para que o carro deles passasse.

Christian sussurrou para o motorista e eles entraram na Cidade Santa, passando pelo arco de ferro *verdigris*. Depois que estavam de novo em movimento, Christian tinha levado o telefone de volta à orelha, onde havia estado colado desde que o avião fretado deles tinha aterrissado no aeroporto menor de Ciampino de Roma. O motorista estivera esperando por eles em seu Fiat discreto e os levara em minutos aos portões da Cidade do Vaticano.

Jordan segurava a mão de Erin no banco de trás, olhando para fora enquanto o carro passava pelo banco do Vaticano, pelo correio e fazia a curva para entrar atrás da massa imponente da basílica de São Pedro.

Ela examinou os prédios antigos, imaginando os segredos escondidos atrás de suas fachadas coloridas de estuque. Como arqueóloga, ela descobria a verdade camada por camada, mas sua descoberta da existência dos *strigoi* e dos sanguinistas havia lhe ensinado que a história tinha camadas ainda mais profundas do que ela pensava que existissem.

Mas uma questão permanecia proeminente em sua mente.
Jordan a pôs em palavras.
– Para onde Christian está nos levando?

Ela também estava curiosa. Tinha pensado que iriam seguir direto para os aposentos papais para se reunirem com o cardeal Bernard em seu gabinete, mas em vez disso o carro seguia cada vez para mais longe no terreno atrás da basílica.

Erin se inclinou para frente, interrompendo Christian ao telefone. Estava cansada demais para ser educada e irritada com todo o subterfúgio que eles tinham seguido para chegar ali.

– Para onde estamos indo? – perguntou, tocando no ombro do sanguinista.

– Estamos quase lá.

– Quase onde? – insistiu ela.

Christian apontou para a frente com o telefone.

Erin se abaixou para examinar a sua aproximação em direção a um prédio de mármore branco italiano com um telhado de telhas vermelhas. Um conjunto de trilhos de trem atrás dele revelava o propósito da estrutura.

Era a Stazione Vaticano, a única estação de trens na linha ferroviária do Vaticano. Tinha sido construída durante o reinado do papa Pio XI no início dos anos 1930. Atualmente era usada principalmente para cargas importadas, embora os últimos papas tivessem feito viagens cerimoniais ocasionais a bordo de um trem papal especial.

Naquele momento Erin viu o mesmo trem estacionado naqueles trilhos.

Três vagões verde-floresta estavam enfileirados atrás de uma locomotiva antiquada que soltava jatos de vapor. Em qualquer outra ocasião, ela teria ficado entusiasmada ao ver aquilo, mas naquele momento tinha apenas uma preocupação principal: o destino de Rhun. Durante a viagem até ali, não tinha tido outras visões, e temia o que isso significasse para Rhun.

O Fiat seguiu direto para a plataforma e Christian abriu sua porta, levando Jordan e Erin a segui-lo. Com o telefone de volta na orelha, Christian os conduziu pela plataforma. O sanguinista tinha tirado o uniforme de gala rasgado e vestido uma camisa de padre e jeans preto. Esse conjunto combinava melhor com ele.

Ao chegar ao trem, ele baixou o telefone e apontou para o vagão do meio com um sorriso malandro.

– Todos a bordo!

Erin olhou de volta para o domo da basílica.

– Não compreendo. Já vamos partir? E Rhun?

O sanguinista esguio deu de ombros.

– Neste ponto, eu sei tanto quanto vocês. O cardeal pediu que eu trouxesse vocês dois aqui e que embarcássemos no trem. Está marcado para partir assim que estivermos a bordo.

Jordan pôs a palma quente de sua mão na base da coluna de Erin. Ela se apoiou contra ela, satisfeita com o toque familiar, com o que era compreensível.

– O que mais você poderia esperar de Bernard? – perguntou ele. – Se olhar no dicionário a expressão *necessidade de conhecimento*, encontrará o rosto sorridente dele lá. O sujeito adora segredos.

E segredos fizeram as pessoas morrerem.

Erin passou os dedos no pequeno globo de âmbar no bolso de seu jeans, imaginando o sorriso hesitante de Amy sob um sol de deserto.

– Por enquanto – disse Jordan – acho que devemos fazer o que o cardeal pede. Sempre poderemos voltar se não gostarmos do que ele nos disser.

Ela assentiu. Sempre se podia contar com Jordan para indicar o caminho mais prático para avançar. Ela beijou a face dele, a barba áspera sob seus lábios, acrescentando mais um beijo suave nos lábios.

Christian avançou até a porta e a abriu.

– Para evitar atenção indevida, o Vaticano divulgou uma história de cobertura dizendo que o trem será transferido para um pátio de manobras para manutenção fora de Roma. Mas quanto mais rápido partirmos, mais contente ficarei.

Sem muita outra escolha, Erin subiu os degraus de metal, seguida por Jordan. Ela entrou em um suntuoso vagão-restaurante. Cortinas de veludo dourado tinham sido abertas e puxadas para os lados nas janelas, e o compartimento praticamente reluzia sob o sol da manhã. O ar cheirava a cera de limão e madeira velha.

Jordan assobiou.

– Parece que o papa sabe como viajar. A única coisa que tornaria este cenário melhor seria um bule de café numa dessas mesas.

– Eu voto por isso – disse Erin.

– Sentem-se – disse Christian, passando por eles e indicando uma mesa que estava posta.

– Vou cuidar de realizar os desejos de vocês.

Enquanto ele saía do compartimento para o vagão à frente, Erin encontrou um lugar banhado pelo sol e se sentou, apreciando o calor, depois da corrida pela cidade fria. Ela alisou a toalha branca de linho com um dedo.

Quatro lugares estavam postos com talheres de prata e louça de porcelana fina decorada com o selo papal.

Jordan alisou seu uniforme de gala azul, fazendo o melhor para ficar apresentável e se sentou ao lado dela. Apesar disso, ela percebeu um brilho duro nos olhos dele enquanto olhava para fora pelas janelas, constantemente alerta para qualquer perigo, embora tentando não demonstrar isso.

Finalmente, ele se acomodou.

– Espero que a comida aqui seja melhor do que naquele lugar hippie que Christian nos levou em San Francisco. Comida vegetariana? Fala sério? Eu sou um homem que gosta de bife com batatas. E, em meu caso particular, com mais *carne* do que batatas.

– Isto é a Itália. Algo me diz que você pode vir a ter sorte com a comida.

– E terá mesmo! – Uma voz se elevou de trás deles, vinda da porta do primeiro vagão.

– Irmão Leopold! – exclamou Erin, radiante por ver o monge, bem como a bandeja que ele trazia, com um serviço completo de café.

Ela não via o monge alemão desde o dia em que ele havia salvado sua vida. Ele parecia o mesmo – com os óculos com aros de metal, o hábito marrom simples e o sorriso de menino.

– Não se preocupem, o café será servido em um momento. – Leopold levantou a bandeja. – Mas, primeiro, Christian mencionou que estavam precisando desesperadamente de uma dose de cafeína depois da longa viagem.

– Se você define *dose* como um bule inteiro, está correto. – Jordan sorriu. – É bom ver você de novo, Leopold.

– Também acho.

O monge se aproximou depressa e encheu as xícaras deles com café preto forte e fresco, fumegante. O trem havia começado a se mover lentamente.

Christian apareceu de novo e sentou na cadeira defronte a Erin, olhando fixo para a xícara fumegante nas mãos dela.

Habituada com a rotina dele, ela lhe passou a xícara branca, ele a levou ao nariz, fechou os olhos e inalou profundamente o penacho de vapor. Uma expressão de contentamento cruzou o rosto dele.

– Obrigado – disse ele e devolveu a xícara a ela.

Como jovem sanguinista, ele não estava muito distante dos prazeres humanos simples, como o café. Ela gostava daquilo.

– Alguma notícia? – perguntou Jordan.

– Disseram-me que uma vez que estejamos fora de Roma, saberemos mais. Enquanto isso, sugiro que saboreemos a calma.

– Como em *antes da tempestade*? – perguntou Erin.

Christian deu uma risadinha.

– Muito provavelmente.

Jordan pareceu ficar satisfeito com a resposta. Durante a viagem até ali, ele e Christian tinham ficado amigos rapidamente, algo incomum considerando a aversão e desconfiança que Jordan sentia pelos sanguinistas depois que Rhun a havia mordido.

Enquanto a fileira de vagões se afastava da estação, o trem avançou rumo a um par de portas de aço que bloqueavam os trilhos algumas centenas de metros adiante, encaixadas nos muros maciços que cercavam a Cidade Santa. O portal ostentava pinos e pregos grossos e parecia feito para guardar um castelo medieval.

Um apito de trem soou, e as portas se abriram roncando pesadamente e deslizando devagar para trás dos muros. Aquele portão marcava a fronteira entre a Cidade do Vaticano e Roma.

Passando sob aquela arcada sob uma nuvem de vapor, o trem ganhou velocidade e seguiu para fora de Roma. Passou através da cidade, como qualquer trem comum – só que o deles tinha apenas três vagões: a cozinha na frente, o vagão-restaurante no meio e um terceiro compartimento atrás. O último vagão parecia semelhante aos outros visto de fora, mas suas cortinas tinham sido fechadas, e uma sólida porta de metal o separava dos outros vagões.

Enquanto olhava para aquela porta naquele momento, ela tentou ignorar o aperto de temor em seu estômago.

O que estava ali atrás?

– Ah – exclamou o irmão Leopold, atraindo sua atenção. – Como prometido... o desjejum.

Da cozinha, uma nova figura emergiu, tão conhecida como Leopold, se bem que não tão bem-vinda.

O padre Ambrose – auxiliar do cardeal Bernard – saiu do vagão da cozinha com uma bandeja de omeletes, brioches, manteiga e geleia. O rosto redondo do padre parecia mais vermelho do que de hábito, molhado de suor ou talvez do vapor da cozinha. Ele não parecia muito contente com seu papel de garçom.

– Bom dia, padre Ambrose – disse Erin. – É maravilhoso ver o senhor de novo.

Ela deu o melhor de si para soar sincera.

Ambrose não se deu ao trabalho de tentar.

— Dra. Granger, sargento Stone — cumprimentou ele bem desanimado, inclinando minimamente a cabeça em direção a cada um deles.

O padre colocou a comida sobre a mesa e voltou para o vagão da cozinha. Claramente, ele não estava interessado na conversa.

Ela se perguntou se a presença dele indicaria que o cardeal Bernard já estava a bordo. Ela olhou de novo para a porta de aço que levava ao compartimento seguinte.

Ao seu lado, Jordan apenas atacou sua omelete, como se não fosse ver comida de novo por dias — o que, considerando as experiências anteriores deles com os sanguinistas, poderia ser verdade.

Seguindo o exemplo dele, ela passou geleia numa fatia de brioche.

Christian observou o tempo todo, parecendo invejá-los.

Quando afinal os pratos estavam vazios, o trem havia saído de Roma e parecia estar seguindo rumo ao sul da cidade.

A mão de Jordan encontrou a dela, de novo, sob a mesa. Ela alisou a palma da mão dele com as pontas dos dedos, apreciando o sorriso que isso provocou. Por mais que a ideia de um relacionamento a assustasse, por ele, ela estava pronta para correr o risco.

Mas certo constrangimento se mantinha entre eles. Por mais que ela tentasse evitar, seus pensamentos com frequência voltavam ao momento em que Rhun a mordera. Nenhum homem mortal a fizera se sentir daquela maneira. Mas o ato não havia significado nada, fora uma mera necessidade. Ela se perguntou se aquele êxtase profundo seria um truque dos *strigoi* para desconcertar suas vítimas, torná-las fracas e impotentes.

Os dedos dela sem querer subiram ao pescoço tocando as cicatrizes.

Ela queria perguntar a alguém a respeito daquilo. Mas a quem? Com certeza não a Jordan. Considerou perguntar a Christian, para saber se tinha sido igual para ele quando fora mordido pela primeira vez. Naquele restaurante em San Francisco, ele havia parecido perceber os seus pensamentos, mas ela havia resistido a debater uma experiência tão erótica com qualquer homem, especialmente um padre.

Apesar disso, nem toda a sua hesitação era encabulamento.

Erin sabia que uma parte dela não queria conhecer a resposta.

E se o sentimento de conexão que ela havia experimentado não fosse apenas um mecanismo para acalmar a presa? E se fosse algo mais?

10:47

Rhun despertou com um sentimento de horror e pânico. Seus braços se debateram para cima e para os lados, esperando encontrar paredes de pedra cercando-o.

Suas lembranças retornaram.

Estava livre.

Enquanto ouvia o estrépito de rodas de aço em trilhos, ele se lembrou da batalha na orla da Cidade Santa. Tinha sofrido alguns ferimentos superficiais, mas, pior que tudo, a batalha havia exaurido os últimos vestígios de sua força, deixando-o de novo em um estado enfraquecido. O cardeal Bernard havia insistido que ele descansasse enquanto esperavam pela chegada de Erin e Jordan.

Mesmo agora, ele podia ouvir o bater de corações humanos tão familiares a seus ouvidos quanto uma canção. Então passou as mãos sobre seu corpo. Vestia um hábito seco e limpo, o fedor de vinho velho havia desaparecido. Ele se levantou, testando cada vértebra ao fazê-lo.

– Cuidado, meu filho – disse Bernard da escuridão no vagão do trem. – Você ainda não recuperou toda a saúde.

Enquanto os olhos de Rhun se ajustavam e entravam em foco, ele reconheceu o vagão-dormitório papal, equipado com uma cama de casal na qual ele estivera dormindo. Também havia uma pequena escrivaninha e um par de cadeiras estofadas de seda flanqueando um sofá.

Ele avistou um vulto conhecido de pé atrás de Bernard ao lado de seu leito. Ela usava uma proteção corporal de couro e um cinto de elos de prata. O cabelo negro tinha sido puxado para trás e trançado revelando as linhas severas de seu rosto moreno.

– Nadia? – disse num sussurro.

Quando ela tinha chegado?

– Bem-vindo de volta ao mundo dos vivos – disse Nadia com um sorriso travesso. – Ou tão próximo do *mundo dos vivos* quanto um sanguinista pode chegar.

Rhun tocou na testa.

– Há quanto tempo...?

Ele foi interrompido pela figura final no aposento. Ela estava deitada no sofá, com uma perna esticada para cima, protegida por uma tala. Ele se lembrou dela manquejando ao fugir pela rua de pedras em direção à Cidade Santa.

– *Helló, az én szeretett* – disse Elisabeta, falando húngaro, cada sílaba tão familiar como se a tivesse ouvido na véspera, em vez de há centenas de anos.

Alô, meu amado.

Não havia nenhum calor nas palavras dela, só desdém.

Elisabeta passou para o italiano, embora seu dialeto também fosse antigo.

– Espero que não tenha achado o breve tempo que passou em minha prisão duro demais. Mas, pensando bem, você tirou a minha vida, destruiu a minha alma e depois me roubou quatrocentos anos. – Os olhos prateados dela faiscaram furiosos da escuridão. – De modo que duvido que tenha sido suficientemente punido.

Cada palavra o feriu com sua verdade. Ele tinha feito tudo aquilo com ela, uma mulher que outrora havia amado – que ainda amava, ainda que talvez apenas a lembrança do que ela tinha sido. Ele buscou sua cruz peitoral, encontrou uma nova pendurada em seu pescoço, e rezou pedindo perdão por aqueles pecados.

– Cristo tem sido um grande conforto para você nestas últimas centenas de anos? – perguntou ela. – Você não parece mais feliz do que estava em meu castelo séculos atrás.

– É meu dever servi-Lo, como sempre.

Um lado da boca de Elisabeta se ergueu num meio sorriso.

– Você me dá a resposta política. Padre Korza, contudo, certa ocasião, não prometemos dizer a verdade um ao outro? Não me deve pelo menos isso?

Ele devia muito mais a ela.

Nadia lançou um olhar furioso para Elisabeta com uma raiva indisfarçada.

– Não se esqueça de que ela deixou você naquele caixão para sofrer e morrer. Nem de todas as mulheres que ela matou nas ruas de Roma.

– Agora essa é a natureza dela – respondeu ele.

E eu a tornei assim.

Ele a havia pervertido transformando-a de uma mulher versada nas artes da cura numa assassina. Todos os crimes dela pesavam na sua consciência – tanto os do passado quanto os atuais.

– Nós podemos controlar nossa natureza – rebateu Nadia, tocando na delicada cruz de prata em seu pescoço. – Eu controlo a minha todos os dias. E você também. Ela é plenamente capaz de fazer o mesmo, mas prefere não fazer.

– Eu nunca mudarei – prometeu Elisabeta. – Você deveria apenas ter-me matado em meu castelo.

– Recebi ordens para fazê-lo – disse ele a ela. – Foi por misericórdia que escondi você.

– Não confio muito em sua misericórdia.

Ela se levantou no assento, erguendo as mãos unidas para afastar uma mecha de cabelo da testa antes de descansá-las de novo no colo. Ele viu que ela estava algemada.

– Basta – Bernard gesticulou para Nadia.

Ela foi para perto do sofá e puxou Elisabeta sem muita delicadeza pondo-a de pé. Nadia manteve as mãos firmes ao segurá-la. Não subestimava Elisabeta como ele havia feito quando a tirara do vinho.

A condessa sorriu, levantando as algemas para Rhun.

– Acorrentada como um animal – disse ela. – Foi isso que seu amor me deu.

10:55

Leopold olhou fixamente para uma extremidade do vagão-restaurante e avançou em direção à outra. Ele fez o que lhe mandaram fazer, fechando bem as cortinas em painel até que nem um fiapo de luz do sol entrasse.

O vagão ficou escuro, a única iluminação vinha das luzes elétricas montadas no teto. Ele se deteve do lado de fora da porta do último vagão.

O coração dos dois humanos bateu mais forte. Ele sentiu o cheiro da ansiedade deles se elevando como vapor. Um pinguinho de piedade o fez estremecer.

– O que você está fazendo? – perguntou Erin, mas ela não era tola. Pela maneira como olhava das portas de aço fechadas para as janelas, já devia saber que alguma coisa perigosa iria ser trazida até ali.

– Vocês estarão perfeitamente seguros – garantiu Leopold.

– Ao diabo com isso – resmungou Jordan.

O soldado estendeu a mão por cima de Erin para a cortina ao lado dela e tornou a abri-la. A luz do sol entrou no aposento banhando-a.

Leopold olhou fixamente para Erin no meio da luz do sol, tentando decidir se deveria voltar e fechar a cortina. Mas, pela expressão de Jordan, decidiu não fazê-lo. Em vez disso, bateu na porta fechada de aço, alertando os que estavam dentro de que tudo estava pronto.

Christian se levantou, como se estivesse se preparando para o combate, e se posicionou entre Erin e a porta, se mantendo metade na sombra, metade na luz.

A porta se abriu e o cardeal Bernard entrou primeiro no vagão, usando suas vestimentas escarlates. Os olhos dele passaram de Erin para Jordan.

– Primeiro, permitam-me pedir desculpas por estas medidas tão clandestinas, mas depois de tudo que ocorreu... aqui e na Califórnia... pensei que seria mais indicado ser cauteloso.

Nenhum dos dois humanos pareceu muito satisfeito com sua explicação, visivelmente desconfiados, mas educadamente se mantiveram em silêncio.

Aquele quadro constrangido foi interrompido quando a porta da cozinha do outro lado do vagão foi aberta e o padre Ambrose apareceu. Ele esfregou as mãos em um pano de prato e entrou, sem ser convidado. Devia ter ouvido a voz de Bernard e vindo oferecer assistência ao cardeal – e ouvir a conversa.

Bernard veio andando até o meio do vagão. O cardeal tomou a mão de Erin nas suas, e depois apertou a mão de Jordan.

– Vocês dois me parecem bem.

– O senhor também. – Erin tentou sorrir, mas Leopold podia ver a preocupação em seu rosto. – Há alguma notícia do paradeiro de Rhun?

Havia esperança na sua voz. Ela realmente se importava.

Leopold endureceu seu coração contra a culpa que crescia em seu íntimo. Ele gostava daqueles dois humanos, apreciava a vitalidade e a inteligência deles, mas recordou a si mesmo pela milésima vez que sua traição servia a um propósito mais alto. Aquele conhecimento não tornava seus atos traidores mais fáceis.

– Eu explicarei tudo no momento devido – prometeu-lhes Bernard. Seus olhos se voltaram para seu assistente no fundo do vagão. – Isso é tudo, padre Ambrose.

Com um suspiro de desagrado, o assistente se retirou de volta para a cozinha, mas Leopold não teve dúvida de que o padre abelhudo manteria a orelha colada à porta, ouvindo cada palavra. Ele não pretendia ficar por fora dos acontecimentos.

E também nem eu.

Ele se lembrou de sua promessa para o *Damnatus*, sentiu de novo o toque da mariposa em seu ombro, o bater de suas asas contra seu pescoço.

Não posso falhar com ele.

13

19 de dezembro, 11:04 horário da Europa Central
Sul de Roma, Itália

Depois que o padre Ambrose saiu, o cardeal Bernard fez sinal para as sombras além da porta de aço aberta.

Erin se retesou, e seus dedos apertaram a mão de Jordan. Ela subitamente se sentiu muito feliz por Jordan ter aberto a cortina. Ainda assim, a despeito da luz do sol que entrava, ela se sentiu arrepiada de frio.

Saindo da escuridão um padre vestido de preto entrou no vagão claro. Ele estava esqueleticamente magro, uma mão esquálida e branca segurava a ponta do capuz para protegê-lo do clarão do sol. Ele se movia com passos hesitantes, mas ainda lhe restava alguma graciosidade, uma familiaridade em seus movimentos.

Então ele baixou a mão e revelou seu rosto. Cabelo negro sem viço pendia acima dos olhos escuros fundos. Sua pele estava esticada sobre os ossos das maçãs do rosto, e seus lábios pareciam finos, exangues.

Ela se lembrava de ter beijado aqueles lábios quando eram mais cheios.

– Rhun...

O choque a fez se levantar rápido. Ele parecia ter envelhecido muitos anos.

Jordan se levantou e se manteve ao lado dela.

Rhun acenou para que ambos retomassem seus assentos. Então, entrou manquejando, ajudado por Bernard, e se deixou cair pesadamente na cadeira vazia ao lado de Christian. Erin reparou que ele se manteve fora do clarão da luz. Embora sanguinistas pudessem tolerar a luz do sol, ela os enfraquecia, e claramente Rhun não tinha reservas para desperdiçar.

Do outro lado da mesa, os olhos conhecidos se cravaram nos dela. Ela viu neles exaustão, bem como uma medida de pesar.

Rhun disse baixinho:

– Soube pelo cardeal Bernard que passamos a dividir uma ligação de sangue. Peço desculpas por qualquer sofrimento que possa ter lhe causado.

– Está tudo bem, Rhun – disse ela. – Eu estou bem. Mas você...

Os lábios pálidos dele se levantaram numa tentativa de uma sombra de sorriso.

– Eu já me senti mais vigoroso do que agora, mas com a ajuda de Cristo recuperarei toda a minha força brevemente.

Jordan segurou a mão dela sobre o tampo da mesa, deixando clara sua tomada de posse. E olhou furioso para Rhun, sem demonstrar nenhuma simpatia. Em vez disso, se virou para Bernard, que estava parado ao lado da mesa.

– Cardeal, se sabia que Rhun estava desaparecido havia tantas semanas, por que esperou tanto tempo antes de entrar em contato conosco? Poderia ter-nos chamado antes que ele chegasse a esse estado lastimável.

O cardeal cruzou os dedos enluvados.

– Até algumas horas atrás, eu não sabia do ato tenebroso cometido contra a dra. Granger nos túneis abaixo de São Pedro. Eu não podia saber da ligação entre ele e Erin. Mas as ações de Rhun ofereceram esperança para o mundo.

Rhun baixou o olhar para a mesa, parecendo mortificado.

De que o cardeal estava falando?

Jordan olhou ao redor da mesa.

– Em outras palavras, o bando está reunido de novo. O Cavaleiro de Cristo, o Guerreiro do Homem e a Mulher de Saber.

Com a menção do trio, ele apertou os dedos de Erin.

Ela soltou a mão.

– Não necessariamente – recordou ela a todo mundo.

Ela ouviu aquele disparo de pistola novamente em sua mente, reviu Bathory Darabont tombando naquele túnel. *Eu matei a última descendente da linhagem Bathory.*

Rhun olhou para ela.

– Nós três fizemos muito.

Com aquilo Jordan parecia concordar.

– Com o diabo, e como.

Eles poderiam estar certos, mas era a parte com o *diabo* que a preocupava.

11:15
O trem reduziu a velocidade e trocou de trilhos, continuando sua viagem rumo ao sul.

Jordan lançou um olhar pela janela, tentando adivinhar o destino deles. Bernard ainda não lhes dissera. Em vez disso, o cardeal havia desaparecido de novo no vagão de trás, deixando-os entregues a seus pensamentos, para digerir o que havia acontecido.

Era uma refeição enorme para digerir.

Um clique de metal atraiu seu olhar de volta para a porta escura. Bernard emergiu de novo, com duas mulheres atrás dele.

A primeira era alta, uma sanguinista de cabelos e olhos negros. Ele reconheceu Nadia imediatamente. Ele examinou seu colete de proteção e a corrente de prata enrolada em sua cintura. Era um chicote de corrente, uma arma que a mulher sabia usar muito habilmente. Ela também tinha uma longa espada embainhada no quadril.

A expressão *vestida para matar* veio à sua mente.

A atenção de Nadia permaneceu concentrada na outra mulher.

Não era bom sinal.

A desconhecida era mais baixa que Erin, com cabelos cacheados cor de ébano. Vestia jeans e botas, a direita rasgada, expondo uma tala na perna, visivelmente um ferimento recente. Por cima das roupas, usava uma capa antiquada pesada que parecia pressioná-la para baixo. As mãos pequeninas estavam modestamente cruzadas diante de seu corpo, e Jordan levou mais um segundo para ver que ela usava algemas.

Na mão enluvada, Nadia tinha uma corrente grossa presa às algemas.

Eles não estavam se arriscando com aquela ali.

Por que aquela mulher era tão perigosa?

Enquanto a prisioneira avançava manquejando, Jordan viu seu rosto. Seus maxilares se cerraram para conter uma exclamação de surpresa. Olhos prateados encontraram os dele. Ele examinou a forma daqueles lábios perfeitos, as maçãs do rosto altas, o cacheado do cabelo. Se mudasse a cor do cabelo dela para vermelho chamejante, ela seria o retrato escarrado de Bathory Darabont, a mulher que Erin tinha matado no túnel abaixo de Roma.

Erin tinha se enrijecido ao lado dele, também reconhecendo a semelhança óbvia de traços de família.

– O senhor encontrou outra da linhagem Bathory – disse Erin.

– Sim – respondeu o cardeal.

Jordan gemeu interiormente. *Como se a última não tivesse sido problema suficiente.*

— E ela é *strigoi* — acrescentou Erin.

Jordan se contraiu com a surpresa, subitamente compreendendo a necessidade de guarda pesada, as cortinas fechadas. Ele deveria ter reconhecido o fato por si mesmo.

A mulher fitou Erin com um olhar frio, de desdém, então se virou para o cardeal e falou com ele em latim, mas seu sotaque soou eslavo, semelhante ao de Rhun quando ficava irritado.

Jordan olhou para a prisioneira com novos olhos, avaliando o nível de ameaça, calculando contingências se aquele monstro se libertasse de seus captores.

Depois que a mulher terminou, Bernard disse:

— Será melhor se falar inglês. As coisas correrão com mais facilidade.

Ela deu de ombros, se virou para Rhun e falou em inglês.

— Você já parece mais refeito, meu amor.

Meu amor? O que significava aquilo?

Como padre, Rhun não deveria ter amantes.

Ela fungou rudemente para Erin e Jordan, como se eles tivessem saído se arrastando de um esgoto.

— Parece que a companhia de gente de baixo nível lhe convém.

Rhun não deu indicação de tê-la ouvido.

O cardeal Bernard deu um passo à frente e fez apresentações formais.

— Esta é a condessa Elizabeth Bathory de Ecsed, viúva do conde Ferenc Nádasdy Bathory de Nádasd et Fogarasföld.

Erin soltou uma exclamação de surpresa, atraindo o olhar de Jordan, mas continuou olhando fixamente para a mulher.

Depois, o cardeal apresentou cada um deles à condessa. Felizmente os seus títulos eram mais curtos.

— Permita-me apresentar a dra. Erin Granger e o sargento Jordan Stone.

Erin recuperou a voz.

— O senhor está afirmando que ela é *a* Elizabeth Bathory? Do final dos anos 1500?

A mulher baixou a cabeça, como se reconhecendo aquela verdade.

As emoções se multiplicaram no rosto de Erin — uma mistura de alívio e desapontamento. Ambos sabiam como a Igreja estava convencida de que a Mulher de Saber sairia da linhagem Bathory.

— Eu não compreendo — disse Jordan. — Essa mulher é uma *sanguinista*?

A condessa respondeu:

— Eu me recuso a participar dessa ordem maçante. Ponho minha fé na paixão, não na penitência.

Rhun se remexeu. Jordan se recordou da história do padre de quando ele era um jovem sanguinista acabado de entrar para a ordem. Em um momento de paixão proibida, Rhun tinha matado Elizabeth Bathory e a única maneira de salvá-la era *transformá-la*, torná-la uma *strigoi*. Mas onde aquela mulher estivera nos últimos quatrocentos anos? A Igreja havia estado convencida de que a linhagem Bathory tinha morrido com Darabont.

Jordan podia adivinhar a resposta: *Rhun a havia escondido*.

Parecia que o padre havia ficado calado sobre mais que apenas ter mordido Erin.

Bernard falou.

— Eu creio que aqueles reunidos aqui são as nossas melhores armas na Guerra dos Céus que está por vir, uma batalha profetizada pelo Evangelho de Sangue. Aqui está a única esperança do mundo.

A condessa Bathory deu uma gargalhada, um ruído ao mesmo tempo amargo e divertido.

— Ah, cardeal, com seu amor pelo drama, o senhor teria ficado melhor se tivesse se tornado um ator em um palco maior do que o púlpito.

— Não obstante, creio que isso seja verdade. — Ele se virou e confrontou a atitude desrespeitosa da mulher.

— A senhora preferiria que o mundo acabasse, condessa Bathory?

— O meu mundo não acabou há muito tempo? — Ela lançou um olhar para Rhun.

Nadia puxou a espada da bainha em seu quadril.

— Nós poderíamos tornar isso um fim *permanente*. Depois dos assassinatos que cometeu, deveria ser executada imediatamente.

A condessa gargalhou de novo, um tilintar musical que arrepiou a nuca de Jordan.

— Se o cardeal realmente me quisesse morta, eu seria uma pilha de cinzas na praça de São Pedro. Apesar de todas as palavras duras, vocês precisam de mim.

— Agora basta. — Bernard levantou as mãos enluvadas. — A condessa tem um dever a desempenhar. Ela servirá como a Mulher de Saber... ou eu a empurrarei para a luz do sol pessoalmente.

11:22
Erin se endureceu para resistir a seu orgulho ferido.
Aquilo era claramente um voto de não confiança por parte do cardeal.
Será que Bernard estava realmente tão seguro de Bathory e tão inseguro com relação a ela?
Ela tinha um advogado de seu lado. Jordan passou o braço ao redor de seus ombros.
– Que se dane isso. Erin provou que *ela* é a Mulher de Saber.
– Provou? – A condessa Bathory passou a língua rosada sobre o lábio superior, revelando caninos brancos pontiagudos. – Então parece que afinal não precisam de mim.
Erin manteve o rosto inexpressivo. Ao longo de séculos, as mulheres Bathory tinham sido escolhidas por gerações e treinadas para servir como a Mulher de Saber. Ela não tinha um pedigree como aquele. Embora tivesse feito parte do trio que havia recuperado o Evangelho de Sangue, tinha sido Bathory Darabont quem na verdade havia conseguido abrir o antiquíssimo tomo no altar de São Pedro.
Não eu.
Bernard apontou a mão para a condessa.
– O que pode explicar a presença dela aqui exceto a realização da profecia? Uma mulher que se acreditava estar morta, mas ressuscitada por Rhun, o indiscutível Cavaleiro de Cristo.
– Que tal mau julgamento? – perguntou Christian, passando para o lado de Erin. – E pura coincidência. Nem tudo é profecia.
Jordan acenou firmemente com a cabeça.
Rhun falou com a voz rouca.
– Foi o *pecado* que trouxe Elisabeta para este momento, não a profecia.
– Ou talvez uma falta de experiência com o pecado – retrucou a condessa, com um sorriso desdenhoso. – Poderíamos passar muitas horas ociosas especulando *por que* estou aqui. Nada disso deve obscurecer o fato de que *estou* aqui. O que vocês querem de mim, e o que pagarão para ter minha colaboração?
– Não é pagamento suficiente salvar o reino da terra? – perguntou Nadia.
– O que eu devo a esse seu *reino da terra*? – Bathory empertigou as costas. – Contra a minha vontade, fui arrancada dele, dilacerada pelos dentes de um

de vocês. Desde aquele momento passei muito mais tempo trancada do que livre. Deste momento em diante, não farei *nada* que não me beneficie.

– Nós não precisamos dela – disse Jordan. – Nós temos Erin.

Tanto Nadia quanto Christian assentiram, e a gratidão pela confiança deles a dominou.

– Não – disse Bernard com firmeza, pondo fim à discussão com sua severidade. – Nós precisamos dessa mulher.

Erin cerrou os maxilares. Mais uma vez estava sendo posta de lado.

A condessa encarou Bernard.

– Então explique o meu papel, cardeal. E deixe-nos ver se o senhor pode comprar minha ajuda.

Enquanto Bernard explicava sobre a profecia, sobre a ameaça da Guerra dos Céus que estava por vir, Erin estendeu a mão e pegou a mão de Jordan. Ele inclinou a cabeça para olhar para ela, e ela se perdeu por um momento naqueles olhos azul-claros, os olhos do Guerreiro do Homem. Ele apertou a mão dela, fazendo uma promessa silenciosa. O que quer que acontecesse, ela e Jordan estariam juntos naquilo.

O cardeal terminou sua explicação.

– Compreendo – disse Bathory. – E que forma de pagamento posso esperar se eu ajudar vocês a encontrar esse Primeiro Anjo?

Bernard baixou a cabeça em direção à condessa.

– Há muitas recompensas a serem obtidas ao servir o Senhor, condessa Bathory.

– Minhas recompensas por servir a Igreja foram poucas até agora. – A condessa sacudiu a cabeça. – A glória do serviço não me contenta.

Naquele caso, Erin estava de acordo com Bathory. A condessa com certeza tinha levado a pior – tinha sido transformada em *strigoi*, sido aprisionada em seu próprio castelo e depois num caixão de vinho por centenas de anos.

Todo mundo que a mulher havia conhecido estava morto havia muito tempo. Tudo de que ela gostava não existia mais.

Exceto Rhun.

– Meus desejos são de absoluta simplicidade. – A condessa levantou um dedo imperioso. – Primeiro, os sanguinistas devem proteger a minha pessoa pelo resto de minha vida inatural. Tanto de outros *strigoi* quanto de humanos intrometidos.

Ela levantou outro dedo.

— Segundo, devo ter permissão para caçar.

Ela levantou mais um dedo.

— Terceiro, meu castelo deve me ser devolvido.

— Elisabeta — sussurrou Rhun. — Você está prestando um desserviço à sua alma ao...

— Eu *não* tenho alma! — declarou ela levantando a voz. — Você não se lembra do dia em que a destruiu?

Rhun deixou escapar um suspiro.

Erin detestava vê-lo tão derrotado. Ela odiou Bathory por fazer aquilo.

— Podemos fazer acomodações, chegar a um acordo — disse o cardeal. — Se a senhora escolher viver num enclave sanguinista, será protegida de todos que quiserem lhe fazer mal.

— Eu não aceitarei ficar trancada num convento sanguinista. — A voz da condessa ressoava com raiva. — Nem por Cristo, nem por nenhum homem.

— Nós poderíamos dar à senhora uma suíte de apartamentos na própria Cidade do Vaticano — rebateu Bernard. — E sanguinistas para protegê-la quando sair da Cidade Santa.

— E passar a eternidade na companhia de padres? — desdenhou a condessa. — Com certeza, o senhor não imagina que eu sucumbiria a um destino tão medonho?

Um canto da boca de Christian estremeceu para cima em direção a um sorriso, mas Nadia perecia pronta para explodir.

— A Igreja tem outras propriedades. — O cardeal Bernard parecia intocável. — Embora nenhuma tão bem defendida.

— E as minhas caçadas?

Todo mundo ficou em silêncio. O trem chocalhou contra os trilhos, levando-os para o sul.

Bernard sacudiu a cabeça.

— A senhora não tirará uma vida humana. Se o fizer, seremos obrigados a abatê-la como a um animal.

— Então como sobreviverei?

— Temos acesso a sangue humano — respondeu Bernard. — Podemos fornecer-lhe o suficiente para satisfazer suas necessidades.

A condessa examinou as mãos algemadas.

— Então devo me tornar uma prisioneira mimada, como foi meu destino séculos atrás?

Erin se perguntou quanto tempo ela teria passado em seu próprio castelo antes que Rhun a aprisionasse num caixão e a trouxesse para Roma. Com certeza tempo suficiente para saber o que significava perder a liberdade.

O cardeal se inclinou para trás.

– Desde que não mate, poderá andar pelo mundo, viver sua vida como lhe aprouver.

– Amarrada à Igreja para ter proteção. – Ela sacudiu as correntes que a prendiam. – Sempre dependente de vocês para ter o sangue que sustenta minha parca existência.

– A senhora tem uma ideia melhor? – perguntou Nadia. – O cardeal Bernard está lhe oferecendo uma vida de conforto, quando o que merece é apenas a morte.

– Contudo, o mesmo não poderia ser dito para cada sanguinista neste aposento? – Os olhos prateados dela se cravaram em Nadia. – Ou será que nenhum de vocês provou o pecado?

– Nós nos afastamos de nossos pecados – respondeu Nadia. – Como a senhora deve fazer.

– Devo?

– Se não concordar – disse o cardeal, seu tom indicando que não aceitaria mais discussão –, nós a atiraremos para fora do trem sob a luz do sol e presumiremos que essa é a vontade de Deus.

Os olhos da condessa se cravaram no rosto de Bernard por um minuto inteiro.

– Muito bem – disse a condessa. – Eu aceito seus termos generosos.

– Se ela tem o direito de escolher termos – manifestou-se Jordan –, então eu também tenho.

Todo mundo olhou para ele, os rostos incrédulos.

Jordan puxou Erin mais para junto de si.

– Estamos nisso juntos.

Bernard pareceu pronto a se rebelar.

Christian encarou o cardeal.

– Mesmo se Erin não for a Mulher de Saber, ela ainda tem muito conhecimento. Poderemos vir a precisar dela. Eu estou certo de que não faço parte de nenhuma profecia, mas isso não significa que eu não possa prestar serviço.

Erin se deu conta de que ele estava certo. Não importava se ela era ou não a Mulher de Saber da profecia. O que importava era se ela poderia ajudar, e ela ajudaria. Aquela missão não dizia respeito a orgulho e sim a salvar o mundo.

Ela olhou para Bernard.

– Eu quero participar.

Jordan apertou o braço ao redor dos ombros dela e olhou para o cardeal.

– O senhor a ouviu. Isso não é negociável. Senão vou embora. Não tenho nenhuma aversão à luz do sol.

Nadia inclinou a cabeça na direção de Erin.

– Eu também a apoio. A dra. Granger já provou sua lealdade em combate e em ações. Enquanto esta aqui – ela deu um puxão na corrente de prata da condessa – provou o oposto.

Uma ruga surgiu na testa do cardeal.

– Mas a realização da profecia é clara a respeito...

Rhun levantou a cabeça, encarando Bernard.

– Quem é você para afirmar que conhece a vontade de Deus?

Erin piscou os olhos surpresa com o apoio dele, do padre que havia ressuscitado Elizabeth Bathory para substituí-la.

O cardeal levantou as mãos, as palmas para fora em um gesto de conciliação.

– Muito bem. Aceito. Seria tolice minha descartar o conhecimento e a mente aguçada da dra. Granger. Tenho certeza de que ela poderá ajudar a condessa Bathory em seu papel como a Mulher de Saber.

Erin não conseguia decidir se devia se sentir aliviada ou aterrorizada.

Assim, se apoiando contra Jordan, ela aceitou ambos os sentimentos.

14

19 de dezembro, 11:55 horário da Europa Central
Sul de Roma, Itália

O trem sacolejava enquanto avançava rumo ao sul para destino desconhecido.

À medida que árvores e colinas passavam rápido pela janela, Jordan descansou o queixo no topo da cabeça de Erin. Ela cheirava a lavanda e café. O ombro dela e o lado estavam apertados contra os dele. Ele desejou que as cadeiras não fossem presas ao assoalho para poder puxá-la para ainda mais perto.

Passar algum tempo sozinho com ela seria maravilhoso, sem padres e profecias. Mas aquilo não iria acontecer tão cedo.

Idealmente, ele preferiria que Erin ficasse o mais distante possível daquela confusão, de padres sanguinistas e de condessas *strigoi*. Mas aquilo também não iria acontecer. Ele havia falado em favor dela porque sabia quanto ela queria ir. Além disso, se o Vaticano a mandasse para casa, ele não poderia protegê-la.

Mas será que posso protegê-la aqui?

Depois que Karen havia morrido em combate, o tempo parara para ele, e não havia começado a se mover de novo até ele conhecer Erin. Sempre saberia que Karen havia morrido sozinha a centenas de quilômetros dele. Nunca permitiria que aquilo acontecesse de novo com alguém a quem amava.

Alguém a quem *amava*...

Ele nunca tinha dito aquela palavra em voz alta, mas estava ali dentro dele.

Beijou o alto da cabeça de Erin, pretendendo ficar perto dela em qualquer circunstância.

Erin o abraçou mais apertado, mas Jordan viu os olhos dela examinando Rhun. O padre estava sentado de cabeça baixa rezando, com as mãos magras cruzadas à sua frente. Jordan não gostava de como Erin andara se comportando quando estava com Rhun desde que ele a mordera. Os olhos dela raramente o deixavam quando ele estava por perto. Os dedos dela com frequência tocavam as cicatrizes das duas picadas no pescoço – não com horror, mas com algo semelhante a desejo. Alguma coisa tinha acontecido naquele túnel, alguma coisa a respeito da qual ela também ainda não havia falado em voz alta. Jordan não sabia o que era, mas percebia que ela estava escondendo mais segredos dele do que apenas aquelas malditas visões.

Mas não havia nada que pudesse fazer para induzi-la a falar. O que quer que ela estivesse tentando resolver era claramente privado, e ele daria esse espaço a ela. Por ora o melhor plano era apenas tratar de cumprir aquela missão – depois levar Erin para tão longe de Rhun quanto fosse possível.

Para o fim de tudo...

Jordan se mexeu, mantendo um braço apertado ao redor de Erin.

– Alguém tem alguma ideia de *onde* poderemos encontrar o Primeiro Anjo? Ou começar a procurar?

Erin se endireitou na cadeira.

– Depende de *quem* é o Primeiro Anjo.

Sentada numa mesa próxima, a condessa levantou as mãos, sacudindo as algemas.

– A Bíblia não nos ensina que o Primeiro Anjo é a estrela da manhã, a primeira luz do dia, o filho do amanhecer?

– Está falando de Lúcifer – disse Erin. – Ele usava esses nomes, e foi realmente o Primeiro Anjo a *cair*. Mas a Bíblia menciona muitos outros anjos *antes* dele. O primeiro anjo mencionado no Gênese veio até a escrava de Hagar e disse a ela para voltar para a sua senhora e ter o filho do patrão.

– Verdade. – A condessa tinha o sorriso mais gelado que Jordan já tinha visto na vida. – Contudo como podemos esperar encontrar um anjo sem um nome?

– Essa é uma boa pergunta – disse Erin.

Bathory inclinou a cabeça, aceitando o elogio.

Jordan observou tanto Rhun quanto Bernard, que acompanhavam a conversa entre as duas mulheres. Christian também atraiu o olhar de Jordan, como se para dizer: *Está vendo, eu disse que elas trabalhariam bem juntas.*

Nas sombras, Bathory fechou os olhos prateados, como se refletindo. Longos cílios negros tocaram as faces pálidas.

Erin olhou fixo pela janela para o sol, enquanto o trem passava chocalhando por campos de inverno salpicados por fardos gigantescos de feno.

A condessa abriu os olhos de novo.

– Talvez seja melhor nos concentrarmos nos anjos que têm nomes. O primeiro anjo mencionado pelo *nome* na Bíblia é Gabriel, o primeiro mensageiro de Deus. Ele poderia ser o Primeiro Anjo que procuramos?

Os padres ao redor da mesa pareceram incertos, Erin se manteve curiosamente calada, olhando para fora pela janela.

– Gabriel, o mensageiro? – Nadia levantou uma sobrancelha, ainda se mantendo de pé atrás de Bathory segurando a corrente da condessa. – Numa guerra, creio que o arcanjo Miguel seria um melhor aliado.

Jordan examinou o vagão do trem, subitamente percebendo a estranheza do debate. Mesmo se eles se decidissem por um anjo bíblico, como fariam para encontrá-lo e levar-lhe o livro?

– Anjos não vivem em outra dimensão ou coisa assim? – perguntou Jordan. – Uma dimensão que seres humanos não podem alcançar. Como chegaremos até um anjo lá?

– Anjos moram no céu. – Rhun tinha voltado sua atenção para as mãos cruzadas. – Contudo eles podem viajar livremente para a terra.

– Então, não creio que vocês tenham alguma espécie de telefone angelical? – perguntou Jordan, apenas meio de brincadeira. Depois de tudo que havia vivido desde descobrir a existência de *strigoi* e sanguinistas, quem saberia que outros segredos a Igreja estava guardando?

– Ele se chama prece – disse o cardeal Bernard, franzindo o cenho para a brincadeira dele. – E já passei muitas horas de joelhos rezando para que o Primeiro Anjo se revele. Mas não creio que esse anjo vá fazê-lo. Não para mim. Ele só se revelará para o trio da profecia.

– Se estiver certo, meu caro cardeal – disse Bathory –, então devemos começar a rezar para Lúcifer imediatamente. Pois certamente apenas um anjo *caído* se revelaria para gente como seu trio imperfeito.

Erin finalmente falou, ainda olhando fixamente para fora pela janela.

– Não creio que estejamos procurando por Gabriel, Miguel ou Lúcifer. Creio que estamos procurando pelo Primeiro Anjo da Revelação ou Apocalipse.

A condessa deu uma gargalhada, quase batendo palmas.

– O anjo que fará soar a trombeta e acabará com o mundo. Ah, uma teoria atraente!

Erin citou de memória.

― *O primeiro anjo tocou a sua trombeta, e houve saraiva e fogo misturados com sangue, e foram lançados na terra, que foi queimada na sua terça parte: queimou-se a terça parte das árvores e toda a erva verde foi queimada.*

Armagedon.

Aquilo era o que estava em risco. Jordan tentou imaginar saraiva e fogo misturados com sangue, e suspirou.

― Então, onde o encontramos?

Erin se virou de volta para o vagão.

― Creio que a resposta é encontrada numa passagem anterior do Apocalipse, de antes de a trombeta soar. Há um versículo que diz: *E veio outro anjo e pôs-se junto do altar.* Então depois de algumas linhas, prossegue. *E o fumo do incenso que vinha com as orações dos santos subiu desde a mão do anjo até diante de Deus. E o anjo tomou o incensário e o encheu do fogo do altar, e o lançou sobre a terra: e houve depois vozes e trovões, e relâmpagos e terremotos.*

Jordan sorriu.

― Bem, pelo menos essa parte é bastante fácil de interpretar.

E ele falava sério.

Sentiu prazer ao ver a expressão de surpresa nos rostos dos padres sanguinistas.

― Não é preciso ser um estudioso da Bíblia para interpretar isso ― continuou Jordan. ― Fumaça da mão do anjo? Incenso? Trovão? Terremoto?

Os outros olharam para ele com expressões confusas. A condessa parecia meramente estar achando graça.

Erin tocou nas costas do pulso dele, permitindo-lhe revelar o que ela já havia compreendido.

Ele tomou os dedos dela e os apertou.

― Isso soa exatamente como o que aconteceu em Massada. Lembram-se do garoto que sobreviveu? Ele disse que tinha sentido cheiro de incenso e canela na fumaça. Até nós encontramos vestígios de canela nas amostras de gás. E o garoto também mencionou que a fumaça tocou na mão dele antes que todo mundo morresse por causa do gás e do terremoto.

― *E o fumo do incenso que vinha com as orações dos santos subiu desde a mão do anjo até diante de Deus* ― repetiu Rhun, sua voz reverente.

― Todo mundo no cume da montanha morreu. ― As palavras de Jordan agora vinham mais rápidas. ― Só alguma coisa *inumana*, como um anjo, poderia ter sobrevivido àquele ataque venenoso.

Erin deu um sorriso que o aqueceu dos pés à cabeça.

– Os acontecimentos casam com a passagem bíblica. Mais importante, apontam para alguém a quem poderíamos ter a esperança de encontrar.

– O garoto – disse Rhun, não parecendo convencido. – Eu falei com ele no cume da montanha naquele dia. Parecia apenas uma criança comum. Em choque, abalado e triste depois da morte da mãe e do pai. E ele nasceu da carne de mortais. Como poderia ser um anjo?

– Lembre-se, Cristo também nasceu da carne de mortais – rebateu o cardeal Bernard. – Esse garoto parece um bom ponto de partida para nossa busca.

Jordan assentiu.

– Então onde ele está? Alguém sabe? A última coisa de que me lembro é que ele estava sendo evacuado daquele cume de montanha por helicóptero, pelo exército israelense. Eles o estavam levando para um de seus hospitais. Não deve ser muito difícil rastreá-lo de lá.

– Vai ser mais difícil do que você pensa – disse Bernard, subitamente parecendo preocupado.

Aquilo nunca era bom sinal.

12:05

– Por que será mais difícil? – perguntou Erin, percebendo que não gostaria da resposta.

Bernard suspirou pesaroso.

– Porque ele não está mais sob a custódia dos israelenses.

– Então onde ele está? – perguntou ela.

Em vez de responder, o cardeal Bernard se virou para o irmão Leopold. O monge alemão tinha se mantido em silêncio no fundo do vagão.

– Leopold, você é o mais habilidoso com computadores. Meu laptop está com a minha bagagem. O padre Ambrose tem minhas senhas. Preciso ter acesso aos meus arquivos no Vaticano. Pode me ajudar?

Leopold assentiu.

– Com certeza posso tentar.

O monge saiu apressado do vagão-restaurante e seguiu para a cozinha.

Bernard se virou de volta para os outros.

– Nós estávamos mantendo o garoto sob observação. Ficando em contato com os israelenses que o estavam examinando num hospital militar. O nome dele é Thomas Bolar. O pessoal médico estava tentando descobrir como ele havia sobrevivido ao gás venenoso. E então...

Leopold entrou de volta no vagão, trazendo um laptop preto simples na mão. Atravessou o carro até junto deles, colocou o computador sobre a mesa e o ligou. Ajustando os óculos de aro de metal, Leopold digitou com uma velocidade que só um sanguinista conseguiria. Os dedos dele eram um borrão sobre o teclado.

Bernard observou por cima do ombro dele, dando-lhe instruções de vez em quando.

Erin achou estranho observar aqueles homens velhíssimos em vestes de sacerdotes usarem tecnologia moderna. Parecia que os sanguinistas deveriam estar assombrando igrejas e cemitérios, não surfando na internet. Mas Leopold parecia saber o que estava fazendo. Em poucos minutos, ele tinha uma janela aberta contendo um vídeo de imagens granuladas.

Erin chegou mais perto para ver, como todo mundo.

Só a condessa se manteve afastada. Pela expressão inquieta que exibia, aquela tecnologia devia deixá-la nervosa. Ela não tinha vivido os longos anos como os outros de modo a poder assimilar as mudanças ocorridas no correr do tempo. Erin se perguntou como deveria ser lançada do século XVI para o século XXI. Ela tinha que admirar a mulher. Até onde Erin podia dizer, a condessa parecia estar se adaptando bem, demonstrando uma resistência e dureza surpreendentes. Erin precisava prestar atenção naquilo quando lidasse com ela no futuro.

Por ora, ela manteve a atenção fixada no laptop.

— Este vídeo de vigilância foi retirado da instalação hospitalar israelense — disse Bernard. — Vocês deveriam assistir a isso, depois explicarei melhor.

Na tela, um garoto estava sentado numa cama de hospital. Vestia uma bata hospitalar fina, atada nas costas. Enquanto eles assistiam, o garoto enxugou as lágrimas dos olhos, então se levantou e arrastou seu pedestal de IV até a janela. Ele apoiou a cabeça contra o vidro e olhou para a noite.

Erin sentiu pena do garoto – seus pais tinham morrido em seus braços e agora estava sozinho preso num hospital militar. Ela ficou satisfeita por Rhun ter dedicado alguns minutos a falar com o menino, consolando-o, antes que tudo voasse pelos ares.

Subitamente, outra pessoa pequena estava de pé ao lado do garoto. O rosto do recém-chegado estava de costas para a câmera. Ele parecia ter surgido de lugar nenhum, como se alguém tivesse cortado um pedaço do vídeo.

O desconhecido vestia um casaco de paletó escuro e calça. Thomas recuou ao vê-lo, claramente assustado. Em um movimento rápido demais para seguir, uma faca lampejou sob as luzes, o garoto apertou a garganta, o sangue esguichou, ensopando sua bata hospitalar.

Os ombros de Erin se ergueram, mas ela não desviou os olhos da tela. Jordan a puxou mais para o seu lado, apoiando-a. Ele devia ter visto muito derramamento de sangue e o assassinato de crianças no Afeganistão e sabia como era difícil assistir a tais crueldades.

Na tela, Thomas cambaleou para longe do desconhecido. Ele arrancou uma porção de fios presos a seu peito. Luzes piscaram nas máquinas ao lado do leito. Um alarme. O garoto estava tentando pedir ajuda.

Esperto.

Dois soldados israelenses entraram correndo no quarto, de armas em punho e prontas.

O desconhecido atirou uma cadeira pela janela, agarrou Thomas e atirou o garoto pela janela antes que os soldados pudessem abrir fogo.

Pela rapidez do atacante, ele tinha que ser *strigoi*.

O desconhecido se virou para enfrentar os soldados, finalmente mostrando seu rosto. Parecia ser também um garoto, de não mais que catorze anos. Ele fez uma reverência rápida para os soldados antes de também pular pela janela.

– De que altura era a queda? – perguntou Jordan, observando os soldados correrem para a janela e começarem a atirar para baixo silenciosamente.

– Quatro andares – respondeu o cardeal.

– Então Thomas deve estar morto – disse Jordan. – Ele não pode ser o Primeiro Anjo.

Erin não tinha tanta certeza. Ela olhou para Bernard enquanto ele cochichava para Leopold. Se Thomas estivesse morto, por que desperdiçar o tempo de todo mundo mostrando aquele vídeo?

– O garoto sobreviveu à queda – explicou o cardeal e apontou para a tela.

Outro vídeo apareceu, este de uma câmera no estacionamento no térreo.

Visto daquele ângulo, Thomas caía pelo ar, a bata hospitalar ensopada de sangue esvoaçando ao redor de seu corpo como asas, antes que ele se chocasse de cara contra o asfalto preto. Cacos de vidro quebrado cintilavam e esvoaçavam ao seu redor.

Numa fração de segundo, o desconhecido de terno aterrissava, *de pé*, ao lado dele.

Ele agarrava Thomas por um braço e saía correndo com ele para o deserto, desaparecendo rapidamente de vista.

– Nós acreditamos que o sequestrador fosse *strigoi*, talvez a serviço dos belial – disse o cardeal. – Mas sabemos com certeza que a criança que sobreviveu a Massada não era *strigoi*. Ele foi visto sob a luz do sol. As máquinas hospitalares israelenses mostraram que tinha batimentos cardíacos.

– E eu também ouvi os batimentos – acrescentou Rhun. – Segurei a mão dele. Estava quente. Ele estava *vivo*.

– Mas nenhum ser humano poderia ter sobrevivido a uma queda como aquela – disse Leopold, pasmo, ainda digitando rapidamente, como se tentando encontrar respostas.

Erin vislumbrou uma caixa de texto sendo aberta, uma mensagem enviada, então a caixa de novo foi fechada. Tudo feito tão rápido, em menos de dois segundos, que ela não conseguiu distinguir uma única palavra.

– Mas Thomas sobreviveu – disse Jordan. – Como em Massada.

– Como se ele estivesse sob alguma proteção divina. – Erin tocou no ombro de Leopold. – Mostre aquele vídeo de novo. Quero ver o rosto do atacante.

O monge obedeceu.

Enquanto o desconhecido se virava para a câmera, Leopold congelou a imagem e fechou o zoom. O atacante tinha um rosto atraente, oval, com sobrancelhas escuras, uma erguida mais alta que a outra. Ele tinha olhos claros, com cabelo curto, escuro, repartido do lado.

Não parecia conhecido para ela, mas tanto Rhun quanto Bernard se retesaram com reconhecimento.

– Esse é Alexei Romanov – disse Bernard.

Erin deixou o choque percorrer seu corpo.

O filho do czar Nicolau II...

Rhun fechou os olhos, claramente abalado por aquele súbito conhecimento.

– Deve ser por isso que Rasputin abriu mão do Evangelho de Sangue com tanta facilidade em São Petersburgo. Ele já tinha posto em ação seus planos para sequestrar esse garoto. Estava jogando um jogo completamente diferente de nós, mantendo as cartas escondidas nas suas mangas compridas. Eu deveria ter desconfiado disso na ocasião.

– Você fala dos Romanov – interrompeu a condessa. – Em minha época, aquela família real russa perdeu o poder e foi exilada no norte distante. Eles voltaram para o trono?

– Eles governaram de 1612 até 1917 – respondeu Rhun.

– E a minha família? – A condessa se inclinou para frente. – O que foi feito dela? Nós também retornamos ao poder?

Rhun sacudiu a cabeça, parecendo relutante em dizer mais.

Nadia, pelo contrário, se mostrou mais do que contente de estender os galhos da árvore da família da condessa, pô-la a par da história perdida.

– Seus filhos foram acusados de traição pelos seus crimes. Destituídos de sua fortuna e exilados da Hungria. Por cem anos, foi proibido dizer seu nome em sua pátria.

A condessa ergueu o queixo um par de milímetro, mas não deu outro sinal de se importar. Contudo, alguma coisa em seus olhos se partiu quando ela virou o rosto, revelando um poço de pesar por trás da atitude fria, um traço de sua humanidade anterior.

Erin mudou de assunto.

– Então Rasputin sequestrou esse garoto. Mas por quê? Para quê?

Ninguém respondeu, e ela não culpou ninguém, se lembrando de seus encontros com Rasputin. O monge era espertíssimo, astucioso e só cuidava de seus próprios interesses. Para adivinhar as intenções tortuosas do Monge Louco da Rússia, seria preciso ter alguém que fosse igualmente *louco*.

Ou, pelo menos, uma alma gêmea.

A condessa se mexeu e olhou ao redor do aposento.

– Eu imaginaria que ele o fez porque odeia todos vocês.

15

19 de dezembro, 12:22 horário da Europa Central
Sul de Roma, Itália

Enquanto o conjunto de vagões avançava sacolejando através da luz clara do meio-dia, Elizabeth puxou a corrente que prendia suas algemas à parede do último vagão.

A detestável mulher sanguinista, Nadia, a tinha levado de volta para a escuridão e a prendera naquele vagão. A corrente estava trancada num ferrolho na altura da cintura, as cadeias de prata tão curtas que ela era obrigada a se manter de pé enquanto o aposento sacudia ao seu redor.

A passos de distância, Nadia a vigiava, paciente como uma raposa vigiando uma toca de coelhos.

Elizabeth torceu os braços tentando encontrar uma posição mais confortável. As algemas de prata queimavam em um anel de fogo ao redor de seus punhos, mas ela estava mais à vontade ali do que no vagão-restaurante, onde a única cortina aberta permitia a entrada dos raios de sol. Ela não havia demonstrado o quanto aquilo havia lhe queimado os olhos sempre que olhava para a mulher e para o soldado, recusando-se a revelar fraqueza diante daqueles dois humanos.

Enquanto o trem avançava sacolejando, Elizabeth posicionou os pés separados para se impedir de ser atirada para os lados pelo balanço. Ela se adaptaria. O mundo moderno tinha muitos objetos poderosos, e ela aprenderia a usá-los. Não permitiria que o medo a dominasse.

Com as mãos pressionadas contra a parede, ela saboreou o calor do aço aquecido pelo sol contra as palmas de suas mãos. Imaginou um sol ardendo forte e claro lá fora, cruzando um céu azul com nuvens claras muito brancas. Não via nada semelhante há séculos, mal se lembrava de como era. Os *strigoi* não suportavam o sol, como os sanguinistas podiam fazer. Sentia falta do dia, com seu calor e vida e coisas crescendo. Ela se lembrou de seus jardins, das flores vívidas, das ervas medicinais que outrora havia cultivado.

Mas estaria disposta a abrir mão de sua liberdade como *strigoi* de modo a voltar a ver o céu de novo, a se converter à vida pia de uma sanguinista?

Nunca.

Ela esfregou as mãos aquecidas uma na outra e as apertou contra as faces frias. Mesmo se tentasse se converter, desconfiava de que Deus saberia que seu coração era negro e que o vinho abençoado a mataria.

Ela havia concordado em ajudar os sanguinistas, mas a promessa tinha sido dada sob ameaça de morte. Não tinha nenhuma intenção de cumprir sua palavra se uma melhor chance de sobrevivência se apresentasse. Um juramento feito sob ameaça de morte não valia.

Ela não devia nada a eles.

Como se ouvindo seus pensamentos, Nadia lhe lançou um olhar fulminante. Depois que Elizabeth estivesse livre, faria a mulher alta pagar por sua insolência. Mas por ora percebia que Nadia seria difícil de escapar como captora. A mulher visivelmente a odiava, e parecia dedicada a Rhun – embora mais como um companheiro cavaleiro, não como uma mulher devotada a um homem.

O mesmo não podia ser dito da mulher humana.

Dra. Erin Granger.

Elizabeth facilmente havia percebido as cicatrizes rosadas reveladoras em seu pescoço. Um *strigoi* havia se alimentado dela recentemente e lhe permitira viver. Um acontecimento raro, e certamente nenhum *strigoi* comum teria deixado marcas tão cuidadosas. Aquelas marcas revelavam controle e cuidado. Pela maneira constrangida como a mulher e Rhun se sentavam e não se falavam, ela desconfiava de que Rhun tivesse caído de novo, se alimentado de novo.

Mas, dessa vez, ele não havia matado a mulher, nem *a* transformado em um monstro.

Elizabeth se lembrava de como o coração de Erin tinha se acelerado quando Rhun entrara no vagão. Ela tinha reconhecido a angústia que transbordava na voz da mulher quando tinha visto os ferimentos dele e dito seu nome. Aquela humana parecia ligada a Rhun de uma maneira mais profunda que o elo de sangue da alimentação deveria criar.

O ciúme se acendeu ardente e venenoso.

Rhun me pertence e só a mim.

Elizabeth tinha pagado muito caro por aquele amor e se recusava a dividi-lo.

Ela recordou aquela noite, com Rhun em seus braços, o amor de um pelo outro, sobre o qual nunca haviam falado, expressado no calor de seus lábios, na pressão da carne, nas palavras suaves de amor. Ela sabia que o que estava acontecendo era proibido para um padre, mas não sabia nada de como aquelas leis acorrentavam o animal que de fato se escondia dentro de Rhun. Uma vez violadas, aquele rosto finalmente tinha mostrado seus caninos, seus desejos mais sombrios, e a arrancara de sua antiga vida para uma vida de noite eterna.

E agora parecia que Rhun havia libertado o mesmo animal com outra mulher, outra mulher de quem ele visivelmente gostava.

Naquela atração, Elizabeth viu possibilidade. Se tivesse uma chance, ela usaria os sentimentos deles um pelo outro contra eles mesmos, para destruir os dois.

Mas, por ora, ela devia se contentar com esperar. Tinha que seguir o grupo de Bernard, mas não tinha nenhuma confiança no cardeal. Não agora, e certamente não durante a sua vida mortal. Naquela época, ela tinha se esforçado para advertir Rhun contra Bernard, percebendo a profundidade de segredos escondidos em seu peito santarrão sem coração.

No vagão vizinho, as orelhas aguçadas dela ouviram seu nome ser falado.

– Não podemos nos arriscar a perdê-la – disse o cardeal Bernard. – Temos que saber onde ela está a cada momento.

O jovem monge chamado Christian respondeu.

– Não se preocupe. Já tomei medidas para garantir isso. Nós a manteremos de rédea curta.

Outro falou com a língua áspera dos alemães, identificando-o como irmão Leopold.

– Eu vou cuidar de buscar mais café.

Passadas leves deixaram a mesa, seguindo para o vagão da frente, onde a comida estava sendo preparada e onde ela podia ouvir bem ao longe outro coração humano bater, outro servo daquela horda.

Aqueles à mesa ficaram em silêncio, aparentemente não tendo muito a dizer, cada um provavelmente refletindo sobre a jornada por vir.

Ela decidiu fazer o mesmo e se virou para Nadia.

– Fale-me sobre esse russo ligado à família real Romanov... o tal Rasputin? Por que a Igreja não gosta dele?

Talvez ela pudesse encontrar um aliado nele.

Nadia se manteve em silêncio como uma pedra, mas seu rosto revelou que ela amava guardar segredos.

– Seu cardeal quer que eu participe desse esforço – Elizabeth a recordou, pressionando-a. – Desse modo, devo saber de tudo.

– Então deixemos que o cardeal lhe conte. – Nadia cruzou os braços.

Percebendo que não haveria nenhuma clemência, Elizabeth voltou sua atenção para ouvir a conversa, mas perdeu o interesse à medida que o chacoalhar do trem se tornou mais alto enquanto subia uma longa encosta, encobrindo a maioria dos sons.

Minutos depois, a porta de aço de sua prisão foi aberta, trazendo os cheiros mais fortes de comida, o clarão da luz do sol e o bater mais alto dos corações humanos.

O cardeal Bernard entrou com o jovem sanguinista, Christian. Eles foram seguidos por um outro padre, este humano, provavelmente criado do cardeal. Ela reconheceu o bater lento de seu coração como o que ouvira vindo do primeiro vagão, onde a comida era preparada. Estava ficando com fome ela própria – e aquele homem tinha uma barriga redonda, bochechas gordas, era todo roliço de sangue, um porco esperando para ser abatido.

– Nós chegaremos breve – Bernard informou Nadia. – Depois que sairmos do trem, vou deixar você e Christian encarregados da condessa Bathory.

– Não quer dizer encarregados da *prisioneira*? – corrigiu Elizabeth. – Apesar de eu ter me juntado à busca de vocês, confia assim tão pouco em mim?

– A confiança se ganha por merecimento – disse Christian. – E a senhora no momento tem um déficit de confiança.

Ela estendeu as mãos algemadas.

– Não pode pelo menos me libertar para que eu possa me mover livremente nesta prisão? Com a luz do sol lá fora, não posso escapar daqui. Não vejo que mal...

Uma explosão calou as suas palavras. Como se golpeado pela mão de Deus, o vagão inteiro se levantou sob os pés deles, cavalgando num rugido trovejante, acompanhado pelos fogos do Inferno.

16

19 de dezembro, 12:34 horário da Europa Central
Sul de Roma, Itália

Rhun se moveu com o primeiro deslocamento de ar, sendo o primeiro a perceber a explosão. Cavalgou a onda de impacto à medida que o tempo se tornava lento até adquirir a espessura de gás líquido.

Ele se arremessou sobre a mesa, cerrou ambos os braços ao redor de Erin, e bateu na janela fechada com o ombro. A cortina grossa se enrolou ao redor de seu corpo enquanto ele se chocava e caía através dela. Vidro cortou seus braços e costas. Chamas e um rugido o seguiram na saída para o mundo.

Nos seus calcanhares, enquanto saltava para fora do trem, o vagão se expandiu, se tornando impossivelmente maior, até que sua estrutura se partiu – e fumaça e fuligem e madeira saíram voando para fora numa grande explosão.

Lançado alto no ar, Rhun virou o corpo para o lado e se chocou no chão rolando, um braço ao redor das costas de Erin, o outro puxando a cabeça dela para junto de seu peito. Ele e Erin rolaram pelos restolhos de um campo colhido que margeava os trilhos.

O cheiro breve de relva seca rapidamente foi escaldado e engolido pelo cheiro amargo e seco de explosivos, e o odor inconfundível de carne humana queimada.

O trem havia explodido.

Alguém, talvez todo mundo, tinha morrido.

Nos braços dele, Erin arquejou e tossiu.

Ela ainda vivia – e aquilo o deixou muito mais feliz do que devia.

Ele correu as mãos pelo corpo dela, tateando em busca de ossos quebrados, de sangue. Encontrou arranhões, alguns cortes. Mais nada. Os dedos dele se entrelaçaram com os dela, procurando acalmá-la, sentindo o choque sugar o calor de seu corpo.

Ele a apertou mais contra si, protegendo-a.

Só então ele se virou para encarar o desastre que se espalhava pelos campos.

Pedaços de metal sujos de fuligem penetravam o mato amarelado, se espalhavam pelos trilhos da estrada de ferro e salpicavam os campos em chamas. Pedaços da locomotiva a vapor tinham sido arremessados longe dos trilhos. A caldeira jazia a noventa metros adiante, com um buraco em sua barriga de metal aberto para o céu.

Retalhos de fogo consumiam os campos, enquanto vidro quebrado chovia do céu, como uma saraiva, granizo cristalino, tudo misturado com sangue. Ele se lembrou da citação bíblica do Apocalipse: *E houve saraiva e fogo misturados com sangue, e foram lançados na terra.*

Seria aquilo o que ele estava presenciando agora?

Poeira e fumaça subiam em rolos dos trilhos. Um pedaço de aço tinha aterrissado a apenas alguns metros, o vapor sibilando onde sua superfície quente tocava na relva molhada.

Um sino estridente tocava sem cessar nos seus ouvidos. Com uma das mãos, ele varreu os cacos de vidro de sua batina e puxou pedaços de seu outro braço. Ainda segurando Erin, procurou ao redor, mas nada se movia.

O que teria sido feito dos outros?

Rhun tocou no rosário e rezou pela segurança deles.

Finalmente se desvencilhou de Erin. Ela ficou sentada na relva, com os braços ao redor dos joelhos. Os membros de seu corpo estavam riscados de lama e sangue. Ela afastou o cabelo da testa. O rosto dela estava limpo, protegido como estivera enquanto ele a abraçava contra o seu corpo.

– Você está ferida? – perguntou ele, sabendo que falava alto por causa do retinir em seus ouvidos.

Ela tremeu, e ele ansiou por tomá-la nos braços, mas a fragrância de sangue se elevava do corpo dela e ele não ousou.

Em vez disso, os olhos cor de âmbar encontraram os dele. Ele olhou fundo neles pela primeira vez desde que a havia deixado no chão do túnel para morrer meses antes.

Os lábios dela formaram uma única palavra.

Jordan.

Ela lutou para se levantar e saiu cambaleando em direção aos trilhos. Ele seguiu em sua esteira, vasculhando os escombros, querendo estar com ela quando o encontrasse.

Não via como o soldado poderia ter sobrevivido... como qualquer um poderia ter sobrevivido.

12:37

Elizabeth queimou no campo, rolando em agonia.

A luz do sol escaldava sua visão, fervendo seus olhos. Fumaça subia de suas mãos, de seu rosto. Ela se enroscou numa bola, apertou o queixo contra o peito, os braços sobre a cabeça, esperando que pudessem protegê-la. Seu cabelo crepitava como uma aura ao seu redor.

Um momento antes, a locomotiva do trem havia explodido, estourando com um trovão. Ela voara como um anjo negro através da claridade ardente. Suas duas mãos seguravam a corrente de prata que a prendiam ao fragmento inútil de metal. Ela viu de relance outro par de mãos também cerrados sobre a corrente – então a luz do sol a cegou, apagando sua visão.

A poderosa explosão também havia lhe roubado a audição, deixando atrás de si um som sussurrante dentro de seus ouvidos, como se o mar tivesse entrado dentro de seu crânio e estivesse marulhando para trás e para frente dentro de sua cabeça.

Ela tentou se enfiar mais fundo na lama fria, para escapar do sol.

Então mãos a viraram e atiraram escuridão em cima dela, protegendo-a do sol.

Ela sentiu o cheiro de lã pesada de uma capa e se encolheu sob sua proteção. O ardor violento rapidamente diminuiu se tornando uma dor, dando-lhe esperanças de que poderia viver.

Uma voz gritou perto de sua cabeça, penetrando no mar que se agitava em seu crânio.

– Você está viva?

Sem confiar em sua voz, ela assentiu.

Quem a teria salvado?

Só podia ser Rhun.

Ela ansiava por ele, querendo ser abraçada e confortada. Precisava dele para guiá-la através da dor para um futuro que não queimasse.

– Tenho que ir – berrou a voz.

À medida que sua cabeça clareava, ela reconheceu o tom severo.

Não era Rhun.

Nadia.

Ela imaginou aquelas outras mãos cerradas sobre sua corrente, guiando sua queda, cobrindo-a. Nadia havia arriscado sua vida para segurar aquela corrente e salvá-la. Mas Elizabeth sabia que aqueles esforços não eram frutos de atenção ou amor.

A Igreja ainda precisava dela.
Segura por ora, novos temores surgiram.
Onde Rhun estava? Será que ainda estava vivo?
– Fique aqui – ordenou Nadia.
Ela obedeceu – não que tivesse qualquer escolha. Fugir permanecia impossível. Além das bordas da capa havia apenas morte consumida pelas chamas.
Ela considerou por um momento atirar longe a capa, pôr fim àquela existência interminável. Mas, em vez disso, se enroscou ainda mais, pretendendo sobreviver, envolvendo-se do mesmo modo que na lã pesada em pensamentos de vingança.

12:38

Erin andou trôpega por um campo retalhado por estilhaços de metal do trem. Tossindo por causa da fumaça oleosa, sua mente tentou ordenar as coisas, revendo a explosão em sua mente.

O centro do impacto deve ter sido no motor a vapor porque a locomotiva estava quase obliterada. Pedaços enegrecidos de aço se espetavam para fora do campo como árvores arruinadas. Mas não era apenas metal que se espalhava nos campos.

Uma perna sem braços jazia ao lado dos trilhos. Ela avistou um boné de maquinista.

Ela correu e se agachou ao lado dele, com os joelhos pressionando os restolhos de relva.

Olhos castanhos sem vida fitavam o céu esfumaçado. Um braço vestido de preto se moveu acima da cabeça dela e fechou os olhos do homem. O maquinista não estivera envolvido em nenhuma profecia. Apenas tinha aparecido para cumprir um dia honesto de trabalho.

Mais uma vida inocente.
Isso algum dia acabará?
Ela levantou o rosto para Rhun. O padre encostou a cruz nos lábios, a prata abençoada queimando a pele delicada enquanto ele murmurava preces sobre o corpo do morto.

Quando ele acabou, ela se levantou e seguiu adiante, arrastando Rhun consigo.

Alguns metros depois ela encontrou o segundo homem, também morto. Ele tinha cabelos castanho-claros e sardas, uma mancha de fuligem na face.

Parecia jovem demais para estar trabalhando em um trem. Ela pensou na vida dele. Será que tinha uma namorada, pais ainda vivos? Quem saberia até onde as ondulações do pesar chegariam?

Ela abandonou Rhun às suas preces, impelida pela urgência de encontrar Jordan.

Movendo-se ao longo dos trilhos, ela encontrou os restos do que supunha ser o vagão da cozinha. Um forno tinha voado alto no ar e aterrissado numa cratera. Leopold havia estado naquele compartimento. Ela procurou por ele, mas não encontrou vestígios.

Continuando, chegou às ruínas do vagão-restaurante. Embora a frente tivesse sido arrancada, a parte de trás estava intacta. Tinha descarrilado e cavado uma vala funda na terra fértil. Uma cortina dourada panejava através de uma janela espatifada na parte de trás.

A sombra de Rhun caiu sobre a terra ao seu lado, mas Erin não se virou para olhar para ele. Em vez disso, procurou dentro do vagão-restaurante, temendo encontrar um corpo, mas precisando saber.

Estava vazio.

Afastando-se do vagão-restaurante, olhou para o dormitório. O último vagão estava tombado de lado, um dos lados afundado e fendido. À sua direita, ela avistou movimento através da fumaça e correu para ele.

Rapidamente reconheceu o cardeal Bernard, coberto de fuligem. Estava ajoelhado ao lado de um corpo estendido no chão, debruçado num selo de pesar. Montando vigília atrás do cardeal, Christian apertava o ombro de Bernard.

Ela avançou com dificuldade em meio aos escombros, temendo o pior.

Christian deve ter percebido sua aproximação, e, ao virar a cabeça, revelou um rosto coberto de sangue negro. Chocada ao vê-lo, ela tropeçou e quase caiu de bruços.

Rhun a segurou e a manteve em movimento.

Adiante, Bernard chorava, seus ombros subindo e descendo.

Não podia ser Jordan.

Ela finalmente alcançou Christian, que tristemente sacudiu a cabeça. Ela apressadamente passou por ele e foi até o cardeal.

O homem no chão estava irreconhecível – fuligem cobria-lhe o rosto, as roupas tinham sido consumidas pelo fogo. Os olhos dela seguiram do rosto para os ombros nus, para a cruz de prata que ele usava no peito.

Padre Ambrose.

Não Jordan.

Bernard segurava as duas mãos queimadas do padre nas suas e contemplava seu rosto sem vida. Ela sabia que Ambrose havia servido o cardeal por muitos anos. A despeito da atitude azeda do padre para com todo mundo, ele e o cardeal tinham sido íntimos. Meses antes ela tinha visto o homem ajoelhado no sangue do papa, tentando salvar o velho depois de um ataque sem dedicar sequer um pensamento para sua própria segurança. Ambrose podia ter sido um homem amargo, mas também era um ardoroso protetor da Igreja – e agora tinha dado sua vida a esse serviço.

O cardeal levantou o rosto.

– Eu pedi um helicóptero. Vocês precisam encontrar os outros antes que a polícia e as equipes de resgate cheguem.

– Também temos que tomar cuidado com quem explodiu esse trem – acrescentou Christian.

– Pode ter sido um simples e trágico acidente – corrigiu Bernard, já se virando de volta para Ambrose.

Ela deixou Bernard com seu pesar, tropeçando em escombros fumegantes dando a volta em fogueiras, os olhos vasculhando os campos destruídos. Christian e Rhun a flanqueavam, avançando com ela, as cabeças girando para um lado e para outro. Ela esperava que os sentidos mais aguçados deles pudessem ajudá-la a descobrir algum sinal do destino de Jordan.

– Aqui! – gritou Christian e caiu de joelhos.

No chão na frente dele, uma cabeça loura conhecida.

Jordan.

Por favor, não...

O medo a imobilizou. A respiração ficou presa, e seus olhos se encheram de lágrimas. Ela tentou se firmar. Quando Rhun segurou o seu braço, ela se soltou dele e atravessou os últimos metros até Jordan sozinha.

Ele estava deitado de costas. A jaqueta do uniforme azul de gala estava em farrapos, a camisa branca abaixo dela rasgada em pedaços.

Ela caiu de joelhos ao lado dele e agarrou a mão de Jordan. Com dedos trêmulos, procurou sentir seu pulso. Batia firme e regular sob seus dedos. Com o toque dela, ele abriu os olhos azul-claros.

Erin chorou de alívio e apertou a mão dele na sua.

Ela o abraçou, vendo seu peito subir e descer, tão agradecida por encontrá-lo vivo.

O olhar de Jordan clareou e se fixou nela, os olhos dele espelhavam o alívio de Erin. Ela acariciou sua face, sua testa, mostrando a si mesma que ele estava inteiro.

— Oi, querida — disse ele. — Você está linda.
Ela o tomou nos braços e enterrou o rosto em seu peito.

12:47

Rhun observou Erin se abraçar com o soldado. O primeiro pensamento dela tinha sido para Jordan. Como deveria ser. Do mesmo modo, Rhun também tinha responsabilidades.

— Onde está a condessa? — perguntou a Christian.

Ele sacudiu a cabeça.

— Quando o vagão explodiu, eu a vi com Nadia sendo atiradas para fora. *Para a luz do sol.*

Christian apontou para além da parte principal dos destroços.

— A trajetória delas as teria arremessado para o lado além dos trilhos.

Rhun baixou o olhar para Erin e Jordan.

— Vá — disse Erin. Ela ajudou Jordan a se sentar e a começar a tentar se pôr de pé ainda atordoado. — Nós encontraremos você junto do cardeal Bernard.

Livre daquela responsabilidade, Rhun partiu com Christian. O sanguinista mais jovem correu pelo campo, saltando por cima de buracos leve como um potrinho. Parecia não ter sido afetado pela explosão, enquanto Rhun sentia dores por todo o corpo.

Depois de ultrapassar os trilhos, Christian subitamente acelerou em direção à esquerda, talvez avistando alguma coisa. Rhun se esforçou para alcançá-lo.

Saindo de uma cortina de fumaça, um vulto alto vestido de preto veio manquejando em direção a eles.

Nadia.

Christian a alcançou primeiro e a abraçou com força. Ele e Nadia muitas vezes tinham servido juntos em missões para a Igreja.

Rhun finalmente se juntou a eles.

— Elisabeta?

— A condessa endemoniada ainda vive. — Nadia apontou para um monte a alguns metros de distância. — Mas está muito queimada.

Ele correu para o corpo coberto pela capa.

Christian o seguiu com Nadia, pondo-a a par da situação da equipe.

— E Leopold? — perguntou Nadia.

O rosto de Christian ficou sério.

— Ele estava no vagão da cozinha, mais perto da explosão.

— Eu vou continuar a procurar por ele — disse Nadia. — Vocês dois podem cuidar de sua majestade. Aprontem-na para ir.

Enquanto Nadia saía correndo para o meio da fumaça, Rhun cobriu a distância que faltava para chegar a Elisabeta. Nadia tinha coberto Elisabeta com a capa de viagem da condessa. Ele se ajoelhou ao lado do monte, sentindo o cheiro de carne queimada.

Rhun tocou a superfície da capa.

— Elisabeta?

Um choramingar respondeu a ele. Ele foi dominado pela pena. Elisabeta era lendária por sua capacidade de suportar a dor. Para ela estar reduzida àquilo, sua agonia devia ser terrível.

— Ela vai precisar de sangue para se recuperar — disse Rhun para Christian.

— Eu não estou oferecendo o meu — respondeu Christian. — E você não tem para dar.

Rhun se abaixou para junto da capa. Ele não ousava levantá-la e examinar a extensão dos ferimentos. Ainda assim, enfiou a mão por baixo da capa e encontrou a mão dela. Apesar da dor que isso devia causar, ela agarrou os dedos dele, segurando-o.

Eu levarei você para um lugar seguro, prometeu ele.

Ele levantou o olhar para o céu do meio-dia, o azul límpido manchado pela fumaça.

Para onde eles poderiam ir?

12:52

O helicóptero chegou voando rápido e baixo, e pousou numa parte não danificada do campo. O piloto abriu uma janela e acenou para o grupo reunido na orla dos escombros.

— Aquele deve ser o nosso transporte — disse Jordan, reconhecendo o helicóptero caro, um gêmeo do que os tinha resgatado no deserto de Massada alguns meses antes.

Jordan segurou a mão de Erin e juntos se encaminharam em meio aos destroços até o helicóptero. Ele ainda estava hesitante e trêmulo nos passos, mas Erin parecia em grande medida bem. Ele se lembrou do borrão quando Rhun havia arrancado Erin de seu braço e saído arrebentando a janela enquanto o trem explodia.

A reação rápida de Rhun provavelmente salvara a vida dela.

Talvez ele devesse perdoar o padre sanguinista por suas ações anteriores, por ter se alimentado e deixado Erin nos túneis debaixo de Roma, mas ainda não conseguia reunir boa vontade suficiente para fazê-lo.

Mais adiante, os rotores levantavam poeira e pedaços de relva. O piloto vestia o uniforme azul-marinho conhecido da Guarda Suíça e gesticulou para trás, indicando que eles deveriam subir.

Erin embarcou primeiro e estendeu a mão para baixo para ajudar Jordan. Esquecendo o orgulho, ele aceitou a mão dela e permitiu que ela o ajudasse a entrar.

Depois de afivelar o cinto, ele olhou pela porta aberta em direção aos outros sanguinistas. A poeira que rodopiava obscurecia tudo, exceto os vultos que se aproximavam de Christian e Rhun. Pendurado entre os dois, eles traziam um fardo preto esfiapado, completamente coberto por uma capa.

A condessa.

Bernard saiu logo depois deles da nuvem de poeira, carregando o corpo do padre Ambrose. Atrás dele, vinha Nadia.

Christian e Rhun embarcaram. Depois de sentado, Rhun tomou posse de Bathory, pondo-a em seu colo, a cabeça coberta encostada em seu ombro.

– Nenhum sinal de Leopold? – perguntou Jordan a Christian.

O jovem sanguinista balançou a cabeça.

Bernard chegou e estendeu seu fardo. Christian o segurou, e juntos os dois prenderam o corpo de Ambrose numa maca, seus movimento rápidos e eficientes. Como se já tivessem feito aquilo um milhar de vezes antes.

Provavelmente já tinham.

O cardeal se afastou do helicóptero, permitindo que Nadia embarcasse. Ela bateu no ombro do piloto e apontou o polegar para cima para indicar que ele devia decolar.

Como planejado, Bernard ficaria ali para explicar tudo à polícia, para dar um rosto público àquela tragédia. Seria uma tarefa difícil, especialmente porque ele estava enlutado.

Depois de ganharem altura, sobrevoaram o local do desastre.

Com os rostos colados nas janelas, todo mundo procurou pelo terreno abaixo e chegou à mesma triste e inevitável conclusão.

O irmão Leopold estava desaparecido.

17

19 de dezembro, 13:04 horário da Europa Central
Castel Gandolfo, Itália

Erin apertou o braço de Jordan enquanto o helicóptero voava rápido em direção a uma antiga aldeia de pedras aninhada em meio a plantações de pinheiros e oliveiras, ao lado de um grande lago. Suas águas cor de cobalto a fizeram lembrar de Lago Tahoe, despertando um anseio de estar de volta à Califórnia – protegida de toda aquela morte e caos.
Não que problemas não possam me encontrar por lá, também.
Ela se lembrou de Blackjack, ouviu os urros do felino *blasphemare*.
Erin sabia que qualquer paz duradoura lhe fugiria até que aquilo estivesse acabado.
Mas será que algum dia estaria realmente acabado?
O piloto mirou para a orla da luxuriante cratera vulcânica que dava para o lago e para a praça da aldeia. Sobrepondo-se à sua crista de pedra como uma coroa havia um castelo maciço com telhados de telhas vermelhas, dois domos revestidos de chumbo e grandiosas varandas. O terreno em si também era igualmente impressionante, dividido em dois jardins muito bem cuidados, lagos com peixes para contemplação e fontes tilintantes. As avenidas eram ladeadas por pinheiros ou salpicadas com gigantescos azinheiros e carvalhos. Ela avistou até as ruínas de uma villa de um imperador romano.
Erin não teve dificuldade de reconhecer a residência de verão do papa.
Castel Gandolfo.
Enquanto a aeronave descia em direção a um heliporto adjacente, ela se perguntou sobre aquele destino. Será que a residência sempre tinha sido o destino deles ou era apenas um esconderijo rápido e conveniente depois da explosão?
Em última instância ela pouco se importava. Precisavam de descanso e de um lugar para se recuperar.
Numa tempestade qualquer porto...

Ela lançou um olhar rápido para os outros passageiros, reconhecendo a verdade daquilo. Jordan parecia abatido sob uma máscara de fuligem e terra. As feições severas de Nadia estavam duras, mas sombreadas por tristeza. Christian ainda tinha vestígios de sangue salpicados nas rugas de seu rosto, fazendo-o parecer muito mais velho, ou talvez fosse apenas exaustão.

Defronte a ela, Rhun tinha tirado os olhos do fardo embrulhado na capa em seus braços, parecendo abalado e preocupado. Segurava a cabeça coberta de Bathory contra o ombro com uma das mãos. A condessa estava imóvel como a morte nos braços dele.

Tão logo os patins tocaram no solo, os sanguinistas rapidamente tiraram Erin e Jordan do heliporto. O corpo de Ambrose permaneceu a bordo, embora cada sanguinista tocasse nele antes de desembarcar, até Rhun. De acordo com Christian, o piloto e o copiloto cuidariam do corpo do padre.

Erin e Jordan seguiram os outros por um caminho de cascalho através de um roseiral, as plantas há muito tendo acabado de florir, mas ainda bonitas. Alguns minutos mais tarde, chegaram a uma porta em forma de pá encaixada em um muro de estuque no jardim. Christian a abriu e os conduziu por um corredor com um piso lustroso de cerâmica. Salões e aposentos se abriam de ambos os lados, decorados com tapeçarias medievais e peças de mobília com trabalho em douradura.

Numa interseção, Nadia fez sinal para Rhun para seguir para a esquerda com seu fardo. Christian apontou para que Jordan e Erin seguissem para a direita.

– Vou levar vocês para seus quartos onde poderão se lavar – disse ele.

– Eu não vou deixar Erin sair de vista – declarou Jordan.

Ela apertou a mão dele na sua. Também não queria que ele saísse de vista.

– Já tinha imaginado isso – disse Christian. – Também não vou deixar que nenhum de vocês saia de minha vista até estarem seguros dentro do quarto. O plano é esperar pelo retorno do cardeal. Nós nos recuperaremos e depois nos reuniremos, então pensaremos no que fazer a seguir.

Com a questão encerrada, Jordan seguiu Christian. Janelas altas de um lado daquele corredor davam para o lago. Era uma vista serena, quase surreal depois de toda a devastação e morte.

Jordan estava claramente menos interessado, a mente em outra parte.

– O que você acha que aconteceu com Leopold?

Christian tocou na cruz.

– Ele estava mais perto da fonte da explosão. O corpo dele pode nunca ser encontrado. Mas o cardeal continuará procurando até que o pessoal de resgate e a polícia cheguem. Se o corpo de Leopold for encontrado, o cardeal o reconhecerá e o trará para cá.

Chegando a uma porta de carvalho, Christian a destrancou e os convidou a entrar, então os seguiu para dentro do quarto. Ele rapidamente atravessou o aposento e fechou as persianas sobre as janelas que davam para o lago. Então acendeu alguns abajures de ferro batido. O quarto tinha uma cama de casal com um edredom branco, uma lareira de mármore e uma área de estar diante das janelas.

Christian desapareceu através de uma pequena porta lateral. Erin foi atrás dele, seguida por Jordan. Ela encontrou um banheiro simples, com paredes brancas, um toalete e uma pia. Havia um chuveiro em um canto, revestido do mesmo mármore que o piso. Duas toalhas grossas descansavam sobre uma mesa baixa de madeira, encimadas por uma muda de roupas. Parecia que ela iria vestir calça cáqui e uma camisa branca de algodão. Jordan vestiria jeans e uma camisa marrom.

Pendurados contra a parede do fundo do banheiro havia um par de jaquetas conhecidas de couro. Na sua missão anterior, ela e Jordan tinham usado aquele mesmo conjunto de casacos, feitos com peles de lobogrifo – à prova de cortes e duros o suficiente para resistir a mordidas de *strigoi*. Ela passou a mão pelo couro marrom usado, se recordando de batalhas do passado.

Christian abriu o armário de remédios e tirou um kit de primeiros socorros.

– Isso deve ter tudo de que precisam.

Ele se virou e saiu rápido em direção à porta do corredor. Ali, parou e levantou uma robusta escora que estava apoiada contra a parede ao lado da saída e a entregou a Jordan.

– Isto é reforçado com um miolo de aço.

Jordan pegou a barra.

– Parece mesmo.

– Depois que eu estiver do lado de fora, use-a para trancar e travar a porta. – Christian apontou para uma arca ao pé da cama. – Também encontrará armas ali. Não espero que venha a precisar delas, mas é melhor não ser apanhado desprevenido.

Jordan assentiu, olhando para a arca.

– Não deixe ninguém entrar além de mim – disse Christian.

– Nem mesmo o cardeal ou Rhun? – perguntou ela.

– Ninguém – repetiu Christian. – Alguém sabia que estávamos naquele trem. Meu conselho é que vocês não confiem em ninguém exceto um no outro.

Ele saiu pela porta e a fechou atrás de si. Jordan levantou a barra pesada e a encaixou no suporte.

– E ainda falam de conversa estimulante cristã – comentou ela. – Essa não foi muito animadora.

Jordan se aproximou da arca e a abriu. Ele tirou uma metralhadora e a examinou.

– Beretta AR 70. Pelo menos isso é tranquilizador. Dispara até seiscentos projéteis por minuto. – Então examinou o suprimento de munição na arca e sorriu quando encontrou outra arma, uma Colt 1911. – Esta não é a minha pistola, mas parece que alguém fez uma boa pesquisa.

Ele a entregou a ela.

Erin checou o pente. As balas eram de prata – boas contra seres humanos, essenciais contra *strigoi*. A prata reagia ao sangue deles, ajudando a igualar as forças. *Strigoi* eram difíceis de matar – mais resistentes que humanos, capazes de controlar a perda de sangue e dotados de capacidades sobrenaturais de se curarem. Mas não eram invulneráveis.

Jordan em seguida olhou para o banheiro.

– Vou deixar que você use o chuveiro primeiro, enquanto cuido de acender a lareira.

Era um bom plano, o melhor que ela tinha ouvido naquele dia.

Mas, primeiro, ela se aproximou dele, inalando seu odor almiscarado, cheirando a fuligem por baixo. Levantou a cabeça e o beijou, feliz por estar viva, por estar com ele.

Enquanto ela se afastava, os olhos de Jordan se franziram com preocupação.

– Você está bem?

Como eu poderia estar?, pensou ela.

Ela não era soldado. Não era capaz de andar por campos cheios de cadáveres e seguir adiante. Jordan havia sido treinado, os sanguinistas também, mas ela não tinha muita certeza de que algum dia quisesse ser dura assim, mesmo se pudesse. Ela se lembrou do olhar distante que Jordan exibia de vez em quando. Aquilo tinha um custo para ele, e ela apostaria que para os sanguinistas também.

Ele sussurrou, ainda abraçando-a.

– Não estou falando de hoje. Tenho tido a sensação de que você vem me escondendo alguma coisa desde que nos encontramos na Califórnia.

Ela se desvencilhou dos braços dele.

– Todo mundo tem segredos.

– Então me conte os seus.

O pânico se agitou no peito dela.

Não aqui. Não agora.

Para esconder sua reação, ela se virou e seguiu para o banheiro.

– Já basta de segredos por hoje – retrucou desajeitadamente. – Agora tudo que eu quero é um banho de chuveiro quente e uma lareira acesa.

– Não posso discutir com isso. – Mas a despeito de suas palavras, ele parecia desapontado.

Ela entrou no banheiro e fechou a porta. Satisfeita, tirou as roupas, feliz por se livrar do cheiro de fuligem e fumaça e substituí-las por sabonete de lavanda e xampu cítrico. Erin ficou por muito tempo debaixo do chuveiro quente, deixando que ele escaldasse aquele dia, deixando sua pele avermelhada e sensível.

Ela se secou e vestiu um robe macio. Descalça, voltou para o quarto. Os abajures tinham sido apagados e a única iluminação vinha do fogo crepitante da lareira.

Jordan se endireitou depois de enfiar e rolar uma acha de lenha para uma posição melhor em meio às chamas. Ele tinha tirado o paletó e a camisa rasgada. A sua pele brilhava sob a luz do fogo, cheia de hematomas e salpicada de arranhões e cortes. Do lado esquerdo do peito, a sua tatuagem parecia quase incandescer. O desenho se enroscava ao redor de seu ombro e lançava gavinhas descendo pelo braço e parte do peito e costas. Pareciam as raízes de uma árvore se espalhando, centradas numa única marca escura no peito dele.

Ela conhecia a história daquela marca. Jordan tinha sido atingido por um raio quando estava no colégio. Estivera morto por um breve período de tempo antes de ser ressuscitado. A descarga de energia elétrica tinha deixado aquela marca fractal na sua pele, arrebentando capilares, criando o que era chamado de figura de Lichtenberg ou uma flor de raio. Antes que se apagasse, ele tinha mandado tatuar o desenho como lembrança de seu encontro com a morte, transformando uma quase tragédia em algo bonito.

Ela se aproximou, como se atraída pela energia residual.

Ele a encarou, sorrindo.

– Espero que não tenha acabado com toda a água quente...

Ela pôs um dedo sobre os lábios dele, silenciando-o. Palavras não eram o que ela queria naquele momento. Ela puxou e abriu o cinto do robe e o despiu. O robe deslizou para o piso, roçando contra os seios dela e cercando seus tornozelos.

Com uma das mãos, ela acariciou a nuca dele. Ela arqueou a garganta em convite. Ele aceitou, dando beijos lentos ao longo de sua clavícula. Ela gemeu, e ele recuou, os olhos escuros de paixão e uma pergunta muda.

Em resposta, ela o puxou pelo cós da calça em direção à cama.

Uma vez lá, ela tirou o resto das roupas dele, arrancando-as e jogando-as longe.

Nu, pronto para ela, ele a levantou nos braços. As pernas dela se enroscaram ao redor das coxas musculosas dele enquanto ele a baixava na cama. Ele ficou acima dela, largo como o mundo, mantendo tudo a distância, deixando apenas eles dois e aquele momento.

Ela o puxou para baixo para um beijo urgente, seus dentes encontrando o lábio inferior dele, a língua dele com a sua. As mãos quentes dele acariciaram sua pele, seus seios, deixando um rastro de eletricidade em sua esteira – então deslizaram para a base de sua coluna para erguê-la mais alto.

Ela se arqueou debaixo dele, precisando dele, sabendo que sempre precisaria dele.

Os lábios dele se moveram para sua garganta, roçando nas cicatrizes em seu pescoço.

Ela gemeu, puxando a cabeça dele contra a sua, como se suplicando que ele a mordesse, que a abrisse de novo. Um nome subiu-lhe aos lábios, mas ela o prendeu dentro deles antes que escapasse para o mundo.

Ela se lembrou de Jordan pedindo-lhe que contasse seu segredo.

Mas os maiores segredos são aqueles que não sabemos que estamos guardando.

Os lábios dele se moveram para baixo da orelha dela, sua respiração aquecendo a nuca de Erin. As palavras seguintes dele saíram com um gemido, cheias de sua verdade, sentidas nos ossos do crânio dela.

– Eu te amo.

Ela sentiu lágrimas nos olhos. Puxou a boca de Jordan para a sua e sussurrou enquanto os lábios deles se tocavam.

– E eu te amo.

Era a verdade dela – mas talvez não toda a verdade dela.

18

19 de dezembro, 13:34 horário da Europa Central
Castel Gandolfo, Itália

Rhun carregou Elisabeta por um corredor escuro que cheirava a madeira e vinho envelhecido. Aquele canto dos níveis subterrâneos do castelo outrora havia servido como a adega pessoal do papa. Alguns aposentos há muito esquecidos ainda continham grandes barris de carvalho ou prateleiras de garrafas verdes cobertas de grossa poeira.

Ele seguiu Nadia por mais uma série de escadarias, avançando em direção ao andar reservado para a ordem deles. Rhun sentiu seus braços tremerem enquanto carregava Elisabeta. Tinha tomado um gole rápido de vinho consagrado a bordo do helicóptero. Aquilo o tinha fortalecido o suficiente para fazer aquela viagem até ali embaixo, mas ainda estava incomodado pela fraqueza.

Afinal, passando por um corredor de pedra escavado no alicerce vulcânico, Nadia se deteve numa arcada coberta de tijolos, um aparente beco sem saída.

– Eu posso pagar a penitência – ofereceu Rhun.

Nadia o ignorou e tocou em quatro dos tijolos, um perto de sua cabeça, um perto de seu estômago e um perto de cada ombro – fazendo a forma de uma cruz.

Então ela pressionou a pedra mais ao centro e sussurrou palavras que tinham sido ditas por membros da ordem deles desde os tempos de Cristo.

– Tomai todos e bebei.

O tijolo do centro deslizou para trás para revelar uma minúscula bacia entalhada no tijolo abaixo.

Nadia desembainhou o canivete e enfiou a ponta no centro da palma de sua mão, no ponto onde os pregos outrora tinham sido enterrados nas mãos de Cristo. Ela fechou a mão em concha até que contivesse várias gotas de seu sangue, então inclinou o líquido carmesim de lado para que escorresse para dentro da bacia.

Nos braços dele, Elisabeta se retesou sentindo o cheiro do sangue de Nadia.

Ele recuou alguns passos, permitindo que Nadia acabasse.

– Pois este é o Cálice do meu Sangue – disse ela. – O sangue da nova e eterna Aliança.

Com esta última palavra da prece, fendas apareceram entre os tijolos na arcada, fazendo a forma de uma porta estreita.

– *Mysterium fidei* – concluiu Nadia e empurrou.

Pedra roçou contra pedra enquanto a porta se abria para dentro.

Nadia passou por ela primeiro, e ele a seguiu, tomando cuidado para não roçar o corpo de Elisabeta contra as paredes de ambos os lados. Depois de passar pelo umbral da porta, o corpo de Elisabeta amoleceu em seus braços. Ela devia ter percebido que agora estava nas profundezas debaixo da terra, onde o sol nunca poderia alcançá-la.

O vulto magro de Nadia deslizou mais à frente, revelando quanta velocidade sem esforço e força ela possuía se comparada com ele. Ela passou rapidamente pela entrada da Capela Sanguinista do castelo e conduziu Rhun para uma região raramente usada – em direção às celas de prisão.

Ele a seguiu. Não importava quanto fossem graves seus ferimentos, Elisabeta continuava sendo uma prisioneira.

Embora as celas raramente fossem usadas naquela era, os pisos de pedra tinham sido alisados pelo uso e lustrosos pelos séculos de botas que haviam passado por ali. Quantos *strigoi* tinham ficado aprisionados ali embaixo e sido interrogados? Aqueles prisioneiros entravam como *strigoi* e ou aceitavam a oferta de se juntarem à ordem sanguinista ou morriam ali como almas malditas.

Nadia chegou à cela mais próxima e abriu a porta pesada de ferro. Os gonzos pesados e a tranca robusta eram fortes o bastante para conter até os *strigoi* mais poderosos.

Rhun carregou Elisabeta para dentro e a colocou sobre o único catre. Ele sentiu o cheiro de palha fresca e roupa de cama limpa. Alguém tinha preparado o quarto para ela. Ao lado do leito uma vela de cera de abelha ardia sobre uma mesa tosca de madeira, lançando uma luz bruxuleante na cela.

– Eu vou buscar os unguentos para as queimaduras dela – disse Nadia. – Você estará seguro ficando sozinho com ela?

De início a raiva quase o dominou, mas ele a controlou. Nadia estava certa em se preocupar.

– Estou.

Satisfeita, ela se retirou, a porta se fechou batendo às suas costas. Ele ouviu a chave girar na fechadura. Nadia não estava correndo riscos.

Agora sozinho, ele se sentou ao lado de Elisabeta no catre e delicadamente afastou a capa para expor as suas mãos pequeninas. Ele se contraiu ao ver líquido escorrendo de bolhas estouradas, a pele debaixo delas rosa vivo. Rhun sentiu o calor emanando do corpo dela, como se estivesse tentando expelir a luz do sol.

Ele afastou o resto da capa, mas ela se virou de costas para ele, a cabeça escondida no capuz da capa de veludo.

– Eu não quero que você veja o meu rosto – disse ela, a voz rouca e áspera.

– Mas posso ajudar você.

– Deixe Nadia fazer isso.

– Por quê?

– Porque – ela se afastou mais – minha aparência vai enojar você.

– Você pensa que me importo com essas coisas?

– *Eu* me importo – sussurrou ela, as palavras quase inaudíveis.

Respeitando os desejos dela, ele não mexeu no capuz e tomou uma das mãos queimadas nas suas, reparando que a palma estava intocada. Ele a imaginou cerrando as mãos em agonia enquanto a luz do sol a engolfava em fogo. Rhun se apoiou nos blocos de pedra e descansou, segurando a mão dela.

Os dedos dela lentamente se cerraram sobre os dele.

Um profundo cansaço o dominava até a medula de seus ossos. A dor lhe dizia onde tinha se ferido – lacerações em seus ombros, arranhões nos antebraços, algumas queimaduras nas costas. Os olhos dele começaram a se fechar quando uma batida rápida soou na porta. Uma chave girou na tranca e os gonzos gemeram.

Nadia entrou no aposento. Ela franziu o cenho ao ver a mão de Rhun segurando a de Elisabeta, mas não disse nada. Carregava uma tigela de barro coberta por um guardanapo de linho marrom. O cheiro se espalhou pela cela, enchendo o espaço.

O corpo dele se acelerou, e Elisabeta rosnou ao seu lado.

A tigela estava cheia de sangue.

Sangue *humano*, fresco, quente.

Nadia devia tê-lo colhido de um voluntário entre os criados do castelo. Ela atravessou a cela até o catre e estendeu a tigela.

Ele se recusou a aceitá-la.

– Elisabeta prefere que você cuide dos ferimentos dela.

Nadia arqueou uma sobrancelha.

– E eu preferiria *não* cuidar. Eu já salvei a vida de sua majestade. Não vou fazer mais nada. – Ela soltou um frasco de couro e o estendeu para ele. – Vinho consagrado para você. Quer beber agora ou depois que tiver cuidado da condessa Bathory?

Ele colocou o frasco sobre a mesa.

– Não vou deixá-la sofrer mais.

– Então virei buscar você daqui a pouco. – Ela seguiu de volta para a porta e saiu de novo, retrancando a cela.

Um gemido de Elisabeta o trouxe de volta à sua tarefa.

Ele molhou o guardanapo de linho na tigela, embebendo-o em sangue. O aroma de ferro se elevou até suas narinas, apesar de ter prendido a respiração para não senti-lo. Para se fortalecer contra um desejo que lhe subia dos ossos, ele tocou na cruz peitoral e balbuciou uma prece pedindo forças.

Então pegou a mão que havia estado segurando e passou o pano nela, o tecido roçando na pele.

Ela arquejou, sua voz abafada pelo capuz.

– Machuquei você?

– Sim – respondeu ela num sussurro. – Não pare.

Ele banhou uma das mãos, depois a outra. Onde ele tocava, as bolhas caíam e a pele em carne viva sarava. Depois que acabou, ele estendeu a mão para o capuz.

Ela agarrou o punho dele.

– Vire a cabeça.

Sabendo que não poderia, ele empurrou o capuz para trás, revelando primeiro o queixo branco, manchado de sujeira e rosado da queimadura. Os lábios dela tinham rachado e sangrado. O sangue tinha secado formando riachos negros nos cantos de sua boca.

Ele se preparou e afastou o capuz totalmente. A luz da vela caiu sobre as maçãs do rosto altas. Onde outrora pele branca havia convidado o seu toque, agora ele viu uma ruína enegrecida e cheia de bolhas, tudo coberto de fuligem. Os cachos macios do cabelo dela tinham quase desaparecido, queimados pelo sol.

Os olhos prateados encontraram os dele, as córneas enevoadas, quase cegos.

Apesar disso ele viu medo neles.

– Eu agora sou horrenda para você? – perguntou ela.

– Nunca.

Ele molhou o pano de novo e o trouxe para o rosto destruído dela. Mantendo seu toque leve, ele o passou sobre sua testa, desceu para as faces e garganta. O sangue manchou a pele dela, encharcou as bolhas e manchou o travesseiro branco debaixo de sua cabeça.

O cheiro o inebriou. Seu calor alfinetava seus dedos frios, aquecia suas palmas, convidando-o a prová-lo. O corpo inteiro dele ansiava por sangue.

Só uma gota.

Ele passou o pano no rosto dela de novo. A primeira passada tinha principalmente limpado a fuligem. Dessa vez ele cuidou da pele ferida. Banhou o rosto dela uma vez após a outra, observando maravilhado a cada vez como ia apagando o estrago – e a pele imaculada que lentamente ia aparecendo. Um campo de cachos negros criou raízes, escurecendo o couro cabeludo com a promessa de mais cabelo. Mas foi o rosto dela que o encantou, tão perfeito como no dia em que havia se apaixonado por ela, em um roseiral há muito morto ao lado de um castelo hoje em ruínas.

Ele traçou os lábios dela com o tecido macio, deixando atrás um filme fino de sangue. Os olhos prateados se abriram para ele, mais uma vez límpidos, mas agora esfumaçados de desejo. Ele inclinou a cabeça em direção aos lábios dela e os apertou contra os seus.

O gosto do fogo carmesim se espalhou pelo corpo dele, tão rápido quanto fogo em mato seco. Ela enfiou dedos molhados de sangue nos cabelos dele, envolvendo-o numa nuvem de fome e desejo.

A boca de Elisabeta se abriu sob o beijo dele, e ele se perdeu no aroma dela, no sangue dela, em sua maciez. Ele não tinha tempo para delicadeza, e ela não pediu nenhuma. Ele havia esperado tanto tempo para se juntar a ela de novo, e ela a ele.

Prometeu a si mesmo naquele momento que se vingaria de quem quer que a tivesse feito arder em chamas no sol.

Mas até aquilo acontecer...

Ele caiu em cima dela, deixando o fogo e o desejo queimarem e consumirem qualquer pensamento.

19

19 de dezembro, 13:36 horário da Europa Central
Sul de Roma, Itália

Enterrado bem fundo em um gigantesco fardo de palha, Leopold lutou para encontrar uma posição confortável. A palha penetrava o tecido de seu hábito e espetava suas queimaduras doloridas. Mesmo assim, ele não ousava deixar aquele abrigo.

Enquanto o trem explodia, ele tinha saltado para fora, cavalgando o deslocamento de ar através de uma extensão de campos de restolhos. Só pela mão de Deus ele havia estado a sotavento da caldeira quando ela havia explodido. O tanque de metal havia recebido o pior da explosão, salvando-o de ser incinerado na hora.

Em vez disso, ele tinha sido arremessado para fora do vagão. Tinha dado cambalhotas no ar, queimado e sangrado, e derrapado na lama fria dos campos de inverno. Atordoado e surdo, ele havia engatinhado para dentro do fardo de palha para se esconder, para pensar, para planejar.

Não sabia se era o único sobrevivente.

Enquanto esperava, tinha estancado o sangue que corria de seus muitos ferimentos. Finalmente, quando o retinir em seus ouvidos tinha diminuído um pouco, ele ouviu um som rítmico – *tunque, tunque, tunque* – de um helicóptero pousando, abafado pela palha que o rodeava.

Leopold não sabia se a aeronave tinha sido chamada pelo cardeal ou se assinalava a chegada da equipe de resgate. Embora ele próprio não tivesse colocado a bomba, sabia que tinha culpa pelo ataque. Assim que tinha enviado o torpedo para o *Damnatus*, informando-o de que todo mundo estava a bordo, bem como relatado a teoria deles com relação à identidade do Primeiro Anjo, o trem havia explodido – apanhando Leopold completamente de surpresa.

Talvez devesse ter esperado aquilo.

Sempre que o *Damnatus* via o que queria, avançava para o ataque.

Nunca havia nenhuma hesitação.

Depois que o helicóptero decolou e se afastou, ele ouviu o cardeal Bernard gritando seu nome, com o pesar audível em sua voz. Leopold ansiava em atender seu chamado, acabar com seu sofrimento, implorar perdão e realmente se juntar aos sanguinistas.

Mas, é claro, não o fez.

Embora brutal, a meta do *Damnatus* era correta e pura.

Ao longo da hora seguinte, mais helicópteros chegaram, seguidos por veículos de resgate com sirenes e homens que gritavam e batiam os pés. Ele se encolheu ainda mais na palha. A comoção deveria esconder quaisquer sons que ele emitisse quando fizesse sua penitência.

Finalmente, ele podia beber o vinho sagrado e se curar.

Com alguma dificuldade, soltou o frasco de vinho e o levou aos lábios. Usando os dentes, destorceu a tampa e a cuspiu, e bebeu um grande gole, permitindo que o fogo o levasse para longe.

Muito abaixo da cidade de Dresden, Leopold se ajoelhava na cripta iluminada por uma única vela. Desde que a sirene de ataque aéreo havia tocado, ninguém se atrevia a acender uma luz, com medo de atrair a fúria dos bombardeiros britânicos que os atacavam.

Enquanto ouvia, uma bomba detonou longe acima, o estrondo soltando pedrinhas do teto. A igreja acima tinha sido acertada pelas bombas semanas antes. Só aquela cripta havia sido poupada, a entrada escavada por dentro pelos sanguinistas que viviam ali.

Leopold estava ajoelhado entre dois outros homens. Como ele, ambos eram strigoi, *se preparando para receber os votos finais como sanguinistas naquela noite escura e violenta. Diante dele estava um padre sanguinista, vestido num hábito requintado e tendo nas palmas das mãos brancas e limpas, em concha, um cálice de ouro.*

O strigoi *ao lado dele tremeu. Será que estava temeroso de que sua fé não fosse forte o suficiente, de que o primeiro gole do sangue de Cristo fosse ser o último?*

Quando chegou sua vez, Leopold baixou a cabeça e ouviu seus pecados. Ele tinha muitos. Em sua vida mortal, tinha sido um médico alemão. No início da guerra, havia ignorado os nazistas, resistido a eles. Mas finalmente o governo o havia convocado e o mandara para os campos de batalha para cuidar de jovens mutilados por armas e bombas ou derrubados por doenças, pela escassez de alimentos e pelo frio.

Certa noite de inverno, um bando de strigoi *selvagens havia atacado a pequena unidade dele nos Alpes bávaros. Os soldados semicongelados haviam lutado com rifles e baionetas, mas a batalha não havia durado mais que um punhado de minutos. Na primeira investida das feras, Leopold tinha sido ferido. Suas costas quebradas o impediram de lutar ou se mover. Ele pôde apenas assistir ao massacre, sabendo que sua vez chegaria.*

Então um strigoi *do tamanho de uma criança o tinha arrastado para a floresta vazia e gelada pelas botas. Ele havia morrido ali, o calor de seu sangue abrindo buracos fumegantes na neve branca suja. O tempo todo a criança havia cantado numa voz alta e clara uma canção folclórica alemã. Aquilo deveria ter sido o fim da vida miserável de Leopold, mas o garoto havia escolhido transformá-lo num monstro.*

Ele lutou contra o sangue sendo derramado em sua boca – até que a repulsa havia se tornado fome e êxtase. Enquanto Leopold bebia, a criança continuava a cantar.

No final, o tempo de guerra tinha sido um paraíso para os strigoi.

Para sua enorme vergonha, Leopold tinha se banqueteado.

Então um dia encontrou um homem que não podia morder. Seus sentidos lhe diziam que uma gota do sangue daquele homem o mataria. O desconhecido o havia intrigado. Como médico, ele queria compreender os segredos daquele homem. De modo que o seguiu noite após noite, observando-o ao longo de semanas antes de ousar lhe falar. Quando finalmente havia confrontado o desconhecido, o homem ouvira as palavras de Leopold, compreendido seu desgosto com o que havia se tornado.

Em troca, o homem havia lhe oferecido seu verdadeiro nome, um nome tão amaldiçoado por Cristo que Leopold ainda só ousava chamá-lo de Damnatus. *Naquele momento, um caminho para a salvação tinha sido oferecido a Leopold, uma maneira de servir a Cristo em segredo.*

Tinha sido aquilo que o trouxera àquela cripta abaixo de Dresden.

Ajoelhado, ouvindo seus pecados, ao lado daqueles outros.

Leopold tinha sido instruído a procurar os sanguinistas, a se alistar na ordem, mas permanecer sendo os olhos e os ouvidos do Damnatus.

Ele havia feito o juramento solene de lealdade naquela ocasião – como deveria fazer de novo naquela noite.

Outra bomba caiu, sacudindo o teto da cripta e fazendo cair terra. O penitente à esquerda dele deu um gritinho. Leopold se manteve em silêncio. Ele não temia a morte. Tinha sido chamado a cumprir um propósito maior. Realizaria um destino que tinha abarcado milênios.

O penitente se controlou, se persignou e concluiu sua litania de pecados. Por fim suas palavras cessaram. Ele havia entregado seus pecados a Deus. Agora podia ser purificado.

– Você se arrepende de seus pecados pelo mais sincero amor a Deus e não por temor da danação? – entoou o padre sanguinista para o vizinho de Leopold.

– Me arrependo – respondeu o homem.

– Então se levante e seja julgado. – O rosto do padre estava invisível sob o capuz.

O penitente se levantou, tremendo, e abriu a boca. O padre levantou o cálice de ouro e derramou vinho vermelho clarete na língua dele.

Imediatamente o homem começou a gritar, fumaça subia de sua boca. Ou a criatura não havia se arrependido plenamente ou tinha mentido descaradamente. Qualquer que fosse o motivo, a alma dele havia sido julgada maculada e seu corpo não podia aceitar a santidade do sangue de Cristo.

Era um risco que todos eles corriam ao entrar para a ordem.

A criatura caiu no chão de pedra e se contorceu, seus gritos ecoando nas paredes nuas. Leopold se inclinou para tocar nele, para acalmá-lo, mas antes que sua mão o alcançasse, o corpo se desmanchou em cinzas.

Leopold disse uma oração pelo strigoi *que havia tentado mudar seus costumes apesar de seu coração ser impuro. Então ele se ajoelhou e mais uma vez cruzou as mãos.*

Ele terminou sua longa confissão e esperou pelo vinho. Se seu caminho fosse correto, não arderia até se tornar cinzas diante daquele sagrado sanguinista. E se aquele a quem ele servia estivesse errado, uma única gota do vinho revelaria isso.

Ele abriu a boca, permitindo que Cristo fosse derramado em seu corpo.

E viveu.

Leopold voltou ao seu corpo trêmulo, pressionado por todos os lados pela palha pontiaguda. Ele nunca havia considerado sua conversão de strigoi *em sanguinista como um pecado, mas apenas algo que exigia penitência.*

Por que Deus havia lhe enviado aquela visão?

Por que agora?

Por um momento nauseante, ele se preocupou de que fosse porque Deus sabia que sua conversão tinha sido feita por motivos falsos, sabia que Leopold estava destinado a trair a ordem, como o *Damnatus* havia traído Cristo.

Ficou deitado ali por muito tempo, refletindo a respeito daquilo, então engoliu seu medo.

Não.

Ele tinha visto a visão exatamente *porque* sua missão era correta.

Deus havia poupado sua vida naquela ocasião para que servisse o *Damnatus*, e Ele a poupara de novo naquele dia. Assim que o sol baixasse e os homens da equipe de resgate se fossem, encerrando os trabalhos, ele sairia do fardo de feno sob a cobertura da escuridão e continuaria sua missão, não importava a que custo.

Porque Deus lhe dissera para fazê-lo.

20

19 de dezembro, 13:44 horário da Europa Central
Roma, Itália

Navegando no rio Tibre, Judas puxou os remos, e seu barco esguio de madeira disparou a uma velocidade gratificante sobre a água. A luz do sol se refletia no rio prateado e ofuscava seus olhos. Naquela época do ano ele saboreava tanto a luz quanto seu calor que se apagava.

Um bando de corvos voou em círculos acima, desaparecendo entre os galhos de um parque na margem do rio antes de subir de novo contra o céu claro de inverno.

Abaixo, ele manteve seu corpo trabalhando no ritmo. Descendo o Tibre, remando mais forte enquanto lutava contra a esteira de um barco que passava. Embarcações maiores cortavam o rio ao seu redor. Seu casco frágil de madeira podia facilmente ser espatifado em palitos de fósforo num instante. Naquela época do ano, ele era o único remador que enfrentava as temperaturas frígidas do inverno e o risco de ser atropelado por lanchas, balsas e navios de carga.

Seu telefone tocou com mais uma mensagem de texto de sua recepcionista.

Suspirando, ele soube o que dizia sem lê-la. Tinha visto a notícia no noticiário antes de entrar no barco. O trem papal tinha sido destruído. Só o cardeal havia sobrevivido. Todos os outros haviam morrido.

Ele puxou os remos na água de novo.

Com o trio da profecia morto, não havia mais nada impedindo seu caminho.

A última mensagem de texto do irmão Leopold tinha mencionado o Primeiro Anjo, o que estava destinado a usar o livro como arma na Guerra dos Céus que estava por vir. Com a profecia rompida, aquele anjo não lhe fazia mais nenhuma ameaça. Mas Judas não gostava de coisas inacabadas.

Um capitão de balsa tocou seu apito, e Judas levantou uma das mãos em saudação. O homem ajeitou seu boné preto e acenou de volta. Eles tinham se cumprimentado quase todo dia durante vinte anos. Judas o tinha visto crescer de um jovem magricela, inseguro nos controles, até se tornar um velho corpulento. Apesar disso, nunca havia descoberto o nome dele.

Tinha passado a compreender a solidão enquanto via sua família e amigos morrerem. Tinha aprendido a se manter à distância dos outros depois que gerações de amizades tinham acabado em morte.

Mas o que dizer daquele garoto imortal de quem Leopold tinha falado? *Thomas Bolar.*

Judas o queria. Ele barganharia com Rasputin, pagaria qualquer coisa que o monge desejasse e traria aquela criança imortal para sua casa. Seu coração se acelerou ao pensar em encontrar outro ser como ele, mas também por saber do papel que o garoto estava destinado a desempenhar.

Ajudar a fazer com que o mundo acabasse.

Era uma pena que ele não tivesse conhecido esse garoto antes em sua longa vida, para ter alguém com quem dividir a vastidão de anos, outra pessoa que fosse sem idade e intocada pelo tempo.

Apesar disso, Judas havia tido, há séculos, uma chance semelhante oferecida a ele, e a desperdiçara.

Talvez essa seja a minha penitência.

Enquanto puxava os remos, recordou a pele escura e os olhos dourados de Arella. Ele se lembrava do primeiro passeio que tinha feito com ela, na noite em que haviam se reencontrado no baile de máscaras em Veneza. Naquela ocasião, também, ele havia manobrado um barco de madeira, levado a embarcação para onde quisera, sem nunca perceber como não tinha nenhum controle.

A gôndola deslizava sobre a água calma de um canal escuro, as estrelas brilhavam acima, uma lua cheia convidava. Enquanto ele impelia a embarcação em meio a uma leve neblina, passando ao lado de uma grandiosa casa veneziana, o fedor de excrementos e lixo havia se espalhado pelo barco, invadindo a noite agradável deles como uma sombra sulfurosa.

Ele havia feito uma careta para o cano de esgoto que vazava tepidamente dentro do canal.

Observando a atenção dele e sua expressão, Arella tinha dado uma risada.

– Esta cidade não é refinada o suficiente para seus gostos?

Ele tinha gesticulado para os aposentos acima, cheios de riso e decadência, e então para a imundície que sujava a água abaixo.

– Existem melhores maneiras de se livrar de lixo como esse.

– E quando chegar a hora, eles as descobrirão.

– Eles as descobriram e as perderam. – A voz de Judas ressoava com a amargura que ele havia adquirido ao observar o destino de homens.

Ela arrastou os dedos escuros sobre a pintura preta laqueada do barco.

– Você fala das antigas maravilhas de Roma, quando a cidade estava em seu maior esplendor.

Ele impeliu o barco para longe das casas iluminadas e em direção à sua estalagem.

– Muito foi perdido quando aquela cidade caiu.

Ela deu de ombros.

– Será recuperado. No devido tempo.

– Em tempos passados, os curandeiros de Roma sabiam curar doenças das quais os homens desta era sofrem e morrem.

Ele suspirou ao pensar em quanto havia sido perdido no obscurantismo daquela era. Desejou ter estudado medicina, de modo que pudesse ter preservado aquele conhecimento depois que as bibliotecas tinham sido incendiadas e os homens de saber passados no fio da espada.

– Esta era passará – garantiu-lhe Arella. – E o conhecimento será encontrado de novo.

O luar prateado rebrilhou nos cabelos e nos ombros nus dela, fazendo-o ficar curioso a respeito daquele belo mistério que tinha diante de si. Depois de se descobrirem outra vez, tinham dançado juntos a maior parte da noite, rodopiando pelos pisos de madeira, até se encontrarem ali à medida que o raiar do dia se aproximava.

Ele finalmente abordou o tema que estivera relutando em tocar a noite inteira, temeroso da resposta.

– Arella... – Ele reduziu a velocidade do barco e o deixou deslizar em meio à bruma por si só, livre como uma folha. – Apenas pelo meu nome, você conhece meu pecado, meu crime e a maldição que me foi imposta por Cristo, continuar vivo por estes anos intermináveis. Mas como você pode... o que você é...?

Ele não conseguia nem formular a pergunta até o fim.

Mesmo assim, ela compreendeu e sorriu.

– O que o meu nome diz a você?

– Arella – repetiu ele, deixando-o rolar de sua língua. – Um nome bonito. Antiquíssimo. Em hebraico antigo, significa um mensageiro de Deus.

– E é um nome adequado – disse ela. – Eu com frequência fui portadora de mensagens de Deus. Dessa maneira, também, nós dois somos parecidos. Ambos somos servos dos céus, presos a nosso dever.

Judas riu baixinho.

– Ao contrário de você, eu não recebi nenhuma mensagem especial do céu.

E como ele desejaria ter recebido. Depois que a amargura de sua maldição se amenizara, ele com frequência havia se perguntado por que aquela punição tinha sido imposta à sua carne, deixando-a imortal. Seria apenas uma penitência por seu crime ou era para algum propósito, uma meta que ele ainda não havia compreendido?

– Você é afortunado – disse ela. – Aceite de boa vontade tal silêncio.

– Por quê? – questionou ele.

Ela suspirou e tocou no pedaço de prata pendurado ao redor de seu pescoço.

– Pode ser uma maldição ver obscuramente o futuro, saber de uma tragédia por vir, mas não saber como evitá-la.

– Então você é uma profetisa?

– Eu fui outrora – respondeu ela, os olhos escuros se elevando rapidamente para a lua e de volta. – Ou deveria dizer, muitas vezes. No passado, eu um dia tive o título de Oráculo da Grécia, em outra época, de Sibila de Eritreia, mas ao longo das eras, fui chamada por incontáveis outros nomes.

Chocado, ele se deixou cair no assento diante de si. Manteve uma das mãos apertada na vara na água, enquanto com a outra segurava a mão dela. A despeito da noite fria ele sentiu o calor que emanava da pele dela, muito mais quente do que o toque da maioria dos homens e mulheres, superior à de qualquer coisa humana.

Os lábios dela se curvaram no meio sorriso já conhecido.

– Você duvida de mim? Você que viveu para ver o mundo mudar e mudar novamente?

A coisa mais notável era que ele não duvidava.

Enquanto a gôndola seguia à deriva sob o luar, um sorriso se esboçou nos lábios dela, como se soubesse dos pensamentos dele, adivinhando o que ele havia começado a desconfiar.

Ela esperou.

– Eu não finjo saber dessas coisas – começou ele, imaginando-a em seus braços. Dançando com ela. – Mas...

Ela se mexeu no assento.

– O que você não finge saber?

Ele apertou o calor feroz da palma e dos dedos da mão dela.

– A natureza de alguém como você. Alguém que recebe mensagens de Deus. Que vive e resiste através das eras. Alguém de tamanha perfeição.

Ele corou ao dizer aquelas últimas palavras.
Ela deu uma gargalhada.
– Então sou tão diferente de você?
Ele sabia lá no fundo o que ela era – tanto por natureza quanto por caráter. Ela era uma corporificação do bem, *enquanto ele tinha feito coisas terríveis. Ele contemplou a maravilha diante de si, conhecendo outro nome para um mensageiro de Deus, outro nome para a palavra* Arella.
Ele se obrigou a dizê-la em voz alta.
– Você é um anjo.
Ela cruzou as mãos diante de si, como se em prece. Lentamente, uma luz suave dourada emanou do corpo dela. A luz banhou a gôndola, a água, o rosto dele. O calor de seu toque o encheu de alegria e santidade.
Ali estava outro ser eterno – mas ela não era como ele.
Onde ele era mau, ela era boa.
Onde ele era escuridão, ela era luz.
Ele fechou os olhos e bebeu a radiância dela.
– Por que você veio até mim? Por que está aqui? – *Ele abriu os olhos e olhou para a água, as casas, o esgoto no canal. E então de volta para ela... de volta para uma beleza além de qualquer medida.* – Por que você está na Terra e não no céu?
A luz dela se apagou, e ela pareceu uma mulher comum de novo.
– Anjos podem descer e visitar a Terra. – *Ela levantou o olhar para ele.* – Ou eles podem cair.
Ela enfatizou a última palavra.
– Você caiu?
– Há muito tempo – *acrescentou ela, percebendo o choque e a surpresa no rosto dele.* – Ao lado da Estrela da Manhã.
Aquele era outro nome de Lúcifer.
Judas se recusou a acreditar que ela tinha sido expulsa do céu.
– Mas eu só percebo bondade em você.
Ela o contemplou, os olhos pacientes.
– Por que você caiu? – *perguntou ele, como se aquela fosse uma pergunta simples numa noite simples.* – Você não poderia ter feito o mal.
Ela baixou o olhar para as mãos.
– Eu mantive meu conhecimento do orgulho de Lúcifer escondido em meu coração. Eu previ a rebelião dele, mas me mantive calada.
Judas tentou imaginar um acontecimento como aquele. Ela havia escondido de Deus uma profecia relativa à Guerra dos Céus, e por isso tinha sido expulsa.

Arella levantou a cabeça e falou de novo.
— Foi uma punição justa. Mas ao contrário de Estrela da Manhã eu não desejei o mal para a humanidade. Escolhi usar meu exílio para cuidar do rebanho de Deus aqui, continuar a servir ao céu como podia.
— Como você serve ao céu?
— De qualquer maneira que possa. — Ela afastou uma partícula de poeira da saia. — Meu ato mais importante foi durante a sua era, quando protegi a criança que foi Cristo do mal, cuidando dele enquanto era um bebê, indefeso neste mundo cruel.

Judas baixou a cabeça envergonhado, recordando-se de que não fizera o mesmo quando Jesus era mais velho. Judas tinha traído não apenas o Filho de Deus — mas também seu melhor amigo. Sentiu de novo o peso da bolsa de moedas de prata que os sacerdotes lhe tinham dado, o calor da face de Cristo sob seus lábios quando o beijara para indicá-lo para seu carrasco.

Incapaz de esconder a inveja em sua voz, ele perguntou:
— Mas como você protegeu Cristo? Eu não compreendo.
— Eu apareci diante de Maria e José em Belém, pouco depois que Cristo nasceu. Contei a eles o que previ, sobre o massacre de inocentes que se seguiria pelo rei Herodes.

Judas engoliu em seco, conhecendo aquela história, reconhecendo quem dividia o barco com ele.
— Você foi o anjo que disse a eles para fugir para o Egito.
— Também os conduzi até lá, levando-os para onde o filho deles podia crescer protegido de ameaças.

Judas agora compreendia como ela era diferente dele.
Ela tinha salvado Jesus.
Judas o tinha matado.
A respiração dele ficou mais pesada. Ele teve que se pôr de pé de novo, se mover. Lentamente recomeçou a impelir a gôndola com a vara pelo canal. Tentando imaginar a vida dela aqui na Terra, uma extensão de tempo muito maior do que a dele.

Finalmente fez outra pergunta, igualmente importante para ele.
— Como você suporta o tempo?
— Eu passo através dele, exatamente como você. — De novo ela tocou na lasca em seu pescoço. — Por um tempo incomensurável eu tenho servido a humanidade como uma vidente, uma profetisa, um oráculo.

Ele a imaginou nesse papel, usando as vestes simples das sacerdotisas de Delfos, oferecendo palavras de profecia.

– Mas você não faz mais isso?

Ela olhou fixamente para as águas escuras.

– Eu ainda vejo vislumbres ocasionais do que está por vir, de tempo se desenrolando diante de mim exatamente como se arrasta atrás de mim. Não posso resistir a essas visões. – *Uma ruga de sofrimento apareceu entre suas sobrancelhas.* – Mas eu não as revelo mais. Conhecer minhas profecias trouxe mais sofrimento à humanidade do que prazer, e assim mantenho esses futuros em segredo.

A estalagem apareceu em meio às brumas. Ele guiou a gôndola em direção ao deque de pedras. Quando se aproximou e encostou, dois homens de libré correram para amarrar o barco. Um estendeu sua mão enluvada para a bela dama. Judas a firmou com a palma de uma das mãos na base da coluna.

As sombras caíram da escuridão acima e aterrissaram na doca, adquirindo formas de homens – mas não eram homens. Ele viu seus dentes afiados, os rostos pálidos ferais.

Muitas vezes tinha lutado com tais criaturas, e muitas vezes tinha perdido. Mesmo assim, com sua imortalidade, sempre tinha se curado, e seu sangue maculado sempre as destruía.

Ele puxou Arella para trás de si no barco, deixando as feras atacarem os homens do hotel. Não podia salvá-los, mas talvez pudesse salvá-la.

Ele usou a vara como um porrete, enquanto as belas mãos dela desatavam as cordas que os prendiam à doca. Uma vez livres, ele empurrou a gôndola para longe. Ela se inclinou para um lado, então se endireitou.

Mas eles não foram rápidos o suficiente.

As criaturas saltaram sobre a água. Era um salto impossível para um homem, mas simples para tais feras.

Ele arrancou um punhal da bainha em sua bota e o enterrou fundo no peito do maior dos dois. Sangue frio jorrou sobre sua mão, desceu pelo seu braço e ensopou a camisa branca fina.

Nenhum homem teria sobrevivido ao golpe, mas aquela criatura apenas se tornou um pouco mais lenta, afastando seu braço para o lado e arrancando o punhal da barriga.

Atrás dele, o segundo animal tinha derrubado Arella de costas e se arrastava sobre o corpo dela.

– Não – *sussurrou ela.* – Deixem-nos em paz.

Ela puxou a lasca de prata de seu pescoço e com a ponta afiada cortou o pescoço da criatura.

Um grito escapou da garganta cortada, seguido por chamas que rápido se espalharam por seu corpo amaldiçoado. Inteiramente em chamas, a criatura saltou para a escuridão fria do canal, mas apenas cinzas caíram na água, o corpo já completamente consumido.

Ao ver isso o animal maior saltou alto, bateu na margem mais próxima e saiu correndo aos pulos para a escuridão da cidade. Arella molhou a lasca no canal e a secou em sua saia.

Ele examinou a lasca de prata em suas mãos.

– Como?

– Isso é um pedaço de uma espada sagrada – explicou ela e a pendurou ao redor do pescoço de novo. – Mata qualquer criatura que corte.

O coração de Judas se acelerou.

Será que poderia matar o que era imortal – como ele?

Ou ela?

A dor cruzou o rosto dela como se tivesse lido seus pensamentos, confirmando o que acabara de imaginar. Ela usava o instrumento de sua própria destruição ao redor do pescoço esguio, uma maneira de escapar daquela prisão de anos infindáveis. E por sua expressão, ela devia se sentir terrivelmente tentada a usá-lo de vez em quando.

Ele compreendia aquele desejo. Ao longo de anos incontáveis havia tentado acabar com sua própria vida, suportando dores indescritíveis nas tentativas. Mas ainda assim estava vivo. O simples direito de morrer era concedido a todas as outras criaturas. Até os monstros contra quem haviam lutado podiam apenas sair para a luz do sol e pôr fim à sua existência profana.

O olhar dele caiu de novo sobre a prata que brilhava entre os seios dela, sabendo que a morte que havia buscado por tanto tempo estava próxima. Ele tinha apenas que pegá-la.

Ele estendeu a mão – e, em vez disso, segurou a mão dela, puxando-a para si, para beijá-la.

Ele a beijou, tão feliz por estar vivo.

Nas águas do Tibre, sob o clarão do sol do meio-dia, Judas recordou aquele momento, aquele beijo na escuridão. O pesar cresceu em seu íntimo, sabendo o que se seguiria, que o relacionamento deles acabaria tão mal.

Talvez eu devesse ter agarrado aquela lasca e não a mão dela.

Judas nunca havia descoberto onde ela a obtivera, nem nada mais sobre aquela espada sagrada. Mas, no final, cada um deles tinha seus segredos para guardar.

Ele tocou no bolso do peito e retirou uma pedra fria como gelo mais ou menos do tamanho e da forma de um baralho. Era feita de um cristal verde transparente, como uma esmeralda, mas bem fundo em seu centro havia um defeito, uma veia de ébano negro. Ele levantou a pedra em direção ao sol, virando-a para lá e para cá. A falha negra tremeu na claridade, diminuindo até se tornar uma cabeça de alfinete, mas ainda lá. Depois que ele pusesse o cristal de volta na escuridão de seu bolso, a falha voltaria a crescer.

Como uma coisa viva.

Só aquele mistério vicejava na escuridão, não na luz.

Ele havia encontrado a pedra durante os anos que se seguiram depois de Arella, depois que ele havia descoberto *por que* ele caminhava por aquela longa trilha na Terra. Durante aquele período tenebroso e triste de sua vida, ele havia se perdido no estudo da alquimia, ensinada por figuras como Isaac Newton e Roger Bacon. Tinha aprendido muito, inclusive como animar suas criaturas mecânicas, como manipular o poder encontrado dentro de seu sangue.

Havia encontrado o cristal enquanto procurava pela mítica pedra filosofal, uma substância que se dizia capaz de conceder vida imortal. Havia esperado que ela pudesse oferecer alguma pista sobre sua própria imortalidade. Tinha desenterrado o cristal debaixo da pedra angular de uma igreja em ruínas.

No final, não era a pedra filosofal – mas algo muito mais poderoso, ligado à *morte* não à *vida* imortal. Ele esfregou o polegar contra a marca curva na face inferior da pedra. Depois de anos de estudar aquele símbolo e a pedra, agora conhecia muitos de seus segredos – mas não todos.

Mesmo assim, sabia que nas mãos certas aquela pedra verde simples podia perturbar o equilíbrio da vida na Terra. Durante séculos, havia esperado pelo momento certo para liberar seu mal no mundo, para realizar o que tinha sido posto na Terra para fazer.

Ele embolsou a pedra e levantou os olhos para o sol.

Finalmente, agora estava na hora.

Mas primeiro ele precisava encontrar dois anjos.

Um do passado, um do presente.

21

19 de dezembro, 13:48
Oceano Ártico

Muito alto acima do deque do quebra-gelo, Tommy agarrou as traves de metal de um guindaste vermelho, segurando bem com suas luvas grossas. Ele não tinha medo da morte, sabendo que um mergulho para o aço frio abaixo não o mataria – mas poderia passar sem a dor das costas, da pelve e do crânio fraturados.

Em vez disso, cuidadosamente se içou para mais alto.

Seus captores o deixavam subir quando queria. Eles também não tinham medo de que Tommy morresse – ou fugisse.

Ele avançou em seu caminho até a parte de trás do guindaste. Mesmo com o vento cortante, adorava estar lá em cima. Sentia-se livre, deixando seus temores e preocupações abaixo.

À medida que o sol do Ártico subitamente se imobilizava no horizonte, se recusando, naquela época do ano a nascer plenamente, Tommy observou a vastidão infinita do mar de gelo, a esteira escura de água aberta forjada pela proa do navio. A única coisa viva em quilômetros ao redor era a tripulação do quebra-gelo. Ele não tinha certeza de que Alyosha e o senhor do garoto pudessem ser considerados coisas vivas.

Um ranger de uma porta atraiu sua atenção do horizonte de volta para o deque. Uma forma escura saiu por uma escotilha, tendo que dobrar seu corpo alto para sair. Ele segurava as pontas de seu casaco longo contra o vento feroz – não porque estivesse frio, mas apenas para impedir a lã de esvoaçar ao redor de seu corpo. Era fácil avistar a barba espessa, a expressão severa.

Era o senhor de Alyosha.

Grigori Rasputin.

O monge russo segurava um telefone via satélite na mão.

Curioso, Tommy desceu em direção a ele, pretendendo escutar a conversa do alto.

A bordo do navio, todo mundo se calava quando Tommy entrava numa cabine. Eles olhavam para ele como se fosse uma criatura alienígena – e talvez agora fosse. Mas ali de cima, sem ser visto, ele podia ouvir e observar a vida cotidiana passar lá embaixo. Esse era outro motivo por que gostava de subir até ali. Confortava-o observar alguém fumar ou assoviar ou contar uma piada, mesmo que não compreendesse russo.

Silenciosamente, ele foi descendo até alcançar um local próximo o suficiente para poder ouvir, embora se mantendo fora do alcance dos olhos de Rasputin.

O monge andou de um lado para outro, resmungando em russo e olhando furioso para o gelo. Ele a todo instante checava o telefone, como se esperando uma chamada. Claramente, alguém tinha deixado o sujeito agitado.

Finalmente, o telefone tocou.

Rasputin levantou o telefone até a orelha.

– *Da?*

Tommy se manteve muito quieto em seu poleiro de metal. Ele rezou para que a pessoa do outro lado falasse inglês. Talvez ele pudesse descobrir alguma coisa.

Por favor...

Rasputin pigarreou depois de escutar por um minuto inteiro e falou com um sotaque carregado.

– Antes de negociarmos pelo garoto – disse ele –, eu quero uma fotografia do Evangelho.

Tommy ficou aliviado ao ouvir inglês, mas o que Rasputin queria dizer com *negociar pelo garoto*? Será que alguém estava querendo comprá-lo? Seria aquela chamada sobre a sua liberdade ou outra prisão?

Se ao menos eu pudesse ouvir o outro lado da conversa.

Infelizmente o desejo dele não foi concedido.

– Eu sei o que o Evangelho revelou, cardeal – rosnou Rasputin. – E não vou negociar a menos que possa confirmar que permanece com o senhor.

Perguntas pipocaram como rojões na cabeça de Tommy: *Que evangelho? Que cardeal? Será que ele estava falando com alguém da Igreja Católica? Por quê?*

Tommy recordou os olhos do padre que o havia consolado depois da morte de seus pais em Massada. Ele se lembrava da atenção do homem. O padre até tinha feito uma oração por sua mãe e seu pai, embora soubesse que ambos eram judeus.

Sons furiosos vieram do outro lado da linha do telefone, altos o suficiente para chegarem a Tommy.

Rasputin disse alguma coisa de novo, passando de inglês para o que pareceu latim.

Ele se recordava de que a prece do padre também tinha sido em latim.

Será que haveria alguma ligação?

– Esses são os meus termos – berrou Rasputin e encerrou a chamada.

Ele recomeçou a andar, enquanto seu telefone deu um bipe anunciando uma entrada de mensagem de texto.

Rasputin olhou para a tela e caiu de joelhos no deque gelado. Seu rosto parecia em êxtase enquanto olhava para o gelo, agarrando o telefone entre as mãos como se fosse um livro de orações.

Tommy silenciosamente se inclinou do guindaste para olhar para a tela. Não conseguia distinguir nada, mas imaginava que fosse a foto do evangelho que Rasputin havia exigido ver.

O telefone tocou outra vez. Rasputin atendeu, de joelhos, visivelmente incapaz de esconder a alegria em sua voz.

– *Da?*

Uma longa pausa se seguiu enquanto o monge escutava.

– Muito satisfatório – disse ele, tocando sua cruz com um dedo grosso. – Mas, cardeal Bernard, poderíamos nos encontrar em São Petersburgo para a troca? Eu adoraria lhe dar uma demonstração da hospitalidade russa. O padre Korza gostou muito quando me visitou da última vez.

Tommy se sobressaltou, quase caindo de seu poleiro.

Ele tinha se esquecido do nome do padre, mas o reconheceu ao ouvi-lo naquele momento.

Korza.

E antes que ele pudesse refletir sobre aquele novo mistério, Rasputin arreganhou os dentes, expondo os caninos pontiagudos.

– Então, terreno neutro – disse ele com uma risadinha. – Que tal Estocolmo?

Rasputin ouviu por algum tempo, então se despediu e desligou o telefone. O monge se pôs de novo de pé e olhou fixamente para o gelo por muito tempo.

Tommy estava com medo de se mexer, de modo que observou e esperou.

O monge inclinou a cabeça e olhou para Tommy, seu sorriso mais frio que o gelo que rodeava o navio. Rasputin devia ter sabido que Tommy estivera lá o tempo todo. Ele desconfiava de que o monge tivesse passado a falar inglês de propósito, para ter certeza de que Tommy compreendesse a conversa.

Mas por quê?

Rasputin balançou um dedo para ele.

– Tome cuidado aí em cima. Você pode ser um anjo, mas ainda não tem asas. Eu terei que providenciar um par para você antes de partirmos.

Gargalhadas ásperas ecoaram pelo convés.

O que ele queria dizer com aquilo?

Tommy subitamente percebeu que estava em muito mais perigo do que momentos antes. Ele rezou para que alguém o resgatasse, pensando no rosto do padre Korza.

Mas será que aquele padre era bom ou mau?

22

19 de dezembro, 13:51 horário da Europa Central
Castel Gandolfo, Itália

Perdido em sangue e fogo, Rhun afastou os lábios da boca de Elisabeta e os levou à garganta dela. A sua língua deslizou sobre veias que outrora tinham latejado com seus batimentos de coração.

Ela gemeu debaixo dele.

– Sim, sim, meu amor...

Os caninos dele cresceram, prontos para perfurar a carne macia e beber o que ela oferecia.

A garganta de alabastro convidava.

Finalmente ele se uniria com ela. Sangue dela fluiria em suas veias, como o dele tinha fluído pelas dela. Ele baixou os lábios ávidos para a garganta convidativa.

Abriu a boca, arreganhando os dentes duros para a carne macia.

Antes que pudesse morder, mãos subitamente o agarraram. Ele foi arrancado de cima de Elisabeta e atirado contra a parede de pedra. Rhun rosnou e lutou, mas seu captor o segurou como um lobo segura um corso.

Ele ouviu dois *cliques*.

Então outro par de mãos se juntou ao primeiro.

Enquanto o fogo carmesim lentamente se apagava de sua visão, ele viu Elisabeta algemada à cama, lutando para se libertar. A queimadura da prata marcando seus pulsos delicados, maculando o que ele acabara de curar, de beijar.

Nadia e Christian o mantinham imobilizado contra a parede. Se estivesse de posse de toda a sua força, talvez tivesse conseguido se libertar, mas ainda estava fraco. As palavras deles penetraram a neblina de Rhun, revelando serem preces, recordando-o de quem ele era.

Exausto, ele se deixou cair.

– Rhun. – Nadia não afrouxou suas mãos. – Reze conosco.

Obedecendo à ordem na voz dela, ele moveu os lábios, forçando as palavras a saírem. Sua sede de sangue lentamente diminuiu, mas em seu lugar não veio o conforto, apenas um vazio, deixando-o exausto, consumido.

Os dois sanguinistas o carregaram para fora da cela, e Nadia trancou a porta.

Levado para uma cela um pouco mais adiante, Christian o deitou na cama ali.

Então sou um prisioneiro também?

– Cura-te a ti mesmo. – Nadia enfiou um frasco de vinho na mão dele.

Ela e Christian fecharam e trancaram a porta da cela.

Ele ficou deitado de costas no colchão de palha bolorento. O cheiro de mofo da palha velha e de poeira de pedra enchia o aposento. Ele ansiava por voltar à cela de Elisabeta, se perder no aroma de sangue. Com as duas mãos, agarrou a cruz peitoral e deixou a prata queimar suas palmas, mas aquilo não conseguiu concentrar seus pensamentos.

Ele sabia o que deveria fazer.

Pegou o frasco, o abriu e bebeu o conteúdo inteiro em um só grande gole. O fogo de Cristo não deixaria espaço para dúvidas. A santidade desceu queimando sua garganta e explodiu dentro dele, esvaziando-o, queimando até o vazio de um momento atrás.

Agarrando sua cruz de novo, ele fechou os olhos e esperou que sua penitência o dominasse. O preço da bênção de Cristo era reviver os piores pecados que se havia cometido.

Mas o que o sangue consagrado lhe mostraria?

O que poderia ser forte o suficiente para igualar o pecado em sua alma?

Com a lua alta, Rhun se persignou e atravessou o umbral da porta da taverna. Era o único local de reunião em uma pequena aldeia conhecida pela qualidade de seu mel. Quando ele entrou, o fedor de mosto se misturou com o cheiro de ferro de sangue derramado.

Um strigoi *estivera ali. Um* strigoi *havia matado ali.*

Uma garçonete, magra e coberta de feridas jazia caída ao lado do taverneiro corpulento no chão imundo. Nenhum som de corações batendo ecoava vindo do peito deles.

Cacos de louça quebrada estalavam sob suas botas.

A luz do fogo rebrilhava em sua lâmina de prata.

Bernard havia treinado Rhun a usar aquela arma, além de muitas outras, preparando-o para sua primeira missão como sanguinista. Naquele exato dia fa-

zia um ano desde que Rhun perdera sua alma durante o ataque de um strigoi, apanhado ao lado do túmulo de sua irmã.

Naquele dia ele tinha que começar a se redimir.

Bernard havia lhe ordenado encontrar o animal que estava aterrorizando o vilarejo local. O strigoi perigoso tinha chegado apenas dias antes, mas já havia matado quatro almas. Rhun tinha que transformar seus apetites malditos em apetites sagrados, como Bernard fizera com ele, ou matar a fera.

Um rangido chamou a atenção de Rhun para um canto onde uma mesa tosca tinha sido empurrada contra a parede. Sua visão aguçada distinguiu uma forma na escuridão abaixo da mesa.

O strigoi que ele procurava estava agachado ali.

Outro som chegou aos seus ouvidos.

Choro.

Com um único salto, Rhun cruzou a distância até a mesa, a afastou com uma das mãos e a atirou do outro lado do aposento. Com a outra mão, baixou a lâmina contra uma garganta branca e suja.

Uma criança.

Um garoto de dez ou onze anos olhava para ele, os olhos arregalados, o cabelo curto castanho bem aparado por mãos carinhosas. Dedos sujos apertados ao redor dos joelhos ossudos descobertos. Lágrimas manchavam suas faces – mas sangue manchava seu queixo.

Rhun não ousou mostrar nenhuma misericórdia. Sanguinistas demais tinham morrido porque haviam subestimado suas presas. Um rosto inocente com frequência escondia um assassino com séculos de idade. Ele recordou aquilo a si mesmo, mas a criança parecia inofensiva, até de dar pena.

Ele lançou um olhar rápido para os mortos no chão, recordando a si mesmo de não se deixar enganar. O garoto não tinha nada de inofensivo.

Agarrou o garoto e o puxou contra o seu peito, segurando-o por trás, imobilizando seus braços. Rhun o arrastou até a lareira. Havia um espelho pendurado acima de uma cornija tosca.

O reflexo mostrou a criança imóvel em seus braços, não oferecendo resistência.

Olhos castanhos tristes encontraram os seus no espelho.

– Por que eu sou um monstro? – perguntaram os lábios infantis.

Rhun hesitou diante da pergunta inesperada, mas encontrou forças no que lhe havia sido ensinado por Bernard.

– Você pecou.

– Mas eu não pequei, não por minha própria vontade. Eu era um bom menino. Uma criatura entrou pela minha janela durante a noite. Ela me fez beber de seu sangue e então fugiu. Eu não pedi que aquilo acontecesse. Lutei contra ela. Lutei com toda a minha força.

Rhun se lembrou de sua própria luta inicial contra o strigoi que havia roubado sua alma e como ele havia sucumbido no final, abraçando o êxtase que lhe fora oferecido.

– Existe uma maneira de deter o mal, servir a Deus de novo.

– Por que eu quereria servir a um deus que permitiu que isso acontecesse comigo?

A criança não parecia zangada, apenas curiosa.

– Você pode transformar essa maldição em um dom – declarou ele. – Você pode servir a Cristo. Pode viver bebendo o sangue sagrado Dele, não o sangue de seres humanos.

Os olhos da criança se desviaram para os corpos no chão.

– Eu não queria matá-los. Sinceramente, não queria.

Rhun afrouxou a mão.

– Eu sei. E pode parar de matar agora.

– Mas... – o olhar da criança encontrou o seu no espelho mais uma vez – eu gostei.

Alguma coisa nos olhos do menino cantava para a treva dentro dele. Rhun sabia que sua primeira missão era tanto um teste para ele quanto para o garoto.

– É pecado – reiterou Rhun.

– Então eu vou acabar no Inferno.

– Não, se você sair desse caminho. Não, se você se dedicar a uma vida de serviço à Igreja, a Cristo.

A criança pensou nisso, então falou.

– Você pode me prometer que eu não irei para o Inferno se fizer o que diz?

Rhun hesitou. Desejou poder oferecer uma verdade mais concreta ao menino.

– É a sua melhor esperança.

Como tanta coisa em sua vida, era uma questão de fé.

Uma acha de lenha em chamas escorregou para fora da lareira e rolou contra as pedras. Centelhas incandescentes voaram no piso e se apagaram ali. Rhun sentiu que a manhã se aproximava rapidamente. A criança olhou na direção da janela, provavelmente sentindo isso também.

– Você tem que decidir logo – disse Rhun.

— O sol queima você? — perguntou a criança, se encolhendo ao recordar a dor.

— Sim — respondeu ele. — Mas através da bênção de Cristo eu posso andar sob o sol do meio-dia. O sangue Dele me dá a força e a santidade para isso.

Os olhos redondos do garoto pareceram duvidar.

— E se eu beber o sangue Dele, mas não acreditar realmente?

— Cristo saberá da falsidade. O sangue Dele queimará você até virar cinzas.

O corpo pequenino da criança tremeu em seus braços.

— Você me deixará ir se eu disser não?

— Não posso permitir que você continue a matar inocentes.

O garoto inclinou a cabeça em direção ao casal no chão.

— Eles eram menos inocentes do que eu fui. Roubavam dos viajantes, faziam tráfico de prostitutas e certa vez cortaram a garganta de um homem para roubar sua bolsa.

— Deus os julgará.

— Mas você me julgará? — perguntou a criança.

Rhun se encolheu.

Aquele era o papel dele, não era?

Juiz e carrasco.

Sua voz hesitou.

— Nós temos pouco tempo. Falta pouco para a alvorada...

— Eu sempre tive pouco tempo, e agora não tenho nenhum. — Lágrimas apareceram e rolaram pelas faces dele. — Eu não irei com você. Não vou me tornar padre. Não fiz nada de errado para me tornar este monstro. De modo que faça agora. E faça depressa.

Rhun contemplou aqueles olhos úmidos, mas resolutos.

É a vontade de Deus, recordou a si mesmo.

Apesar disso hesitou, enquanto o sol ardente ameaçava.

O que aquela criança tinha feito para merecer ser transformada em um monstro? Ele tinha sido inocente, tinha lutado contra o mal quando atacado e tinha perdido.

O cheiro de sangue frio se elevou dos corpos no chão. Aquela destruição era o que o garoto deixaria atrás de si até o fim de seus dias.

— Perdoe-me — sussurrou Rhun.

O garoto disse uma palavra que o perseguiria ao longo de séculos por vir.

Apesar disso, ele passou a espada contra a garganta da criança, manchando de sangue escuro o espelho.

Rhun voltou a si no chão da cela. Em algum ponto, tinha se arrastado para debaixo da cama e se enroscado ali, chorando. Estava deitado ali sozinho, olhando para as ripas do estrado da cama, a apenas um palmo de seu rosto.

Por que me foi mostrado aquele momento?

Ele tinha feito o que fora instruído a fazer, obedecendo à palavra de Deus.

De que forma aquilo era um pecado que precisava de penitência?

Será porque eu hesitei no final?

Saiu de debaixo da cama e se sentou na beira. Plantou os cotovelos nos joelhos, baixou a cabeça nas mãos e rezou pedindo consolo.

Mas nenhum veio.

Em vez disso, ele se recordou dos olhos castanhos límpidos do garoto, de sua voz fina, de como ele tinha se aninhado contra o peito de Rhun e levantado o queixo de modo que a lâmina encontrasse o lugar certo.

Rhun se lembrava de ter pedido perdão a ele.

O garoto havia respondido.

Não.

Mesmo assim, em nome de Deus, ele havia matado a criança.

Desde aquela ocasião muitos rostos inocentes tinham morrido sob sua espada. Ele não parava mais, não hesitava mais. Matava sem nenhuma pontada de arrependimento. Seus anos de serviço o tinham levado àquele lugar – um lugar onde ele podia matar crianças sem remorso.

Cobrindo o rosto, ele chorou.

Por si mesmo, e pelo garoto de olhos castanhos.

23

19 de dezembro, 14:36 horário da Europa Central
Castel Gandolfo, Itália

Jordan se esticou sob os lençóis, cada parte de seu corpo nu em contato com o de Erin. Ela murmurou em seu sono, e ele a puxou mais para junto de si.

Deus, como tinha sentido falta dela.

Um bater à porta despertou Erin, claramente sobressaltando-a. Ela se sentou rápido na cama. Cabelo louro roçou nos ombros dela, e o cobertor caiu de seus seios nus. Na luz suave que entrava pelas venezianas fechadas da janela, ela estava linda.

Ele estendeu os braços para ela, sem conseguir se conter.

Christian chamou através da porta, parecendo achar muita graça em si mesmo.

– Vocês dois têm quinze minutos! De modo que acabem com o que começaram... ou comecem o que querem acabar. Seja como for, estão avisados.

– Obrigado! – gritou Jordan em resposta e sorriu para Erin. – Você sabe que é um pecado mortal desobedecer a uma ordem direta de um padre.

– De alguma forma não creio que isso seja verdade – disse ela com um sorriso descontraído... então apontou para o chuveiro, para a promessa de água quente, sabonete e pele nua. – Mas talvez pelo bem de nossas almas talvez seja melhor jogar no seguro.

Ele retribuiu o sorriso dela e a tomou nos braços, carregando-a em direção ao banheiro.

Quando Christian bateu de novo, eles estavam ambos de banho tomado, vestidos e usando suas novas armas. A despeito dos arranhões e hematomas, há muito tempo Jordan não se sentia tão bem.

Uma vez do lado de fora, no corredor, Christian levou um dedo aos lábios e entregou a cada um deles uma pequena lanterna.

Para que é isso?, perguntou-se Jordan.

Mesmo assim, ele confiava o suficiente em Christian para não questionar as ações do homem. Jordan e Erin o seguiram até o fim do corredor, descendo várias escadarias, e através de um longo túnel que não tinha luzes. Jordan ligou a lanterna, e Erin fez o mesmo.

Christian impôs uma velocidade dura enquanto percorriam a passagem. Parecia ter sido escavada no leito de rocha e se estendia por pelo menos um quilômetro e meio. Finalmente Christian alcançou uma porta de aço no final e se deteve. Ele pressionou os números num teclado eletrônico e deu um passo para trás. A porta se abriu para dentro. Tinha cerca de trinta centímetros de espessura e provavelmente resistiria à explosão de um morteiro.

Luz clara do sol fluiu para o túnel escuro.

Jordan sentiu o cheiro de pinho e de marga.

Devia ser uma saída de emergência, possivelmente projetada para retirar o papa em segurança em caso de uma ameaça ao castelo.

Christian passou por ela, depois gesticulou para que se mantivessem próximos.

Ficando preocupado com todo o subterfúgio, Jordan empunhou o rifle de assalto em posição de ataque e manteve Erin entre ele e Christian. Queria que estivesse protegida pela frente e por trás.

Entraram numa densa floresta perene. Estava frio sob as sombras das copas. Enquanto Jordan caminhava, o vapor de sua respiração pairava no ar silencioso. Um tapete de agulhas de pinheiros abafava o som de seus passos.

Erin fechou o zíper da jaqueta de lobogrifo.

Mesmo aquele som baixo pareceu alto demais naquela floresta silenciosa. À frente deles, três vultos saíram das sombras. Enquanto Christian relaxava, Jordan mantinha seu rifle firme. Então viu que era Nadia, conduzindo Rhun e Bathory. Ou pelo menos ele presumia que fosse a condessa, uma vez que a mulher estava coberta por véus da cabeça aos pés para se proteger do sol, mas a algema de prata ao redor de um de seus punhos magros deixava pouca dúvida de que fosse Bathory. A outra algema estava presa ao punho de Rhun.

Os sanguinistas não estavam dando espaço para riscos com a condessa.

Pessoalmente, Jordan preferiria estar algemado a uma cobra naja.

Nadia gesticulou para que Jordan fosse para trás do tronco de um pinheiro para uma conversa privada. Era irritante que ninguém falasse. Ele deu um aperto leve no cotovelo de Erin, deixando-a com Christian, e então seguiu Nadia.

Uma vez fora de vista, Nadia puxou uma única folha grossa de papel, dobrada e selada com cera vermelha, ostentando a insígnia da coroa com duas chaves cruzadas.

O selo papal.

Com uma unha comprida, ela quebrou o selo e desdobrou o papel para revelar um mapa desenhado à mão da Itália. Uma linha azul riscava um caminho ao norte de Castel Gandolfo, acabando perto de Roma. Números de autoestradas estavam assinalados, bem como um horário.

Nadia levantou um isqueiro e acendeu a chama, pronta para queimar o papel, os olhos cravados nele.

Claramente ele deveria guardar aquilo de memória.

Suspirando silenciosamente, ele memorizou as estradas e os horários. Quando acabou, encontrou os olhos dela.

Ela fez um gesto imitando alguém dirigindo e apontou para ele.

Parece que eu vou dirigir.

Ela levantou o isqueiro até a página. Chamas amarelas lamberam o papel grosso, consumindo tudo até virar cinzas. O propósito daquela pantomima era claro. Jordan, Nadia e quem quer que tivesse escrito a página – provavelmente o cardeal – eram os únicos que deveriam saber do destino e do caminho que fariam.

Eles não dariam ao autor do atentado à bomba outra chance de matar todos.

Com o assunto decidido, Nadia o levou de volta para onde todos os outros esperavam.

Depois que estavam todos juntos, partiram pela floresta para um estacionamento. Apenas dois veículos estavam estacionados ali: um SUV Mercedes preto com janelas escurecidas e uma motocicleta Ducati, também preta e com um desenho que alardeava velocidade.

Ele olhou com desejo para a motocicleta, mas sabia que ficaria com o SUV.

Provando isso, Nadia caminhou até a motocicleta e ergueu uma sobrancelha para ele. Ele sorriu, recordando a louca corrida que tinham feito juntos pela Baváría alguns meses antes. Nunca havia estado com tanto medo e ao mesmo tempo tão eufórico. Os reflexos sobrenaturais dela permitiam que levasse a motocicleta a velocidades que ele não havia imaginado serem possíveis.

Mas aquilo não se repetiria naquele dia.

Ela atirou para ele as chaves do SUV antes de dar partida na motocicleta e sair em alta velocidade.

O grupo de Jordan se encaminhou para o SUV. Rhun ajudou a condessa a embarcar na traseira, flanqueada do outro lado por Christian. Jordan abriu a porta do passageiro para Erin. Ele não permitiria que ela se sentasse no banco de trás com Rhun e a condessa.

Mesmo o banco da frente era perto demais daquele par.

15:14

Enquanto o veículo voava por uma estrada asfaltada lisa e negra, Elizabeth cerrava a mão em punho. Automóveis a aterrorizavam. Em Roma, ela tinha evitado seus odores imundos, seus motores barulhentos. Não tinha nenhum desejo de se aproximar de um. E agora estava dentro de um.

Era muito semelhante a uma carruagem de seu tempo, exceto que aquelas carruagens nunca eram tão velozes. Nunca um cavalo tinha se deslocado por um terreno a tal velocidade. Como o soldado o controlava? Ela sabia que o veículo era um aparelho mecânico, como um relógio, mas não podia deixar de pensar nele atirando-os para fora de seu casulo aquecido de couro e espalhando os miolos deles contra a estrada escura.

Ela monitorou os corações dos dois humanos, na frente, usando-os como medida do perigo em potencial. Naquele momento, ambos os corações batiam em um ritmo lento e relaxado. Eles não temiam aquele animal que rugia e arrotava.

Ela deu o melhor de si para imitar as emoções deles.

Se não demonstravam medo, ela também não se permitiria demonstrar.

À medida que os minutos passaram, seu terror inicial amainou e se transformou em simples tédio. A fita preta da estrada se desenrolava diante dela com uma uniformidade assustadora. Árvores, aldeias e outros automóveis passavam pelos dois lados, sem nada de mais e sem serem percebidos.

Depois que o seu medo se acalmou, seus pensamentos se voltaram para Rhun. Ela se recordou dele segurando sua mão, dos lábios dele em sua garganta. Ele não era tão desprovido de paixão e dedicado à Igreja quanto parecia – nem agora nem antes. Ele tinha chegado tão perto de trair seus votos na cela.

Ela sabia que não era apenas sede de sangue.

Ele *a* queria.

Ele ainda me ama.

De toda a estranheza daquele mundo moderno, essa lhe parecia a mais curiosa. Ela refletiu sobre aquilo naquele momento, sabendo que esperaria pela oportunidade certa para explorá-la.

Se libertar.

Talvez libertar *eles dois*.

O automóvel passou por uma fileira de casas rústicas italianas. Em algumas janelas ela vislumbrou gente se movendo no interior. Invejava a simplicidade da existência deles – mas também reconhecia como era limitada, presa pela duração de uma vida, vivendo vidas de fragilidade, sempre desgastadas pelo passar dos anos.

Criaturas tão frágeis e passageiras eram os seres humanos.

Depois de mais algum tempo de percurso, o automóvel entrou em um campo vasto do mesmo material duro da estrada e parou ao lado de uma gigantesca estrutura de metal com grandes portas abertas. O soldado girou a chave e o ronco do automóvel cessou.

– O que é esse lugar? – perguntou ela.

Rhun respondeu:

– Um hangar. Um lugar que abriga aviões.

Ela assentiu. Conhecia aviões, com frequência tinha visto suas luzes no céu noturno acima de Roma. Em seu pequeno apartamento, ela tinha examinado fotografias deles, fascinada pelas maravilhas daquela era.

Nas sombras do hangar ela avistou um pequeno avião branco com uma lista azul no casco.

De uma porta em sua lateral, Nadia apareceu no alto de uma pequena escada. Os caninos de Elizabeth cresceram um bocadinho, seu corpo se recordando das incontáveis pequenas humilhações que a mulher havia lhe imposto.

Rhun guiou Elizabeth para fora do automóvel, os movimentos deles desajeitados por causa das algemas ardentes que os prendiam um ao outro. Seguiram os outros para as sombras mais profundas dentro do hangar.

Nadia se juntou a eles.

– Já chequei a aeronave com cuidado. Está limpa.

Rhun se virou para Elizabeth.

– Está bastante escuro aqui dentro. Se quiser, pode tirar o véu.

Feliz por fazê-lo, ela levantou a mão livre e tirou o tecido. Ar fresco fluiu acariciando seu rosto e lábios, trazendo consigo o cheiro de alcatrão e piche e outros cheiros que eram acres, amargos e queimavam. Aquela era uma era que parecia funcionar à base de fogo e óleo queimando.

Ela manteve o rosto desviado das portas abertas. Mesmo a luz difusa do sol a machucava, mas se esforçou para esconder a dor.

Em vez disso, observou o soldado enquanto ele esticava as costas e movia as pernas para melhorar a circulação do sangue depois do longo percurso. Ele a fazia recordar um garanhão inquieto, acabado de ser solto depois de ter ficado preso na baia por muito tempo. O título do soldado – o *Guerreiro do Homem* – combinava bem com ele.

Ele se mantinha próximo da mulher, Erin Granger. Claramente estava apaixonado por ela, e mesmo Rhun parecia mais atento à presença da mulher do que agradava a Elizabeth.

Apesar disso, Elizabeth tinha de admitir que a historiadora tinha uma graça atlética e uma mente aguçada. Em outro tempo, outra vida, elas poderiam ter sido amigas.

Nadia seguiu de volta para o avião.

– Se quisermos chegar ao encontro marcado, temos que partir agora.

O grupo a seguiu subindo a escada para dentro do avião.

Entrando, Elizabeth lançou um olhar para a esquerda, para um pequeno aposento com cadeiras, janelas inclinadas e controles e botões vermelhos e pretos.

– Isso se chama *cockpit* ou a cabine do piloto – explicou Rhun. – O piloto conduz o avião no voo dali.

Ela viu o mais jovem dos sanguinistas, o tal chamado Christian, ocupando seu assento ali dentro. Parecia que as habilidades dos sanguinistas tinham se adaptado a esta nova era.

Ela deu as costas a ele e seguiu para o espaço principal. Ricos assentos de couro se enfileiravam de cada lado do pequeno avião com um corredor estreito no meio. Ela prestou atenção nas pequenas janelas, imaginando como seria ver o mundo do ar, as nuvens de cima, as estrelas do céu.

Aquela era de fato uma época de maravilhas.

Os seus olhos passaram pelos assentos e se fixaram numa caixa preta no fundo, com maçanetas nas pontas. A caixa era claramente uma construção moderna, mas a forma não havia mudado desde muito antes do seu tempo.

Era um caixão.

Ela parou tão subitamente que Rhun se chocou contra ela.

– Perdoe-me – disse ele em voz baixa.

Os olhos dela não deixaram o caixão. Ela farejou. A caixa não continha um cadáver ou teria sentido seu cheiro.

Por que está aqui?

Então Nadia sorriu – e Elizabeth imediatamente compreendeu.

Ela saltou para trás, chocando-se violentamente com Rhun. Com a mão esquerda, puxou a lâmina curva do pulso de Rhun da bainha. Em um movimento rápido, ela a usou para atacar Nadia. Mas seu alvo se desviou para trás, a lâmina acertou-a no queixo, tirando sangue.

Mas não o suficiente.

Elizabeth amaldiçoou a falta de jeito de sua mão esquerda.

Atrás dela, uma porta bateu. Ela se virou e viu que Christian tinha enfiado os dois humanos na cabine do piloto por medida de segurança. Ela ficou lisonjeada por ele pensar que fosse tamanha ameaça.

Ela apertou a mão na faca e encarou Nadia.

A mulher tinha soltado um pedaço de corrente de prata e a estava aprontando como se fosse um chicote, e tinha na outra mão uma espada curta.

– Pare! – gritou Rhun, sua voz troando no espaço apertado.

Elizabeth defendeu seu terreno. Ela recordou o sarcófago do qual havia nascido para aquele novo mundo. Lembrou-se da cela fechada por tijolos onde tinha minguado lentamente. Não podia suportar a ideia de ser confinada novamente, ficar presa.

– Da última vez em que você me pôs num caixão – gritou para Rhun –, eu perdi quatrocentos anos.

– É só para esta viagem – prometeu Rhun. – O avião vai voar acima das nuvens. Não haverá como escapar do sol onde voaremos.

Mesmo assim, ela ficou em pânico diante da ideia de ficar de novo presa, incapaz de se controlar. Ela se debateu contra a prata que o prendia a ele.

– Prefiro morrer.

Nadia se aproximou.

– Se prefere.

Com um golpe rápido da espada, a mulher cortou a garganta de Elizabeth. A prata queimou sua pele, e o sangue jorrou da ferida, tentando purgar a santidade de seu corpo. Elizabeth parou de lutar. A lâmina caiu de seus dedos. Rhun estava lá, sua mão estancando o sangue de sua garganta, segurando o sangue.

– O que você fez? – disse furioso para Nadia.

– Ela sobreviverá – disse Nadia. – O corte foi superficial. Tornará mais fácil botá-la dentro da caixa sem luta desnecessária.

Nadia levantou a tampa.

Elizabeth gemeu, mas, enfraquecida pela prata, não teve forças para fazer mais nada.

Rhun a pegou no colo e a carregou até o caixão.

– Eu prometo que virei tirar você daqui – disse ele. – Dentro de horas.

Ele a colocou delicadamente dentro do caixão. Um *clique*, e a algema foi retirada de seu pulso.

Ela se esforçou para se sentar, para lutar, mas não conseguiu reunir forças.

A tampa desceu sobre a caixa, mergulhando-a na escuridão.

24

19 de dezembro, 17:39 horário da Europa Central
Castel Gandolfo, Itália

Com o sol já tendo descido uma hora antes, Leopold percorreu as orlas da residência papal de verão. O terreno em si era ainda maior que a Cidade do Vaticano, oferecendo muitos lugares para ficar de tocaia, se esconder e observar. No momento, estava no alto de um dos carvalhos gigantes que se espalhavam pela propriedade, usando seus galhos e tronco grosso para se manter escondido na escuridão. A árvore ficava a apenas uma pequena distância do castelo principal.

Anteriormente, enquanto o sol descia, ele tinha se arrastado para fora de seu fardo de palha. Usando a escuridão, tinha sido fácil passar pela barricada da polícia e ao redor das ruínas do trem. Seus ouvidos facilmente tinham captado todos os batimentos cardíacos dos investigadores de resgate, permitindo-lhe evitá-los e sair dali sem ser visto. Do fardo de palha ele ouvira o cardeal mencionar que iria para Castel Gandolfo, onde prantearia e rezaria pelas almas dos que haviam perdido a vida naquele dia.

Assim Leopold o seguira depois do pôr do sol, correndo com uma velocidade que só um sanguinista conseguiria atingir, cobrindo um punhado de quilômetros até chegar ao pequeno vilarejo com seu grande palácio papal.

Durante a última hora ele havia vigiado a residência de longe, lentamente fazendo um círculo ao redor dela. Não ousava se aproximar por temer que os sanguinistas percebessem sua presença.

Mas com seus ouvidos aguçados, tinha escutado muita coisa vinda lá de dentro, pedaços de conversas, o fluxo do disse me disse entre os empregados. Lentamente tomou conhecimento do que eles sabiam dos trágicos acontecimentos. Parecia que somente o cardeal Bernard tinha escapado vivo. A polícia tinha encontrado os corpos dos maquinistas do trem. Leopold se lembrava de ter ouvido um helicóptero chegar e ir embora antes que as equipes de resgate chegassem ao local. O cardeal devia ter mandado recolher seus mortos. Bernard não deixaria que os corpos de sanguinistas caíssem nas mãos da polícia italiana. Leopold tinha até ouvido uma empregada mencionar um corpo, visto rapidamente por ela, antes que Bernard sumisse com ele indo para as entranhas do castelo.

Leopold se ajeitou no galho e rezou pelas almas dos assassinados. Sabia que as mortes eram necessárias, para servir a um propósito maior, mas lastimava a morte de Erin e Jordan, e de seus colegas sanguinistas – Rhun, Nadia e Christian. Mesmo o irascível padre Ambrose não tinha merecido aquele destino.

Naquele momento, ouviu os sons de uma missa fúnebre, a voz rica do cardeal falando em italiano era inconfundível, mesmo àquela distância. Os lábios de Leopold se moveram acompanhando as orações, presente àquela missa de seu poleiro na árvore. Enquanto isso, tentou ouvir as vozes de Erin e Jordan, para o caso de os criados estarem enganados. Tentou distinguir o bater dos corações deles em meio à tapeçaria dos criados humanos do papa.

Nada.

Ouviu apenas as orações do cardeal.

Enquanto a missa fúnebre acabava, ele desceu da árvore e se retirou do terreno, e seguiu para a aldeia adjacente. Procurou e encontrou uma cabine telefônica discreta ao lado de um posto de gasolina. Discou um número que tinha memorizado.

A ligação foi atendida imediatamente.

– Você sobreviveu? – perguntou o *Damnatus* parecendo mais zangado que aliviado. – Alguém mais sobreviveu?

É claro, aquela seria a preocupação principal do *Damnatus*. Ele claramente se preocupava com o fato de que, se Leopold tinha sobrevivido, outros também poderiam ter escapado, como o trio da profecia. Leopold não esperava um pedido de desculpas dele por ter sido apanhado na mesma armadilha – por mais que acreditasse que merecia. Ambos sabiam que o caminho deles era o correto. Os sentimentos de Leopold não tinham importância, ele tinha que trabalhar com o *Damnatus*, mesmo que o homem quase o tivesse matado para alcançar aquele objetivo.

Sabendo disso, Leopold explicou o que havia descoberto.

– Pelo que pude determinar, só o cardeal sobreviveu. Uma criada viu um corpo trazido para cá dos destroços. Pode haver outros.

– Volte ao castelo e examine o corpo – ordenou o *Damnatus*. – Confirme que os outros estão mortos. Traga-me provas.

Leopold devia ter pensado naquilo ele mesmo, mas entrar na residência o poria em grande risco de ser descoberto. Mesmo assim, fez uma promessa ao *Damnatus*.

– Será feito.

Minutos depois, Leopold se encontrou no portão secreto que levava à ala subterrânea dos sanguinistas no castelo. Rezou para que ninguém estivesse de guarda naquela porta. Uma vez lá, cortou a pele macia da palma de sua mão e pingou as gotas preciosas de sangue na velha cuia de pedra. Sussurrou as preces necessárias, então passou quando a entrada se abriu.

Ele parou depois do umbral e lançou seus sentidos: em busca do bater de corações, do cheiro da presença de outros, se esforçando para ver cada canto escuro.

Uma vez satisfeito de que estava sozinho, Leopold avançou em direção à Capela Sanguinista. Qualquer dos corpos recuperados da explosão teria sido trazido ali para baixo. Ele se lembrou de ter ouvido o funeral.

Temendo que outros membros da ordem ainda pudessem estar por ali, ele desembainhou sua espada curta e a apertou na mão. Já tinha matado muitos homens e *strigoi* em sua longa vida, mas nunca tinha matado outro sanguinista. Ele se preparou para a possibilidade. Continuou silenciosamente até o final do túnel, inalando os cheiros conhecidos do subterrâneo de terra úmida, fezes de ratos e um toque de incenso da missa recente. Enquanto se aproximava da entrada da capela, seus passos se tornaram mais lentos.

Preces em voz baixa chegaram até ele, detendo-o.

Ele reconheceu a voz solitária do pranteador.

Cardeal Bernard.

Leopold se esgueirou até a porta fechada e espiou por sua minúscula janela. Além de uma fileira de bancos, uma toalha de altar branca cobria uma mesa de pedra, iluminada por velas de cera de abelha em ambas as pontas. Um cálice de ouro estava no meio, transbordando de vinho.

A luz bruxuleante do fogo refletia nas janelas de vitrais embutidas nas paredes de pedra dos dois lados – e em um caixão de ébano que descansava diante do altar.

Ele reparou na cruz simples de prata afixada na tampa.

Era um caixão de sanguinista.

Ele sabia que o corpo dentro dele logo teria que ser despachado para Roma e enterrado no santuário abaixo de São Pedro, o único lugar seguro na terra para guardar os segredos deles.

Mas uma pessoa ainda não estava pronta para se despedir.

Bernard estava ajoelhado diante do caixão, a cabeça branca inclinada, murmurando suas preces. Ele parecia de alguma forma menor, como se caído de seu alto cargo de cardeal e mergulhado em profundo sofrimento pessoal.

Ali, confrontado pela prova física de suas ações, o pesar dilacerou Leopold. Um guerreiro da Igreja estava morto, e poderia ter sido por sua mão. Embora aquela morte a serviço da Igreja trouxesse a um sanguinista a paz final, Leopold não encontrou nenhum conforto naquele pensamento.

As vestes escarlates de Bernard se franziram enquanto ele se inclinava para frente e punha a mão no lado do caixão.

– Adeus, meu filho.

Leopold recordou seus companheiros sanguinistas a bordo do trem. Pelas palavras finais de despedida do cardeal, devia ser Rhun ou Christian dentro do caixão.

Bernard se levantou e saiu da capela, os ombros curvados de pesar.

Leopold recuou para um aposento lateral, repleto de tonéis de vinho. Esperou até que os passos do cardeal tivessem desaparecido por muito tempo antes de voltar à capela vazia e entrar.

Ele se moveu em direção ao caixão, as pernas pesadas de pesar e culpa. Sabia que o *Damnatus* quereria que fosse Rhun naquele caixão, o Cavaleiro de Cristo da profecia. O destino dos outros não era muito seguro, mas Leopold suspeitava que não devia restar o suficiente dos despojos deles para serem trazidos até ali.

Ao chegar ao caixão, ele passou a palma sobre a superfície lisa e sussurrou uma prece de contrição. Depois de fazer isso, prendeu a respiração, levantou a tampa e olhou para dentro, se preparando.

Estava vazio.

Chocado, Leopold revistou a capela procurando uma armadilha, mas não encontrou nenhuma.

Voltando sua atenção para o caixão, viu que não estava inteiramente vazio.

Um único rosário estava colocado com grande cuidado no fundo, as contas gastas, a pequena cruz de prata baça pelas décadas de ser esfregada por um polegar durante orações. Imaginou Bernard recuperando aquele rosário da lama fria dos campos de inverno, tudo que restava do sanguinista que outrora o usara. Leopold não precisou tocar nele para saber a quem pertencia.

Era-lhe tão familiar quanto sua própria mão.

Era o seu rosário, perdido quando ele tinha caído do trem.
Ele fechou os olhos.
Vê quão baixo caí, Senhor...
Ele se recordou de Bernard tão curvado pela dor, tão abatido pelo pesar.
Por mim... um traidor.
Fechou a tampa e saiu trôpego da capela, do castelo.
Só então chorou.

PARTE III

Ele é quem lança o seu gelo em pedaços;
Quem pode resistir ao seu frio?

– Salmos 147:17

25

19 de dezembro, 20:04 horário da Europa Central
Estocolmo, Suécia

O mundo havia ficado incrustado em gelo.

Encolhendo-se contra o frio implacável da noite de inverno sueca, Erin tremeu em seu casaco enquanto andava por uma rua no centro de Estocolmo. O casaco de couro "blindado" podia protegê-la de mordidas e cortes, mas servia de muito pouco contra o vento frígido que penetrava cada abertura que encontrava. A cada respiração ela sentia estar inalando geada. Mesmo sob os pés, a friagem das pedras cobertas de gelo parecia penetrar pelas solas das botas.

Ela só tinha tomado conhecimento da destinação deles depois que o jato fretado estava no ar, voando para o norte de Roma. O voo para a Suécia tinha durado cerca de três horas, deixando-os naquela terra de neve e gelo. Agora estavam se dirigindo a um encontro com Grigori Rasputin na cidade, para negociar a libertação de Tommy Bolar, possivelmente o Primeiro Anjo da profecia.

Ela estava surpresa por Rasputin ter concordado com o encontro em Estocolmo, não em São Petersburgo. Bernard devia ter feito muita pressão, atraindo o monge russo para o mais longe possível de seu território, para algo que se assemelhava a território neutro.

Mesmo assim, para Erin, aquilo não parecia longe o suficiente.

Christian seguia na dianteira. Naquela representação de subterfúgios constantes, o mais jovem dos sanguinistas era o único que havia sido informado do local do encontro na cidade, levando o grupo rapidamente através do centro de Estocolmo. Prédios austeros ladeavam o caminho. As fachadas simples escandinavas eram um alívio depois das estruturas rebuscadas italianas de Roma. Luz quente se derramava na noite saindo da maioria das janelas, se refletindo na neve fresca que tinha se depositado de ambos os lados da rua.

A respiração de Erin formava nuvens brancas no ar, como a de Jordan. Se os sanguinistas respiravam, não havia sinal.

Ela reparou que Jordan subitamente farejou o ar, como um cão que tivesse encontrado um rastro. Então ela também sentiu o cheiro: pão de gengibre e mel, castanhas assadas, e o aroma queimado de amêndoas cristalizadas.

No final da rua, uma grande praça os convidava, cheia de luzes.

Era uma feira de Natal.

Christian os conduziu em direção a um porto de calor e alegria. Ela e Jordan se mantiveram nos calcanhares dele, seguidos por Rhun e Bathory, os dois mais uma vez discretamente algemados um no outro.

Nadia vinha logo atrás, sua atenção concentrada na condessa.

Com cada passo e olhar, Rhun irradiava fúria gelada. Durante o voo inteiro ele tinha ficado sentado furioso com o ataque de Nadia contra Bathory. Erin podia compreender a lógica e a necessidade do confinamento da mulher. Ninguém confiava na condessa, temeroso de que ela pudesse dizer alguma coisa a um policial de fronteira, ou atacar alguém, ou mesmo partir para um ataque a bordo do jato, que pelos sons da batalha antes da decolagem de Roma demonstraram não ser uma preocupação injusta.

Como Rhun, Erin ainda se revoltava contra o ato de cortar a garganta da mulher.

Bathory quase tinha sido morta para a conveniência deles. Erin havia doado seu sangue para recuperar a saúde da condessa depois que o avião havia pousado, mas sabia que aquilo não desfazia o dano. Via isso nos olhos da condessa. Nadia tinha cortado mais que apenas a garganta da mulher, também tinha cortado qualquer confiança que a mulher tivesse neles.

Para Erin, aquilo era um lembrete duro dos recursos de que os sanguinistas estavam dispostos a lançar mão para alcançar seus objetivos. Ela sabia que encontrar o Primeiro Anjo era importante para impedir uma guerra santa, mas não tinha tanta certeza de que os fins justificassem os meios. Especialmente naquele caso. Poderia ter havido uma maneira menos brutal de imobilizar Bathory, outro meio de conseguir sua colaboração mesmo que de má vontade, mas os sanguinistas pareciam não procurá-los.

Enfim, o que estava feito não podia ser desfeito.

Eles tinham que seguir adiante.

Ao entrar no calor e na alegria daquele mercado de Natal, seu humor gelado derreteu junto com parte do frio que sentia ao passar por braseiros abertos que incandesciam com castanhas e amêndoas assadas.

Mais adiante à esquerda, um pinheiro gigante iluminado com bolas douradas estendia galhos verdes salpicados de neve em direção ao céu noturno. Da escuridão acima, flocos de neve leves como plumas desciam para o solo. À direita, um rotundo e sorridente Papai Noel acenava de dentro de uma barraquinha que vendia guloseimas de Natal, uma das mãos acariciando a longa barba branca.

Jordan parecia notar muito pouco daquilo. Os olhos dele estavam claramente vasculhando a praça, checando os prédios altos e as aglomerações de gente que circulavam em suas roupas quentes de inverno. Ele encarava cada fachada de loja como se um franco-atirador pudesse estar escondido nela.

Erin sabia que ele estava certo em permanecer atento. Recordando que Rasputin estava de tocaia em algum lugar por perto, a magia simples do mercado de Natal rapidamente se evaporou. Em cumprimento às exigências do monge russo, o grupo deles havia deixado suas armas dentro do jato. Mas será que podiam confiar em que Rasputin faria o mesmo? Estranhamente, ele era conhecido por ser um homem de cumprir a palavra dada – embora pudesse torcer essas palavras das maneiras mais inesperadas, de modo que grande cuidado tinha sido dedicado a cada sílaba que ele dissera.

Passando ao lado de uma barraquinha que vendia brinquedos de madeira, Erin esbarrou numa menina que usava um capuz azul de tricô com um pompom branco. Nas mãos pequeninas, a criança estivera examinando uma marionete de um elfo montado numa rena. A marionete caiu na neve, emaranhando os cordões. O proprietário da barraquinha não pareceu nada satisfeito.

Para evitar uma cena, Erin deu a ele uma nota de dez euros, se oferecendo para pagar. A transação foi feita rapidamente. A criança deu um sorriso tímido, agarrando seu prêmio, e saiu correndo.

Enquanto isso era feito, Jordan se postou ao lado de uma barraca que vendia salsichas fumegantes. Outras fieiras formavam anéis sobre as cavilhas perto do teto. Se houvesse alguma dúvida quanto à de que eram feitas as salsichas, ela seria desfeita pela rena empalhada pendurada atrás do proprietário de faces vermelhas.

Erin se juntou aos outros, pronta para se desculpar pelo atraso.

Mas Christian havia parado e estava olhando ao redor.

– Aqui é até onde sei que devo ir – disse ele. – Disseram-me para virmos do aeroporto até este mercado de Natal.

Todos se viraram para examinar o local festivo.

A condessa tocou na ferida sarada no pescoço.

– Uma missão de vida ou morte, e você sabe tão pouco?

Erin concordava com ela, farta de tantos segredos. Ela sentia o peso da pedra de âmbar em seu bolso. Havia transferido o amuleto de Amy de suas roupas velhas para as novas, trazendo aquele fardo consigo, para recordá-la de que segredos podiam matar.

Erin examinou tudo na praça com desconfiança. Uma mulher empurrava um carrinho de bebê, a frente coberta por uma manta listrada. Ao lado dela, uma criança com as bochechas meladas segurava um pirulito nas luvas felpudas. Além deles, um grupo de mocinhas se desmanchava em risadinhas ao lado de uma barraca que vendia corações de pão de gengibre, enquanto dois garotos tentavam compreender as inscrições escritas nos corações com glacê branco.

Um coro de vozes se elevou cantando, ecoando através do mercado, vindo de um grupo de crianças que cantavam "Noite Feliz" em sueco. As notas melancólicas daquela canção de Natal favorita ecoaram seu humor.

Ela espichou o pescoço, buscando algum sinal de Rasputin. Ele podia estar em qualquer lugar ou em lugar nenhum. Não duvidaria de que o monge fosse capaz de não aparecer, deixando-os ali esperando no frio.

Jordan esfregou os braços, visivelmente não gostando de ver todos eles parados ali em terreno aberto, ou talvez fosse apenas frio.

– Deveríamos fazer o circuito do mercado – sugeriu. – Se Rasputin quiser nos encontrar, ele encontrará. Isso é claramente o jogo dele, e teremos que esperar que ele faça o primeiro movimento.

Christian assentiu e se pôs em movimento.

Jordan enfiou a mão enluvada na sua. Embora parecesse andar casualmente atrás do jovem sanguinista, ela sentiu a tensão nos dedos dele, soube pela forma de seus ombros que não estava nada relaxado.

Juntos, passaram por outras barraquinhas que vendiam cerâmica, roupas de tricô e incontáveis guloseimas. Cores vivas e luzes amarelas brilhavam por toda parte ao redor, mas logo se tornou claro que o mercado se preparava para fechar. Havia mais pessoas se encaminhando para fora pelas ruas das vizinhanças do que entrando.

Continuava não havendo sinal de Rasputin nem de seus seguidores *strigoi*.

Parando junto de uma barraca que vendia suéteres tricotados com lã local, Erin considerou comprar um, se eles fossem ter que esperar muito mais tempo. Atrás dela, o coro de crianças começou a cantar de novo, as vozes fortes e inocentes enchendo o ar.

Ela lançou um olhar rápido para o palco no final de uma ruela do mercado.

Ouviu enquanto uma interpretação de "Little Drummer Boy" começava. Mais uma vez a canção era em sueco, mas a melodia era inconfundível. Contava a história de uma criança pobre que oferecia o único presente que podia ao Cristo criança: um solo de tambor.

Ela sorriu, se recordando de como ficava encantada quando criança, quando lhe permitiam assistir à versão em desenho animado daquela história, um presente raro no complexo da dura seita religiosa onde havia sido criada.

Os seus olhos foram atraídos pelos cantores, reparando que eram todos meninos, como o tema da canção natalina. Então ela subitamente se enrijeceu, olhando fixamente para aqueles rostos inocentes.

– É lá que Rasputin estará – disse ela.

Erin conhecia a queda que o monge tinha por crianças. O interesse dele não era sexual, embora fosse predatório lá a seu modo. Ela se lembrou de todas aquelas crianças de Leningrado que o monge havia encontrado passando fome ou perto da morte durante o cerco na Segunda Guerra Mundial. Ele as havia transformado em *strigoi* para impedi-las de morrer.

Rasputin outrora tinha sido um sanguinista, mas havia sido excomungado e banido por aqueles crimes. Por sua vez, ele havia criado uma versão pervertida da ordem em São Petersburgo, tornando-se seu papa *de facto*. Misturando sangue humano e vinho consagrado para sustentar seu rebanho, em sua maioria de crianças.

– Ele deve estar com aqueles meninos – insistiu ela. – Perto do coro.

Bathory arqueou uma sobrancelha com incredulidade, mas Rhun assentiu. Ele conhecia Rasputin melhor que qualquer um deles. O olhar de Rhun encontrou o dela, concordando com seu insight sobre a psique do monge.

Jordan segurou a sua mão outra vez.

– Vamos assistir ao show.

20:38

Jordan se manteve bem junto de Erin enquanto o grupo se deslocava entre o público que diminuía seguindo em direção ao palco. O estômago dele doía ao sentir o cheiro de castanhas assadas e vinho quente com especiarias.

Os sanguinistas com frequência se esqueciam de que seus companheiros humanos de vez em quando tinham que comer.

Depois que aquilo estivesse acabado, planejava encontrar o maior e mais quente prato de sopa em Estocolmo. Ou talvez dois. Um para comer e um para enfiar os pés congelados.

Ele olhou ao redor para os civis que passeavam pelo mercado, carregando canecas fumegantes, embrulhos ou sacos manchados de óleo de castanhas. O que aconteceria com eles se Rasputin atacasse com seu rebanho *strigoi*? Tentou imaginar o dano colateral. Não seria nada bom.

De fato, aquele esquema todo não cheirava bem. Eles não tinham armas. E tinham aliados indignos de confiança. Lançou um olhar para a condessa, que caminhava com o capuz jogado para trás, insensível ao frio, as costas muito eretas inclinadas para trás por sua postura imponente e arrogante.

Se as coisas se complicassem, ele não sabia que lado ela escolheria. Então se corrigiu. Sabia sim.

Ela escolheria o lado dela.

Durante o voo até ali, ele tinha tido uma conversa rápida com Christian, se isolando com o sujeito na cabine do piloto do jato. Jordan tinha arrancado uma promessa de Christian: de que se as coisas corressem mal ali, Christian levaria Erin para longe o mais rápido possível. Jordan não queria arriscar a vida dela mais do que fosse obrigado. Não queria perdê-la.

Ele olhou para o rosto atento de Erin. Ela ficaria zangada se soubesse daqueles planos. Mas preferiria que ficasse zangada com ele – do que vê-la morta.

Aproximando-se do palco, Jordan passou por uma placa com a forma de um braço estendido. O dedo de madeira apontava para uma seção do mercado atrás do coro.

Is Labyrint
Ice Maze

As palavras na placa estavam escritas em sueco e em inglês, indicando a presença de um labirinto de gelo. Parecia que os suecos estavam definitivamente ganhando dinheiro com o frio.

Jordan passou pela placa e se aproximou do palco do coro. Duas fileiras de garotos vestiam túnicas brancas e tinham as mãos enfiadas nas mangas, os narizes vermelhos de frio. Enquanto cantavam, Jordan examinou os rostos jovens animados, pálidos do inverno. Seus olhos se detiveram no último garoto na fileira da frente, com um cancioneiro nas mãos, que obscurecia metade de seu rosto.

Aquele garoto se destacava dos outros. Ele parecia ter treze ou catorze anos, um ou dois anos mais velho que os outros. Mas aquilo não foi o que pareceu estranho a Jordan.

Jordan tocou no braço de Christian.

– O que está na ponta – sussurrou. – Aquele garoto não está de luvas.

O garoto cantava com os outros, harmonizando bem, claramente tinha experiência em cantar em coro – talvez não *naquele*. Seu vizinho mais próximo se inclinava para longe dele, como se não o conhecesse.

Jordan recordou a fortaleza de Rasputin em São Petersburgo – a igreja do Salvador do Sangue Derramado –, onde ele oficiava suas missas negras, tinha seu próprio coro.

Jordan examinou as feições semiescondidas do cantor. Cabelo castanho-escuro emoldurava um rosto de um branco tão imaculado quanto o do camisolão. Não havia nenhum rosado nas bochechas.

O garoto percebeu a atenção dele e finalmente baixou seu livro de coro. Foi então que Jordan o reconheceu. Ele era o garoto do vídeo: Alexei Romanov.

Jordan reprimiu um impulso de agarrar Erin e sair correndo dali. Examinou os outros garotos no coro com um olhar mais atento. Pareciam estar com frio, cansados, e humanos. Ninguém no grupo de gente próxima se sobressaía tampouco.

Ele veria como aquilo iria evoluir antes de reagir.

Uma garotinha se aproximou do grupo deles, usando um chapéu azul com um pompom branco. Ela brincava com uma marionete. Era a menina para quem Erin tinha comprado um presente antes. Jordan reparou que a menina também não estava usando luvas.

Christian seguiu o seu olhar para os dedos nus. Ele pareceu ficar ouvindo por um instante com a cabeça ligeiramente inclinada, então balançou a cabeça.

Não havia coração batendo.

Então ela era mais uma das crianças *strigoi* de Rasputin, seu rosto inocente escondendo uma criatura com duas vezes a idade de Jordan e duas vezes mais mortífera.

Nadia e Rhun se retesaram lado a lado, prontos para uma luta. A condessa apenas estendeu uma mão graciosa para a echarpe que lhe cobria a garganta ferida; a outra continuava algemada a Rhun. Ela avaliou a praça calmamente, como se em busca de vantagens em vez de inimigos.

Quando a canção acabou, o mestre do coro fez um discurso em sueco, encerrando tudo, assinalando o fim do festival por aquela noite. Mais gente do público se dispersou em direção às ruas. Uma jovem mãe pegou um garoto de camisolão vermelho do palco, o vestiu num casacão de inverno e lhe deu uma garrafa térmica cheia de uma bebida fumegante.

Garoto de sorte.

Outros pais vieram buscar seus filhos até que só o garoto de Rasputin ficou. Com uma ligeira mesura em direção a eles, saltou da plataforma e veio andando na direção deles com todo o orgulho da nobreza russa.

Christian confrontou o garoto assim que ele os alcançou.

– Onde está o seu senhor?

O garoto sorriu, provocando um calafrio na coluna de Jordan.

– Tenho duas mensagens, mas primeiro você tem que responder a uma pergunta. Sua Santidade esteve observando vocês desde que chegaram. Ele diz que você veio com *duas* Mulheres de Saber. Uma, ele conheceu na Rússia e outra vem da linhagem verdadeira das Bathory.

Jordan ficou irritado ao ver quanto Rasputin já sabia a respeito deles.

Mas talvez aquela fosse a meta do monge.

– E por que isso diz respeito a ele? – perguntou Rhun.

Alexei pôs as mãos nos quadris.

– Ele disse que tem que haver uma *prova*.

Jordan não gostou de ouvir aquilo.

– Pela palavra que deu em juramento ao cardeal, Sua Santidade só entregará o Primeiro Anjo à verdadeira Mulher de Saber. Essa foi a troca combinada.

Rhun pareceu pronto a discutir, mas Erin o deteve.

– Que tipo de prova? – perguntou ela.

– Nada muito perigoso – respondeu Alexei. – Eu levarei dois de vocês com *uma* Mulher de Saber, e Olga – ele indicou a garotinha do chapéu azul – levará dois com a *outra*.

– O que acontecerá então? – perguntou Jordan.
– A primeira mulher que encontrar o Primeiro Anjo vence.

A condessa se aproximou, percebendo a manobra, talvez buscando uma maneira de traí-los.

– O que acontece com a outra?

Alexei deu de ombros.

– Eu não sei.

– Eu não vou pôr Erin em risco – disse Jordan. – Encontre outra maneira.

A garota, Olga, falou. A voz dela era infantilmente sibilante, mas as palavras sofisticadas e formais demais para alguém de sua idade aparente.

– Sua Santidade nos informou para recordar vocês de que ele está com o Primeiro Anjo. Se não aceitarem as exigências dele, nunca o verão.

Jordan franziu o cenho. Rasputin os tinha apanhado de jeito e sabia disso.

– Para onde vamos? – perguntou Jordan, segurando Erin com firmeza, se recusando a se separar dela, irrevogavelmente escolhendo em que time ele iria jogar. – Onde começamos essa caçada?

Alexei apenas apontou para a placa pela qual Jordan tinha passado antes.

A que tinha a forma de um braço estendido.

Eles iriam entrar no labirinto de gelo.

26

19 de dezembro, 20:59 horário da Europa Central
Estocolmo, Suécia

Erin seguiu o pompom branco saltitante de Olga ao redor da lateral do palco e em direção a uma passagem estreita. O labirinto de gelo para o festival tinha sido construído numa praça adjacente, escondida até aquele momento por prédios de ambos os lados.

É claro que Rasputin escolheria um labirinto como aquele para sua *prova* – um lugar ao mesmo tempo frio e desorientador. E àquela hora da noite com o mercado agora fechado, o monge russo precisaria apenas postar guardas nas várias entradas para o labirinto para garantir privacidade no interior. Mas o que esperaria por eles no coração daquele labirinto? Ela recordou a gigantesca ursa *blasphemare* que Rasputin mantinha enjaulada presa abaixo de sua igreja em São Petersburgo. Que monstros esperariam por eles ali dentro?

Enquanto se encaminhava para a entrada, Erin estava flanqueada por Christian e Jordan. Um olhar para a esquerda mostrou Alexei conduzindo Rhun, Bathory e Nadia. Eles apareceram do outro lado do palco do coral e seguiram para uma rua diferente. Provavelmente levava à outra entrada para o labirinto de gelo escondido, outro ponto de partida.

Rhun lançou um olhar na sua direção quando alcançou a boca de sua ruela.

Ela levantou um braço, desejando sorte ao grupo.

Então as duas equipes desapareceram nas ruas estreitas, cada uma pronta para enfrentar o desafio adiante, ser mais rápida que a outra para chegar ao prêmio no centro do labirinto: o Primeiro Anjo.

Enquanto o grupo de Erin entrava numa rua estreita, o olhar de Jordan rastreava as linhas retas dos telhados de ambos os lados. Ele manteve o olhar alerta sobre as portas pesadas, pronto para qualquer ataque súbito. De janelas cobertas de gelo, a luz se derramava sobre as pedras de calçamento cobertas de neve. Formas borradas se moviam nos aposentos aquecidos, os ocupantes ignorando o perigo além de suas paredes de pedras e portas de madeira, cegos para os monstros que ainda assombravam a noite.

Por um momento, Erin desejou ter aquela ignorância simples.

Mas a falta de conhecimento não era o mesmo que segurança.

Com as mãos nos bolsos, ela sentiu o amuleto de Amy, o pedaço de âmbar morno que preservava a pena frágil. Sua aluna estivera assim igualmente ignorante desse mundo secreto – e esse mundo a havia matado da mesma forma.

Depois de mais alguns passos, a rua acabava em mais uma praça. Erin parou abruptamente, imobilizada pela beleza límpida do que tinha diante de si. Parecia que o labirinto não era uma simples imitação de um labirinto de cercas. Adiante se erguia um verdadeiro palácio de gelo, enchendo a praça inteira, erguendo-se trinta metros no ar, composto de torres em espiral e torreões todos feitos de gelo. Centenas de esculturas encimavam suas paredes, esculpidas em geada e gelo, e pulverizadas pela neve.

Insensível à beleza, Olga os conduziu em direção a uma arcada gótica no muro mais próximo, uma das muitas entradas para o labirinto escondido ali dentro. Aproximando-se, Erin admirou a habilidade dos artesãos que o haviam esculpido. A maneira inteligente como haviam cortado os blocos de gelo e os colado uns nos outros com água gelada, como pedreiros de outrora.

Iluminada pelas luzes amarelas da rua atrás dela, a arcada reluzia como citrino.

Olga se deteve na entrada.

– Aqui deixo vocês para fazerem a jornada. O anjo os espera no centro do castelo.

A garota cruzou os braços, com um passo separou as pernas e se pôs imóvel como as estátuas acima dos muros. Até os olhos dela ficaram baços. Um arrepio percorreu a coluna de Erin, recordando-a de que aquela garotinha era uma *strigoi*. A criança provavelmente estava matando havia meio século ou mais.

– Eu seguirei na frente – disse Christian, passando sob a arcada, seu hábito preto escuro sob a luz dourada.

– Não. – Erin o deteve com um toque na manga. – É a minha prova. Eu devo ir na frente. Quando se trata de Rasputin, é melhor seguirmos as regras dele. Como a Mulher de Saber, devo ser eu quem vai encontrar o caminho seguro até o centro do labirinto.

Jordan e Christian trocaram olhares inquietos. Ela sabia que eles queriam protegê-la. Mas não podiam protegê-la daquilo.

Erin acendeu a lanterna, passou à frente de Christian e entrou na passagem.

Paredes maciças branco-azuladas se erguiam de ambos os lados, com cerca de três metros e meio de altura, pareciam ter sessenta centímetros de espessura, abertas para o céu escuro acima. A calçada entre os blocos era tão estreita que ela podia tocar ambos os lados com as pontas dos dedos estendidos. Suas botas rangeram na neve tingida de cinza sujo por inúmeros visitantes.

Ela girou a lanterna ao redor. Em intervalos de alguns metros, os construtores tinham inserido janelas de gelo para oferecer vislumbres distorcidos das passagens adjacentes. Ela chegou a uma arcada do lado esquerdo e olhou através dela, esperando que fosse outra perna do labirinto, mas em vez disso descobriu um pátio ajardinado em miniatura, onde todas as flores e treliças e arbustos eram feitos de gelo.

Apesar do perigo, um sorriso surgiu-lhe no rosto.

Os suecos sabiam fazer um cenário de inverno.

Seguindo adiante, Erin lançou um olhar para o céu nublado. Não havia estrelas para guiar seus passos. Uma neve fina caía, silenciosa e limpa. Chegando a um cruzamento seguiu em direção à esquerda, passando os dedos enluvados sobre a parede da esquerda, recordando-se de um truque infantil. A maneira mais segura de atravessar todas as partes de um labirinto era manter uma das mãos na parede de um lado e segui-lo. Ela poderia chegar a becos sem saída, mas o caminho finalmente acabaria no centro.

Não é a rota mais rápida, mas é a mais segura.

Com Jordan e Christian seguindo-a, ela acelerou o ritmo, a mão enluvada deslizando sobre janelas de gelo, se prendendo em partes da parede feitas de neve. Sua lanterna revelou outras câmaras. Ela chegou a um espaço contendo uma cama de quatro colunas com dois travesseiros de gelo, tendo acima um candelabro de gelo que tinha sido ligado a lâmpadas de verdade. Agora estava apagado, mas ela tentou imaginá-lo aceso, seu brilho se refletindo em todo o gelo lustroso.

Em outro aposento, ela se viu cara a cara com um maciço elefante de gelo, suas presas viradas em direção à porta, servindo como um poleiro perfeito para uma fileira de passarinhos muito bem esculpidos, alguns em posição de dormir, outros com as asas abertas prontos para levantar voo.

A despeito das maravilhas que se encontravam ali, a inquietação no íntimo de Erin crescia a cada passo, seus olhos buscando armadilhas. Que tipo de jogo estava Rasputin jogando ali? A prova não poderia ser tão simples quanto encontrar o caminho através daquele labirinto.

Ela até examinou grafite entalhado no gelo por turistas, provavelmente adolescentes por todos os corações contendo iniciais. Não encontrou nada de ameaçador, nenhuma pista de algum propósito mais profundo por parte do monge russo.

Dobrou outra curva, certa de que agora estava próxima do centro do labirinto e então viu.

Uma das janelas de gelo, com a superfície polida até adquirir a clareza de vidro, continha um objeto congelado dentro dela. Erin levantou a lanterna com incredulidade. Presa naquela janela, perfeitamente preservada pelo gelo, estava uma manta de cor marfim sujo, com um quadrado faltando no canto inferior esquerdo.

Horrorizada, Erin parou e olhou fixamente.

– O que é? – perguntou Jordan, acrescentando a luz de sua lanterna.

Como Rasputin podia saber a respeito daquilo? Como tinha descoberto?

– Erin? Jordan insistiu. – Parece que você viu um fantasma. Você está bem?

Ela tirou a luva e pressionou a palma da mão nua contra o gelo, o calor de sua mão derretendo a superfície, se recordando da última vez em que vira aquela manta.

A ponta do dedo pequenino de Erin traçou a manta de musseline cor de marfim. Quadrados interligados de tecido verde-musgo aplicados formavam um padrão sobre sua superfície. Sua mãe tinha chamado aquele padrão de corrente irlandesa.

Ela se lembrava de ajudar sua mãe a fazê-la.

Depois que o trabalho do dia estava feito, ela e a mãe cortavam e encaixavam quadrados à luz de vela. A costura de sua mãe não era mais tão bem-feita quanto outrora, e perto do fim ela com frequência estava cansada demais para trabalhar na manta. De modo que Erin tinha assumido a responsabilidade pela tarefa, cuidadosamente costurando cada quadrado no lugar, seus dedos de criança se tornando mais rápidos com a prática.

Ela tinha acabado a tempo do nascimento de sua irmã Emma.

Agora, com apenas dois dias de nascida, Emma estava deitada naquela mesma manta. Emma tinha passado sua vida inteira embrulhada na manta. Ela tinha nascido fraca e febril, mas o pai delas tinha proibido que se chamasse um médico. Ele havia decretado que Emma viveria ou morreria somente pela vontade de Deus.

Emma tinha morrido.

Enquanto Erin podia apenas ficar olhando, o tom rosado havia se apagado do rostinho e das mãos minúsculas de Emma. Sua pele tinha ficado mais pálida que a manta de marfim debaixo dela. Aquilo não deveria ter acontecido assim. O erro daquilo impressionou Erin, disse a ela que não podia mais aceitar as palavras de seu pai, os silêncios de sua mãe.

Ela teria que dizer o que sentia e teria que ir embora.

Olhando por cima do ombro para se certificar de que ninguém estava vendo, Erin tirou a tesoura do bolso do vestido. As lâminas de metal se fecharam enquanto ela cortava um quadrado do canto da preciosa manta. Dobrou o quadrado e o escondeu em seu bolso, depois embrulhou a irmã na manta pela última vez, enfiando o canto faltando para dentro de modo que ninguém jamais soubesse o que ela havia feito.

O corpo de sua irmã estava embrulhado na manta quando seu pai havia enterrado o corpo pequenino.

Através do gelo, Erin traçou o padrão da corrente irlandesa, escurecido pelo bolor e pela idade. Seus dedos deslizaram sobre o gelo. Ela nunca havia esperado tornar a ver aquela manta.

Horrorizada, ela se deu conta do que a presença da manta ali significava.

Para obtê-la, Rasputin devia ter profanado o túmulo de sua irmã.

21:11

Elizabeth correu pelo labirinto, arrastando Rhun consigo pelas algemas de prata. Nadia vinha atrás, sua sombra escura sempre ali. Os oponentes humanos nunca conseguiriam igualar a velocidade sobrenatural do seu grupo. Elizabeth não deveria ter dificuldade de chegar ao centro do labirinto bem antes da doutora loura.

Embora ela pouco se importasse com as ambições dos sanguinistas, sabia que deveria vencer aquela competição. Se o cardeal Bernard algum dia decidisse que ela *não* era a Mulher de Saber, sua vida estaria em risco. Seus dedos subiram de novo para a echarpe que cobria a ferida em sua garganta. Era um corte raso, um lembrete das profundezas da confiança da ordem nela. Se a fé de Bernard nela vacilasse, o próximo corte seria muito mais fundo.

Assim, ela impôs um ritmo acelerado à marcha, memorizando cada curva na escuridão. Não precisava de luz enquanto se apressava. Mas, a cada passo, sua garganta ferida doía por causa do frio. O sangue de Erin a tinha reavivado parcialmente, mas não era o suficiente, nem de longe o suficiente. Tinha ficado surpreendida que a mulher oferecesse aquele presente – e mais ainda pelo fato de Erin admitir a natureza cruel do ataque da sanguinista a ela.

A mulher se tornava cada vez intrigante para ela. Elizabeth tinha até começado a compreender a fascinação de Rhun por ela. Mesmo assim, isso não impediria Elizabeth de derrotar a mulher humana naquela tarefa.

As botas de Elizabeth pisavam na neve, suas pernas avançando rapidamente. Ela ignorou as distrações no caminho, aqueles aposentos que tinham sido esculpidos para atrair o olhar e atiçar a imaginação. Só uma câmara tornou mais lento seu progresso. Era um salão que continha um carrossel de cavalos em tamanho natural feitos de gelo. Ela se lembrava de ter visto uma obra semelhante em Paris, no verão de 1605, quando tais atrações tinham começado a substituir os velhos torneios de justas. Ela se lembrava do encantamento de seu filho Paul ao ver as cores vivas e o movimento dos cavalos.

Uma dor por sua família perdida, por seus filhos há muito mortos e pelos netos nunca vistos, se elevou dentro dela.

Sofrimento e raiva a impeliram adiante.

Olhando ao redor, observou através das muitas janelas de gelo, cada uma astuciosamente concebida, mas nenhuma oferecia pistas quanto a que direção deveria seguir. Em um cruzamento, ela inalou o cheiro de frio e neve, tentando julgar o vento em busca de uma pista para o caminho correto.

Então de mais à frente veio um ligeiro farfalhar, indicando seres à espreita não vistos. Batimentos de coração não acompanhavam aqueles ruídos.

Strigoi.

Ela devia estar perto do centro do labirinto.

Se concentrando nos sons, acelerou o passo de novo – então alguma coisa vista pelo canto do olho atraiu sua atenção. Alguma coisa congelada dentro de uma das janelas de gelo, como uma mosca no âmbar. Ela parou para examiná-la, levando Rhun a parar também.

Suspenso no meio do gelo estava um objeto retangular do tamanho de suas duas mãos postas juntas. Um pano reluzente preto o embrulhava, e estava atado com um barbante escarlate sujo. Ela sabia o que o embrulho continha.

Era o seu diário.

O que aquilo estava fazendo ali?

Já era bastante difícil imaginar o livro ter sobrevivido à destruição dos séculos. Era ainda mais difícil imaginar que alguém o havia tirado de seu velhíssimo esconderijo e trazido até ali.

Por quê?

O tecido reluzente era oleado. Seus dedos se lembravam de sua superfície pegajosa, e sua mente viu a primeira página tão claramente como se a tivesse desenhado ontem.

Era o desenho de uma folha de amieiro, junto com um diagrama de suas raízes e galhos.

Aquelas primeiras páginas tinham contido desenhos de ervas, listando suas propriedades, os segredos de seus usos, lugares onde podiam ser colhidas em sua propriedade. Ela mesma havia desenhado as plantas e as flores, escrito as instruções com sua letra mais bonita à luz de velas durante as longas horas do inverno. Mas não tinha parado ali, lembrando-se de quando seus estudos tinham se tornado mais sombrios, tão sombrios quanto o coração que Rhun enegrecera.

Elizabeth escreveu a última entrada enquanto a garota camponesa morria diante dela, o sangue jorrando de uma centena de cortes. Elizabeth tinha pensado que ela fosse mais forte que isso. Tinha errado ao calcular a morte da garota, o resultado fora um fracasso. Ela sentiu uma pontada de impaciência, mas recordou a si mesma de que mesmo fracassos como aquele lhe traziam conhecimento.

Atrás dela, outra garota chorou dentro da jaula. Ela seria a próxima, mas o destino dessa podia esperar até o dia seguinte. Como se percebesse isso, a garota na jaula se calou, abraçando os joelhos com os braços e se balançando.

Elizabeth escreveu observações à luz da lareira, registrando cada detalhe – a rapidez com que a primeira garota tinha morrido, quanto tempo ela podia esperar antes de transformar a garota em uma strigoi, *quanto tempo levava para que cada uma morresse naquele estado.*

Uma vez após a outra, com garotas diferentes, Elizabeth experimentou.

Lenta e cuidadosamente, aprendeu o segredo de quem ela era, do que ela era.

Aquele conhecimento só a tornaria mais forte.

Elizabeth levantou a mão para tocar no gelo. Não havia pensado que voltaria a ver seu diário. Ela o tinha escondido dentro de seu castelo depois que seu julgamento havia começado. Continha mais de seiscentos nomes, muito mais garotas do que ela tinha sido acusada de matar. Ela o tinha guardado bem nas profundezas do castelo, debaixo de uma pedra tão grande que nenhum homem mortal poderia levantá-la.

Mas alguém tinha levantado.

Provavelmente a mesma pessoa que o trouxera até aquele labirinto, o deixara ali para que ela o encontrasse.

Quem? E por quê?

– O que você está fazendo? – perguntou Rhun, percebendo o interesse dela.

– Aquele livro é meu – respondeu ela. – Eu o quero de volta.

Nadia a empurrou para frente.

– Não temos tempo para essas distrações.

Elizabeth deu um passo em direção à janela, defendendo seu terreno. Ela o queria de volta. Seu trabalho um dia poderia ter valor.

– Ah, mas temos – disse ela, raspando a ponta da algema no gelo e removendo a camada superior. – Eu sou a Mulher de Saber, e escolho como gastamos nosso tempo. Sou eu quem está sendo posta à prova.

– Ela tem razão – acrescentou Rhun. – Rasputin não quer nossa interferência. Ela deve vencer ou falhar sozinha.

– Então ande logo com isso – disse Nadia.

Rhun somou sua força à de Elizabeth. Juntos, rapidamente cortaram o gelo até que o livro estivesse solto. Com as suas mãos, Elizabeth tirou o precioso livro de sua prisão fria.

Enquanto o segurava, ela observou formas sombrias do outro lado. Embora distorcidas pelo gelo, as formas eram claramente de homens ou mulheres. Mais uma vez ela não ouviu o bater de corações.

Deviam ser os *strigoi* que tinha ouvido antes.

Ela subitamente se deu conta de que não havia mais necessidade de seguir aquele maldito labirinto. Havia um caminho mais direto para a vitória. Levantando o braço livre, ela bateu com o cotovelo na janela de vidro, despedaçando-a até o outro lado.

Cacos de gelo voaram pela neve suja do centro do labirinto.

Rhun e Nadia se acotovelaram junto dela, olhando pelo buraco.

Elizabeth gargalhou entre eles.

– Nós vencemos.

27

19 de dezembro, 21:21 horário da Europa Central
Estocolmo, Suécia

Erin despregou os olhos da manta congelada. Não podia deixar que seus sentimentos pessoais a distraíssem de sua meta. Tinha que deixar aquele pedaço de seu passado e seguir adiante. Ela adivinhava para que a manta estava ali: Rasputin queria desequilibrá-la, torná-la mais lenta.
Ela não daria a ele essa satisfação.
– Erin? – A voz baixa de Jordan soou em sua orelha.
– Estou bem. – As palavras soaram estranhas, claramente uma mentira.
– Vamos seguir adiante.
– Tem certeza? – As mãos quentes dele cobriram em concha seus ombros. Jordan a conhecia bem o suficiente para não acreditar nas suas palavras corajosas.
– Tenho certeza.
Ela pareceu mais confiante dessa vez. Não podia permitir que Rasputin visse como a havia abalado. Se ele percebesse qualquer fraqueza, a usaria para causar uma ferida mais profunda. De modo que enterrou aquela dor e seguiu adiante.
Devemos estar perto do centro agora.
Ela se apressou avançando, de novo passando os dedos ao longo da parede esquerda, chegando ainda mais perto do coração do labirinto. Mais duas curvas da passagem e ela entrou em um aposento redondo feito de neve socada, novamente aberto para o céu acima, as bordas no alto das paredes caneladas.
Tinham chegado à torre central do palácio de gelo.
No meio do espaço se erguia uma escultura em tamanho natural de um anjo. O trabalho de escultura era extraordinário. Parecia que o anjo havia acabado de descer ali, usando suas asas maciças para pousar naquele local congelado. O luar rebrilhava através de suas asas diamantinas, cada pena

perfeitamente definida. O corpo em si estava recoberto de geada e era de um branco puro, o rosto salpicado de neve virado para cima em direção aos céus.

Por mais bonita que fosse a visão, Erin só sentiu desapontamento.

Reunido abaixo da escultura estava o grupo de Rhun, com a condessa exibindo um sorriso satisfeito.

Eu perdi.

O juiz da competição estava ao lado da vitoriosa.

Rasputin levantou o braço em saudação em sua direção.

– Bem-vinda, dra. Granger! Já estava mais que na hora de vir se juntar a nós!

O monge parecia o mesmo de sempre, em suas vestes negras simples que lhe desciam abaixo dos joelhos. De seu pescoço pendia uma proeminente cruz ortodoxa, de ouro, em vez da prata dos sanguinistas. Seu cabelo na altura dos ombros parecia oleoso sob a luz fraca, mas os olhos azuis se sobressaíam, faiscando de divertimento.

Ela encarou o olhar dele desafiantemente enquanto se aproximava deles.

Ele bateu as palmas das mãos brancas nuas, o som alto demais para o espaço silencioso.

– Infelizmente, parece que você chegou em segundo lugar, minha querida Erin. Foi por pouco, devo dizer.

Bathory deu a ela um sorriso frio de triunfo, mais uma vez provando que ela era a verdadeira Mulher de Saber.

Rasputin prosseguiu, se virando para Jordan:

– Mas qual é aquela expressão divertida, sargento Stone? Por pouco só com granadas de mão?

– Ou ferraduras – acrescentou Jordan. – Qual é essa?

Rasputin deu uma gostosa gargalhada.

Rhun fez cara feia.

– Nós não viemos aqui para brincadeiras, Grigori. Você nos prometeu o Primeiro Anjo. Como Bernard concordou, seu lar em São Petersburgo... a igreja do Salvador do Sangue Derramado... será reconsagrado pelo papa pessoalmente. Sua Santidade também lhe dará um perdão total e rescindirá a sua excomunhão. Se desejar, você poderá tomar os votos de sanguinista mais uma vez e...

– Por que eu haveria de querer isso? – retrucou Rasputin, interrompendo-o. – Uma eternidade de sofrimento pio.

Bathory inclinou a cabeça.

– De fato.

Erin se manteve atrás, ignorando Rhun e Rasputin enquanto a discussão deles se tornava mais acalorada. A escultura magnífica capturava sua atenção. Mais de perto agora, ela viu a expressão de angústia no rosto branco, como se aquela criatura alada tivesse sido lançada dos céus para aterrissar sobre aquele plinto, banida para o reino terrestre. Era terrível e bonito ao mesmo tempo.

Rhun continuou:

– Você pode voltar para São Petersburgo sabendo que a sua alma foi perdoada pela Igreja. Mas primeiro tem que nos entregar o garoto, Grigori.

– Mas eu trouxe para vocês o que prometi – disse Rasputin, acenando para a estátua. – Um bonito anjo.

– Nós não pedimos essa paródia de santidade – retrucou Rhun, dando um passo ameaçador em direção a Rasputin, agitando os *strigoi* que tinham se reunido nas margens do aposento.

– Então você está dizendo que não quer o meu presente? – perguntou Rasputin. – Está declinando minha oferta generosa e quebrando nosso acordo?

Alguma coisa nos olhos do monge escureceu, indicando um perigo, uma armadilha.

Sem perceber aquilo, furioso demais para notá-lo, Rhun começou a dizer a Rasputin onde ele poderia enfiar aquele anjo gelado.

Erin o interrompeu.

– Nós o queremos! – gritou ela antes que Rhun pudesse dizer o contrário.

Rasputin se virou para ela, sua expressão dura, raivosa.

Erin se aproximou da estátua, começando a compreender o nível de crueldade do monge. Ela tirou as luvas e tocou nos pés do anjo. Geada se derreteu sob seus dedos quentes. Ela passou a palma da mão na perna da estátua, limpando mais da superfície para revelar o gelo transparente abaixo.

Erin levantou a lanterna, virando o foco de luz para o coração da estátua transparente. Ela praguejou e olhou furiosa para Rasputin.

– O que foi? – perguntou Jordan.

Ela se afastou para o lado para mostrar a ele.

Através do espaço que ela havia limpado, uma perna humana nua brilhava dentro do gelo.

A perna de um garoto.

Um garoto que não podia morrer.

Mesmo se congelado.

Com o estômago se revirando, ela girou para encarar Rasputin.

– Você o congelou dentro de um bloco de gelo e mandou esculpir uma estátua com ele.

Rasputin deu de ombros, como se aquilo fosse a coisa mais natural.

– Ele é um anjo, de modo que é claro que dei *asas* a ele.

21:24

Jordan apontou para a estátua e agarrou Christian pelo braço.

– Ajude-me! Nós precisamos tirar o garoto dali!

O garoto devia estar em agonia.

Congelado até a morte, mas sem poder morrer.

Juntos, bateram os ombros no meio da estátua. Ela tombou para trás caindo do plinto e se chocou contra a neve. Uma fenda se abriu no torso. Erin se juntou a eles, caindo de joelhos. Trabalharam para remover o gelo da forma congelada, cada um atacando um lado e puxando e arrancando pedaços de gelo.

Jordan removeu um pedaço do peito do garoto, tirando alguma pele junto.

Ele rezou para que o garoto estivesse adormecido de frio, tentando não imaginá-lo sendo jogado em água gelada, preso lá dentro, se afogando à medida que o gelo se formava ao seu redor. Ele só podia imaginar o sofrimento.

Erin trabalhou com muita delicadeza no rosto dele, expondo as faces, as pálpebras, quebrando gelo de seu cabelo. Seus lábios e a ponta de seu nariz tinham rachado, vazando sangue e congelando de novo.

Rasputin os observou, de braços cruzados.

– É claro, isso apresenta um problema – disse ele. – A condessa chegou ao centro do labirinto primeiro, mas Erin encontrou o anjo. De modo que, então, quem é a vencedora?

Jordan fez uma careta para ele, como se aquilo importasse agora. Ele observou enquanto Erin se concentrava em libertar o rosto do garoto, pressionando as mãos contra as faces e o queixo dele e sobre os olhos fechados. Parecia um processo fútil. Podia levar horas para descongelá-lo, mesmo se tivessem uma fogueira por perto.

Mas Erin lançou um olhar para ele, sua expressão pasma.

– A pele dele está congelada, mas depois de aquecida a carne parece macia, elástica.

Intrigado, Rasputin chegou mais perto.

– Parece que a graça que concede a imortalidade a Thomas resiste até ao toque do gelo.

Apesar disso, pela expressão congelada no rosto do garoto, essa graça claramente não o impedia de sofrer.

Jordan puxou um pequeno kit de primeiros socorros de seu bolso. Ele o tinha trazido do banheiro de Castel Gandolfo. Ele o abriu e tirou uma seringa.

– Isso é morfina. Vai ajudar com a dor. Você quer que eu injete? Se as entranhas dele não estiverem congeladas e o coração bater... mesmo que lentamente... poderia dar algum alívio, especialmente à medida que ele recuperar os sentidos.

Erin assentiu.

– Injete.

Jordan colocou uma das mãos sobre o peito nu do garoto, sobre o coração. Ele esperou que sua palma aquecesse a pele abaixo. Enquanto esperava, sentiu um batimento fraco.

Ele levantou o olhar.

– Eu também ouvi – disse Rhun. – Ele está voltando a si.

– Desculpe, companheiro – murmurou Jordan.

Ele levantou a seringa bem alto e enfiou a agulha através do contorno que o calor da palma de sua mão havia descongelado no peito do garoto, mirando o coração. Uma vez enfiada a agulha, ele puxou para trás o êmbolo e retirou uma quantidade satisfatória de sangue frio para dentro da seringa, indicando que a havia acertado. Satisfeito, injetou.

Erin limpou o cabelo congelado e sussurrou uma litania na orelha fria, aquecendo-o com sua respiração.

– Sinto muito... sinto muito...

Esperaram um minuto inteiro, mas nada pareceu acontecer.

Depois de esfregarem as coxas, as panturrilhas, os joelhos, Jordan trabalhou nas pernas do garoto, dobrando-as com grande cuidado. Christian fez o mesmo com os braços.

Erin subitamente recuou à medida que o peito magro do garoto se arqueou num suspiro, depois noutro.

Jordan olhou fixamente enquanto as pálpebras do garoto se abriam. A despeito da pouca luz, as suas pupilas permaneceram fixas e pequeninas, diminuídas pela morfina. Os seus lábios arquejaram, e um grito gargarejado escapou, metade choro, metade de dor.

Erin o embalou em seu colo. Jordan tirou o casaco de couro e cobriu o corpo e os membros de Thomas enquanto um violento tremor sacudia seu corpo esguio.

Rhun se aproximou de Rasputin.

– Nós levaremos o garoto daqui. Você ganhou seu perdão, mas nosso negócio está concluído.

– Não – respondeu Rasputin. – Receio que não esteja.

Mais *strigoi* entraram por várias arcadas ao redor do aposento, se juntando ao punhado que já estava ali, rapidamente superando em número o grupo deles. Muitos empunhavam armas automáticas.

Os sanguinistas se aproximaram para encarar a ameaça.

– Vai quebrar a palavra dada? – perguntou Rhun.

– Eu quase fiz *você* quebrar a sua quando por pouco recusou meu presente – disse Rasputin com um sorriso. – Mas parece que Erin descobriu minha pequena artimanha. O que torna a sua decisão mais difícil, Rhun.

– Que decisão?

– Eu disse a Bernard que entregaria o garoto para a Mulher de Saber. – Ele acenou um braço incluindo Erin e Bathory. – Então qual das mulheres é ela? Você tem que escolher.

– Por quê?

– A profecia só permite *uma* Mulher de Saber – disse Rasputin. – A falsa deve morrer.

Jordan se levantou, indo para junto de Erin.

Rasputin sorriu do movimento dele.

– Claramente o Guerreiro do Homem escolherá a dama que é seu amor, guiado por seu coração, não por sua cabeça. Mas meu caro Rhun, você é o Cavaleiro de Cristo. De modo que tem que escolher. Quem é a *verdadeira* Mulher de Saber? Qual das mulheres viverá? Qual morrerá?

– Eu não farei parte de sua perversidade, Grigori – respondeu Rhun. – Eu não escolherei.

– Isso também é uma *escolha* – disse Rasputin. – E uma muito mais interessante.

O monge bateu palmas uma vez.

Seus *strigoi* empunharam as armas.

Rasputin encarou Rhun.

– Escolha ou eu matarei as duas.

21:44
Rhun olhou de Elisabeta para Erin, reconhecendo a cruel armadilha preparada por Rasputin. O monge era uma aranha que tecia palavras para capturar e torturar. Ele sabia agora que Rasputin tinha vindo até ali tanto para atormentar Rhun quanto pela promessa de absolvição dada por Bernard. O russo entregaria o garoto, mas não antes de fazer Rhun sofrer.

Como eu posso escolher?

Mas o destino do mundo estava em jogo, como podia *não* escolher?

Ele viu como as linhas de batalha tinham sido riscadas na neve: *strigoi* de um lado, sanguinistas do outro. Eles estavam superados em número, apanhados sem armas. Mesmo se a vitória pudesse ser alcançada, ambas as mulheres provavelmente seriam mortas ou o garoto levado embora pelas tropas de Rasputin durante a luta.

No silêncio que se prolongou, uma estranha intrusa chegou à companhia deles, adejando em meio às lufadas de flocos de neve, e, atravessou o ar entre os dois pequenos exércitos. O brilho de suas asas verde-esmeralda capturava cada partícula de luz e a refletia. Era uma grande mariposa, uma visão tão estranha naquela paisagem gelada. As orelhas aguçadas de Rhun captaram um ligeiríssimo zumbido vindo dela, acompanhado pelo bater suave de suas asas iridescentes.

Ninguém se moveu, capturado por sua beleza.

Ela esvoaçou mais para perto dos sanguinistas, como se escolhendo um lado na batalha por vir. Então pousou no casaco preto de Nadia, em seu ombro, revelando as juntas nas pontas das asas, as escamas esmeralda salpicadas com uma poeira de prata.

Antes que qualquer um pudesse reagir ou falar da estranheza daquilo, mais mariposas entraram no espaço, algumas de várias das passagens ao redor, algumas vindas do alto com os flocos de neve.

Logo o aposento inteiro estava cheio daqueles fiapos de brilho, dançando no ar, pousando aqui e ali.

O zumbido que Rhun havia notado antes se tornou mais evidente.

Rhun examinou a mariposa pousada em Nadia, observou o tom metálico de seu corpo.

Apesar das asas de verdade, aquelas invasoras não eram criaturas vivas, mas construtos artificiais, construídas por alguma mão desconhecida.

Mas quem?

Como se em resposta àquela pergunta, um homem alto entrou na torre de gelo pela mesma entrada usada por Erin. Rhun então ouviu o bater de seu coração, tendo deixado de ouvi-lo antes em meio a toda a estranheza. Ele era humano.

O homem usava uma echarpe verde-clara e um casaco cinza de caxemira que lhe chegava aos joelhos. As cores realçavam seu cabelo grisalho e olhos azul-prateados.

Rhun reparou que Bathory se sobressaltou ao vê-lo, empertigando-se ligeiramente, como se conhecesse aquele homem. Mas como era possível? Ele era claramente humano, deste tempo. Será que ela tinha conhecido aquele estranho nos meses que havia andado à solta pelas ruas de Roma? Será que o tinha chamado ali para vir libertá-la? Se fosse isso, aquele desconhecido não tinha nenhuma esperança de vencer contra os *strigoi* de Rasputin e os sanguinistas.

Contudo, ele não parecia nem um pouco nervoso.

Rasputin também reagiu à chegada do homem com uma expressão mais preocupante que a de Bathory. O monge saiu correndo, fugindo em direção à parede mais distante, sua expressão normalmente divertida transformada em horror.

Rhun gelou.

Nada deste mundo jamais havia assustado Rasputin.

Sabendo disso, Rhun se virou para examinar o homem com olhos desconfiados. Ele se moveu para ficar perto de Erin e do garoto, pronto para protegê-los contra aquela nova ameaça.

O homem falou em inglês com um ligeiro sotaque britânico, de maneira formal e estudada.

– Eu vim buscar o anjo – disse com uma calma mortal.

Os outros sanguinistas fecharam fileiras dos dois lados de Rhun.

Jordan puxou Erin, pondo-a de pé, claramente preparando-os para fugir ou lutar. O garoto ficou sentado na neve diante dos joelhos deles, atordoado pela fraqueza e pela droga, envolto no casaco de couro de Jordan. Rhun sabia que Erin não deixaria o garoto.

Por sua vez, os *strigoi* correram em bando posicionando seus corpos pequenos na frente de Rasputin, formando um escudo entre ele e o homem misterioso, as armas apontadas em direção ao desconhecido.

O homem permaneceu imperturbável, os olhos cravados em Rasputin.

– Grigori, você às vezes é esperto demais para seu próprio bem. – O homem gesticulou para o garoto. – Você encontrou outro imortal como eu, há *meses*, e não me disse nada até *horas* atrás?

Rhun lutou para compreender.

Outro imortal como eu...

Ele encarou o homem. Como era possível?

O homem sorriu tristemente.

– Pensei que tivéssemos uma combinação quando se tratava desse tipo de assunto, *tovarishch*.

A boca de Rasputin se abriu, mas não saíram palavras.

Outra raridade para o monge falastrão.

Christian e Nadia trocaram um olhar rápido com Rhun, confirmando a confusão mútua. Nenhum deles sabia nada a respeito daquele homem, aquele suposto imortal.

Bathory apenas observou, uma pequena ruga calculista entre as sobrancelhas. Ela sabia de alguma coisa, mas se manteve em silêncio, claramente querendo ver como aquilo evoluiria antes de reagir.

Os olhos do homem encontraram os dela, e um sorriso de boas-vindas suavizou suas feições frias.

– Ah, condessa Elizabeth Bathory de Ecsed – disse ele formalmente. – A senhora permanece tão bonita quanto da primeira vez em que a vi.

– O senhor também não mudou nada – disse ela. – Contudo ouço o bater de seu coração e não consigo descobrir como é possível tal coisa, uma vez que nos conhecemos há tanto tempo.

Ele cruzou as mãos atrás das costas, parecendo descontraído. Ele respondeu a ela, mas as suas palavras eram para todos eles.

– Como a senhora, sou imortal. Ao contrário da senhora, não sou *strigoi*. Minha imortalidade é um presente que me foi dado por Cristo para marcar meu serviço a Ele.

Atrás dele, Erin engoliu ar.

Rhun também não pôde esconder o choque em seu rosto.

Por que Jesus concederia a imortalidade a esse homem?

Nadia se manifestou, fazendo outra pergunta.

– Que serviço desempenhou? – pressionou. – O que fez para que nosso Senhor o abençoasse com a eternidade?

– Bênção? – Ele fez troça. – Sabe melhor que ninguém que a imortalidade não é uma bênção. É uma maldição.

Rhun não podia discutir com aquilo.
– Então por que foi *amaldiçoado*?
Um sorriso se formou em seus lábios.
– Isso são duas perguntas disfarçadas em uma. Primeira, você está perguntando o que eu fiz para ser amaldiçoado? Segunda, por que recebi essa punição em particular?
Rhun queria as respostas para ambas.
Como se lendo a mente dele, aquele sorriso de alargou.
– A resposta para a primeira é fácil. A segunda foi uma questão que me perseguiu durante milênios. Tive que caminhar por esta terra muitos séculos antes que a verdade de meu propósito se tornasse evidente.
– Então responda à primeira – disse Rhun. – O que fez para ser amaldiçoado?
Ele encarou os olhos de Rhun sem nenhum pudor.
– Eu traí Jesus com um beijo no Jardim do Getsêmane. Com certeza conhece a história bíblica, padre.
Nadia arquejou, enquanto Rhun cambaleava para trás com horror.
Não podia ser.
Naquele silêncio atordoado, Erin deu um passo adiante, como se para encarar a verdade da existência impossível daquele homem.
– E por que lhe foi dada essa punição, esses anos intermináveis?
O Traidor de Cristo encarou Erin.
– Com a minha palavra, mandei Cristo para fora deste mundo. Por minhas ações, eu o trarei de volta. Esse é o propósito de minha maldição. Abrir as portas do Inferno e preparar o mundo para o retorno Dele, para a Segunda Vinda de Cristo.
Para seu horror, Rhun compreendeu.
Ele pretende causar o Armagedon.

28

19 de dezembro, 22:02 horário da Europa Central
Estocolmo, Suécia

Erin lutou contra o peso da história que estava diante dela, para impedi-la de esmagá-la e imobilizá-la. Se aquele homem estivesse falando a verdade e não fosse uma alma iludida, ali estava Judas Iscariotes, o homem mais infame da história, o traidor que mandou Cristo para a cruz.

Ela ouviu a confissão dele, sua meta de acabar com o mundo.

– E acredita que esse seja o seu propósito? – ela o desafiou. – Acredita que Cristo o tenha posto nesse longo caminho de modo a que pudesse orquestrar o Seu retorno?

De longe veio o gemer de sirenes da polícia, recordando-a daquele mundo moderno, daquela era, em que poucos acreditavam em santos e demônios. Contudo, diante dela estava um homem que afirmava abranger ambos. Se ele dizia a verdade, os seus olhos tinham testemunhado o milagre de Cristo, seus ouvidos tinham escutado as parábolas e lições Dele, aqueles lábios tinham beijado Jesus no Jardim do Getsêmane e condenado Cristo à morte.

As sirenes se tornaram mais altas, se aproximando deles.

Será que a invasão deles tinha sido observada por vizinhos? Alguém teria dado um alarme?

Os olhos de Iscariotes se viraram naquela direção – e então de volta para eles.

– O tempo para conversa acabou. Vou levar esse anjo e ir embora.

Percebendo a ameaça por trás das palavras dele, tanto *strigoi* quanto sanguinistas se retesaram para o combate. Jordan puxou Erin para trás de si.

Iscariotes apenas levantou o dedo indicador, como se chamando um garçom para vir à mesa – mas em vez disso convocou o estranho rebanho que havia anunciado sua chegada. O bando de mariposas no ar pousou sobre as tropas reunidas.

Uma pousou na mão de Erin enquanto ela levantava o braço, se protegendo contra qualquer que fosse a ameaça que aqueles pedacinhos de cor cintilante constituíssem. Minúsculas patinhas de metal dançaram sobre a lã de sua luva até alcançarem um pedaço de pele exposta na ponta da manga. Uma minúscula probóscide deu uma ferroada em sua pele, penetrando fundo.

Ela deixou o braço cair e sacudiu a mão para se livrar do ferrão.

A mariposa se deslocou e com um ligeiro bater de asas saiu voando.

Que diabo?

Ela examinou a gota de sangue que saía da ferida do ferrão.

Jordan praguejou, estapeando a nuca, e esmagou uma mariposa até ela cair na neve. Erin observou enquanto os outros eram atacados da mesma maneira. Ainda não compreendia a ameaça – até que viu Olga sair cambaleando do grupo de crianças *strigoi*.

Asas esmeralda batiam sobre sua face pequenina. Então ela gritou, caindo de joelhos. A mariposa saiu voando de seu poleiro no nariz dela e se afastou voando. Uma podridão como ácido negro começou em sua face e rapidamente consumiu-lhe o rosto, expondo osso, com o sangue saindo fervilhando das fendas. Sua forma pequenina teve uma convulsão. Outros membros do rebanho de Rasputin caíram, se contorcendo, tombando na neve.

Erin lançou um olhar para a mancha de sangue em seu pulso, reconhecendo o que estava acontecendo.

Veneno.

As borboletas tinham alguma forma de veneno.

Ela esfregou o braço, mas permaneceu incólume.

Jordan também.

Rasputin caiu em meio a seu rebanho, mas não foi derrubado pelo veneno e sim pelo pesar.

– Pare! – gemeu.

Erin se lembrou de outra criatura que tinha morrido de forma semelhante. Recordou o lobogrifo no túnel sob o Vaticano. Ela havia disparado contra a fera com balas sujas do sangue de Bathory Darabont. A mulher levava alguma forma de veneno no sangue que era venenoso para os *strigoi* – mesmo para os sanguinistas.

Em pânico, ela se virou para Rhun, para os outros sanguinistas.

Nadia estava de joelhos, segura por Christian, enquanto Rhun lutava contra a tempestade verde ao seu redor, usando sua proteção de couro como escudo.

Erin correu para junto dele, levando Jordan consigo.
— Ajude-os — gritou. Como seres humanos eles pareciam ser imunes ao veneno. — Mantenha as mariposas longe!
Apesar disso, ela se lembrou da primeira mariposa, suas asas esmeralda pousando em Nadia.
— Queima — gemeu a mulher. Os dedos dela agarraram a garganta enegrecida, apertando como se para deter o veneno.
Mas foi inútil. A escuridão subiu para suas faces, consumindo-a — embora se espalhasse mais devagar que com os *strigoi*, parecia inevitável.
Christian olhou para Erin desesperado.
— O que podemos fazer?
A resposta veio do outro lado da tempestade.
— Nada — gritou Iscariotes, ouvindo a súplica dele. — Exceto vê-la morrer.
O corpo de Nadia se arqueou para trás, se enrijecendo numa convulsão.
Alguma coisa se chocou contra Erin. Um garotinho se agarrou nela, um dos *strigoi*, metade do rosto dele consumida. Lágrimas escorriam de um olho. Ela se abaixou e o segurou, as mãozinhas dele segurando as suas, talvez sabendo que ela não podia salvá-lo, mas não querendo estar sozinho. Ele olhou para ela com um olho azul angustiado. Ela segurou suas mãos frias até que ele se imobilizou, a corrupção consumindo-o inteiramente.
Ela olhou para o outro lado da neve.
Nenhuma das crianças agora se movia; seus corpos destruídos cobriam a neve.
Nadia deu seu último suspiro — então ficou imóvel.
Erin largou as mãos pequeninas do *strigoi* — ou o que restava delas.
Obedecendo a algum sinal silencioso, as mariposas levantaram voo ao redor deles, ascendendo alto, mas permanecendo uma ameaça acima. Ela contou os poucos sobreviventes. Rasputin e os outros sanguinistas. Desconfiava que eles só estavam vivos porque o dono delas o quisera.
Ela se virou e encarou Iscariotes.
— Por quê?
Judas levantou a mão e uma mariposa pousou graciosamente em sua palma, asas verde-prateadas se abrindo e fechando.
— Uma lição para todos vocês. — Ele balançou a cabeça para o corpo de Nadia. — Para provar aos sanguinistas que a bênção deles não os protegerá de minha maldição, de meu sangue.
Então era o sangue maculado *dele* dentro das mariposas.

Erin observou enquanto o corpo de Nadia se dissolvia em cinzas e ossos. A mulher corajosa havia salvado sua vida incontáveis vezes. Ela não merecia uma morte tão horrenda e sem sentido.

E não apenas ela.

Rasputin gemia, de joelhos em meio a suas crianças tombadas.

– Então por que isso? Que lição está tentando me ensinar?

– Nenhuma lição, Grigori. Apenas um castigo. Por ter escondido segredos de mim.

As mariposas voaram mais para baixo de novo, ameaçadoramente. Uma esvoaçou ao redor do ombro de Rhun.

A mente de Erin disparou, percebendo que Iscariotes ainda não havia acabado com eles. Sua única esperança era o conhecimento. Ela se lembrou da marca de palma de mão que enfeitava a garganta de Bathory Darabont, marcando seu sangue como maculado. Erin percebeu que a palma pertencia a Iscariotes. Será que ele tinha usado alguma alquimia de seu próprio sangue para corromper o da mulher, para protegê-la entre os *strigoi* que ela tinha comandado? Darabont havia servido os belial, um grupo de *strigoi* e humanos que trabalhavam juntos, manipulados por um senhor desconhecido.

Erin recordou de novo a imagem negra da palma de mão e olhou para Iscariotes.

– Você é o líder dos belial.

As suas palavras atraíram a atenção dele.

– Parece que seu antigo título como Mulher de Saber não era injustificado, dra. Granger. – Ele encarou os sobreviventes ali. – Mas ainda não acabei aqui.

Antes que qualquer um pudesse se mover, as mariposas caíram dos céus e cobriram os sanguinistas, pousando em cima de Rasputin, até de Bathory, numerosas demais para serem detidas. Enquanto eles começavam a lutar de novo, Iscariotes berrou uma ordem.

– Parem! – ameaçou Iscariotes. – Lutem e todos vocês morrerão!

Reconhecendo a futilidade, eles obedeceram, se imobilizando. Mariposas voaram e pousaram sobre ombros e membros.

– Eu não tenho nenhum desejo de matar todos vocês, mas o farei se for forçado.

Iscariotes manteve o olhar fixo em Rhun, que permanecia de pé como uma armadura, um verdadeiro Cavaleiro de Cristo.

Ele apontou um dedo para Rhun.

– Agora está na hora de o Cavaleiro de Cristo ir se juntar à sua irmã de ordem. Deixar este mundo em paz e ascender a seu lugar nos céus.

Os olhos de Rhun se voltaram por um instante para os dela, como se para se despedir.

– Espere – disse Erin. – Por favor.

Iscariotes se virou para ela.

Erin tinha apenas uma carta para jogar, recordando-se das combinações de Rasputin com os belial antes. Em São Petersburgo, o monge havia entregado o Evangelho de Sangue e Erin para Bathory Darabont, mas somente depois de arrancar dela uma promessa. Erin se lembrava das palavras de Rasputin, da dívida jurada.

Eu prometi lhe entregar o livro como um gesto de boa vontade... se, em troca, seu senhor me conceder a vida que eu escolher mais tarde.

Tinha ficado acertado.

Erin se virou para Rasputin. Será que o monge estaria disposto a cobrar a dívida agora para salvar Rhun? Será que Iscariotes a honraria? Ela não tinha outra escolha senão apresentar o caso.

Ela encarou Iscariotes.

– Há dois meses, Rasputin fez um acordo com suas tropas belial. Em troca da sua cooperação, ele teria direito a uma vida que escolhesse. O pacto foi feito. Isso foi testemunhado por todos.

Iscariotes olhou para Rasputin, que estava ajoelhado entre os corpos de suas crianças. Lágrimas escorriam por seu rosto e desapareciam na barba. Apesar de sua perversidade, ele havia amado suas crianças como um pai de verdade, e as tinha visto morrer em agonia, vítimas de suas próprias tramas.

– Então é isso que você deseja, Grigori? – perguntou Judas. – Você lançará esse véu de proteção sobre Rhun Korza? É ele que você quer?

Rasputin levantou a cabeça para encontrar o olhar do homem.

Por favor, pensou ela. *Diga sim. Salve uma vida esta noite.*

O monge russo encarou Iscariotes por muito tempo, mais tempo ainda encarou Rhun. Outrora, ele e Rhun tinham sido amigos, trabalharam juntos como companheiros sanguinistas.

Finalmente Rasputin falou, sua voz fraca de pesar.

– Gente demais já morreu aqui esta noite.

Iscariotes suspirou, seus lábios se comprimindo com irritação.

– Eu quebrei uma promessa uma vez... e fui amaldiçoado por isso. Jurei nunca mais fazê-lo. E não farei agora. A despeito do que vocês pensam, não sou um homem covarde. – Ele inclinou a cabeça em direção a Rasputin. – Vou honrar minha dívida e conceder seu desejo.

Erin deixou escapar a respiração que estava prendendo, fechando os olhos.

Rhun viveria.

Iscariotes levantou o braço, e dois homens corpulentos entraram no aposento, um de cabelo escuro, um de cabelo claro. Ambos eram altos e fortes como tanques, com pescoços e braços grossos. Atravessaram o recinto em direção ao garoto, prontos para recolher o prêmio de Iscariotes.

Erin se moveu para detê-los, mas Jordan agarrou seu braço.

Aquela não era uma batalha que pudessem vencer, e qualquer agressão poderia acabar com os amigos deles caindo mortos vítimas das mariposas.

O par de gigantes examinou o corpo frouxo do garoto com atenção rude, arrancando um gemido do garoto atordoado e drogado. Com brutalidade, o puseram de pé.

– O que você quer com ele? – perguntou Erin.

– Isso não é de sua conta.

– Eu creio que podemos removê-lo – disse um dos homens. – Ele perdeu muito sangue, mas parece forte o suficiente.

– Muito bem. – Iscariotes levantou uma das mãos em convite na direção de Bathory.

– Gostaria de vir comigo?

Bathory se empertigou.

– Eu ficaria honrada de reatar nossas relações. – Ela levantou o braço, mostrando as algemas. – Mas parece que estou presa a outra pessoa no momento.

– Liberte-a.

Christian hesitou, mas Rhun assentiu para ele.

– Faça o que ele diz.

Ninguém queria provocar mais aquele homem. Christian se ajoelhou, remexeu o bolso de Nadia e retirou uma chave pequenina. A condessa estendeu a mão como se usasse um bracelete caro. Christian destrancou as algemas.

Uma vez livre, Bathory foi se juntar a Iscariotes.

– Obrigada, senhor, pela gentileza que teve para comigo hoje, e que sempre teve com minha família.

Iscariotes mal deu atenção a ela, o que provocou um ligeiro amuo de irritação nos lábios da condessa. Em vez disso, o homem tirou uma pistola grande de seu bolso, a apontou e disparou.

Erin se encolheu ao ouvir o ruído do disparo, mas a arma não havia estado apontada para ela.

A mão de Jordan em seu braço escorregou.

Ele caiu estendido na neve ao seu lado.

Gritando, ela caiu de joelhos ao lado dele. Uma mancha molhada se espalhava do lado esquerdo de seu peito. Ela rasgou a camisa abrindo-a, revelando um ferimento à bala. O sangue jorrava do ferimento, correndo através das linhas azuis da tatuagem do raio, varrendo seu peito, empoçando debaixo dele.

Ela pressionou as mãos contra o buraco. Sangue quente e escorregadio cobriu seus dedos. Ele ficaria bem. Tinha que ficar. Mas o coração dela sabia que não.

– Por quê? – gritou para Iscariotes.

– Sinto muito – disse ele em tom calmo. – De acordo com as palavras da profecia, vocês são os únicos três no mundo que têm alguma esperança de me deter, de impedir que o Armagedon venha. Para quebrar a profecia, *um* do trio tinha que morrer. Feito isso, os outros dois se tornam irrelevantes. De modo que dou a vocês suas vidas. Como eu disse, não sou um homem covarde, apenas prático.

Ele deu de ombros.

Erin cobriu o rosto com as mãos, mas não podia esconder a verdade com tanta facilidade. Ela tinha matado Jordan com sua esperteza. Ao salvar Rhun, tinha condenado o homem que amava.

Iscariotes não admitia ser detido.

Se o Cavaleiro de Cristo vivesse, o Guerreiro do Homem tinha que morrer.

Sob as palmas da sua mão, o peito de Jordan não subia e descia mais. Sangue continuava a se espalhar, fumegando sobre a neve fria. Um floco de neve caiu sobre o olho azul aberto e derreteu ali.

Ele não piscou.

– Você não pode ajudá-lo – sussurrou Christian.

Ela se recusou a acreditar nisso.

Eu posso ajudá-lo. Eu tenho que ajudá-lo.

Enquanto as lágrimas escorriam por sua face, ela não conseguia respirar. Jordan não podia estar morto. Ele sempre era forte, sempre resistia. Não podia morrer de apenas um tiro. Isso estava errado e ela não permitiria que acontecesse.

Ela levantou o olhar para Christian, agarrando a perna de sua calça com a mão ensanguentada.

– Você pode trazê-lo de volta. Torne-o um de vocês.

Ele olhou para ela com horror.

Ela não se importou.

– Transforme-o. Você deve isso a ele. Você *me* deve isso.

Christian sacudiu a cabeça.

– Mesmo que não fosse proibido, eu não poderia fazer nada. O coração dele já parou. É tarde demais.

Ela arquejou olhando para ele, tentando dar sentido às palavras dele.

– Sinto muito, Erin – disse Rhun. – Mas Jordan realmente se foi.

Um rangido na neve disse que alguém se aproximava dela, mas Erin não se importava quem. Uma mão, a pele rachada e sangrando, tocou no peito de Jordan.

Ela levantou a cabeça e encontrou o garoto ajoelhado ao seu lado, mal se aguentando. Ele tirou o casaco dos ombros – o casaco de Jordan – e o devolveu ao seu antigo dono, delicadamente cobrindo com ele o ferimento.

O garoto lambeu os lábios rachados.

– Obrigado.

Erin sabia que ele estava agradecendo a Jordan por mais que o casaco.

– Basta – disse Iscariotes à medida que as sirenes soavam mais altas ao redor deles. – Levem-no.

Um de seus assistentes corpulentos pegou o garoto como se fosse um saco de batatas e o carregou nos braços. O garoto gritou sob as mãos brutas, sangue fresco pingando de suas muitas feridas, derretendo buracos na neve.

Erin meio se levantou, querendo ir com ele.

– Por favor, não o machuque.

Ela foi ignorada. Iscariotes estendeu a mão, e Bathory a tomou, sua mão branca tocando na dele, fazendo a escolha de a quem seguiria.

– Fique, Elisabeta – suplicou Rhun. – Você não conhece esse homem.

A condessa tocou na echarpe que cobria a incisão recente em seu pescoço.

– Mas, meu amor, eu conheço *você*.

Coberto por mariposas, Rhun pôde apenas olhar enquanto eles partiam.

Erin se virou de volta para o corpo de Jordan. Ela acariciou o rosto sem vida, os restolhos de barba ásperos sob as pontas de seus dedos. Tocou no lábio superior dele, então se inclinou para frente e o beijou uma última vez, os lábios dele já frios, mais parecendo os de Rhun.

Ela afastou aquele pensamento.

Junto a seu ombro, os dois sanguinistas entoavam uma prece. Ela reconheceu as palavras, mas permaneceu muda. Preces não a confortavam.

Jordan estava morto.

Nenhuma das palavras deles podia mudar isso.

29

19 de dezembro, 22:11 horário da Europa Central
Cumas, Itália

Leopold estava na praia de um lago no sul da Itália, a luz das estrelas se refletindo nas águas calmas. Ele respirou fundo, se preparando para o que deveria vir. Percebeu vestígios de enxofre no ar, o odor fraco demais para os sentidos de mortais perceberem, mas ainda estava lá, revelando a natureza vulcânica do lago Avernus. Densas florestas cresciam ao longo das margens íngremes da cratera. Do outro lado da água, um salpicado de luzes marcava as casas e fazendas distantes, e muito mais longe a cidade de Nápoles brilhava no horizonte.

No passado, o lago outrora havia fumegado pesadamente com gases vulcânicos, tão forte que pássaros que voavam acima caíam do céu. Até mesmo o nome *Avernus* significava *sem pássaros*. Os antigos romanos chegaram a acreditar que a entrada para o mundo das profundezas pudesse ser encontrada perto daquele lago.

Como tinham acertado...

Ele examinou as águas azuis lisas, imaginando aquele lugar pacífico parido do fogo, nascido de lava explodindo para o céu, queimando a terra, matando todas as criaturas que andavam, se arrastavam ou voavam. Agora tinha se tornado um vale calmo, que oferecia um abrigo para pássaros, peixes, veados e coelhos. Os pinheiros e arbustos circundantes fervilhavam com nova vida.

Ele levava a sério aquela lição.

Às vezes o fogo era necessário para purificar, para oferecer uma paz duradoura.

Aquela era a esperança de Leopold, trazer salvação para o mundo através dos fogos de Armagedon.

Contemplou o lago, fazendo uma pausa em sua tarefa para agradecer a Deus por ter poupado as vidas daqueles no trem. Tinha telefonado para o *Damnatus* depois de examinar seu próprio caixão em Castel Gandolfo, só para descobrir que os outros tinham sobrevivido, que o *Damnatus* tinha feito um pacto com aquele monge russo para pegar os outros numa emboscada em Estocolmo.

Decidido a fazer o que devia fazer, ele deu as costas para o lago. Suas sandálias de couro roçavam no solo vermelho vulcânico enquanto ele seguia uma trilha que levava em direção à Grotta di Cocceio. Era um antigo túnel romano, com um quilômetro de comprimento, construído antes do nascimento de Cristo, que seguia do lago até as ruínas da antiga Cumas do outro lado da muralha da cratera. Danificado durante a Segunda Guerra Mundial, o túnel estava fechado ao público, agora servindo como o lugar perfeito para esconder segredos.

Leopold chegou à entrada, uma arcada de pedra escura fechada com um portão de ferro.

Foi preciso muito pouco de sua força para arrebentar a tranca e entrar. Uma vez do lado de dentro do portão, ele teve que rastejar e atravessar uma paisagem destruída de rochas, para chegar ao túnel principal. Com o caminho agora aberto, ele correu pela escuridão, não se preocupando em esconder sua velocidade sobrenatural. Ninguém o podia ver ali.

Seus passos se tornaram mais lentos quando chegou à outra extremidade, onde o túnel se abria para um complexo de ruínas fora da cratera. Ele saiu para as brisas frescas que vinham do mar nas vizinhanças. Acima de sua cabeça, aninhado na borda do vale, estava um templo a Apolo, um antiquíssimo complexo de pilares arruinados, anfiteatros de pedra e fundações em ruínas de estruturas há muito destruídas. Aquele não era seu destino. Da entrada do túnel, virou à direita, entrando em outro túnel. A passagem ali era escavada em pedra amarela, esculpida em forma trapezoide, estreita na base, com paredes que se inclinavam para fora.

Era a entrada da gruta da Sibila de Cumas, a profetisa atemporal mencionada por Virgílio e cuja imagem estava pintada na Capela Sistina, marcando-a como uma dos cinco profetas que tinham previsto o nascimento de Cristo.

Leopold tinha sido instruído sobre exatamente o que deveria fazer dali. Àquela altura, o *Damnatus* já deveria ter-se apoderado do Primeiro Anjo. Leopold deveria fazer o mesmo com outro. Um arrepio percorreu sua pele fria, ameaçando fazê-lo recuar.

Como ousarei atacar tal ser?

Mas ele recordou o lago Avernus, onde a paz e a graça eram nascidas do fogo e do enxofre. Não deveria recuar quando a meta deles estava tão próxima.

O corredor se estendia por noventa metros nas profundezas abaixo da cratera. De acordo com Virgílio, o caminho para a sibila era centuplicado, indicando o labirinto enterrado abaixo daquelas ruínas. O que era visível para os turistas era apenas a mais minúscula fração da verdadeira toca da profetisa.

Apesar disso, ele alcançou o ponto final do túnel e se demorou no lugar que era considerado o recanto mais íntimo da sibila. Postado no umbral, examinou as arcadas esculpidas e os bancos de pedra vazios. Outrora tinham sido mais imponentes, cheios de afrescos e flores. Bonitas oferendas ficaram enfileiradas junto às paredes. Botões de flores haviam liberado seu perfume para o ar subterrâneo. Frutos teriam amadurecido e apodrecido ali.

Do outro lado erguia-se o trono entalhado dela, um banco simples de pedra.

Ele imaginou a Sibila de Cumas cantando suas profecias dali, imaginou o farfalhar de folhas que se dizia acompanhar as predições dela, folhas sobre as quais ela registrava suas visões do futuro.

A despeito dos relatos antigos, Leopold sabia que o verdadeiro poder não estava naquele aposento – mas muito abaixo dele. A Sibila tinha escolhido aquele local por causa do que jazia escondido no coração de seu esconderijo. Algo que ela escondia do mundo em geral.

Antes que perdesse a coragem, atravessou correndo a câmara até o trono, e seguiu para a arcada atrás dele. Subindo pela parede do outro lado, examinou o desenho de pedras encontradas ali. Seguindo as instruções que lhe tinham sido dadas pelo *Damnatus*, apertou uma série de pedras, formando o símbolo tosco de uma tigela, o antigo ícone que representava aquela sibila.

Quando empurrou a última pedra, ouviu um craque, e linhas pretas se formaram, espirrando terra e marcando uma porta. Ele sabia que existiam outras entradas secretas para o labirinto abaixo, mas o *Damnatus* tinha sido claro de que ele deveria se aproximar por aquele caminho. O *Damnatus* a conhecia de outra vida, conhecia aquele santuário dela. No correr dos séculos, ele havia seguido os passos dela pela terra e sabia que ela residia ali agora, provavelmente esperando por eles.

Leopold empurrou a porta abrindo-a com um ranger de pedra, mas se manteve no umbral. Não ousava entrar no domínio dela sem permissão. Recuou para a frente do trono e se ajoelhou diante dele.

Tirou uma faca e cortou o pulso.

Sangue escuro jorrou, permitindo que a bênção do Cristo dentro dele brilhasse.

– Ouve minha prece, Sibila! – entoou ele. – É chegada a hora para que tua profecia final se realize.

Ele esperou ajoelhado pelo que pareceram horas, mas provavelmente foram minutos.

Finalmente chegou aos seus ouvidos aguçados o som suave de pés descalços sobre as pedras.

Ele olhou para além do banco de pedra para a porta aberta escura.

Uma sombra saiu dela, surgindo à vista, revelando a perfeição esguia de uma mulher de pele escura. Ela vestia uma túnica simples de linho. Seus únicos adornos eram um bracelete de ouro no alto do braço e uma lasca de prata pendurada numa corrente de ouro. Não que ela precisasse de enfeites. Sua beleza negra capturou tudo que ele pôde imaginar, despertando até pensamentos pecadores. Como podia qualquer homem resistir a ela? Ela era mãe, amante, filha, a própria corporificação da feminilidade.

Mas não era uma mulher.

Ele não ouviu o som de coração batendo enquanto ela passava ao seu redor e ia sentar em seu trono.

Ela era algo muito maior.

Ele baixou o rosto diante da beleza dela.

– Perdoe-me, Grandiosa.

Ele sabia o nome dela – *Arella* –, mas não ousava pronunciá-lo, achando que não era digno de usá-lo.

– Meu perdão não vai tornar menores seus fardos – disse ela baixinho. – Você deve se livrar deles por sua própria vontade.

– A senhora sabe que não posso.

– E ele enviou *você*, para substituí-lo, porque não podia vir.

Levantando o olhar, ele percebeu a profundidade do sofrimento nos olhos dela.

– Sinto muito, abençoada senhora.

Ela riu baixinho, um som simples que prometia alegria e paz.

– Estou além de sua bênção, padre. Mas será que você está além da minha? Você ainda pode deixar de lado a tarefa que ele lhe atribuiu. Ainda não é tarde demais.

– Não posso. Do fogo virá a paz duradoura.

Ela suspirou, como se ralhando com uma criança.

– Do fogo só vem ruína. Somente o amor traz paz. Você não aprendeu isso com Ele que abençoa o próprio sangue que você derrama à minha porta?

– Nós buscamos apenas trazer o amor Dele de volta a este mundo.

– Ao destruí-lo?

Ele permaneceu em silêncio, resoluto.

O *Damnatus* o tinha encarregado daquela missão – e de mais outra. Ele sentiu o peso da pedra esmeralda no bolso de seu hábito. Aquilo teria que esperar. Primeiro, tinha que completar seu primeiro dever, por mais que fosse doloroso para ele.

Ele descobriu o rosto para a sibila.

Ela deve ter lido sua determinação inabalável. Com um olhar de profunda tristeza, ela simplesmente estendeu os pulsos.

– Então que comece. Eu não vou interferir. Crianças precisam cometer seus próprios erros. Até você.

Detestando a si mesmo, Leopold se levantou e amarrou os pulsos dela com tiras de couro. Ao contrário dele, ela não tinha nenhuma força sobrenatural para resistir. O aroma de flores de lótus flutuou emanando da pele dela enquanto ela se levantava graciosamente. Ele pegou a corda que se estendia de suas mãos atadas e a conduziu, suas pernas tremendo com sua impertinência, de volta para a porta escura.

Enquanto ele atravessava o limiar da porta na frente, um pálio de sulfúreo e enxofre vindo das profundezas engolfou o aroma delicado de flores de lótus. Engolindo em seco por causa do cheiro, ele se encaminhou para baixo, para a escuridão, em direção a um destino de fogo e caos.

30

19 de dezembro, 22:18 horário da Europa Central
Estocolmo, Suécia

Ele não pode ter ido...

Rhun tocou no braço de Erin, mas ela mal sentiu. Quando ele falou, a voz dele soou muito distante.

– Nós temos que sair deste lugar.

Sirenes gemiam alto por todos os lados.

As borboletas esmeralda tinham levantado voo um momento antes, subindo e saindo voando ao ouvir algum sinal silencioso de seu senhor que havia desaparecido, deixando apenas ruína atrás de si. Restava pouco dos mortos, roupas e fragmentos de osso enegrecido em meio a pilhas de cinzas.

Nada os prendia mais ali.

Apesar disso, ela se agarrou a Jordan, sem conseguir largá-lo. Ela não via necessidade de partir. Tudo tinha se desfeito em cinzas. O Primeiro Anjo se fora, a Mulher de Saber os havia abandonado em favor do inimigo, e o Guerreiro do Homem estava morto diante dos seus joelhos.

Jordan...

Ele era muito mais do que aquele título da profecia.

O som de passos correndo atraiu o seu olhar para o lado. A forma pequenina de Alexei apareceu de uma das arcadas do labirinto. Embora ele fosse um monstro, ela ficou satisfeita por ele ainda estar vivo. Devia ter sido deixado de guarda nas paredes externas do palácio de gelo, escapando do massacre ali – mas não do sofrimento. Ele correu para Rasputin e caiu em seus braços. Como qualquer garoto assustado buscando o conforto de seu pai. Lágrimas escorriam por suas faces enquanto ele olhava fixamente para os despojos esfarrapados dos outros, sua família das trevas.

Christian se levantou, segurando o corpo de Nadia envolto numa capa, o pouco que havia restado dela.

— Há uma catedral perto daqui. Poderíamos buscar refúgio lá, decidir o que faremos a seguir.

— A seguir? — Erin ainda observava Alexei, recordando a si mesma que havia *outra* criança em grande risco. Ela não abandonaria aquele garoto sem lutar. A raiva secou suas lágrimas. Determinação a endureceu em seu pesar.

— Nós temos que resgatar o Primeiro Anjo.

Tommy, ela recordou a si mesma, não se permitindo relegá-lo a um título frio. Ele tinha recebido aquele nome de uma mãe e de um pai que o amavam. Aquilo era muito mais importante que qualquer nome profetizado.

Rhun falou, fitando Jordan.

— Mas o trio está destruído, não há...

Ela o interrompeu.

— Não podemos deixar Tommy nas mãos daquele monstro.

Rhun e Christian olharam para ela, com preocupação no rosto.

Deixe que se preocupem.

Erin colocou a mão no ombro de Jordan. Ela cuidaria para que ele fosse enterrado em Arlington, como o herói que era. Ele tinha salvado muitas vidas, inclusive a dela. Para honrar isso, ela salvaria o garoto.

Complete a missão.

Era o que Jordan teria querido.

Ela não podia fazer menos que isso.

Um floco de neve caiu sobre a pálpebra fria dele e derreteu, a gotinha escorreu de seu olho como uma lágrima. Ela estendeu um polegar para limpá-la. Ao fazê-lo, percebeu que o pó de neve acumulada nas faces dele havia começado a deslizar pela pele.

— Rhun — sussurrou ela.

Ela arrancou a luva e pôs a palma nua no pescoço dele.

A pele estava morna.

O coração dela bateu contra as costelas. Ela arrancou o casaco de pele de lobogrifo que Tommy tinha colocado tão gentilmente sobre o corpo dele.

Sangue banhava o peito de Jordan, empoçado na concavidade de seu esterno. Ela o limpou com a palma da mão nua, expondo a tatuagem, a extensão de pele sobre músculo firme. Então usou as duas mãos, esfregando e limpando o peito dele.

Ela olhou para Rhun, depois para Christian.

Até Rasputin foi atraído pela atividade frenética dela.

— Não há ferimento — disse ela.

Rhun se ajoelhou ao seu lado, a mão correndo sobre as costelas de Jordan, mas ele se impediu de tocar nos vestígios de sangue ali. Então subitamente o peito de Jordan subiu sob a palma da mão dele. Como se tentando alcançar a mão do padre. Rhun caiu para trás em choque.

Enquanto Erin olhava, o peito de Jordan subiu de novo.

– Jordan? – A voz dela tremia.

Christian falou.

– Ouço o bater de um coração.

Como era possível?

Erin colocou a palma da mão sobre o peito dele, querendo senti-lo bater. Então o braço de Jordan se levantou e se estendeu em busca da mão dela, pondo a palma morna sobre a dela.

Ela levantou o olhar para encontrar os olhos dele abertos, fitando-a, o olhar confuso, como se despertado de um sono profundo. Os lábios dele se abriram.

– Erin...?

Ela tomou o rosto dele nas mãos em concha, querendo ao mesmo tempo chorar e rir.

Rhun ajudou a puxar Jordan para uma posição sentada. Ele procurou o orifício de saída nas costas de Jordan. Então apenas sacudiu a cabeça quando não encontrou nada.

– Um milagre – murmurou Rhun.

Jordan olhou atordoado para ela em busca de uma explicação para toda a comoção.

As palavras lhe faltaram.

Rasputin falou.

– Deve ter sido o toque do Primeiro Anjo. Foi o sangue do garoto.

Erin recordou Tommy pondo a mão ensanguentada no peito de Jordan.

Seria possível?

Sirenes chegaram à praça, luzes azuis e brancas piscavam além da parede. Gritos podiam ser ouvidos ao longe.

Rhun ajudou Jordan a se levantar.

– Você consegue ficar de pé?

Jordan se levantou com pouco esforço, tremendo de frio e vestindo o casaco, olhando fixamente para a camisa ensanguentada com uma expressão confusa.

– Por que eu não poderia me levantar?

Ele claramente não se lembrava do tiro.

Rhun apontou para a saída que ficava mais afastada das sirenes e das luzes.

– Nós temos que ir.

Rasputin assentiu, avançando naquela direção.

– Eu conheço o caminho de saída. Tenho um carro não muito longe.

Christian levantou o corpo de Nadia, pronto para correr com ela.

Vendo aquela forma prostrada nos braços do sanguinista, a alegria de Erin diminuiu. Em vez de sucumbir ao pesar, ela se agarrou com firmeza à raiva em seu íntimo. Olhou furiosa para as mariposas quebradas na neve. Determinada a compreender melhor seu inimigo, a transformar o pesar em propósito, ela se agachou e pegou várias das mariposas quebradas, enfiando-as no bolso do casaco de lobogrifo.

Enquanto se agachava para pegar a última mariposa, Erin olhou com pesar para a destruição deixada na esteira de Iscariotes. Os corpos dos *strigoi* estavam irreconhecíveis, um mistério que assombraria Estocolmo por algum tempo. Olhando naquela direção, ela reparou em alguma coisa jogada na neve a cerca de um metro, algo escuro. Foi até lá e descobriu um embrulho de oleado. Ela o recolheu e enfiou no bolso interno do casaco.

Enquanto se levantava, dedos seguraram seu braço, duros como ferro.

Rhun a puxou em direção à saída, enquanto os gritos da polícia se tornavam mais altos atrás dela. Ele arrebanhou Jordan junto com ela. Ao chegar à arcada de gelo, empurrou os dois para dentro do labirinto.

– Corram!

22:23

A neve rangia sob os pés de Rhun. Ele ouviu o bater dos corações de Erin e Jordan enquanto eles corriam. Firmes e fortes, mais acelerados por causa do esforço.

O coração de Jordan soava como qualquer outro. Mas Rhun sabia que o tinha ouvido *parar*. Tinha ouvido o silêncio da morte dele. Tinha sabido que aquele coração parado nunca mais bateria – mas tinha batido.

Era um verdadeiro milagre.

Recordou o rosto do garoto, o Primeiro Anjo, imaginando tamanha graça, trazer um morto de volta à vida. Será que o garoto sabia que tinha tal poder? Rhun sabia que um milagre assim tinha que vir em última instância da vontade de Deus. Seria aquela ressurreição um sinal de que o trio realmente servia a vontade Dele?

Mas quem era o *trio*?

Ele examinou as costas de Erin, enquanto se recordava da partida de Elisabeta. Ela não tinha sequer olhado para trás enquanto se afastava. Apesar disso, ele sabia que merecera aquele abandono.

Finalmente, a saída surgiu à vista. Fugiram do maciço palácio de gelo para o emaranhado escuro de ruas além. Grigori os conduziu a uma minivan estacionada numa ruela deserta. Entraram pelas portas dos dois lados.

Grigori assumiu o volante e saiu em velocidade para a cidade às escuras. Christian se inclinou para frente do banco de trás.

– Leve-nos para a igreja de São Nicolau. Devemos estar em segurança lá por algum tempo.

– Eu deixarei vocês lá – disse Grigori, ainda atordoado pelo choque de sua perda. – Tenho onde ficar.

No espelho retrovisor, os olhos sombrios de Grigori se encontraram com os de Rhun, um pedido de desculpas brilhando neles junto com o profundo pesar. Rhun teve vontade de partir para cima do monge, por ter-lhes armado aquela cilada, mas seu velho amigo também o havia salvado um momento antes, usando o favor que lhe era devido para poupar a vida de Rhun. No final, não havia castigo pior do que o que o monge já havia sofrido dentro daquele labirinto.

Algumas curvas depois, a minivan estacionou na frente da catedral de Estocolmo: a igreja de São Nicolau. A estrutura era mais simples que a das igrejas de Roma, construída em tijolos em estilo gótico. Quatro lampiões de rua lançavam uma luz dourada contra as paredes laterais amarelas. Janelas em arco ficavam engastadas bem fundo na pedra, flanqueando uma grande roseta de vitrais coloridos no meio.

Rhun esperou enquanto todo mundo saltava. Depois que ficou sozinho, se inclinou para frente e tocou no ombro de Grigori.

– Sinto muito por tudo que você perdeu hoje. Eu vou rezar pelas almas deles.

Grigori balançou a cabeça em agradecimento, lançando um olhar para Alexei. O monge apertou a mãozinha do garoto como se temeroso de perdê-lo também.

– Eu não pensei que ele fosse se mostrar – sussurrou Grigori. – Em pessoa.

Rhun recordou a presença fria de Iscariotes.

– Eu só queria desafiar Deus – disse o monge. – Ver a mão Dele em ação ao criar todo aquele caos com minha mão. Para ver se Ele corrigiria tudo.

Rhun apertou o ombro de seu velho amigo, sabendo que sempre haveria um abismo entre eles. Grigori tinha raiva demais de Deus, tinha sido ferido demais no passado por Seus servos na Terra. Nunca poderiam se reconciliar plenamente, mas naquela noite iriam se separar da melhor maneira possível.

Grigori observou Jordan se afastar.

– No fim, talvez eu de fato tenha visto a mão de Deus.

O rosto do monge se virou ligeiramente na direção de Rhun, suas faces manchadas de lágrimas.

Com um aperto final de despedida, Rhun saltou e fechou a porta. A van saiu pela rua, abandonando-os na noite.

A um passo de distância, Christian segurava a cabeça coberta de Nadia contra o ombro como se ela dormisse, uma palma acariciando sua nuca.

Rhun, também, tinha lutado muitas batalhas ao lado dela, ela tinha sido a mais forte entre eles, nunca atormentada pela dúvida. A dedicação dela ao seu propósito tinha sido feroz e dura. A perda dela – tanto como sanguinista quanto como amiga – era incalculável.

– Nós devemos sair da rua – advertiu Jordan.

Rhun assentiu, e Christian se encaminhou para o lado da catedral, passando sob os galhos esqueléticos das árvores nuas no inverno. Rhun inclinou a cabeça para olhar para as janelas da catedral. A igreja lá dentro era um espaço muito bonito, com tetos caiados de branco e arcadas de tijolos vermelhos. As preces deles por Nadia teriam um bom lar ali.

Nos fundos da catedral, de frente para uma parede simples, Rhun realizou o ritual, cortar a palma da mão e abrir a porta secreta dos sanguinistas. Ele se lembrou de Nadia fazendo o mesmo meio dia antes, nenhum dos dois sabendo que seria a última vez para ela.

Christian entrou rapidamente e desceu a escada escura.

Jordan acendeu a lanterna e o seguiu. Erin estava de mãos dadas com o soldado numa intimidade calma. Rhun se lembrou de ouvir o coração dela, avaliando a profundidade de seu luto. Contudo, contrariando todas as expectativas, Jordan tinha sido trazido de volta.

A inveja engolfou Rhun. Séculos antes, ele em certa ocasião tinha perdido a sua amada, mas quando ela lhe fora devolvida estava mudada para sempre.

Para ele, não tinha havido volta.

Rhun entrou na capela secreta abaixo. Como a igreja acima, tinha um teto abobadado, pintado de um azul sereno séculos atrás, para recordar os sanguinistas do céu, da Graça de Deus a eles restaurada. De cada lado, tijolos vermelhos se alinhavam nas paredes do chão ao teto. Adiante, o altar simples continha uma pintura de Lázaro sendo ressuscitado dos mortos com um Cristo resplandecente à sua frente.

Passando adiante, Rhun alisou a toalha do altar, então Christian colocou os despojos de Nadia delicadamente em cima dela, mantendo-a coberta. Eles rezaram acima dela. Com sua morte, toda a profanidade finalmente a deixara.

Na morte, ela estava livre.

Erin e Jordan também baixaram a cabeça durante aquelas últimas orações, de mãos unidas. O luto ressoava em cada respiração, cada bater de coração, enquanto também a pranteavam.

Depois que acabaram, Christian se afastou do altar.

– Nós temos que ir.

– Não vamos ficar aqui? – perguntou Jordan, parecendo exausto.

– Não podemos arriscar isso – respondeu Christian. – Se esperamos resgatar o garoto, devemos andar logo.

Rhun concordou, recordando-os:

– Alguém no seio da Igreja é um traidor. Não podemos ousar ficar em algum lugar muito tempo. Especialmente aqui.

– E o corpo de Nadia? – perguntou Erin.

– Os padres locais compreenderão – garantiu-lhe Rhun. – Eles cuidarão para que seja mandada de volta para Roma.

Rhun baixou a cabeça uma última vez em sinal de respeito a ela, então deixou o corpo frio sozinho no altar e seguiu os outros para a saída.

Ele agora precisava cuidar dos vivos.

31

19 de dezembro, 23:03 horário da Europa Central
Estocolmo, Suécia

Erin caminhou por uma rua bem iluminada, se afastando do abrigo e do calor da catedral. A neve agora caía mais pesada, encolhendo o mundo ao seu redor. Flocos logo salpicaram seu cabelo e seus ombros. Alguns centímetros haviam se acumulado no solo.

Um punhado de carros fluía pela rua mesmo sendo tarde, os pneus roncando sobre as pedras de calçamento, os faróis abrindo buracos na neve que caía.

Ela manteve a mão segurando firme em Jordan – tanto para se impedir de escorregar no pavimento congelado quanto para se certificar de que não estava sonhando. Enquanto caminhavam, ela observou a respiração quente saindo dos lábios dele, tingindo o ar frio de branco.

Menos de uma hora antes, ele havia estado morto – sem respiração e sem batimento cardíaco.

Ela examinou Jordan de soslaio.

Sua mente lógica se esforçava para compreender aquele milagre, para colocá-lo num contexto científico, entender as regras. Mas, por ora, apenas o segurou com firmeza, grata pelo fato de ele estar quente e vivo.

Rhun andava de seu outro lado. Ele agora parecia abatido, mais fraco que mesmo a perda de sangue recente poderia explicar. Erin podia imaginar por quê. Bathory tinha feito um estrago nele – e não só ao seu corpo. Ele claramente ainda a amava, e a condessa parecia disposta a usar aqueles sentimentos para feri-lo.

Finalmente Christian parou na frente de uma loja bem iluminada.

– Onde estamos? – perguntou Jordan.

– Em um Internet café. – Christian abriu a porta, fazendo tocar uma campainha presa no umbral. – Foi o mais próximo que consegui encontrar a essa hora da noite.

Feliz por sair da neve, Erin entrou depressa no local aquecido. O interior parecia mais uma loja de conveniência que um Internet café – prateleiras de comida se estendiam à sua esquerda e uma geladeira cobria uma parede. Mas, nos fundos, duas cadeiras dobráveis de metal esperavam diante de monitores de computador, e havia teclados sobre uma longa mesa.

Christian falou com a mulher entediada atrás do balcão. Ela estava vestida de preto, com um pino de prata enfiado na língua que brilhava quando ela falava. Christian comprou um telefone celular, fazendo perguntas concisas em sueco. Quando acabou, ele entregou a ela uma nota de cem euros e seguiu para o fundo da loja.

No balcão, Jordan pediu quatro salsichas da grelha giratória, onde parecia que elas tinham estado girando desde o princípio do milênio. Erin acrescentou à pilha duas Cocas, um par de sacos de batatas fritas e um punhado de barras de chocolate.

Ela poderia não ter uma chance de comer de novo por muito tempo.

Jordan carregou o jantar deles empilhado numa bandeja para a mesa dos computadores. Christian já estava sentado diante de um monitor, os dedos voando, fazendo borrões sobre o teclado.

Rhun estava parado junto ao ombro dele.

– O que você está fazendo? – perguntou Jordan, devorando uma salsicha.

– Checando o plano de contingência que preparei com o cardeal Bernard.

– Que plano de contingência? – perguntou Erin, esquecendo a barra de chocolate desembrulhada por um momento.

– O cardeal queria que a nossa condessa fosse mantida com rédea curta – explicou Christian. – Para o caso de ela se libertar das algemas e tentar fugir. Eu bolei uma maneira de saber do paradeiro dela.

Jordan apertou o ombro do jovem sanguinista com a mão engordurada, sorrindo.

– Você plantou um rastreador nela, não foi?

Christian sorriu.

– Dentro da capa.

Erin também sorriu. Se eles pudessem rastrear Bathory, havia uma boa chance de poderem rastrear o garoto.

Rhun olhou furioso para o homem mais baixo.

– Por que não fui informado disso?

– Você terá que discutir isso com Bernard. – Christian baixou ainda mais a cabeça, parecendo incomodado por seu subterfúgio.

Rhun suspirou pesadamente, deixando de lado a raiva. Erin percebeu a compreensão que surgiu em seus olhos. O cardeal não havia confiado que Rhun pudesse não fugir com a condessa. Depois de Rhun ter escondido a Bathory durante séculos, não se podia culpar Bernard por aquela cautela.

– Pode levar alguns minutos para captar o sinal dela e descobrir a localização exata – advertiu Christian. – De modo que fiquem à vontade.

Erin fez exatamente aquilo, passando a mão ao redor da cintura de Jordan e apoiando a cabeça contra o calor de seu peito, ouvindo o bater de seu coração, apreciando cada *tum-tum*.

Depois de dez minutos de digitação no teclado e reclamações resmungadas sobre velocidade de conexão, Christian bateu um punho sobre a mesa – não com raiva, mas com satisfação.

– Consegui! – declarou ele. – Estou captando o sinal dela no aeroporto.

Rhun se virou com um rodopio do hábito preto, puxando Christian para cima, que rapidamente se desconectou. Os dois sanguinistas saíram rapidamente, sem se preocuparem em esconder sua velocidade sobrenatural da mulher no balcão.

Sem lhes dar atenção, a garota estava com o nariz enterrado num livro muito manuseado, com os fones do iPod bem enfiados nas orelhas.

Jordan correu atrás deles, resmungando.

– De vez em quando eu realmente desejaria que esses caras precisassem comer e dormir.

Ela agarrou a mão dele de novo e correu com ele em direção à porta, acenando um adeusinho para a garota atrás do balcão. Erin também foi ignorada pelo desdém da juventude.

Ela reprimiu um sorriso, subitamente saudosa de seus alunos.

23:18

Elizabeth se acomodou na poltrona ao lado da janela do avião. O espaço era muito parecido com o outro em que tinha viajado antes para vir até ali: poltronas de couro luxuosas, pequenas mesas aparafusadas. Só que, desta vez, ela não estava presa em um caixão. Enquanto tocava na echarpe ao redor do pescoço, a raiva pulsou em seu íntimo.

Ela olhou para fora pela janela redonda. As luzes do aeroporto brilhavam, cada uma envolta em um halo reluzente de neve. Ela afivelou o cinto desconhecido ao redor da cintura. Nunca tinha usado uma coisa daquelas, mas Iscariotes e o garoto tinham ambos afivelado os deles, de modo que ela presumiu que também deveria fazê-lo.

Ela olhou para o garoto sentado ao seu lado, tentando compreender o que o tornava tão especial. Ele era o Primeiro Anjo, outro imortal, mas exteriormente parecia ser apenas um garoto normal. Ela até ouvia o coração dele batendo com medo e dor. Depois de colocar curativos em seus piores ferimentos, seus novos captores tinham lhe dado um conjunto de roupas cinzentas para vestir, macias e soltas de modo a não roçar na pele esfolada.

Moletom, tinham chamado.

Ela voltou sua atenção para o mistério sentado na sua frente.

Judas Iscariotes.

Ele havia tirado o sobretudo e vestia um terno moderno de caxemira, muito bem cortado. Na pequena mesa entre eles, havia uma caixa de vidro, contendo sua coleção de mariposas, exceto por três que esvoaçavam pela cabine. Ela sabia que continuavam soltas como um lembrete para o preço de qualquer desobediência, como se ela já não estivesse pagando há séculos.

O avião acelerou sobre o campo negro coberto de neve. Ela cerrou as mãos no colo, permitindo que a capa as cobrisse de modo que Iscariotes não visse seu nervosismo. Tentou imaginar aquela invenção de metal se arremessando no ar e se atirando por quilômetros de distância acima de terra e mar.

A natureza nunca havia pretendido coisa semelhante.

Ao seu lado, o garoto reclinou o assento, claramente indiferente ao aeroplano e como funcionava. Vários pontos carmesim manchavam o moletom cinza, vazando das centenas de rachaduras em sua pele descongelada. O cheiro de seu sangue enchia a cabine, mas estranhamente não era nenhuma tentação para ela.

Será que o sangue de anjos era diferente do de todos os outros?

Ele afastou o cabelo castanho dos olhos. Era mais velho do que ela inicialmente havia pensado, talvez tivesse catorze anos. A angústia no rosto dele a fez se lembrar de seu filho Paul, sempre que se machucava. A tristeza a engolfou com aquela recordação, sabendo que seu filho agora estava morto, junto com todas as outras crianças. Ela se perguntou o que teria acontecido com seu filho.

Será que ele teve uma vida longa? Foi feliz? Será que se casou e teve filhos?

Desejou poder saber aqueles fatos simples. A amargura lhe subiu à garganta. Rhun tinha roubado aquilo dela com um único ato descuidado. Ela havia perdido suas filhas, seu filho, todo mundo que havia amado.

O garoto se mexeu no assento com um ligeiro gemido. Como ela, ele também tinha perdido tudo. Rhun lhe contara como os pais dele tinham morrido na frente dele, envenenados por um gás horroroso.

Delicadamente ela tocou no ombro dele.

– Está com muita dor?

Olhos incrédulos encontraram os dela.

É claro que ele estava com dor.

Um corte acima de uma sobrancelha tinha coagulado e secado. Ele já estava se recuperando. Ela tocou na garganta, que ainda latejava do ferimento que Nadia lhe causara. Ela também estava se recuperando, mas precisaria de mais sangue.

Como se lendo os seus pensamentos, Iscariotes lhe lançou um olhar rápido.

– Refrescos serão servidos dentro de um momento, minha cara.

Além da cabine, os motores rugiram mais alto, e o avião deu um pulo suave para o céu. Ela prendeu a respiração, como se aquilo fosse ajudar a manter o avião no ar. A aeronave subiu mais alto. O estômago dela caiu e se acalmou. A sensação a recordou de saltar obstáculos montada em sua amada égua.

Finalmente o curso deles se regularizou num deslizar suave, como um falcão através do ar.

Ela lentamente soltou a respiração.

Iscariotes levantou um braço e o homem louro grande como um urso que os havia acompanhado do labirinto apareceu vindo do fundo do avião.

– Por favor, Henrik, traga bebidas para nossos convidados. Talvez alguma coisa quente depois de todo o gelo e o frio.

O homem baixou a cabeça e se foi.

A atenção dela voltou para a janela, cativada pelas luzes que brilhavam e se tornavam cada vez menores abaixo. Voavam mais alto que qualquer pássaro. Ela foi dominada por uma euforia.

Henrik voltou alguns minutos depois.

– Chocolate quente – disse ele, se inclinando para colocar uma caneca fumegante nas mãos do garoto.

Então ele levantou uma pequena tigela em direção a ela. A fragrância inebriante de sangue quente se elevou até Elizabeth. Ela reparou na fita branca na dobra do cotovelo do brutamontes, manchada com uma gota de sangue. Parecia que havia muito pouco que os criados não fizessem por seu senhor. A opinião dela sobre Iscariotes melhorou.

Aceitou a tigela e esvaziou o conteúdo em um único gole. Calor e êxtase se irradiaram para fora de sua barriga, para seus braços, suas pernas, as pontas de seus dedos. A dorzinha persistente em seu pescoço sumiu. Ela agora latejava de força e encantamento.

Como os sanguinistas podiam recusar tamanho prazer?

Rejuvenescida, voltou sua atenção para seu jovem companheiro. Ela se recordou da conversa a bordo do trem.

– Pelo que soube seu nome é Thomas Bolar.

– Tommy – respondeu ele baixinho, oferecendo algo mais íntimo.

Ela ofereceu o mesmo.

– Então pode me chamar de Elizabeth.

O olhar dele se concentrou mais nela. Por sua vez, ela o examinou. Ele poderia ser um aliado valioso. A Igreja o queria, e se ele fosse realmente o Primeiro Anjo, poderia ter poderes que ela ainda não havia compreendido.

– Você deveria beber – disse ela, balançando a cabeça para a caneca nas mãos dele. – Vai aquecer você.

Ainda olhando para ela, ele levantou a caneca e bebeu delicadamente, fazendo uma careta por estar muito quente.

– Bom – disse ela, e se virou para Henrik. – Vá buscar toalhas limpas e água morna.

O homem louro pareceu espantado com o tom dela. Ele olhou para seu senhor.

– Traga o que ela quer – ordenou Iscariotes.

Ela saboreou aquele pequena vitória, e, momentos depois, Henrik voltou trazendo uma bacia e uma pilha de toalhas brancas. Ela molhou a primeira toalha e a estendeu para Tommy.

– Limpe o rosto e as mãos. Vá devagar.

Tommy pareceu pronto a recusar, mas ela manteve o braço estendido até que, com um suspiro cansado, ele aceitou a toalha. Depois de largar a caneca, torceu a toalha nas mãos e a pressionou contra o rosto. Logo estava esfregando uma segunda toalha nos braços, enfiando-a debaixo da blusa e passando no peito. O rosto dele se suavizou com o prazer simples do calor úmido.

O olhar dele também se suavizou naquele momento e encontrou o dela de novo.

– Obrigado.

Ela balançou a cabeça muito ligeiramente e voltou a atenção para o homem de cabelos grisalhos do outro lado. Quando o tinha visto pela última vez, quatrocentos anos antes, ele estava vestido com a túnica de seda cinza dos homens da nobreza. Parecia que tinha sido apenas alguns meses antes, depois de ter dormido todos aqueles séculos na armadilha de Rhun. Naquela época um anel de rubi adornava um dos dedos dele, um anel que ele tinha dado à filha mais moça de Elizabeth, Anna, fazendo um juramento de proteger a família Bathory.

Mas por quê?

Ela perguntou naquele momento.

– Por que veio me ver quando eu estava prisioneira no castelo de Vachtice?

Ele a examinou por um longo momento antes de responder.

– Seu destino me interessava.

– Por causa da profecia?

– Muitos falavam de seus conhecimentos de cura, de sua mente sagaz e olhar aguçado. Eu ouvi falar do interesse da Igreja por você, por sua família. De modo que fui ver pessoalmente se os rumores sobre o seu saber eram verdade.

Então ele tinha vindo farejar a profecia, como um cachorro de caçaça.

– E o que descobriu? – perguntou ela.

– Descobri que o interesse da Igreja possivelmente era valioso. Decidi proteger as mulheres de sua linhagem.

– Minhas filhas, Anna e Katalin.

Ele baixou a cabeça.

– E muitas depois disso.

Um anseio surgiu no seu íntimo, de preencher as lacunas, conhecer o destino de sua família.

– O que aconteceu com elas? Com Anna e Katalin?

– Anna não teve filhos. Mas sua filha mais velha, Katalin, teve duas filhas e um filho.

Ela virou o rosto, desejando ter podido vê-los, os frutos da semente e do sangue da nobre casa dos Bathory. Será que tinham tido a beleza simples e a graça fácil de Katalin? Ela nunca saberia, porque há muito estavam mortos.

Tudo por causa de Rhun.

– E meu filho, Paul?

– Ele se casou. A mulher dele lhe deu três filhos e uma filha.

O alívio a dominou, ao saber que todos eles tinham vivido, que tiveram vida depois dela. Estava temerosa de perguntar quanto *tempo* tinham vivido, como a vida deles havia se desdobrado. Por ora, estava contente por saber que a sua linhagem não havia sido interrompida.

Tommy deixou a toalha cair na tigela ao lado de seu assento e se recostou na cadeira, cruzando os braços, parecendo mais confortável.

– Você deveria acabar de beber seu chocolate – ralhou ela com ele, indicando a caneca. – Vai ajudar a recuperar sua força.

– Que me interessa a minha força? – resmungou ele. – Eu sou apenas um prisioneiro.

Ela levantou a caneca e a estendeu para ele.

– Do mesmo modo que eu. E prisioneiros devem manter suas forças a qualquer custo.

Ele aceitou a caneca das mãos dela, os olhos castanhos curiosos. Talvez ele não tivesse se dado conta de que ela era tanto uma prisioneira quanto ele.

Iscariotes se mexeu em seu assento.

– Vocês *não* são meus prisioneiros. São meus convidados.

Era isso o que diziam todos os captores.

Tommy não pareceu mais aliviado do que ela. Girou a caneca, fascinado pelo conteúdo. Claramente ele outrora tinha sido um garoto muito amado, qualquer um podia ver isso. Então tinha sido sequestrado, machucado, e ficado desconfiado.

Tommy finalmente levantou o olhar, pronto para encarar aquele outro.

– Para onde está nos levando?

– Para seu destino – respondeu Iscariotes, unindo as pontas dos dedos e olhando por cima delas para o garoto. – Você é afortunado por ter nascido em um momento tão importante.

– Eu não me sinto afortunado.

– Por vezes você não consegue compreender seu destino até que ele chega a você.

Tommy apenas suspirou alto e olhou para fora pela janela. Depois de um longo tempo, Elizabeth percebeu que ele estava olhando para ela, examinando suas mãos, tentando esconder isso.

– O que é? – perguntou ela finalmente.

Ele franziu o rosto.

– Quantos anos você tem?

Ela sorriu da pergunta descortês, compreendendo a curiosidade, apreciando a ousadia dele.

– Eu nasci em 1560.

Ele prendeu a respiração, e as sobrancelhas se elevaram com surpresa.
– Mas dormi muitos desses séculos. Eu não compreendo este mundo moderno como deveria.
– Como a história de Bela Adormecida – disse ele.
– Eu não conheço esse conto – disse ela, ganhando outra sobrancelha erguida. – Conte para mim. Então talvez você possa me falar mais sobre esta época, como eu poderia aprender a viver nela.

Ele assentiu, parecendo satisfeito com a distração – e talvez ela também precisasse de diversão. Ele respirou fundo e começou. Enquanto ela ouvia atentamente aquele conto de magia e fadas, a mão dele ultrapassou o braço da cadeira e veio se aninhar na dela.

Ela sentiu os dedos quentes dele cerrados nos seus. Além de seus poderes e destino desconhecido, ela viu que Tommy também era um garoto jovem e solitário, que tinha perdido o pai e a mãe.

Como Paul tinha ficado depois do julgamento dela.

Os seus dedos apertaram os dele, um sentimento desconhecido surgindo em seu íntimo.

Sentimento de proteção.

23:32

No banco de trás do Audi prateado roubado, Jordan se agarrou à barra de apoio enquanto Rhun corria por Estocolmo em direção ao aeroporto. Ele tentou ignorar os sinais vermelhos que o padre avançou. Horas de desespero exigiam medidas desesperadas, mas aquilo não significava que ele quisesse acabar espatifado contra um poste.

Ele esperava que o dono do carro tivesse um bom seguro.

Agora na autoestrada, Rhun costurou, entrando e saindo de pistas, como se as faixas da estrada fossem meras sugestões. Christian estava sentado no banco da frente, ignorando o perigo, examinando seu novo telefone, usando a conexão do celular para seguir rastreando a condessa. Um momento antes, ele havia informado que ela já estava no ar, voando para sul de Estocolmo, sobre o mar Báltico.

Rhun se recusava a permitir que ela ganhasse mais dianteira. Ele seguia em alta velocidade ao lado de um caminhão, com a lateral do carro a menos de dois centímetros da barra do caminhão.

Erin agarrou o braço de Jordan.
– Fica mais fácil se você fechar os olhos – disse ele.

– Quando minha morte vier, eu quero vê-la.

– Eu já morri uma vez hoje. Não recomendo, de olhos bem abertos ou não.

– Você se lembra de alguma coisa de quando estava...?

As palavras dela se calaram.

– Quando eu estava morto? – Ele deu de ombros. – Eu me lembro de sentir o coice no peito e de cair. Então tudo ficou escuro. A última coisa que vi foram os seus olhos. Você parecia preocupada, diga-se de passagem.

– Eu estava. Ainda estou. – Ela segurou a mão dele com as duas mãos. – De que você se lembra depois disso?

– De nada. Nenhuma luz branca, nem coro celestial. Eu me lembro vagamente de ter um sonho sobre o dia em que fui atingido pelo raio. As linhas de minha tatuagem queimaram. – Ele coçou o ombro. – Ainda meio que coça.

– Marcando a ocasião em que você morreu pela última vez – disse ela, examinando o rosto dele, como se procurando por significado naquele detalhe.

– Acho que o céu não me quis naquela época nem agora. De qualquer maneira, a coisa seguinte que vi foi que estava olhando para os seus olhos de novo.

– Como se sente agora?

– Como se tivesse acabado de acordar na manhã de Natal, cheio de energia e pronto para a ação.

– Ver você sentado aqui é como a manhã de Natal para mim.

Ele apertou a mão dela – enquanto Rhun de repente metia o pé no freio, lançando Jordan contra o cinto de segurança.

– Nós chegamos – anunciou Rhun.

Jordan viu que eles estavam de volta ao aeroporto, estacionados ao lado do jato.

Todos saltaram rapidamente, apressando-se para continuar a caçada.

Rhun e Christian conduziram Erin para o avião.

Enquanto Jordan seguia, se sentiu culpado por ter mentido para Erin um momento antes – ou pelo menos por não ter lhe contado toda a verdade.

Ele esfregou o ombro. Seu lado esquerdo inteiro queimava com um ardor que se recusava a diminuir, seguindo ao longo das linhas fractais de sua flor de raio. Ele não sabia qual o significado daquele ardor – apenas sua origem.

Alguma coisa está dentro de mim.

32

19 de dezembro, 23:50 horário da Europa Central
No ar sobrevoando o mar do Báltico

Assim que o jato alcançou altitude de cruzeiro, Rhun desafivelou o cinto. Ele precisava se mexer, andar para dar vazão à sua frustração. Pouco antes, mal tinha conseguido conter sua ansiedade enquanto Christian realizava sua interminável verificação antes do voo, e Jordan examinava o avião com um sensor em busca de explosivos escondidos. Ambas eram precauções recomendáveis, mas Rhun havia se irritado com mais atrasos, percebendo que Elisabeta voava cada vez para mais e mais longe cada minuto que se passava.

Ele recordou a expressão satisfeita do homem que havia matado Nadia. Elisabeta agora estava sob o controle dele, um homem que podia matar com um único gesto.

Por que ele a tinha levado?

Por que ela tinha ido com ele?

Rhun pelo menos compreendia a resposta para aquela última pergunta. Ele olhou para trás para o caixão vazio na traseira do avião, onde Elisabeta tinha ficado presa durante o voo até ali.

Eu falhei quando devia protegê-la.

Mas quem era aquele homem realmente?

Enquanto dirigia para o aeroporto, Grigori tinha enviado uma mensagem de texto para o telefone de Rhun. Era uma única imagem de uma âncora antiquada.

⚓

Abaixo dela havia as palavras: *Este é o símbolo dele. Cuidado.*

Precisando se mover, Rhun andou até a cabine do piloto e examinou o interior do aposento iluminado pelos instrumentos.

– Você pode entrar – disse Christian, acenando para a cadeira vazia do copiloto.

Rhun manteve-se na porta. Ele não gostava de ficar perto dos controles, temeroso de que sem querer pudesse esbarrar em alguma coisa e causar um caos.

– Ainda estou rastreando o avião da condessa – disse Christian. – Continua voando para sul, se mantendo no corredor aéreo prescrito. Agora é apenas uma questão de segui-lo, ver se conseguimos diminuir a dianteira deles. Mas será que deveríamos sequer tentar isso?

– O que quer dizer?

– Você realmente acredita que o homem que estamos perseguindo seja o Traidor de Cristo? – Christian perguntou. – Não um louco delirante?

– Elisabeta o reconheceu de sua época, marcando-o como imortal. Mas ele também tem batimentos cardíacos. De modo que não pode ser um *strigoi*, deve ser alguma outra coisa.

– Como o garoto.

Rhun considerou aquilo, percebendo que devia haver uma conexão entre os dois.

Mas qual?

– Quer ele seja realmente Judas Iscariotes dos Evangelhos ou não – disse Rhun –, foi-lhe concedida imortalidade enquanto mantinha sua humanidade. Tal milagre aparentemente exigiria a mão de Deus, ou possivelmente um ato de Cristo como o homem afirmou.

– Se você estiver certo, então ele deve ter recebido esse milagre com um propósito.

– De fazer com que ocorra o Apocalipse?

– Talvez. – Christian olhou para Rhun, tocando em sua cruz. – Se você estiver certo, será que estamos interferindo com a vontade de Deus ao tentar detê-lo, ao segui-lo, ao tentar resgatar esse garoto?

Houve um movimento atrás dele. Erin desafivelou o cinto e veio até eles, trazendo Jordan consigo. Ambos tinham se trocado, pondo roupas limpas e secas antes da decolagem. O perfume de lavanda avançou com ela, fazendo Rhun entrar mais na cabine do piloto, para manter a distância dela.

Ela se apoiou no umbral da porta.

– Algum de vocês acredita que seria a vontade de Deus torturar uma criança inocente?

– Lembre-se – disse Jordan a ela –, estamos falando de *Judas*. Não é o papel dele ser sempre o bandido?

– Depende de como você interpreta os Evangelhos – disse Erin, se virando para ele, mas as palavras dela eram para todos. – Nos textos canônicos da Bíblia, Cristo sabia que Judas ia traí-Lo, mas não fez nada para impedir isso. Cristo *precisava* que alguém o entregasse aos romanos de modo que Ele pudesse morrer na cruz pelos pecados do homem. De fato, em um texto gnóstico... o *Evangelho de Judas*... há a afirmação de que Cristo *pediu* a ele que O traísse, que Ele disse para Judas: "*Quanto a ti, tu superarás todos eles. Pois tu sacrificarás o ser humano que me carrega.*" De modo que, na melhor das hipóteses, o caráter de Judas é obscuro.

Jordan fez cara de desdém, claramente não aceitando aquela opinião.

– Obscuro? Eu o vi massacrar Nadia e as crianças de Rasputin. Ele me baleou no peito. Não acredito nele como uma força do bem.

– Talvez – disse Christian. – Mas talvez Deus às vezes precise que uma força do *mal* atue. A traição por Judas serviu a um propósito mais alto. Como Erin disse, Cristo precisava morrer para perdoar nossos pecados. Talvez isso seja o que está acontecendo agora. Um ato perverso que serve a uma meta mais alta.

Erin cruzou os braços.

– Então vamos ficar sentados e deixar que o mal aconteça na esperança da hipótese remota de que haja um resultado positivo. Como em os fins justificam os meios.

– Mas que *fins*? – perguntou Jordan, atacando com seu espírito prático habitual o coração do problema. – Nós ainda não temos ideia do que o canalha quer com o garoto.

– Ele continua sendo o Primeiro Anjo da profecia – recordou Rhun. – O garoto deve servir a um destino. Talvez Judas pretenda pervertê-lo da mesma maneira que tentou quebrar o trio ao matar Jordan.

Jordan esfregou o peito, parecendo incomodado com a ideia.

Erin franziu o cenho.

– Mas o que é Tommy? Ele claramente não pode morrer. De modo que realmente é um *anjo*?

Rhun lançou um olhar de dúvida para ela.

– Eu ouvi o coração dele bater. Soou natural e humano, não alguma coisa extraterrena. Na melhor das hipóteses, suspeito que ele tenha sangue angelical, alguma bênção que lhe foi dada quando estava no cume da montanha de Massada.

– Mas por que ele? – perguntou Erin. – Por que Tommy Bolar?

Rhun sacudiu a cabeça, inseguro.

– Na montanha, eu tentei consolá-lo, perguntar o que ele sabia com relação aos trágicos acontecimentos que tinham matado tantos e, no entanto, o tinham poupado. Ele mencionou ter encontrado um pombo com a asa quebrada, ter tentado salvá-lo, pouco antes de a terra se fender e o terremoto começar.

– Um único ato de misericórdia? – resmungou Erin. – Será que isso seria suficiente para merecer tamanha bênção?

Christian olhou para trás enquanto entravam numa zona de turbulência.

– O pombo é com frequência o símbolo do Espírito Santo. Talvez aquele mensageiro buscasse alguém merecedor de tal bênção. Uma pequena prova a que foi submetido.

Rhun assentiu.

– Ele era um garoto comum quando subiu até aquela montanha, mas talvez quando fez esse ato de misericórdia no lugar certo na hora certa tenha sido infundido com sangue angelical.

– Eu não me importo com o que está naquele *sangue* – disse Jordan. – Se você estiver certo, ele ainda é essencialmente apenas um garoto.

– Ele é mais que um garoto – disse Rhun.

– Mas ele *também* é um garoto – disse Erin. – E não devemos nos esquecer disso.

Rhun não podia negar as palavras dela, mas nada daquilo acomodava a questão fundamental levantada por Christian. Rhun encarou todos eles.

– Então vamos nos arriscar a contrariar a vontade de Deus ao resgatar Tommy das mãos de Iscariotes?

– Isso mesmo. – Jordan levantou o queixo, pronto para lutar pelo garoto. – Meu antigo comandante martelou uma citação em todos nós soldados. *Tudo o que é necessário para o triunfo do mal é que os homens bons não façam nada.*

Erin pareceu resoluta.

– Jordan está certo. Trata-se de livre-arbítrio. Tommy Bolar *escolheu* salvar aquela pomba e foi abençoado por aquele ato bondoso. Nós devemos permitir que o garoto escolha seu próprio futuro, não permitir que seu futuro lhe seja tomado por Iscariotes.

Rhun não havia esperado nada menos daquela dupla e se fortaleceu com a determinação deles.

– Cristo foi para a cruz voluntariamente – concordou ele. – Nós daremos a esse garoto Tommy a mesma liberdade de escolher seu destino.

23:58

À medida que o avião entrava em uma zona mais intensa de turbulência, Christian mandou todos voltarem para suas poltronas. O subir, descer e sacolejar pareciam ecoar a inquietação de Erin, deixando-a ainda mais inquieta. Enquanto se afivelava em seu assento, ela sabia que deveria tentar dormir um pouco, mas também sabia que qualquer esforço para isso seria desperdiçado.

Jordan parecia menos preocupado, dando grandes bocejos de estalar os maxilares, o treinamento de soldado lhe sendo útil. Parecia que ele conseguia dormir mesmo nas piores circunstâncias.

Enquanto ele reclinava a poltrona, remexendo o corpo em busca de uma posição mais confortável, Erin olhou pela janela para a extensão de escuridão sobre o mar noturno. Sua mente girava em torno do mistério que era Tommy Bolar, do trecho da história que cercava Judas Iscariotes. Por fim, precisando de uma distração, enfiou a mão no bolso e puxou o objeto embrulhado em oleado que havia apanhado na neve do labirinto de gelo.

Rhun se remexeu diante dela, seu olhar se aguçando ao ver o que estava nas mãos dela.

– Isso pertence à condessa. Ela o encontrou congelado na parede do labirinto. Deve ter deixado cair durante a comoção.

Erin franziu a testa, se lembrando de ter encontrado a manta de bebê de sua irmã igualmente envolta em gelo, posta ali pelo monge russo para distrair e causar sofrimento. A visão daquele tecido manchado a ferira profunda e pessoalmente.

E mesmo assim eu a abandonei.

Ela esfregou um polegar sobre o oleado. Bathory claramente tinha escavado seu prêmio. Seria aquela a escolha correta no labirinto? Erin tinha escolhido seguir os ditames da necessidade, em vez da emoção. Contudo, Bathory havia vencido ao arrebentar o gelo e descobrir um atalho. Será que Grigori estivera testando o coração delas?

Foi por isso que perdi?

Mesmo agora sentia uma pontada de arrependimento. Deveria ter retirado a manta, de modo que pudesse ser levada de volta para a Califórnia e enterrada na sepultura de sua irmã, onde deveria estar.

Ela examinou o objeto em suas mãos, se perguntando o que continha, se teria o mesmo peso emocional para Bathory que a manta tivera para ela. Precisando saber, lutou para abrir o nó, seus dedos escorregando cada vez que o avião pulava.

Finalmente, o cordão afrouxou um pouco. Ela lentamente conseguiu desfazer o nó e empurrou o canto do tecido oleado. Parecia linho que tinha sido embebido em cera de abelha para ficar impermeável.

– Seja lá o que for que estiver aí dentro – balbuciou ela – deve ter sido importante para Bathory.

Rhun estendeu a mão.

– Então talvez seja particular. E deveríamos respeitar isso.

Erin deteve sua mão, se recordando de como tinha ficado incomodada ao pensar em Rasputin violando a sepultura de sua irmã para tirar a manta.

Será que estou cometendo uma violação semelhante?

Jordan se mexeu ao lado dela, claramente acordado.

– Alguma coisa aí dentro pode nos dar uma pista para o interesse do canalha na condessa. Poderia salvar a vida dela. Poderia salvar a nossa.

Erin levantou as sobrancelhas para Rhun.

O padre baixou a mão para o colo, aceitando o argumento.

Enquanto o avião subia e descia, Erin desembrulhou o tecido grosso com movimentos deliberados. Descobriu um livro, encadernado em couro, cobertos por manchas do tempo. Passou um dedo delicadamente sobre um brasão gravado na capa.

Era um símbolo heráldico de um dragão enroscado ao redor com três dentes horizontais.

– Esse é o brasão da família Bathory – disse Rhun. – Os dentes fazem alusão ao dragão que teria sido morto pelo guerreiro Vitus, fundador da linhagem Bathory.

Agora ainda mais curiosa, ela delicadamente abriu a capa para revelar papel escurecido a um tom creme-acastanhado. Uma letra clara e feminina fluía pela página, escrita com tinta ferro gálica. Também havia um desenho lindamente feito de uma planta: folhas, talos, e até anotações detalhadas de seu sistema de raízes.

O coração de Erin bateu mais depressa.

Deve ser o diário pessoal dela.

– O que diz? – perguntou Jordan, se sentando e se inclinando para ela.

– Está em latim. – Ela estudou a primeira frase, se habituando à letra. – Descreve um amieiro, listando as várias propriedades de suas partes. Inclusive remédios e a maneira como prepará-los.

– Em sua época, Elisabeta era uma mãe devotada e uma curandeira versada em fitoterapia. – Rhun falou tão baixinho que ela mal ouviu suas palavras.

– Na nossa época, ela é uma assassina – acrescentou Jordan.

Rhun se empertigou.

Erin virou para a página seguinte. Continha um desenho muito bem-feito de um milefólio. A condessa havia reproduzido suas florações compostas, suas folhas, a raiz com minúsculas gavinhas se curvando dos lados.

– Parece que ela também era uma artista de talento – disse Erin.

– Era mesmo – concordou Rhun, parecendo mais entristecido, provavelmente se lembrando da bondade que ele havia destruído ao transformá-la.

Erin examinou o texto, lendo os usos comuns medicinais do milefólio: como auxiliar na cura de ferimentos e para controlar hemorragias. Uma anotação no final atraiu seu olhar. *Também é conhecido como Urtiga do Diabo, devido à sua ajuda na adivinhação e ao fato de afastar o mal.*

Aquele comentário servia como lembrete para o fato de que Bathory tinha vivido em uma época supersticiosa. Mesmo assim, a condessa tentava compreender e conhecer as plantas, pô-las em ordem, misturando ciência com as crenças de sua época. A contragosto, uma medida de respeito pela mulher se formou em Erin. A condessa tinha desafiado as superstições de sua época para procurar maneiras de curar.

Erin contrastou aquilo com as severas admoestações de seu pai contra a medicina moderna. Ele havia preferido acreditar em superstições, agarrando-se a suas crenças com suas mãos calosas e atitude inflexível, não aceitando nenhum compromisso.

Aquela cegueira voluntária havia matado sua irmã mais nova.

Erin se acomodou em seu assento e leu, não percebendo mais a turbulência enquanto aprendia os antigos usos de plantas. Mas, na metade do caminho, as ilustrações subitamente mudaram.

Em vez de pétalas de flores e raízes, ela se viu olhando para um desenho detalhado de um coração humano. Era anatomicamente perfeito, como um dos desenhos medievais de Da Vinci. Ela puxou o livro para mais perto. Letras elegantes abaixo do coração listavam o nome e a idade de uma mulher.

Dezessete.

Um calafrio a sacudiu enquanto continuava a ler. A condessa tinha transformado aquela garota de dezessete anos em *strigoi* – então a tinha matado e dissecado seu cadáver, tentando descobrir por que seu próprio coração não batia mais. A condessa havia anotado que o coração *strigoi* parecia anatomicamente idêntico a um coração humano, mas que não precisava mais se contrair. Bathory havia anotado suas especulações sobre suas experiências na mesma linda letra. Ela levantava a hipótese de que os *strigoi* tinham outro método de circulação.

Ela o chamava de *a vontade do próprio sangue.*

Horrorizada, Erin leu a página de novo. O brilhantismo de Bathory era inegável. Aquelas páginas pré-datavam as teorias europeias de circulação em pelo menos vinte anos. Em seu castelo isolado, longe de universidades e cortes, ela tinha usado experiências macabras para compreender seu novo corpo de forma que poucos na Europa poderiam ter imaginado.

Erin examinou as páginas seguintes, à medida que os métodos de Bathory se tornavam mais medonhos.

A condessa tinha torturado e matado inocentes para satisfazer sua curiosidade insaciável, usando seus talentos como terapeuta e cientista para fins terríveis. Aquilo recordou Erin do que os pesquisadores médicos nazistas tinham feito com prisioneiros nos campos de concentração, atos igualmente cruéis e indiferentes ao sofrimento.

Erin tocou na página envelhecida. Como arqueóloga, ela não deveria julgar. Ela com frequência tivera que encarar o mal cara a cara e registrar seus feitos. Seu trabalho era retirar fatos da história e colocá-los em um contexto maior, trazer à luz verdades, por mais terríveis que fossem.

Assim, a despeito de sua repulsa, continuou a ler.

Lentamente a busca da condessa passou do físico para o espiritual. Erin encontrou uma passagem datada de *7 de novembro de 1605*. Dizia respeito a uma conversa que Elizabeth tivera com Rhun, sobre como os *strigoi* não tinham alma.

Bathory queria saber se era verdade. Erin leu o que ela escreveu.

Confio que ele me dirá a verdade sobre em que acredita, mas não creio que ele jamais tenha procurado além da fé para buscar compreender os mecanismos simples deste estado que foi imposto à força sobre nós.

Buscando provas dessa afirmação, Bathory fez experiências e observou. Primeiro, ela pesou as garotas antes e depois da morte, para ver se a alma tinha peso. Tinha custado a vida de quatro determinar que não tinha.

Em outra página havia a descrição arquitetonicamente precisa de um caixão de vidro hermeticamente selado. Bathory o havia projetado para ser à prova de água. Ela até o encheu de fumaça para se assegurar de que os gases não podiam escapar. Uma vez satisfeita, Bathory trancou uma garota dentro e deixou que ela sufocasse, tentando capturar a alma da jovem morta dentro do caixão.

Erin imaginou a garota socando as paredes de vidro, suplicando por sua vida, mas a condessa não tinha misericórdia. Ela a deixou morrer e fez suas anotações.

Depois disso, a condessa deixou o caixão selado por vinte e quatro horas, examinando-o à luz de velas, e à luz do sol. Não encontrou nenhum vestígio de uma alma na caixa de vidro.

A condessa fez a mesma coisa com uma garota *strigoi*, ferindo-a mortalmente antes de vedá-la para morrer na caixa. Erin queria pular aquelas experiências horrendas, mas seu olhar foi capturado por uma passagem no final da página seguinte. A despeito do horror, aquilo a intrigou.

Depois da morte da besta, uma pequena sombra negra se elevou do corpo dela, quase invisível sob a luz de vela. Eu observei a sombra esvoaçar através da caixa, buscando uma saída. Mas, ao raiar do dia, um raio de sol caiu sobre ela, e ela murchou e se desfez em nada e desapareceu de minha vista para nunca mais voltar.

Chocada, Erin leu aquela passagem várias vezes. Será que Bathory estava delirando, vendo algo que não existia? Se não, o que aquilo significava? Será que alguma força das trevas animava os *strigoi*? Será que Rhun sabia?

Erin leu a conclusão de Bathory.

Eu presumo que a alma humana seja invisível, talvez clara demais para meus olhos verem, mas as almas das bestas tais como eu são negras como prata suja. Em sua tentativa de escapar, para onde queria ir? Isso eu tenho que descobrir.

Erin estudou a última página, onde Bathory reproduzia elegantemente uma imagem desenhada da experiência. Mostrava uma garota com presas, morta dentro de uma caixa. Luz de uma janela caía sobre o pé do caixão de vidro, enquanto uma sombra preta pairava na outra extremidade, como se tentando fugir da luz.

Rhun olhou fixamente para aquela página também, visivelmente abalado. Mas o que o abalava mais: a sombra ou a garota assassinada? Ele estendeu a mão para o livro.

– Por favor, posso ver?

– Você sabia a respeito disso? O que ela estava fazendo? O que ela descobriu?

Rhun não enfrentou o olhar dela.

– Ela buscava descobrir que tipo de criatura ela era... em que tipo de monstro eu a havia transformado.

Erin folheou as páginas restantes, encontrando-as todas em branco. Claramente Bathory devia ter sido apanhada e presa pouco depois daquela última experiência. Ela estava a ponto de entregar o livro a Rhun quando viu um desenho final na última página. Como se tivesse sido feito com grande pressa.

Parecia alguma forma de cálice, mas qual era seu significado?

– Posso ver? – perguntou Rhun de novo.

Ela fechou o livro e o entregou a ele.

Ele lentamente examinou as páginas por si. Ela observou o maxilar dele se cerrar com cada vez mais força.

Será que ele culpa a si mesmo pelas ações da condessa?

Como poderia não se culpar?

Rhun finalmente fechou o livro, seu rosto perdido e derrotado.

– Houve uma época em que ela não era perversa. Ela era uma pessoa cheia de luz do sol e de bondade.

Erin questionou quanto daquilo era verdade, se perguntando se o amor cegara Rhun para a verdadeira natureza da condessa. Para que Bathory tivesse realizado aquelas experiências medonhas, tinha que ter havido alguma sombra por trás daquela luz do sol. Enterrada bem fundo, mas lá.

Jordan fez uma careta.

– Pouco me importa como a condessa tenha sido no passado. Ela agora é perversa. E nenhum de nós deve esquecer isso.

Ele lançou para Rhun um olhar furioso, então deu as costas para eles, pronto para dormir de novo.

Erin sabia que ele estava certo. Se tivesse uma chance, Bathory mataria todos eles – provavelmente bem devagar, enquanto fazia anotações.

PARTE IV

*Sua casa é o caminho do inferno,
que desce às câmaras da morte.*

– Provérbios 7:27

33

20 de dezembro, 2:33 horário da Europa Central
Próximo de Nápoles, Itália

Com a lua cheia brilhando acima do mar noturno, Elizabeth saiu para a proa do estranho navio de metal e vasculhou a antiguidade atemporal do Mediterrâneo. Ela encontrava conforto em seu caráter imutável. As luzes da cidade de Nápoles desapareceram rapidamente atrás dela, levando consigo a linha da costa escura.

O avião deles tinha pousado de volta no solo no meio da noite, há menos de uma hora, chegando a uma metrópole invernal que não tinha nenhuma semelhança com a cidade de seu passado.

Ela tinha que parar de ficar procurando aquele passado.

Era um novo mundo.

Enquanto ficava parada na proa, o vento frio lhe penteava o cabelo. Ela lambeu a espuma de sal dos lábios, espantada com a velocidade daquela embarcação. O navio bateu numa onda alta. Estremeceu com o impacto. Então seguiu adiante, como um cavalo avançando em meio à neve profunda.

Ela sorriu para as ondas negras que subiam e desciam.

Aquele século tinha muitas maravilhas para lhe oferecer. Ela se sentia uma tola por ter se confinado às ruas da Roma antiga. Devia ter se atirado naquele novo mundo, não tentado se esconder no velho.

Inspirada, puxou a capa dos sanguinistas de seus ombros. A capa a tinha protegido do sol, mas o estilo antigo e a lã pesada não pertenciam a este mundo. Ela levantou a capa no vento. Tecido negro esvoaçou no ar como um pássaro monstruoso.

Ela a largou, libertando-se do passado.

A capa girou numa corrente de vento, então voou para fora e aterrissou na água. Ficou ali por um instante, um círculo negro como fuligem sobre as ondas iluminadas pelo luar, antes que o mar a engolisse.

Agora ela não tinha consigo *nada* dos sanguinistas, *nada* do velho mundo.

Ela se virou para frente de novo, passando a palma da mão na amurada de aço da embarcação. Olhou fixamente para os bordos do casco, para as quilhas sobre as quais a embarcação voava sobre a água.

– Chama-se um hidrofólio – disse Tommy, se aproximando às suas costas.

Tão entretida estivera com o vento e o encantamento, que não tinha ouvido o bater do coração dele se aproximar.

– Parece uma garça planando sobre a água.

Ela olhou para ele, rindo com a delícia de tudo aquilo.

– Para uma prisioneira, você parece contente demais – observou Tommy.

Ela estendeu a mão e despenteou o cabelo dele.

– Comparada com minha antiga prisão, esta é maravilhosa.

Ele pareceu um pouco abalado.

– Nós devemos saborear cada momento que nos é dado – destacou ela. – Não sabemos onde esta jornada termina, de modo que devemos arrancar cada fiapo de alegria dela enquanto durar.

Ele se aproximou mais dela, e Elizabeth descobriu seus braços passando ao redor dele. Juntos, apreciaram as ondas escuras que subiam e desciam na frente do navio, o vento frio empurrando para trás seus cabelos.

Depois de um breve tempo, ela o sentiu estremecer de frio em seus braços, ouviu seus dentes começarem a bater, lembrando-a de que ele não tinha a imunidade dela às condições naturais.

– Precisamos esquentar você – disse ela. – Senão vai morrer de frio.

– Não, não vou – respondeu ele, levantando um olhar divertido para ela. – Pode acreditar em mim.

Finalmente ele sorriu.

Ela retribuiu o sorriso.

– Mesmo assim, deveríamos entrar, sair deste vento, ir para onde você vai ficar mais confortável.

Ela o conduziu pelo deque escuro, através de uma porta, e desceu para o camarote principal. Iscariotes estava sentado num banco ao lado de uma mesa, bebericando de uma grossa caneca de louça branca. Seu criado grandalhão estava postado na pequena cozinha próxima.

– Pegue um chá quente para o garoto – disse ela para Henrik.

– Eu não gosto de chá – disse Tommy.

– Então apenas segure a xícara que vai aquecer você.

Henrik obedeceu à ordem, voltando com uma caneca fumegante. Tommy a segurou com as duas mãos e se aproximou de uma das janelas, olhando para Iscariotes com clara desconfiança.

O homem parecia não perceber, gesticulando com um braço, convidou Elizabeth a se juntar a ele à mesa. Ela aceitou o convite e se acomodou no assento.

– Qual é o nosso destino? – perguntou ela.

– Uma de minhas muitas casas – disse ele. – Longe de olhos curiosos.

Ela olhou para fora pela janela para o mar iluminado pelo luar. Adiante não havia nada senão escuridão. Aquela casa devia ficar distante de tudo.

– Por que viajamos para lá?

– O garoto precisa se recuperar de seu tormento no gelo. – Judas olhou para onde Tommy estava. – Ele perdeu muito sangue.

– O sangue dele é valioso para você? – Uma pontada de preocupação pelo menino a trespassou.

– Com certeza é valioso para *ele*.

Ela reparou que ele não tinha respondido à pergunta, mas deixou passar por uma questão mais importante.

– Os sanguinistas poderão nos encontrar lá?

Iscariotes passou a mão no cabelo grisalho.

– Duvido que possam.

– Então, por favor, diga-me, o que deseja de mim? Compreendo que queira o Primeiro Anjo, mas de que utilidade eu sou para você?

– Nenhuma, minha senhora – respondeu ele. – Mas eu tive uma mulher Bathory ao meu lado ao longo de quatrocentos anos, dezoito mulheres no total, e sei como podem ser aliadas poderosas. Se decidir ficar, eu a protegerei dos sanguinistas, e talvez a senhora me proteja de mim mesmo.

Mais enigmas.

Antes que ela pudesse fazer mais perguntas, Tommy apontou para a janela de proa.

– Veja!

Ela se levantou para ver melhor. Da escuridão, iluminada por centenas de lâmpadas, uma monstruosa estrutura de aço se elevava das ondas. Quatro pilares cinzentos se projetavam do mar como as pernas de um animal maciço. Aqueles monstruosos pilares sustentavam um tampo de mesa plano maior que a basílica de São Pedro. No topo daquela plataforma havia um ninho de vigas e blocos pintados.

– É uma plataforma de petróleo – disse Tommy.

– *Outrora* foi uma plataforma de petróleo – corrigiu Iscariotes. – Eu a transformei em uma residência particular. Não consta nos mapas. Fica posicionada longe dos interesses do mundo.

Elizabeth examinou as luzes que brilhavam do meio do ninho no topo da plataforma, definindo muralhas de um castelo de aço robusto. Contemplou a extensão de água escura ao redor, e então olhou de volta para a plataforma de petróleo.

Será que isso vai ser a minha nova jaula?

2:38

– Nós temos um problema! – anunciou Christian para a cabine do *cockpit*.

É claro que temos, pensou Jordan. Eles deveriam aterrissar dentro de quarenta minutos. Durante as últimas duas horas tinham estado lentamente diminuindo a dianteira que os separava dos outros. Christian havia informado que o grupo de Iscariotes tinha aterrissado a cerca de quinze minutos em Nápoles.

– Qual é o problema? – perguntou Erin.

– Perdi o sinal de Bathory! – informou Christian. – Tentei recalibrar, mas ainda nada.

Jordan soltou o cinto e saiu apressado para o *cockpit*. Apoiou os braços no alto da porta pequenina e se inclinou para frente.

– Onde você os viu pela última vez?

– O grupo dela deve ter se transferido para outro veículo. Mais lento que o jato, mas ainda assim rápido. Lancha, helicóptero, avião pequeno. Não sei dizer. Rumaram para fora da costa, sobre o Mediterrâneo, seguindo para oeste. Então subitamente o sinal foi cortado.

Erin se juntou a ele com Rhun.

– Talvez eles tenham caído – disse ela. – Um acidente.

– Talvez – disse Christian. – Mas existem explicações mais fáceis. Ela poderia ter encontrado o rastreador, ou se livrado da capa onde eu o escondi, ou talvez até a bateria tenha arriado no aparelho. Não sei dizer.

Jordan suspirou com frustração, esfregando o ombro que queimava. O fogo que ardia ao longo da tatuagem tinha se estabilizado num calor constante, impedindo-o de dormir no voo até ali.

– Por qualquer que seja o motivo, ela desapareceu – concluiu Christian, olhando por cima do ombro. – Então, o que fazemos agora?

— Vamos aterrissar em Nápoles – disse Rhun. – Entrar em contato com o cardeal em Roma e decidir como prosseguir de lá.

Resignado com o fato de que a caçada se tornara muito mais difícil, Jordan voltou para seu assento com os outros, mas primeiro passou no fundo da cabine e agarrou o kit de primeiros socorros.

Quando voltou para a poltrona, Erin perguntou:

— O que você está fazendo?

Ele abriu o kit sobre a pequena mesa de nogueira diante dos assentos.

— Quero dar uma olhada nestas mariposas mecânicas. Se vamos enfrentar aquele canalha de novo, precisamos descobrir uma maneira de neutralizar essa ameaça voadora. Ou estaremos ferrados.

Ele calçou um par de luvas de látex do kit de primeiros socorros e levantou a caixa onde Erin tinha guardado um punhado de mariposas recolhidas no labirinto de gelo. Com uma pinça, pegou a que parecia mais intacta e a colocou delicadamente sobre a mesa.

Rhun se encolheu ligeiramente em seu assento.

Bom instinto.

O veneno residual ainda poderia matá-lo.

Erin chegou mais perto de Jordan, ele não se importou nem um pouco.

Jordan examinou as asas verdes. Elas definitivamente pareciam orgânicas, como se tivessem sido arrancadas de um espécime vivo. Em seguida voltou sua atenção para o corpo. Um trabalho manual espantoso feito em bronze, prata e aço. Inspecionou as minúsculas patas articuladas, os fios finos das antenas. Mantendo os dedos longe das probóscides pontudas como agulhas, ele virou o corpo e examinou a parte inferior, descobrindo minúsculas dobradiças.

Interessante...

Ele se endireitou na cadeira.

— Nós sabemos que as mariposas têm a capacidade de injetar veneno em *strigoi* ou sanguinistas – disse. – Mas que o veneno não afeta seres humanos, de modo que talvez haja uma pista nisso. Está na hora de fazer uma pequena experiência.

Ele olhou para Rhun.

— Vou precisar de algumas gotas de seu sangue.

Rhun assentiu e tirou a *karambit* da manga. Ele cortou o dedo e pingou algumas gotas carmesim no tampo da mesa onde Jordan indicou. Por sua vez, Jordan usou uma lâmina do kit para dar um pequeno corte no polegar e fazer a mesma coisa.

– E agora? – perguntou Erin.

– Agora eu preciso de um pouco da toxina de dentro da mariposa. – Jordan enfiou a luva de volta depois de ter posto um esparadrapo no dedo.

– Cuidado – advertiu Rhun.

– Pode confiar em mim, durante todos os meus anos de trabalho forense com os militares, manuseei venenos e explosivos. Não sou de correr riscos.

Inclinado sobre o corpo de bronze da mariposa, ele usou a pinça do kit médico para desfazer as dobradiças na parte de baixo da mariposa. Uma vez livres, abriu o corpo da mariposa, com grande cuidado, revelando minúsculas engrenagens, molas e arames.

– Parece o mecanismo de um relógio – disse Erin, os olhos brilhando de espanto.

O trabalho de design era extraordinário.

Rhun também se inclinou para frente, a curiosidade vencendo a cautela anterior.

Jordan reparou que um minúsculo frasco de vidro ocupava a extremidade anterior do mecanismo. Tinha se quebrado, mas pequenas riscas de sangue permaneciam no interior.

– O sangue de Iscariotes – disse Erin.

Rhun recuou de novo.

– Cheira a morte. A contaminação é clara.

Jordan enfiou a pinça dentro do frasco quebrado e o abriu mais. Então usou dois chumaços de algodão para retirar duas gotículas da mancha restante. A primeira ele pressionou contra o seu próprio sangue.

Como esperava, nada aconteceu.

Até agora, tudo bem.

Ele pegou o segundo chumaço e o pingou sobre o sangue de Rhun. Com um estalo audível, o sangue de Rhun se vaporizou, deixando apenas uma mancha de cinza sobre a superfície de nogueira.

No silêncio atordoado que se seguiu, Jordan encontrou os olhos assustados do padre.

– Então o sangue de Iscariotes é definitivamente inimigo do sangue de um sanguinista.

– E do sangue de qualquer *strigoi* – acrescentou Erin.

O que para mim é exatamente a mesma coisa, pensou Jordan, mas guardou aquilo para si.

Em vez disso, ele se virou para sua sacola de roupas de inverno sujas e remexeu nelas até que encontrou uma de suas luvas de lã. Estava manchada com o sangue de Tommy de quando ele havia ajudado a retirar o garoto de dentro da escultura de gelo.

– O que você está fazendo? – perguntou Erin.

– Nós sabemos que Iscariotes e esse garoto são singulares no fato de que são imortais. Quero checar se o sangue do garoto também é tóxico.

Rhun apertou e pingou mais algumas gotas para que ele testasse. Jordan molhou um algodão com o sangue do padre e o aplicou às luvas.

Não houve nenhuma reação.

A testa de Erin se franziu enquanto refletia.

Jordan suspirou.

– De modo que parece que o sangue do garoto não faz mal a ninguém. De fato, pode ter salvado a minha vida.

– Pode? – questionou Erin. – Alguma coisa com certeza salvou.

Jordan ignorou a sensação de queimadura que ardia em seu ombro e descia pelas costas e peito.

– De qualquer maneira, o garoto e Judas são muito diferentes apesar de terem em comum a imortalidade.

– Então onde ficamos com isso? – perguntou Rhun.

– A partir daqui, Erin e eu devemos tomar a dianteira sempre que aquelas mariposas estiverem presentes. E não só as mariposas. Devemos desconfiar de qualquer coisa que se arraste, ande ou voe. Também sugiro que todos vocês usem proteção corporal mais grossa, deixando menos pele de fora. Talvez até alguma coisa como uma máscara de criador de abelhas para proteger o rosto.

Rhun assentiu.

– Vamos passar essa informação para o cardeal, para advertir os sanguinistas em campo, a fim de prepararem esse equipamento para qualquer luta por vir.

Jordan voltou sua atenção para os restos da mariposa.

– O que nos traz ao mecanismo funcional da mariposa. O mecanismo de relógio das engrenagens é muito complexo. Desconfio que qualquer contaminação externa poderia criar destruição, possivelmente colando as engrenagens. Poeira fina, areia, óleo.

– Vou pedir ao cardeal para examinar isso também.

Jordan olhou para Rhun.

– E pela segurança de todos nós, seria bom saber com a maior antecedência possível quando for haver esse tipo de ataque. Lá no labirinto, você conseguiu ouvir as mariposas quando elas vieram voando do ar?

Ele imaginava que as engrenagens fizessem algum tipo de ruído.

– Eu me lembro de um zumbido bem suave, muito mais baixo que um batimento cardíaco. Mas o reconheceria se o ouvisse de novo.

– Então isso é um começo – disse Jordan.

Mas seria o suficiente?

34

20 de dezembro, 3:13 horário da Europa Central
Mar Mediterrâneo

Tommy olhou boquiaberto enquanto as portas maciças do elevador se abriam para um aposento enorme.

Depois que o hidrofólio havia atracado numa das pernas maciças da plataforma de petróleo, o grupo entrara num elevador de carga industrial. Parecia velho e muito usado, um artefato que ficara dos dias em que a plataforma ainda extraía petróleo do mar Mediterrâneo. A gaiola feiosa de aço os levara para a enorme plataforma acima e para dentro da superestrutura construída em cima dela.

Iscariotes saltou primeiro, flanqueado por seus dois homens enormes.

Tommy o seguiu com Elizabeth.

Ele havia esperado encontrar o mesmo aspecto industrial velho ali. Mesmo vista de baixo, a superestrutura acima parecia com o castelo de proa de um velho navio veleiro. Mas, quando Tommy entrou no aposento, foi como entrar na ponte do *Nautilus* do capitão Nemo. O aposento era uma mistura graciosa de aço e madeira, vidro e latão, masculino e elegante.

Diretamente defronte para o elevador erguiam-se enormes janelas, arqueadas a ponto de se assemelharem às de igrejas góticas. As janelas mais nos extremos laterais tinham até vitrais, retratando cenas de pescaria, homens puxando redes, pequenos barcos com velas brancas. As janelas restantes se abriam para uma vista imponente do mar. O luar brilhava nas ondas de cristas brancas e nuvens prateadas.

Era preciso algum esforço para tirar os olhos daquela vista. Abaixo, um rico tapete vermelho cobria o assoalho de madeira dura bem encerada até as orlas. Acima, as vigas de aço tinham sido pintadas de preto, com rebites de cobre. Uma claraboia brilhava lá no alto, também de vitrais, retratando aves marinhas em voo: gaivotas, pelicanos, garças. No centro, pendia uma pomba branca com olhos esmeralda.

Tommy tropeçou um passo, recordando-se da pomba ferida que tentara resgatar em Massada. Iscariotes agarrou sua mão antes que ele caísse, levantando o olhar para a claraboia, os olhos azul-prateados se voltaram para Tommy com um brilho curioso.

– Suas mãos estão frias – disse Iscariotes. – Mandei acender a lareira para sua chegada.

Tommy assentiu, mas ele teve dificuldade de fazer as pernas se moverem. O resto do espaço era decorado com poltronas de couro e sofás estofados macios salpicados com tachas de cobre. Também havia vitrines e mesas, ostentando sextantes de cobre, velhos telescópios e um grande sino de aço. De pé diante da janela central havia uma maciça roda de leme de navio, de madeira e metal, claramente uma peça antiga autêntica. Pendurada na parede acima da mesma janela havia uma velha âncora verde de *verdigris*.

Esse cara deve gostar de pescar, pensou Tommy.

Ele lançou um olhar de soslaio para Iscariotes.

Judas, recordou a si mesmo, apesar da impossibilidade daquilo. Mas, depois de tudo que ele tinha vivido ultimamente, *por que não*?

Elizabeth tocou no braço dele.

– Você está tremendo de frio. Vamos botar você na frente da lareira.

Ele se permitiu ser conduzido para um conjunto de poltronas diante de uma lareira enorme. Estantes de livros se erguiam de ambos os lados, subindo do chão ao teto, tão altas que você tinha que usar uma escada com rodinhas para alcançá-las. Sua mãe teria adorado aquele salão, um espaço quente e acolhedor, cheio de livros para ler.

– Sente-se – ordenou Elizabeth depois que eles chegaram a uma poltrona estofada. Ela a puxou para mais perto do fogo, mostrando sua força extraordinária.

Ele se afundou na cadeira, olhando para as chamas, para os queimadores pretos em forma de golfinhos dançando nas caudas. O lugar inteiro cheirava a fumaça de madeira, subitamente recordando-o das viagens para esquiar que havia feito com os pais antes de ficar doente.

Acima da cornija se elevava um tríptico de três mapas. Ele se inclinou para mais perto, esfregando as mãos acima das chamas crepitantes. O mapa do meio retratava o mundo moderno, mas desenhado em estilo antiquado com letras floreadas. O da esquerda era um mapa que parecia antigo, com vastas partes do mundo faltando. A carta da direita estava datada de 1502.

Mostrava a América do Norte, colorida de verde, e um pedacinho pequeno da América do Sul.

Elizabeth olhou atentamente para aquele mapa, sua voz soando mais suave.

– Esse era o mundo quando eu tinha a idade que você tem agora.

O comentário dela pegou Tommy de surpresa e ele subitamente se lembrou de que ela tinha mais que quatrocentos anos.

Tommy apontou para o mapa do centro.

– É assim que o mundo é agora. Nós até o mapeamos do espaço.

– Espaço? – perguntou ela, olhando para trás, como se para ver se ele estava brincando.

– Temos satélites gigantes. Máquinas. Voando em órbita lá no alto, tipo entre aqui e a Lua.

Os olhos cinzentos dela se enevoaram.

– O homem já foi tão longe?

– Foi à Lua e voltou – disse Iscariotes, se juntando a eles. – A humanidade enviou aparelhos que se arrastam pela superfície de Marte e que viajam para além de nosso sistema solar.

Elizabeth recuou, pondo uma das mãos no braço da cadeira de Tommy para se firmar.

– Eu tenho muito que aprender – disse, parecendo abalada.

Tommy estendeu a mão e tocou na dela.

– Eu ajudo você.

Os dedos dela apertaram os dele – inicialmente com força demais, ameaçando quebrar ossos, mas então ela afrouxou o aperto, controlando sua força.

– Eu agradeceria isso.

Iscariotes suspirou, parecendo querer revirar os olhos.

– Antes que qualquer coisa possa acontecer, Thomas precisa descansar, comer, recuperar suas forças.

A mão de Elizabeth apertou ligeiramente a dele.

– E depois?

– Depois, ao raiar do dia, Thomas encontrará seu destino. Como todos nós temos que fazer um dia.

Um calafrio desceu pelas costas de Tommy, e o calor da lareira não pôde dissipá-lo.

Que destino?

Um dos homens de Iscariotes chegou com uma bandeja. Tommy se animou com a visão e o aroma de um hambúrguer, batatas fritas e um milk-shake de chocolate.

– Eu achei que você gostaria disso – disse Iscariotes enquanto a bandeja era posta ao lado de Tommy numa mesinha. – Você deve comer bem. Vamos ter um dia longo amanhã.

Tommy tocou na bandeja, se recordando do conselho anterior de Elizabeth.

Coma para se manter forte.

Ele sabia que precisaria de toda a sua força para fugir.

3:32

Elizabeth se acomodou na poltrona defronte à lareira diante do garoto enquanto ele comia. Ela estendeu as mãos para o calor bem-vindo. Chamas de verdade a aqueciam como nenhum aparelho moderno podia fazer. Ela fechou os olhos e permitiu que seu corpo bebesse aquele fogo, imaginando a luz do sol em um dia de verão.

Agora aquecida e recém-alimentada, ela deveria se sentir contente – mas não se sentia.

Não estou segura aqui – tanto quanto o garoto.

Ela estava surpreendida com quanto aquele último detalhe a incomodava. Iscariotes tinha planos para ambos, e ela havia começado a desconfiar de que ele não a trataria melhor que os sanguinistas tinham tratado.

Ela girou o tornozelo machucado. Já havia sarado o suficiente para não torná-la mais lenta se precisasse correr. Mas e o garoto? Ela olhou para Tommy. Ele tinha péssimas maneiras, devorando tudo em seu prato. O cheiro de carne grelhada e óleo a repugnavam, mas não demonstrou isso. Sabia quanto do apetite do garoto era movido pela mesma meta que a dela, manter sua força, se preparar para fugir.

Mas será que a oportunidade se apresentará?

Iscariotes os observava como um falcão faminto, mesmo enquanto comia sua própria refeição, um bife malpassado e legumes na manteiga. Ele usava um garfo e uma faca de prata, os talheres brasonados com uma âncora.

Tommy finalmente suspirou com grande satisfação e se recostou na cadeira.

Ela examinou seu rosto jovem. A cor tinha voltado às suas faces. Era extraordinário, mesmo para ela, ver como ele se recuperava rápido. A comida claramente lhe dera forças.

– Não consigo comer mais – declarou ele, contendo um arroto com o punho.

Aquilo se transformou num bocejo.

– Você deve dormir, descansar – disse Iscariotes. – Teremos que estar de pé antes do amanhecer.

Os olhos cansados de Tommy encontraram os dela. Ele claramente não sabia como responder.

Ela deu um ligeiríssimo assentimento.

Agora era a hora de tentar confundir o novo captor deles.

– Tudo bem – disse ele, se levantando e alongando as costas.

Iscariotes gesticulou para Henrik.

– Leve o garoto para o quarto de hóspedes e dê a ele roupas limpas.

Tommy repuxou a calça e o blusão, manchados em certos pontos por sangue seco. Ele claramente precisava de roupas limpas.

Resignado, Tommy seguiu atrás de Henrik, mas não antes de lançar um olhar preocupado para Elizabeth. Aquilo tocou o coração silencioso dela.

Depois que ele se foi, Iscariotes passou para o sofá mais próximo da poltrona dela.

– Dormir um pouco fará bem a ele. – Ele percebeu o olhar dela com seus olhos azul-prateados. – Mas a senhora tem muitas perguntas para mim. Perguntas que é melhor que eu responda com o garoto fora da sala.

Ela cruzou as mãos no colo e decidiu começar com o passado antes de abordar o presente ou o futuro.

– Eu gostaria de saber mais sobre o destino de minha família.

Ele assentiu, e ao longo de vários e dolorosos minutos, relatou a história dos filhos dela, e dos filhos de seus filhos, casamentos, nascimentos, mortes. Era um relato principalmente trágico, de uma família que havia caído muito, uma vasta tapeçaria tecida com os fios dos pecados dela.

Esse foi o meu legado.

Ela manteve o rosto estoico e enterrou as palavras dele bem fundo dentro de si. Os Bathory não mostravam seu sofrimento. Muitas vezes ela dissera isso a seus filhos, mesmo quando queria tomá-los em seus braços e enxugar-lhes as lágrimas. Mas não tinha aprendido a confortar com sua mãe, e não ensinara a seus filhos. Aquela força lhe custara, mas também a tinha salvado.

Depois de terminar de descrever os descendentes dela, ele perguntou:

– Mas não está curiosa com o mundo moderno?

– Estou – respondeu ela –, mas estou mais curiosa a respeito do meu *papel* neste novo mundo.

– E desconfio que queira saber do papel do garoto também.

Ela deu de ombros, não admitindo nada. Deixou um traço de sarcasmo entrar em sua voz.

– Que tipo de monstro eu seria se não me importasse com um garoto tão robusto?

– De fato, que tipo de monstro. – Uma sombra de sorriso cruzou os lábios dele.

Ela viu a expressão satisfeita dele, deixando-o acreditar que ela fosse o tipo de monstro que pouco se importava com aquele garoto. Pois ela era exatamente aquele monstro – tinha matado muitos, pouco mais velhos que Thomas. Mas por ele sentia um estranho parentesco, e seus parentes eram sagrados.

Iscariotes a fitou com um olhar mais duro.

– Seu *papel*, cara condessa Bathory, é antes e mais que tudo mantê-lo calmo e obediente.

Então devo fazer o papel da babá, da ama-seca.

Mantendo o mau humor fora da voz, ela perguntou:

– O que você planeja fazer com ele para precisar desse tipo de serviços?

– Perto do amanhecer, viajaremos para a costa, para as ruínas de Cumas. É lá que ele encontrará o seu destino, um destino contra o qual talvez queira lutar. E embora a fuga seja impossível, se ele resistir, será mais difícil para ele.

Elizabeth se virou para as chamas.

As ruínas de Cumas.

Um acorde de lembrança ressoou nela, de seus tempos de leitura dos escritos dos antigos, de Virgílio e da história da Europa, como toda boa mulher da nobreza devia fazer. Uma famosa vidente outrora vivera em Cumas, uma sibila que tinha profetizado o nascimento de Cristo. Na época de Elizabeth, o lugar já estava em ruínas, a cidade há muito destruída.

Mas alguma outra coisa a incomodava, outra história de Cumas. O medo se gravou em seus ossos, mas ela o manteve fora do rosto.

– Qual é o destino do garoto em Cumas? – perguntou ela.

E qual é o meu?

– Ele é o Primeiro Anjo – recordou Judas. – E você é a Mulher de Saber. Juntos, nós forjaremos o destino que Cristo escolheu para mim, trazê-Lo de volta ao Seu mundo e trazer o julgamento Dele para todos nós.

Ela se lembrou da admissão anterior de Iscariotes daquela meta ambiciosa.

– Você pretende iniciar o Armagedon. Mas como?

Ele apenas sorriu, se recusando a responder.

Mesmo assim, ela se lembrou daquele último detalhe relativo a Cumas. De acordo com a lenda romana, o trono da sibila escondia a entrada para o mundo subterrâneo.

Os portões do Inferno.

35

20 de dezembro, 4:14 horário da Europa Central
Nápoles, Itália

O cardeal Bernard caminhava pelo aeroporto quase deserto nos arredores de Nápoles. Luzes recuadas lançavam uma coloração azul sobre os poucos passageiros que chegavam àquela hora da manhã, dando-lhes uma aparência doentia. Ninguém lhe deu um segundo olhar enquanto passava rapidamente em direção ao salão da chegada. Ele havia trocado o carmesim de seu hábito formal pelo azul-marinho de um terno moderno de um homem de negócios.

Mas não tinha vindo para Nápoles como cardeal ou homem de negócios, e sim como guerreiro.

Sob a seda de seu terno usava um traje tipo armadura de proteção.

Desconfiado de um espião infiltrado na ordem, tinha viajado para ali em segredo, saindo da Cidade do Vaticano através de um túnel há muito não usado, cruzando as ruas de Roma à meia-noite, onde havia se misturado aos transeuntes. Tinha voado para Nápoles numa companhia aérea comercial, em vez de jato privado, usando documentos falsos. Arrastava uma mala que continha duas armaduras modernas sanguinistas, especialmente preparadas para aquela viagem.

Perto da saída do aeroporto, ele reconheceu imediatamente Erin e Jordan, ouvindo o bater de seus corações antes que eles passassem pelas portas de vidro.

Rhun e Christian flanqueavam o par.

Jordan o alcançou primeiro, movendo-se em suas pernas fortes.

– Bom vê-lo de novo, cardeal.

– Por ora, me chame apenas de Bernard. – Ele olhou ao redor, então passou a mala para Rhun e apontou para o banheiro. – Vá se trocar, você e Christian. Mantenham a armadura debaixo de suas roupas civis.

Depois que se foram, ele apertou a mão de Jordan, reparando no calor feroz de sua palma, quase febril, como se estivesse ardendo.

– Você está bem? – perguntou.

– Considerando que acabei de ressuscitar dos mortos, estou ótimo.

Bernard percebeu uma ligeira hesitação na atitude do homem. Claramente ele estava escondendo alguma coisa, mas Bernard deixou passar.

– Estou grato por você estar seguro... e igualmente grato por seu trabalho em nos ajudar a compreender a ameaça singular criada pelas mariposas de Iscariotes.

Bernard ainda tinha dificuldade em aceitar a ideia de Judas Iscariotes andando pela terra, que Cristo tinha amaldiçoado Seu traidor com anos infinitos de vida. Mas a ameaça que o homem constituía não podia ser negada nem ignorada.

– Com tempo e melhores instalações – disse Jordan –, poderíamos descobrir mais sobre as criações dele.

– Vai ter que servir como está. O tempo está escasso. Temos que encontrar o Primeiro Anjo e juntá-lo com o livro.

As palavras de profecia do Evangelho brilharam em sua mente em linhas chamejantes de ouro. *O trio da profecia tem que levar o livro ao Primeiro Anjo para que dê a sua bênção. Só assim poderão garantir a salvação para o mundo.*

Mais nada importava.

Erin parecia desanimada.

– Para que isso aconteça, nós temos que descobrir *onde* Iscariotes o escondeu e compreender *o que* ele quer com o garoto.

– E por que o canalha veio para cá com o menino – acrescentou Jordan.

Erin assentiu.

– Deve ser importante.

Rhun e Christian voltaram, suas batinas ligeiramente mais apertadas que antes, escondendo a nova armadura, um material resistente a punhaladas e cortes sugerido por Jordan como defesa contra a picada daquelas mariposas.

Bernard gesticulou em direção à porta.

– Aluguei um helicóptero para nos levar até as coordenadas onde Christian detectou a condessa pela última vez. Rumaremos para oeste sobre a água seguindo o mesmo caminho e buscaremos quaisquer vestígios.

Seguindo na dianteira, Bernard os levou para uma camioneta táxi que os conduziu até uma pista de pouso nas vizinhanças, onde o helicóptero esperava. Era uma aeronave azul e laranja, com um nariz curiosamente longo e janelas alongadas para trás, definindo uma cabine grande.

Christian soltou da van e assoviou com satisfação.

— Beleza. Um AW-193.

— Você pilota helicópteros? — perguntou Jordan.

— Já os pilotava quando você ainda usava calças curtas. — Ele acenou para a aeronave. — Entre.

Erin embarcou primeiro. Ela parou de estalo quando viu uma longa caixa preta presa entre os assentos.

— Eu providenciei um caixão para a condessa Bathory — explicou Bernard. — Caso venhamos a encontrá-la em nosso percurso.

— Vamos trazê-la de volta? — perguntou Jordan.

— É possível que ela ainda seja a Mulher de Saber — respondeu Bernard.

Ele não estava disposto a correr nenhum risco.

Rhun tocou na caixa com a mão, uma expressão irritada no rosto. Bernard tinha ouvido os relatos de Christian sobre Nadia cortar a garganta da mulher, uma mulher por quem Rhun claramente ainda nutria grande afeição.

Bernard precisava se precaver contra aquele laço.

4:44

Rhun afivelou o cinto ao lado de Erin enquanto Christian ocupava o assento do piloto. O motor rugiu e as hélices começaram a girar cada vez mais rápido. Momentos depois estavam no ar e voando em direção às águas escuras do Mediterrâneo.

Quando alcançaram a linha da costa, Christian gritou para trás.

— Aqui foi onde eles se fizeram ao mar! Eu perdi o sinal dela, alguns quilômetros mais para oeste daqui!

Rhun olhou fixamente para as ondas negras. O luar salpicava de prata as cristas brancas. Viajaram em silêncio por vários minutos, mas as águas continuaram vazias, não mostrando nenhum vestígio dos outros. Ele imaginou Iscariotes atirando Elisabeta no mar escuro, se livrando dela.

Christian gritou.

— Este é o ponto onde o sinal foi cortado.

Ele levou a aeronave a fazer um círculo lento sobre a água. Todos os olhos vasculharam o mar abaixo em busca de algum vestígio de um acidente, qualquer sinal de para onde o grupo de Iscariotes tinha ido.

Jordan gritou para a frente.

– Devíamos consultar os mapas sobre as correntes locais. Se um barco afundou ou um helicóptero ou pequeno avião caiu aqui, poderíamos ter que seguir as correntes costeiras... mas por ora eu sugiro que continuemos a seguir a trajetória original.

– Entendido. – Christian virou a aeronave para o lado e voou para oeste.

Rhun continuou sua vigília, seus olhos aguçados vasculhando cada onda.

Ele rezou por esperança.

Rezou por ela.

36

20 de dezembro, 5:06 horário da Europa Central
Mar Mediterrâneo

Judas estava em seu quarto, vestido de novo depois de uma hora de rápido cochilo.

Ele se sentia renovado, cheio de esperança.

Enquanto dava o nó na gravata, mantinha as costas voltadas para a enorme cama de quatro colunas. Para ajudá-lo a se vestir, usou o reflexo no mostrador do gigantesco relógio que cobria uma parede. O mostrador de cristal tinha dois metros e meio de largura. Com as suas próprias mãos ele o tinha construído e reconstruído em vinte casas diferentes. O dial do relógio também era de vidro, mostrando as engrenagens e peças internas, todas de bronze, cobre e aço. Ele gostava de olhar o mecanismo marcar a infinita passagem do tempo de sua vida. Agora, com sua mão cuidadosa, parou o relógio. Não precisava mais dele. Sua vida acabaria logo. Depois de anos rezando por aquele momento, em pouco tempo ele descansaria.

Uma batida na porta perturbou seus pensamentos.

– Entre! – gritou.

Ele se virou para encontrar Henrik empurrando o Primeiro Anjo para dentro do quarto. Faltando apenas duas horas para o nascer do sol, ele havia mandado chamar o garoto para que fosse trazido até ele.

Tommy esfregou os olhos, claramente ainda atordoado de sono.

– O que você quer comigo?

– Só conversar.

O garoto parecia que preferiria dormir mais.

Judas o conduziu à sua pequena escrivaninha. Tinha uma maior no escritório para tratar de negócios em outro lugar na plataforma. Mas às vezes preferia a intimidade silenciosa de seu próprio quarto.

– Nós dois, Tommy, somos únicos neste mundo.

– Como assim?

Judas pegou um abridor de cartas bem afiado e furou o centro da palma de sua mão. O sangue subiu espesso, mas ele usou um lenço para limpá-lo. A pequena ferida se fechou rápido ficando curada quase que imediatamente.

– Eu sou imortal, mas não como a sua condessa. Eu sou como você.
– Como prova, ele tomou a mão do garoto com um aperto firme e colocou a palma sobre seu próprio peito. – Você sente meu coração bater?

Tommy assentiu, visivelmente intimidado, mas curioso.

– Como você, eu nasci um menino normal. Foi uma maldição que me concedeu a imortalidade, mas eu gostaria de saber o que você *fez* para ficar igual a mim.

Judas tinha ouvido um relato rápido da história do garoto, mas queria ouvir os detalhes da fonte.

Tommy mordeu o lábio inferior, claramente hesitante, mas o garoto provavelmente queria compreender o que havia se tornado.

– Aconteceu em Israel – começou e, vagarosamente, contou a história de visitar Massada com seus pais, do terremoto e do gás.

Nada daquele relato explicava a súbita imortalidade.

– Fale-me mais sobre o que aconteceu *antes* do terremoto – pressionou Judas.

Uma expressão culpada surgiu em seu rosto.

– Eu... eu entrei numa sala onde não deveria. Eu sabia que não deveria. Mas tinha uma pomba no chão e pensei que estivesse ferida. Eu queria tirá-la dali e buscar ajuda para ela.

O coração de Judas bateu forte contra suas costelas.

– Uma pomba com uma asa quebrada?
– Como sabia disso? – Os olhos de Tommy se estreitaram.

Judas se recostou contra a escrivaninha, suas palavras carregadas de recordação.

– Há dois mil anos, eu vi uma pomba igual a essa. Quando eu era um menino.

Ele não havia pensado que o encontro tivesse sido importante, mal pensara nele, exceto que o acontecimento havia ocorrido na manhã em que encontrara Cristo pela primeira vez, quando Judas era apenas um garoto de catorze anos e eles tinham ficado muito amigos.

Eu tinha a mesma idade que Tommy, ele se deu conta subitamente.

Agora se lembrava daquele dia de manhã cedo em minúsculos detalhes: como as ruas ainda tinham estado sombreadas, uma vez que o sol ainda não tinha realmente se levantado, como o esgoto nas valas fedia, como as estrelas ainda brilhavam.

– E a pomba que você viu – perguntou o garoto – também tinha uma asa quebrada?

– Tinha. – Judas recordou o branco fantasmagórico de suas penas na noite, a única coisa se movendo naquela rua escura. – Ela arrastava a asa pelas pedras enlameadas. Eu a peguei.

Ele sentiu de novo o toque da plumagem roçando em suas mãos. O pássaro tinha ficado quieto, a cabeça encostada no polegar de Judas, olhando para ele com um único olho verde.

– Você tentou ajudar? – perguntou Tommy.

– Eu lhe torci o pescoço.

O garoto deu meio passo para trás, os olhos arregalados.

– Sem mais nem menos?

– Havia ratos, cães. Ela teria sido estraçalhada. Eu a salvei do sofrimento. Foi um ato de misericórdia.

Mesmo assim, ele se lembrava de como tinha se sentido abalado depois. Tinha fugido para o templo em busca de conforto, em busca de seu pai, que era um fariseu. Havia sido lá que ele vira Cristo pela primeira vez, um garoto da mesma idade, impressionando seu pai e muitos outros com as Suas palavras. Depois disso, os dois ficaram amigos, raramente se separavam.

Até o fim.

Agora preciso corrigir isso.

O garoto, a pomba, todos eram sinais de que seu caminho era o correto.

Judas levou Tommy de volta até a porta, de volta para os cuidados de Henrik.

– Apronte-o para a partida.

Depois que Tommy se foi, Judas voltou para a escrivaninha. Pegou um bloco de cristal que se encaixava perfeitamente na palma de sua mão. Era seu pertence mais precioso. Ele o havia tirado do cofre de seu escritório e o poria de volta lá antes de partir. Mas precisava de seu consolo naquela manhã, precisando de seu contato físico e de seu peso nas mãos.

O bloco continha uma folha marrom suspensa no interior, protegida através dos séculos pelo vidro. Ele levantou os olhos e leu as palavras que tinham sido gravadas em sua superfície outrora verde com uma faca de pedra afiada.

Apertou o bloco nas mãos em concha, pensando na mulher que havia escrito aquelas palavras, recordando sua pele escura luminosa, os olhos que brilhavam com uma radiância pacífica. Como ele, ela compreendia as verdades que mais ninguém compreendia. Como ele, ela tinha vivido muitas vidas, visto muitos amigos morrerem. Sozinha na terra, ela era seu par.

Arella.

Mas aquela folha simples tinha posto fim ao melhor século de sua vida – o que tinha dividido com ela. Tinha sido em Creta, onde a casa deles dava para o oceano. Ela detestava estar longe do mar. Ele tinha se mudado com ela de Veneza para Alexandria, para Constantinopla, para outras cidades com vista para as ondas. Teria vivido em qualquer lugar para vê-la feliz. Naquela década em particular ela tinha querido simplicidade.

Assim havia escolhido Creta.

Ele então olhou para a janela de seu quarto, fitando as ondas escuras. Desde aquela época, ele também nunca tinha estado longe do mar. Mas naquela época tinha olhado mais para ela que para as águas infinitamente mutantes. Naquela noite ela estivera parada junto de uma janela. Com as persianas abertas para a noite.

Judas abriu sua própria janela naquele momento e inalou o ar salgado, recordando-se dos sons e dos cheiros daquela noite há tanto tempo.

De sua cama, ele havia observado a silhueta dela se mover contra o fundo do céu estrelado.

O perfume do oceano enchia o quarto deles, junto com o murmurar suave das ondas contra a areia. De perto, uma coruja piou chamando seu parceiro e foi respondida. Uma semana antes, ele tinha visto o par numa oliveira, cada pássaro não muito maior que dois punhos pressionados um no outro.

– Você ouviu as corujas? – perguntou ela, se virando para ele.

O luar reluzia em seu cabelo cor de ébano, uma mecha rebelde caindo sobre o rosto. Ela estendeu a mão para afastá-la, um gesto que ele tinha visto milhares de vezes. Mas a mão dela se deteve, seu corpo ficando rígido de uma maneira bem conhecida.

Judas conteve uma imprecação e se levantou rapidamente.

Quando chegou junto dela, viu que seus lindos olhos estavam vazios.

Aquilo, também, era familiar.

As profecias agora jorrariam através dela. A cada vez ele odiava isso, pois naquele estado ela estava fora do alcance dele, e fora de seu próprio alcance, var-

rida pelas ondas do tempo, aquelas forças de maré contra as quais nunca se poderia resistir.

Como de hábito, ele seguiu as instruções dela. Apanhou folhas frescas de uma cesta de junco no canto e as colocou na mão esquerda dela. Todo dia ela recolhia folhas para esse propósito, embora as profecias só viessem uma ou duas vezes por ano.

Ele dobrou os dedos da mão dela ao redor da antiquíssima faca de pedra. Então a deixou sozinha.

Ele manteve uma vigília silenciosa diante da porta. Por vezes as visões duravam meros minutos, outras duravam horas. Não importava quanto durassem, ela não deveria ser interrompida.

Felizmente naquela noite ela foi poupada.

Depois de um único minuto, ela voltou a si e o chamou de volta.

Enquanto ele entrava no quarto, ela estava deitada na cama deles enroscada como uma bola. Ele a tomou nos braços e acariciou o cabelo longo e grosso. Ela virou o rosto para o peito dele e chorou. Ele a acalentou balançando-a de um lado para outro e esperou até a tempestade passar. Sabia que não devia perguntar a origem de sua tristeza. Aquela maldição ela tinha que carregar sozinha.

Geralmente as folhas nas quais ela escrevia as profecias ficavam espalhadas pelo chão, e ele as recolhia mais tarde enquanto ela dormia e as queimava na lareira.

Era assim que ela queria, que ela suplicava que ele fizesse. Nada de bom jamais tinha vindo de seu dom, ela lhe dizia. As profecias eram apenas sombras, não contendo nenhuma certeza, mas o conhecimento delas tinha impelido muitos homens a obrigá-las a existir, com frequência sob seu aspecto mais maligno.

Ainda assim, em segredo, ele lia cada folha antes de queimá-la, registrando muitas das palavras dela, até imagens que ela havia desenhado, em um grosso diário de capa de couro que usava para as contas da casa. Ela nunca lia aquele livro, nunca se interessava por detalhes financeiros.

Ela confiava nele.

Naquela noite, depois que a respiração dela se tornou mais lenta no sono, ele se desvencilhou do abraço dela e se levantou para pegar a única folha que jazia na borda da lareira.

Só uma profecia naquela noite.

A folha pareceu macia sob seus dedos. O cheiro de árvores verdes subiu às suas narinas. As frases escritas o chamaram. Segurando a folha perto das cha-

mas da lareira, ele leu as palavras que marchavam sobre a superfície em linhas irregulares.

Depois que as palavras Dele, escritas em sangue, forem retiradas de sua prisão de pedra, aquele que O tirou deste mundo servirá para trazê-Lo de volta, dando início a uma era de fogo e derramamento de sangue, lançando um manto sobre a terra e todas as suas criaturas.

Incrédulo, ele traçou cada palavra com um dedo trêmulo. Ele as leu de novo e de novo, desejando que o significado delas não fosse tão claro. Já sabia que Cristo havia escrito um Evangelho com Seu próprio sangue e o aprisionara em pedra. Judas tinha registrado outras profecias relativas àquele livro que ela havia escrito durante o século anterior, mas não havia pensado que fossem importantes. Nunca havia pensado que as profecias dela pudessem dizer respeito a ele até a linha em que se lia: aquele que O tirou deste mundo.

Aquilo não podia dizer respeito a ninguém senão aquele que havia traído Cristo.

Todas as outras pessoas envolvidas na morte de Jesus há muito tempo tinham se transformado em pó, mas Judas resistia. Ele tinha sido poupado para um propósito.

Para esse propósito.

Tão poucas palavras, mas cada uma confirmava seus piores temores com relação à sua maldição. Depois que o Evangelho perdido fosse descoberto, Judas tinha que buscar trazer Cristo de volta. Para fazer isso, era o dever de Judas dar início ao fim dos dias – um tempo de fogo e sangue.

Um farfalhar de lençóis atraiu sua atenção. Ela estava soerguida, tão linda à luz do fogo quanto era sob qualquer luz.

Os olhos dela viram o que seus dedos seguravam.

– Você leu isso?

Ele desviou o rosto, mas sentiu o olhar dela ardente e penetrante.

– Você leu todas elas? – *perguntou ela.*

Ele não podia mentir, e virou-se para ela.

– Eu queria preservá-las, para o caso de você mudar de ideia, de modo que seu dom não fosse perdido para o mundo.

– Dom? Isso não é um dom. E era minha escolha decidir o que fazer com ele. Eu confiei que você, só você entre todos os homens do mundo, compreenderia isso.

– Eu pensei que estivesse lhe prestando um serviço.

– Como? Quando? Durante cem anos você me traiu.

Uma linha de lágrimas brilhou sob a luz das chamas. Ela a retirou com as costas da mão contra a face lisa. Ele tinha contrariado os desejos mais profundos dela, repetidas vezes. Ele leu nos olhos dela que não poderia haver perdão para suas ações.

– Eu fiz por você – sussurrou ele.

– Por mim? – A voz dela ficou mais dura. – Não por sua curiosidade?

Ele não tinha resposta para aquela pergunta, de modo que, em vez disso, fez outra. Levantou a folha.

– Quanto tempo? Quanto tempo até que esta profecia se realize?

– Não passa de uma profecia. – O rosto dela era uma lápide inexpressiva onde ele não podia ler nada. – Uma sombra possível do futuro. Não é certeza, nem necessidade.

– Isso vai se realizar – insistiu ele.

Ele soubera a verdade disso no momento em que havia lido as palavras.

Ele tinha traído Jesus.

Agora tinha que trair o mundo dos homens.

– Você não tem como saber. – Ela atravessou o aposento para se postar diante dele. – Você não deve fazer essa coisa medonha baseado nas minhas palavras. Nada no mundo é determinado. Como todos os homens, você foi imbuído por Deus com livre-arbítrio.

– Minha vontade não importa. Eu tenho que encontrar o Evangelho de Cristo. Tenho que pôr em marcha estes acontecimentos.

– Uma profecia não pode ser forçada a acontecer. – A voz dela se elevou com raiva. – Mesmo com toda a sua arrogância, você deve saber disso.

Ele levantou a folha de novo, reagindo à raiva dela.

– Eu vejo isto. Eu sei disso. Nós devemos fazer aquilo para que fomos criados para fazer. Eu sou um traidor. *Você é uma* profetisa. *Você não desafiou Deus quando deixou de contar sua profecia sobre a traição de Lúcifer? Você não foi excluída por causa disso? E agora não quer desafiá-Lo de novo?*

Abalada, ela o encarou. Ele sabia que tinha dito em voz alta o maior temor dela, e desejou poder retirar as palavras.

Lágrimas brilharam nos olhos luzidios dela, mas ela piscou para afastá-las. E deu as costas a ele, levantou o capuz de sua capa de modo a esconder o rosto e saiu correndo pela porta para a noite estrelada.

Ele esperou que ela voltasse para ele, que a raiva se esgotasse, que ele pudesse implorar seu perdão. Mas, quando o sol da manhã nasceu, ela não tinha voltado, e ele soube que nunca voltaria.

Judas respirou fundo o ar noturno, se lembrando de tudo.

Depois que Arella o havia deixado, ele tinha viajado pela Europa onde havia passado muitos anos pesquisando os rumores sussurrados sobre o Evangelho perdido de Cristo. Tinha tomado conhecimento de outra profecia relativa ao livro, uma que falava de um trio sagrado.

Então passou a procurá-los também.

Certa noite de outono, seguindo um boato que corria entre os sanguinistas, ele havia procurado a condessa Elizabeth Bathory – a *mulher* de saber casada com um poderoso *guerreiro* e ligada a um *cavaleiro* de Cristo.

Como a Igreja, ele pensou que aqueles pudessem ser o trio da profecia – até que o padre Korza havia transformado a condessa em *strigoi* e ela fora supostamente morta.

Contudo, ele continuou convencido do poder da família Bathory. A cada geração, escolhia uma mulher solteira daquela linhagem para treinar e proteger, envenenando-lhe o sangue contra os *strigoi*, para garantir que ela nunca seria transformada como sua ancestral havia sido.

A maioria das mulheres o havia servido bem, até que a linhagem havia acabado com Bathory Darabont. Mas àquela altura o Evangelho perdido de Cristo tinha sido trazido de volta ao mundo, anunciando o que Judas teria que fazer a seguir.

Ele levantou o bloco e leu aquelas palavras.

Aquele que O tirou deste mundo servirá para trazê-Lo de volta, dando início a uma era de fogo e derramamento de sangue, lançando um pálio sobre a terra e todas as suas criaturas.

Finalmente, aquele momento havia chegado.

37

20 de dezembro, 5:22 horário da Europa Central
Mar Mediterrâneo

Tommy tremia de frio nas brisas que sopravam pela plataforma aberta, o vento levando embora os últimos vestígios de sua sonolência.

Ele olhou para o heliporto e para um helicóptero prateado estacionado ali. Tinha janelas escurecidas e um grande equipamento de radar se espichando de seu nariz. Pelas linhas elegantes e características incomuns, parecia feito sob encomenda e caro. Um piloto estava postado ao lado do helicóptero, vestido num traje de voo preto que incluía capacete e luvas.

Nem um fiapo de pele descoberta, sugerindo que ele fosse como Elizabeth e Alexei.

Strigoi.

Elizabeth estava ao seu lado. Apesar de ainda faltarem duas horas para o raiar do dia, ela também estava coberta da cabeça aos pés. Usava botas altas, calça preta, uma túnica de mangas compridas e luvas, além de um véu que lhe cobria o rosto. No véu havia uma fenda aberta para os olhos, mas ela segurava um par de óculos escuros, pronta para a aproximação da alvorada. Iscariotes gesticulou para a aeronave estacionada.

– Todo mundo a bordo.

Sem escolha, Tommy se abaixou sob os rotores enquanto eles começavam a girar e embarcou no helicóptero. O pavor o dominava. Para onde o estavam levando? Ele se lembrou da conversa de Iscariotes sobre destino, e de alguma forma soube que não ia gostar daquilo.

Enquanto afivelava o cinto, observou Elizabeth se atrapalhando com cintos de ombro e cintura.

– Precisa de ajuda? – perguntou Tommy.

– É mais complicado que botar arneses em um par de cavalos – disse ela, mas descobriu como fazer e apertou os cintos no assento ao lado do dele.

Iscariotes falou com o piloto, então subiu para a cabine, trazendo consigo seus dois guarda-costas enormes. Quando ele fechou a porta, a cabine inteira ficou às escuras. Nenhuma luz entrava pelas janelas, e Tommy não via o lado de fora. Ficou satisfeito quando luzes artificiais se acenderam.

Elizabeth lentamente tirou o véu e os óculos escuros.

Iscariotes entregou a cada um deles um par de pesados fones de ouvido sem fio.

Tommy pôs o seu e Elizabeth copiou seu exemplo, claramente observando cada movimento dele. O volume do motor se tornou mais alto, e eles decolaram do heliporto com um tranco. Com as janelas enegrecidas, Tommy usou seu estômago para julgar quanto já tinham subido, quando a altura se estabilizou e quando começaram o voo de volta para terra.

Tommy se inclinou para frente e espiou adiante. O para-brisa também era tingido de negro sólido. Como o piloto sabia para onde estavam indo?

Iscariotes reparou para onde ele estava olhando. A sua voz veio através dos fones.

– Há uma câmera digital montada no nariz do helicóptero. Deixe-me mostrar a você.

Estendendo a mão por cima do colo de Tommy, ele ligou um interruptor perto do descanso de braço. Um monitor desceu na frente de Tommy. Ele se acendeu, revelando uma extensão de ondas iluminadas pelo luar e um horizonte claro na frente.

– Há um pequeno joystick perto de sua mão direita – disse Iscariotes. – Você pode mover a câmera com ele.

Testando isso, Tommy girou o joystick em círculo e as imagens no monitor giraram 360 graus completos. Ele observou ondas correndo atrás de ondas. O horizonte era água e céu. Atrás do helicóptero, as luzes piscando da plataforma de petróleo se tornaram cada vez menores. Enquanto ele girava a vista de volta para a frente, avistou um conjunto de minúsculas luzes correndo baixas sobre a água, vindo em direção a eles.

Outro helicóptero.

Iscariotes se endireitou na cadeira, então se inclinou para frente, em direção ao piloto.

– Quem é aquele?

– Não sei – respondeu o piloto. – Já o examinei com os binóculos de visão noturna. Não há marcas distintivas na fuselagem, mas parece uma aeronave de aluguel. Poderiam ser turistas.

Iscariotes deu uma risada de desdém.

– Voando antes do nascer do sol? Vamos chegar mais perto.

O helicóptero deles se inclinou e mergulhou em direção à outra aeronave, em curso de interceptação. Judas afastou a mão de Tommy do joystick e se apoderou dele. Mexeu num comando e a vista se tornou mais clara, em tons de cinza-prateado.

Visão noturna.

A vista de repente se aproximou em zoom, centrado no para-brisa da outra aeronave.

Tommy conseguiu distinguir o rosto do piloto, lembrando-se dele do labirinto de gelo.

O choque pelo reconhecimento rapidamente se transformou em *esperança*. Era um dos padres, um daqueles que tinham ajudado a tirá-lo do gelo.

Eles me encontraram!

Ele não sabia como, mas não se importava.

Talvez possam me resgatar... nos resgatar.

Ele olhou para Elizabeth, que também estava olhando para a tela. Ela sorriu com a metade da boca, como se não conseguisse se controlar.

– Os sanguinistas nos encontraram.

A raiva irrompeu na voz de Iscariotes e avermelhou suas faces.

– Derrube-os.

No canto da tela, um ícone amarelo para quatro mísseis apareceu.

Abaixo deles havia uma única palavra.

Hellfire

Aquilo não podia ser bom.

Tommy sentiu um ronco sob seu assento. Imaginou uma escotilha se abrindo, uma baia de mísseis descendo à vista.

Na tela, um dos mísseis amarelos se tornou vermelho.

Ai-ai-ai.

5:35

Com o rosto pressionado contra a janela, Erin observou o helicóptero mergulhar em direção a eles. Anteriormente, tinham observado a aeronave subir como uma minúscula partícula do aglomerado galáctico de uma plataforma de petróleo mais adiante em mar aberto. Parecia estar rumando para a costa, passando ao largo da posição deles – então subitamente tinha virado em direção a eles, claramente se aproximando para examinar mais de perto.

Jordan havia sugerido que poderia ser segurança da plataforma, vindo investigar a aproximação de uma aeronave desconhecida. Aqueles eram tempos em que a desconfiança era a norma.

Então de repente o helicóptero mergulhou direto para eles.

Fumaça subitamente irrompeu de sua barriga, junto com um clarão de fogo.

– Míssil! – gritou Christian da frente.

Erin foi atirada para trás enquanto Christian forçava o helicóptero a fazer uma subida abrupta. Além do rugido dos motores, um grito penetrante rasgou a noite. A aeronave deles rolou para a direita enquanto uma curva de fumaça sibilante passava pelo trem de aterrissagem à esquerda.

Um segundo depois, uma explosão eclodia no mar atrás deles. A onda de choque fez o helicóptero tremer. Uma pluma de água e fumaça se elevou para o céu.

Christian imediatamente virou o helicóptero num mergulho de revirar o estômago, tentando uma manobra evasiva para evitar o outro, mas a aeronave de aluguel deles era uma abelha pesada e gorda se comparada à vespa mortífera e ágil atrás deles.

O oceano negro se aproximou deles em zoom.

Erin prendeu a respiração. Jordan a agarrou com força.

A centímetros das cristas das ondas mais altas, a aeronave deles finalmente subiu, passando rápido e baixo sobre a água. Ela espichou o pescoço e viu o outro helicóptero atrás deles. Ele se virou para cima na lateral, baixando ligeiramente a outra lateral em direção ao mar, então se endireitou e ganhou velocidade vindo em direção a eles, ganhando altura.

Eles nunca conseguiriam escapar.

– Vou tentar alcançar a plataforma! – berrou Christian. – Usar sua massa como escudo.

Jordan gritou.

– Eu vi mais três mísseis na baia quando eles passaram acima de nós.

Mais três chances de matá-los.

Christian lutou com a barra de controle como se ela tivesse vida própria. O helicóptero ziguezagueou sobre a água, rumando para a plataforma. Mais uma trilha de fumaça passou uivando à direita deles e explodiu no mar, lançando uma nuvem de fumaça e água na aeronave deles.

Mais duas chances...

A plataforma de petróleo se avolumava adiante, um arranha-céu iluminado por lâmpadas que se erguia do meio do mar.

Erin se permitiu um momento de esperança.

Então a natureza os derrubou.

Uma onda extra-alta acertou as pás. O aparelho tremeu e balançou como um equilibrista a ponto de perder o equilíbrio. Por um segundo nauseante, ela pensou que iria embicar no mar. Então o helicóptero se endireitou, saindo das ondas.

Ela deixou escapar um suspiro.

– Preparem-se! – berrou Christian.

A garganta dela se cerrou, sabendo que tinham perdido velocidade demais. Nunca conseguiriam escapar daquele míssil seguinte. Erin encontrou o olhar de Jordan – enquanto Christian mergulhava levando-os para mais baixo de novo, dessa vez parecendo arrastar as pás na água de propósito.

Erin foi atirada contra o cinto enquanto o *momentum* de aceleração deles freava subitamente. A aeronave se inclinou para cima com o nariz.

O míssil passou sob a cauda levantada deles e explodiu abaixo.

Fogo irrompeu para cima de ambos os lados do helicóptero, chamas cobriram as janelas. O mundo girou numa nuvem estonteante de fumaça, fogo e água. Então o helicóptero se acomodou de lado sobre a água. Fumaça negra entrou em rolos na cabine escura.

O helicóptero se manteve à tona por mais um minuto.

Então afundou no mar.

5:37

Judas examinou os destroços despedaçados, a mancha negra se espalhando na água escura. O piloto planou com o helicóptero, virando e fazendo um círculo lento da área, em busca de sobreviventes.

– Senhor? – perguntou o piloto.

Judas calculou as probabilidades de alguém sobreviver à explosão daquele último míssil. Parecia que tinha atingido em cheio a cauda do helicóptero. Nada poderia ter sobrevivido àquilo, nem mesmo os corpos teimosos dos sanguinistas poderiam se curar depois de serem cortados em tiras pelo metal dilacerado.

Além disso – ele consultou o relógio Rolex Yacht-Master de platina – *nada daquilo importava.*

Mesmo se houvesse sobreviventes, eles nunca poderiam detê-lo agora. Faltavam apenas duas horas para a alvorada. Mesmo se os sanguinistas de alguma forma tivessem sobrevivido, não poderiam cobrir a dianteira que ele tinha sobre eles.

Ainda assim...

– Entre em contato com a tripulação na plataforma – ordenou. – Mande-os vasculhar e vigiar estas águas.

– Sim, senhor.

– Então prossiga para a costa.

Judas lançou um olhar para o garoto, que parecia pálido e abalado depois do ataque.

Ninguém pode salvar você agora.

38

20 de dezembro, 5:38 horário da Europa Central
Mar Mediterrâneo

Uma tosse violenta sacudiu Erin.
Ela sentiu gosto de sangue e cheiro de fumaça.
Jordan apertou sua mão com força.
Vivos – mas por quanto tempo?
A água subia pelas janelas por todos os lados enquanto a aeronave continuava seu mergulho para as profundezas frias. Luzes vermelhas de emergência brilhavam colorindo a cabine em tons de carmesim. A água penetrava, lentamente enchendo a metade inferior.
Rhun se levantou rapidamente e seguiu para a parte da frente com Bernard, alcançando Christian, que estava desmaiado seguro pelas tiras dos cintos de segurança. Eles lutaram para soltá-lo.
Seguindo o exemplo deles, Erin apertou as travas de abertura rápida de seu arnês, que felizmente se abriram com um estalo. Jordan fez o mesmo, então acendeu uma lanterna. Ele colocou uma das mãos contra a janela.
A que profundidade estavam?
As águas além das janelas estavam pretas como petróleo.
Jordan se moveu para o lado quando Rhun veio se juntar a eles esguichando água, carregando Christian pelos braços. Bernard segurava-lhe as pernas. Sangue cobria o rosto inteiro do jovem sanguinista.
Será que ele estava vivo?
Jordan apontou para a janela.
– Precisamos sair daqui. Rhun, você tem força para arrebentar essa janela com um chute?
– Creio que sim.
– Não! – gritou Erin. – Não sabemos a que profundidade estamos. A pressão poderia nos esmagar. E mesmo se conseguirmos nos libertar e sair, duvido que consigamos chegar à superfície com o ar que temos.

Jordan franziu o cenho para ela.

– Nós temos que tentar. Vamos nos afogar da mesma maneira se ficarmos aqui sem fazer nada.

Rhun assentiu.

– Jordan está certo. Eu farei o melhor que puder para proteger vocês dois e levá-los até a superfície. Bernard pode carregar o corpo de Christian sozinho.

Erin apertou os braços ao redor da barriga, olhando para a água que subia já na altura das coxas dentro da cabine, sabendo que eles estavam errados. Ela vasculhou o espaço e gritou de novo.

– Esperem! Há outra maneira!

Jordan olhou para ela.

– Você não vai gostar – disse ela.

– De quê? – perguntou Jordan.

Ela apontou para a caixa comprida presa debaixo da água, a que Bernard tinha trazido para transportar a condessa.

– Aquilo poderia funcionar como nossa cápsula de fuga.

O maxilar de Jordan se cerrou, visivelmente não gostando da ideia de pôr as esperanças de sobrevivência deles num *caixão*. Contudo, assentiu, reconhecendo que ela estava certa.

Rhun rapidamente arrancou as tiras que prendiam a caixa de plástico gigante ao piso e ela subiu até a superfície provando que tinha capacidade de flutuação.

– Ela deve nos proteger da pressão – disse Erin. – E deve conter ar suficiente para chegarmos à superfície.

– É um bocado de *deve* – observou Jordan.

Mas não havia uma alternativa melhor.

Enquanto Rhun abria a tampa, Jordan entrou primeiro e se deitou de barriga para cima. Levantou os braços, como se convidando-a para vir para a cama. Ela entrou no caixão, e se acomodou nos braços dele. Ele a abraçou com força.

Rhun fechou a tampa da caixa, selando-os na escuridão. Ela ouviu as travas se fecharem. No negrume total, se concentrou no bater do coração de Jordan. Sentindo-o pulsar contra seu tórax, ecoando nela. O calor do corpo dele ardia através das roupas úmidas, intenso depois do banho gelado. Ela se mexeu, notando que o braço esquerdo dele parecia mais quente do que o direito.

Antes que pudesse ponderar a respeito disso, Rhun bateu do lado de fora da caixa, provavelmente avisando-os para se prepararem.

Jordan puxou a cabeça de Erin para baixo, contra seu peito.

– Vai ser uma viagem incômoda.

Ela ouviu um estrondo, e um sólido *uuumpp* de água batendo na lateral do caixão, empurrando-o para o outro lado da cabine. Ela rolou e se chocou contra os lados no interior. Parecia que um cachorro gigante tinha pegado a caixa na boca e que a estava sacudindo como se fosse um galho. Ela rangeu os dentes para se impedir de gritar.

Os braços de Jordan a puxaram para mais perto.

– Eu cuido de você – disse ele no ouvido dela.

Mas quem cuida de nós?

5:42

Rhun lutou contra a força do mar e empurrou o caixão pela janela despedaçada. Ficou entalado. Uma alça externa normalmente usada por carregadores se engatou num pedaço de metal retorcido.

Ele olhou para o lado e viu Bernard seguindo para cima em meio às águas escuras, batendo pés e segurando o corpo inerte de Christian nos braços. O cardeal também levava uma balsa salva-vidas de emergência vazia, amarrada por uma corda à sua cintura.

Sozinho, Rhun posicionou os pés de ambos os lados do caixão, apoiando-se contra o lado do helicóptero enquanto este mergulhava mais para o fundo.

Usando toda a força de suas pernas e costas, puxou a caixa, dobrando os pedaços torcidos de metal, vendo a alça externa se soltar. Temeu que a caixa pudesse se rasgar e imaginou a água entrando e afogando Erin e Jordan.

Rhun ouviu os timbales assustados de seus corações.

Não podia lhes faltar.

Empurrou de novo, impelido por seus fracassos anteriores e se recusando a repeti-los.

Finalmente, o caixão se desprendeu de estalo – tão de repente que se soltou de suas mãos.

Ele rolou de volta através da água e viu a caixa começar a flutuar para cima, lentamente, devagar demais. Rapidamente bateu as pernas e enfiou os braços debaixo do caixão. Empurrando por baixo, ele o propeliu sempre mais para cima, seguindo o brilho fraco de uma lua distante.

A superfície parecia estar a uma distância impossível, visível apenas por causa de sua visão sobrenatural. Ele sabia que restava pouco ar naquele caixão, e que muito desse ar estaria contaminado pela fumaça dentro da cabine.

Tinha que se apressar.

O tempo todo ele ouviu o bater dos corações dos dois, cada um distinto do outro, mas de alguma forma soando em harmonia. Ele rezou para que seu coro silencioso continuasse até que alcançasse a superfície.

5:45

Jordan sentiu o caixão quebrar as ondas. A trajetória regular de subida de repente se deteve, o estômago dele sacudindo no ritmo do balanço do mar além da prisão deles. Um momento depois, ouviu os fechos se abrirem e a tampa subitamente ser empurrada.

Enquanto flutuavam ali, Jordan respirou uma grande golfada de ar salgado limpo, saboreando a pressão do corpo de Erin contra o seu. Mas um tremor a sacudiu. Ele esfregou as mãos sobre as costas dela, tentando afugentar o medo. Tinha sentido o corpo dela lutar contra o pânico o tempo todo.

Rhun agarrou a borda do caixão e levantou a cabeça.

– Vocês dois estão bem?

Jordan assentiu.

– Obrigado pela carona.

Erin deixou escapar uma risadinha, embora fosse menos de diversão pela piada boba dele e mais pela loucura do alívio. Era o melhor som que ele tinha ouvido em muito tempo. Ela se apoiou nele e se sentou.

Rhun apontou para a esquerda.

– Bernard inflou o bote salva-vida. Vou empurrar vocês em direção a ele.

A cabeça escura de Rhun subiu e desceu atrás deles como uma foca enquanto ele batia os pés em direção ao bote, uma bolacha amarelo vivo girando na água. Ele viu que Bernard tinha posto o corpo de Christian deitado nela, uma mancha preta contra o amarelo.

Preocupação com seu novo amigo o fez gelar.

Já haviam morrido sanguinistas demais.

Ele vasculhou o horizonte, mas aparentemente o outro helicóptero há muito se fora.

Mas não estavam sozinhos ali.

O eco estridente de um motor chegou até eles. Jordan olhou para além do bote para uma única luz que se aproximava em velocidade, balançando sobre as ondas. Um barco a motor Zodiac. Claramente tinha vindo da imensa plataforma de petróleo ao longe.

O mesmo local de onde o helicóptero de ataque tinha saído.

Não era bom.

– Rhun! – gritou Jordan, sabendo que o padre estava baixo demais na água para ver. – Temos companhia vindo em direção das doze horas!

Se havia qualquer dúvida sobre se eram amigos, ela foi dissipada quando o som de disparos começou, salpicando a água escura, apontando para o alvo maior, mais claro do bote.

Bernard subitamente mergulhou pela borda e desapareceu, abandonando Christian.

Será que aquilo significava que o jovem sanguinista já estava morto?

Rhun reduziu a velocidade da aproximação do bote.

– Deixem-nos por conta de Bernard. Mas, enquanto isso, devemos nos tornar um alvo menor.

Sem aviso, o padre virou o caixão deles atirando os dois no mar gelado. Embora Jordan compreendesse a necessidade, não gostou muito da maneira como foi feito. Ele cuspiu uma boca cheia de água quando veio à tona. Voou em direção a Erin, sabendo que ela não nadava muito bem, e não gostava de água de maneira geral.

Mas ela subiu à tona com facilidade, os olhos assustados, mas determinados.

Rhun se juntou a eles.

– Nadem para o bote, mas mantenham-no entre vocês e quem quer que esteja vindo.

O padre assumiu a dianteira.

Com algumas braçadas, o grupo deles chegou ao refúgio flutuante, mas não ousou subir nele. Jordan espiou sobre a borda e viu o Zodiac diminuir a distância, reduzindo a velocidade. Avistou três homens: um conduzindo o barco e dois atiradores armados com rifles.

Na água, eles eram alvos fáceis.

Mas sem que os recém-chegados soubessem também havia um *tubarão* naquelas águas.

Bernard subitamente se ergueu do lado de estibordo, com uma longa lâmina de prata brilhando ao luar. Movendo-se num borrão, cortou o comprimento do barco motorizado na lateral, o Zodiac adernou ficando torto, o motor engasgando, deixando os atiradores armados fora de equilíbrio. Uma mão saiu da água, agarrou um tornozelo, e arrancou um homem do barco. Ele foi atirado ao alto, mas não antes que Bernard cortasse sua perna na altura do joelho com um golpe violento.

O outro atirador disparou, mas Bernard já havia desaparecido.

Enquanto o Zodiac continuava a adernar, o segundo atirador girou em um círculo cuidadoso, observando as águas ao redor. Então o barco subitamente se abriu debaixo do homem, e o piso de lona se rasgou abaixo. O corpo dele foi puxado através do novo buraco e desapareceu.

O último homem – o piloto – acelerou o motor ao máximo e virou o barco para se afastar, claramente querendo fugir de volta para a segurança da plataforma. Mas Bernard saltou fora do mar, como um golfinho fazendo uma pirueta. E aterrissou atrás do piloto, agarrou-lhe o cabelo e cortou-lhe a garganta, quase arrancando fora a cabeça do homem.

Bernard atirou o corpo dele no mar com um braço.

Jordan tentou combinar o sacerdote piedoso com aquele açougueiro selvagem.

– Sigam para o outro barco! – disse Rhun, alto o suficiente para Bernard ouvir. – Andem depressa. Eu vou buscar Christian e encontro vocês lá.

O padre saltou e nadou para o bote salva-vida.

Erin e Jordan nadaram para o Zodiac. Bernard os ajudou a subir a bordo do barco semialagado. Jordan sabia que Zodiacs eram barcos muito robustos, capazes de navegar nas piores condições, mesmo com apenas um flutuador. Quando afinal Jordan seguiu Erin para dentro do barco, Rhun já estava lá, trazendo Christian seguro por um braço.

Ele ajudou Rhun a trazer o jovem sanguinista para dentro do barco.

– E agora? – perguntou Jordan, enquanto Erin e Bernard cuidavam de Christian.

– Você sabe pilotar esta embarcação? – perguntou Rhun.

– Sem problema – respondeu Jordan.

O padre apontou para a plataforma de petróleo.

– Estamos longe demais da costa. Nunca conseguiremos chegar a terra com este pequeno motor. Precisamos encontrar outro meio de transporte para chegar à costa.

Jordan olhou para a estrutura gigantesca. A despeito do poder de fogo de sua equipe ter ido para o fundo do mar, eles tinham que entrar naquele ninho de víboras.

Sabendo disso, Jordan atravessou o barco e pegou o volante, enquanto Erin se debruçava sobre o corpo de Christian.

– Ele ainda está vivo? – perguntou ela.

– É difícil dizer – admitiu Rhun, ajoelhando-se entre ela e Bernard.

Os olhos de Christian permaneciam fechados. Um corte fundo se estendia em sua testa. Jordan sabia que seria inútil checar a respiração ou o bater do coração. Os sanguinistas não tinham nenhum dos dois.

O cardeal colocou sua cruz de prata sobre a testa de Christian, como se pronto para administrar a extrema-unção. Depois de um momento, Bernard levantou a cruz, revelando uma marca de queimadura com a mesma forma na pele do jovem sanguinista.

– Está vivo – declarou Bernard.

Rhun explicou, com alívio palpável em sua voz.

– Se morremos a serviço da Igreja, nos tornamos limpos. A cruz sagrada não nos queimaria.

Erin segurou a mão de Christian.

– Mas ele precisa de cuidados médicos – advertiu Rhun, olhando para Jordan enquanto ele acelerava o motor. – A vida dele ainda pode estar em risco.

Jordan apontou para a plataforma.

– Então vamos fazer uma visita aos nossos vizinhos.

39

20 de dezembro, 6:02 horário da Europa Central
Mar Mediterrâneo

Enquanto o barco voava em direção às luzes da plataforma, Rhun examinou o rosto pálido de Christian. Ele era jovem, relativamente novo na ordem, tornando-o atrevido e irreverente, mas Rhun não podia duvidar de sua fé e de sua coragem. Cerrou um punho com frustração, recusando-se a perder outro companheiro tão pouco tempo depois da morte de Nadia.

Bernard derramou pequenos goles de vinho de seu odre de couro através dos lábios frouxos de Christian, mas a maior parte se derramou por suas faces encovadas. Estava fraco demais para engolir.

– E se déssemos a ele um pouco de meu sangue? – perguntou Erin. – Como fizemos com a condessa. Não ajudaria a reanimá-lo?

– Teremos que considerar isso apenas como último recurso – resmungou Bernard.

Erin não pareceu satisfeita com a resposta.

Rhun sussurrou para ela.

– O gosto de sangue para alguém jovem assim arrisca despertar a fera dentro dele. Não ousamos correr esse risco, especialmente aqui onde temos tão poucos meios de controlá-lo. Vamos ver o que encontramos na plataforma.

– O que vamos *encontrar* com certeza serão mais inimigos – acrescentou Bernard e apontou para o odre amarrado na parte superior da coxa de Rhun. Nós deveríamos beber, para restaurar ao máximo nossas forças.

Rhun sabia que Bernard estava certo, mas detestava fazer a penitência na frente de outros, sabendo que com frequência o deixava chorando e confuso. Não queria demonstrar suas fraquezas.

Mas, mesmo assim, sabia que devia.

Enquanto Rhun soltava seu odre sagrado, Bernard virou o seu e bebeu com vontade, sem cerimônias. Bernard parecia estar em paz com seus pecados. Fazia sua penitência e sempre estava calmo momentos depois.

Rhun rezou para ter o mesmo naquele dia, enquanto levantava o odre até os lábios e bebia.

O cemitério pairava ao redor de Rhun enquanto ele estava deitado de costas sobre a sepultura de sua irmã. A fera estava montada nele, os membros do corpo dos dois emaranhados como os de amantes. O sangue do monstro enchia sua boca.

Rhun tinha vindo ao túmulo de sua irmã naquela noite para prantear sua morte, e acabara agarrado por aquela fera, um monstro vestindo calção fino e uma túnica de couro. Os caninos tinham rasgado a garganta de Rhun, sugando seu sangue para a boca faminta do outro. Mas, em vez da morte, seu atacante tinha oferecido a Rhun um pulso, já cortado, jorrando com o sangue negro do monstro.

Ele havia resistido – até que sangue frio e sedoso irrompera em chamas sobre sua língua.

O êxtase o dominou, e com ele a fome.

Ele então bebeu avidamente daquela fonte carmesim, sabendo que era pecado, sabendo que o prazer que pulsava através de cada membro de seu corpo o tornaria maldito por toda a eternidade. Mas mesmo assim não conseguiu parar. Desejou ficar preso no abraço do homem para sempre, mergulhado em êxtase a cada gole ardente.

Então sua cabeça bateu dolorosamente contra a lápide de sua irmã. Ele viu a fera ser arrancada de cima dele, Rhun gemeu, estendendo os braços de novo para ele, querendo mais de seu sangue.

Quatro padres arrancaram o monstro de cima do corpo dolorido de Rhun. Suas cruzes peitorais de prata rebrilhavam sob o luar frio.

– Corra! – gritou o monstro, tentando adverti-lo.

Mas como ele poderia jamais abandonar uma tal fonte de êxtase e sangue?

Seus braços ficaram erguidos, estendidos para o outro.

Uma lâmina de prata cintilou cortando a garganta do monstro. Sangue negro explodiu do ferimento, manchando sua camisa branca, sujando a túnica de couro.

– Não! – Rhun lutou para se levantar.

Os quatro padres deixaram o corpo do homem cair no chão. Rhun o ouviu bater nas folhas espalhadas, soube sem saber que o homem havia partido para sempre. Lágrimas lhe subiram aos olhos pela perda de tamanho êxtase.

Os padres puseram Rhun sentado e puxaram-lhe os braços atrás das costas. Rhun lutou com a ferocidade de um lince acuado, mas eles o aprisionaram com uma força implacável contra a qual ele não podia vencer.

Ele se torceu, os dentes afiados buscando-lhes a garganta.

O corpo dele ansiava por sangue, qualquer sangue.

Eles o carregaram em meio à noite sem uma palavra. Mas, apesar de todo o silêncio, Rhun ouviu mais do que jamais tinha ouvido antes em sua vida. Ele ouviu cada folha ser esmagada sob suas botas, o bater suave das asas de corujas acima, o correr de um camundongo para sua toca. A mente de Rhun lutou para compreender aquilo. Ele podia ouvir até o coração dos minúsculos animais bater: o do camundongo rápido e assustado, o da coruja mais lento e determinado.

Contudo, quando se virou para os padres ao seu redor, não ouviu nada.

Só um silêncio terrível.

Será que estava tão distante da graça de Deus que não podia mais ouvir o bater de corações sagrados, só os de animais dos campos sem alma?

Alarmando-se com seu destino, deixou o corpo frouxo nas mãos dos padres. Seus lábios formaram preces desesperadas. Mesmo assim, o tempo todo, desejava apenas rasgar as gargantas daqueles padres e banhar seu rosto no sangue deles. As preces não fizeram nada para acalmar sua sede de sangue. Seus dentes continuaram a bater de desejo.

O desejo ardeu mais intenso nele que qualquer coisa que já tivesse sentido, mais forte que qualquer amor por sua família, até mesmo que seu amor por Deus.

Os padres o carregaram de volta para o monastério, de onde momentos antes ele tinha saído como um inocente, um seminarista às vésperas de jurar seus votos sagrados. Pararam diante de uma parede limpa e nua que se transformou numa porta. Durante seus anos ali, nunca tinha sabido de sua existência.

Ele tinha sabido tão pouco de tudo.

Os padres o levaram para baixo, onde uma figura familiar estava sentada a uma escrivaninha segurando uma pena de ganso: o padre Bernard, seu mentor, seu conselheiro em todas as coisas. Parecia que as lições de Rhun ainda não haviam acabado.

– Nós o trazemos para o senhor, padre – disse o padre que segurava seu braço direito. – Ele foi derrubado no cemitério, mas não provou nenhum outro sangue.

– Deixem-no comigo.

O mesmo padre recusou.

– Ele está em um estado perigoso.

– Eu sei disso tão bem quanto você. – Bernard se levantou da escrivaninha. *– Deixem-nos.*

– Como queira.

O padre largou o braço de Rhun, deixando-o cair no piso de pedra e se retirou, levando seus irmãos consigo. Rhun ficou caído ali por um longo momento, inalando os cheiros de pedra, mofo e juncos velhos.

Bernard permaneceu em silêncio.

Rhun escondeu o rosto de seu mentor. Ele amava Bernard mais do que tinha amado seu próprio pai. O padre lhe tinha ensinado sobre a sabedoria, gentileza e fé. Bernard era o homem que Rhun sempre tinha aspirado a se tornar.

Mas naquele momento tudo o que Rhun sabia era que tinha de saciar sua sede ou morrer tentando. Em um salto, ele cobriu o espaço entre eles, derrubando ambos no chão.

Bernard caiu debaixo dele, seu corpo estranhamente frio.

Rhun atacou o pescoço dele, mas a presa se moveu com uma velocidade sobrenatural, rolando para fora dos braços de Rhun e pondo-se de pé ao seu lado. Como ele podia ser tão rápido?

– Tenha cuidado, meu filho. – A voz rica de Bernard estava calma e firme. – Sua fé é seu bem mais precioso.

Um sibilar começou lá embaixo na garganta de Rhun. A fé agora não significava nada. Só o sangue importava.

Ele atacou de novo.

Bernard o agarrou e o derrubou no chão. Rhun lutou, mas o homem mais velho o imobilizou contra as lajotas, demonstrando ser muito mais forte, mais forte até do que o monstro que o havia transformado, mais que os padres que o haviam carregado.

O padre Bernard era duro como pedra.

Seria sua força prova do poderio de Deus contra o mal dentro de Rhun?

Mas seu corpo rugia contra esses pensamentos. Durante toda a longa noite, Rhun continuou sua luta contra o padre, se recusando a ouvir, tentando sempre ganhar uma boca cheia de seu precioso sangue.

O velho não se deixou apanhar.

Finalmente, o corpo de Rhun enfraqueceu – mas não de exaustão.

– O que você sente é a aproximação da aurora – explicou Bernard, segurando-o, imobilizando-o. – A menos que aceite o amor de Cristo, você sempre enfraquecerá com a manhã, do mesmo modo que morrerá, se a luz pura do sol brilhar sobre você.

Um enorme cansaço cresceu dentro de Rhun, tornando seus membros pesados.

– Você tem que ouvir, meu filho. Você pode considerar seu novo estado como uma maldição, mas é uma bênção para você. Para o mundo.

Rhun riu com desdém.

– Eu me tornei um animal maldito. Anseio pelo mal. Isso não é nenhuma bênção.

– Você pode se tornar mais do que é.

A voz de Bernard estava carregada de uma certeza simples.

– Não desejo nada mais que beber o seu sangue, matar você – advertiu Rhun, à medida que sua força diminuía mais ainda. Ele agora mal conseguia levantar a cabeça.

– Eu sei como você se sente, meu filho.

Bernard finalmente afrouxou as mãos, e Rhun deslizou para o assoalho. De quatro, como um cachorro, Rhun balbuciou para o piso.

– O senhor não pode saber o desejo que tenho dentro de mim. O senhor é um padre. O mal está além de seu conhecimento.

Bernard sacudiu a cabeça, atraindo o olhar de Rhun. Seu cabelo branco brilhou à luz da vela que se apagava.

– Eu sou igual a você.

Rhun fechou os olhos, não acreditando. Ele estava tão cansado.

Bernard sacudiu Rhun até que ele abrisse os olhos de novo. O velho padre puxou o rosto de Rhun para junto do seu, como se para beijá-lo. Bernard abriu os lábios num convite – mas longos dentes afiados cumprimentaram Rhun.

Rhun olhou boquiaberto para seu mentor, um homem a quem conhecia havia muitos anos, um homem que nunca tinha sido um homem – mas uma besta.

– Eu tive a mesma fome que você tem, meu filho. – A voz grave de Bernard encheu Rhun de calma. – Eu cedi a apetites perversos.

Rhun lutou para compreender.

O padre Bernard era bom. Ele levava conforto aos doentes e moribundos. Trazia esperança para os vivos. Sem ele, a maioria dos padres naquele monastério jamais teria encontrado o caminho de Deus.

– Existe um caminho para nós – disse Bernard. – É a estrada mais difícil que qualquer padre pode seguir, mas podemos fazer o bem, podemos servir a Igreja de maneiras que outros não podem. Deus não nos abandonou. Nós também podemos viver em Sua graça.

Com essas palavras, Rhun mergulhou em direção a um poço profundo de sono, deixando essa esperança duradoura domar sua sede de sangue e lhe oferecer a salvação.

Rhun saiu de sua penitência, para encontrar o cardeal debruçado acima dele, aqueles olhos castanhos profundos brilhando com o mesmo amor e preocupação.

Bernard o tinha salvado naquela ocasião.

Apesar disso, Rhun agora conhecia o sofrimento que havia seguido aquele único ato de misericórdia, recordando os olhos de Elizabeth, seu sorriso ardiloso, as mortes e o sofrimento que haviam seguido a esteira dela.

Talvez o mundo tivesse sido mais bem servido se Bernard o tivesse deixado morrer.

40

20 de dezembro, 6:07 horário da Europa Central
Arredores de Nápoles, Itália

Elizabeth apertou Tommy contra o seu lado, sentindo-o tremer de vez em quando, provavelmente ainda recordando o fogo e as explosões. Ela nunca tinha visto uma batalha como aquela: dois adversários voando no ar como falcões, fumaça saindo urrando de canhões impossíveis na proa deles, explosões que faziam tremer até o ar. O combate a havia deixado eufórica, maravilhada – mas havia aterrorizado o garoto.

Ele se encostou contra o ombro dela, buscando conforto.

Ela se lembrou da outra aeronave explodindo e rolando para dentro do mar, afundando como um navio naufragado. Imaginou Rhun desfeito em pedaços – mas de maneira estranha não encontrou nenhuma satisfação na visão, só desapontamento.

Ele deveria ter morrido nas minhas mãos.

Ela também não conseguia descartar um sentimento de vazio diante da perda. Explorou aquele vazio naquele momento, sabendo que não era pesar, luto, pelo menos não inteiramente. Era mais como se o mundo tivesse ficado estéril sem ele. Rhun sempre havia enchido a sua vida, mesmo no castelo, antes de ela ter sido transformada – com suas visitas frequentes, as longas conversas entre eles, os longos silêncios carregados. Depois daquela noite sanguinária, ele tinha continuado a defini-la, tendo dado à luz sua nova existência. E desde então ele tinha perseguido a sombra dela – mesmo neste mundo moderno.

Agora ele simplesmente tinha desaparecido.

– Estamos quase lá – disse Iscariotes, acenando com uma das mãos para a tela diante deles.

Ela desviou sua atenção para o que estava à sua frente. A tela mostrava uma linha de costa escura, salpicada com um brilho de luzes. Mais a leste ela reparou que o céu tinha começado a empalidecer com a aproximação da aurora. Elizabeth sentiu sua aproximação na lassitude que pesava sobre ela, fazendo-a se sentir lerda.

A aeronave subitamente se desviou da massa de luzes que marcava a cidade de Nápoles. Balançou em direção a uma extensão de costa sombria, tendo acima um morro alto, com uma praia de areia estreita na base. A coroa do morro era côncava, marcando-a como um dos muitos velhos vulcões que salpicavam aquela região do sul da Itália, mas suas encostas há muito tinham se transformado em densas florestas, abrigando lagos profundos.

– Onde estamos? – perguntou Tommy, desencostando-se dela.

– Cumas – respondeu Elizabeth, por cima da cabeça do garoto encarando Iscariotes.

– Nós vamos visitar uma velha amiga – acrescentou Iscariotes, secretamente.

Elizabeth não tinha nenhum interesse em qualquer pessoa que Iscariotes considerasse uma *amiga*.

Enquanto a aeronave chegava à costa, voava baixo sobre a praia de areia, levantando pó numa nuvem. Eles desceram de ré para a terra enquanto a areia subia ao redor.

Ela sentiu Tommy se enrijecer em seus braços. Lembrou-se das instruções de Iscariotes para ela, de que deveria manter o garoto calmo, se fazer de babá dele.

Ela apertou o braço ao redor de seus ombros magros – não porque fosse seu dever, mas porque o garoto precisava daquele consolo.

Afinal, a aeronave bateu contra o chão. A areia peneirou e se acomodou, abrindo uma vista para o oceano de um lado e a encosta íngreme de penhascos do outro.

Iscariotes abriu sua porta, deixando entrar o cheiro de sal e de óleo queimando.

Todos eles desembarcaram.

Depois que os pés de Elizabeth sentiram a areia, outra nota tocou em seus sentidos aguçados.

Um bafejo de enxofre sulfuroso.

Ela encarou os penhascos à beira-mar daquele antiquíssimo vulcão, sabendo o que existia bem longe abaixo dele, protegida por uma antiquíssima sibila.

A entrada para o Hades.

Parado ao lado dela, Tommy olhava fixamente para as ondas escuras do mar, provavelmente imaginando as mortes lá longe, se perguntando qual seria seu próprio destino. Ela segurou a mão dele e deu um aperto tranquilizador em seus dedos. Desempenharia o seu papel como fora ordenada a fazer, esperando a hora em que pudesse tratar de fugir.

Quando Elizabeth virou seus próprios olhos para aquelas águas vazias, mais uma vez se sentiu abalada pelo vazio de sua perda. E não apenas Rhun. Recordou suas propriedades, seus filhos, sua família. Todos mortos.

Eu estou sozinha neste mundo.

Tommy se apoiou contra ela. Ela por sua vez o abraçou. Ele lançou um olhar para ela, o luar brilhando em seus olhos, seu olhar cheio de medo, mas também de gratidão por ela estar perto.

Ele precisava dela.

E eu preciso de você, subitamente ela se deu conta.

Iscariotes veio se juntar a eles, avançando em meio a um adejar de asas esmeralda, as mariposas libertadas de um porão na lateral da aeronave. Ela se recusou a recuar diante da ameaça não falada e manteve as costas muito retas.

– Está na hora – disse ele e segurou Tommy pelos ombros.

Ele virou o garoto para ficar de frente para os penhascos – e seu destino.

6:12

Erin segurou a cabeça pesada de Christian em seu colo enquanto Jordan punha o barco adernado em ponto morto virando-o em direção à doca da plataforma. Eles três estavam sozinhos no barco. Rhun e Bernard tinham mergulhado na água quando estavam a cerca de noventa metros de lá e nadaram para a doca sozinhos. De alguma distância, ela viu uma breve luta de sombras, um grito estrangulado – então Rhun tinha faiscado o sinal indicando que era seguro se aproximarem da doca.

Jordan avançara com o barco.

O par de sanguinistas havia deixado claro que ela e Jordan deveriam ficar para trás até que o caminho estivesse desimpedido. Os sentidos aguçadíssimos de Rhun e Bernard detectariam e despachariam quaisquer ameaças.

– Mantenha a cabeça baixa – advertiu Jordan enquanto eles entravam na sombra da plataforma acima. Ele manteve uma das mãos na direção, a outra num rifle, uma arma que tinha sido deixada por um dos homens que Bernard havia matado anteriormente. Ela baixou a cabeça ainda mais acima de Christian, observando Jordan.

Os olhos de Jordan examinaram cada suporte e deque acima, claramente não confiando totalmente nos sanguinistas para manterem-nos em segurança. O peso da estrutura maciça parecia esmagá-los. Longe, lá no alto, luzes elétricas brilhavam. Mas a área inferior estava principalmente às escuras, um mundo sombrio de pilares de concreto, escadas de aço e um labirinto entrecruzado de rampas e pontes.

O Zodiac se arrastou diante da massa de um enorme e luxuoso hidrofólio atracado numa baia adjacente.

Jordan o examinou atentamente – talvez um tanto invejosamente.

– O cara é dono de um banco – resmungou, numa tentativa fraca de fazer piada.

Ela lhe deu um sorriso rápido para que ele soubesse que tinha apreciado o gesto. Um minuto depois, o Zodiac encostou e parou numa doca de aço.

Jordan estendeu um braço, com a palma virada para baixo, insistindo que ela se mantivesse escondida. Ele observou atentamente por vários segundos, então acenou para que ela se levantasse.

Erin se ergueu mais alto. Foi agradável sentir o vento salgado contra as faces.

Jordan saltou para fora, pondo o rifle no ombro, e rapidamente amarrou o barco. Então se agachou ao lado dela no barco. Eles deveriam esperar pela volta de Rhun e de Bernard.

Não demorou muito.

Uma sombra saltou lá do alto e aterrissou silenciosamente na esteira de aço da doca. Rhun se juntou a eles, seguido um momento depois por Bernard. Ambos tinham facas desembainhadas e ensanguentadas. Erin se perguntou quantos eles teriam matado naquela noite.

Bernard embainhou sua lâmina e ajudou Erin a retirar Christian rapidamente para fora do barco, então o cardeal carregou o corpo sozinho.

– O caminho de subida deve estar livre – disse Rhun. – Mas temos que tomar cuidado quando chegarmos à estrutura no alto.

Ele os conduziu por uma longa escada de metal em caracol que dava voltas ao redor do pilar de concreto adjacente e subia até a plataforma acima. Uma vez na escada, Rhun passou uma pistola metralhadora para Jordan. Ele devia tê-la confiscado de um dos guardas.

Jordan enfiou o rifle no ombro e empunhou a arma mais ágil.

– Não dispare a menos que seja obrigado – advertiu Rhun. – Minha lâmina é mais silenciosa.

Ele assentiu, como se eles estivessem falando sobre tacadas de golfe.

Enquanto subiam cada vez mais alto, Erin se concentrou em se agarrar bem ao corrimão frio e escorregadio de metal. Ventos a açoitavam em rajadas súbitas. Ela chegou a um patamar coberto de sangue e se desviou rápido ao redor da mancha, tentando não imaginar a carnificina.

Adiante dela, as botas de Jordan ascendiam mais confiantemente. Atrás dela, o cardeal parecia não estar tendo problema para subir enquanto carregava Christian sobre o ombro.

Rhun desapareceu acima de novo, mas a presença dele era clara. Ela ouviu uma pancada suave em algum ponto acima de sua cabeça. Momentos depois, chegaram ao topo da escada em caracol. As luzes elétricas pareciam fortes e frias demais depois das sombras abaixo.

Rhun estava debruçado sobre o corpo de mais um guarda.

Jordan se juntou a ele, agachado, a arma erguida.

Erin se acotovelou com Bernard no topo da escada enquanto os outros dois faziam uma varredura rápida da área imediata. No alto como estava, os ventos batiam nela, chicoteando seu cabelo, levantando o casaco.

Finalmente, Rhun e Jordan voltaram.

– O lugar é uma cidade fantasma – disse Jordan. – Ele deve manter apenas uma tripulação essencial aqui.

Rhun apontou para a superestrutura enorme.

– Há uma porta ali.

Eles correram em grupo pelo deque aberto. A estrutura adiante parecia ser uma cópia do castelo de proa de um antigo navio veleiro, até as janelas altas, estaiamento falso e mesmo uma carranca de proa. Parecia que um navio tinha se elevado de um mar de aço.

Rhun os conduziu até uma porta. Ele a abriu, revelando um longo corredor. E os convidou a passar pelo umbral, fechando a porta depois que entraram, mas os manteve ali na entrada.

Ele levantou uma das mãos e trocou um olhar expressivo com Bernard. Erin imaginou que tivessem ouvido alguma coisa, possivelmente o bater de um coração ou algum sinal de vida. Com um balanço de cabeça de Bernard, Rhun avançou rapidamente como um cão de caça solto para ir atrás da raposa. E desapareceu nas sombras. Ao longe uma porta bateu, acompanhada por um estrondo do que pareceram panelas e louça.

Rhun retornou um momento depois, saindo da escuridão e acenando para que avançassem.

Jordan lançou um olhar duro para Rhun.

— Um cozinheiro. — Rhun levantou a mão, revelando uma garrafa verde de vinho. — E encontrei isso.

Bernard rapidamente a pegou. Erin sabia que o vinho podia ser consagrado e usado para ajudar Christian a se recuperar. Ela esperava que aquilo bastasse.

— Não ouvi mais ninguém — disse Rhun. — Nem um rangido, uma respiração ou o bater de um coração.

Bernard concordou.

— Creio que estamos sozinhos aqui.

— Vamos ser cuidadosos, só por precaução — advertiu Jordan.

Enquanto seguiam pelo corredor, Erin se deu conta do significado da falta de qualquer presença viva.

— Isso quer dizer que Tommy não está aqui?

Nem Iscariotes nem Elizabeth.

Ela recordou o helicóptero que os havia atacado.

Será que os outros tinham estado a bordo? Se estavam, para onde tinham ido?

— Devemos fazer uma revista completa para ter certeza — disse Rhun. — E se eles não estiverem, devemos tentar descobrir para onde foram.

— E por que Judas se apoderou do Primeiro Anjo para começar — acrescentou Bernard, ajeitando o peso de Christian em seu ombro. — Como o garoto faz parte do plano dele?

O plano para o Armagedon, recordou Erin a si mesma.

O corredor acabava em um grande salão, com as paredes cobertas de prateleiras cheias de livros de ambos os lados e janelas arqueadas dando para o mar abaixo. Uma grande roda de leme de navio ficava diante das janelas. Com as vitrines de vidro contendo bricabraque náutico, parecia um museu.

Rhun atravessou o salão até uma grande lareira entre as prateleiras e estendeu a mão.

— Ainda está quente.

— O chefe claramente saiu com pressa — disse Jordan. — Ele deve ter estado naquele helicóptero.

Mas por quê?

— Eu vou cuidar de Christian aqui — disse Bernard, carregando o corpo para junto da lareira e deitando-o num sofá. — Vão e descubram o que puderem.

Erin começou a se mover, avistando um par de portas de elevador à direita, emolduradas numa grade floreada de latão. Outras portas estavam fechadas ao longo das paredes, provavelmente levando a um labirinto de quartos e corredores. Ignorando-as, ela atravessou a sala em direção à roda de leme. Aquilo marcava o lugar simbólico de um capitão daquele navio trancado em aço. As janelas enormes ofereciam uma vista panorâmica do mar, voltadas para leste em direção à costa distante, onde as estrelas tinham começado a se apagar com a aproximação do novo dia.

Percebendo que o tempo estava se esgotando, ela olhou para a direita, para a porta mais próxima. Talvez o capitão mantivesse seus espaços mais preciosos perto de seu posto de comando.

Ela seguiu para a porta e viu que estava trancada.

Jordan percebeu sua frustração enquanto ela tentava abri-la.

– Permita-me – disse Jordan. – Eu tenho uma chave.

Ela se virou para ele. *Como...?*

Ele baixou o rifle, apontou para a porta e disparou.

O estrondo a fez saltar, mas o resultado a fez sorrir. A maçaneta tinha sido destruída deixando um buraco na porta.

Ela a abriu com facilidade, revelando um estúdio privado revestido de lambris trabalhados em estilo vitoriano, com um mural botânico requintadamente pintado na parede, retratando flores, folhas e trepadeiras entrelaçadas, mescladas com borboletas e abelhas que pareciam todas naturais. Parecia menos decorativo e mais instrutivo, como algo que você encontraria em um texto renascentista sobre botânica.

Erin seguiu direto para a maciça escrivaninha, uma mesa sólida com pernas bem torneadas e um tampo de couro coberto de papéis.

Jordan a seguiu para dentro do aposento.

Rhun se deteve na porta, atraído pela comoção.

– Tenham cuidado – advertiu. – Nós não sabemos...

Subitamente, as delicadas pinturas ao longo da parede explodiram em vida. Folhas caíram flutuando dos galhos, flores giraram delicadamente em seus talos, um punhado de borboletas e abelhas saíram voando da parede.

O desenho inteiro era uma colagem mortífera.

Tudo voou no ar em um caleidoscópio estonteante de movimento e cor.

E seguiu voando direto na direção de Rhun.

41

20 de dezembro, 6:38 horário da Europa Central
Mar Mediterrâneo

Jordan avançou correndo os poucos passos que o separavam de Rhun e o empurrou porta afora, com a mão sobre o seu peito. Apanhado de surpresa, o padre tropeçou para trás e caiu sentado no aposento contíguo.

Jordan bateu a porta fechando-a na cara dele com alguma satisfação.

– Fique aí fora! – berrou através da porta. Ele agarrou um guarda-chuva de um cabide próximo e enfiou a ponta através do buraco que havia aberto com tiros na porta, prendendo a nuvem de insetos dentro do aposento com ele e Erin. – Vou cuidar de me livrar desses bichos! Até lá, fique do lado de fora, padre.

Jordan deu as costas para a porta, imaginando que Rhun não estivesse nada satisfeito.

Azar o dele.

Uma pétala de flor flutuou até sua face – e o picou, penetrando no canto de seu lábio. Ele a agarrou, amassou entre os dedos e jogou no chão.

Como se enfurecidas por esse ataque, mais das criaturas caíram em cima dele, ferrões de prata penetrando em qualquer superfície de pele exposta: rosto, mãos, pescoço. Ele as estapeou, vendo Erin também sob ataque. Ele seguiu para junto dela em meio à nuvem, fazendo o melhor para proteger os olhos. Embora os insetos pudessem não ser tóxicos para seres humanos, ele e Erin podiam ser cegados pelos ferrões.

Erin se agachou ao lado da escrivaninha antiga e bateu no ar ao seu redor com uma pasta tirada do tampo da mesa. Ele ouviu uma litania de pragas, viu manchas de sangue escorrendo das incontáveis picadas nos braços e no rosto dela.

Ela estapeou a garganta e uma borboleta caiu no chão.

Seguindo o exemplo dela, ele tirou o casaco comprido e bateu no ar. Então se juntou a ela, usando o casaco como um toureiro contra um milhar de touros furiosos. Chicoteando com o casaco em fúria, ele criou algum espaço ao redor dela.

Mesmo assim, ela puxou o colarinho de seu próprio casaco por cima da cabeça e formou uma tenda ao redor de si. Ela se se inclinou para o chão, espalhando papéis sob as palmas da mão, claramente procurando por alguma pista do paradeiro dos outros.

Ele espiou por cima dos ombros dela. Os papéis pareciam ter sido escritos em uma centena de línguas, muitas delas antigas.

– Apenas pegue tudo! – sugeriu ele. – Podemos examinar com calma mais tarde!

– Não enquanto não neutralizarmos a ameaça aqui. Se alguma coisa escapar conosco, irão direto para Rhun, Bernard e Christian.

Jordan sabia que ela estava certa. Os insetos pareciam sintonizados para atacar *strigoi*. Um momento antes, Erin não havia acionado aquela armadilha ao entrar. Até a rajada de seu rifle não os tinha despertado. Tinha sido somente quando Rhun atravessara o limiar da porta que eles tinham acordado.

– Vamos ver se eu consigo diminuir este bando um pouco – disse ele. – Continue procurando.

Ele reverteu a sua tática. Em vez de usar o casaco para abater ou afastar a ameaça, usou seu comprimento e largura como uma imensa rede. Jordan o lançou no ar, capturando com o casaco hordas de insetos esvoaçantes, tirando-os do ar. Levou-os ao chão e os esmagou sob as botas.

Erin gritou para ele enquanto trabalhava.

– A maior parte destes papéis tem o timbre da mesma companhia. A Argentum Corporation.

Jordan reconheceu o nome.

– É um grande conglomerado! – gritou em resposta. – Faz negócios de todo tipo, inclusive manufatura de armas. Parece o tipo de negócio com que um homem como Judas se envolveria.

Ele continuou seu ataque. Capturou, levou ao chão e esmagou, avançando pelo aposento até que o ar começou a clarear. Então sua caçada se tornou mais concentrada, capturando indivíduos no ar com um golpe do casaco.

Rhun gritou pela porta.

– Como estão indo?

– Estamos apenas acabando de fazer um pouco de limpeza na casa!

Erin acenou para ele.

– Jordan, venha ver isto.

Ele se juntou a ela, limpando uma risca de sangue dos olhos. Ela apontou para um exemplar da correspondência da companhia Argentum: um envelope cinza-prata com um timbre em relevo no canto, retratando uma âncora antiquada.

– Estou vendo estas âncoras por toda parte – comentou Erin. – E se lembra da mensagem de texto que Rhun recebeu de Rasputin, a que o advertia de que o símbolo de uma âncora era ligado a Judas?

– Lembro, o sujeito claramente tem um fetiche por símbolos náuticos.

– Não é *náutico*. É *cristão*. – Ela traçou a forma da cruz que constituía o centro da âncora. – Isto é uma *crux dissimulata*. Os antigos cristãos a usavam como símbolo secreto, na época em que os cristãos eram perseguidos por sua fé e a cruz teria sido perigosa demais de exibir abertamente.

Jordan estapeou e matou uma pequena abelha de latão e prata.

– Deve ser por isso que ele o escolheu como logotipo de sua Argentum Corporation.

– Ele ainda ama Cristo – disse Erin. – E, com sua imortalidade, não pode escapar nunca da culpa. Não é de admirar que esteja lutando tão duramente para trazê-Lo de volta.

– Mas como? – perguntou Jordan.

Ela afastou os papéis.

– Não há nada aqui exceto relatórios financeiros corporativos e correspondência normal. Nada indica o plano dele. Mas deve estar aqui. Em algum lugar neste aposento.

– Ele não deixaria algo assim à vista de qualquer um. Teria escondido. – Jordan apontou para as gavetas. – Procure alguma coisa que esteja trancada, alguma coisa escondida.

Com apenas alguns insetos ainda no ar, Jordan examinou as paredes, removendo as pinturas emolduradas.

– Nada nas gavetas! – gritou Erin para ele.

Jordan alcançou um retrato com moldura dourada que parecia muito antigo. Um segundo olhar para o tema revelou que era uma pintura de Iscariotes, nada diferente de atualmente, mas ali ele estava usando uma roupa do Renascimento, com o braço ao redor de uma mulher de pele escura, num vestido luxuoso que parecia caro. Os dedos dela seguravam uma pequena máscara veneziana.

Enquanto ele tentava levantar aquele retrato, descobriu que na verdade estava *engastado* por dobradiças na parede.

O sorriso de Jordan igualou o sorriso de Judas na pintura.

Ele o puxou e revelou a face de um cofre moderno com uma tranca digital.

– Erin!

Ela levantou a cabeça, e seus olhos se arregalaram.

– Tem que ser isso!

– Vamos ver se eu consigo abri-lo.

– Não creio que arrebentá-lo com um rifle vá ajudar desta vez.

Jordan esfregou as pontas dos dedos e as soprou.

– Só precisa de um pouco de talento de arrombamento.

Ela olhou para ele duvidando.

– Sempre incrédula, dra. Granger. – Jordan tirou a lanterna do bolso e posicionou o foco de luz para os números no teclado numérico, inclinando para lá e para cá, para iluminar de diferentes ângulos. – Consigo abrir este em seis tentativas.

– É mesmo? Como?

– Ciência – respondeu ele. – Arrombar este cofre será um uso da ciência.

Ela ergueu uma sobrancelha.

– Olhe bem para os números. – Ele colocou o foco de luz da lanterna no teclado digital de novo. – Vê a poeira colorida em algumas das teclas?

Ela se inclinou para frente.

– O que é isso?

Ele levantou a mão livre, que estava coberta das mesmas partículas cintilantes.

– O sujeito tem um hobby pelo qual é louco. Provavelmente monta e manuseia suas criações com frequência. Esquece de lavar as mãos quando está com pressa.

– Faz sentido – observou Erin.

– O sujeito é cheio de si, ficou confiante em sua segurança. Aperta os mesmos números incontáveis vezes. Mas também é claramente paranoico. Duvido que a empregada limpe o cofre escondido.

Jordan apontou para o número sete.

– Aquele botão é o que tem mais poeira, de modo que aposto que seja o primeiro número.

– E os outros três?

– Se você olhar de perto o suficiente, verá que há poeira nos números nove, três e cinco.

Ela se inclinou para olhar. Ele gostava de tê-la por perto, e também gostava de parecer inteligente para variar.

– Então. – Ali ele precisava de um pouco de sorte. – Se não há números repetidos e o código tem quatro números, a começar pelo número sete, isso me deixa com apenas seis variáveis possíveis.

– Inteligente – disse Erin.

Ele bateu na cabeça com um dedo.

– Lógica.

E, esperava, *sorte*.

Ele digitou as várias combinações, começando com 7935. Nada. Na terceira tentativa, a luz na frente do cofre piscou de vermelho para verde.

Ele recuou e deixou que Erin fizesse as honras. Ela agarrou a maçaneta, girou e abriu a porta.

Jordan espiou por cima do ombro dela.

– Mais papel.

Uma pilha enchia o espaço, segura por um peso de papel de vidro.

Erin o pegou, levantando o bloco em direção à lanterna dele. Pairando no centro do cristal, havia uma folha marrom.

– Há algo escrito nela – disse Erin. – Aramaico herodiano.

– Sabe traduzir?

Ela assentiu, apertando os olhos um pouco, virando o bloco para lá e para cá. Finalmente, suspirou e disse as palavras escritas ali.

– *"Depois que as palavras Dele, escritas em sangue, forem tiradas de sua prisão de pedra, aquele que O tirou deste mundo servirá para trazê-Lo de volta, dando início a uma era de fogo e derramamento de sangue, lançando um manto sobre a terra e todas as suas criaturas."*

Erin virou o rosto para Jordan, sua voz seca e arquejante de medo.

– Foi aqui que Judas encontrou o seu propósito. Ele não estava tirando seu plano do ar. É uma profecia.

– Por que diz isso?

– A folha. É claramente antiga, preservada para protegê-la. Sabe-se que os antigos videntes no passado escreviam suas predições em folhas.

– Então o que significa? Está destinado a acontecer? Não podemos fazer nada contra isso?

– Não, é por isso que os videntes as escreviam em *folhas*. Para recordar que o destino não está escrito em *pedra*. Mas Judas, dominado pela culpa como era, com certeza teria se agarrado a essa profecia como seu destino supremo.

– Mas ainda não sabemos o que ele está planejando – recordou Jordan.

Ela assentiu e tirou a primeira folha de papel da pilha.

Jordan reparou que o papel velho também estava manchado com flocos esmeralda, púrpura, e carmesins, provando que era manuseada com frequência, provavelmente recentemente.

Erin se retesou, incapaz de falar.

– O que é? – perguntou ele.

Em resposta, ela estendeu a página para ele, revelando o que estava desenhado ali.

42

20 de dezembro, 6:48 horário da Europa Central
Cumas, Itália

Tommy parou diante do túnel escuro na face do penhasco, recusando-se a entrar. O cheiro suave de ovos podres fluía da escuridão como um hálito imundo. Atrás dele se estendia a areia macia, como açúcar, da praia. Acima, o céu estava escuro, brilhante de estrelas e algumas nuvens prateadas, iluminadas com a promessa da manhã.

Um vento frio despenteou seu cabelo, mas não conseguiu esconder o fedor com o cheiro de maresia e algas.

Eu não quero entrar ali.

Uma mariposa de asas verde-esmeralda pousou em um dos pedregulhos, batendo as asas para ele. Elizabeth estava junto de seus ombros, os olhos voltados para outras mariposas que esvoaçavam nas rajadas de ar, seus voos delicados disfarçando seu perigo.

Um dos capangas de Iscariotes inclinou o corpo grandalhão passando a frente de Tommy, entrou no túnel e acendeu uma lanterna. Paredes negras vulcânicas, rajadas de amarelo, se estendiam para além do alcance da luz.

Uma mão espalmada no centro de suas costas o empurrou, não permitindo qualquer outro recurso.

– Siga Henrik – ordenou Iscariotes.

Elizabeth tomou a mão dele com firmeza na sua.

– Nós iremos juntos.

Tommy respirou fundo se preparando, assentiu e deu um passo adiante, depois outro. Era assim que se venciam maus momentos: *você tinha que seguir adiante.*

Atrás dele, Iscariotes falou com o *strigoi* que havia pilotado o helicóptero.

– Prepare o seu pessoal. Mande-os cuidar dos túneis atrás de nós. Não devemos ser perturbados.

Com aquela última ordem, Iscariotes avançou, sendo seguido por seu segundo guarda-costas. Tommy se deu conta de que nunca tinha descoberto o nome desse outro, não que aquilo pudesse ter alguma importância. Ele pressentia que nunca mais veria o céu.

Depois de percorrer uma boa distância no túnel estreito, Elizabeth tirou o véu e as luvas e empurrou para trás o capuz de sua capa. Uma das mariposas esvoaçou em seu cabelo, prendendo as patinhas ali por um momento, depois se afastou voando de novo. Ela não pareceu se importar.

Mas Tommy se importava, reconhecendo a ameaça silenciosa do captor deles.

Para se acalmar e se distrair, ele contou as mariposas, observando as diferenças sutis entre elas. Algumas eram menores, uma tinha uma cauda longa, outra tinha flocos de ouro misturados com esmeralda.

... nove, dez... onze...

Havia provavelmente uma dúzia, mas ele não conseguiu encontrar a última para completar aquele número par.

Elizabeth correu as pontas dos dedos pela parede, seus olhos examinando os corredores laterais que entrecortavam o caminho, e as cavernas escuras que se abriam de vez em quando. Aquilo ali embaixo era um labirinto. Tommy tinha lido o mito de Teseu na escola, sobre sua luta contra o Minotauro no labirinto de Creta.

Que monstros estão aqui embaixo?

Elizabeth devia estar pensando em outra história. Ela virou a cabeça para trás e olhou para Iscariotes.

– Na *Eneida* de Virgílio, o herói Eneas vem a Cumas, fala com a sibila ali, e ela o guia até a terra dos mortos. O caminho que agora seguimos é muito parecido com o descrito no livro.

Iscariotes acenou com o braço ao redor como se para abarcar todo o morro vulcânico.

– Ele também afirma que existem cem caminhos para aquele poço, o que, considerando esta montanha toda esburacada e cheia de túneis, provavelmente é verdade.

Ela deu de ombros, mudando de tom como se estivesse citando um poema.

– *"Fácil é a descida ao inferno; a noite inteira, o dia inteiro, estão abertas as portas do negro Hades; mas voltar pelos mesmos passos e sair novamente para os ares vitais do Céu – esse é o grande trabalho, essa é a grande dificuldade."*

Iscariotes bateu palmas uma vez.

— Realmente você é a Mulher de Saber.

A despeito do elogio, preocupação sombreava os olhos prateados dela. Uma mariposa verde vivo pousou em seus cabelos negros de novo, e Tommy estendeu a mão para afugentá-la.

— Não — advertiu ela. — Deixe-a ficar.

Ele recolheu a mão.

Enquanto continuavam, descendo cada vez mais fundo, as ramificações do túnel se tornaram menos frequentes até que alcançaram um corredor longo e íngreme tão fedorento de enxofre que Tommy teve de cobrir a boca e respirar através do tecido da manga. A temperatura também se tornou mais quente, as paredes úmidas. Tommy ouviu o ecoar de água correndo.

Finalmente a passagem chegou ao fundo, alcançando um rio subterrâneo. Ele borbulhava e fumegava, era uma fonte geotérmica quente. Os olhos de Tommy ardiam do enxofre; suas faces queimavam de calor.

— Parece que chegamos ao Aqueronte... ou talvez seja o Estige... ou seus muitos incontáveis nomes na história do homem — comentou Elizabeth. — Mas aparentemente aqui não é preciso um barqueiro.

— De fato — respondeu Iscariotes.

Um arco de pedra abarcava a largura do rio conduzindo a uma caverna escura do outro lado.

Tommy olhou para Elizabeth, subitamente aterrorizado de atravessar. Os cabelos em seus braços estavam em pé, seu coração latejava em seus ouvidos.

Henrik agarrou o braço dele na entrada da ponte, pronto para arrastá-lo até o outro lado se necessário.

Elizabeth bateu nas costas do homenzarrão como se ele fosse um mosquito.

— Não admito ver o menino ser maltratado.

Os olhos de Henrik faiscaram de raiva, mas ele deu um passo para trás, recebendo um gesto de cabeça de confirmação de Iscariotes para obedecer a ela.

Outra mariposa pousou em Elizabeth, dessa vez em seu ombro, as asas roçando abaixo de sua orelha. Ela se recusou a admitir sua presença, mas Tommy compreendeu a mensagem ali.

Eu atravesso, ou ele mata Elizabeth.

Engolindo seu terror, Tommy se encaminhou para a ponte, flanqueado de um lado por Henrik, do outro por Elizabeth. Ele se moveu lentamente pela ponte de rocha escorregadia por causa do vapor, tossindo por causa do enxofre, franzindo os olhos por causa do calor. Água negra, que parecia petróleo, borbulhava e estourava em bolhas, fervilhava e rodopiava.

Elizabeth caminhou ao lado dele como se estivesse passando por um jardim, as costas retas, o queixo alto. Ele tentou imitar a confiança dela, seu andar rígido e orgulhoso, mas falhou. Depois que viu o outro lado da ponte, se apressou para ele, feliz por escapar do rio fervilhante.

Por um momento, ficou sozinho, todos os outros atrás dele, até Henrik com sua lanterna. Adiante, o lugar negro como piche cheirava estranhamente a flores, o perfume se fazendo sentir apesar do fedor de enxofre.

Curioso, ele penetrou mais fundo, querendo encontrar a fonte.

Henrik e os outros finalmente o alcançaram. O homem grandalhão direcionou sua luz para cima, revelando um teto abobadado de rocha vulcânica, coberto por grossa fuligem. As paredes tinham muitas arandelas de ferro, que continham maços frescos de juncos. Alguém tinha preparado aquele lugar.

– Acenda as tochas – ordenou Iscariotes.

Henrik e seu parceiro saíram acendendo os maços encharcados em piche, cada um seguindo em direções opostas, lentamente revelando mais da grande caverna. Outros túneis saíam dali.

Tommy se lembrou da descrição de Iscariotes dos cem caminhos que levavam ao Inferno.

No centro do recinto, uma grande pedra negra, ligeiramente inclinada, mas polida até ficar plana, repousava como um olho negro olhando para ele. Tommy teve dificuldade de olhar para a pedra, percebendo algo de *essencialmente errado* nela.

Seu olhar deslizou para além da pedra, para o lado mais distante à medida que as tochas eram acesas.

O que ele encontrou lá, amarrada numa argola de ferro na parede, foi uma mulher num vestido branco. A pele dela era marrom e lisa, os ossos das faces altos. Longos cabelos negros se espalhavam ao redor dos ombros nus. A luz das tochas refletiu em uma lasca de metal que ela trazia pendurada ao redor do pescoço.

Ao contrário da pedra negra, os olhos de Tommy não conseguiam se afastar dela. Mesmo do outro lado do recinto o olhar dela brilhava para ele, atraindo-o para mais perto, capturando-o, como um sussurro de seu nome dito com todo o amor do mundo.

Iscariotes o deteve com um toque no ombro. Ele passou na frente de Tommy para encarar a mulher do outro lado do grande espaço do recinto, mas a tristeza na voz dele fez aquela distância parecer mais infinita e impossível de transpor.

– Arella.

6:58

Judas se deteve junto da pedra do altar incapaz de se aproximar mais dela. Havia séculos desde que a vira pela última vez em carne e osso. Por um momento, considerou abandonar tudo e correr para o lado dela e implorar seu perdão.

Ela então lhe ofereceu esse caminho.

– Meu amor, ainda há tempo para acabar com tudo isso.

Uma mariposa esvoaçou diante dos olhos dele, quebrando o poço do olhar escuro dela com asas esmeralda. Ele recuou um passo.

– Não...

– Todos os séculos que desperdiçamos. Quando poderíamos ter estado juntos. Tudo para servir a esse destino perverso.

– Depois da volta de Cristo, poderemos passar a *eternidade* juntos.

Ela o contemplou com tristeza.

– Aconteça o que acontecer, isso nunca será possível. O que você faz é errado.

– Como pode ser? Durante os séculos que se passaram depois de sua revelação de meu propósito, eu coletei fragmentos de profecias para compreender o que preciso fazer, como devo fazer com que o Armagedon se realize. Procurei videntes de todas as idades e eras, e cada uma confirmou meu destino. Contudo, foi só quando soube do garoto, deste imortal como eu e, no entanto, tão diferente, que me lembrei de uma coisa que *você* desenhou, meu amor. Uma de suas predições anteriores, de antes de você fugir do meu lado. Eu tinha me esquecido dela, considerado sem valor.

Ele se virou para o Primeiro Anjo.

– Então apareceu este garoto maravilhoso.

– Você vê as sombras que eu lanço e as chama de reais – argumentou ela. – Elas são apenas um caminho, um fantasma de possibilidade. Nada mais que isso. São suas ações tenebrosas que lhes dão substância, que as imbuem de significado e peso.

– É certo que eu o faça, pela mais remota chance de trazer Cristo de volta.

– Contudo, tudo isso você construiu apenas no olho de sua mente, baseando tantos feitos nessas profecias que roubou de mim. Como pode qualquer coisa de bom resultar de tamanha destruição de confiança?

– Em outras palavras, um ato de traição. – Ele sorriu, quase abalado pelas palavras anteriores dela, mas agora libertado. – Pois você vê, eu sou o *Traidor*. Meu primeiro pecado resultou no perdão de *todos* os pecados, por Cristo morrer na cruz. Agora eu pecarei de novo para trazê-Lo de volta.

Ela deixou-se cair ao longo da parede, revelando as correntes que a prendiam.

– Então por que me aprisionou aqui? Apenas para me atormentar ao obrigar-me a assistir?

Iscariotes finalmente encontrou forças para atravessar a distância que o separava dela. Inalou o perfume de lótus, da pele que outrora havia beijado e acariciado. Estendeu a mão e tocou na clavícula desnuda, ousando tamanha violação apenas com um dedo.

Ela se inclinou para ele, como se para demovê-lo com seu corpo quando suas palavras falhavam.

Em vez disso, ele enfiou aquele dedo no laço do cordão de ouro dela, apertou o punho ao redor dele, sacudindo a lasca de prata entre os seios perfeitos.

Os olhos dela correram para os dele, enchendo-se de compreensão e de horror. Ela se afastou, batendo com as costas contra a parede.

– Não.

Ele puxou com força e quebrou o cordão. Então recuou com seu troféu, deixando o ouro escorregar entre seus dedos até segurar apenas a lasca de prata.

– Com esta lâmina, eu posso matar anjos para despertar até os céus.

Ela se virou para Tommy, mas suas palavras foram para Judas.

– Meu amor, você não sabe de nada. Você anda na escuridão e a chama de dia.

Judas deu as costas para essas palavras e caminhou até o garoto, preparado para realizar o seu destino.

Finalmente.

7:04

Elizabeth observou Iscariotes agarrar Tommy pelo braço e puxá-lo com violência em direção à pedra negra no centro do recinto. Ela percebeu um manto de maldade ao redor daquele altar preto, tão enorme que até o leito de rocha abaixo dele parecia incapaz de suportar seu peso profano, o solo se fendendo ao seu redor numa sucessão de finas rachaduras.

Tommy gritou, não querendo se aproximar dele.

A súplica dele acendeu alguma coisa dentro dela. Ela saltou adiante, pronta para libertá-lo à força.

Antes que ela pudesse dar dois passos, ouviu uma ordem sussurrada ecoar dos túneis escuros que se abriam dali, insinuando a presença de outra aranha naquela teia negra, alguém que se mantinha escondido por enquanto. A voz lhe pareceu familiar, mas antes que ela pudesse refletir a respeito, quatro vultos – dois de cada túnel de ambos os lados – irromperam diante dela, arreganhando as presas.

Strigoi.

Eram homens enormes, de peito nu e tatuados com blasfêmias. Tinham cicatrizes com pedaços de aço deliberadamente enfiados na carne. Eles formavam uma parede entre ela e Tommy.

Além deles, Iscariotes arrastava o garoto para a pedra negra. Sua superfície inclinada era lisa e polida pelos muitos corpos sacrificados ali. Uma ligeira concavidade tinha sido escavada perto da base, como se milhares de cabeças tivessem se encostado ali, exibindo a garganta para o teto.

Impelido pelo terror, Tommy conseguiu se soltar de Iscariotes. Ele sabia o que lhe seria pedido. O garoto não era tolo.

– Não. Não me faça fazer isso.

Iscariotes recuou e levantou os braços, a lasca de prata brilhando sob a luz das tochas.

– Eu não posso obrigar você. Você tem que fazer o sacrifício por sua livre e espontânea vontade.

– Então eu escolho não fazer.

Elizabeth sorriu da tenacidade dele.

– Então deixe-me persuadir você – disse Iscariotes.

As outras mariposas caíram sobre Elizabeth, em sua face, na base da nuca, várias nos braços e ombros.

– Com um pensamento, elas a matarão – prometeu Iscariotes. – O sangue dela vai ferver. Ela morrerá em agonia. É isso o que você *escolhe*?

Elizabeth subitamente se deu conta de que Iscariotes não tinha lhe pedido para se fazer de babá do garoto para mantê-lo calmo, e sim para conquistar o coração dele de modo que Iscariotes pudesse usá-la como uma arma. Para seu horror, ela percebeu como tinha caído na armadilha.

Os olhos de Tommy encontraram os dela.

– Não faça isso por mim – disse ela friamente. – Você não é nada para mim, Thomas Bolar. Nada senão uma diversão, algo com que brincar antes de comer.

Ela arreganhou seus caninos.

Tommy se encolheu ao ouvir aquelas palavras, ao ver seus dentes. Contudo, os olhos dele não se desviaram dos dela. Sustentou o olhar dela por um longo instante e então se virou para Iscariotes.

– O que você quer? – perguntou Tommy.

Droga, garoto.

Ela estreitou os olhos sobre a parede de *strigoi* que tinha diante de si, calculando a força jovem deles contra a dela. Calculou quanto tempo as ferroadas levariam para matá-la. Será que conseguiria libertar Tommy a tempo? Seus ouvidos aguçados escutaram movimentos vindos de além do rio fervilhante atrás dela.

Mais *strigoi* se escondiam nos túneis lá atrás.

Tommy nunca chegaria lá fora sozinho.

– Deite-se sobre esta mesa – disse Iscariotes. – Isso é tudo o que precisa fazer. Eu farei o resto, e ela viverá. Eu juro a você.

Enquanto o garoto avançava, ela gritou para ele de novo.

– Tommy, é possível que não saiamos daqui vivos, mas isso não significa que tenhamos que nos submeter à vontade dele.

Iscariotes gargalhou, alto e profundamente.

– Vocês, mulheres Bathory! Se eu tiver aprendido alguma coisa na vida, é que a lealdade de vocês é volúvel como o vento.

– Então minhas descendentes saíram a mim.

Elizabeth girou para um lado, sua forma um borrão. Ela dilacerou a garganta de Henrik antes que ele pudesse olhar para ela. Os outros *strigoi* a atacaram, o mais próximo agarrou-lhe o braço. Ela arrancou-lhe o braço da articulação, atirando-o para o lado. Dois outros pularam alto e atiraram-na ao chão. Ela lutou contra eles, conseguindo empurrá-los para trás um passo, mas mais adversários jorravam dos túneis vizinhos e imobilizaram seus braços, suas pernas.

Ela lutou, mas sabia que era inútil.

Tinha falhado – não só em libertar Tommy, mas em não *morrer*. Com a sua morte, Iscariotes não teria argumento para fazer chantagem emocional sobre Tommy. O garoto poderia se recusar.

Iscariotes deve ter percebido a artimanha dela.

Ela viu uma mariposa andar devagar sobre sua face, então delicadamente levantar voo nas asas macias e se afastar.

Ele precisava dela viva.

7:10

– Chega! – gritou Tommy e encarou Iscariotes. As lágrimas lhe escorriam pelo rosto. – Faça o que quer fazer!

– Suba no tampo – disse Iscariotes. – Deite-se de costas. Sua cabeça virada para a parte mais baixa da pedra.

Tommy andou até a pedra negra, cada célula em seu corpo gritando para que fugisse, mas ele subiu na pedra e se virou para se deitar de costas, o pescoço indo se apoiar na base do altar – e ele sabia que era um altar.

Abaixo de sua cabeça, uma grande fenda negra fumegava com cheiro de enxofre, mais fedorenta até do que o rio. Os pulmões dele se encolheram contra aquele cheiro. Lágrimas ardentes escorreram por suas faces. Ele virou a cabeça o suficiente para encontrar Elizabeth.

Tommy sabia que ela não compreendia. Ele tinha visto seu pai e sua mãe morrerem em seus braços, o sangue deles fervendo, jorrando de seus olhos – enquanto ele vivia, curado de seu câncer. Não poderia de novo deixar outra pessoa morrer em agonia no seu lugar. Nem mesmo para salvar o mundo.

Ela o encarou de volta, uma única lágrima escorreu de seus olhos furiosos.

Ela também não conhecia a bondade que tinha dentro de si. Ele sabia que ela era um monstro tão certamente quanto os outros que a haviam imobilizado, mas em algum lugar lá no fundo alguma coisa mais luminosa existia. Mesmo que ela ainda não a visse.

Iscariotes se ajoelhou ao seu lado e atirou uma rede de corda sobre o seu corpo, e lastreou as pontas com pedras pesadas. Prendeu quatro cantos a argolas de ferro pregadas no solo de pedra. Uma vez feito isso, Tommy não podia mais se mover, e só sua cabeça estava livre.

Inclinado com as pernas no alto, seu sangue correu para baixo, fazendo seu rosto arder ainda mais de calor.

Iscariotes colocou uma palma de mão fresca em sua face.

– Esteja em paz. É uma coisa boa o que fez. Seu sacrifício valoroso anunciará o retorno de Cristo.

Tommy tentou dar de ombros.

– Eu sou judeu. Assim, que me importa isso? Vamos acabar logo tudo.

Ele queria soar corajoso, desafiador, mas suas palavras saíram num sussurro tenso. Um lampejo atraiu seus olhos enquanto a lasca de prata, roubada da mulher, era levantada alto. A luz das tochas rebrilhava em sua ponta afiada. Tudo o mais no recinto desapareceu, exceto aquela pequena lâmina.

Iscariotes se inclinou junto à orelha dele.

– Isso pode doer e...

Ele enterrou a lasca no pescoço de Tommy antes que ele pudesse sequer se preparar. Embora aquele fosse provavelmente o objetivo, poupá-lo da dor.

Mas falhou.

Tommy urrou enquanto o fogo se lançava dentro dele, irradiando por seu corpo inteiro. Sangue subiu-lhe à garganta, derramando-se quente e ardente como magma. Ele se contorceu e se debateu sob a rede, com fúria suficiente para soltar um dos cantos. Então torceu a cabeça para ver seu sangue fluindo através da pedra, sobre sua borda, e pingando dentro da fenda negra abaixo.

Ele urrou de uma dor que se recusava a ceder.

Sua visão se fechou ao seu redor, a escuridão enchendo as bordas. Ele queria o apagamento, para escapar daquela pira de agonia. Sob suas costas, sentiu a pedra tremer. O solo de rocha se fendeu.

De muito longe, Iscariotes enalteceu, numa voz ressonante.

– O portão está se abrindo! Exatamente como disse a profecia!

A mulher amarrada respondeu, apenas sua voz diminuindo a intensidade de sua dor.

– Ainda há tempo de mostrar misericórdia. Você pode pôr fim a isso!

– É tarde demais. Quando todo o sangue dele tiver sido lançado para baixo, ninguém poderá pôr fim a isso.

Tommy se sentiu mergulhar na escuridão – apenas para se dar conta de que a *escuridão* estava subindo para se apoderar dele. Uma névoa negra subiu em rolos da fenda abaixo, envolvendo-o em seu abraço escuro, rodopiando ao seu redor como uma coisa viva. Com cada gota de seu sangue, mais negrume subia em ondas e fluía para dentro do mundo.

Ele olhou em direção à fonte, observando a fenda abaixo se abrir mais larga. Em um lampejo, recordou-se da câmara em Massada, de outra fenda rachando a terra, de outra fumaça subindo das profundezas.

Não... de novo não...

Então o solo tremeu – exatamente como antes –, elevando-se com grandes abalos, fortes o suficiente para quebrar montanhas. O rio fervilhante transbordou de suas margens numa grande fonte, esguichando em ondas altas e caindo de volta com violência. Durante tudo isso, um ronco maciço se elevou tornando-se cada vez mais alto, enchendo o mundo e explodindo para fora.

Tommy deixou que aquilo o engolfasse – até que houvesse apenas silêncio e escuridão.

E ele perdeu os sentidos.

43

20 de dezembro, 7:15 horário da Europa Central
Mar Mediterrâneo

Enquanto Erin atravessava o salão principal, seu estômago subitamente se revirou, como se fosse enjoar. Ela oscilou sobre os pés, a mão se espalmando sobre uma vitrine para se equilibrar. Ela se virou para Jordan enquanto ele fechava a porta do escritório particular, se assegurando de que nenhuma borboleta ou abelha desgarrada saísse atrás dele.

Seu olhar encontrou o dela enquanto a plataforma inteira começava a tremer assustadoramente, como se um bando de elefantes estivesse correndo pelo deque.

– Terremoto! – gritou Jordan, correndo na direção dela.

Erin se virou para ver Rhun e Bernard ajudando Christian a se levantar. O cardeal devia ter conseguido reanimar o jovem sanguinista com vinho recém-consagrado, pelo menos o suficiente para pô-lo de pé.

Um grande abalo se fez sentir abaixo, levantando seus pés no ar. Ela aterrissou sobre um joelho enquanto Jordan escorregava ao seu lado. Livros caíram das prateleiras. Fagulhas ardentes voaram através da grade da lareira de ferro batido.

Jordan a levantou enquanto a plataforma tremia ainda mais violentamente.

Aço gemeu através das paredes. Uma vitrine alta e fina desabou com um estrondo de vidro. Jordan correu com ela até os outros.

– Nós temos que sair desta plataforma! – gritou ele acima do rugido baixo.

Parecendo ignorar tudo, o olhar de Bernard permaneceu fixo nas janelas altas. Erin se virou para ver o que havia capturado a atenção dele. Longe ao leste, o horizonte havia clareado com o novo dia, subindo num vapor colorido de tons de rosa e laranja. Mas a beleza estava maculada por uma nuvem negra que se erguia através dele, rodopiando alto e se abrindo para fora, como se tentando comer o dia.

– Uma erupção vulcânica – disse Jordan.

Erin calculou a direção para onde Iscariotes tinha voado com Tommy. Seus dedos amassaram a folha de papel em sua mão, contendo um desenho antigo. Ela tinha saído para mostrá-lo a Rhun e Bernard.

Será que era tarde demais?

Como se para pontuar aquela preocupação, um tremor alto se elevou através da plataforma, atirando-os no chão. As luzes se apagaram. *Craque!* O som ensurdecedor de rocha submetida a pressão ecoou vindo de baixo. E o deque inteiro começou a lentamente se inclinar.

Ela imaginou uma das pernas da plataforma de concreto se despedaçando numa junção.

– Vamos! – urrou Jordan. – Agora!

Ele agarrou o braço dela. Rhun e Bernard carregaram Christian entre eles.

Fugiram para o corredor central. O tremor continuou, atirando-os contra as portas revestidas de madeira. A escuridão amplificava o terror de Erin. Finalmente chegaram às portas exteriores e fugiram para um mundo de aço balançando e de concreto se despedaçando. Um braço de um guindaste passou balançando acima deles, solto e sem ninguém dentro.

– O hidrofólio! – disse Jordan, apontando para a escada enquanto avançavam aos tropeções. – Precisamos descer e entrar nele! Ir para o mais longe possível desta plataforma.

Christian se libertou dos outros.

– Eu... eu cuido disso.

Mesmo em seu estado enfraquecido, ele foi rápido, desaparecendo num borrão de negro e descendo pela escada. Bernard seguiu em seus calcanhares, enquanto Rhun ficava com Erin e Jordan.

O trio avançou pela escada correndo a toda, saltando degraus, por vezes sendo jogados. Escombros choviam ao redor deles, batendo na água abaixo. Erin viu que o mar ao redor tinha ficado estranhamente liso, sem ondas, apenas uma superfície trêmula como uma caldeira a ponto de ferver. Aquilo mais que qualquer coisa a fez ir mais depressa. Ela chegou ao patamar seguinte, batendo com a barriga no corrimão oposto e quicando.

Volta após volta, desceram correndo, enquanto a plataforma acima começava a se inclinar lentamente, desmoronando sobre o pilar daquele lado, comprimindo concreto com estrondos altos de rochas.

Outro abalo violento a atirou para o alto. Os dedos dela correram para se agarrar antes que seu corpo fosse lançado pela borda – então os dedos férreos de Rhun seguraram o casaco de couro e a puxaram de volta para os degraus, e de novo de pé.

– Obrigada – disse ela, se encolhendo para tomar fôlego.

Então, avançaram correndo novamente enquanto o mundo se despedaçava ao seu redor. Outro pilar do lado mais distante explodiu com um estrondo, se empilhando para cima.

Mas um novo ruído se intrometeu no caos: o ronco alto de um motor. Uma última volta ao redor do pilar e chegaram à doca. Várias seções de seu comprimento tinham sido destruídas por escombros caindo. Saltaram sobre os buracos abertos enquanto o hidrofólio recuava em sua baia. A embarcação não havia saído incólume; uma parte da passarela tinha sido lançada contra o deque da popa e ainda estava lá.

Subitamente um braço a enlaçou pela cintura e a arremessou para frente além do último trecho de doca. Um pedaço de suporte retorcido caiu como uma lança e penetrou fundo na seção da doca onde ela havia estado.

Mais uma vez Rhun.

Jordan correu se desviando do pedaço mortal de aço e se juntou a eles.

O hidrofólio recuou para junto da doca, permitindo que embarcassem rapidamente, se abrigando debaixo da passarela.

– Vamos! – gritou Jordan em direção à cabina da proa.

Os motores rugiram, impelindo o barco para frente, derrubando Erin de costas nos braços de Jordan. Ambos olharam para cima enquanto a embarcação fugia debaixo da plataforma que desmoronava. Pedaços gigantescos de aço choviam ao redor deles, mas finalmente escaparam de seu alcance mortífero e saíram para mar aberto.

– Não reduza a velocidade! – berrou Jordan. – Acelere tudo que puder!

Erin não conseguiu compreender o motivo da urgência dele, até que um olhar para trás revelou a plataforma inteira caindo em direção a eles, pronta para esmagá-los. Christian seguiu o conselho de Jordan, acelerando ao máximo, levantando a embarcação em suas quilhas duplas, deslizando sobre a água.

Ela observou com horror e reverência enquanto a plataforma se chocava contra o mar, levantando uma onda imensa, mandando aquela parede de água correndo atrás deles. Àquela altura a velocidade deles era tamanha que facilmente escaparam dela. A onda de maremoto acabou mais para trás, mergulhando de volta no mar.

Erin finalmente se permitiu respirar, arquejando, limpando uma lágrima do olho.

– Vamos – disse Jordan. – Vamos nos juntar a Christian e Bernard.

Ela assentiu, incapaz de falar.

Subiram para a casa do leme, viram Christian no timão, Bernard junto a seu ombro. Ambos estavam virados para frente, de olhos cravados na costa.

Uma nuvem negra enchia o mundo adiante, rolando e vindo na direção deles. Em seu coração dançava uma pequena fonte de fogo. Definitivamente era um vulcão. Flocos de cinza já começavam a cair se acumulando no vidro como neve imunda.

Erin sabia que aquela seção da costa da Itália era um importante local geotérmico, de forte atividade vulcânica. Recordou as ruínas de Pompeia e Herculano à sombra do Vesúvio. Mas mesmo aquela montanha mortífera não passava de uma pequena mosca se comparada com o monstro que se escondia debaixo da região inteira, um supervulcão chamado Campi Flegrei, com uma caldeira vulcânica com seis quilômetros e meio de largura. Se aquele dragão adormecido algum dia explodisse, a maior parte da Europa seria destruída.

Um pedaço maior de cinza deslizou sobre a janela, deixando um rastro de fuligem.

Bernard se inclinou para mais perto daquilo.

– A cor é carmesim – observou.

Erin se juntou a ele, observando que estava certo. O rastro deixado era visivelmente vermelho-escuro.

Como sangue.

Aquilo era provavelmente devido apenas à cor da rocha da região, conhecida por ser rica em ferro e cobre vulcânicos.

Ainda assim, Erin citou uma passagem do Apocalipse 8:

– *E o Primeiro Anjo tocou a sua trombeta e houve saraiva e fogo misturados com sangue, e foram lançados na terra.*

Bernard olhou para ela.

– O princípio do fim do mundo.

Erin assentiu citando o que se seguia.

– *Queimou-se a terça parte das árvores e toda a erva verde foi queimada.*

Ela imaginou a caldeira de Campi Flegrei. Se aquilo eclodisse, bem mais que *um terço* da Europa queimaria.

– Podemos deter isso? – perguntou Jordan, não querendo desistir sem lutar.

– Ainda pode haver tempo – disse Bernard. – Se conseguirmos encontrar o Primeiro Anjo, talvez possamos corrigir esse erro.

– Mas ele pode estar em qualquer lugar – disse Rhun.

– Não necessariamente – argumentou Jordan. – Se Iscariotes fez alguma coisa para deflagrar isso... e este é um grande *se*, diga-se a propósito... então ele não pode ter ido longe com o garoto. O helicóptero do ataque estava rumando para leste. Só se passaram noventa minutos desde que nos abateram.

– E Iscariotes teria precisado de tempo para se preparar depois que chegasse à costa – concordou Rhun. – Ele provavelmente programou tudo para coincidir com o nascer do dia.

Bernard apontou para a dança de lava no coração da nuvem de cinzas.

– Ele deve estar perto dali, mas onde?

Erin enfiou a mão no bolso interno do casaco e retirou o desenho que tinha roubado do cofre. Ela o alisou na mesa de mapas do barco.

– Vejam isto.

O desenho retratava dois homens – um mais velho, um mais moço – numa pose de sacrifício com um anjo olhando por cima do ombro do homem, o rosto do anjo preocupado e com justo motivo. Um rastro de sangue escorria do lado do homem mais jovem e caía numa fenda negra perto do final da página. Uma mão com quatro garras se projetava para fora da fenda.

– O que significa? – perguntou Jordan.

Erin bateu com o dedo nos dois homens. O mais velho tinha cabelo escuro, o outro mais claro. Exceto por isso pareciam praticamente idênticos, como se pudessem ser parentes.

Ela apontou para o homem mais jovem.

– E se este for Tommy?

Rhun se inclinou sobre o ombro dela.

– Parece que o sangue dele está sendo derramado no solo, para dentro daquela fissura negra. – Seus olhos escuros encararam os dela. – Você acha que ele está sendo sacrificado por Iscariotes?

– E o sangue dele sendo usado para abrir uma porta. Como o sangue de vocês, sanguinistas, abre seus portões ocultos.

– E aquela coisa com garras saindo – perguntou Jordan. – Aquilo não pode ser bom.

7:26

Bernard olhou fixamente para o demônio subindo das profundezas e se desesperou. Como podiam ter esperança de deter o Armagedon se já havia começado? Ele se virou para a fumaça e a conflagração. Por onde sequer começar?

Ele pôs o pensamento em palavras.

– Se você estiver correta, Erin, isto ainda não nos diz *onde* o sacrifício está sendo realizado.

– Sim, diz.

Ele a encarou mais atentamente.

Ela passou um dedo sobre os cinco símbolos que cercavam aquele quadro de sacrifício: uma lamparina a óleo, uma tocha, uma rosa, uma coroa de espinhos e uma tigela.

– Cinco ícones. Eu sabia que não eram apenas decorativos. Nada neste desenho está aqui por acaso.

Ele os examinou, sabendo que ela estava certa, incomodado pela familiaridade daqueles mesmos símbolos, mas sem conseguir situá-los. Pensando bem, ele não era tão versado em história antiga quanto a dra. Granger.

Ela explicou:

– Estes símbolos representam cinco famosas videntes do passado distante. Cinco mulheres, cinco antigas *sibilas*.

Bernard agarrou a borda da mesa. *É claro!*

– Da Capela Sistina – disse, com reverência. – Estas cinco mulheres estão pintadas lá.

– Por quê? – perguntou Jordan.

Bernard estendeu a mão e segurou a mão de Erin agradecido.

– Elas são as cinco mulheres que predisseram o nascimento de Cristo. Elas vêm de várias épocas e lugares, mas cada uma profetizou sua vinda.

Erin tocou em cada símbolo, dizendo seus nomes em voz alta.

– A Sibila persa, a Sibila de Eritreia, a Sibila de Delfos, a Sibila da Líbia...

Ela se deteve no último símbolo no alto.

– A tigela sempre representou a Sibila de Cumas. Dizem que representa a natividade de Cristo. – Ela examinou a linha da costa. – Tinha seu lar nos arredores de Nápoles. E de acordo com numerosos relatos dos antigos... de Virgílio a Dante... dizem que o trono dela guardava os portões do Inferno.

Referindo-se às garras se erguendo das profundezas, Bernard disse:

– Creio que ele quer libertar Lúcifer, o Anjo Caído.

– É assim que ele pretende desencadear o Armagedon – declarou Erin.

As cinzas açoitaram a janela batendo contra o vidro como granizo à medida que se aproximavam da costa. O céu acima havia se fechado com fumaça, impedindo o dia de mostrar sua face ali. Bernard se atemorizou diante da catástrofe que com certeza se seguiria.

Jordan pigarreou, o nariz chegando perto do desenho.

– Então, se tudo neste desenho é importante, como é possível que haja um anjo olhando por cima do ombro de Judas, sem fazer nada senão parecer triste.

Bernard desviou a atenção da linha da costa em chamas.

– O rosto dela – prosseguiu Jordan – parece muito com o da mulher na pintura no escritório de Iscariotes. Como se fossem a mesma mulher. Na pintura a óleo, Judas está com o braço ao redor dela, como se fossem marido e mulher.

Bernard olhou mais de perto para o desenho com Erin. Ele examinou o rosto, então um arrepio de reconhecimento sacudiu seu corpo, deixando-o gelado.

Como era possível...?

Erin percebeu a reação dele.

– O senhor a conhece?

– Eu a encontrei uma vez pessoalmente – disse ele baixinho, retornando para aquele labirinto de túneis debaixo de Jerusalém. Para a mulher brilhando com tamanha graça à beira da lagoa escura. Ele se lembrou da falta do bater de coração, mas do calor feroz que fluía dela na caverna escura. – Durante as Cruzadas.

Erin franziu o cenho para ele, visivelmente descrente.

– Como... onde a encontrou?

– Em Jerusalém. – Bernard tocou na cruz peitoral. – Ela era guardiã de um segredo, algo enterrado muito abaixo da Pedra Fundamental daquela velha cidade.

– Que segredo? – perguntou Erin.

– Um trabalho de entalhe. – Ele balançou a cabeça para o desenho diante deles. – Era a história da vida de Cristo contada através de seus milagres. A história deveria revelar uma arma que poderia destruir todo e qualquer mal. Eu a procurei muito a um custo enorme.

Os gritos dos moribundos da cidade ainda lhe enchiam os ouvidos.

– O que aconteceu? – perguntou Erin, parecendo estar muito distante.

– Ela achou que eu não era digno. Ela destruiu a parte mais crucial antes que eu pudesse vê-la.

– Mas quem é ela? – perguntou Jordan. – Se estava presente na época das Cruzadas, e depois de novo durante o Renascimento com Judas, ela deve ser imortal. Isso significa que ela é *strigoi*? Ou alguém como Judas ou o garoto?

– Nenhum dos dois – Bernard disse em voz alta, só se dando conta naquele momento. Ele apontou para as asas desenhadas sobre os ombros dela. – Creio que ela é um anjo.

Ele olhou para Erin, seus olhos se enchendo de lágrimas.

E ela achou que eu não era digno.

44

20 de dezembro, 7:38 horário da Europa Central
Ao largo da costa da Itália

Rhun ficou postado na porta da cabine do leme enquanto o hidrofólio corria em direção à costa. Seguindo o conselho de Erin, eles tinham plotado um curso para noroeste da cidade de Nápoles, tendo em mira uma baía escura no mar Tirreno, à sombra do cone vulcânico que a Sibila de Cumas tornara seu lar.

Ondas negras batiam ao passar pelo casco e cinzas açoitavam o rosto nu de Rhun. Não tinham cheiro de sangue, apenas de ferro e cinzas e enxofre. Quando ele as limpou da testa, a fuligem cobriu as pontas de seus dedos.

Os abalos haviam cessado, mas a erupção continuava, lançando fumaça e cinzas para o mundo, jorrando jatos de lavas ardentes na escuridão além da borda do cone. Erin tinha dito a eles que a caldeira ficava no centro de um supervulcão maior chamado Campi Flegrei. Ela os advertira de que, se aquele fósforo aceso menor também deflagrasse o poço monstruoso de magma abaixo dele, grande parte da Europa estaria condenada.

De quanto tempo dispunham?

Ele levantou os olhos para o céu em busca de uma resposta. O raiar do dia havia chegado, mas sob a capa da mortalha do vulcão, ainda se mantinha uma noite sem luar. As luzes no barco abriam túneis através da neve negra.

Dentro da cabine, Erin e Jordan cobriram nariz e boca com trapos rasgados de pano, como ladrões naquela noite interminável, protegendo-se contra a chuva de cinzas.

Jordan gritou e apontou o braço.

– À esquerda, aquilo não é um helicóptero na praia?

Rhun viu que ele estava correto, ligeiramente irritado por o soldado ter visto antes. Com a visão mais aguçada de Rhun, ele examinou sua forma singular, sua identificação, ambas as mesmas da aeronave que os tinha atacado.

— É o helicóptero de Iscariotes! — confirmou para os outros.

Christian virou o hidrofólio em sua direção, varrendo com suas luzes o aparelho.

Em troca, tiros foram disparados contra eles, acertando uma das luzes e perfurando a proa. Jordan e Erin se agacharam. Christian acelerou os motores, parecendo que pretendia atropelar o helicóptero enquanto embicava para a praia.

— Segurem-se! — gritou Christian.

Em vez disso, Rhun avançou para fora da porta, seguindo para a proa. Ouviu a areia e rochas sendo esmagadas sob as quilhas — e o barco parou com um solavanco súbito. Arremessado para frente, Rhun saltou alto, aproveitando o impulso para voar acima do corrimão da proa e atravessar a faixa de água que restava. Aterrissou suavemente na areia macia perto do helicóptero. Avistou um movimento de sombras e caiu em cima dele. O atirador usava as roupas de couro de um piloto e arreganhou as presas de um *strigoi*.

Rhun rasgou a garganta do homem com a *karambit*, cortando com a lâmina sagrada até o osso. O piloto caiu de joelhos, e então de cara na areia. Uma poça se espalhou pela areia enquanto sangue negro tentava ferver a santidade para fora do corpo maldito, levando consigo sua vida.

Rhun fez uma revista rápida da praia coberta de cinzas — então acenou para que todos desembarcassem.

Enquanto vinham andando em sua direção, Rhun olhou do corpo para o céu escuro. Com o dia transformado em noite, toda sorte de criaturas podia estar à solta.

Jordan pegou alguma coisa brilhante das cinzas negras.

— Uma das mariposas de Iscariotes. — Ele passou o foco da lanterna sobre outros pedaços de cor viva que brilhavam sob a luz, como um punhado de esmeraldas na terra. — A mariposa na minha mão parece intacta. Aposto que as engrenagens e a maquinaria não conseguiram suportar toda esta cinza.

— Mesmo assim, tenham cuidado por onde pisam — advertiu Erin a seus companheiros. — Elas provavelmente ainda estão cheias de sangue venenoso.

Era um sábio conselho.

Christian especialmente revistou o chão, parecendo desconfiado.

Rhun se juntou a ele.

— Como se sente?

Depois de lamber os lábios nervosamente, ele disse:

– Melhor. Um pouco de vinho, um pouco de ar fresco... – Ele acenou ironicamente para a escura chuva de cinzas. – Quem não se sentiria forte como um touro?

Rhun lhe lançou um olhar de avaliação.

Christian se empertigou, ficando sério.

– Estou indo... bem.

Rhun com certeza não podia ver defeito em sua pilotagem do barco. Ele os tinha trazido de volta à costa em menos de vinte minutos.

Além de Christian, Bernard vasculhava a praia, provavelmente nem tanto em busca de evidências do paradeiro de Iscariotes, mas sim dos reforços que havia pedido no caminho. A equipe não podia esperar muita ajuda logo de imediato, apenas dos sanguinistas que estivessem nas vizinhanças de Nápoles. Roma ficava muito longe para que eles chegassem ali a tempo.

Erin gritou, sua voz abafada pela máscara. Ela e Jordan tinham se aproximado dos penhascos.

– Pegadas! Aqui na areia!

Rhun se juntou a eles, levando Christian e Bernard.

Ela apontou enquanto Jordan varria com o foco de luz da lanterna. Mesmo cobertas de cinzas, as pegadas recentes eram claras, marcadas na areia macia. Ela levantou o olhar, seu rosto pingando de suor. Até o ar ali era escaldante.

– Parece que estavam se dirigindo para aquele ninho de pedregulhos.

Rhun assentiu e tomou a dianteira. Abriu caminho entre as rochas até que alcançou a boca de um túnel estreito que se abria na face do penhasco. A despeito da chuva de cinzas poluindo o ar e se acumulando em suas narinas, sentiu o cheiro de enxofre saindo daquele túnel.

Jordan virou a lanterna para o interior, revelando uma longa garganta de rocha negra, raiada de veios amarelos de súlfura.

– Isto deve levar para baixo do morro vulcânico – disse Erin. – Provavelmente descendo em direção às ruínas de Cumas e do trono da sibila a noroeste.

E abaixo dele, os portões do Inferno.

Bernard tocou no ombro de Christian.

– Você fica aqui com Erin e Jordan. Espere pela chegada dos que convoquei. Depois que chegarem, siga nosso caminho. – Ele cortou de leve a ponta de um dedo com a lâmina. – Vou deixar uma trilha de sangue para você seguir.

Erin se aproximou.

– Concordo que Christian deva ficar aqui, para conduzir os outros, mas eu vou agora. Conheço a sibila e sua história local melhor que ninguém. Vocês poderão precisar desses conhecimentos no labirinto lá embaixo.

Jordan assentiu.

– Vamos fazer como ela disse. Eu também vou.

Bernard concordou, com facilidade demais. Rhun queria discutir com mais estridência, mas ele também sabia que seria inútil contrariar Erin.

Seguiram para dentro do túnel, deixando Christian guardando a retaguarda, para aprontar quaisquer reforços.

Rhun tomou a dianteira, seguido por Bernard. Ele reparou em como Jordan mantinha Erin em segurança à sua frente. Livres da chuva de cinzas, os dois tiraram as máscaras, respirando com mais facilidade, mas os rostos deles estavam molhados de sal e suor.

Rhun avançou tomando uma dianteira maior, uma vez que não precisava de luz. Ele cheirava o ar sempre que chegava a alguma encruzilhada. Mesmo em meio ao fedor do enxofre, o nariz aguçado de Rhun detectava outros cheiros: suor mais antigo, um perfume conhecido, uma colônia almiscarada. A trilha bem definida o conduziu em meio à escuridão tão certamente quanto qualquer mapa.

Os corredores se torciam e viravam cheios de curvas. Os ombros dele roçavam nas laterais, mas não reduziu a marcha. Bernard continuava em seus calcanhares ou andava ao seu lado quando podia. Claramente Bernard também tinha percebido o rastro adiante, enquanto por sua vez ia deixando sua própria trilha com pingos de sangue.

Rhun desligou os sentidos daquela nota de carmesim, enquanto dava o melhor de si para não ouvir o bater assustado do coração de Erin. Contudo, a despeito de seu temor, ela seguia adiante, imbatível em sua determinação e força de vontade. O coração de Jordan também estava acelerado, mas Rhun sabia que era mais por temor pela segurança dela do que da sua prórpia.

Atrás dele, os fachos das lanternas seguiam aos solavancos, iluminando o caminho em breves clarões. À medida que penetravam mais fundo, Rhun percebeu gavinhas de negrume serpenteando ao longo do teto, parecendo as curvas esfumaçadas de trepadeiras vivas. Quanto mais fundo eles iam, mais grossas ficavam as gavinhas, parecendo subir das profundezas abaixo.

Ele apanhou uma, trazendo-a ao rosto, e tossiu de seu fedor enquanto a inalava. Fedia a enxofre, mas também a carne podre, a corrupção, a escuridão de uma cripta antiga.

Ele trocou um olhar preocupado com Bernard.

Então o olhar de Bernard se virou subitamente para frente.

Distraído, com os sentidos confusos pela fumaça escura, Rhun quase não viu. Um correr de pés descalços, um sussurro de tecido – e então os outros estavam em cima deles, lâminas lampejando na escuridão.

Strigoi.

Uma cilada.

Rhun e Bernard enfrentaram o ataque súbito com prata e rapidez, os movimentos deles eram um borrão sincronizado. Os dois tinham lutado juntos muitas vezes em suas longas vidas. Derrubaram os dois primeiros com bastante facilidade – mas mais apareceram vindos de túneis adiante, agitando a escuridão com sua maldição, enchendo-a com o sibilar de sua ferocidade.

Por sorte os túneis eram estreitos, limitando quantos podiam alcançá-los de cada vez. Em vez disso, o bando parecia mais determinado a contê-los, a cansar os sanguinistas. Talvez, para Iscariotes sair vitorioso, não fosse necessário matar os sanguinistas. Ele apenas tinha que impedi-los de avançar, de modo a ganhar tempo para completar sua tarefa ali.

O que ofereceu esperança a Rhun.

Se Iscariotes tinha enviado aquelas feras para detê-los, devia haver alguma coisa que valia a pena deter.

Rhun rangeu os dentes e continuou a lutar.

Disparos irromperam atrás deles. Um olhar para trás revelou mais *strigoi* aparecendo na retaguarda. Ou eles tinham ficado parados à espera ou outros tinham dado a volta naquele labirinto e vindo atacá-los por trás. A pistola metralhadora de Jordan estraçalhou os primeiros corpos. Erin também estava de pistola em punho, disparando por cima do ombro do soldado.

– Ajude-os – disse Bernard. – Eu posso segurar por aqui.

Mas por quanto tempo?

Rhun se virou e acrescentou sua lâmina à batalha na retaguarda, o trio trabalhando eficientemente em conjunto. Erin os tornava mais lentos com tiros bem mirados em joelhos e pernas. Jordan destroçava cabeças, explodindo crânios. Rhun acabava com qualquer coisa que se aproximasse.

Eles defenderam bem seu terreno, mas o tempo estava se passando.

Com certeza aquele era o objetivo de Iscariotes.

Então, além da massa de *strigoi*, vultos vestindo batinas pretas apareceram, cortando a retaguarda; suas cruzes de prata lampejando na escuridão.

Reforços sanguinistas.

Christian os liderava, com espadas em ambas as mãos. Ele abriu uma faixa entre os *strigoi* remanescentes para se juntar a eles. Jordan bateu feliz no ombro dele.

Mais sanguinistas passaram para se juntar a Bernard.

Rhun os seguiu.

Bernard apontou para o labirinto circundante de passagens.

– Espalhem-se. Liberem nossos flancos!

Movendo-se outra vez, Rhun redobrou seus esforços, cortando *strigoi* e levando o grupo sempre para frente. Adiante, o túnel se alargava, revelando um rio subterrâneo, uma ponte e uma caverna iluminada por tochas do outro lado.

Rhun e Bernard impeliram os *strigoi* para além da margem do rio e dentro da água fervente abaixo, onde foram carregados pela corrente. Os reforços sanguinistas aumentaram atrás deles, reforçando a retaguarda.

Erin se juntou a Rhun apontando para o outro lado através do rio de águas sulfurosas ferventes. Vagas formas se moviam ali, mas não havia como não identificar a silhueta de um sacrifício.

– Depressa!

Juntos, eles correram pela pedra escorregadia da ponte em arco.

Tão logo o pé de Rhun tocou no solo do outro lado, até o ar mudou, ficando frio como o de uma tumba no auge do inverno. A respiração de Erin e Jordan formava nuvens brancas de vapor no ar enquanto eles arquejavam diante da mudança. Mas muito mais arrepiante era a cena horrenda que os esperava.

No centro do recinto, uma forma pálida jazia imobilizada debaixo de cordas sobre uma pedra negra. Uma nuvem de neblina escura a envolvia completamente, fervilhando e rodopiando, atingindo o teto abobadado e se estendendo para todos os túneis, lançando gavinhas serpenteantes, em busca do ar livre.

O lugar recendia a catástrofe e podridão.

O vulto acinzentado familiar de Iscariotes se destacava em silhueta contra aquela força medonha, uma expressão triunfante em seu rosto.

Além do altar, uma mulher pendia da parede, sua pele escura reluzindo, os olhos parecendo incandescentes.

– É ela! – disse Bernard, agarrando a manga de Rhun.

Rhun ignorou o cardeal, examinando uma derradeira figura naquele teatro de horrores.

À direita, Elizabeth jazia no chão, numa poça de sangue negro, mas pouco do sangue parecia ser dela mesma. Ela lutava debaixo de cerca de meia dúzia de *strigoi*. Outros jaziam mortos ao redor dela. Um punhado de mariposas jazia estremecendo na pedra fria, as asas congeladas pelo frio.

Os olhos dela encontraram os dele, cheios de terror – mas não por sua própria vida.

– Salve o garoto!

7:52

Jordan se aproximou de Erin, fazendo um rápido inventário.

Naquele momento de incapacidade atordoada, um bando de *strigoi* correu vindo dos túneis mais próximos de ambos os lados. Bernard enfrentou os da esquerda; Rhun atacou à direita.

Jordan empurrou Erin para frente, para fora das pontas daquela pinça.

Ele apontou para a única outra ameaça direta na caverna.

Estava com a pistola metralhadora empunhada e correu para o vulto de terno cinza. Quando Iscariotes se virou, Jordan não disse nem uma palavra. Disparou três rajadas rápidas no peito do homem, agrupadas no coração.

Iscariotes caiu para trás no chão, sangue vermelho vivo encharcou seu paletó e sua camisa branca, se espalhando pela pedra.

– Eu devia essa a você, canalha – resmungou ele, esfregando o próprio peito.

Apesar disso, manteve a arma apontada para o homem. Iscariotes era imortal, provavelmente se recuperaria, mas quanto tempo levaria? Ele tinha levado algum tempo para se recuperar. Esperava que o mesmo acontecesse aqui, mas se manteve alerta. Uma trilha de sangue carmesim correu pela pedra negra como se mirando aquele redemoinho negro.

O sangue congelou antes de alcançá-lo.

Erin deu um passo naquela direção, claramente querendo ajudar o garoto. Ele a deteve com uma das mãos no braço.

– Espere.

Ela olhou para ele.

– Você acha que é venenoso?

– Eu acho que é alguma coisa *muito* além disso – disse ele. – Deixe-me ir na frente.

Enquanto ele se aproximava, sentiu a sensação de queimadura sempre presente em seu ombro esfriar. A cada passo que dava, suas pernas ficavam mais pesadas. Era como se qualquer que fosse a força que rodopiava, vinda lá de baixo, pudesse estancar aquele fogo dentro dele – e levar consigo toda a sua força. O peito dele de repente doeu, levando seus dedos ao local onde tinha levado o tiro.

– Jordan?
– Eu não consigo...
Ele caiu de joelhos.

7:53

Rhun ouviu os disparos, viu Iscariotes cair, incapacitado por ora. Atrás dele, Bernard lutava diante da boca de um túnel, mantendo os *strigoi* imobilizados daquele lado. Rhun saltou sobre aqueles que mantinham Elizabeth presa. Enquanto estava no ar, estendeu a mão para baixo e arrancou dois de seus atacantes de cima dela, arremessando-os para frente em cima do bando que vinha atacá-lo.

Ele esmagou as mariposas sob os calcanhares quando aterrissou, as criações estranhamente enfraquecidas pelo frio inimigo.

Então avançou de frente para o bando, a lâmina lampejando.

Strigoi caíram, sangue jorrando sobre a rocha.

Garras rasgaram e dentes tentaram mordê-lo, mas ele lutou e empurrou o bando de volta para os túneis. Finalmente, pareciam ter perdido a vontade de lutar e fugiram para a escuridão.

Aproveitando-se do intervalo, ele se virou. Elizabeth lutava contra seus quatro captores remanescentes, girando como uma leoa encurralada, sangrando de cem cortes, do mesmo modo que seus atacantes.

Por um momento, houve um impasse.

Ele saltou para frente para acabar com a dúvida.

45

20 de dezembro, 7:54 horário da Europa Central
Cumas, Itália

Erin puxou Jordan para trás da pira fria de fumaça negra. Ele recuperou a força o suficiente para se levantar, mas ainda esfregava o peito. Será que estava fazendo esforço demais depois da recente provação que sofrera? Ela ficou aliviada ao sentir a mão úmida se tornar mais quente em sua mão.

Uma voz se elevou de além da nuvem.

– Vocês não podem se aproximar mais.

Vinha da mulher acorrentada na parede. Ela usava um vestido branco simples e sandálias de couro, parecendo ter saído de uma urna grega antiga. Erin deu a volta na nuvem negra para ver melhor o rosto dela. Inconfundivelmente era a mesma mulher do desenho, da pintura a óleo de Iscariotes, e provavelmente a mulher que Bernard tinha visto em Jerusalém. Ela estava amarrada numa argola de ferro montada na pedra, aparentemente tanto uma prisioneira quanto o garoto.

Mas o que ela era?

Suas reflexões foram interrompidas quando Rhun arremessou um *strigoi* alto no ar, fazendo-o voar pela neblina acima do altar. Ao bater naquela nuvem, um grito irrompeu da garganta do monstro. O corpo imediatamente se congelou numa postura de agonia. Por um momento, Erin pensou ter visto escuridão esfumaçada explodir de seus lábios e narinas, rodopiando para se juntar ao negrume acima de Tommy. Ela se lembrou dos desenhos de Elizabeth em seu macabro diário, como ela havia descrito a mesma essência esfumaçada ligada aos *strigoi*.

Então o corpo bateu contra a parede oposta e se despedaçou como um prato de porcelana.

Horrorizada, Erin deu um passo para trás.

Como eles iriam salvar o garoto? Será que o garoto sequer estava vivo?

Como se lendo seus temores, a mulher falou.

— Eu posso alcançá-lo.
Erin a encarou.
Ela levantou os braços.
— Solte-me.
Erin trocou um olhar com Jordan.
Jordan deu de ombros, mantendo a arma apontada para o combate que se desenrolava do outro lado do recinto. Rhun lutava lado a lado de Bernard e Elizabeth, para livrar a caverna dos últimos *strigoi*.
— Neste ponto – disse ele –, qualquer inimigo de Iscariotes é meu amigo.
Apesar disso, Erin hesitou, lembrando-se da pintura a óleo, com o braço de Iscariotes ao redor dela, olhando amorosamente para ela.
— Alguém tem que ir lá e salvar o garoto – recordou-lhe Jordan.
Ela assentiu, correu até a mulher e, usando um punhal de Jordan, cortou a corda grossa que amarrava as mãos da mulher ao anel de ferro. Jordan continuou mantendo guarda.
Os olhos da mulher encontraram os de Erin enquanto ela trabalhava, brilhando com paz em meio ao derramamento de sangue.
Erin engoliu, sabendo quem ela se esforçava para libertar, mas precisando de confirmação.
— Você é a Sibila de Cumas.
O queixo dela se baixou ligeiramente em aquiescência.
— Esse é um dos muitos nomes que tive ao longo dos séculos. No momento, prefiro Arella.
— E vai ajudar o garoto? – Ela olhou para o vulto magro sobre a pedra.
— Eu tenho que ajudar... como ajudei outro menino há muito tempo.
As mãos de Arella finalmente ficaram soltas, e ela juntou as palmas como se em prece, os indicadores a centímetros de seu rosto.
Jordan e Erin deram um passo para trás, percebendo alguma coisa ganhando força dentro daquela outra.
Uma luz dourada subitamente jorrou do corpo da sibila, empurrando-os ainda mais para trás. Uma coroa daquela luz roçou contra Erin, aquecendo o frio de seus ossos, como o calor amanteigado de um sol de verão, cheirando a relva e cravo. Erin bebeu aquilo. A alegria a dominou, recordando-a do momento em que o Evangelho de Sangue tinha se transformado de um simples bloco de chumbo em um tomo que continha as palavras de Cristo.
Ela subitamente encontrou a palavra para descrever o que sentia.
Santidade.

Ela estava na presença da verdadeira santidade.

Ao seu lado, Jordan sorriu, sentindo o mesmo. Por um momento, em meio à batalha, havia paz. Ela se inclinou contra ele, dividindo o calor e a força e o amor com ele.

– Há alguma coisa que possamos fazer para ajudar? – perguntou Erin.

A graça dela se voltou plenamente para Erin.

– Não. Nem vocês nem os padres podem salvar o menino. Só eu posso.

A mulher – Arella – flutuou da parede e seguiu em direção à pira gigantesca de escuridão fria. Os poucos fiapos de negritude nas bordas foram consumidos à medida que a radiância dela se aproximava. Outras gavinhas murcharam e recuaram para dentro da nuvem, como se temerosas de seu toque.

Então ela penetrou na própria nuvem, sua radiância brilhando mais intensa, empurrando para trás a escuridão que rodopiava ao seu redor. O brilho dela se lançou para cima e se abriu para ambos os lados, se alando para fora na negritude, fazendo uma forma conhecida.

Erin recordou o velho desenho do cofre.

Asas.

Como podia um ser assim existir na Terra?

Erin se deu conta de que tinha sido muito mais fácil para ela acreditar nos *strigoi*, na presença de carne maldita e profana, do que acreditar na presença do bem. Mas não podia negar o que via naquele momento.

Arella foi até o altar, se pôs ao lado do garoto.

A escuridão se fechou ao redor dela, arrancando consigo seu brilho.

Um grito se elevou do outro lado.

– *Não... Arella... não...*

Iscariotes se pôs de pé, o sangue encharcando sua camisa. Ele recuou, entrando em um túnel e desaparecendo.

Jordan se moveu para persegui-lo, mas Erin agarrou seu braço, querendo-o perto de si.

– Ele sabe que perdeu, mas o garoto pode precisar de nós.

Jordan fez uma careta de frustração, mas assentiu, mantendo a arma apontada para o túnel.

Arella se ajoelhou no solo áspero. Suas asas se dobraram e formaram um manto protetor ao redor do garoto. Tommy estava deitado de costas com uma rede pesada cobrindo seu corpo. Sua pele estava cor de cera acinzentada, como se ele já tivesse morrido.

Chegamos tarde demais.
A garganta de Erin se cerrou.
Mas a sibila tocou no rosto pálido e a cor floresceu ali, se espalhando das pontas de seus dedos, prometendo pelo menos esperança para o menino.

Arella levantou a cabeça dele da pedra, apoiando seu pescoço, expondo uma lasca de prata brilhante que estava enterrada em sua garganta lívida, o sangue escorrendo da ferida. A outra mão levantou um dos cantos da rede. Parecia que já tinha sido solta. O braço dela deslizou com delicadeza e, facilmente, retirou o corpo magro do garoto.

Mas a escuridão não iria permitir que sua presa lhe escapasse com tanta facilidade. Enquanto ela o pegava no colo e se levantava, a escuridão se uniu formando garras que se enterraram fundo na luz dela, rasgando, dilacerando.

Arella arquejou, caindo sobre um joelho.

As costas de seu vestido se rasgaram, revelando arranhões negros em seus ombros.

Erin estendeu a mão para ajudar, mas seus braços caíram, e ela soube que não havia nada que pudesse fazer.

Arella lutou para se pôr de pé, levantando o garoto nos braços. Sua luz dourada estava mais fraca agora, consumida nas bordas como uma renda rasgada. Ela se curvou para lutar contra a tempestade, à medida que se tornava mais violenta ao seu redor. A nuvem se cerrou com mais força, tentando apagar seu brilho, rasgando-a como uma tempestade de gelo dilacerante.

Arella deu um passo hesitante, depois outro.

Ela parecia concentrar o que restava de seu brilho ao redor do garoto, deixando-se ficar indefesa contra o ataque.

Ela deu mais um passo – então finalmente caiu para fora da escuridão, de joelhos, com o garoto no colo. O vestido dela estava em farrapos, sua pele manchada de buracos e arranhões negros, o cabelo preto tinha ficado completamente branco.

Erin avançou correndo enquanto a mulher caía de lado. Ela agarrou Tommy pelas axilas e arrastou seu corpo inerte para mais longe da escuridão.

Jordan pegou Arella no colo e fez o mesmo.

– Nós precisamos tirá-los daqui – disse Erin. – Ir para tão longe deste lugar imundo quanto for possível.

Àquela altura, o combate tinha acabado.

Os *strigoi* restantes pareciam ter fugido acompanhando a retirada de Iscariotes.

Rhun e Bernard se juntaram a ela, mas a condessa se meteu entre eles, vindo rapidamente para o lado do garoto.

– O coração dele – disse Elizabeth, os olhos sinceramente assustados. – Está mais fraco.

Rhun assentiu como se ouvindo a mesma coisa.

– Ele não pode se curar com isso ainda enfiado nele – advertiu Elizabeth.

Antes que alguém pudesse recomendar cautela, a condessa agarrou a lasca, a arrancou do pescoço do garoto e a atirou longe. O sangue continuou a fluir do ferimento de Tommy.

– Por que ele não está se curando? – perguntou Erin.

Eles se viraram para a lâmina jogada fora.

De um túnel próximo, um vulto apareceu saindo das sombras.

Iscariotes os encarou com uma fúria gelada.

Então ele olhou para a forma de Arella caída no chão e rapidamente recuperou a lasca de prata. Distraído pelo pesar, Iscariotes se cortou na lâmina. Ela talhou-lhe o dedo, que jorrou gotas douradas de luz, em vez de sangue.

Com um grito de choque, ele caiu para trás.

Jordan disparou contra ele, as rajadas arrancando fagulhas da pedra.

Rhun correu para frente, atravessando o espaço com a velocidade que só um sanguinista podia alcançar, a *karambit* rebrilhando sob a luz das tochas.

Então Iscariotes foi agarrado e arremessado de volta ao túnel.

E outro veio confrontar Rhun em seu lugar.

8:06

Rhun parou subitamente imobilizado pelo choque e incredulidade. Ele encarou o monge, o hábito marrom conhecido, atado com o rosário, o rosto de óculos de aparência eternamente infantil.

– Irmão Leopold?

Trazido de volta dos mortos.

Leopold levantou uma espada, seu rosto duro e severo.

Rhun olhou para ele boquiaberto. Sua mente tentou explicar as ações de Leopold, o fato de que ainda estivesse vivo. Milhares de explicações lampejaram na cabeça de Rhun, mas ele sabia que todas eram falsas. Tinha que encarar a dura realidade.

Ali estava o traidor sanguinista, aquele que tinha sido aliado de Iscariotes desde o início.

Quantas mortes tinham sido culpa do traidor, alguém que ele havia chamado de amigo?

Rostos e nomes lampejaram através do coração silencioso de Rhun. Todos aqueles que ele havia pranteado. Outros que mal conhecia. Recordou o maquinista do trem e seu companheiro de trabalho.

Mas um nome, mais que qualquer outro, incendiou a fúria dentro dele.

– Nadia morreu por sua causa.

Leopold teve o pudor de parecer sentido, mas ainda assim encontrou justificativa.

– Todas as guerras têm baixas. Antes você do que eu, ela sabia disso e aceitava isso.

Rhun não podia engolir aquelas banalidades.

– Quando você começou a trair a ordem? Há quanto tempo é um traidor?

– Eu *sempre* servi a um propósito mais alto. Antes de fazer meus votos sanguinistas, antes de beber meu primeiro cálice do sangue de Cristo, eu já estava neste caminho determinado pelo *Damnatus*. Para ajudar a trazer Cristo de volta para a terra.

Rhun franziu o cenho. *Como era possível aquilo? Por que Leopold não tinha sido consumido pelas chamas como qualquer outro* strigoi *que tentasse enganar a ordem ao fazer falsos juramentos?*

Rhun encontrou a resposta no brilho de devoção nos olhos do outro.

Leopold não tinha feito um falso juramento quando aceitara os votos. De todo o coração, ele havia *acreditado* que estava servindo Cristo.

– Nós pranteamos você – disse Rhun. – Enterramos seu rosário com todas as honras sanguinistas, como se você tivesse tombado a serviço Dele.

– Mas eu *estou* a serviço Dele – disse Leopold com firmeza. – Se eu *não* O servisse, por que o vinho consagrado ainda me abençoaria como faz agora?

Rhun hesitou. *Seria a devoção de Leopold tão absoluta?*

– Você tem que ver a verdade de minhas palavras – suplicou Leopold. – Você pode se juntar a nós. Ele acolherá bem você.

Rhun foi dominado pelo espanto.

– Você quer que eu deixe a Igreja e me junte a esse traidor de Cristo? Um homem que uniu forças com os *strigoi*?

– Você não fez o mesmo com a *strigoi*? – Leopold indicou Elizabeth. – O coração deve seguir aquilo que sabe ser certo.

Rhun ficou atordoado – o que era o que Leopold em toda a sua astúcia quisera.

Ele atacou Rhun, rápida e selvagemente, avançando com a espada.

Rhun girou no último momento, seus instintos reagindo mais depressa que sua mente. A espada de Leopold cortou-lhe o flanco, através do colete de proteção, penetrando até as costelas. Reagindo temerariamente, Rhun golpeou com a *karambit*.

Leopold cambaleou para trás e deixou cair a espada. Ele agarrou a garganta, o sangue jorrando por entre seus dedos. Caiu de joelhos, derrubando de lado os óculos. Mesmo assim, seus olhos permaneceram cravados em Rhun – brilhando não com raiva, não com sofrimento, apenas com devoção.

46

20 de dezembro, 8:09 horário da Europa Central
Cumas, Itália

Com uma das mãos na garganta e lágrimas nos olhos, Erin observou o corpo de Leopold tombar no chão. Ela se lembrava de um homem mais gentil, com a ruga de estudioso entre os olhos, o humor seco e autoirônico. Ela se recordou de voltar a si nos túneis subterrâneos de Roma, certa de estar morta, apenas para encontrá-lo segurando sua mão, usando seus conhecimentos médicos para reanimá-la.

O homem tinha salvado sua vida. Contudo, os segredos dele tinham matado tantos.

Subitamente a terra sofreu um violento tremor, como se um punho tivesse golpeado o solo abaixo dos pés deles. A fumaça negra ao redor do altar se contorceu e agitou, se esgarçando e chicoteando. O ranger de rochas e o roncar de pedregulhos caindo ecoaram vindos de todos os túneis.

– Está na hora de irmos, gente! – berrou Jordan.

Erin ajudou Elizabeth com Tommy enquanto eles corriam para a ponte, Rhun seguia na dianteira, enquanto Bernard e Jordan seguiam carregando Arella entre eles. O solo continuou a tremer. Adiante, uma fenda correu pelo arco de rocha abarcando o rio, que bateu e espumou mais alto em suas margens de pedra.

– Depressa! – gritou Erin.

Eles correram. Elizabeth rapidamente a deixou para trás, apesar de estar carregando o garoto. Ela voou pela ponte, ultrapassando até Rhun que então passou a correr em seus calcanhares. Eles se juntaram ao punhado de sanguinistas que guardavam os túneis que levavam de volta à superfície, encontrando Christian lá.

Erin correu, encontrando a parede úmida de calor sulfuroso, escaldante depois do frio da caverna. Ela temia escorregar na rocha, mas não reduziu a velocidade – especialmente quando um pedaço da ponte tombou, levantando espuma nas águas fervilhantes abaixo. Mais fendas surgiram na ponte.

Subitamente um grande abalo a fez cair. Nas pontas de seus dedos, a extensão de ponte à sua frente desmoronou. Ela mediu o abismo impossível de transpor, enquanto a agitação de vapor e água explodia vinda de baixo.

Então Rhun veio voando num salto como um corvo negro. Aterrissou ao lado dela, puxou-a, pondo-a de pé, depois a pegou no colo e saltou sobre o buraco. Ele caiu com ela do outro lado, recebendo o impacto no ombro e empurrando-a para um lugar seguro.

Jordan...

Bernard veio saltando sobre o buraco com a sibila nos braços. Jordan voou no ar logo depois deles. Ambos os homens aterrissaram de pé – embora Jordan tivesse que dar vários passos para manter o equilíbrio.

Atrás deles a extensão inteira da ponte se partiu em pedaços e desmoronou no rio.

Calor e vapor secaram a pele de Erin e fizeram queimar seus pulmões.

– Continuem a avançar! – ordenou Bernard.

Como grupo, eles correram de volta através do labirinto. Temores aflitivos a perseguiram durante a subida. Ela sentiu os abalos contínuos sob os pés. Imaginou a escuridão se agitando abaixo. Por que aquilo não parava?

Será que tinham chegado tarde demais?

Será que os portões do Inferno ainda estavam se abrindo?

8:15

Rhun correu ao lado de Elisabeta enquanto ela carregava Tommy nos braços, o Primeiro Anjo da profecia. Ele se lembrou dela gritando para ele assim que entrou na caverna gelada.

Salve o garoto!

Ele sabia, pela angústia na voz dela, que não tinha sido a profecia que havia alimentado sua necessidade de proteger o garoto. Ela apertava Tommy contra o peito, a boca contraída numa linha de preocupação. O bater do coração do garoto seguia cambaleante, fraco, mas determinado, combinando com a expressão de Elisabeta. Rhun observou cada um de seus passos, pronto para segurá-la se hesitasse. Sangue escorria de um milhar de cortes, mas ela parecia tirar forças de um poço bem mais profundo do que apenas o de uma *strigoi*.

Era o de uma mãe determinada a salvar seu filho a qualquer custo.

Erin e Jordan os seguiam, sendo seguidos por sua vez pelo cardeal que carregava a mulher de pele escura. Ele se lembrou da luz dourada jorrando dela, recordando-se da crença de Bernard de que ela era um anjo. Contudo, claramente, ela conhecia Iscariotes e tinha algum tipo de relacionamento com ele. Mas por que um anjo buscaria o Traidor de Cristo?

Por que qualquer pessoa buscaria?

Rhun olhou fixamente para o sangue manchando sua manga.

Sangue de Leopold.

Havia tanto que ainda permanecia desconhecido.

Finalmente, chegaram ao final do túnel e escaparam através do ninho de pedregulhos para a praia. O céu continuava negro, escondendo o sol. Ele lançou um olhar para Elisabeta. Por ora, ela estava segura naquele dia de sol escondido. Mas ela finalmente caiu na areia de joelhos com o garoto. O sol já nascido claramente a enfraquecia, minando até sua força imensa.

Rhun vasculhou o céu. A fumaça tinha se espalhado até o horizonte. O que quer que fosse que Iscariotes tivesse posto em movimento, não havia sido detido por eles tirarem o Primeiro Anjo do templo.

Parecendo igualmente preocupado, Bernard se juntou a eles e deitou a mulher na areia. Ela não abriu os olhos, mas um braço se moveu debilmente, esfregando o rosto como se para afastar teias de aranha.

Ela ainda estava viva.

Elisabeta delicadamente colocou o garoto perto dela, descansando a cabeça dele na areia e examinando o ferimento na garganta. Continuava a escorrer sangue, embora talvez um pouco menos. Mas seria porque ele estava se curando ou apenas porque sua vida estava se acabando?

Elisabeta segurou a mão dele. Rhun não tinha dúvida de que ela mataria qualquer pessoa que tentasse fazer mal ao menino. Ele se lembrou da proteção feroz que ela dera a seus próprios filhos, mesmo enquanto assassinava os filhos de outros. As lealdades dela eram inexplicáveis para ele.

O vento agitou a capa de Elisabeta e um raio filtrado de luz do dia caiu sobre sua face. Rhun correu na direção dela, mas a pele dela não se queimou. Evidentemente, havia cinzas imundas suficientes pairando no ar para permitir aos *strigoi* caminhar sob aquele céu medonho.

Ele imaginou a nuvem de cinzas dando a volta ao mundo, despertando horrores há muito adormecidos em criptas, túmulos e outros lugares sem sol.

Elisabeta percebeu essa mudança também, levantando o rosto para o céu cinzento. Mesmo encoberto pelas cinzas era o primeiro céu com luz do dia para o qual ela olhava de olhos nus em séculos. Ela o examinou por um longo momento antes de voltar sua atenção para o garoto ferido na areia.

Bernard se aproximou de Tommy pelo outro lado. Ele tirou o paletó e desabotoou a camisa branca manchada de sangue, revelando a armadura escondida. Ele abriu o zíper de um compartimento à prova de água e retirou um livro simples encadernado a couro.

Rhun ficou boquiaberto ao ver o que ele segurava.

Era o Evangelho de Sangue.

8:21

Ao ver o Evangelho nas mãos de Bernard, Erin se ajoelhou junto à cabeça do garoto. Ela percebeu os séculos de profecia pesando sobre sua testa pálida. Cinzas caíam sobre o cabelo dele, ainda macio como o de uma criança. Mais flocos caíram sobre suas faces e lábios. Ela estendeu a mão e os limpou, deixando uma mancha de ferrugem na pele.

Ele não se moveu sob o toque dela, sua respiração rasa e lenta demais.

Christian se juntou a ela.

– O que há de errado com ele? – perguntou Erin. – Em Estocolmo ele se recuperou muito mais depressa. Por que Tommy não está se curando agora?

– Eu não sei – sussurrou Bathory baixinho, lançando um olhar para ela, o pesar brilhando em seus olhos, apanhando Erin de surpresa com sua profundidade. – Mas eu ouvi Iscariotes dizer que a lâmina que ele usou podia matar anjos. Mesmo agora, escuto o jovem coração dele continuar a enfraquecer. Deve ser alguma coisa naquela faca.

A condessa alisou o cabelo do garoto para trás afastando-o da testa.

Bernard se abaixou sobre um joelho.

– Deixem-me pôr o Evangelho nas mãos de Tommy – disse ele. – Talvez sua graça o salve.

Bathory fez cara feia para ele.

– O senhor põe a sua esperança em mais um livro sagrado, padre? O outro nos serviu assim tão bem?

Mesmo assim, a condessa não resistiu quando Bernard puxou as mãos do garoto para o peito. Mesmo ela sabia que qualquer esperança era melhor que nenhuma.

Bernard reverentemente colocou o livro nas mãos do menino. Quando o couro tocou sua pele, a capa brilhou dourada por um breve instante, então escureceu.

As pálpebras de Tommy se abriram.

– Mamãe...?

A condessa se inclinou sobre ele, uma lágrima caindo na face do menino.

– É Elizabeth, meu bravo garoto – disse ela. – Nós estamos livres.

– Abra o livro, filho – instou Bernard. – E salve o mundo.

A profecia ecoou através de Erin.

O trio da profecia deve levar o livro ao Primeiro Anjo para que ele dê a sua bênção...

Ela olhou de Rhun para Jordan, para Bathory.

Tommy lutou para se sentar, para também desempenhar seu papel.

Bathory o ajudou a se levantar, deixando que suas costas magras se apoiassem contra o seu lado, tratando-o com a maior gentileza.

Tommy colocou o livro sobre o colo e abriu na primeira página. Ele baixou a cabeça ainda fraco, lutando para ler as palavras antigas em grego que se encontravam ali.

– O que diz aqui? – perguntou roucamente.

Erin recitou as palavras para ele.

– *Uma grande Guerra dos Céus se aproxima. Para que as forças do bem prevaleçam, uma Arma deve ser forjada com este Evangelho escrito com meu próprio sangue. O trio da profecia deve levar o livro ao Primeiro Anjo para que ele dê a sua bênção. Só assim eles poderão garantir a salvação para o mundo.*

Enquanto eles olhavam, esperando, cinzas caíram sobre as páginas abertas.

Mais nada aconteceu.

Tommy levantou o olhar para o céu agitado e turvo, então para o mar revolto cinza-chumbo.

– O que mais eu devo fazer? – perguntou ele, parecendo tão perdido e desamparado.

– Você é o Primeiro Anjo – disse Rhun baixinho. – Você está destinado a abençoar este livro.

Tommy piscou para afastar as cinzas de seus cílios longos, olhando para ele com dúvida. Então se virou para a pessoa em quem claramente mais confiava.

Para Bathory.

A condessa limpou o sangue da garganta dele, revelando a ferida ainda presente. A preocupação encheu sua voz, agarrando-se a qualquer esperança.
– É possível que sim.
– Eu não sou um anjo – resmungou Tommy. – Anjos são coisas que não existem.
Bathory sorriu para ele, mostrando as pontinhas de seus dentes afiados.
– Se existem monstros no mundo, por que não existirão anjos?
Tommy suspirou, revirou um pouco os olhos – não de desdém, mas de fraqueza crescente. Ele claramente estava apagando.
Bathory tocou a palma da mão na face dele.
– Quer você acredite ou não, que mal há em satisfazer o desejo deles e abençoar o maldito livro?
Bernard apertou o ombro dele.
– Por favor, tente.
Tommy deu uma sacudidela derrotada de cabeça e levantou a palma da mão sobre as páginas do Evangelho. Sua mão tremia mesmo com aquele pequeno esforço.
– Eu abençoo... este livro.
Mais uma vez esperaram enquanto cinzas caíam, e o chão continuava a tremer.
Nenhum milagre se apresentou. Nenhuma luz dourada, nada de palavras novas.
A inquietação cresceu em Erin.
Eles tinham deixado passar alguma coisa – mas o quê?
Jordan franziu o cenho.
– Talvez ele precise dizer alguma prece especial.
Christian examinou a paisagem destruída.
– Ou talvez seja este maldito lugar.
Bernard se enrijeceu e apertou o braço de Christian em agradecimento.
– É claro! O Evangelho de Sangue só pode ser transfigurado acima dos ossos sagrados de Pedro na basílica de São Pedro. Nós temos que levar o garoto para Roma. Só lá o livro deve ser abençoado!
Tommy de repente se deixou cair contra a condessa, seu breve momento de força se apagando como uma vela gasta. Uma gota de sangue rolou do ferimento, ainda não curado.
– Ele nunca chegará a Roma – disse Bathory. – Eu mal consigo ouvir os batimentos de seu coração.

Rhun olhou para Erin, confirmando isso.

Um pequeno suspiro atraiu a atenção de Erin para além de seu ombro, para onde Arella estava deitada na areia. A mulher havia rolado para o lado, mas naquele momento caiu de novo de costas, mas não antes de seus olhos brilharem para Erin, cheios da mesma tristeza vista no desenho, do mesmo sofrimento com que olhara para Iscariotes.

Erin compreendeu a mensagem, a que Judas não quisera ouvir.

Vocês estão errados.

Como se a sibila soubesse que tinha sido compreendida, os olhos dela finalmente se fecharam, e seu corpo ficou frouxo.

Preocupada, Erin se moveu para junto dela e tomou sua mão, encontrando-a quente. Ela reparou que areia úmida cobria-lhe as pontas dos dedos. Um olhar para o lado – para onde Arella estivera inclinada – revelou um símbolo desenhado na areia.

Era uma tocha – desenhada apressadamente, sombreada com cinzas, retratando um maço de juncos amarrados e em chamas.

Atrás dela, Bernard disse:

– Podemos fazer um curativo no garoto aqui, pôr pressão no ferimento no caminho. Ele vai... ele *tem* que sobreviver ao voo até Roma.

Christian apontou para um segundo helicóptero estacionado na praia. Devia ter sido trazido pelos reforços do cardeal.

– Eu vou buscar o kit de primeiros socorros. Deve haver combustível suficiente naquele helicóptero para chegar à Cidade do Vaticano. Não é mais do que uma hora de voo. Depois que estivermos no ar, alertarei os médicos de plantão para ficarem prontos para nós.

Bathory zombou dele.

– O garoto não tem um ferimento natural. Não pode ser curado por sua medicina moderna.

Por uma vez, Erin se viu concordando com a condessa. Mesmo sem os poderes de autocura de Tommy, o ferimento já devia ter começado a coagular.

Ela examinou o símbolo de novo.

Vocês estão todos errados.

Christian correu para buscar o kit de primeiros socorros, Bernard tentou derramar vinho consagrado no ferimento, murmurando preces em latim. Ele o limpou com a manga.

O sangue subiu e jorrou, fluindo mais espesso agora.

Erin percebeu um leve brilho dourado, evidente apenas por causa da escuridão do dia. Talvez aquilo marcasse a essência especial angélica, o milagre que sustentava sua vida, o mesmo milagre que possivelmente tinha salvado Jordan em Estocolmo.

– Você não sabe o que está fazendo – disse Bathory, empurrando as mãos de Bernard para longe do menino. Ela apontou para Arella. – *Ela* trazia aquela lâmina que o cortou. Ela deve saber mais a respeito disso. Acorde-a.

Erin tentou, sacudindo o ombro da mulher, mas não obteve resposta.

– Temos que tirar o garoto destas areias malditas e levá-lo para Roma – exigiu Bernard enquanto Christian voltava. – Lá, nós o salvaremos.

Erin recordou a advertência anterior de Arella.

Nem você nem os padres podem salvar o garoto. Só eu posso.

Erin se virou para Bernard e disse em voz alta aquilo em que passara a acreditar.

– Vocês estão todos errados.

Como se ouvindo sua própria mensagem dita em voz alta, Arella se moveu. O braço fracamente se estendeu em direção a Tommy, para sua garganta ensanguentada. Com o toque dela, uma gota de sangue parou de subir de sua ferida. Ficou parada ali. Então aqueles dedos escorregaram, e a gota se inflou e rolou pela pele clara.

– Ela pode curá-lo – insistiu Erin.

Bathory concordou.

– Foi uma arma angélica que o cortou. Será preciso um anjo para curá-lo.

– Como? – perguntou Bernard.

Erin olhou fixamente para o símbolo, sabendo que era importante. A mulher não o teria desenhado sem um motivo. A sibila *nunca* desenhava nada que não fosse importante. Ela recordou o desenho encontrado no cofre de Iscariotes.

– Uma *tocha*! – Erin chamou os outros para junto de si e apontou para a areia. – Era um dos cinco símbolos retratados no desenho, representando as cinco sibilas.

– E daí? – perguntou Bernard enquanto Christian retornava.

– Ela está tentando nos dizer para onde ir, como curá-lo. A tocha acesa é o símbolo da *Sibila da Líbia*, outra das videntes que profetizaram a vinda de Cristo. De acordo com a mitologia daquela área, dizem que as águas têm poderes miraculosos de cura. Alguns acreditam que Cristo esteve lá com Maria e José depois de fugir do massacre de Herodes.

– Eu conheço essas histórias – disse Bernard. – Mas a Sibila da Líbia tinha seu lar em Siwa, um oásis nos desertos do Egito dos dias de hoje. Do outro lado do Mediterrâneo. O garoto nunca conseguirá fazer uma viagem tão longa e sobreviver.

Erin reconheceu a verdade daquilo e permaneceu em silêncio.

Interpretando aquilo como aquiescência, Bernard se aproximou.

– Nós levaremos os dois para Roma. – Ele acenou para Christian. – Carregue o garoto. Eu levarei a mulher.

Bathory se colocou entre Christian e Tommy.

– Você não vai levá-lo.

Bernard olhou para ela com fúria.

– Se o garoto não pode ser curado *aqui*, se ele não pode alcançar Siwa, o que fazemos então? – ele insistiu. – Pelo menos se conseguirmos levá-lo até Roma, até a basílica de São Pedro, ele poderá viver tempo suficiente para abençoar o livro e revelar seus segredos.

– Então você na verdade não se importa se o menino vive ou morre? – perguntou Jordan, pondo a mão no ombro de Erin. – Desde que ele faça o serviço.

A expressão furiosa de Bernard respondeu àquilo.

Erin se juntou a Bathory.

– A vida de uma criança é mais importante que quaisquer segredos.

Bernard as confrontou, acenando com um braço para o manto que se espalhava no céu.

– As cinzas continuam a cair. O que foi quebrado não foi reparado. Nós vimos os portões do Inferno se abrindo debaixo do garoto. Ficou mais vagaroso, mas é inevitável. O que foi aberto tem de ser fechado. Nós temos até o pôr do sol do dia de hoje para deter isso.

– Por que o pôr do sol? – perguntou Erin.

Bernard olhou para os céus.

– Eu li as histórias deste lugar. Se os portões do Inferno são entreabertos durante o dia, devem ser fechados antes da última luz do dia ou nada os fechará de novo. Isso é mais importante que qualquer vida *individual*, inclusive a do garoto. A menos que ajamos agora, incontáveis inocentes com certeza morrerão.

– Mas é esse *ato* que eu acho suspeito – disse ela.

Jordan se manteve ao lado dela.

– Eu concordo com Erin quanto a isso.

A condessa se manteve firme.

– Eu também.

Rhun olhou para eles com hesitação, dividido entre eles e Bernard, que tinha o peso de doze sanguinistas atrás dele.

– Então o que você propõe que façamos, Erin?

– Que esqueçamos a respeito do Evangelho, a respeito da profecia e de salvar o mundo. Que devotemos toda a nossa força a salvar este único garoto, uma criança que já sofreu além da medida. Nós devemos pelo menos isso a ele. Ele foi tornado imortal por causa de um único ato de tentar salvar uma pomba ferida. Ele é aquela pomba para mim. Eu não o deixarei morrer.

A mão fria de Bathory encontrou a dela. Os dedos mornos de Jordan seguraram a outra.

– Dizem que os poderes de cura das águas de Siwa são tão fortes que a própria sibila as usou para se regenerar, para se manter imortal. – Erin olhou fixamente para a mulher, se perguntando como um anjo podia parecer tão abatido e frágil. – Ainda podemos levá-los até lá antes do pôr do sol. Curar os dois.

– O garoto com certeza morrerá antes que cheguemos lá – argumentou Bernard. – Roma fica a apenas...

Rhun o interrompeu.

– Como você planeja curar o garoto em Roma?

– Nós temos médicos. Temos padres. Mas, mesmo se não houvesse nenhum, o mais importante é abençoar o livro em São Pedro.

Rhun franziu o cenho com insatisfação.

– O que lhe dá tanta certeza de que o livro revelará seus segredos em Roma?

– Porque tem que revelar. – O cardeal tocou em sua cruz peitoral. – Senão tudo estará realmente perdido.

O olhar de Rhun se moveu de Erin para Bathory.

– Bernard, você atribui peso demais a chegar a São Pedro.

– Foi lá que o Evangelho de Sangue foi aberto e devolvido ao mundo.

– Mas o livro foi levado para *lá* com base nas palavras de Erin e Bathory Darabont. Contudo, agora, aqui estamos nós, com Erin, outra vez, e outra mulher da família Bathory, ambas dizendo a você para levar o garoto para Siwa. Embora não saibamos com certeza *quem* é a Mulher de Saber, neste caso não importa. Ambas ordenam que o garoto seja levado para o Egito.

– Não apenas nós – acrescentou Erin, e ela apontou para Arella. – Outra mulher também ordena. Um anjo, que, de acordo com suas próprias palavras, achou que você era indigno no passado.

Bernard recuou um passo ao ouvir as palavras dela, mas as palavras só pareceram inflamar sua raiva.

– Roma fica a *apenas* uma hora de distância – insistiu ele. – Vamos para São Pedro e lá daremos ao garoto qualquer cuidado de que ele precise. Se eu estiver errado, ele pode ser preparado lá para a longa viagem até Siwa.

– Mas então poderá ser tarde demais – disse Erin, acenando para o sol escondido.

Christian se afastou, olhando para os mesmos céus.

– Seja o que for que decidirem, vou tratar de ir esquentando os motores do helicóptero. Depois vocês me dizem para onde ir.

– Christian está certo – disse Jordan, enquanto as cinzas caíam mais pesadamente ao redor deles. – Este ar imundo poderá tomar a decisão para nós. Se a chuva de cinzas se tornar mais grossa, ninguém irá a lugar algum.

Reconhecendo aquela verdade, todos saíram atrás de Christian. Rhun carregou Arella, enquanto Bathory se mantinha de posse do garoto. Momentos depois, o motor do helicóptero crepitou asperamente na praia, engasgando com a cinza, antes de roncar alto e funcionar como devia. Erin protegeu os olhos da areia e da cinza levantadas pelos rotores.

Tornou-se impossível falar.

Uma vez chegando ao helicóptero, todos eles embarcaram. Bathory passou Tommy para ela, enquanto Bernard ajudava Rhun a acomodar Arella deitada numa fileira de assentos. Christian mal os deixou encontrar seus assentos antes de acelerar os motores sobrecarregados. Decolou da praia e virou para cima das águas cor de chumbo, fugindo do sorvedouro de fogo e fumaça.

– Para onde? – berrou Christian para trás.

– Roma! – gritou Bernard, olhando fixamente para a cabine, desafiando-os a discordar.

Bathory olhou para Erin com um brilho travesso no olhar. Erin virou para o lado, temendo o pior. Mas ela não era o alvo da condessa. Movendo-se num borrão rápido, Bathory se virou para seu vizinho, enganchou um braço ao redor de sua cintura, e com um tranco abriu a porta ao lado dele. Nenhum dos dois tinha afivelado o cinto, e tanto Bathory quanto Bernard saíram rolando pela porta, ainda agarrados um no outro.

Erin se dobrou para frente em seu arnês, enquanto Christian inclinava o helicóptero, a porta batendo aberta e se fechando com o vento. Ela viu o par cair levantando espuma na água abaixo, então subir à tona cuspindo água e ainda lutando.

Jordan estendeu a mão e agarrou a porta e a fechou.

– Creio que isso decide a questão – disse ele, sorrindo, visivelmente apreciando a manobra ousada de Bathory para acabar com o impasse.

Os três se entreolharam.

Christian olhou para trás para eles, com uma pergunta brilhando em seus olhos verdes.

Erin se inclinou para frente e tocou no ombro do jovem sanguinista.

– Siwa – disse com firmeza.

Christian olhou para Rhun, depois para Jordan, recebendo acenos de cabeça de confirmação. Ele se virou de volta para frente e deu de ombros.

– Quem sou eu para discutir com o trio da profecia?

47

20 de dezembro, 8:38 horário da Europa Central
Cumas, Itália

Judas se mantinha de vigília no alto da face do penhasco. Ele permanecia oculto na sombra profunda, escondido dos sentidos aguçados dos sanguinistas na praia abaixo, protegido pelo fedor de enxofre e pelo roncar da terra enquanto os portões do Inferno ameaçavam se abrir. Judas quase não tinha conseguido sair dos túneis inferiores antes que os corredores ruíssem ao redor daquela caverna cheia de fumaça, vedando-a. Agora nem mesmo os sanguinistas poderiam alcançar aqueles portões a tempo.

Não havia nada que ninguém pudesse fazer para deter o inevitável.

Ainda assim, momentos antes, ele havia visto o helicóptero decolar para dentro do manto pesado de fumaça e desaparecer, levando o garoto e Arella em seu interior.

Seu coração se contraiu ao vê-la reduzida daquela forma, reconhecendo o quanto ela havia arriscado para resgatar o garoto. Ele recordou o corpo destruído dela, o cabelo tornado branco. Ainda assim, mesmo daquela distância, reconhecia sua beleza enquanto ela jazia na areia.

Meu amor...

Das pedras, naquele momento Judas observou enquanto o cardeal e a condessa saíam vadeando em meio às ondas pesadas, as roupas molhadas coladas no corpo. Os olhos de ambos estavam nos céus, onde o helicóptero tinha desaparecido.

Mas para onde os outros estavam indo?

Ele tinha visto Bernard e Elizabeth mergulharem da aeronave, claramente arremessados como volumes de bagagem indesejada.

– Você condenou todos nós! – o grito de Bernard ecoou até onde ele estava lá em cima.

Em resposta, Elizabeth apenas espanou areia de sua roupa molhada.

– Nós iremos atrás deles! – insistiu o cardeal. – Você não mudou nada!

Ela tirou uma bota e sacudiu a areia.

– Você não pode admitir a possibilidade de estar errado, padre?

– Eu não permitirei que você me julgue.

– Por que não? Você me criou tanto quanto Rhun. Sua intromissão com profecias no passado forçou que Rhun e eu nos juntássemos.

Os ombros de Bernard ficaram rígidos ao ouvir as palavras de Bathory. Ele se afastou andando furioso, chamando os outros sanguinistas e se retirando da praia, mandando acorrentar a condessa de novo.

Judas esperou um quarto de hora inteiro antes de descer, escalando os penhascos de volta para a praia. Ele tinha um objetivo específico em mente. Tinha visto Arella escrever alguma coisa na areia, e visto como aquilo havia afetado a dra. Granger e os outros. Naquele momento, Judas atravessou a praia até aquele ponto, até onde Arella estivera deitada tão quieta. Reparou na depressão na areia onde a cabeça dela tinha repousado.

Ele se ajoelhou e passou as pontas dos dedos naquele buraco.

Preocupação por ela o fazia sofrer.

Ele viu o que ela havia desenhado na areia. Judas reconheceria um desenho dela em qualquer lugar, tendo passado um século registrando as palavras dela e esboçando o que ela havia desenhado. Olhou para o que estava inscrito ali naquele momento, com um olhar tão voltado para a profecia quanto em todas as outras ocasiões.

Uma tocha em chamas.

Ele sorriu, compreendendo.

Ela havia desenhado um mapa para os outros, dizendo-lhes para onde ir.

A certeza acalmou sua mente. Ele conhecia todos os símbolos associados a ela ao longo dos séculos, inclusive aquele.

Ela os tinha atraído para Siwa.

Ele se levantou, agradecendo a ela, uma convicção se firmando em seu íntimo. Sabia que aquela mensagem tinha sido deixada na areia para *ele* tanto quanto para os outros.

Ela também o estava chamando.

Mas por quê?

PARTE V

... Eis que o anjo do Senhor apareceu a José, em sonhos, dizendo: "Levanta-te e toma o menino e sua mãe, e foge para o Egito, e demora-te lá até que eu te diga; porque Herodes há de procurar o menino para matá-lo." E levantando-se ele tomou o menino e sua mãe, de noite, e foi para o Egito. E esteve lá até a morte de Herodes, para que se cumprisse o que foi dito da parte do Senhor, pelo profeta: "Do Egito chamei o meu filho."

– Mateus 2:13-15

48

20 de dezembro, 13:49 horário da Europa Central
No ar sobrevoando o Egito

Jordan encostou a testa contra a janela de mais um helicóptero. O ronco constante do motor e a extensão monótona de areia infinita o embalaram induzindo-o a cair num torpor. O ardor persistente que riscava seu ombro esquerdo, fazendo uma linha de fogo ao longo de sua tatuagem, o impediu de dormir. Não era tanto doloroso, e sim mais um incômodo, como uma coceira que não podia coçar.

Apesar disso, ele a esfregou naquele momento, sem ter muita consciência do que estava fazendo.

Mas outra pessoa tinha.

– Algo errado com o seu ombro? – perguntou Erin.

– ... Hum... – disse sem se comprometer, não querendo incomodá-la com reclamações tão sem importância quando ela tinha preocupações maiores.

Como o garoto preso pelos cintos nos assentos ao lado de Erin.

Ela tinha a cabeça de Tommy no colo, uma das mãos segurando uma compressa de gaze dobrada contra seu pescoço. Durante as mais de cinco horas de viagem, os esforços dela tinham parecido diminuir o sangramento, mas Erin ainda tinha que trocar a compressa por outra nova em intervalos regulares.

Mas pelo menos eles estavam quase chegando ao seu destino.

Depois de deixar a praia, Christian tinha voltado a Nápoles e alugado o mesmo jato em que tinham vindo, mandado encher os tanques de combustível e decolado imediatamente para a pequena cidade de Mersa Matruh na costa do Egito, onde tinham passado para o helicóptero onde estavam, uma antiga aeronave militar transformada em charter civil. De lá, Christian os levara rumo ao sul voando sobre as areias.

Jordan tinha visto muitos desertos em suas viagens de serviço no Afeganistão e no Iraque, mas nada do tamanho daquele. Era como se tivesse trocado o cinza-chumbo do mar Mediterrâneo por aquele oceano saariano de cor cáqui. Não importava quanto tempo o helicóptero voasse, o terreno abaixo nunca mudava.

Mas, pior que tudo, a nuvem de cinzas continuava a persegui-los, correndo atrás deles através do mar e ali no deserto. De acordo com informações no rádio, estava se espalhando numa grande faixa, movendo-se mais depressa do que os padrões climáticos previam. Eles haviam escapado do espaço aéreo europeu bem a tempo, antes que a maior parte da área fosse fechada devido ao ar poluído.

Àquela altura, ele já não tinha muita dificuldade para acreditar que as cinzas estivessem sendo sopradas direto do Inferno.

Mas pelo menos o garoto ainda estava vivo – embora por um fio. A respiração dele estava rasa, os batimentos cardíacos tão fracos que Jordan não conseguia discernir o pulso, mas Rhun lhe assegurava que estava lá.

Finalmente, alguma coisa atraiu a atenção de Jordan fora da janela, perto do horizonte, uma faixa de verde.

Ele esfregou os olhos cansados e olhou de novo.

Ainda estava lá.

Pelo menos meus olhos não estão me pregando peças.

Olhou fixamente para Rhun, para a mulher deitada ao lado dele, coberta por um cobertor azul-marinho. Como Tommy, ela nunca se mexia. Era graças à palavra que ela não dissera que todos estavam ali.

Tomara que não seja para nada.

Se o garoto morresse, Erin ficaria arrasada, sabendo que tinha sido sua responsabilidade insistir que fizessem aquela longa viagem para lugar nenhum com um garoto moribundo.

Jordan se virou de volta para a janela e observou a faixa verde se tornar maior.

De acordo com Erin, Siwa era um oásis, não longe da fronteira da Líbia. Tinha água corrente, palmeiras e uma pequena aldeia ao redor. Sítios antigos também salpicavam aquela esmeralda do deserto, inclusive as ruínas do famoso templo do oráculo, e um agrupamento de tumbas, chamado Gebel al Mawta, ou a *Montanha dos Mortos*.

Ele esperava que não fossem ter que enterrar seus dois passageiros naquele último local.

Sem saber o que poderiam encontrar em Siwa, Jordan se virou para a única pessoa que tinha aquelas respostas. Ele olhou fixamente para o corpo da sibila defronte a ele – apenas para descobri-la olhando de volta para ele, seus olhos abertos.

Ele se contraiu de surpresa e tocou no braço de Erin.

Erin olhou para a mulher e teve a mesma reação de espanto que ele.

– Arella...?

Erin olhou para Tommy, mas ele ainda estava desacordado.

Rhun soltou os arneses que prendiam a mulher e a ajudou a sentar.

Ela manteve o cobertor ao redor dos ombros a despeito do calor na cabine, visivelmente ainda com frio, ainda se recuperando. Ela estava um tanto trêmula enquanto se sentava.

– Como se sente? – perguntou Jordan, falando alto para se fazer ouvir acima do barulho do helicóptero.

Ela se virou para a janela, olhando para a extensão de árvores se abrindo em direção a eles.

– Siwa...

– Estamos quase lá – disse Erin.

Arella fechou os olhos, respirando fundo.

– Eu sinto seu cheiro.

Enquanto observavam, a cor lentamente retornou ao rosto dela, escurecendo sua pele do cinza-claro inicial. Até os cabelos brancos tinham começado a reunir sombras. Ela estava visivelmente se recompondo, como uma planta seca depois de regada.

– Ela deve estar recuperando as forças à medida que nos aproximamos do oásis – sussurrou Erin ao lado dele.

– Isso vem da água – disse Arella, abrindo os olhos de novo, parte do brilho luzindo neles mais uma vez. – Está no próprio ar.

Jordan olhou para fora. Ele viu palmeiras correndo abaixo deles naquele momento, junto com arbustos floridos, pátios ajardinados, e cintilações de água azul de fontes e lagos feitos pelo homem, todos provavelmente alimentados pela fonte aquífera local.

Mais adiante, dois lagos de um tom azul leitoso emolduravam a aldeia. Ele avistou barcos pesqueiros e a forma compacta de um jet ski, tão incongruente ali no meio de um deserto tão grande. Além dos lagos, uma série de mesas mais altas, de cume achatado, dividiam o deserto.

Christian voou em círculo sobre o lago a oeste e saiu em direção a um dos morros nas vizinhanças. No topo do morro havia uma aglomeração de edifícios de pedras em ruínas. As ruínas cercavam uma velha torre, que apontava para o céu como um dedo acusador.

Era tudo o que havia restado do templo do oráculo.

Erin havia instruído Christian a levá-los até ali.

Jordan olhou de volta para Arella, que continuava a olhar fixamente para fora, uma lágrima escorrendo por uma de suas faces perfeitas.

– Faz tanto, tanto tempo que não o vejo – disse ela.

Jordan não soube como responder.

– Isso foi a sua casa? – perguntou Erin.

A mulher baixou a cabeça em concordância.

– Isso faria de você ao mesmo tempo a Sibila de Cumas *e* a Sibila da Líbia. – Os olhos de Erin se arregalaram com súbita compreensão. – Aqueles *cinco* símbolos, as cinco videntes que previram o nascimento de Cristo, elas *todas* eram você.

De novo um baixar de queixo veio em resposta.

– Eu fiz minhas casas em muitos lugares no mundo antigo. – Ela olhou ansiosamente pela janela de novo enquanto Christian circulava em direção às ruínas. – Esta era uma de minhas favoritas. Embora outrora fosse, é claro, muito mais luxuosa. Você deveria tê-la visto nos tempos de Alexandre.

– De Alexandre, o Grande? – perguntou Rhun, com surpresa na voz.

Erin olhou para Arella.

– A história afirma que ele veio aqui. Que consultou você.

Ela sorriu.

– Ele era um homem bonito, com cabelos castanhos encaracolados, olhos brilhantes, era tão jovem, tão cheio da necessidade de descobrir seu destino, de torná-lo realidade. Como tantos outros que vieram antes... e depois dele.

Ela ficou pensativa.

Rhun imaginou que estivesse pensando em Judas.

Arella suspirou.

– O jovem macedônio veio para confirmar que ele era o filho de Zeus, que seu destino era de conquista e glória. E eu disse a ele que era verdade.

Jordan sabia que Alexandre havia criado um dos maiores impérios do mundo antigo quando tinha trinta anos e que tinha morrido sem ser derrotado em campo de batalha.

– E que me diz do outro *filho de um deus*? – perguntou Erin. – As lendas dizem que a sagrada família veio para cá, depois de fugir da ira de Herodes.

Ela sorriu suavemente.

— Um menino tão bonito.

Rhun se remexeu nervosamente. Jordan não culpava o sujeito. Será que ela estava se recordando de Cristo quando menino?

Erin examinou Arella.

— A Bíblia afirma que foi um anjo que veio a Maria e José e os avisou para fugirem do Egito, e escapar do massacre por vir. Esse também foi você?

Arella sorriu. A mulher se virou para a janela, contemplando as árvores e lagos.

— Eu O trouxe para cá, de modo que Ele pudesse crescer em paz e segurança.

De suas aulas de catecismo, Jordan sabia dos *anos perdidos* de Cristo, como Ele havia desaparecido no Egito pouco depois de nascer, para reaparecer apenas com cerca de doze anos de idade, quando Jesus havia visitado um templo em Jerusalém e censurado alguns fariseus. Naquele momento, Erin também olhou para fora pela janela, imaginando Cristo em menino, correndo por aquelas ruas, mergulhando e esguichando água naquele lago.

— Eu quero saber de tudo...

Arella disse:

— Nem eu posso afirmar que sei isso. Mas contarei a você o primeiro milagre de Cristo. Para compreender tudo, é preciso começar por aí.

A testa de Erin se franziu com espanto.

— O primeiro milagre Dele? Esse foi quando transformou água em vinho, no casamento em Caná?

Arella virou os olhos tristes para Erin.

— Aquele *não* foi o primeiro milagre Dele.

14:07

Não foi o primeiro milagre Dele?

Erin ficou parada atordoada, querendo perguntar mais, mas aquele segredo teria que esperar. Ela havia censurado Bernard por botar tais segredos acima da vida de um garoto. Ela se recusava a fazer o mesmo.

— E Tommy? — perguntou ela, pondo a palma da mão sobre sua testa fria. — Você disse na caverna que podia salvá-lo. Isso é verdade?

— Eu posso — concordou Arella. — Mas temos que fazê-lo o mais rápido possível.

A sibila se virou e se inclinou para Christian, falando rapidamente e apontando para mais adiante a oeste, além das ruínas de seu templo.

Christian assentiu e inclinou a aeronave naquela direção.

Abaixo das pás, voaram sobre uma aldeia de casas de tijolos de barro que existiam há novecentos anos, algumas continuamente ocupadas. Erin tentou imaginar viver na mesma casa, geração após geração. Seu atual apartamento na universidade era mais jovem que ela. Com certeza não possuía a acumulação de história de tirar o fôlego que a cercava agora.

Mas, na verdade, mais que qualquer outro lugar, o Egito era dotado de um sentido de atemporalidade e mistério, uma terra de grandes reinos e dinastias destruídas, lar de uma multidão de heróis e deuses. Ela tocou no pedaço de âmbar em seu bolso, recordando a fascinação de Amy por aquele país e sua história. Como toda arqueóloga, Amy tinha desejado algum dia comandar uma escavação no Egito, deixar sua marca ali.

Mas infelizmente para Amy aquele algum dia nunca viria.

Erin segurou o ombro de Tommy enquanto o helicóptero se inclinava voando na lateral para contornar e ultrapassar o templo em ruínas.

Nunca mais, prometeu ela.

O templo se avolumou diante dela. As paredes estavam desmoronadas, os tetos ruídos, e os recintos abertos para o céu coberto de cinzas. Mesmo em seu estado atual, uma sugestão de sua grandiosidade original se mantinha. Será que a mulher sentada diante dela realmente tinha vivido entre aquelas paredes de pedra e determinado o destino do mundo com suas profecias? Teria ela convencido Alexandre, o Grande, de que ele conquistaria o mundo? Teria ela conhecido Cleópatra quando se banhava naquelas águas? Se tivesse, o que tinha dito à rainha?

Erin tinha milhares de perguntas, mas todas elas teriam que esperar.

Christian voou baixo sobre as ruínas e para fora em direção a uma seção do deserto circundante.

Para onde Arella os estava levando?

A mulher continuava a dar instruções para Christian, de costas para eles.

Rhun lançou um olhar de perplexidade para Erin, tão confuso quanto ela, mas ela deu de ombros. Já tinham vindo até ali com base na palavra daquela mulher angélica. Agora era tarde demais para desconfiar dela.

O helicóptero de vez em quando voava ao redor de um morro erodido e sobrevoava dunas ondulantes de areia. Acima, o céu continuava a assumir uma cor cinzenta mais escura à medida que a nuvem de cinzas se movia mais diretamente acima deles.

Finalmente, o helicóptero começou a descer. Erin buscou quaisquer marcos, mas parecia que eles estavam escolhendo uma extensão aleatória de dunas na qual aterrissar. Os rotores levantaram fitas de areia das encostas mais próximas.

O som dos motores mudou, e o helicóptero pairou no mesmo lugar.

Mas por que aqui?

Jordan também não parecia nada satisfeito.

– Parece com centenas de quilômetros que já sobrevoamos.

Erin sentiu-se tentada a concordar com ele, mas então seu olhar começou a detectar diferenças sutis. A cadeia de dunas mais próxima não seguia o padrão do deserto circundante. Ela olhou para fora por ambas as janelas para confirmar isso. A cadeia se curvava completamente ao redor, para formar um círculo emoldurando uma gigantesca tigela de trinta metros de largura por cerca de seis de profundidade.

– Parece uma cratera – disse Erin, apontando para Jordan, com o lábio elevado, tudo ao redor.

– Outro vulcão? – perguntou Jordan.

– Acho que pode ter sido criado pelo impacto de um meteorito.

Erin olhou para Arella em busca de uma resposta, mas a mulher apenas instruiu Christian a aterrissar.

Um momento depois os trens de pouso tocaram a areia. O helicóptero parou, ligeiramente inclinado para um lado, dentro da tigela, não longe do centro. Christian manteve os rotores girando como se deliberadamente afastando a areia de dentro da cratera.

Isso é uma maneira de escavar.

Areia castanho-clara dourada rodopiava sob o sopro dos rotores, momentaneamente cegando-os.

Então os motores finalmente pararam, os rotores tornaram-se mais lentos. Depois de tantas horas de barulho constante, o silêncio os engolfou como uma onda. A areia levantada se acomodou salpicando o solo como uma chuva dourada.

Arella finalmente os encarou de novo, pondo uma das mãos no ombro de Christian, agradecendo-lhe.

– Agora podemos ir.

Rhun abriu a porta e saltou primeiro. Ele fez sinal para esperarem, sempre desconfiado, algo que Erin sabia que tinha boas justificativas.

– Não há nada que temer aqui – assegurou-lhes Arella.

Depois que Rhun confirmou isso com um sinal de tudo limpo, a mulher saltou atrás dele, seguida por Erin.

Uma vez de pé, Erin se alongou, respirando fundo, inalando a secura do ar bem dentro dos pulmões, sentindo o cheiro rochoso de deserto puro. Ela se deixou aquecer por um momento no calor. Areia significava o luxo de tempo nas escavações – horas passadas no sol escavando para libertar segredos há muito enterrados dos grãos pacientes que os haviam escondido.

Ela não tinha aquele luxo agora.

Apertou os olhos contemplando o sol. Com o inverno já tão avançado, o sol se poria às cinco horas, dentro de menos de três horas. Ela se recordou da advertência de Bernard sobre os portões do Inferno se abrindo, mas afastou aqueles temores por ora.

Tommy com certeza não dispunha sequer daquelas três horas.

Ela se virou quando as botas de Jordan bateram na areia ao seu lado, ajudando Christian a carregar o corpo de Tommy para o deserto, para dentro daquela estranha cratera.

– Onde nós estamos? – perguntou Christian, seus olhos se estreitando sob a luz do sol, apesar de estar obscurecida pela cinza a uma claridade áspera.

– Eu não sei – respondeu Erin baixinho, sentindo que devia sussurrar por algum motivo.

Ela examinou os lados que se curvavam para cima ao seu redor, notando que a linha da borda não era tão lisa quanto tinha pensado vendo do ar, mas parecia mais dentada, formando uma paliçada natural na borda da tigela. O calor se irradiava debaixo dos pés, mais do que ela teria esperado naquele dia encoberto por cinzas. Tremeluzia pela cratera cheia de areia, dançando com partículas de poeira.

Arella se afastou deles, seguindo para o centro da cratera.

– Venham depressa com o menino – foi tudo o que disse.

Eles a seguiram, curiosos e confusos – especialmente quando ela caiu de joelhos na areia e começou a cavar com as duas mãos.

Jordan inclinou uma sobrancelha.

– Talvez devêssemos ajudá-la.

Erin concordou. Enquanto Christian ficava parado com Tommy nos braços, ela se juntou a Jordan e Rhun, cavando ombro a ombro, retirando a areia quente. Felizmente, quanto mais fundo cavava, mais fresca ficava a areia.

Arella se ajoelhou para trás, deixando-os trabalhar, claramente ainda sentindo-se fraca.

Quinze centímetros mais abaixo, os dedos de Erin bateram em algo duro. Uma mistura inebriante de antecipação e espanto a dominou. O que estaria escondido ali? Quantas vezes tinha sido enterrado e desenterrado por tempestades de areia passando?

– Cuidado – ela advertiu os outros. – Pode ser frágil.

Ela diminuiu a velocidade de seus movimentos, removendo quantidades menores de areia, desejando ter suas ferramentas de escavação. Seus pincéis e escovas. Então um floco de cinza negra caiu e fez arder seu olho, recordando-a de que precisavam se apressar.

O ritmo se acelerou de novo, os outros seguindo o exemplo dela.

– O que é? – perguntou Jordan, quando se tornou claro que havia uma camada de vidro abaixo deles, espiralado e bruto, natural, como se alguma coisa tivesse derretido a areia.

– Acho que é vidro de impacto, talvez resultado da queda de um meteoro. – Erin bateu na superfície com a unha, fazendo-o tilintar. Existe um grande depósito desse tipo de impactito, vidro meteórico, no deserto líbio. O escaravelho amarelo no pendente do rei Tut foi entalhado em um pedaço desse vidro.

– Bacana – balbuciou Jordan e retomou o trabalho.

Erin parou para respirar e limpar a testa com as costas do pulso. Enquanto Jordan e Rhun continuavam a limpar a areia do vidro, ela se deu conta de *quem* estava trabalhando tão duro para liberar o que estava enterrado ali.

Eles eram o trio da profecia... juntos outra vez.

Animando-se com aquilo, ela redobrou seus esforços, e em mais alguns minutos já tinham limpado areia suficiente para revelar as bordas do vidro – embora houvesse mais se estendendo para fora. Erin olhou ao redor.

Será que a cratera inteira era de *vidro*?

Teria algum meteoro caído e derretido aquela tigela perfeita?

Será que isso era possível?

Parecia improvável. Quando o meteoro havia caído na Líbia há vinte e seis milhões de anos, dando à luz o pendente de Tut, ele havia espalhado vidro quebrado por quilômetros ao redor.

Sem respostas disponíveis, ela voltou sua atenção para o que haviam exposto. Era como se alguém tivesse pegado uma faca com ponta de diamante e cortado um círculo perfeito no leito de vidro ali, formando um disco de um metro e vinte de largura.

Não deixava de ter alguma semelhança com uma tampa de ralo de banheira.

Erin se inclinou para examinar a superfície mais de perto, inclinando a cabeça em vários ângulos. O disco era cor de âmbar translúcido, mais escuro de um lado que de outro, as duas tonalidades separadas por uma linha em forma de "s" de prata esmaecida, formando uma versão derretida de um símbolo de yin-yang.

O vidro na metade mais a leste da cratera parecia de âmbar escuro, o na metade oeste era distintamente mais claro.

Mas o que era aquilo no centro?

– Parece uma tampa de bueiro gigante – disse Jordan.

Ela viu que ele estava certo. Ela cuidadosamente tocou as pontas da grande placa de vidro, sentindo o suficiente de uma face lateral para que alguém pudesse levantá-la e liberá-la se tivesse força suficiente.

– Mas o que está debaixo disso? – Erin lançou um olhar para Arella. – E como isso ajuda Tommy?

Arella virou o rosto dos céus ao norte e balançou a cabeça para Erin.

– Ponha o garoto junto de meus pés – instruiu ela. – Então levante a pedra que você descobriu.

Christian delicadamente deitou Tommy na areia. Então ele e Rhun ocuparam lados opostos da tampa em forma de disco. Eles a agarraram com as pontas dos dedos e a levantaram totalmente com um ranger de vidro e areia. A placa parecia ter trinta centímetros de espessura e devia pesar centenas de quilos, recordando Erin mais uma vez da força hercúlea dos sanguinistas.

Carregando-a na altura da cintura, andaram alguns passos e a deixaram cair sobre a areia. Erin se arrastou para frente e olhou para baixo para ver o que tinha sido revelado. Parecia um poço, com um espelho brilhando de volta para ela de alguns metros abaixo, refletindo o céu e o rosto dela.

Não é um espelho, ela se deu conta.

Era a superfície lisa e parada de água escura.

Ela olhou para Arella.

– É um poço.

A mulher sorriu, se aproximando, visivelmente se tornando mais forte, mais radiante, seu corpo respondendo a alguma essência daquele poço.

Arella se ajoelhou reverentemente na beira e mergulhou o braço. Quando o retirou, água prateada escorria de sua mão.

Devia ser uma fonte natural, possivelmente outrora parte do oásis vizinho.

Arella se moveu para Tommy e pingou água das pontas de seus dedos na ferida em seu pescoço, então delicadamente lavou-lhe a garganta. O sangue desapareceu de sua pele, parou de escorrer do corte e até as bordas rosadas da ferida começaram a se unir e se fechar.

Erin olhou maravilhada. A cientista nela precisava compreender, mas a mulher em seu íntimo apenas se alegrou, caindo de joelhos de alívio.

Arella retornou para o poço, enchendo as mãos em concha de água. Levantou as duas mãos cheias acima de Tommy.

Erin prendeu a respiração.

Quando a água límpida caiu sobre o rosto pálido de Tommy, os olhos dele se abriram espantados, como se subitamente despertado de um sono.

Ele tossiu e limpou o rosto, olhando ao redor.

– Onde estou? – perguntou com a voz rouca.

– Você está em segurança – disse Erin, se aproximando, esperando que fosse verdade.

Os olhos dele encontram os dela, e ele relaxou.

– O que aconteceu?

Erin se virou para Arella.

– Eu não sei explicar, mas talvez ela possa.

Arella se levantou e limpou as mãos na saia.

– As respostas estão escritas no vidro. A história está aqui para qualquer um ver.

– Que história? – perguntou Erin.

A mulher girou o braço para abranger a cratera inteira.

– Aqui está a história de Jesus Cristo que não foi contada.

49

20 de dezembro, 15:04 horário da Europa Central
Siwa, Egito

Rhun se virou num círculo lento, olhando boquiaberto para a cratera coberta de areia, recordando sua fundação de vidro misterioso. Mesmo enquanto ajudava Erin e Jordan a limpar a abertura para o poço de águas curativas, ele havia sentido uma ligeira queimadura causada pelo vidro. Ele quis descartar aquilo como sendo calor das areias e do sol escaldantes, mas reconheceu o ardor familiar, de seus séculos de segurar a cruz.

O vidro queimava com *santidade*.

Ele sentia o mesmo vindo do poço... e daquela estranha mulher angélica. Quando ela tinha roçado ao passar por ele para curar Tommy, água havia pingado das pontas de seus dedos, caindo na areia com tamanha santidade que ele tivera de dar um passo para trás, temendo-a.

Christian claramente sentia o mesmo, olhando para ela com um olhar ao mesmo tempo de encantamento e reverência.

Rhun tremeu, percebendo o peso puro da natureza sagrada da cratera.

Seu próprio sangue, maculado como era, ardia diante da santidade daquele lugar.

– Nós temos que retirar a areia! – gritou Erin.

E já estava de joelhos, limpando um pedaço, revelando a ponta de alguma coisa gravada mais adiante no vidro. Ela acenou para que se espalhassem em círculo ao redor do poço.

Todo mundo se pôs a trabalhar, até Tommy.

Só Arella ficou para trás, não mostrando nenhum interesse pela escavação. Mas, francamente, ela já conhecia os segredos enterrados ali ao longo de eras. Em vez disso, os olhos dela se mantiveram fixos nos céus tingidos de cinza, contemplando o norte, quase com expectativa.

– É mais fácil se você não lutar contra a areia – disse Erin. – Trabalhe com a tendência natural de a areia fluir para *baixo*.

Ela demonstrou, enfiando areia entre as pernas como um cachorro, empurrando-a para a base inferior da encosta. Rhun e os outros a imitaram. Os grãos de areia queimavam sob as palmas de suas mãos com um calor que vinha de mais do que o sol acima.

Rhun cavou até a fundação de vidro da cratera. Mais do desenho que Erin tinha revelado apareceu, gravado profundamente na superfície exposta. Ele varreu os grãos para longe, reconhecendo um estilo egípcio no trabalho artístico. Afastou mais areia para revelar um painel quadrado contendo uma única cena.

O resto da equipe desenterrou quadros semelhantes, gravados na superfície dourada. Eles formavam um anel de painéis ao redor da nascente, contando uma longa história secreta.

Todos eles se levantaram, tentando compreender.

Parecendo atraída por aquela confusão, Arella se aproximou do painel mais perto de Erin. Ela se inclinou e delicadamente varreu a poeira de uma figura minúscula. O pequeno corpo os encarava, mas o rosto estava de perfil, em típico estilo de desenho egípcio.

– Parecem hieróglifos – balbuciou Tommy.

Mas a história não era sobre reis ou deuses egípcios. No vidro, um menino de cabelos encaracolados subia por uma duna estilizada com uma lagoa de água esperando do outro lado.

Mas não era um garoto *qualquer*.

– Esse é Cristo em criança? – perguntou Erin.

Arella levantou o rosto para encará-los.

– Isso conta a história de um menino que saiu sozinho para o deserto para encontrar uma fonte escondida. Ele ainda não tinha onze anos, e brincou entre as dunas, entre as poças de água, como meninos fazem.

O sangue de Rhun se agitou diante da ideia, de Jesus como menino, brincando no deserto como qualquer outra criança inocente.

Arella se aproximou do painel seguinte, levando-os com ela. Ali o menino de cabelos encaracolados havia chegado à fonte. Um passarinho estava na margem oposta, com linhas riscadas se irradiando de seu corpo.

Erin estudou o desenho, uma ruga franzindo sua testa.

– O que aconteceu?

– Você é a Mulher de Saber – disse Arella. – Você tem que me contar.

Erin se agachou sobre um joelho e traçou as linhas no painel, descobrindo mais detalhes.

– O menino está com um estilingue na mão direita, pedras na esquerda. De modo que ele estava caçando... ou talvez brincando. Representando a luta de Davi com Golias.

Arella sorriu, radiante de paz.

– Exatamente. Mas não havia nenhum *Golias* aqui no deserto. Apenas uma pequena *pomba* branca com olhos verdes brilhantes.

Tommy deixou escapar uma exclamação, olhando fixamente para a mulher.

– Eu vi uma pomba em Massada... com uma asa quebrada.

O sorriso dela murchou transformando-se em tristeza.

– Como outro viu muito antes de você.

– Está falando de Judas... – Tommy se deixou cair junto de Erin, olhando mais de perto para o pássaro. – Ele disse que viu um, também. Quando era menino. Na manhã em que conheceu Jesus.

Erin olhou para Tommy, então para Arella.

– A pomba sempre foi um símbolo do Espírito Santo para a Igreja.

Rhun lutou para compreender como aquele pássaro podia de alguma forma unir os três meninos. E, mais importante, *por quê?*

Arella apenas virou para o lado, seu rosto impassível, movendo-se para o painel seguinte, fazendo-os seguir.

Naquele quadrado de vidro, uma pedra voava do estilingue do menino e acertava o pássaro, deixando uma asa claramente quebrada.

– Ele acertou o pássaro – disse Erin, parecendo chocada.

– Ele tinha a intenção apenas de acertar perto dele, para assustá-lo. Mas intenções não bastam.

– O que isso significa? – perguntou Tommy.

Erin explicou.

– Só porque você quer que alguma coisa aconteça de alguma maneira não significa que necessariamente vá acontecer.

Rhun ouviu o pesar no bater do coração de Tommy. O garoto já tinha aprendido bem aquela lição.

Do mesmo modo que eu.

O painel seguinte contava um final mais sóbrio para aquela brincadeira infantil. Ali o garoto de cabelos encaracolados segurava a pomba nas mãos, com o pescoço pendendo fracamente.

– A pedra fez mais que quebrar a asa – disse Erin. – Ela matou a pomba.

– Como ele desejou poder desfazer sua ação – disse Arella.

Rhun compreendeu aquele sentimento, também, recordando o rosto de Elisabeta na luz do sol.

Tommy se virou para Arella, com um olho estreitado.

– Como você sabe o que Jesus fez, o que ele pensou?

– Eu poderia dizer que é porque sou velha e sábia, ou que sou uma profetisa. Mas sei dessas coisas porque a criança as *contou* para mim. Ele voltou correndo do deserto, coberto de areia e fuligem, e essa foi a história Dele.

Erin virou os olhos arregalados para a mulher.

– Então você fez mais que guiar a sagrada família para Siwa. Você ficou aqui, cuidando deles.

Arella baixou a cabeça.

Christian se persignou. Até a mão de Rhun foi automaticamente para a cruz pendurada em seu pescoço. Aquela mulher tinha conhecido Cristo, tinha participado de seus primeiros triunfos e sofrimentos. Ela era muito mais santa do que Rhun jamais poderia ter esperanças de ser.

Arella acenou com a mão ao redor da cratera.

– Jesus estava onde estamos agora.

Rhun imaginou o poço e a lagoa que outrora deviam ter sido criados. Imaginou o pássaro e o menino ao longo de suas margens. Mas o que havia acontecido depois daquilo?

Arella se moveu ao longo do anel de painéis. O seguinte revelava o garoto lançando os braços para o alto. Raios, inscritos no vidro, saltavam para cima das palmas de suas mãos. E, em meio àqueles raios, a pomba voava alto, as asas abertas.

– Ele a curou – disse Erin.

– Não – disse Arella. – Ele restaurou-lhe a vida.

– O *primeiro* milagre Dele – murmurou Rhun.

– Foi. – Ela não parecia exultar com aquele ato. – Mas a luz daquele milagre atraiu os olhos sombrios de outro, alguém que estivera procurando por ele desde o momento em que o anjo veio a Maria para anunciar-lhe sua mensagem.

– O rei Herodes? – perguntou Jordan.

– Não, um inimigo muito maior que Herodes jamais poderia ser.

– Então, não um homem, imagino? – disse Erin.

Arella os conduziu para o painel seguinte, onde o garoto encarava uma figura de fumaça com olhos de fogo.

– Realmente não era nenhum *homem*, mas um inimigo de fato implacável, um inimigo que pegou o garoto de emboscada, não por causa de seu ódio pelo Cristo criança, mas porque ele sempre tentava arruinar o pai Dele.

– Você está falando de Lúcifer – disse Erin, a voz esmaecida pelo temor.

Rhun olhou para o vidro, para o anjo negro que desafiava o jovem Cristo – como Satã faria de novo, quando ele tentaria Cristo no deserto, quando o Salvador era um homem.

– O Pai das Mentiras veio aqui, pronto para dar combate – explicou Arella. – Mas alguém veio em defesa do garoto.

Ela avançou pelo anel de desenho para revelar o garoto agora envolto nas asas de um anjo, exatamente como a sibila tinha feito com Tommy naquela mesma manhã.

– Outro anjo veio ajudá-lo. – Erin se virou para Arella. – Foi você?

O rosto da outra se suavizou.

– Quem me dera tivesse sido, mas não fui.

Rhun compreendeu o lamento na voz dela. Que privilégio teria sido ter salvado Cristo.

– Então quem foi? – perguntou Erin.

Arella balançou a cabeça para o painel. Ainda estava parcialmente obscurecido por areia solta. Rhun ajudou Erin a limpá-lo. A santidade queimando-lhe as mãos.

Erin catou alguns últimos grãos, notando que não eram apenas asas que protegiam o garoto, mas uma espada, segura na mão do anjo.

Erin olhou para Arella.

– O arcanjo Miguel. O anjo que lutou com Lúcifer durante a guerra no céu. O único que conseguiu ferir Lúcifer, golpeando-o no flanco com uma *espada*.

Arella respirou fundo.

– Miguel sempre foi a primeira e a melhor espada do céu, e também o foi dessa vez. Ele veio e protegeu o menino de seu antigo adversário.

– O que aconteceu? – perguntou Jordan.

Arella baixou a cabeça, como se não querendo dizer. Rhun escutou o sussurrar do vento contra a areia, o bater dos corações humanos. Sons tão eternos quanto a própria sibila.

Quando estava certo de que ela não falaria mais, ele se aproximou sozinho do painel seguinte aquecido pelo sol. Retratava uma explosão emanando do garoto, as linhas explodindo da forma magra de seu corpo, arrancando tudo o mais para fora do painel.

Rhun levantou o rosto e passou o olhar ao redor da cratera. Ele tentou imaginar uma explosão feroz o suficiente para fundir areia em vidro. O que poderia sobreviver àquilo? Imaginou as asas do anjo protegendo o garoto mortal do impacto.

Mas o que fora feito do defensor de Cristo?

Rhun se virou para Arella.

– Como Miguel pôde suportar uma explosão tão miraculosa da criança?

– Ele não pôde. – Ela suspirou baixinho, se virando de volta para o anel de desenhos. – Miguel foi despedaçado.

Despedaçado?

– Tudo que restou dele foi sua espada, deixada abandonada aqui na cratera.

Rhun alcançou o último painel. Mostrava apenas uma espada quebrada com a ponta enterrada na cratera. Ele observou cuidadosamente o arco daquela história, tentando compreendê-la plenamente.

O ato misericordioso de Cristo de devolver a vida a uma simples pomba havia resultado na destruição de um anjo. Como o garoto tinha conseguido perdoar a si mesmo? Teria aquilo o perseguido?

Rhun se viu de joelhos diante daquele último painel, cobrindo o rosto. Ele havia destruído Elisabeta, apenas uma mulher, e aquilo ainda o perseguia ao longo dos séculos. Era responsável por ter destruído a vida dela e todas as vidas que a seguiram em sua esteira sanguinária. Contudo, naquele momento, as mãos dele não escondiam seu pesar e vergonha, mas seu *alívio*, reconhecendo a pequena medida de conforto oferecida por aquela história.

Obrigado, Senhor.

O simples fato de saber que o próprio Cristo podia cometer um erro tornava mais leve o seu fardo. Essa compreensão não perdoava os pecados de Rhun, mas os tornava mais fáceis de carregar.

Erin falou.

– O que foi feito da espada de Miguel?

– O garoto veio me procurar depois, carregando uma lasca daquela espada nas mãos.

Arella tocou no peito.

– Era aquela lasca que você usava – disse Erin. – A que foi usada para golpear Tommy.

Ela olhou com uma expressão de desculpas para o garoto.

– Era.

Um pedaço daquela espada angélica.

– Onde está o resto dela? – perguntou Jordan, sempre o guerreiro.

A voz serena de Arella se tornou trêmula, como se a lembrança a abalasse.

– O garoto me disse que ele tinha pecado quando havia matado a pomba... e pecado de novo quando a trouxera de volta. Que ele não estava pronto para responsabilidades tais como milagres.

– Então está dizendo que o primeiro milagre de Cristo foi um pecado? – perguntou Jordan.

– Ele achou que fosse. Mas, pensando bem, ele era apenas um menino assustado e dominado pela culpa. A verdade é que não cabe a mim julgar.

Erin a estimulou a continuar.

– O que aconteceu depois disso?

– Ele me contou o resto da sua história. – Ela acenou o braço. – Então eu o acalmei e o pus na cama, e saí à procura da verdade por trás das palavras dele. Encontrei esta cratera, a espada em seu centro fumegante. Procurando além, descobri as pegadas de Lúcifer mais ao sul, manchadas por gotas de seu sangue negro.

Rhun olhou para o sul. Agora trazido à sua atenção, descobriu uma mácula cortando a santidade vinda daquela direção, leve, mas presente.

Será que aquelas gotas ainda estavam lá?

– Mas de Miguel – continuou Arella – eu não encontrei nenhum vestígio.

– E a espada dele?

– Continua escondida – disse ela. – Até que o Primeiro Anjo retorne à Terra.

– Mas esse não sou eu? – perguntou Tommy.

Os olhos escuros de Arella se demoraram em Tommy por um momento silencioso, então ela falou.

– Você tem em seu íntimo o melhor dele, mas você *não* é o Primeiro Anjo.

– Eu não compreendo – disse Tommy.

Erin olhou para Rhun.

Nenhum deles compreendia.

Não era de espantar que o garoto não pudesse abençoar o livro.

Um amargo desapontamento dominou Rhun. Todas as mortes para trazer Tommy até ali tinham sido em vão. Tantos tinham sofrido e sangrado e morrido em busca do anjo errado. E com os portões do Inferno continuando a se abrir, o fim do mundo agora era certo.

Eles tinham falhado.

– Helicóptero – disse Christian, se retesando em advertência ao lado dele.

Arella voltou os olhos para o norte, para onde estivera olhando com frequência, como se tivesse estado esperando por aquilo.

– Então todos eles chegam finalmente. Para ver se o que uma vez foi quebrado pode ser reparado.

– E se não puder? – perguntou Erin. Ela reparou que o sol estava baixo, não longe do horizonte. O pôr do sol seria dali a pouco mais de uma hora.

Rhun temeu a resposta.

– Se não puder – Arella esfregou as mãos contra o vestido branco sujo –, então o reino do homem na Terra estará acabado.

50

20 de dezembro, 15:28 horário da Europa Central
Siwa, Egito

Se ao menos eu tivesse os ouvidos deles...
Jordan inclinou a cabeça, tentando discernir algum sinal da aproximação de um helicóptero, mas tudo que ouviu foi o cantar do vento sobre a areia. Tentou usar os olhos, mas encontrou apenas um horizonte de cor cáqui uniforme, dunas de areia se espalhando em todas as direções e alguns morros de crista achatada ao longe. Acima dele, o céu tinha ficado cinza-escuro, o sol era uma claridade mortiça em meio às nuvens turvas, já baixo naquela época do inverno.

Jordan avaliou a capacidade do grupo deles de resistir a um ataque – caso fosse uma força de assalto se aproximando pelo ar.

Quem estou querendo enganar?, pensou ele. *É claro que é um ataque.*

Seu grupo com certeza não tinha nenhuma cobertura ali, em terreno aberto, e os dois sanguinistas eram a melhor defesa – e força ofensiva deles, já que estava pensando no assunto.

Mas quantos estariam vindo?

Se fosse Iscariotes, o canalha tinha recursos ilimitados: homens, *strigoi*, até os monstruosos *blasphemare*.

Ele se virou para Christian.

– Que tal voarmos para algum lugar mais defensável?

– O helicóptero está quase sem combustível, mas, mesmo que não estivesse, não é veloz o suficiente para escapar do aparelho que se aproxima.

Jordan recordou os mísseis disparados contra eles.

– Compreendo – disse com um suspiro.

Ele tirou a pistola metralhadora do ombro. Restava-lhe pouca munição. Erin checou sua pistola e deu de ombros. Estava no mesmo barco que ele.

Jordan deu a ela o que esperava que fosse um sorriso tranquilizador.

Pela expressão no rosto dela, viu que tinha falhado.

Então ele ouviu um *tunque-tunque* ao longe. Seus olhos avistaram uma partícula escura no clarão das areias. Um pequeno helicóptero comercial vinha voando em direção a eles, voando baixo e em velocidade. Podia conter no máximo cinco ou seis inimigos. E com certeza não tinha mísseis.

Aquilo era pelo menos uma pequena bênção.

O piloto parecia estar forçando a aeronave além de seus limites. Fumaça branca se espalhava numa esteira atrás. Jordan acertou sua postura e levantou a pistola, apontando para o *cockpit*. Se conseguisse acertar o piloto, talvez o helicóptero caísse e resolvesse todos os seus problemas.

À medida que o helicóptero se aproximava em velocidade, Jordan mirou no lado direito da frente em forma de bolha, onde o piloto deveria estar sentado. E moveu o dedo para o gatilho.

– Espere! – Christian empurrou o cano da arma para baixo.

Jordan recuou um passo.

– Por quê?

– É Bernard – respondeu Rhun. – Na frente, ao lado do piloto.

Tudo bem, agora eu também quero os olhos deles.

Jordan não teria reconhecido nem sua própria mãe àquela distância.

– Isso é uma notícia boa ou uma má notícia? – perguntou ele.

– Não é provável que ele atire contra nós, se é isso o que você está perguntando – respondeu Christian. – Mas não creio que vá estar muito contente conosco.

– Então são principalmente boas notícias.

O helicóptero mirou direto para eles e fez um pouso abrupto na beira da cratera, se equilibrando na borda, fumaça subindo da traseira do motor enquanto tossia e parava.

Bernard saltou, acompanhado por um piloto enorme, um homem realmente imenso num traje de voo. Este último tirou o capacete, revelando cabelos ruivo-escuros. Da cabine atrás deles, duas mulheres saltaram e se juntaram a eles. A primeira tinha os longos cabelos grisalhos presos numa trança eficiente, e usava armadura sanguinista. A segunda vestia jeans e uma camisa prateada, coberta por uma longa capa. A capa esvoaçou formando asas enquanto a mulher se separava dos outros. Jordan percebeu o brilho de correntes prendendo seus pulsos.

Bathory.

Ela veio com uma velocidade assustadora, descendo pela encosta, meio deslizando sobre as nádegas e as costas, sem demonstrar nenhuma preocupação com a indignidade de sua aproximação. Seu rosto era uma máscara de preocupação, seus olhos fixos em um membro do grupo deles.

– Elizabeth! – Tommy correu ao encontro dela e a abraçou com força.

Ela tolerou aquilo por um momento – então bruscamente empurrou-lhe o queixo para cima, examinando seu pescoço.

– Você parece bem – disse ela, mas a frieza do comentário não escondia seus verdadeiros sentimentos.

Jordan se inclinou para Erin.

– Eu não entendo o que o garoto vê nela.

Bernard os alcançou, olhando para Tommy também.

– Vocês conseguiram curar os dois – disse asperamente, olhando para Arella. – Muito bom.

Os outros dois sanguinistas o flanqueavam logo atrás dele, ambos de rostos impassíveis.

Bernard apontou para o homenzarrão. Ele era ainda maior visto de perto, um verdadeiro tanque, com um peito largo e braços grossos cobertos por pelos vermelhos encaracolados.

– Este é Agmundr.

O recém-chegado bateu com um punho maciço no peito e deu um sorriso para Christian. Ele levantou o outro braço orgulhosamente em direção à aeronave fumegante.

Christian suspirou e sacudiu a cabeça.

– Então parece que você destruiu mais um helicóptero. Pensei que tivesse ensinado melhor a você, Agmundr. Isso não é um navio de guerra viquingue. É um aparelho de sintonia fina.

– Ele me irritou – troou a voz de Agmundr, com um sotaque nórdico gutural. – Lento demais.

– Tudo irrita você – ralhou Christian, mas eles agarraram os braços um do outro num aperto caloroso, valendo a Christian um tapa nas costas que quase o derrubou de joelhos. Jordan gostou daquele tal Agmundr.

Bernard indicou a outra sanguinista.

– E esta é Wingu.

Ela deu um cumprimento simples de cabeça, mas seus olhos escuros observaram tudo e todos.

– Nós temos pouco tempo para amenidades – disse Bernard, examinando o céu atrás dele. – Temos que levar o garoto ao livro. Se ele pode ser curado aqui, talvez possa abençoá-lo aqui.

– Este *é* um lugar sagrado – disse Erin. – Possivelmente mais sagrado que São Pedro.

Bernard franziu o cenho para a cratera.

– Foi aqui que Cristo realizou seu primeiro milagre – explicou Erin. – Quando era criança.

Wingu falou numa voz grave sussurrante.

– Eu posso perceber uma grande santidade aqui.

Bernard lentamente assentiu, claramente sentindo o mesmo, mas se empertigou e gesticulou para Tommy.

– Então vamos ver se o livro pode ser abençoado aqui neste lugar.

Bathory permitiu que Tommy se juntasse a eles, mas pareceu relutante. Não que pudesse fazer alguma coisa para impedir. Embora pudesse andar sob aquele céu coberto por cinzas, estava claramente enfraquecida pelo sol acima, ou talvez fosse a santidade no solo. De qualquer maneira, devia saber que não podia resistir aos sanguinistas reunidos ali, em solo sagrado, que os tornava mais fortes.

Bathory examinou os desenhos enquanto andava ao longo da faixa de trabalho de entalhe. O interesse dela finalmente atraiu a atenção de Bernard para a mesma coisa. Ele olhou duas vezes, então se aproximou, andando em círculo, seu olhar indo de painel para painel, como se estivesse fazendo leitura dinâmica.

Ele se virou para Arella.

– Essa é a história que você destruiu em Jerusalém. – Ele caminhou até o último painel, dobrando um joelho para tocar a espada retratada ali. Sua voz soou carregada de angústia. – Por que me impediu de ver isto?

– O mundo não estava pronto – explicou ela com simplicidade.

– Quem é você para julgar para que o mundo está pronto? – Bernard se levantou, movendo-se em direção a Arella com uma das mãos no punho da espada.

Jordan tocou no rifle.

Rhun bloqueou Bernard.

– Acalme-se, velho amigo. Deixe o passado ficar no passado. Agora temos que enfrentar o presente e o futuro.

— Se tivéssemos podido ter essa arma... — Bernard sacudiu a cabeça, mais angustiado do que Jordan jamais o tinha visto. — Imagine o sofrimento que teríamos poupado ao mundo.

— E todo o sofrimento que teriam criado — disse Arella. — Eu andei pela mesquita depois que vocês saíram de Jerusalém. Vi o que suas tropas fizeram em nome de Deus. Vocês não estavam prontos. O mundo não estava pronto.

Rhun tocou em sua cruz peitoral.

— Nós não temos tempo para isso — recordou-lhes. — O sol vai se pôr dentro de mais uma hora.

As palavras dele finalmente pareceram penetrar a raiva e a angústia de Bernard.

— Você tem razão. — Ele enfiou a mão dentro da armadura e retirou o Evangelho de Sangue e o estendeu. — Por favor, meu filho. Antes que seja tarde demais. Você tem que abençoar este livro.

Parecendo preocupado, Tommy o aceitou. O livro pareceu enorme em suas mãos pequeninas.

— Não funcionou da última vez. E lembre-se, eu não sou o Primeiro Anjo.

Bernard deu-lhes um olhar perplexo. Parecia que o cardeal estava passando por um longo dia de surpresas, a maioria delas ruins. Jordan sabia como era aquilo.

— O que ele quer dizer?

Erin o ignorou.

— Tente de qualquer maneira — pediu ao garoto. — Não pode fazer mal.

— Tudo bem — disse Tommy em tom de dúvida. Abriu o livro e levantou a palma da mão sobre as páginas.

— Eu, Thomas Bolar, abençoo este livro.

Todo mundo se inclinou para frente, como se esperando um milagre.

Mais uma vez, nada.

Nenhuma luz dourada, nem palavras novas.

Parecia que aquele lugar calcinado havia esgotado seu potencial para milagres.

16:04

— Como Tommy disse — observou Erin, percebendo o sentimento de derrota entre os sanguinistas —, ele não é o Primeiro Anjo.

— Então quem é? — perguntou Bernard.

Erin sabia que alguma coisa estava lhe escapando, mas se sentia como se estivesse lutando para montar um quebra-cabeça no escuro, empurrando as peças cegamente.

– Arella disse que Tommy tem o melhor do Primeiro Anjo *dentro* de si mesmo. De modo que ainda creio que ele seja o segredo para solucionar este enigma.

Rhun se empertigou um pouco ao ouvir aquilo. Ela imaginou que ele tivesse estado pensando em todas as vidas perdidas para trazer Tommy até ali.

Eles não podem ter morrido em vão.

Apesar disso, ela deixou aquilo de lado. Era tarefa dos sanguinistas se entregar a reflexões sobre pecado e redenção. Ela tinha um problema real que precisava ser solucionado, e não podia se permitir deixar-se distrair.

– Se o Primeiro Anjo está dentro de Tommy – disse Jordan –, como fazemos para trazê-lo para fora?

– Talvez ele tenha que ser cortado fora – disse Bernard.

Erin fez cara feia para ele.

– Creio que deixaremos isso para um último recurso. – Ela encarou Tommy. – Talvez um exorcismo possa liberar o anjo.

Tommy engoliu em seco, não parecendo mais satisfeito com a sugestão dela do que com a de Bernard.

Os ombros de Rhun se contraíram.

– Não se exorcizam anjos, Erin. São demônios que se exorcizam.

– Talvez sim. Mas talvez não.

Todos eles estavam em território novo ali.

Erin olhou para Arella.

– E você não pode nos ajudar?

– Vocês têm todas as respostas de que precisam.

Erin franziu a testa, começando a compreender a frustração dos antigos com seus oráculos. Por vezes eles podiam ser totalmente obtusos. Mas Erin sabia que a sibila estava lhe dizendo a verdade. Em algum lugar dentro de Erin estava a resposta. Como a Mulher de Saber, cabia a ela encontrá-la ali. Ela também tinha que acreditar que o silêncio de Arella servia a um propósito, e que a sibila não estava se fazendo de difícil apenas para frustrá-los.

Será que aquilo também significava alguma coisa?

– Talvez afinal precisemos levar Tommy para Roma – disse Jordan –, agora que ele está melhor.

– Não – disse Erin. – O que quer que esteja por vir, deve acontecer aqui neste lugar.

Ela se virou num círculo lento, sabendo que a resposta estava em algum lugar na cratera de areias douradas. Seus olhos foram dos painéis para as bordas desiguais de vidro que pareciam esguichos de água congelados em gelo ao longo da borda da cratera.

– Você tem certeza de que tem de acontecer aqui? – insistiu Jordan.

Claramente ele estava buscando qualquer desculpa para escapar daquele deserto e levá-la para algum lugar seguro. Ela apreciou aquele sentimento, mas com os portões do Inferno se abrindo implacavelmente, nenhum lugar na terra seria seguro por muito mais tempo.

Apoio para a posição dela veio da pessoa menos provável.

Agmundr resmungou.

– A mulher está certa. Temos que ficar aqui.

– Por quê? – Erin se virou para ele. – O que você sabe?

Agmundr apontou para o norte.

– Nada de místico. Aquele helicóptero Chinook que pensei que estivesse nos seguindo... – Ele olhou para Bernard. – Receio que afinal não tenhamos conseguido deixá-lo para trás.

Erin olhou para o helicóptero ainda fumegante. Parecia um cavalo que tivesse sido cavalgado até a exaustão.

Agmundr inclinou a cabeça.

– Pelos sons dos motores, ele estará aqui logo.

Rhun e os outros claramente tentaram ouvir, mas os seus rostos inexpressivos disseram a ela que o viquingue devia ter uma audição mais aguçada.

– Você tem certeza? – perguntou Bernard.

Agmundr levantou uma sobrancelha grossa, claramente se perguntando como o cardeal podia duvidar dele.

Jordan fez uma careta, e Erin pôs a mão no braço dele.

– Nada como um pouquinho mais de pressão – disse ele.

– Eu trabalho melhor sob pressão.

É claro, talvez não toda aquela pressão.

16:08

Rhun invejou Erin e Jordan, apreciando como eles encontravam conforto um no outro, como um simples toque podia acalmar um coração aflito.

Ele lançou um olhar rápido para Elisabeta, que passou um braço protetor ao redor de Tommy depois que Wingu soltou suas correntes. No combate por vir, precisariam de todos os recursos. Rhun percebia que Elisabeta faria qualquer coisa para garantir que nada acontecesse ao garoto.

O olhar dela encontrou o seu. Por uma vez ele não encontrou ali verdadeira inimizade, apenas preocupação com o menino sob o braço dela. Como os seus destinos teriam sido diferentes se ele a tivesse conhecido como um homem simples, em vez de um *strigoi* maculado. Mas, também, talvez tivesse sido melhor se ele nunca a tivesse conhecido.

– Quantos soldados um Chinook pode transportar? – perguntou Christian, trazendo Rhun de volta para o momento.

– É um helicóptero de transporte de tropas – respondeu Jordan. – Cinquenta mais ou menos. Mais, se você apertar.

Cinquenta?

Rhun vasculhou o céu escuro. Finalmente avistou a abelha verde-oliva contra o céu cinzento. De fato era uma aeronave grande com rotores na frente e atrás e uma longa cabine que se estendia entre eles. Seu motor pulsava com força e ameaça.

Rhun considerou o pequeno grupo deles. Os sanguinistas eram todos guerreiros experientes, mas eram muito poucos.

Jordan rastreou a aeronave com a arma, mas não disparou.

– Blindada – resmungou, à medida que a aeronave se aproximava. – Faz sentido.

O maciço helicóptero circulou sobre a cratera de uma distância considerável. Avaliando-os, tomando conhecimento da situação. Então lentamente pousou, a bem uns oitenta metros além da borda da cratera.

O aparelho levantou uma gigantesca nuvem de areia, obscurecendo sua forma. Mas Rhun distinguiu uma rampa sendo baixada da traseira do helicóptero. Sombras desceram marchando. Ele contou duas vintenas. Então eram menos que cinquenta. Mas pareciam fortes, em forma e ferozes, alguns com armadura de couro, outros de uniformes de diferentes exércitos, e alguns apenas de jeans e camisetas simples. Claramente não eram uma tropa de combate treinada, mas não precisavam ser.

Rhun procurou ouvir batimentos cardíacos vindo deles – não encontrou nenhum.

Todos eram *strigoi*.

Rhun avançou, protegendo Erin e Jordan atrás de si. Ele havia conduzido o par até aquele momento – desde o interior da montanha de Massada, quando havia revelado sua natureza para eles. Ele os tinha iniciado naquele caminho sanguinário, e o mínimo que podia fazer agora era dar sua vida para protegê-los. Mas temia que aquilo não fosse ser suficiente.

Pensando bem, não estava sozinho naquele dia.

Christian se aproximou e veio se postar de um de seus lados, Bernard do outro, flanqueando todos eles estavam Agmundr e Wingu. Elisabeta ficou para trás com Tommy, agachada diante da ameaça, arreganhando os dentes afiados.

Depois de algum sinal silencioso, o bando inteiro de *strigoi* começou a avançar pela areia a uma velocidade que nenhum ser humano poderia jamais alcançar, correndo sob aquele céu cinzento medonho.

O coração de Erin bateu mais depressa, mas ela se manteve em posição. Jordan estava calmo ao seu lado, sua bravura evidente a cada batida forte de seu coração.

Rhun empunhou sua lâmina e esperou.

Escolheu seu primeiro alvo, um homem alto no meio. Christian seguiu o olhar, assentiu e escolheu outro para si. Rhun observou os outros escolherem seus alvos.

Com disciplina e treinamento, os sanguinistas poderiam derrotar a primeira onda de atacantes. Adicionalmente, seu grupo tinha a vantagem de estar lutando em terreno sagrado.

Aquilo talvez pudesse enfraquecer os outros o suficiente.

Talvez pudesse.

Então outra rampa foi baixada do flanco do helicóptero e animais amaldiçoados jorraram das sombras e para a luz sombria.

A frágil esperança de Rhun desapareceu.

Blasphemare.

Avistou chacais com focinhos longos e grandes orelhas, uivando enquanto corriam, seus gritos penetrando o dia. Atrás deles veio um bando de leões de pelagem negra com uma graça sinuosa, como óleo escorrendo pela areia.

Cada um estava pervertido e transformado numa encarnação aterradora e monstruosa de sua essência natural, nascida de sangue negro e crueldade.

Ele testou os batimentos cardíacos, encontrando-os lentos e fortes, atestando a idade e a força deles. Mesmo sem os *strigoi*, Rhun duvidava que suas tropas pudessem resistir contra aquelas criaturas por muito tempo – se é que conseguiriam resistir por algum tempo.

Rhun engoliu em seco uma vez e sussurrou uma prece rápida.

Eles estavam condenados.

Como havia sido predito no dia em que fora transformado, ele morreria lutando.

Mas Erin merecia um destino melhor.

16:31

Tinha que ter blasphemare, *também*.

Jordan gemeu baixinho. Segurou sua pistola metralhadora com mais firmeza, sabendo que era pouco mais que uma arma de chumbo miúdo para aqueles animais.

A condessa empurrou Tommy para trás de si.

– Não pinte o diabo na parede – disse-lhe.

O que significa isso?

Tommy ficou igualmente perplexo e manifestou isso em voz alta.

– O quê?

O garoto olhava para a coleção de animais avançando em direção a eles. Com certeza parecia que o diabo estava por toda parte ao redor deles. E aquilo não era pintura, mas uma horda dedicada, urrando e uivando em sua glória cinematográfica.

– Significa... *tenha esperança* – explicou ela.

Era estranho ouvir a condessa falar de esperança quando o próprio Jordan parecia não conseguir encontrar mais que um fiapo dela. Mesmo assim, era gentil da parte dela tentar confortar o garoto.

A horda de *strigoi* chegou primeiro à borda da cratera e em vez de avançar sobre a borda, eles se dividiram e partiram para os lados, cercando a cratera, cercando-os totalmente. Ou talvez também percebessem a santidade daquele vale de areia e vidro.

A condessa sibilou baixo na garganta, empurrando Tommy mais para trás de si. Os sanguinistas se moveram para acompanhar a manobra dos *strigoi*, envolvendo todo mundo dentro de um círculo protetor.

Arella falou perto da orelha de Jordan, fazendo-o sobressaltar ao se aproximar dele tão silenciosamente.

– As palavras da condessa são sábias – sussurrou Arella. – Tudo ainda pode ser vencido.

Antes que Jordan pudesse lhe perguntar o que aquilo queria dizer, Arella agarrou Tommy tirando-o de trás de Bathory e o puxou em direção à boca aberta do poço – e o empurrou ali dentro. Ele gritou quando caiu desajeitadamente na água.

Bathory avançou para ela num piscar de olhos, derrubando-a. Mas um esguicho de água do poço respingou sobre suas botas. Ela gritou e caiu para trás, como se tivesse sido lava incandescente.

Arella retornou para a borda do poço enquanto Tommy se debatia lá dentro.

– Cuidado – advertiu ela. – Só aqueles imbuídos por anjos podem tocar nestas águas. Todos os outros serão destruídos. Até seres humanos.

Com aquelas palavras ameaçadoras, ela mergulhou na água, agarrando o braço de Tommy e puxando-o para o fundo.

A condessa recuou, parecendo abalada.

Não era de espantar que o poço tivesse sido vedado com tanta firmeza e tivesse sido deixado entregue às areias e às eras.

– Pelo menos o garoto está em segurança e fora de perigo imediato – Rhun a consolou.

Sim, mas e nós?

Jordan alargou sua posição de tiro. Então encarou a horda reunida ao redor deles. Os *strigoi* sibilavam e empunhavam longas espadas curvas. Os *blasphemare* se reuniam junto a seus quadris e ombros. Pelo menos os canalhas não tinham trazido armas de fogo – então ele se lembrou de *por que* não usavam tais armas.

Eles preferiam comer suas presas vivas.

51

20 de dezembro, 16:33 horário da Europa Central
Siwa, Egito

Um movimento atraiu o olhar de Erin para a borda da cratera, para onde um gigante vestido de couro marrom avançava, se aproximando do limite da cratera. O *strigoi* tinha pele preta, a cabeça raspada, piercings de aço, e arrastava longa espada larga atrás de si. Ele se inclinou para apanhar um punhado de areia e o jogou fora com uma expressão de desprazer, provavelmente sentindo o terreno sagrado. Cuspiu onde tinha jogado os grãos, fazendo cara de desdém e olhando para eles.

Para ela.

Um calafrio a sacudiu.

Ele continuou mais um passo, e então deu mais um entrando na cratera.

Ele não vinha sozinho.

Um par de leões *blasphemare* o acompanhava, um de cada lado, se mantendo próximos, os olhos vasculhando tudo, as caudas agitando os grãos de areia. Suas jubas eram negras em vez de castanho-claras, agitadas pelo vento quente do deserto. Seus olhos brilharam na direção dela com um carmesim medonho sob o dia coberto de cinzas. Rugiram, mostrando presas que ficariam mais adequadas em algum animal com dentes de sabre. Garras negras se enterravam fundo, levantando areia para trás numa postura de pura ameaça felina.

O gigante balançou a espada com facilidade desenhando um oito no ar, a lâmina longa uma extensão de seus braços musculosos.

Subitamente Erin desejou não ter insistido com seu grupo para vir para Siwa.

Mesmo assim, ela reprimiu aqueles pensamentos e firmou as mãos na arma empunhada. Qualquer que fosse o resultado dos minutos seguintes, ela sabia que estava *certo* ter vindo até ali. Sua culpa estava não em ter trazido todo mundo, mas em fracassar em sua tentativa de solucionar o mistério daquelas areias no tempo, o enigma escondido atrás dos olhos calmos de Arella.

Ao seu redor, os sanguinistas tinham desembainhado suas espadas. Bernard empunhava uma lâmina curva antiga que rebrilhava como água, feita de aço de Damasco, orlada de prata, provavelmente muitíssimo abençoada. Christian brandia uma lâmina curva também, mas a sua era moderna, uma *kukri* do Nepal. Agmundr puxou uma espada da bainha atravessada em suas costas. Wingu empunhou duas lâminas mais curtas, uma em cada mão, balançando-as com graça e força.

Rhun tinha apenas a sua *karambit*, o gume em gancho tão mortal quanto a garra de qualquer *blasphemare*.

O *strigoi* gigante deu um último passo para frente, trazendo os leões junto aos quadris – então se deteve de novo.

De trás dele, um vulto conhecido de cabelos grisalhos surgiu à vista. Iscariotes tinha trocado seu terno cinza habitual por uma armadura de couro lixiviado até ficar branco, feita sob medida para vestir elegantemente seu corpo musculoso.

Jordan virou sua pistola metralhadora para ele.

Iscariotes percebeu o movimento e a sombra de um sorriso trocista se desenhou em suas feições. O homem claramente tinha se recuperado da última vez em que Jordan o baleara com a mesma arma.

Iscariotes levantou um braço e soltou uma mariposa de asas esmeralda no ar.

Os sanguinistas se mexeram preocupados, os olhos cravados em sua forma esvoaçante. Quantas daquelas criações venenosas ele teria trazido consigo? Com um número suficiente delas, ele poderia derrubar o grupo inteiro de sanguinistas sem mover seu exército.

Mas a mariposa voou apenas alguns metros antes de entrar numa espiral e cair no chão, despedaçando uma asa em escamas iridescentes enquanto batia no chão. Quer fosse pela contaminação das cinzas no ar ou pela poeira de areia voando, aparentemente seus mecanismos delicados não podiam suportar as condições daquele terreno difícil.

Ou talvez, mais uma vez, fosse a santidade que havia ali.

Qualquer que fosse a causa, pelo menos uma ameaça tinha sido neutralizada.

Não que aquilo provavelmente fosse mudar o resultado final.

A voz de Iscariotes se fez ouvir com facilidade pelo interior da cratera. Seu olhar os examinou, reparando em quem estava faltando.

– Parece que vocês perderam seus dois anjos.

Erin se obrigou a manter os olhos fixos no inimigo e não permitir que se movessem em direção ao poço onde Arella tinha desaparecido com Tommy. Ela esperava que o garoto escapasse, que a fonte levasse a alguma saída secreta, a alguma lagoa distante. A imortalidade de Tommy deveria mantê-lo vivo, mesmo afogado debaixo da água.

– Podemos ter perdido nossos anjos – gritou Jordan em resposta. – Mas vejo que você encontrou seus demônios.

Iscariotes deu uma gargalhada e gesticulou para os sanguinistas.

– Você tem seus próprios *demônios*, Guerreiro do Homem.

– *Amigos* – rebateu Jordan. – Não demônios.

Iscariotes franziu o cenho para eles, claramente perdendo a paciência.

– Onde vocês o estão escondendo? – perguntou, sem deixar dúvida de que estava falando de Tommy.

Iscariotes devia saber que, enquanto Tommy estivesse à solta, seu plano de trazer o Inferno para a Terra continuaria ameaçado.

Um silêncio se prolongou por vários momentos.

Os olhos de Judas se cravaram em Erin e ficaram lá. Ele levantou um braço e apontou para ela.

– Ninguém deve tocar nela – gritou bem alto. – Ela é minha. Ela me dará minha resposta.

Uma onda de rosnados e sibilados varreu a cratera.

– Matem o resto!

16:34

Lá embaixo, na garganta do poço, Tommy bateu pés e pernas com toda força que podia indo para ainda mais fundo. O choque inicial depois de a estranha mulher tê-lo jogado ali dentro e de tê-lo arrastado para baixo tinha se dissipado. Agora tentava apenas acompanhá-la. A despeito do súbito caldo que lhe dera, ele estranhamente confiava nela.

Não sabia se ela era realmente um anjo, mas tinha lhe salvado a vida, de modo que, por ora, ele lhe daria o benefício da dúvida.

De ambos os lados, as paredes do poço pareciam vidro de praia, ainda áspero, mas liso demais para ser pedra. Imaginou a explosão gravada acima, uma batalha entre Lúcifer e Miguel. Aquela mesma explosão deve ter penetrado fundo debaixo da terra, vedando aquele laguinho onde Cristo havia estado, derretendo tudo ao redor e transformando em vidro.

Ele também queria descrer daquela história, exceto por duas coisas.

Primeira, a água ficava cada vez mais quente quanto mais fundo ele mergulhava.

Segunda, abaixo dele, iluminando seu caminho, uma incandescência dourada o convidava, deixando em silhueta as pernas ágeis da mulher.

Ele nadou atrás dela até que seus pulmões estavam a ponto de estourar e seus ouvidos doíam por causa da pressão.

Para baixo, mais para baixo lá se foi ele.

Finalmente, chegou ao fundo, desesperado por ar.

Ela apontou para uma caverna lateral que se abria a alguns metros de distância. Com os pulmões queimando, ele se enfiou pela passagem baixa, se impelindo com as mãos nas paredes lisas e batendo pernas. A fonte da luz vinha dali, atraindo-o como uma mariposa para a chama.

Mas não era uma *chama* que ele buscava.

Ar.

Tinha mergulhado com seu pai ao largo da costa de Catalina e entrado nas cavernas submarinas que salpicavam aquela ilha, lembrando-se de ter mergulhado através da rocha para encontrar uma caverna cheia de água na parte de baixo e com um bolsão de ar na parte de cima.

Ele rezou para que o mesmo fosse ser encontrado ali, alguma caverna secreta onde pudesse ficar com aquela mulher até que a batalha acabasse, e estivesse seguro.

Seguro...

Quanto tempo fazia desde que ele se sentira seguro?

Seus pulmões gritaram enquanto ele percorria batendo pernas o último trecho do percurso, se espremendo pela entrada para a caverna. Sua visão começou a falhar, escurecendo dos lados, tornando-se mais estreita, dançando com pontos brilhantes. Sabia que não teria ar suficiente sequer para voltar à superfície. Agora tinha que ir até o fim. Seu pai uma vez tinha dito que a coisa mais importante na vida era encontrar o caminho correto e se dedicar a ir até o fim.

De alguma forma, papai, não creio que fosse disso que estivesse falando.

O pânico deu mais forças aos seus braços e pernas. Ele saiu para dentro da pequena caverna, revestida de vidro dourado e coberta de areia solta no fundo. Sabendo que deveria haver ar acima – *por que outro motivo arrastá-lo até ali embaixo?* –, ele deu impulso com força no fundo.

Subiu como uma bala – e sua cabeça bateu contra o teto.

Ele raspou as mãos no teto, em busca de até uma bolha, algum minúsculo espaço de ar para respirar.

Não havia nenhum.

16:35

Strigoi e *blasphemare* jorraram descendo pelos lados da cratera como uma onda imunda.

Jordan apertou com força a sua arma, tentando ignorar o gigante negro vindo correndo em direção a eles, na dianteira, flanqueado pelo par de leões com jubas de sombra.

Erin apontou para um dos animais.

Jordan escolheu um alvo diferente, sabendo que sua arma faria pouco estrago contra o que vinha descendo pela borda da cratera. Ele tinha que confiar nos sanguinistas para dar conta daquela primeira onda.

Em vez disso, apontou para o lado, perto da borda de areia do círculo. Esperou que o exército negro chegasse lá – então disparou.

Uma sucessão de balas fumegantes da rajada de tiros acertou o tanque de combustível do helicóptero deles.

A explosão despedaçou a aeronave em um estrondo de chamas, lançando ao longe rotores, para cortar uma esteira em meio aos *strigoi*, e indo se chocar com violência do lado oposto da cratera. A súbita explosão e o dano resultante destruíram a carga de ataque inicial, fazendo os *blasphemare* saírem correndo aos saltos, sibilando e uivando para os destroços fumegantes. Vários *strigoi* se arrastavam na areia com membros decepados. Outros estavam claramente mortos.

Rhun olhou para ele com aprovação.

Jordan usou o momento de atordoamento para virar a arma para Iscariotes, que permanecia na borda da cratera. Ele firmou a arma e mirou para a massa central do corpo do sujeito, não confiando em um tiro na cabeça daquela distância, especialmente com a munição limitada como estava. Não ousava desperdiçar um único tiro.

Ele apertou o gatilho, pretendendo derrubar o sujeito de novo, mesmo que fosse por pouco tempo. Temporariamente sem líder, talvez o exército pudesse ser derrotado.

Mas, enquanto ele disparava, o corpo enorme de um chacal girou e se meteu na frente de Iscariotes, levando os tiros nos quartos dianteiros, salvando o canalha. Sangue negro jorrou do flanco do animal, mas ele não pareceu incomodado enquanto andava de um lado para outro, mantendo seu dono protegido.

Iscariotes recuou descendo a borda do lado oposto da cratera, se protegendo mais.

Covarde.

Mais perto, o gigante negro se recuperou rápido, avançando de novo para cobrir a distância que os separava, estimulando aqueles que estavam mais próximos dele. Ele rosnou, mostrando caninos longos.

Agmundr enfrentou o desafio, saltando na frente dele.

Gigante contra gigante.

Não foi nenhuma competição.

Impelido pela santidade, Agmundr baixou e girou sua espada longa tão depressa que ela cantou no ar. Ele cortou fora a cabeça do *strigoi* arrancando-a dos ombros, o arreganhar de dentes ainda fixo naquele crânio enquanto ele voava longe.

Jordan disparou contra a horda atacando à esquerda.

Wingu e Christian saltaram para a direita.

Rhun e Bernard defenderam a retaguarda deles.

Elizabeth se manteve perto da borda do poço, nem ameaçando nem ajudando, apenas guardando o ponto de retirada de Tommy para ninguém sabia onde.

Erin disparou atrás do ombro de Jordan, acertando um leão bem no olho, fazendo-o rolar nos pés de Agmundr, onde um giro de sua lâmina enorme acertou a besta na garganta.

Jordan teve pena da maldita criatura. Ele não tinha pedido para ser transformado no que era. Mas foi uma pena que não continha grande misericórdia.

Ele continuou disparando.

Agmundr enfrentou o segundo leão, dançando na frente dele, ambos os adversários em busca de uma fraqueza – então um chacal enorme se arremessou contra o viquingue pegando-o de surpresa, enterrando os dentes poderosos em sua coxa.

Jordan baleou o animal no ombro, mas ele nem deu sinal de ter sentido.

Rosnando, Agmundr caiu na areia e rolou de costas. O chacal largou-lhe a coxa grossa e avançou para sua garganta. Jordan disparou contra a cara do bicho – só para descobrir que sua arma estava vazia.

Droga...
Ele avançou correndo com a arma erguida, pronto para usá-la como um porrete. Antes que pudesse baixá-lo, mandíbulas abertas dardejaram por baixo da espada de Agmundr. Dentes amarelos rasgaram fundo a garganta do viquingue.

Agmundr se retesou diante do ataque – então seu corpo afrouxou, enquanto o chacal mordia e rasgava mais para cima, arrancando a garganta inteira do homem.

Sangue frio respingou no braço de Jordan.

Ele recuou.

O chacal se virou em direção a ele, sangue e saliva pingando de seu focinho cinzento na areia dourada. Suas maciças patas traseiras se recolheram tomando impulso – então, saltou em cima de Jordan.

Seu mundo inteiro se tornou presas amarelas e um uivo aterrorizante.

16:36
Rhun girou e foi em defesa de Jordan. Pelo canto do olho, tinha visto Agmundr cair, e o soldado saltar para ajudá-lo – apenas para enfrentar as mesmas mandíbulas que tinham tirado a vida do poderoso viquingue.

Rhun se chocou contra o flanco do enorme chacal. Suas mandíbulas se fecharam a menos de dois centímetros do rosto de Jordan. A besta derrapou na areia, se virando para enfrentá-lo, garras se enterrando na areia para arranhar o vidro abaixo.

Rhun manteve a *karambit* ensanguentada empunhada à sua frente e rezou pedindo força para proteger os outros. O próprio ar estava cheio de sangue enquanto Christian, Bernard e Wingu continuavam sua dança em meio à horda maldita. A névoa carmesim cantava para seu próprio sangue, implorando-lhe que bebesse avidamente daquela fonte.

Rhun prendeu a respiração para não senti-la.

Diante dele, os olhos vermelhos furiosos do chacal se cravaram nos seus. A pelagem cinza se eriçou pela nuca do pescoço curvo. Um rosnado revelou dentes amarelos em maxilares poderosos.

Quando o animal atacou, Rhun se manteve firme na areia e golpeou com o braço, enterrando a *karambit* entre os dentes pontudos e bem fundo na boca do animal. Com toda a força que conseguiu reunir, enterrou a lâmina através do céu da boca e para dentro do cérebro da fera – e então puxou fora sua mão.

O animal desabou, sangue negro escumando de sua boca e manchando a areia. As patas dianteiras coçaram as mandíbulas, chorando de dor.

A piedade dominou Rhun ao ver uma das criaturas de Deus transformada em tamanha monstruosidade sofredora. Finalmente aquele brilho carmesim se apagou tornando-se um marrom sem vida, enquanto o animal era libertado de sua maldição.

Rhun não teve tempo para se regozijar de sua libertação.

Uma força pesada o atirou contra a areia atingindo-o pelas costas, fazendo seu rosto se chocar contra o sangue negro do chacal. Garras se enterraram em suas costas, penetrando sua armadura e a pele, uma longa garra se enganchando em sua costela.

Rhun gritou – enquanto um leão rugia em triunfo em cima dele.

52

20 de dezembro, 16:37 horário da Europa Central
Siwa, Egito

Em pânico, Tommy afundou na caverna cheia de água. Ele apertou ambas as mãos sobre a boca. Incapaz de se conter, numa convulsão engoliu um pulmão inteiro de água, incendiando seu peito. Seus braços e pernas se debatiam para fora cegamente, acertando as paredes da caverna enquanto seu corpo lutava para expelir aquele fogo, para tossir, para vomitar. Mas não havia nada para substituí-lo exceto mais água.

Tommy lutou até não conseguir mais lutar e ficou imóvel.

Afogado.

Mas ele era o garoto que não podia morrer.

Seus pulmões doíam, mas não lutavam mais para forçar a água a sair. Ele abriu os olhos outra vez e observou ao redor de si, querendo chorar.

Sabendo que não morreria, vasculhou a caverna.

A mulher tinha que tê-lo trazido ali por algum motivo.

Ele se lembrava dela apontando a entrada da caverna para ele.

Por quê?

A fonte de luz da caverna subia de um afloramento de vidro no centro do recinto, como um vulcão em miniatura. Era tão brilhante que ele teve que cobrir os olhos para protegê-los. Mesmo assim, avistou alguma coisa prateada bem no seu coração.

Tommy se inclinou mais para aquele clarão, agora conseguindo distinguir trinta ou sessenta centímetros de prata fina se projetando para fora do bloco, tendo acima um punho mais largo, protegido por um guarda-mão. Reparou que o cabo era denteado, para que dedos pudessem segurá-lo com firmeza.

Sua mão direita se estendeu para fazer exatamente isso – então se lembrou da história contada lá em cima, sobre a espada do Arcanjo Miguel. Olhou mais de perto e conseguiu até distinguir o longo entalhe ao longo de um dos lados, onde uma lasca tinha sido partida dela.

Sua outra mão subiu para seu pescoço, se lembrando daquela dor.

Ele estendeu um único dedo e tocou no pomo redondo no final do punho. Quando sua pele roçou no metal, uma força se acendeu e irrompeu como fogo através dele, como se tivesse tocado em um fio desencapado – só que ela o deixou se sentindo *mais forte*. Sentia que poderia despedaçar montanhas com seus punhos.

Ele examinou a lâmina. A maior parte de seu comprimento estava enterrada no vidro arenoso.

Como a Excalibur do rei Artur.

Tommy sabia o que se esperava dele. Um anjo havia empunhado aquela espada, e cabia ao Primeiro Anjo libertá-la, levá-la de volta para a luz do sol, para ser usada contra a escuridão acima.

Mas ele retirou a mão.

Não queria tocar nela.

Que interesse ele tinha no mundo lá em cima? Tinha sido sequestrado, torturado e sequestrado de novo – apenas para finalmente ser sacrificado em um altar.

Tommy subitamente se deu conta de que a espada podia pôr fim àquele sofrimento.

Ela pode me libertar.

A lâmina poderia fazer um ferimento muito maior que a punhalada que levara no pescoço. Ele poderia levar ambos os pulsos para seu gume, empurrá-los rapidamente para baixo, cortando fundo.

Ele poderia morrer.

Eu poderia ver mamãe e papai de novo.

O rosto de sua mãe surgiu em sua mente, enquanto ele se lembrava de como ela enfiava o cabelo curto encaracolado atrás das orelhas, como seus olhos castanhos quase incandesciam de preocupação sempre que ele se machucava. Um olhar que ele tinha visto com frequência enquanto lutava contra o câncer. Ele também se lembrou de como ela cantava cantigas de ninar para ele no hospital, mesmo quando ele provavelmente já estava crescido demais para isso, e como ela o fazia rir, mesmo quando ele sabia que ela queria chorar.

Ela me amava.

E seu pai não menos. O amor dele era mais prático: tentar enfiar tanta vida quanto fosse possível naqueles últimos anos. Tommy dirigiu um Mustang conversível, aprendeu a jogar sinuca, e quando estava fraco demais seu pai se sentava de pernas cruzadas ao seu lado no sofá e o ajudava a matar zumbis em *Resident Evil*. E de vez em quando eles tinham conversado, tinham realmente conversado. Porque ambos sabiam que chegaria um momento em que não poderiam mais conversar.

Ele sabia de outra coisa com certeza.

Eu deveria ter morrido antes deles.

Aquele tinha sido o acerto. Ele estava doente; eles estavam bem. Ele morreria, e eles viveriam. Havia aceitado aquele acerto, feito até uma espécie de paz com ele – até que aquela pomba estúpida tinha aparecido e estragado tudo.

Tommy olhou fixamente para a espada e tomou uma decisão.

Eles podiam lutar aquela guerra sem ele.

Estendeu a mão para a espada, pronto para cortar um caminho ensanguentado de volta para os braços de seus pais. Ele deteve a mão acima do pomo do punho, se preparando. Depois que se sentiu pronto, agarrou com força o punho de prata.

Um choque o trespassou. Abaixo dele, a espada brilhou num clarão mais e mais intenso, até se tornar uma supernova. Ele fechou os olhos bem apertados, temendo que o brilho fosse cegá-lo. A luz penetrou suas pálpebras e encheu seu crânio.

Então ela lentamente se apagou de novo.

Ele abriu um olho, depois o outro.

Entre suas pernas, o vidro tinha se derretido. Em suas mãos uma espada gigantesca incandescia num tom laranja opaco. Seu peso o manteve ancorado no fundo arenoso.

Ele levou o polegar até o gume. Cortou fundo antes mesmo que ele se desse conta de que tinha feito contato. Sangue jorrou para cima numa nuvem vermelha. Seguiu aquela trilha, sabendo como seria fácil puxar aquele gume contra seu pulso.

Uma picadinha no máximo... e então tudo estaria acabado.

Ele moveu a lâmina em direção a seu pulso.

Quem sentiria falta de mim aqui?

Tommy afastou os olhos daquele gume impossivelmente afiado virando-os para o teto acima dele, imaginando o deserto quente. Então se lembrou de dedos frios tocando em sua garganta, se certificando de que ele estava seguro.

Elizabeth.

Ela sentiria falta dele. Ficaria zangada.

Ele imaginou os outros: Erin, Jordan, até o padre misterioso, Rhun. Eles tinham arriscado tudo para trazê-lo para aquele deserto, para salvar sua vida. E, agora mesmo, eles poderiam estar morrendo.

Morrendo por mim.

16:39

Sem balas, Erin agarrou a espada longa de Agmundr. Precisou de ambas as mãos para levantá-la. Balançou a partir dos quadris, levantando os braços e a lâmina no ar, cortando o espaço entre ela e o *strigoi* mais próximo.

O monstro gargalhou, deu um passo para trás e avançou em direção a Christian, ignorando-a.

Ela procurou alguém para atacar.

Nenhum dos *strigoi* ou dos *blasphemare* se aproximava dela, obedecendo à ordem de Iscariotes de que não fosse morta. As tropas dele manteriam a distância até que ele descesse para vir buscá-la.

Talvez essa seja a minha melhor arma.

Um rugido de um leão a fez girar meia-volta. A metros de distância, Rhun lutava, imobilizado debaixo de um dos leões escuros *blasphemare*. Jordan correu para ajudá-lo, usando a pistola como um porrete.

Ela largou a espada pesada e correu em direção aos dois.

Jordan foi lançado longe como uma mosca, garras rasgando seu casaco de couro, quase arrancando fora uma manga. Ele caiu de costas. Mas a distração tinha permitido a Rhun rolar e se libertar, perdendo um bom naco de pele.

O leão saltou para atacar a presa que fugia.

E Erin fez a coisa mais estúpida de sua vida.

Ela saltou entre Rhun e o leão, abrindo os braços e berrando, apresentando o peito como um lutador profissional se exibindo.

O leão se agachou rente ao chão, rosnando, os quartos traseiros erguidos, o rabo se agitando furiosamente.

– Não pode me atacar, não é? – desafiou ela.

O animal arreganhou os dentes e rosnou, recuando, especialmente quando Christian se aproximou para defendê-la.

Ele olhou para ela.

– Eu não sabia que domar leões fazia parte de seu currículo.

Ela sorriu, baixando a guarda cedo demais.

O leão saltou para o ataque, atingindo Christian com exatidão, enquanto rasgava o ombro dela com as garras ao passar, derrubando-a para o lado.

Erin caiu de joelhos e agarrou o ferimento. Sangue quente escorria por entre seus dedos e descia pelo seu braço e peito. Ela se deu conta do erro de seu comportamento. Iscariotes dissera que ela não podia ser *morta* – mas não tinha dito nada sobre *mutilá-la*.

Mais para o lado Rhun e Christian lutavam contra o leão.

Jordan gritou o nome dela.

O mundo tinha entrado em câmera lenta.

Ela caiu para o lado na areia. A secura da areia sob sua face a confortou. Ela estava no deserto. Ela amava o deserto.

16:40

Jordan correu em direção a Erin e escorregou nos joelhos ao lado dela. Ele sabia que era tarde demais para ajudá-la. O sangue jorrava de seu ombro e encharcava a areia dourada.

Erin levantou a cabeça.

Seus olhos cor de caramelo encontraram os dele – então olharam para além dele.

Espanto e encantamento enchiam o seu rosto, inexplicáveis diante de todo o sangue, uivos e gritos no ar. Ela levantou uma mão ensanguentada e apontou para cima do ombro dele.

Jordan se virou para ver o que ela mostrava.

Mas quê...?

Saindo da boca do poço, uma única ondulação de chama laranja se erguia da escuridão abaixo. Ela se retorcia como um redemoinho compacto, perfeitamente reto, para o céu escuro.

Jordan não conseguia tirar os olhos daquela chama.

Até a batalha se tornou mais lenta, à medida que uma calma desconfiada, temerosa se espalhou.

Olhos e faces se viraram em direção a ela.

Quando a chama brotou longa como o seu braço, uma mão surgiu à vista abaixo dela, como se empurrando o fogo para cima. A língua de fogo conti-

nuou a subir. O estranho portador da tocha foi arrastado para cima de debaixo dela, levantado acima do poço e delicadamente posto em sua borda.
Tommy.
Quando os pés dele tocaram no chão, o fogo se apagou para revelar uma espada de prata levantada ao alto, com algumas línguas de chamas ainda a lambê-la, dançando luminosamente ao longo de toda a sua extensão.
Os olhos do garoto encontraram os de Jordan.
Fogo também dançava ali.
– Eu acho que isso pertence a você! – gritou Tommy, metade menino, metade algo pavoroso.
O garoto – se é que ele ainda era um *garoto* – torceu o braço para trás e atirou a espada ao alto. Ela girou em círculos no ar. Jordan teve vontade de se abaixar, mas em vez disso seu braço esquerdo se levantou por vontade própria. O punho aterrissou perfeitamente na palma de sua mão, como se sempre devesse ter estado ali. O ligeiro ardor em sua tatuagem se incendiou tornando-se chama viva. Através de um rasgão na jaqueta e na camisa, ele viu o traçado de sua velha cicatriz do raio fulgir com um fogo interior.
Força fluiu para o seu corpo.
Jordan girou a espada ao redor de si em um padrão de fogo e aço, como se lançando algum feitiço misterioso. Ele nunca tinha empunhado uma espada na vida.
Um leão rugiu, virando-se para atacar Erin de novo.
Jordan pensou, e ele estava ali, bloqueando-o.
Ele golpeou a pata do leão com a espada, enquanto o animal se lançava contra ele com irritação.
Assim que a lâmina cortou sua pele, a criatura rugiu com agonia. A chama seguiu a linha onde a espada a havia cortado – então subiu pela pata e cobriu-lhe o corpo. Enlouquecido de dor, o leão saltou para trás e fugiu correndo em meio ao exército sombrio, forjando um caminho chamejante através deles, incendiando tudo em sua esteira.
Jordan examinou a espada.
Era uma arma infernal.
Ou talvez fosse melhor dizer uma arma *celestial*.
Jordan a girou em um círculo, acertando um *strigoi* no braço, outro na coxa. Ambos uivaram enquanto as chamas se espalharam a partir de seus ferimentos. Ele avançou para fora, movendo-se sobre pernas que desafiavam osso e músculo.

Tão rápido quanto qualquer *strigoi*, qualquer sanguinista.
Criatura após criatura tombaram diante de sua lâmina.
Então ele penetrou mais fundo – em busca de seu verdadeiro inimigo.
Iscariotes.

16:42

Judas observou o Guerreiro do Homem avançar a passos largos pelo campo de batalha. Animais fugiam de sua esteira, espalhando-se pelo deserto. Os poucos que ficavam eram caçados pelos outros. Ele viu a condessa agarrar o garoto; o brilho angélico nos olhos do menino se apagou depois de ele ter entregado a espada ao seu portador na Terra. O garoto abraçou apertado aquela criatura velhíssima.

Judas não sentiu nenhum medo.

Aquele momento tinha chegado.

Ele havia passado séculos tentando encontrar um propósito para sua longa vida, depois mais uma vez séculos para trazer o mundo à beira daquela maldição, onde ele poderia morrer.

E agora a hora havia chegado para ele.

O soldado o mataria, mas só se ele lutasse. Não era homem de golpear um homem desarmado. De modo que Judas se abaixou e pegou uma espada descartada, uma velhíssima cimitarra lascada.

Seu último guarda-costas tentou se juntar a ele, levantando um rifle de assalto. O parceiro do homem, Henrik, tinha morrido na caverna em Cumas, mas este tinha vivido, escapando com ele.

– Vá – ordenou Iscariotes.

– Meu lugar é ao seu lado.

– Perdoe-me. – Judas levantou a espada e decapitou o homem. Ele se afastou do corpo. Ninguém iria interferir em seu destino.

Os olhos do Guerreiro do Homem se arregalaram de surpresa, mas ele não reduziu a marcha.

Outros se aproximaram atrás dele, inclusive a dra. Granger, apertando um trapo ensopado contra o ombro.

– Fique para trás, Erin – gritou Jordan. – Esta luta é minha.

A mulher pareceu que ia querer discutir, mas não disse nada.

Judas levantou sua espada ensanguentada em posição de guarda.

– Quantas vezes eu tenho que matar o senhor, sargento Stone?

– Eu poderia lhe fazer a mesma pergunta.

A espada dele brilhava branca, incandescente, em suas mãos, faiscando com centelhas de fogo.

Judas estremeceu de antecipação.

O soldado andou ao redor dele, a desconfiança clara em seu rosto, como se suspeitasse de alguma cilada.

Você tem que desempenhar seu papel, Guerreiro. Não me desaponte.

Para garantir isso, Judas avançou para o ataque, e o homem aparou o golpe. Ele estava extraordinariamente rápido. Sabendo disso, Judas lutou com mais empenho, não precisando mais fingir incompetência. Ele tinha sido treinado por muitos diferentes mestres espadachins ao longo dos séculos.

Judas atacou de novo e de novo, apreciando o verdadeiro desafio, seu último. Era justo que ele encontrasse um oponente à sua altura. Mas aquele não era seu destino. Ele permitiu que sua guarda baixasse, como se por acidente.

Jordan golpeou.

A lâmina penetrou no flanco de Judas.

No mesmo lugar que o soldado romano havia apunhalado Cristo na cruz.

Judas ofereceu uma rápida prece de gratidão antes de cair de joelhos. Sangue vermelho jorrava de seu ferimento. Encharcava sua camisa. Ele deixou cair a espada.

Jordan se deteve diante dele.

– Estamos quites.

– Não – disse Judas, estendendo a mão para a perna dele. – Eu estarei para sempre em dívida com você.

Ele caiu para o lado, então rolou de costas. O céu cinzento encheu sua visão. O mundo cercado por cinzas e sangue. O sol estava a minutos de se pôr. Nada poderia deter o que ele havia iniciado.

Minha morte será o arauto de meu sucesso.

Considerou aquilo como um sinal, sua recompensa por ter aberto os portões do Inferno e fazer com que acontecesse o Dia do Julgamento final.

A dor ardente em seu flanco era diferente de qualquer coisa que já tivesse experimentado, mas ele a saboreou. Logo estaria em paz. Esperava com prazer aquilo. Ele deixou que seus olhos aos poucos se fechassem.

Então uma sombra caiu sobre ele, trazendo consigo o cheiro de botões de flores de lótus.

Arella.

Judas abriu os olhos e olhou para a beleza dela, mais uma recompensa por ter cumprido seu destino.

As mãos cálidas dela tomaram as suas.

– Meu amor.

– Aconteceu exatamente como você predisse – disse ele.

Enquanto ela se debruçava sobre ele, suas lágrimas caíram na face de Judas. Ele saboreou cada gota morna.

– Ah, meu amor – disse ela –, eu amaldiçoo a visão que trouxe você a isso.

Ele buscou os olhos dela.

– Isso era a vontade de Cristo, não a sua.

– Isso foi a *sua* vontade – insistiu ela. – Você poderia ter seguido por um caminho diferente.

Ele tocou sua face molhada.

– Eu sempre segui por um caminho diferente. Mas sou grato pelos anos em que seguimos por aquele caminho juntos.

Ela se esforçou para sorrir.

– Não culpe a si mesma – disse ele. – Se puder me conceder apenas um único favor, conceda-me este. Você não tem culpa nenhuma em tudo isso.

O queixo dela ficou mais firme, como sempre fazia quando ela continha no íntimo seus sentimentos.

Ele estendeu a mão para cima em meio à dor e enrolou uma mecha de seus cabelos longos ao redor do dedo.

– Nós somos apenas os instrumentos Dele.

Ela colocou a palma da mão contra o ferimento dele.

– Eu poderia buscar água da fonte para curar você.

O medo trespassou o corpo dele. Judas buscou palavras inteligentes para persuadi-la a não seguir por aquele caminho, mas ela o conhecia bem. De modo que ele escolheu uma palavra, pondo nela toda a sua vontade, deixando que a verdade brilhasse em seus olhos.

– Por favor.

Ela se inclinou e beijou-lhe os lábios, então caiu nos braços dele por uma última vez.

16:49

Erin sentiu um nó na garganta enquanto um anjo chorava por Judas.

Arella o embalou no colo e acariciou os cabelos grisalhos afastando-os da testa enquanto murmurava palavras numa língua antiquíssima. Ele sorriu para Arella, como se eles fossem jovens amantes, em vez de duas criaturas atemporais capturadas no fim dos tempos.

Rhun tocou no ombro de Erin, olhando para o céu que escurecia.

Aquele único toque a recordou de que, embora a batalha tivesse sido vencida, a guerra não havia acabado. Ela olhou para o sol, mergulhado bem baixo no horizonte a oeste. Estavam com o tempo quase esgotado para desfazer o que Iscariotes havia posto em andamento.

Ela olhou fixamente para o homem que havia iniciado tudo aquilo.

O sangue de Iscariotes escorria de seu flanco, gotejando sua vida. Na escuridão que crescia, ela observou a incandescência suave que brilhava dentro do carmesim, recordando-se de ter visto o mesmo quando ele havia acidentalmente cortado o dedo na caverna sob as ruínas de Cumas, com uma lasca da mesma lâmina que agora o havia ferido mortalmente.

Ela se lembrou de Arella emitir a mesma radiância quando resgatara Tommy. E mesmo o sangue de Tommy tinha brilhado levemente na praia em Cumas.

O que aquilo significava?

Ela olhou de Tommy, que estava postado ao lado do poço, depois para Judas.

Será que significava que *ambos* tinham sangue angélico?

Ela se lembrou de que *tanto* Tommy *quanto* Judas também tinham encontrado uma pomba, símbolo do Espírito Santo, um eco do pássaro que Cristo havia matado. E ambos tinham mais ou menos a mesma idade que Cristo naquela época.

Então se lembrou das palavras de Arella anteriormente.

Miguel foi despedaçado. Você tem em seu íntimo o melhor do Primeiro Anjo.

Erin começou a compreender.

Tommy não tinha dentro de si Miguel *inteiro*, apenas o melhor, o mais brilhante e luminoso, uma força capaz de conceder vida.

Outro portador trazia o que ele tinha de pior, com uma força que matava.

Ela viu que o brilho do sangue de Iscariotes era distintamente mais escuro que o sangue de Tommy.

Dois tons diferentes de dourado.

Ela virou o olhar para a cratera, para o vidro exposto pela escavação deles, por toda a superfície ao redor da tampa que outrora havia vedado o poço. Como a própria cratera, uma metade era dourado-escuro, a outra dourado mais claro.

Duas partes que formam um todo.

– Nós precisamos de ambos – balbuciou Erin.

Ela observou Arella. Anteriormente, a sibila tinha se mantido em silêncio porque sabia que Iscariotes também precisava vir até ali. Será que Arella tinha desenhado aquele símbolo na areia, de modo que ele soubesse que tinha que vir até ali?

Bernard se aproximou devagar de Erin, suas roupas rasgadas e ensanguentadas, mas ele deve ter percebido o conhecimento crescente no íntimo dela.

– O que você está dizendo?

Rhun também olhou para ela.

Erin puxou os dois para si, juntamente com Jordan. Eles precisavam ouvir aquilo, dizer que ela estava errada.

Por favor, permita-me estar errada.

Rhun voltou os olhos escuros, implacáveis para ela.

– O que é, Erin?

– O Primeiro Anjo não é Tommy. É o Arcanjo Miguel, o ser celestial que foi despedaçado. Partido em *dois*. – Ela gesticulou para o vidro da cratera. – Ele deve ser reunido. Temos que consertar o que foi quebrado aqui.

Aquela tinha sido a advertência de Arella para eles – caso contrário o reino do homem acabaria.

– Mas onde está a outra metade? – perguntou Bernard.

– Em Judas.

O choque se espalhou pelo grupo.

– Mesmo se você estiver certa – perguntou Jordan –, como vamos conseguir botá-los juntos de novo?

Erin se concentrou em Iscariotes, morrendo nas areias.

Ela também sabia a resposta para aquela pergunta.

– Suas carapaças imortais devem lhes ser tiradas.

Jordan olhou para ela boquiaberto.

– Eles têm que morrer?

Ela baixou a voz a um sussurro.

– É a única maneira. Foi por isso que a espada foi deixada aqui, por isso que tivemos que vir aqui.

– Iscariotes já recebeu um ferimento mortal – disse Rhun. – De modo que a lâmina deve infligir um ferimento também mortal ao garoto?

– Vamos ousar fazer isso? – perguntou Jordan. – Pensei que tínhamos decidido em Cumas que a vida de Tommy era mais importante até que salvar o mundo.

Erin queria concordar. O garoto não tinha feito nada de errado. Ele tinha tentado ajudar uma pomba inocente e em troca tinha visto sua família lhe ser tomada, e tinha sofrido incontáveis torturas. Será que estava certo que ele também devesse morrer ali?

Ela não podia mandar aquela criança para a morte.

Mas também era *uma* vida contra a vida dos justos e injustos ao redor do mundo.

Jordan a olhava fixamente.

Ela sabia que se desse a ordem a ele, ele a cumpriria, relutantemente, mas cumpriria. Jordan era um soldado – compreendia o conceito de sacrificar-se pelo bem maior. As necessidades de muitos pesavam mais que as necessidades de um.

Ela cobriu o rosto.

Não podia mais ver sangue inocente ser derramado. Tinha visto sua irmã ser sacrificada por uma crença falsa. Tinha causado a morte de Amy por causa de sua própria ignorância do perigo em que a pusera. Não tiraria outra vida inocente, por mais que sua mente lhe dissesse que deveria.

– Não – disse arquejante, mas decidida. – Não podemos matar um menino para salvar o mundo.

Bernard subitamente se moveu em direção a Jordan, querendo tomar-lhe a espada. Mas Jordan agora era tão rápido quanto ele e levantou a espada para o peito do cardeal, sua ponta bem em cima do coração silencioso.

– Isso vai matá-lo tão certamente como mataria qualquer *strigoi* – advertiu Jordan.

Bernard lançou um olhar para Rhun para que o apoiasse, para que se juntasse a ele contra Jordan. O cardeal queria a espada.

Rhun cruzou os braços.

– Eu confio no conhecimento da Mulher de Saber.

– O garoto tem que morrer – insistiu Bernard. – Senão o mundo morrerá com ele. Num horror muito além da imaginação terrena. O que é um menino se comparado a isso?

– Tudo – disse Erin. – Assassinar um garoto é um ato perverso, mau. *Todo* ato perverso importa. *Cada* um deles. Devemos nos opor contra cada um e todos eles, caso contrário, quem somos nós?

Bernard suspirou.

– E se não for nem bom nem mau, apenas necessário?

Erin cerrou as mãos em punhos.

Ela não permitiria que Tommy fosse assassinado.

– Erin. – Os olhos azuis preocupados de Jordan encontraram os dela. Ele indicou com a cabeça o poço.

Tommy fez um gesto de apaziguamento para Elizabeth, mantendo-a lá. Ele veio andando decidido até eles e examinou o rosto de cada um deles.

– Eu sei – disse ele, parecendo exausto. – Quando toquei na espada e decidi tirá-la do poço... eu sabia.

Erin se lembrou do fogo nos olhos dele enquanto empunhava a espada.

– Trata-se de escolha – disse ele. – Eu tenho que *escolher* isso, só então tudo será corrigido.

Ao ouvir aquilo naquele instante, Erin se deu conta de como eles tinham chegado perto da ruína. Se ela tivesse dado a ordem a Jordan ou se Bernard tivesse se apoderado da espada, se qualquer dos dois tivesse enterrado a espada no garoto sem o consentimento dele, teriam perdido tudo.

Aquele pensamento lhe deu uma pequena medida de conforto, mas apenas muito pequena.

O que Tommy estava dizendo significava que o fim seria o mesmo.

Um menino morto nas areias.

– Mas Iscariotes não concordou em ser golpeado – advertiu Rhun.

Erin se retesou, percebendo que Rhun estava certo.

Será que já perdemos?

Jordan engoliu em seco, baixando a espada, sabendo que Bernard não poderia mais decidir a questão à força.

– Eu creio que Judas concordou sim – disse Jordan. – Durante a luta, ele estava reagindo a cada movimento meu. Então subitamente baixou a guarda. Eu não me dei conta na hora, apenas reagi, golpeando-o.

– Desconfio que ele sempre tenha buscado a morte – disse Rhun.

– Então o que fazemos? – perguntou Jordan. – Quero dizer a partir de agora?

Erin viu como os olhos dele não conseguiam encarar os do garoto.

Tommy se mexeu, aparentemente para ficar de costas para Elizabeth, olhando por cima do ombro para se certificar, para impedi-la de ver. Tommy percebeu a atenção de Erin.

– Ela tentará impedir que aconteça.

Tommy levantou a ponta da espada de Jordan e a colocou sobre seu peito. Ele olhou para Jordan, tentando sorrir, mas seu lábio inferior tremia de medo, esforçando-se para parecer tão corajoso, tão seguro diante do desconhecido.

Jordan finalmente encontrou o rosto do menino também. Erin nunca tinha visto tamanha agonia e sofrimento gravados nas feições duras e irônicas de seu rosto.

– Eu não posso fazer isso – gemeu ele.

– Eu sei disso também – disse Tommy baixinho, sua voz tremendo. Os olhos dele se voltaram em direção ao oeste, para o sol, para a última luz que ele jamais veria.

Um grito se ergueu do lado do poço.

– Nããooo...

Elizabeth correu em direção a eles, subitamente percebendo o que estava prestes a acontecer.

Tommy suspirou e se atirou sobre a espada – levando a última luz do dia consigo enquanto morria.

53

20 de dezembro, 16:49 horário da Europa Central
Siwa, Egito

Rhun agarrou Elisabeta pela cintura quando ela correu para eles.

Tommy desabou no chão, escorregando para fora da espada, espalhando sangue vermelho pela areia escura. Um intenso brilho dourado empoçou ali também. Do outro lado da cratera, uma radiância semelhante também luzia daquele lado, um tom dourado mais escuro do que o que emoldurava as silhuetas de Judas e Arella.

– Por quê? – soluçou Elisabeta, agarrando-se a ele.

Rhun a puxou para baixo, ao lado do menino.

A espada havia lhe trespassado o coração completamente. Naquele instante, Rhun ouviu seu último fraco tremor, então o coração de Tommy parou.

Jordan desabou de joelhos defronte a ele, deixando cair a espada, apertando seu lado esquerdo.

Erin se inclinou.

– O que há de errado...?

Rhun sentiu um momento antes que acontecesse – um jorro de enorme poder além de qualquer medida – e atirou o braço sobre os olhos, protegendo Elisabeta com seu corpo.

Então veio uma explosão de luz brilhante.

A glória queimou seus olhos.

O sangue ferveu em suas veias.

Elisabeta gritou em seus braços, o som repetido pelos outros em um coro de dor e medo.

Derrubado por aquela radiância, caído de joelhos, Rhun suplicou pelo perdão enquanto rezava em meio à dor. Cada um de seus pecados era uma mácula contra aquele brilho sagrado, nada podia ser escondido dele. Seu maior pecado era uma negritude sem limites, capaz de consumi-lo totalmente. Mesmo aquela luz não podia vencê-lo.

Por favor, pare...

Finalmente, depois do que pareceu uma eternidade, a luz cedeu lugar a uma escuridão misericordiosa. Ele abriu os olhos. Corpos sem vida de *strigoi* e *blasphemare* estavam espalhados ao redor da cratera; mesmo aqueles que tinham fugido para além dela tinham caído mortos com a explosão. Rhun se moveu enquanto a dor ainda rugia em seu corpo.

Seu corpo ardia com o mais sagrado dos fogos.

Ele olhou ao redor da cratera. Erin estava agachada sobre o corpo tombado de Tommy, com Jordan ajoelhado ao seu lado, segurando o ombro. Ambos pareciam abalados, mas ilesos, intocados pelo brilho. Como não tinham sangue maculado, provavelmente tinham sido poupados das consequências de sua força.

Elisabeta jazia frouxa em seus braços, imóvel.

Ela era *strigoi*, sem nem sequer a aceitação do amor de Cristo para protegê-la daquele fogo. Como as outras criaturas malditas, devia estar morta.

Por favor, rogou ele, *não Elisabeta.*

Ele a apertou contra o peito. Rhun a tinha roubado de sua própria época, de seu castelo, a tinha aprisionado por centenas de anos, apenas para vê-la morrer num deserto solitário longe de qualquer coisa ou qualquer pessoa que ela algum dia tivesse amado.

Quantas vezes as ações dele a haviam amaldiçoado?

Ele acariciou os cabelos curtos encaracolados, afastando-os da testa branca, e limpou a areia das faces pálidas. Há muito tempo, ele a tinha segurado exatamente assim enquanto ela jazia moribunda em um piso de pedras no castelo Vachtice. Ele deveria tê-la deixado ir naquela ocasião, mas mesmo agora, bem no fundo de seu ser, sabia que faria qualquer coisa para tê-la de volta.

Mesmo se fosse em pecado de novo.

Como se em resposta a esse pensamento blasfemo, ela se mexeu. Seus olhos prateados pestanejaram se abrindo e seus lábios esboçaram um sorriso hesitante. O olhar dela momentaneamente ficou perdido, deslocado no tempo e no espaço.

Mesmo assim, naquele momento, ele soube a verdade.

Apesar de tudo, ela o amava.

Ele encostou a palma da mão em sua face. Mas como ela havia sobrevivido ao brilho ardente que queimava tudo que tivesse seu estado maldito? Teria o corpo dele a protegido? Ou teria sido o seu amor por ela?

Fosse como fosse, a alegria o inundou quando ele mergulhou naqueles olhos prateados, deixando o deserto se apagar ao redor deles. Naquele momento, ela era tudo o que importava. A mão dela se ergueu. Pontas de dedos macias tocaram na face dele.

– Meu amor... – sussurrou ela.

17:03

Erin desviou o olhar de Rhun e da condessa. Seus olhos ainda estavam ofuscados por aquela explosão de luz, sendo capaz de jurar por um momento que tinha visto um bater de asas levantar voo e subir das areias. Ela olhou para o alto para as estrelas.

Estrelas.

Erin se endireitou e girou em um círculo lento, observando o manto se dissipar do céu noturno, que se estendia para fora em todas as direções. Imaginou a escuridão sendo varrida e limpa, até bem longe, até em Cumas.

Será que eles tinham tido sucesso em fechar aqueles portões que se abriam?

Jordan se levantou ao lado dela e esticou o braço esquerdo, sacudindo-o um pouco, recordando-a de uma preocupação mais imediata. Ela se lembrou dele caindo de joelhos e agarrando o lado esquerdo, como se estivesse tendo um ataque de coração.

– Você está bem? – perguntou ela.

Ele baixou o olhar para o garoto, para todo o sangue.

– Quando ele caiu, tive a sensação de que alguma coisa estava sendo arrancada de mim. Jurei que estava morrendo.

Novamente.

Ela examinou o rosto pálido de Tommy. Os olhos dele estavam fechados como se estivesse apenas dormindo. Em Estocolmo, o toque do garoto e seu sangue tinham ressuscitado e curado Jordan. Ela reparou que a poça de sangue não incandescia mais. Apenas penetrava friamente na areia.

Ela estendeu a mão e apertou a mão de Jordan, sentindo o calor ali, feliz com isso.

– Creio que qualquer essência angélica que Tommy tivesse imbuído em você foi arrancada durante aquela explosão de luz.

– Onde está a espada? – perguntou Jordan, olhando ao redor de seus pés.

Também tinha desaparecido.

Ela recordou outra vez aquelas asas de luz.

— Acho que foi devolvida ao seu dono original.

Bernard se juntou a eles, seus olhos cravados nos céus.

— Nós fomos poupados.

Ela esperou que ele estivesse certo, mas nem todos tinham tido tanta sorte.

Erin se abaixou sobre um joelho e tocou na camisa empapada de sangue de Tommy. Levou seus dedos ao rosto jovem dele, parecendo ainda mais jovem na morte, as feições relaxadas, finalmente em paz. A pele dele ainda estava quente sob a ponta de seus dedos.

Quente.

Ela colocou a palma inteira na garganta dele, lembrando-se de ter feito a mesma coisa com Jordan.

— Ele ainda está quente. — Erin estendeu a mão e lhe rasgou a camisa, arrancando os botões. — O ferimento desapareceu!

Tommy subitamente se contraiu, quase se sentando, empurrou-a e se afastou dela, claramente sobressaltado, o olhar dele percorrendo todos eles. O medo ali se apagou, cedendo lugar ao reconhecimento.

— Oi... — disse ele e olhou para baixo, para o seu peito nu.

Seus dedos tocaram ali também.

Elizabeth escapou correndo de Rhun e aterrissou de joelhos, segurando a outra mão dele.

— Você está bem, menino?

Ele apertou os dedos, movendo-se para mais perto dela, ainda assustado.

— Eu... eu não sei. Acho que sim.

Jordan sorriu.

— Você me parece ótimo, garoto.

Christian se juntou a eles com Wingu. O par tinha acabado de dar uma busca rápida na cratera e sua borda para se certificar de que tudo estivesse seguro.

— Estou ouvindo o coração dele bater.

Rhun e Bernard confirmaram isso com acenos de cabeça.

O alívio quase fez Erin se desmanchar.

— Graças a Deus.

— Ou, neste caso, talvez graças a *Miguel*. — Jordan passou um braço ao redor dela.

A condessa ralhou com Tommy.

— Nunca mais faça uma coisa daquelas de novo!

A seriedade dela arrancou uma sombra de sorriso de Tommy.

— Eu prometo. — Ele levantou uma das mãos. — Nunca mais vou me empalar numa espada.

Christian chegou mais perto de Erin.

— O sangue dele não tem mais cheiro... *angélico*. Ele é mortal novamente.

— Eu creio que é porque libertamos o espírito dentro dele. De modo que ele pudesse se juntar à sua outra metade. — Ela lançou um olhar na direção de Iscariotes. — Isso significa que Judas também está curado?

Christian sacudiu a cabeça.

— Eu cheguei quando fiz meu percurso com Wingu. Ele ainda vive, mas está por um fio. Mesmo agora posso sentir o coração dele perto de parar.

Rhun fixou os olhos em Judas.

— A recompensa dele não era vida.

17:07

Pela primeira vez em milhares de anos, Judas sabia que sua morte estava próxima. Uma sensação de formigamento se espalhava do ferimento em seu flanco e corria por suas veias como água gelada.

— Estou com frio — sussurrou ele.

Arella o apertou mais em seus braços calorosos.

Com grande esforço, ele levantou o braço diante dos olhos que falhavam. As costas de sua mão estavam cobertas de manchas marrons de idade. Sua pele pendia em rugas frouxas dos ossos.

Era a mão frágil de um velho.

Com dedos trêmulos, ele apalpou o rosto, descobrindo rugas fundas onde outrora havia pele lisa, ao redor da boca, nos cantos dos olhos. Ele havia se reduzido a isso.

— Você ainda é bonito, meu velho vaidoso.

Ele sorriu suavemente ao ouvir as palavras dela, a provocação delicada.

Havia trocado a maldição da imortalidade pela maldição da velhice. Seus ossos doíam, e seus pulmões trepidavam. Seu coração batia trôpego e aos trancos como um homem bêbado andando no escuro.

Ele encarou Arella, linda como sempre. Parecia impossível que ela algum dia o tivesse amado, que ela ainda o amasse. Ele tinha errado ao permitir que ela se fosse.

Eu estive errado a respeito de tudo.

Tinha pensado que seu propósito fosse trazer Cristo de volta à Terra. Todos os seus pensamentos tinham estado voltados apenas para aquilo e nada mais. Tinha passado séculos a serviço dessa sagrada missão.

Mas aquele não tinha sido seu propósito, apenas seu orgulho.

Cristo havia lhe concedido aquele dom, não para acabar com o mundo, não como penitência por sua traição, mas para desfazer o erro que Cristo, Ele próprio, havia cometido quando menino.

Para reparar o que estava quebrado.

E agora eu reparei.

Aquela era sua verdadeira penitência e propósito, e era melhor do que ele merecia. Havia sido chamado para restaurar vida, em vez de trazer morte.

Um sentimento de paz o dominou enquanto ele fechava os olhos e silenciosamente confessava seus pecados.

Eles eram tantos.

Quando os abriu de novo, cataratas cinzentas tinham enevoado sua visão. Arella era um borrão, já cruelmente se apagando de sua vista à medida que o fim se aproximava.

Ela o abraçou mais forte, como se para mantê-lo ali.

– Você sempre soube a verdade – sussurrou ele.

– Não, mas tinha esperança – sussurrou ela em resposta. – A profecia nunca é clara.

Ele tossiu à medida que seus pulmões murchavam dentro dele. Sua voz soou como um grasnado rouco.

– Meu único arrependimento é que eu não possa passar a eternidade com você.

Fraco demais agora, Judas fechou os olhos – não para a escuridão, mas para uma luz dourada. Frio e dor recuaram diante daquela radiância, deixando apenas alegria.

Palavras foram sussurradas em seu ouvido.

– Como você sabe como passaremos a eternidade?

Ele abriu os olhos uma última vez. Arella brilhou fulgurante através de suas cataratas, em toda a sua glória, reluzindo com graça celestial.

– Eu também fui perdoada – disse. – Por fim fui chamada de volta a casa.

Ela flutuou para o alto, se afastando dele. Ele estendeu o braço para ela, descobrindo que seu braço era apenas luz. Ela tomou a mão dele e o puxou para fora de sua casca mortal e para dentro de seu abraço eterno. Banhados em amor e esperança, eles se foram para a paz final.

Juntos.

17:09

Ninguém falou.

Como Erin, todos tinham presenciado Arella explodir em luz, banhando a cratera com um calor que cheirava a botões de flores de lótus. E depois não restou nada.

O corpo de Judas permanecia ali, mas mesmo naquele instante estava se desfazendo em pó, varrido pelo vento do deserto, misturando-se com a areia eterna, marcando seu lugar de descanso final.

– O que aconteceu com ele? – A voz de Tommy estava tensa de preocupação.

– Ele envelheceu até sua idade natural – respondeu Rhun. – De um homem jovem a um velho em um punhado de segundos.

– O que acontecerá comigo? – Tommy parecia horrorizado.

– Eu não me preocuparia com isso, menino – respondeu Jordan. – Você só foi imortal por uns dois meses.

– Isso é verdade? – Ele se virou para a condessa.

– Eu creio que sim – disse Elizabeth. – As palavras do soldado são corretas.

– E o anjo? – Tommy examinou aquele ponto vazio no deserto. – O que aconteceu com ela?

– Se eu tivesse que dar um palpite – disse Erin –, diria que ela e Judas foram levados juntos.

– Ele teria gostado disso – disse Tommy.

– Eu também acho que sim.

Erin entrelaçou os dedos nos de Jordan.

Ele apertou mais a mão dela.

– Mas isso significa que não temos mais anjos. Não era preciso que pelo menos *um* deles abençoasse o livro?

Erin se virou para Bernard.

– Talvez eles já tenham abençoado. O céu está mais uma vez claro.

Bernard enfiou a mão em suas roupas rasgadas até alcançar a armadura abaixo. Puxou o zíper, parecendo disposto a arrancá-lo fora. Finalmente conseguiu abri-lo e retirar o Evangelho de Sangue.

Ele o segurou nas palmas das mãos trêmulas, os olhos preocupados.

O volume encadernado a couro parecia o mesmo.

Mas todos eles sabiam que qualquer verdade estaria no interior.

Bernard o levou até Tommy e reverentemente o colocou nas mãos do menino, com uma expressão de desculpas.

– Abra-o. Você fez por merecer isso.

Ele com certeza merecia.

Tommy se deixou cair de joelhos e pôs o livro no colo. Com um dedo, lentamente levantou a capa, como se temeroso do que pudesse revelar.

Erin espiou por cima do ombro dele, igualmente nervosa, com o coração disparado.

Tommy baixou a capa até o joelho, revelando a primeira página. A passagem original escrita à mão brilhava com uma radiância suave na escuridão, cada letra perfeitamente clara.

– Não há nada novo aí – disse Bernard, sua voz desesperada e aflita.

– Talvez isso signifique que tudo está acabado – disse Jordan. – Nós não temos que fazer mais nada.

Quem dera...

Erin sabia que não era assim.

– Vire a página.

Tommy lambeu o lábio superior e obedeceu, levantando a primeira página e expondo a seguinte.

Esta também estava em branco – então as palavras em carmesim apareceram, marchando através dela em linhas delicadamente escritas. Ela imaginou Cristo escrevendo aquelas letras gregas, a pena molhada em seu próprio sangue para criar aquele miraculoso evangelho.

Linha após linha encheram a página, muito mais delas do que da primeira vez em que o livro havia revelado sua mensagem. Três cantos breves se formaram, acompanhados por uma mensagem final.

Tommy estendeu o livro para Erin.

– Você sabe ler isso, certo?

Jordan pôs uma das mãos no ombro bom dela.

– É claro que ela sabe. Ela é a Mulher de Saber.

Por uma vez, Erin não teve vontade de corrigi-lo.

Eu sou.

Enquanto ela pegava o livro, uma estranha força fluiu da capa através das palmas de suas mãos. As palavras brilharam com mais intensidade diante dos seus olhos, como se ela sempre tivesse sido destinada a ler o que estava escrito ali. Subitamente se sentiu possessiva com relação ao livro, a suas palavras.

Ela traduziu o grego antigo e leu em voz alta o primeiro canto.

– *A Mulher de Saber agora está ligada ao livro e ninguém pode separá-lo dela.*

– O que isso significa? – perguntou Bernard.

Ela deu de ombros ligeiramente, compreendendo tão pouco quanto ele.

Jordan tirou o livro das mãos dela. Assim que o Evangelho foi retirado de seus dedos, as palavras desapareceram.

Bernard soltou uma exclamação de espanto.

Erin rapidamente pegou o livro de volta, e as palavras reapareceram.

Jordan deu um sorriso para Bernard.

– Ainda duvida de quem ela seja?

Bernard apenas olhou fixamente para o livro, parecendo angustiado, como se o amor de sua vida tivesse sido arrancado dele. E talvez tivesse. Erin se lembrou de como havia se sentido quando tinha sido mandada de volta para a Califórnia, considerada indigna de estar envolvida com aquele livro miraculoso.

– O que mais diz? – perguntou Tommy.

Ela respirou fundo e avançou para o segundo canto.

– *O Guerreiro do Homem...* – Erin lançou um olhar para Jordan, esperando que fosse algo de bom. – *O Guerreiro do Homem está igualmente ligado aos anjos a quem ele deve sua vida mortal.*

Enquanto a última palavra era dita, Jordan subitamente se crispou, arrancando o resto da manga rasgada de seu braço esquerdo. Soltou uma exclamação. A tatuagem traçada ali tinha ficado incandescente, reluzindo dourada. Então no tempo de um suspiro ela se apagou, deixando apenas as linhas negro-azuladas de tinta em sua pele.

Ele esfregou o braço e sacudiu os dedos.

– Ainda posso sentir aquilo queimar lá dentro bem fundo. Como depois que Tommy me ressuscitou.

– O que isso significa? – perguntou Erin, olhando para os outros.

Pelas expressões nos rostos, ninguém sabia.

Christian ofereceu o único conselho.

– O sangue de Jordan continua tendo o mesmo cheiro, de modo que ele não é imortal nem nada.

Jordan franziu o rosto para ele.

– Pare de ficar me cheirando.

Deixando aquele mistério de lado por ora, Erin se voltou para o terceiro canto, o canto final, e o leu em voz alta.

— Mas o Cavaleiro de Cristo deve fazer uma escolha. Por sua palavra dita, ele poderá desfazer o seu maior pecado e devolver o que se pensava que estivesse perdido para sempre.

Ela encarou Rhun.

O olhar dele encontrou o dela, seus olhos negros duros como pedra. Ela percebeu algum entendimento naquele brilho escuro, mas ele se manteve em silêncio.

Tommy apontou para o final da página.

— E o que está escrito no final?

Ela leu aquilo também. Era separado dos três cantos, claramente alguma mensagem final ou advertência.

— *Juntos, o trio deve enfrentar a busca final. Os grilhões de Lúcifer foram afrouxados e seu Cálice permanece perdido. Será preciso a luz de todos os três para forjar o Cálice de novo e bani-lo novamente para sua eterna escuridão.*

Jordan suspirou pesadamente.

— Então nosso trabalho não está terminado.

Erin segurou o livro quente em suas mãos e releu aquela última passagem várias vezes. O que era *Cálice*? Ela sabia que passaria muitas longas horas tentando descobrir o significado daquelas poucas linhas, tentando arrancar delas algum sentido.

Mas aquilo podia esperar por ora.

Jordan encarou Rhun.

— O que é tudo aquilo sobre o seu maior pecado?

Rhun permaneceu em silêncio e se virou para o deserto vazio.

Bernard respondeu:

— Seu maior pecado foi quando ele se tornou um *strigoi*. — Ele segurou com firmeza o ombro de Rhun. — Meu filho, eu creio que o livro esteja oferecendo a você vida mortal, devolver-lhe a sua alma.

Mas será que ele aceitaria?

Erin leu o canto final de novo.

O Cavaleiro de Cristo deve fazer uma escolha...

54

20 de dezembro, 17:33 horário da Europa Central
Siwa, Egito

Rhun sentiu os dedos aflitos de Bernard em seus ombros. O hálito do cardeal roçou em seu pescoço quando ele falou. Ouviu o farfalhar de tecido e o ranger da armadura de couro enquanto seu mentor mudava de posição. Mas o que ele não ouvia era o *bater de um coração*.

O peito de Rhun continuava igualmente silencioso.

Nenhum deles era verdadeiramente humano, não eram mortais.

O sangue dele ainda ardia da explosão, recordando-o de outra diferença essencial entre eles e toda a humanidade.

Nós somos malditos.

Embora abençoados e obrigados por pacto solene ao serviço na Igreja, continuavam sendo criaturas maculadas, que fariam melhor se deixadas entregues à escuridão.

Ele analisou as palavras de Bernard, se perguntando se poderiam ser verdade. Será que seu coração poderia bater de novo? Poderia ele ter sua alma de volta? Poderia voltar para um mundo mais simples, um mundo onde poderia ter filhos, onde poderia sentir o toque de uma mulher sem medo?

Ele raramente se permitia entreter tal esperança. Havia aceitado sua sorte como sanguinista. Havia servido sem questionar ou fazer perguntas por longos, longos anos. Sua única saída possível dessa maldição era a morte.

Mas então havia conhecido Erin, que questionava tudo e todos. Ela deu a ele a vontade de não só desafiar seu destino – mas também de esperar por algo mais.

Mas será que me atrevo a agarrar isso?

Elisabeta se postou diante dele, fazendo-o desviar os olhos do deserto para seu rosto suave. Ele esperava rancor, o vitríolo por ele ter recebido aquela dádiva. Em vez disso, ela fez algo muito pior.

Ela tocou no rosto dele.

– Você deve aceitar esse prêmio. É o que você sempre quis. – Sua mão fria se demorou ali. – Você fez por merecer.

Ele fitou os olhos dela, vendo que realmente desejava aquilo para ele. Deu um pequeno assentimento de cabeça, sabendo o que devia fazer, o que realmente fizera por merecer.

Ele afastou a mão dela de sua face e beijou-lhe a palma em agradecimento.

Então se virou para Erin, para o livro brilhando suavemente em suas mãos, onde sempre deveria ter estado.

Cada um em seu devido lugar.

Ele sabia que tudo o que tinha de fazer era tocar naquele livro e confessar seu maior pecado e este lhe seria retirado, permitindo que uma alma retornasse a um ser maldito.

Erin sorriu para ele, feliz por ele.

Bernard o seguiu, claramente emocionado por presenciar aquele milagre.

– Eu estou tão orgulhoso de você, meu filho. Sempre soube que, se alguém de nossa ordem fosse recuperar a graça, seria você. Você será livre.

Rhun sacudiu a cabeça.

Eu nunca serei livre.

Ele levantou a mão sobre o livro, recordando-se daquele momento em que havia se contorcido no clarão do brilho sagrado de um anjo restaurado, em que todos os seus pecados estavam expostos – inclusive o seu *maior* pecado, aquela mácula negra além de qualquer perdão.

As palavras do Evangelho ecoaram através dele.

... ele poderá desfazer o seu maior pecado...

Ele virou o rosto para os céus. Seus amigos estavam enganados. Rhun sabia qual era seu maior pecado, do mesmo modo que aquele que tinha escrito essas palavras sobre aquela página sabia.

Ele pôs a palma de sua mão ali naquele instante.

– Assumo o compromisso de desistir de meu maior pecado – rezou Rhun. – Para permitir que ele seja desfeito e devolver aquilo que eu havia roubado.

Erin pareceu ficar confusa com as palavras dele – como deveria ficar.

Atrás dele, Rhun ouviu Elisabeta soltar uma exclamação e cair de joelhos.

Erin sussurrou para ele.

– O que você fez?

Em resposta, ele olhou para trás, para Elisabeta. Ela espalmou as mãos sobre a boca e o nariz, como se pudesse deter as mãos do destino. Mas fumaça negra escapava por entre seus dedos, sendo expelida de sua boca e nariz, e formava uma nuvem escura na frente de seus olhos assustados. Então, numa fração de segundo, a nuvem escura desceu em espiral e desapareceu deste mundo.

Ela moveu as mãos da boca para a garganta.

E gritou.

Ela gritou e gritou.

O som ecoou pelo deserto incontáveis vezes.

– As coisas são como têm de ser – disse ele. – Como sempre deveriam ter sido.

Ele observou o rosto angustiado dela, assustado, ficar rosado. E, pela primeira vez em séculos, ele ouviu o coração dela bater de novo.

Rhun se perdeu no ritmo dele, com vontade de chorar.

Os olhos de Elisabeta estavam arregalados, cravados nele.

– Isso não pode ser.

– Pode, meu amor.

– Não.

– Sim – sussurrou ele. – Destruir a sua alma foi o meu maior pecado. Sempre.

O rosto dela ficou mais vermelho, não com o retorno da vida, mas de raiva. Seus olhos prateados escureceram como nuvens de tempestade. Unhas afiadas arranharam o braço de Rhun.

– Você me tornou mortal?

– Você é – disse Rhun, agora hesitante.

Ela o empurrou para longe, sua força uma fração minúscula do poderio que havia sido.

– Eu não queria isso!

– O-o quê?

– Eu não *pedi* a você para me transformar em um monstro, nem *pedi* a você que me devolvesse a isto. – Ela estendeu os braços para fora. – Um frágil ser humano miando.

– Mas você está perdoada. Como eu estou.

– Eu não estou nem um pouco interessada em perdão. Nem no seu nem no meu. Você brinca com a minha alma como se fosse uma bugiganga que você pudesse dar e tomar de acordo com a sua vontade. Tanto no passado quanto agora. Onde está a minha *escolha* em tudo isso? Ou será que isso não importa?

Rhun procurou palavras para explicar a ela.

— A vida é o maior dos dons.
— É a maior maldição.
Ela se virou e saiu pisando duro, seguindo para o deserto aberto.
Tommy correu atrás dela.
— Espere! Não me deixe!
O grito solitário e choroso do menino a deteve, mas ela não se virou para encarar Rhun de novo. Tommy correu até ela e a abraçou pelas costas. Ela o puxou para frente e o abraçou com força, seus ombros tremendo enquanto ela chorava, seu queixo apoiado na cabeça dele.
Bernard tocou no ombro de Rhun.
— Como você pôde desperdiçar tamanha dádiva com ela?
— Não foi *desperdiçada*.
A raiva o dominou. Como Bernard podia ser tão tolo? Será que ele não compreendia que os maiores pecados são os que nós mesmos cometemos, não aqueles que são cometidos conosco?
A condessa se manteve de costas para ele.
Ela compreenderia e o perdoaria.
Tinha que perdoar.

17:48
Erin fechou o livro e se afastou dos outros. Jordan fez um movimento para segui-la, mas ela pediu um momento de privacidade. Contemplou as estrelas, a lua que nascia enquanto caminhava pela cratera, o único lugar onde não havia cadáveres, afastado do caos de emoções atrás dela.
Precisava de um momento de paz.
Ela alcançou o poço aberto.
A santidade ali, provavelmente nascida da espada preservada abaixo, tinha mantido a luta afastada daquele lugar. Ela lançou um olhar de volta para a carnificina, de bestas e *strigoi*.
Seu grupo tinha pagado um preço terrível, mas eles tinham sobrevivido.
Só que não todos.
Os olhos dela se detiveram sobre o pobre Agmundr, recordando o seu largo sorriso.
Obrigada por ter-nos protegido.
Ela se lembrou de Nadia na neve, mesmo de Leopold no solo da caverna. Eles tinham encontrado seu fim longe das terras de seu nascimento e daqueles que os amavam.
Exatamente como Amy.

Ela se ajoelhou junto à borda do poço e olhou para dentro da água límpida. As estrelas se refletiam ali, uma extensão da Via Láctea brilhando fulgurante para ela, recordando-a tanto da pequenez quanto da majestade da vida. As estrelas acima eram eternas, ela ouviu o assovio da areia nas dunas circundantes, sussurrando como havia feito ao longo de milênios no passado.

Aquele lugar por muito tempo tinha sido um local pacífico e sagrado.

Erin examinou os painéis que contavam a história do primeiro milagre de Cristo e o que se seguira a ele. Era um lembrete de que *qualquer pessoa* podia cometer um erro, dar um passo em falso. Como Cristo, ela não soubera das consequências mortíferas de suas ações em Massada, como os acontecimentos trariam morte e repercutiriam ao longo do tempo.

Ela olhou para trás para Bernard enquanto um pensamento nada caridoso lhe cruzava a mente. Tanto derramamento de sangue poderia ter sido evitado se o cardeal não tivesse guardado tantos segredos. Se ela tivesse sabido da importância das informações mortíferas que havia passado para Amy, Erin poderia ter sido mais cautelosa. Em vez disso, os segredos que os sanguinistas haviam lhe escondido tinham custado a vida de Amy e a vida de outros.

Ela se concentrou no livro em sua mão. Embora fosse aceitar o manto da Mulher de Saber, ela não permitiria mais que verdades lhe fossem escondidas. As autoridades do Vaticano teriam que abrir suas bibliotecas e revelar todos os seus segredos, caso contrário ela não trabalharia mais com elas.

O livro agora estava ligado a ela, e ela o usaria para derrubar todas as portas.

Devia isso a Amy.

Erin enfiou a mão no bolso e tirou o pedaço de âmbar. Ela o levantou para o luar, revelando a pena delicada dentro dele. O âmbar a havia capturado da mesma forma que suas lembranças guardavam Amy: para sempre preservada, nunca livre para flutuar e ir-se embora.

Embora ela nunca fosse esquecer sua aluna, talvez pudesse desapegar-se de uma coisa.

Ela inclinou a palma da mão para frente até que o âmbar escorregou até as pontas de seus dedos. Então ele caiu e mergulhou na água. Ela se inclinou para frente e observou a pedra quebrar o reflexo das estrelas e desaparecer naquela eternidade.

Agora parte de Amy estaria para sempre ali no Egito, em repouso num dos lugares mais santos da Terra, perto de segredos antiquíssimos que poderiam nunca ser descobertos.

Erin olhou fixamente para aquele poço.
Nunca mais.
Nunca mais sangue inocente seria derramado para preservar os segredos dos sanguinistas. Estava na hora de a verdade brilhar.

Ela apertou o livro e se levantou.

Pronta para mudar o mundo.

DIA DE NATAL

24:04
Cidade do Vaticano

Nas entranhas da terra muito abaixo da basílica de São Pedro, os sanguinistas se reuniram sob a abóbada cavernosa de sua ordem, o mais sagrado de seus lugares sagrados, chamado simplesmente de o Santuário. Todos os anos eles vinham em seus contingentes mais numerosos para celebrar a missa da meia--noite em honra ao nascimento de Cristo.

Rhun estava na orla da congregação. Outros de sua ordem enchiam o espaço, imóveis, em vigília silenciosa. Nem um respiro, nem o bater de um coração nem sequer o farfalhar de um hábito perturbavam a paz absoluta. Ele bebeu o silêncio, como sabia que os outros ao seu redor também faziam. O mundo acima havia se tornado mais barulhento no correr dos séculos, mas ali ele encontrava a paz calma pela qual seu espírito maltratado tanto ansiava.

Acima dele o teto se erguia nas alturas, suas linhas simples e lisas, atraindo seus olhos para cima em direção ao céu. A pedra fria tinha sido talhada até ficar lisa por milhares de mãos nos primeiros anos da Igreja. Aquela não continha nenhum dos adornos de igrejas comuns. Aquele espaço era dedicado à simplicidade da fé de um sanguinista – pedra dura e tochas simples eram suficientes para conduzir as criaturas malditas a Ele. Embora estivesse nas profundezas abaixo das ruas de Roma, ele se sentia mais perto Dele em sua glória ali do que em qualquer outro lugar.

Aquela missa de Natal era conhecida como a Missa dos Anjos. Nunca tinha parecido mais apropriada a Rhun do que naquela noite tão sagrada, dentre todas as noites, tão pouco tempo depois de ele ter andado na companhia de anjos.

A fragrância enfumaçada de incenso atraiu seu olhar do teto para o centro do recinto. Ali, encontrou o mais sagrado dos padres andando com graça lenta em meio à congregação deles. O chefe da Ordem dos Sanguinistas usava um hábito preto simples atado com uma corda rústica. Ele evitava as vestes de cardeais e bispos e do papa – preferindo se vestir como um simples padre humilde.

Contudo, ele era tão mais.

Ele era o Ressurrecto.

Lázaro.

Sem ele, eles estariam condenados a viver sua existência como animais imundos, assassinando inocentes e culpados sem distinção até que encontrassem a morte na ponta de uma espada ou em um raio de sol. O Ressurrecto havia encontrado outro caminho para eles percorrerem, um caminho de santidade e serviço e significado.

Rhun agora sabia que não era nenhum *pecado* ser um sanguinista.

Ele havia tomado a decisão correta no deserto. Sua existência agora servia a Deus, e aquele tinha sido seu mais sincero desejo desde seus primeiros dias. Ele havia se desviado do conhecimento quando tinha corrompido Elisabeta, mas tinha recebido uma oportunidade de limpar e apagar aquele pecado. Agora podia servir Cristo de novo sem nenhuma sombra em sua consciência.

Lázaro passou por ele.

Rhun olhou fixamente para seus longos dedos, sabendo que eles tinham tocado em Cristo. Aqueles olhos sombreados O haviam fitado. Aquele rosto severo tinha falado com Ele, rido com Ele.

Dois outros sanguinistas flanqueavam Lázaro.

Um homem e uma mulher.

Dizia-se que eles eram ainda mais velhos que o Ressurrecto, mas seus nomes nunca eram falados. De fato, o par antiquíssimo raramente era visto, nem mesmo entre os enclausurados, os anciões da ordem que passavam seu tempo em preces e meditações eternas. Rhun outrora havia ansiado por se juntar aos enclausurados, mas em vez disso tinha sido trazido de volta para o mundo dos vivos.

O homem levava uma cruz muito antiga, sua madeira transformada de marrom em cinza pela passagem dos séculos. A mulher balançava um incensório de prata cheio de incenso. A fumaça delicada se espalhava pelo recinto, enchendo as narinas de Rhun com o cheiro de incenso e mirra. O aroma sagrado o rodeava, penetrando em seu hábito, seu cabelo e sua pele.

Um cântico começou, e a voz de Rhun se elevou em harmonia com a dos outros sanguinistas. O bonito coro ressoou através da vasta câmara, atingindo notas sutis além da audição normal. No Santuário, reunido com sua ordem na longa escuridão, ele não precisava esconder sua diferença e podia realmente cantar.

Lázaro se deteve diante do antigo altar de pedra e levantou a mão muito branca para fazer o sinal da cruz.

– *In nomine Patris, et Filii, et Spiritus Sancti.*

– Amém – respondeu a congregação.

A rotina familiar transportou Rhun. Ele não pensava nem rezava. Apenas existia em cada momento, permitindo que a corrente deles o levasse sempre para frente. Seu lugar era ali com seus irmãos e irmãs da ordem. Aquela era a vida pia que ele tinha *querido* quando era um homem mortal, e a vida que ele havia *escolhido* como homem imortal.

E assim chegaram à Eucaristia.

Lázaro disse as palavras em latim.

– O Sangue de Nosso Senhor Jesus Cristo, que foi derramado por ti, te preserve o corpo e a alma para a vida eterna. Bebe este em memória de ter sido o Sangue de Cristo que foi derramado por ti, e sê agradecido.

Ele levantou bem alto o cálice antigo para que todos pudessem olhar para a fonte de sua salvação.

Rhun respondeu com os outros e entrou na fila para receber a Sagrada Comunhão.

Quando se apresentou diante do Ressurrecto, Lázaro encontrou seus olhos e um ligeiro sorriso se esboçou em seu rosto.

– Para ti, meu irmão.

Rhun inclinou a cabeça para trás, e Lázaro verteu o vinho.

Rhun saboreou sua sedosidade enquanto ela fluía descendo por sua garganta, se espalhando por seu corpo e membros. Naquela noite, ele não queimava. Naquela mais sagrada de todas as noites, mesmo para alguém como ele, não havia penitência.

Apenas o amor Dele.

Roma
14:17

Tommy surfou pelos canais na minúscula televisão de Elizabeth. Absolutamente todos os canais mostravam uma celebração de Natal em italiano. Tinha sido assim o dia inteiro – nada para assistir. Ele suspirou e desligou a televisão.

Elizabeth estava sentada com as costas muito retas no sofá ao seu lado. Tommy nunca a tinha visto relaxar a postura, e ela também não permitia que ele o fizesse.

Ambos os pés no chão em todos os momentos, havia sido severamente instruído.

– Você tinha expectativas de encontrar uma programação diferente? – perguntou ela.

– Não expectativa. Mas tinha esperança.

Além disso, ele era judeu e não celebrava aquela festividade, mas também tinha perdido Hanukkah. O sinal de reconhecimento da festividade tinha vindo de um lugar extremamente inesperado, um cartão de Natal enviado para ele por Grigori Rasputin. De alguma forma, o russo havia descoberto que ele estava hospedado naquele apartamento na Cidade do Vaticano.

Elizabeth havia feito cara de desdém ao encontrar o cartão colado com fita adesiva na porta do apartamento.

Escrito na frente do envelope estava *Feliz Natal, meu anjo!*

O cartão mostrava um anjo, completo com um halo dourado.

Ele não sabia se aquilo era uma ameaça, uma piada ou se era sincero.

Considerando aquele sujeito: *provavelmente era todos os três.*

Ele entregou o controle remoto a Elizabeth, mas ela o colocou sobre a mesinha de frente do sofá. Ele a havia ensinado a usá-lo, e ela aprendia depressa. Era curiosa com relação a tudo no mundo moderno, e ele ficava satisfeito por ensinar-lhe.

Depois de deixar o deserto no Egito, Tommy tinha acabado em Roma, num apartamento fornecido pela Igreja. Ele tinha sido submetido a exames de sangue várias vezes desde que voltara, mas, exceto por isso, todo mundo o tinha deixado em paz. Ele agora era apenas um garoto órfão. Tinham-lhe oferecido outras acomodações temporárias, um lugar só para ele até que fosse embarcado de volta para os Estados Unidos, mas havia preferido ficar com Elizabeth.

Entediado, ele perguntou:

– Quer aprender a usar o micro-ondas?

– O micro-ondas não é uma invenção usada para cozinhar refeições? – Ela apertou os lábios. – Isso é trabalho de criados.

Tommy levantou uma sobrancelha para ela. Claramente ela precisava aprender muito mais a respeito do mundo moderno do que apenas sua tecnologia.

– Não acha que vai precisar cozinhar para si mesma?

Os olhos dela escureceram.

– Por que eu haveria de perder tempo com tais trivialidades?

Ele acenou com o braço ao redor do aposento.

– Não vai poder viver aqui para sempre. E, quando partir, terá que encontrar um emprego e ganhar dinheiro e cozinhar para si mesma.

– A Igreja não tem nenhuma intenção de me deixar partir – respondeu ela.

– Por quê? Eles estão me deixando ir embora. – Ele estava sendo mandado para sua tia e tio em Santa Bárbara, um casal que mal conhecia.

– Você não passa de uma criança. Eles não o consideram uma ameaça. De modo que vão mandar você para essa tal Califórnia sem temor.

Ele suspirou, tentando não se lamuriar. Elizabeth detestava quando alguém se queixava. Ele finalmente apenas deixou escapar:

– Eu não quero ir.

Ela se virou para ele.

– Você vai.

– Eu não conheço aquelas pessoas. Nem um pouco. Acho que os encontrei uma única vez.

– Eles cuidarão de você, como exige o dever familiar.

Mas eles não vão me amar, pensou ele. *Não como mamãe e papai.*

– Quando você vai partir? – perguntou ela.

– Amanhã. – Ele baixou a cabeça.

Ela bateu-lhe de leve no queixo.

– Assim vai entortar as costas.

Apesar disso, ele viu que ela fizera aquilo para esconder seu choque. Aparentemente ninguém tinha contado a ela.

– Eu mesmo acabei de descobrir esta manhã – disse ele. – Feliz Natal para nós.

Ela franziu o cenho.

– Por que eu deveria sentir qualquer outra coisa senão alegria pelo fato de que você vai se juntar à sua família?

– Nenhum motivo – balbuciou ele.

Tommy se levantou e foi para a cozinha. Ele não tinha mais nada para fazer. Não tinha nada para botar em malas, apenas um par de roupas que Christian tinha comprado para ele e um punhado de livros que Erin tinha lhe dado antes que ela e Jordan partissem para os Estados Unidos.

– Tommy. – Elizabeth se levantou e foi para junto dele. – É possível que você ache difícil viver com essas pessoas, mas elas são da sua família. É melhor que estar preso aqui... comigo.

Ele abriu e fechou um armário, não que precisasse de nada, apenas para fazer alguma coisa. E bateu a porta um pouco alto demais.

Ela o virou pelos ombros e segurou seu queixo.

– Por que você está tão zangado? O que é? Você quer que eu chore na sua despedida? Que implore que fique comigo?

Talvez um pouco.

– Não.

– Essas manifestações de histeria não aconteciam quando eu era garota – disse ela. – Já vi muita tolice desse tipo na sua televisão, mas acho uma grosseria.

– Está tudo bem – disse ele.

Ela tocou no braço dele.

– Vou sentir falta da sua presença. Você me ensinou muita coisa e me trouxe alegria.

Ele imaginava que as palavras dela eram correspondentes a uma mulher moderna se atirar no chão e chorar.

– Eu também vou sentir sua falta – disse.

Ela puxou uma caixa cinza do bolso e a colocou na mão dele.

– Um presente de despedida, já que você não comemora o Natal.

Tommy tirou a embalagem com cuidado. Era um telefone celular pré-pago.

– Se algum dia você precisar de mim – prometeu ela –, ligue e eu irei.

– Eu pensei que você fosse uma prisioneira.

Ela fez troça.

– Até parece que eles podem me manter engaiolada.

Tommy sentiu as lágrimas ameaçando vir e lutou para contê-las.

Ela se inclinou para olhá-lo bem no rosto.

– Existem poucos neste mundo que merecem confiança. Mas eu confio em você.

– Eu também.

Tinha sido por isso que ele havia ficado com ela. Os outros eram leais às suas crenças, mas ela era leal a ele.

Ele a abraçou, para esconder as lágrimas.

– Tanta tolice – disse ela, mas o apertou ainda mais forte.

Des Moines, Iowa
10:12 horário padrão central dos Estados Unidos
Erin estava sentada na escada acarpetada da casa dos pais de Jordan. Ela estava se escondendo do movimento na sala de visitas abaixo, tirando um momento para se afastar do caos da manhã de Natal. Inalou o cheiro de açúcar de pão de gengibre recém-assado e o fascínio tostado de café acabado de ser feito. Mesmo assim, ficou onde estava.

Ela se demorou nos degraus examinando os retratos pendurados na parede adjacente. Eles mostravam Jordan em diferentes idades, junto com vários irmãos e irmãs. A infância inteira dele estava imortalizada ali. De jogos de beisebol a expedições de pesca e baile de formatura.

Erin não tinha uma única fotografia de si mesma quando criança.

Um olhar para baixo revelou as sobrinhas e sobrinhos de Jordan pulando pela sala como pipoca, cheios de açúcar das guloseimas em suas meias de Natal. Era o tipo de coisa que Erin só tinha visto na vida no cinema. Quando era criança, o Natal era um dia de orações adicionais, não de presentes, nem de meias e Papai Noel.

Ela enfiou uma das mãos no bolso de seu novo roupão de lã. O outro braço estava numa tipoia. Seu ombro estava quase curado do ataque do leão. Jordan tinha acabado de trocar os curativos no quarto dela e já estava lá embaixo, arrastado pelo sobrinho Bart. Erin havia prometido que desceria logo em seguida, mas estava tranquilo ali na escada.

Finalmente Jordan enfiou a cabeça ao redor da quina, a descobriu e veio se juntar a ela nos degraus. Ele enfiou as pontas de seu roupão novo entre as pernas enquanto se sentava. Ambos os roupões tinham sido presentes da mãe de Jordan.

– Você não pode se esconder para sempre – disse ele. – Minhas sobrinhas e sobrinhos virão caçar você. Eles sentem o cheiro do medo.

Ela sorriu e o cutucou com o cotovelo.

– Parece muito alegre e animado lá embaixo.

– Eu sei que eles são um pouco demais.

– Não, eles são divertidos. – Ela falava sinceramente, mas a família dele parecia tão normal, tão diferente da sua. – Só é preciso um pouco de adaptação.

Jordan acariciou as costas da mão dela com o polegar, o simples toque recordando-a de por que gostava tanto dele.

– Você está me dizendo que enfrentou leões, lobos e ursos e todo tipo de mortos-vivos, mas está com medo de entrar ali com quatro criancinhas, seus pais exaustos e a minha mãe?

– Isso resume muito bem a situação.

Ele a puxou para seus braços, e ela descansou a face contra seu peito coberto de flanela. O coração dele batia regularmente sob sua orelha. Ela saboreou o som, sabendo como estivera perto de perdê-lo. Erin apertou os braços ao redor dele.

Ele sussurrou:

– Você sabe... sempre podemos nos mudar para um hotel, um lugar com *uma* cama para nós *dois*?

Ela sorriu para ele. A mãe dele havia insistido que dormissem em quartos separados quando tinham chegado na véspera.

– É muito tentador. Mas é divertido ver você em seu ambiente nativo.

Uma voz de criança se elevou vinda do andar de baixo, exigente.

– Onde está o tio Jordan?

– Parece que a senhorita Olivia está ficando impaciente. – Ele a puxou, pondo-a de pé. – Vamos lá. Eles não mordem. Exceto talvez os pequeninos.

A mão dela parecia quente e segura na sua enquanto ele a conduzia descendo os últimos degraus para dentro da sala barulhenta. Ele a guiou passando pela árvore de Natal enfeitada até um sofá.

– Melhor ficar fora da zona de combate – advertiu Jordan.

A mãe dele, Cheryl, sorriu para ela. Estava sentada numa poltrona de couro com uma manta de lã afegã de tricô sobre os joelhos. Ela parecia pálida e frágil. Erin sabia que estava lutando contra um câncer, e ninguém sabia se ela veria outro Natal.

– Meu filho está certo – disse Cheryl. – Evite a árvore até a loucura acalmar um pouco.

– Vovó! – berrou Olivia, quase a plenos pulmões. – Podemos abrir os presentes agora?

Um coro similar se elevou das outras crianças.

Cheryl finalmente levantou a mão.

– Está bem. Ao ataque!

Como leões com uma gazela derrubada, as crianças caíram em cima dos presentes. Papel foi rasgado. Gritos de prazer encheram o ar, e uma voz desapontada exclamou:

– Meias?

Erin tentou imaginar que tipo de pessoa ela seria se tivesse sido criada ali.

Olivia deixou cair um unicórnio de plástico no colo de Erin.

– Este é Twilight Sparkle.

– Olá, Twilight.

– Tio Jordan disse que você tem pontos. Posso ver? Quantos são? Dói?

Jordan a salvou do interrogatório.

– Olivia, as suturas estão debaixo do curativo, de modo que não pode vê-las.

Ela pareceu desanimada, como apenas uma criança desapontada pode ficar.

Erin se inclinou para mais perto.

– São vinte e quatro pontos.

Os olhos da menina ficaram enormes.

– Isso é muito! – Então um olho se estreitou desconfiadamente. – Como você os conseguiu?

Erin respeitou seu compromisso pessoal com a verdade.

– Um leão.

A mãe de Jordan quase deixou cair a caneca de café.

– Um leão?

– Legal! – exclamou Olivia. Então ela entregou a Jordan outro brinquedo de plástico. – Segure o Applejack.

Ela correu para ir buscar mais de seus cavalos de brinquedo.

– Claramente você a conquistou – disse Jordan.

Olivia voltou e empilhou os pôneis no colo de Erin, desfiando os nomes: Fluttershy, Rainbow Dash e Pinkie Pie. Erin deu o melhor de si para brincar com eles, mas eram tão estranhos para ela quanto costumes tribais aborígenes.

Cheryl falou por cima da cabeça de Olivia.

– Jordan me disse que foi nomeado para uma unidade de proteção especial no Vaticano.

– É isso mesmo – admitiu Erin. – Eu vou trabalhar com ele.

– Mamãe – disse Jordan –, pare de tentar arrancar informações de Erin. Hoje é Natal.

Cheryl sorriu.

– Eu só queria agradecer a ela por fazer com que você fosse nomeado e transferido para um lugar seguro.

Erin recordou o número de experiências de quase morte a que eles dois haviam sobrevivido desde que tinham se conhecido em Massada.

– Não tenho certeza de que *seguro* seja a palavra correta. Além disso, se fosse inteiramente seguro, Jordan não iria querer.

A mãe dele deu uma palmadinha no braço de Jordan.

– Jordan nunca escolhe o caminho mais fácil.

Olivia estava farta de ser ignorada e puxou a manga de Erin. Ela apontou um dedo acusador para o nariz de Erin.

– Você por acaso sabe montar um cavalo?

– Sei. Eu tenho até uma égua chamada Gunsmoke.

Ela se lembrou de Blackjack e sentiu uma pontada de tristeza por sua perda.

– Eu posso conhecer Gunsmoke? – perguntou Olivia.

– Ela mora na Califórnia, onde eu trabalho. – Erin se corrigiu. – Onde eu trabalhava.

Erin tinha falado rapidamente com Nate Highsmith na noite anterior, desejando-lhe boas festas. Ele já tinha se encontrado com um dos professores orientadores alternativos que ela havia sugerido e parecia em grande medida conformado com a sua partida. Agora, não importava o que acontecesse com ela, ele ficaria bem.

– O que você faz? – perguntou Olivia. – Você é soldado como o tio Jordan?

– Eu sou arqueóloga. Escavo ossos e outros mistérios, e tento descobrir o passado.

– Isso é divertido?

Erin olhou para o rosto relaxado e feliz de Jordan.

– Na maior parte do tempo.

– Então é bom. – Olivia espetou o dedo no joelho de Jordan. – Ele precisa se divertir mais.

Com aquelas palavras profundas, a garota seguiu de volta para sua pilha de presentes debaixo da árvore.

Jordan se inclinou e cochichou no ouvido de Erin.

– Ele com certeza *precisa* de mais diversão.

Erin sorriu para os olhos azuis dele e disse a verdade.

– Eu também.

E ENTÃO...

Nas profundezas abaixo das ruínas de Cumas, Leopold flutuava num estado que se alternava em consciência e inconsciência. Durante o último punhado de dias, ele tinha cavalgado ondas de negritude e dor, se levantando apenas para cair, uma vez após a outra.

A lâmina de Rhun tinha cortado profundamente, o suficiente para matá-lo, mas ele não tinha morrido. Toda vez que tinha certeza de que mergulharia naquela negritude final, pronto para aceitar o sofrimento eterno por seu fracasso – ele despertava de novo. Leopold se obrigava a arrastar seu corpo e a se alimentar dos cadáveres deixados na caverna com ele, bem como de alguma ratazana desafortunada que aparecesse de vez em quando.

Esses animais frenéticos ofereciam parco sustento, mas lhe davam esperança.

Ele havia pensado que estivesse preso ali depois dos abalos, sem nenhuma esperança de escapar. Mas onde uma ratazana entrava se esgueirando ele poderia cavar. Precisava apenas recuperar suas forças.

Mas como?

Abaixo dele, ouviu pedras roncarem muito longe, rangendo umas contra as outras como dentes gigantes, como se chamando-o ao dever. Ele se esforçou para abrir as pálpebras pesadas. As tochas há muito tinham se consumido e se apagado, deixando o cheiro de fumaça. Mas aquilo mal era perceptível comparado com o fedor de enxofre e da decomposição dos corpos.

Ele enfiou a mão num bolso e retirou uma pequena lanterna. Os dedos entorpecidos de Leopold moveram-se desajeitados por longos segundos angustiantes antes que conseguisse acendê-la.

A luz ofuscou seus olhos. Ele os fechou para protegê-los e esperou até que a claridade não os ferisse mais. Então os abriu novamente.

Revistou o piso ao redor do altar de pedra negra. A rede que havia segurado o anjo ainda estava lá. As rachaduras que tinham sido abertas pelo sangue daquele mesmo anjo tinham voltado a se fechar. A escuridão que se retorcia também havia desaparecido, novamente presa.

Todos são sinais de meu fracasso.

Fraco como um gatinho, ele rolou sobre as costas e enfiou a mão no bolso de seu hábito, para pegar o que jazia pesado ali. O *Damnatus* o havia encarregado de uma segunda tarefa. A primeira era agarrar a sibila e prendê-la ali.

Aquele dever tinha que ser feito *antes* do sacrifício.

A segunda responsabilidade tinha que ser cumprida *depois*.

Ele não sabia se aquilo importava agora, mas havia feito um juramento, e não o violaria nem mesmo agora. De seu bolso, retirou uma pedra verde enevoada. Um pouco maior que um baralho de cartas. Era um pertence precioso do *Damnatus,* descoberto no deserto egípcio, que havia passado por muitas mãos, sendo escondido e redescoberto incontáveis vezes até que acabara nas mãos do Traidor de Cristo.

E agora nas minhas.

Ele levantou a pedra para a luz. Observou a escuridão dentro dela estremecer e se encolher diante da claridade. Quando ele afastou o foco de luz, a mancha dentro dela cresceu, tremeluzindo com uma força pavorosa.

Era um ser das trevas.

Como eu.

Ele tinha ouvido os rumores a respeito daquela pedra, como se dizia que continha uma única gota do sangue de Lúcifer. Não sabia se aquilo era verdade. A única coisa que sabia era o que tinha sido ordenado a fazer com a pedra.

Mas será que tenho a força necessária para fazê-lo?

Ao longo dos últimos dias, ele havia suportado a escuridão e a dor, se alimentado para se manter vivo, tornando-se pouco a pouco mais forte, esperando pela força de músculos e ossos necessária para realizar a última tarefa que lhe havia sido pedida pelo *Damnatus*. A necessidade de tal ato nunca lhe havia sido revelada, mas ele sabia que, se não tentasse naquele momento, se tornaria mais fraco dali por diante, e lentamente morreria de fome na escuridão.

Ele virou a pedra para examinar o estranho trabalho de entalhe que tinha em um lado, delicadamente gravado no cristal.

Tinha a forma de uma taça – ou talvez um cálice. Mas aquela não era nenhuma taça como aquelas na qual Leopold com tanta frequência havia consumido o sangue de Cristo. Ele sabia que a taça ali retratada era muito mais antiga até que o próprio Cristo, e que aquela pedra era apenas uma lasca daquele mistério maior, a chave da verdade.

Ele levantou a pedra ao alto e baixou seu braço com toda a força, batendo o cristal contra o solo de pedra. Conseguiu lascá-la, mas aquilo não foi suficiente.

Por favor, Senhor, dai-me forças.

Leopold repetiu a ação uma vez após outra, chorando de frustração. Ele não devia falhar de novo. Ele levantou o braço e o baixou com violência. Dessa vez, ele sentiu o cristal se quebrar dentro de sua mão, dividindo-se em duas metades grosseiras.

Obrigado...

Ele virou a cabeça o suficiente para ver. Virou a mão. O cristal tinha se quebrado bem através do centro. Óleo negro fluiu através do vidro esmeralda e encontrou a sua pele.

Leopold gritou quando aquilo o tocou.

Não de dor, mas de total e absoluto êxtase.

Naquele glorioso momento, ele soube que os rumores eram verdade.

Viu a gota de sangue de Lúcifer mergulhar em sua carne, tomando posse dele, consumindo-o plenamente com sua escuridão, deixando para trás apenas propósito.

E um novo nome.

Ele se levantou, cheio de força medonha, sua pele, antes clara, agora negra como ébano. Levantou o rosto e urrou seu novo nome para o mundo, despedaçando pedras ao seu redor apenas com sua voz.

Eu sou Legião, destruidor de mundos.

Este livro foi impresso pela Lis Gráfica e Editora Ltda.
para a Editora Rocco Ltda.